Schwimmen im Tintenstrom

Egon Erwin Kisch

Schwimmen im Tintenstrom

Berühmte Reportagen

Herausgegeben von Dieter Schlenstedt

area

Schwimmen im Tintenstrom
Berühmte Reportagen von Egon Erwin Kisch
Herausgegeben von Dieter Schlenstedt

Lizenzausgabe für area verlag gmbh, Erftstadt

Einbandgestaltung: rheinConcept, Wesseling
Satz und Layout: GEM mbH, Ratingen
Druck und Bindung: Oldenbourg Taschenbuch GmbH,
Hürderstraße 4, 85551 Kirchheim

Printed in Czech Republic 2005
ISBN 3-89996-427-6

www.area-verlag.de

Inhalt

Anhang

Zeittafel

1885

Egon Kisch wird am 29. April in Prag geboren, dem Zentrum des tschechischen Teils der Habsburger Monarchie Österreich-Ungarn. Er ist Sohn des jüdischen Tuchhändlers Hermann Kisch (1840–1901) und seiner Frau Ernestine, geb. Kuh (1862–1937), die dem deutschsprachigen Prag zugehören, Zweitältester von fünf Brüdern: Paul (1883–1944, gestorben im Konzentrationslager Theresienstadt), Wolfgang (1887–1914, gefallen an der Ostfront), Arnold (1889–1942, im Getto Lódz von der SS ermordet) und Friedrich (1894–1968 in Prag, wohin er nach dem Exil zurückkehrte).

1891

Kisch wird Schüler, zuerst der Seidleschen Privatschule, dann der Piaristenschule, 1895 der I. Deutschen Staatsrealschule (»Nikolander«) in Prag. Er erlebt die sich zuspitzenden nationalen Gegensätze in Böhmen (Sprachenkampf 1897), die zur Auflösung der Doppelmonarchie beitragen.

1903

Im Juli Matura (Abitur), im September eine größere Reise nach Bayern und Österreich, von der ein erster Reportageversuch im Tagebuch mit dem damals schon angenommenen Namen Egon Erwin Auskunft gibt. Im Oktober wird Kisch zu einem Bauingenieurstudium an der k. u. k. Technischen Hochschule in Prag immatrikuliert.

1904

Abbruch des Ingenieurstudiums, Besuch von Vorlesungen über Philosophie und Geschichte der deutschen

Literatur an der Prager deutschen Universität. Als »Ehrenbursche« Mitwirkung in der schlagenden Studentenverbindung »Saxonia«. Ab Herbst Militärdienst als Einjährig-Freiwilliger beim 11. Infanterie-Regiment in Prag. Verletzungen der militärischen Disziplin (nach der Militärrolle: »unvorteilhafte Konduite«) führen zu Arrestaufenthalten und im September 1905 zur Entlassung als »Titular-Korporal« statt zur üblichen Beförderung zum Kadetten.

1905
Veröffentlichung erster poetischer Versuche, der Gedichte »Vom Blütenzweig der Jugend« (im Selbstverlag Pierson), denen 1906 die Erzählungen »Der freche Franz und andere Geschichten« folgen. In diesem Jahr zugleich Beginn journalistischer Tätigkeit: Kisch wird Volontär beim »Prager Tagblatt«; von Ende 1905 bis Anfang 1906 besucht er die Journalistenschule von Richard Wrede in Berlin, Versuche bei der »Vossischen Zeitung«.

1906
Im März erhält Kisch eine Anstellung als Lokalreporter an der deutschsprachigen Zeitung »Bohemia« in Prag. Er wird der Redaktion bis Sommer 1913 angehören.

1907
Erste der großen Reisen (Kisch 1908: »Und um jeden Zehner, für den man nicht ein Stückerl Welt gesehen hat, ist es ewig schade«): eine Mittelmeerfahrt bringt ihn im Herbst nach Triest, Piräus, Konstantinopel, Neapel; im Sommer 1909 fährt er nach Brioni, Pisano, Triest; 1910 folgt das Abenteuer einer Floßfahrt auf Moldau und Elbe von Prag bis Magdeburg; Kisch ist in Budapest und Paris; 1912 besucht er Antwerpen und London; Juni 1914 nimmt er an

der Jungfernfahrt des Passagierdampfers »Vaterland« nach Southampton teil.

1910

Im August erscheint der erste der »Prager Streifzüge«, eine von Paul Wiegler angeregte Serie, die Kisch von der Lokalberichterstattung ins Feuilleton führt. Aus dieser Tätigkeit schöpfen die Bücher »Aus Prager Gassen und Nächten« von 1912 und »Prager Kinder« von 1913. Er wird von da an zum Kreis jener Prager deutschen Autoren gerechnet, die wie Gustav Meyrink, Paul Leppin, Max Brod, Franz Werfel, Rudolf Fuchs, Oskar Baum, Franz Kafka sich immer auch mit dem tschechischen Volk verbunden fühlten.

1913

Kisch ist Spezialberichterstatter im 1. Balkankrieg. Im Sommer siedelt er nach Berlin über. Er wird Feuilleton-Mitarbeiter des »Berliner Tageblatts«, durch Vermittlung des Regisseurs František Zavřel Dramaturg des »Deutschen Künstlertheaters Sozietät«, an dem Paul Wegener und Tilla Durieux spielen, wirkt als Mitarbeiter des sozialdemokratischen Reichstagsabgeordneten und Berliner Korrespondenten der »Humanité« Georges Weill, arbeitet aber vor allem an seinem »naturalistischen« Roman aus dem Prager Zuhältermilieu »Der Mädchenhirt«, der 1914 bei seinem späteren Stammverlag Erich Reiss (Berlin) erscheint.

1914

Bei Kriegsbeginn wird Kisch zum Militärdienst eingezogen, als Korporal geht er mit dem Prager Korps an die serbische Front, bis Ende Dezember nach der verlorenen Schlacht um Belgrad seine dezimierte Division ins Hinterland nach Ungarn verlegt wird. Die Kriegserfahrungen bis

Anfang 1915 werden im Tagebuch notiert, das 1922 als »Soldat im Prager Korps« und 1929 unter dem Titel »Schreib das auf, Kisch« erscheint.

1915
An der russischen Front in den Karpaten wird Kisch am 18. März verwundet, er kommt in ein Prager Spital. Beförderung zum Leutnant der Reserve, Ende 1915 wird er als »felddienstuntauglich« zum Kanzleidienst nach Orsowa kommandiert. Zehn Tage Arrest wegen verbotener Berichterstattung. Von Februar 1916 bis April 1917 nach Gyula. Kisch nimmt seine Arbeit an feuilletonistischen Reportagen hier wieder auf.

1917
Reportagen entstehen auch ab März 1917 in Wien, während er im Kriegspressequartier beim k.u.k. Armee-Oberkommando beschäftigt ist (wo auch Robert Musil arbeitet). Verschiedene Ämter: Auslandsinformation für das Pressequartier, Korrespondent, schließlich bei der Soldatenzeitung »Heimat«. Kontakt mit Kriegsgegnern: mit Intellektuellen um das Wochenblatt »Der Frieden« (Hrsg. B. Karpeles), mit Anarchisten im Kreis von Rudolf Grossmann, mit unabhängigen sozialistischen Gruppen (so der um Leo Rothziegel).

1918
Seit Januar arbeitet Kisch im vom Aktionskomitee der Linksradikalen Ende 1917 gebildeten illegalen Arbeiterrat (später Arbeiter- und Soldatenrat), der den großen Januarstreik führt; bei der Verfolgung der Mitglieder des Arbeiterrats bleibt Kisch unentdeckt und dies auch bei den Polizeischlägen gegen die Linksradikalen nach dem Junistreik. Im Juni / Juli ist er als Berichterstatter beim Flottenkom-

mando in Pola und wird Zeuge der katastrophalen Ausfahrt der Schlachtschifflotte unter Admiral Horthy. Im September / Oktober fährt er im Auftrag des Pressequartiers an die Westfront. Nach Wien zurückgekehrt, nimmt er am 30. Oktober an der Demonstration zur Errichtung der Republik teil, er ist Mitorganisator von Soldatenkundgebungen, die zur Gründung einer dem Schutz der Revolution dienenden »Roten Garde« führen. Am 2. November wird er zum ersten Leiter der »Roten Garde« gewählt. Von diesem Posten am 11. November abberufen, bis zum Jahresende Kommandeur eines Bataillons, wird er am 21. November zum Vorsitzenden des Soldatenrats der »Roten Garde« gewählt. Mitbegründer der Föderation revolutionärer Sozialisten »Internationale« (28. November) und deren Blatt »Der freie Arbeiter« (9. November), deren Beilage »Die rote Garde« er redigiert. – In diesem Jahr lernt er die Wienerin Gisela Lyner, seine spätere Mitarbeiterin und Frau, kennen.

1919

Von vielen Seiten attackiert, verabschiedet er sich im März von seiner politischen Tätigkeit; Lokalreportagen in »Der neue Tag«; Arbeit am Erinnerungsbuch »Die Abenteuer in Prag«, das 1920 erscheint. Publikationen in linken Blättern, Redner auf Versammlungen, Teilnahme an Demonstrationen (deshalb fünf Tage Arrest im November). Er ist Delegierter der Soldatengruppe auf der 3. Reichskonferenz der KPDÖ im Dezember (Fusion der Föderation mit der KPDÖ am 31. Mai) und spricht über Pressearbeit.

1920

Mitte des Jahres Rückkehr nach Prag. Arbeiten für das »Prager Tagblatt«. Wiederaufnahme der Reportagefahrten: September bis November auf einem Moldaudampfer von Prag über Hamburg nach Mainz; Mai / Juni 1921 Slowakei; August 1921 mit dem Flugzeug nach Paris. Theaterarbeit für die »Revolučni scéna« von Emil Artur Longen, der auch später Stücke von Kisch inszeniert.

1921
Bekanntschaft mit Jarmila Haasová-Nečasová, die Übersetzerin seiner Werke ins Tschechische wird. Kisch siedelt Ende des Jahres nach Berlin über, das für zehn Jahre sein ständiger Wohnsitz bleibt.

1922
Fortsetzung der Theaterarbeit »auf kabarettähnlicher Bühne«, jetzt vor allem mit Rosa Valetti (»Die Galgentoni«). Sammlung von journalistischen Meisterstücken für die Anthologie »Klassischer Journalismus« (1923). Beginn der bis 1924 währenden Korrespondenz für die Zeitung »Lidové noviny« (Brno), aus der eine in Tschechisch publizierte Reportageserie über Deutschland wird.

1924
März / April ist Kisch in Dänemark auf einer der kleineren Reisen, der im Sommer 1926 die nach Holland, im Mai 1928 die nach Belgien, im Mai / Juni 1930 die nach Südfrankreich und Korsika folgen werden. Im Verlag Erich Reiss erscheint »Der rasende Reporter«, Sammlung mit Skizzen von verschiedenen Zeiten und Orten, weitere »rasende Reportagenbände« folgen: »Hetzjagd durch die Zeit« (1926), »Wagnisse in aller Welt« (1927). Kisch arbeitet für Zeitungen und Zeitschriften eines weiten politischen Spektrums (»Prager Tagblatt«, »Berliner Tageblatt«, »Welt am Abend«, »Das Tagebuch«; später auch »Die literarische Welt«, »Die Weltbühne«, »Magazin für Alle«, »Die Rote Fahne«, »Arbeiter Illustrierte Zeitung«,

»Frankfurter Zeitung«, »Vossische Zeitung« u. a.) Die Buchreportage wird aber charakteristisch; Skizzen zur Geschichte der Verbrechen: »Der Fall des Generalstabschefs Redl« (in der Reihe »Außenseiter der Gesellschaft« des Verlags »Die Schmiede« 1924), »Kriminalistisches Reisebuch« (1927), »Prager Pitaval. Historische Kriminalfälle aus Böhmen« (1931).

1925

November 1925: Eintritt in die KPD, Mitarbeit in der Arbeitsgemeinschaft kommunistischer Schriftsteller (Fraktion im Schutzverband deutscher Schriftsteller [SDS]. Beginn der großen Reportagereisen. Von Ende Dezember bis Mai 1926 fährt Kisch in die Sowjetunion: Moskau, Leningrad, Donezgebiet, Transkaukasien; »Zaren, Popen, Bolschewiken« (1927) wird Kischs erstes Reisebuch.

1926

Mitwirkung in der »Gruppe 25« (so bei einem Gerichtsspiel über J. R. Bechers Roman »Levisite« mit Brecht, Klabund, Rudolf Leonhard, Döblin). Mitarbeit in der »Neuen Bücherschau« (Hrsg. Gerhart Pohl), von 1927 an auch im Redaktionskomitee. Als Mitwirkender in dem Ufa-Film »Die Frauengasse von Algier« fährt Kisch Ende Dezember über Marseille nach Algerien, danach bis Februar 1927 nach Tunesien und Sardinien.

1927

Aktiv im Max-Hoelz-Komitee, das gegen Justizwillkür auftritt und sich für die Freilassung des politischen Gefangenen einsetzt; u. a. Herausgabe der »Briefe aus dem Zuchthaus« von Hoelz, Broschüre »Sieben Jahre Justizskandal Max Hoelz« (1928), Einleitung zu Hoelz' »Meine Erlebnisse in Mitteldeutschland« (1928).

1928

Ende Oktober bis April 1929 Reise in die USA: nach New York, als Matrose auf einem Frachtdampfer von Baltimore durch den Panamakanal nach Los Angeles; Begegnung mit Charlie Chaplin; Rückreise über San Francisco, Chicago, Detroit, New York. Das Buch »Paradies Amerika« erscheint 1929. Aktiv für und im Bund proletarisch-revolutionärer Schriftsteller (Gründung Oktober 1928). 1928 / 29 Mitglied im Hauptvorstand des SDS wie auch 1930 / 31.

1929

Im Juli tritt Kisch zusammen mit J. R. Becher aus dem Redaktionskomitee der »Neuen Bücherschau« aus.

1930

Teilnahme an der Internationalen Konferenz revolutionärer Schriftsteller in Charkow im November; er wird Mitarbeiter der Fakultät für Journalistik an der Kommunistischen Universität in Charkow.

1931

Erneuter, jetzt längerer Aufenthalt in der Sowjetunion: Charkow, Moskau, Arbeit für den Funk. Mitte des Jahres u. a. zusammen mit Paul Vaillant-Couturier in Mittelasien (»Asien gründlich verändert«, 1932).

1932

Während der Besetzung der Mandschurei und des Einfalls von Japan in das international kontrollierte Shanghai fährt Kisch von Moskau aus im März über Tschita nach China: Shanghai, Peking, Nangking, die Rückreise im Juli geht über Japan. Das Buch »China geheim« erscheint noch 1932 in Berlin. Gisela Lyner arbeitet während dieser Reise von Kisch als Sekretärin Klara Zetkins in Moskau.

1933

Ende Januar, kurz vor der Ernennung Hitlers zum Reichskanzler wieder in Berlin; 21. Februar: Auflösung einer Versammlung, bei der Kisch sprechen sollte; 28. Februar: Verhaftung am Morgen nach dem Reichstagsbrand; 1. März: Verschleppung in die Festung Spandau; 11. März: mit Berufung auf die Ausländer-Polizei-Verordnung wird Kisch in die ČSR abgeschoben. Die Reportageserie »In den Kasematten von Spandau« (in der AIZ ab 25. März) wird zum ersten umfassenden Erfahrungsbericht über den Terror in Hitlers Gefängnissen. In Prag Mitarbeit an der Vorbereitung des »Antifaschistischen Arbeiterkongresses der Länder Europas«, der schließlich vom 4. bis 6. Juni in Paris stattfindet. Beteiligt am »Braunbuch über den Reichstagsbrand«. Kisch bleibt in Frankreich (wohnt in Paris bzw. Versailles), unterbrochen zunächst von Reisen in die Schweiz (Juni), London (Juli), Spanien (während des Herbstes), Belgien (Dezember), Belgien und Holland (Januar / Februar 1934): Arbeit für den Reportageband »Eintritt verboten« und »Geschichten aus sieben Ghettos« (beide 1934). Mitwirkung an den Veranstaltungen des SDS im Exil (dessen zweiter Vorsitzender er wird).

1934

Als Abgesandter des Weltkomitees gegen Faschismus und Krieg, dem Kisch seit August 1933 angehört (Sekretär des Komitees: Henri Barbusse), fährt er am 13. Oktober von Marseille aus nach Australien zu einem Antikriegs-Kongreß. Im Widerstand gegen ein Einreiseverbot springt Kisch am 13. November in Melbourne vom Achterdeck des Schiffs, er bricht sich ein Bein. Schiffshaft, Freilassung und erneute Verhaftung wegen verbotener Einwanderung in Sidney am 16. November, danach zu sechs Monaten Zwangsarbeit verurteilt. Die Vorgänge lösen in Australien bundesweit Proteste aus. Kaution und Berufungsverfahren ermöglichen eine Vielzahl politischer Aktivitäten, Kisch spricht auf Kundgebungen und anderen Veranstaltungen.

1935

März / April 1935 Rückkehr nach Europa. Arbeit am Reisebuch »Landung in Australien« (erscheint Ende 1936). Anläßlich des 50. Geburtstags veranstalten am 23. Mai SDS und Deutsche Freiheitsbibliothek eine große Feier, die zur symbolischen Manifestation einer geistigen Gemeinschaft der antifaschistischen Emigration und ihrer Freunde wird; Brechts Schrift »Fünf Schwierigkeiten beim Schreiben der Wahrheit« wird den Gästen überreicht. – Rede auf dem 1. Internationalen Schriftstellerkongreß zur Verteidigung der Kultur in Paris (Juni 1935). Aufenthalt in Belgien und 1936 in Belgien und Holland. 1937 in Prag.

1937

Ende Mai geht Kisch nach Spanien, als Sympathisant der Verteidiger der Republik gegen Franco im Bürgerkrieg ist er in Barcelona, Valencia, Madrid (wo er auch im Juli auf dem 2. Internationalen Schriftstellerkongreß zur Verteidigung der Kultur spricht), bei den Interbrigaden an verschiedenen Abschnitten der Front (in den Bergen der Südfront, vor Madrid, Belchite, Teruel). Zusammentreffen mit seinem Bruder Friedrich, damals Arzt im Interbrigadisten-Hospital Benicasim; vielfältige Tätigkeit in Presse und Rundfunk, Reportagen: »Die drei Kühe«, »Soldaten am Meeresstrand« (erscheinen 1938 in Spanien).

1938

Rückkehr nach Frankreich im April. (In Abwesenheit) Wahl zum Stadtrat von Prag am 22. Mai. Am 29. Oktober heiraten Kisch und Gisela Lyner, seine langjährige Mitarbeiterin.

1939

Nach Kriegsbeginn wird Kisch unter Polizeiaufsicht gestellt. Mitte Dezember von Erika Mann und der League of American Writers ermöglichte Flucht mit dem Reiseziel Chile. 23. Dezember: Ankunft in den USA, bis 28. Dezember Internierung auf der Einwanderungsinsel Ellis Island.

1940

Reportagenarbeit in New York und New Jersey, Fortsetzung der Arbeit an den Memoiren, die 1941 im Verlag Modern Age Books, New York, als »Sensation Fair« erscheinen. Gisl Kisch kommt in die USA. Am Jahresende Reise mit der Bahn nach Mexiko-Stadt, dem letzten Emigrationsort Kischs, der zu einem wichtigen Zentrum der Exilanten wird.

1941

Gründung des Heinrich-Heine-Klubs Ende November, Präsidentin: Anna Seghers, Vize-Präsident: Kisch.

1942

Mitarbeit an der Zeitschrift »Freies Deutschland« und an der von der »Bewegung ›Freies Deutschland‹« eingerichteten Zeitung »Demokratische Post« (ab 1943), aber auch an tschechischen Zeitungen in Amerika. Mitglied im Beirat des zum Tag der Bücherverbrennung am 10. Mai gegründeten Verlags El Libro Libre, dessen erste Publikation die deutsche Fassung von Kischs Memoiren »Marktplatz der Sensationen« wird.

1945

Im Verlag El Libro Libre erscheinen die Resultate mehrjähriger Reportagearbeit: »Entdeckungen in Mexiko«

1946
Am 17. Februar Verabschiedung von Kisch und seinem Freund André Simone (Otto Katz) in Mexiko, Reise über New York, London und Frankfurt am Main nach Prag (Ankunft: 21. März). März: Kisch schreibt über die Hinrichtung von K. H. Frank, dem »Reichsprotektor« der Nationalsozialisten in Böhmen und Mähren. Juli: Beobachter beim Prozeß gegen den serbischen Četnikführer Mihailovič in Belgrad. Begegnung mit Josip Broz Tito. Arbeit an der Skizze »Karl Marx in Karlsbad«, Reportagen über die befreite ČSR.

1947
Verschlechterung des Gesundheitszustandes, Aufenthalt im Herzbad Poděbrady. Schlaganfälle (November 1947 und März 1948).

1948
Kisch stirbt am 31. März in Prag. Trauerzug durch die Straßen der Innenstadt, Staatsbegräbnis.

Einleitung

Fünfhundert Leute, sagen Berichte, kamen 1935 in Paris zusammen, Egon Erwin Kischs fünfzigsten Geburtstag zu begehen, deutsche Exilanten, französische Intellektuelle, Schriftsteller aus vielen Ländern. Kisch selbst wäre am liebsten solchem »Rummel« entgangen, seine Mitstreiter bestanden aber darauf, ihn zu feiern – wie auch Zeitungen und Zeitschriften in halb Europa, die anläßlich des Tages auf Sonderseiten seines Lebens und seiner Arbeit gedachten.

Die Ehrung galt nicht nur dem Autor einer als interessant, als informierend, als aufklärend, als gelungen empfundenen Literatur, dem Schriftsteller, der während der Weimarer Republik zu einer wichtigen Gestalt der modernen literarischen Kultur geworden war. Sie betraf ihn als herausgehobene Person einer weiten Öffentlichkeit. Der Reporter hatte sich zur Einheit von Kunst und Politik bekannt, nach Hitlers Machtantritt gehörte er zu jenen, die für die deutschsprachigen Schriftsteller im tschechischen und französischen Exil, für den internationalen Widerstand gegen Nationalsozialismus und Krieg ihre Stimme erhoben. Er vermochte eine Zusammenkunft anzuregen, die Gemeinsamkeiten im Willen dokumentiert, eine humanere Welt zu erringen. Daß so viele seiner herzlich gedachten, zeigte Kisch zugleich als Talent der Befreundung. »Servus, Kisch« – nicht wenige waren es, die ihm damals den Gruß zuriefen, der an seine Prager Herkunft, seine Verbundenheit mit Wien erinnern konnte. Ein Buch unter diesem Titel gab später davon und von Grüßen bei anderer Gelegenheit Auskunft. Äußerungen von Brecht und Döblin, von Barbusse und Tretjakow, von Graf und Renn, von Anna Seghers und Tucholsky, von Becher und Heinrich Mann, von Lukács, Bloch und anderen konnten hier vereint werden, sie deuteten an, wie vielfarbig das Spektrum der Freunde war, die Kisch gewann. Und endlich galt die Feier auch einer Gestalt der Phantasie. Lebendige Schilderungen von Erlebnissen Kischs und von Begegnungen mit ihm waren bei dem Pariser Treffen zu hören, Anekdotisches war in den Geburtstagsartikeln der Zeitungen und Zeitschriften zu lesen. Dieser »König der Reporter«, versichert ein zeitgenössisches Urteil, war ein »zentraleuropäischer Mythos«.

Wie es Kisch gelingen konnte, Literatur zu erzeugen, auch wenn nicht er es war, der schrieb, offenbart ein Roman von Franz Werfel, der von den Jahren des ersten Weltkriegs, von den Monaten des Umsturzes der k. u. k. Monarchie in Wien erzählt. Mit »dreißig Jahren schon ein Journalist von großem Namen« – so heißt es in dem liebevoll und böse gezeichneten Kisch-Porträt. »Seine Stellung hatte er sich durch einige glänzende Abenteuer im amerikanischen Sinn erobert, die er mit einem niederwerfenden Temperament zu beschreiben wußte. Er war als Leichtmatrose auf einem kleinen Segler über den Ozean geschifft; er hatte als Landstreicher eine Walz durch Deutschland unternommen, um die Obdachlosenheime und ihre Gäste kennenzulernen. Als Flößer, als Teepflükker, als Ausgrabungsarbeiter und als Chorsänger hatte er konditioniert und all diese Lebens- und Berufsformen in Aufsätzen beschrieben, die als besonders schmackhafte Spezialität bei Herausgebern und Publikum ausnehmend beliebt waren. Er kann das Verdienst für sich in Anspruch nehmen, der Schöpfer dieser heute vielgeübten publizistischen Spielart zu sein.«

Bei solchem Erinnern wird auch Legende erzählt, Erfundenes in die Lebensbeschreibungen gemischt. Und die Neigung, die Realität von Kischs Lebensgängen zu transzendieren, war durchaus allgemein. Ein wahrer Kern ist aber immer in diesen Wunderbarkeiten, und Zeitgeschichte allemal.

Teepflücker, Walz durch Deutschland? Im Roman mag so etwas vorkommen. Tatsächlich verdingte sich der Reporter als Hopfenpflücker in böhmischen Landen, seiner Heimat: Menschen bei ihrer Arbeit zu beobachten, das war früh und blieb später ein großes Anliegen seiner sozialen Reportage, die sich immer auch als Polemik gegen wirklichkeitsenthobene Literatur verstand. Im Asyl der Obdachlosen nächtigte er schon in der Vaterstadt, in der er vor dem ersten Weltkrieg mit Skizzen aus den Prager Gassen und Nächten Aufsehen erregte: Bilder des Elends und der Verelendeten, auch der Prostitution und der Kriminalität setzte er in einem bewußt konfrontativen Verfahren gegen den Alltagsglauben von bürgerlicher Sekurität. Und anderes von dem, was Franz Werfels Kisch-Figur zugeschrieben ist, konnte zur Spielzeit seines Romans noch gar nicht bekannt sein; anhaltend offenbar blieb des Dichters Aufmerksamkeit auf die Tätigkeit des Reporters gerichtet. Von Ausgrabungen aus der Bronzezeit berichtete Kisch erst 1927 in Berlin, der literarischen und politischen Wahlheimat während der zwanziger Jahre: Geschichte erregte ihn immer, »Reportergänge vergangenheitswärts«, ein »Prager Pitaval«, nicht zuletzt 1934 die »Geschichten aus sieben Ghettos« bezeugen, daß es die schiere Gegenwart nicht war, die ihn zum Schreiben drängte. Und über den Ozean schiffte er zum erstenmal 1928, ein kritischer Beobachter, der nun immer mehr zum Weltreporter wurde: Das »Paradies Amerika« wollte er ausforschen, es von unten zu sehen, benutzte er die Gelegenheit, sich als Handlanger auf einem Frachter anheuern zu lassen, der von Baltimore nach Los Angeles fuhr. Seine Berichterstattung war implizit und explizit Kritik an der Sensationsreportage, die er aus Amerika immer stärker nach Europa vordringen sah, Kritik zugleich an der Art der Reklamereportage, die die Reisebücher zu bestimmen begann.

Die Figur des Reporters zeichnete Kisch immer wieder in seine Reportagen ein, wichtige Titel seiner Bücher verweisen auf die Art ihres Zustandekommens: »Wagnisse in aller Welt«, »Abenteuer in fünf Kontinenten« waren zu bestehen. Als Rechercheur entscheidend beteiligt, die Spionageaffäre Redl ans Licht der Öffentlichkeit zu ziehen; als Filmstatist in Afrika; als Radiomitarbeiter in Moskau; als politisch Verfolgter, der nach dem Reichtagsbrand 1933 in die Festung Spandau geworfen und dann aus Deutschland ausgewiesen wurde; als Historiograph bei den Interbrigaden zur Verteidigung der spanischen Republik 1937/38 – solches Leben gab Gelegenheiten genug, es in Geschichten zu fassen. Kisch selbst war daran beteiligt, seine Biographie auszufabeln – in seinen Erzählungen für Freunde, Interviewer und Besucher (Kisch war ein fesselnder, ein amüsanter Gesellschafter), in seinen Memoiren, denen er sprechende Titel gab: »Die Abenteuer in Prag«, »Marktplatz der Sensationen«. Und sie konnte leicht als Sammelplatz auch für erfundene Storys dienen, als Ort, anekdotisch Pointiertes anzulagern. Noch phantastischer als das wirkliche Geschehen ist das von vielen geschriebene Kisch-Geschichten-Buch.

Franz Werfels Roman »Barbara oder die Frömmigkeit« von 1929 gehört in dieses Buch. Es erinnert distanziert an eine alte Freundschaft, in der Kisch beteiligt war, den Dichter in den Strudel der Wiener Revolution zu ziehen, es ist in seinen Fiktionen von dokumentarischem Wert (der konterkariert Porträtierte, für den das Dokumentarische so wichtig war, hat es selbst bekundet). Geschildert wird die Zeit, da Kisch, wie Werfel durch den Krieg nach Wien verschlagen, Organisator der linksradikalen Soldaten wurde, Pamphletist ihrer Zeitung, Ärgernis der Sozialdemokraten, der Kommunisten um Ruth Fischer, Zielscheibe der reaktionären Presse. Schon vorher aber hat der tschechische Schriftstellerfreund Arne Laurin an dem imaginären Kisch-Geschichten-Buch mitgeschrieben. Von 1914 stammt eine Humoreske, die mit Ironie (einer Stillage, die Kisch gemäß war, weil er selbst sie bevorzugte) aus dem Nachtleben Prags erzählte; zu ihm konnte der Redakteur der ehrwürdigen liberalen Zeitung »Bohemia« wohl gerechnet werden: Mit seinen Auftritten im Kreise der Boheme deutscher und tschechischer junger Künstler, zu denen etwa auch Hašek gehörte, mit seinen wilden Tänzen ging der »Egonek«, wie er hier genannt wurde, bei vielen in die Erinnerung ein. Und wieder von einem anderen Kisch können wir in dem Buch eines Australiers lesen. »On the Pacific Front« nannte Julian Smith 1936 seinen getreulichen Bericht in der Form der lebendigen Skizze, die inzwischen fest mit Kischs Namen verbunden war; er vergaß nicht, schon im Titel hinzuzufügen, daß es »Adventures« waren, von denen er zu reden hatte: Kisch war als Abgesandter des Weltkomitees gegen Faschismus und Krieg nach Australien gekommen, ein Einreiseverbot der Behörden hatte ihn stoppen wollen, er hatte es mit einer bewunderten »sportlichen« Aktion, mit einem Sprung vom Deck seines Schiffes, durchbrochen, viele Menschen waren ihm und seiner Sache mit der Losung »Kisch must land!« zu Helfern geworden, zu Gefährten im Angehen gegen die Gerichte, die seine Inhaftierung wollten. Noch 1950 wird die Bewegung für Frieden und Demokratie, die die Vorgänge um Kisch ausgelöst hatten, im Roman »Power without Glory« von Frank Hardy einen literarischen Nachhall finden.

Die Geschichten erhellen, wie sehr verschieden die Anlässe und Arten waren, durch die Kisch die Stoffe für seine Arbeiten gewann. Der Lokalreporter der Prager

»Bohemia« hatte für Originalbeiträge aus dem Leben der Stadt zu sorgen. Er befreite sich bald aus den Fesseln der Aktualität, wurde zum Mitarbeiter des Feuilletons. In Masken konnte der junge Mann aus gutem Hause seine Streifzüge zu den »Unteren« antreten – wenigstens augenblicksweise wollte er das, was zu beschreiben war, am eigenen Leibe erfahren. Der Offizier des k. u. k. Pressequartiers benutzte sein türenöffnendes Amt, Details der technischen Kriegsmaschinerie zu erkunden. Der Berliner Korrespondent der Brünner Zeitung »Lidové noviny« gab Woche für Woche Kunde von Vorgängen aus dem Deutschland der Inflation. Als Angehöriger einer internationalen Künstlerbrigade besuchte er das sowjetische Mittelasien. In lässiger Verkleidung der politischen Identität arbeitete mitunter der Weltreporter, der nun schon längst Bücher plante, (dem früheren primären Platz seiner Reportagen in den Zeitungen kritisch gegenüberstand – Kisch war sich der Rolle des Mediums für die literarische Arbeit bewußt): Als gutangezogener Herr fuhr er 1932 durch das spitzelbesetzte Land Tschiang Kaischeks, mit Späßen tanzte sein Bericht über die Gefahren hinweg, denen er sich aussetzte bei der Suche nach Nachrichten aus dem chinesisch-japanischen Krieg, dem internationalen Waffenhandel, dem Leben der Arbeitenden, den schon bestehenden Sowjetgebieten Chinas. »Eintritt verboten« heißt eines seiner Bücher – es zeigt, in wie vielen Formen sich der Reporter den Zugang zu geheimgehaltenen Räumen verschaffte. Daß er aber den Einblick erhielt, der es ihm gestattete, über Schlachtengemetzel des ersten Weltkriegs aus der Sicht des einfachen Soldaten zu berichten (in stenografischen Sofortaufzeichnungen, die später fast unverändert in das Buch »Schreib das auf, Kisch!« eingingen) oder über die Tätigkeit und die Intentionen der »Roten Garde« in Wien (in Artikeln, die die Ereignisse begleiteten) – das hat er sich nicht einfach ausgesucht, so wenig wie die Voraussetzungen dafür, daß er einer der ersten wurde, die europäischen Lesern den Terror der Nazis, die SA-Kasernen von innen schildern konnten, daß er Bericht zu geben vermochte von australischen Schiffshaften und Gefängnissen, Massenmeetings und Demonstrationen, daß ihm Notizen sich aufdrängten vom Zwangsaufenthalt auf der US-amerikanischen Einwanderungsinsel Ellis Island, daß er in die Lage geriet, am großen Buch über Mexiko zu arbeiten. Sein Schreiben kam hier aus der Teilnahme an Geschichte, die er erlitt und mitzubestreiten sich bemühte. An Orte, die als Brennpunkte von Zeitablauf und öffentlicher Aufmerksamkeit sich erwiesen, führte ihn seit 1918 häufig seine Stellungnahme als Sozialrevolutionär und Kommunist, als Mann des antifaschistischen Widerstands und der Emigration.

Die Ideenwelt, die zu diesem Leben gehörte, hatte Radikalität – sie wuchs, nach liberalen Anfängen, aus dem Schmerz des Kriegserlebens, aus der Begegnung mit Anarchismus, Sozialdemokratie und pazifistischer Bewegung, aus den in der frühen Sowjetunion gewonnenen hoffnunggebenden Ansichten vom Versuch, eine Alternative gegen die Ausbeutungen und Unsinnigkeiten des kapitalistischen Wirtschaftssystems zu begründen. Sie wurde bestärkt durch Erfahrungen von der elenden Lage des Volkes in den Ländern, die später zur »dritten Welt« wurden. Und gespeist wurde sie aus dem Erleben und dem Wissen um Diskriminierung, Unrecht und Verfolgung, die dem jüdischen Volk in Geschichte und Gegenwart begegnet waren und die den Juden Kisch an die Seite derer brachten, welche auf Änderungen am Grund der Lebensverhältnisse setzten und sie zu erzwingen sich aufmachten. Die Gegnerschaften, die er in seinem Leben auch erfahren mußte, stammen vor allem aus verschieden begründeten Ablehnungen dieser Radikalität. Die vielfältigen Befreundungen wiederum hatten mit deren Eigenart zu tun, mit ihrer unsektiererischen Offenheit. Die rührte her aus dem Festhalten an der Lebensweise und Denkhaltung seiner Heimatstadt Prag, die Kisch als eine »im Grunde hedonistische« kannte, aus der Bindung an die Kultur der Welt, die in ihr manifeste Sehnsucht nach gerechter Lebensmöglichkeit, aus der Verbundenheit mit all den Sprechern einer Humanität, die (wie es in einer Schrift zu Romain Rolland hieß) »Menschenliebe« mit dem Kampf gegen den »Haß« zu vereinen wußten, mit den Linken »aller Quellen« – Erich Mühsams herausfordernde Mahnung wurde von Kisch aufgenommen.

Die unterschiedlichen Situationen, in denen er seine Erfahrungen machte, die unterschiedlichen Blickpunkte gaben den Berichten Kischs verschiedene Grade von Eindringlichkeit und Dringlichkeit – ihnen allen hat er Nachdruck verliehen mit der Geste: »Ich habe es selbst gesehen!«

Nicht vor allem die Bindung ans Abenteuer ist deshalb entscheidend für Kischs Reportage – so abenteuerlich es zuging auf seinen Wegen und sosehr er sich zeitweise als einen »rasenden Reporter« stilisierte, der rastlos »durch die Zeit« hetzt. Entscheidend ist ihre Bindung ans Empirische, an die Beobachtung, an die Recherche aus erster Hand. Und ähnliches gilt für die historischen Skizzen, die er schrieb: Das Selbststudierte ist ihr Ausgangspunkt, die Bindung an das oftmals dem Vergessen entrissene Material ihr Charakteristikum. In Zitaten hat es zu sprechen und meist sind die Orte angegeben, an denen es zur Kontrolle zu finden wäre. Der Reporter, hört man von Kisch, leistet »werktätige Arbeit: denn er ist von den Tatsachen abhängig und hat sich Kenntnis von ihnen zu verschaffen durch den Augenschein«.

Genauer hätte Kisch in solchem Zusammenhang nicht nur vom Augenschein, sondern von den Sinnen sprechen müssen. Auch das empfindliche Hinhören auf Geräusche war ihm eigen – Reportagen von ihm versuchen ihre Beschreibung. Sie geben Hinweise auch auf die nervige Aufnahme von Gerüchen und taktilen Reizen. »Alle Sinne«, so charakterisierte Kisch einmal seinen Erlebnisbereich und seine Erlebnisart, »werden gleichzeitig gefoltert.« Sie alle prägten das den Reporter auszeichnende Gespür für das soziale Klima einer Landschaft, einer Stadtansicht, eines Geschehens. Die Verpflichtung auf sinnliche Wahrnehmung ist ein erstes Kennzeichen von Kischs Bericht. Sein Freund André Simone hat mit Blick auf die späten Jahre allerdings verraten, daß Kisch, der gern selbst erzählen und seine Witze machen wollte, »schon früher ... immer ein schlechter Zuhörer« war. Die schärfsten Berührungen mit der Außenwelt gaben dem Berichterstatter zweifellos die Augen, und er hat diesen Umstand auch theoretisch zu verallgemeinern gesucht, dem Reporter überhaupt im Vergleich mit dem Fotografen eine lichtempfindliche Platte zugeschrieben, die das dem »Augenschein« Gegebene, die »Tatsache« festhalten könnte, und er hat speziell von sich gesagt, er habe »die Welt mit den Augen geknipst«. Optisches war wichtig in Kischs Beobachtungen, man wird freilich finden, daß seine Reportage nicht wie ein Foto anmutet, sie fixiert nichts Statisches, in ihr geht es dynamisch zu. Eher könnte der Film als Analogon stehen, und Kisch hat nicht zufällig auch diesen Vergleich benutzt: Viele Berichte notieren ihre Materialien in der Art, wie sie einem Besucher bei seinem Weg nach und nach in die Augen fallen könnten. Daß Kisch am Ende seines Lebens daran dachte, selbst zu machen, was er schon früh bewunderte, einen Dokumentarfilm, ist ebensowenig erstaunlich wie der inzwischen längst realisierte Einfall, Reportagen von ihm zu verfilmen.

Kritische Theorie hat seit den zwanziger Jahren, seit der Zeit, da die Reportage eine Mode wurde, solche Bindung an den Augenschein unter heftige Zweifel gestellt. Vor dem Hintergrund des traditionellen Idealismus und der Verlogenheit der Presse konnte sie den neuen Hunger nach Unmittelbarkeit, die darin redende Polemik verstehen. Krakauer und Brecht aber waren sich einig in der Überzeugung, daß das an der Gegenwart Sichtbare die sie bewegenden Mechanismen nicht herausgibt, daß das versteckte Getriebe nur analysierend zu entdecken und konstruierend zu zeigen ist. Lukács und Benjamin haben verächtlich von dem factum brutum, der rohen Tatsache, von dem Reportier- und Faktenkram gesprochen, der mit dem anschauenden Verfahren bloß zu übermitteln wäre. Feuchtwanger und Roth pochten gegen die Verabsolutierung der Dokumentation, der Tatsacheninformation auf den Wert einer Gestaltung, die von einer verantwortlichen Subjektivität, vom Lebensgefühl des Autors ausgeht. Kisch nun aber – und das zeigt auf die besondere Stelle, die er im Spiel der Literatur einnahm – wurde im allgemeinen von dieser Kritik ausgenommen als ein Mann, der es verstand, in seinen Episoden die treibenden Kräfte sichtbar zu machen, der in der Wiedergabe von Gesehenem die Wahrheit offenlegte, im Augenblick die Geschichte.

Liebhaber diskursiven Denkens könnten vermuten, es sei diese Leistung der Reportage Kischs einer gelungenen Verbindung zu danken, einer geglückten Mischung von Bild und erläuterndem, erklärendem, Aussichten vermittelndem Kommentar. Ein schärferes Hinsehen wird jedoch erkennen lassen: Es gab zunächst die Art der Wahrnehmung Kischs den Grund her, daß seine Reportagen zu der anderen Sorte von Berichten wurden, die Einstellung der

Optik, die die Eindrücke lieferte. Gesteuert war sie von einer nicht zu stillenden Neugierde auf die Eigenarten von Daseinssphären gleich nebenan und in fernen Ländern, des Heute und Gestern, von der Fähigkeit des Staunens über das So-Sein dessen, was an Charakteristischem und darin auch an Kuriosem in die Augen fiel. Und geregelt wurde sie zugleich von sozialem Gefühl: »Arbeit und Lebensweise« sollten sichtbar gemacht werden, erfaßt wurden die Zeichen von Armut und Leid, von Verfolgung und Unterdrückung, von der Kraft des Widerstehens und des konstruktiven Tuns. Eine schlichte Menschlichkeit gab dabei die Werte für die Farben her, in denen die so aufgenommenen Bilder erschienen. Gesellschaftliches und historisches Wissen schließlich gab ihnen Perspektive, es ermöglichte Kisch, die Wirklichkeit in einer Form zu erfassen, für die er den klassischen Begriff bei Alexander von Humboldt lernte, in der Form der »intellektuellen Anschauung«, die im Detail den Zusammenhang wahrzunehmen gestattete, in der Situation die Bewegung, in den Momenten die langen Linien der Geschichte, in den Veränderlichkeiten das Wiederkehrende, im Neuen das Uralte. Die Kommentare, die Kisch dem von ihm Gesehenen beigab, lagen mitunter jenseits des Stoffes, den er darbot, entsprangen Hoffnungen und Wünschen – in seinen klassisch gewordenen Stücken aber wirkt die Empirie des Intellekts. Was sie bis heute lesenswert macht, ist die Fülle der verweisenden Einzelheiten, die sie ausbreiten. Ihrer Dichte können wir nachsinnen.

Anschauung des Alltags, soziale Erkenntnis und Perspektive der langen Dauer in der Schütte der Details – ist es das allein, was den Reiz der Reportagen Kischs ausmacht und seine kleine Theorie vom Reportageschreiben zum nützlichen Studienobjekt werden läßt? Zweifellos gibt es dafür einen weiteren Grund. Phantasie setzte er auch ein, die Interessantheit, ja die Unterhaltsamkeit seiner Berichte zu erzeugen. Theoretisch hat er in seiner Frühzeit wohl behaupten können, die Wirkungskraft der Reportage liege bei den Fakten, die sie aufgreift; praktisch ging es ihm niemals darum, die Tatsache einfach zu registrieren und durch sich selbst wirken zu lassen. Er wußte um die Bedeutung literarischer Darstellungskraft. Die Verfahren, die er in der Arbeit an Gedichten, Erzählungen und Bühnenstücken erprobt hatte, ehe er sich ganz auf den Bericht konzentrierte, gebrauchte er, seinen Reportagen Glanz zu geben: Sie enthalten versteckte lyrische Passagen, in sie sind kleine Erzählungen und dramatische Dialoge eingebaut. Die Richtung auf den erwarteten, den gewollten Leser wirkte mit, wenn Kisch an dem arbeitete, was Kritiker dann als »Kunstreportage« begrüßten. Seine Mittel setzte er ein, um effektvoll dem entgegenzutreten, was er »Tag für Tag als Gnadenbrot für Massenleser« gebacken sah. Deshalb auch verlangte er in seinem letzten Programm, das er kurze Zeit nach seinem fünfzigsten Geburtstag vortrug, vom Reporter die »Besinnung seiner Künstlerschaft«, eine Arbeit, die seinen spröden Modellen »Farbe und Perspektive« gibt, die es ihm gestattet, »die Wahrheit präzis hinzustellen, ohne Schwung und Form zu verlieren«.

Mit den literarischen Wurzeln der von ihm verteidigten Schreibart war Kisch gut vertraut – nur ein verkürzendes Denken sieht sie allein aus der Zeitungspublizistik entspringen. Sie »literaturfähig« zu machen, hieß für ihn (in seiner nie ganz aufgegebenen Bindung an den Kanon traditioneller Ästhetik), sich ihrer Ahnen zu erinnern, an eine bedeutende, doch lange übersehene Tradition anzuschließen. In Deutschland war die Linie dieser Schreibart relativ schmal – Kisch berief sich etwa auf Sturz, auf Forster, auf Heine –, und sie war in seiner Zeit wie verschüttet. Mehr als hier fand er anderswo Anreger und Vorbilder: bei den Berichtsverfahren von Charles Dickens, Emile Zola, Jan Neruda. Daß er bestrebt war, sich solchen »Werkzeugs« zu vergewissern, machte seine reiche Anthologie vom »Klassischen Journalismus« klar. Sie gibt Proben auch aus der Geschichte des literarischen Berichts, und in den beigegebenen Autoren-Medaillons offenbart Kisch, wie ihm frühere Schriftsteller zum Beispiel wurden und zur Mahnung, Kontinuität herzustellen in der »Geschichte der geistigen Kämpfe«.

Prager Gassen und Umgebung

Lever der Stadt

Schon wieder ist's Tag geworden. Man registriert dieses Faktum, wenn man die Türe schließt und auf die Straße tritt. Da drinnen spielen die Zigeuner den Rákoczy-Marsch zum Abschied, aber die aufpeitschenden Zimbaltöne dringen nur gedämpft heraus und haben in der Morgenluft ihre faszinierende Wirkung eingebüßt. Man knöpft sich fröstelnd den Rock zu, entzündet die letzte »Prinzesas« und ist der Sonne gram, die schon wieder einmal über dem Wysotschaner Firmament aufgestiegen ist, bevor man noch zu Hause im Bette liegt. Man verflucht Wein, Gesang und Weib. Verflucht sich selbst.

Beim »Spinka« bleibt man stehen. Die ersten Elektrischen fahren auf, immer in einer Richtung von der Remise kommend, so schnell, daß man denken könnte, man wäre in Berlin oder sonst in einer Großstadt. Aber bekanntlich wird das Tempo immer langsamer, und erst um Elfe abends, auf dem Wege zur Remise, erlangen die Waggons wieder Schnelligkeit. Vom oberen Wenzelsplatz kündigen große Staubwolken das Herannahen der Hygieia an, den stattlichen Zug Prager Straßenkehrer mit dem Zeichen ihrer Macht, dem Kehrbesen. Sonst ist der Platz menschenleer, auf den sich die Prager sonst so viel einbilden, weil er die Stelle ist, auf der sich das Großstadtgetriebe ent- und abwickelt, und weil er einen Inselperron hat wie der Potsdamerplatz. Auch das Kandelaber-Grandcafé fehlt schon beim »Spinka«, Punkt vier Uhr ist das geräderte Teehaus zur städtischen Sparkasse übersiedelt, wo es den Marktweibern, den Fuhrleuten, deren Helfershelfern und den mächtigen Marktpolizisten einen heißen Morgentrunk kredenzt. Auch der Standplatz der Droschken ist verwaist. Nur der Polizist steht Tag und Nacht da; mißmutig wartet er mit heißem Sehnen auf den Missetäter oder mit noch viel heißerem auf die Ablösung.

Aus den Nachtlokalen tönt noch Musik, ersterbend. Der alte Fiala in seinem alten, abgetragenen Havelock, der nächtliche Wetterprophet, kommt vorüber. Um zwei Kreuzer prophezeit er den Gästen das schönste Wetter, um drei Kreuzer gibt er es sogar schriftlich; sein Stolz ist, daß er den Zusammenstoß des Halleyschen Kometen mit der Erde und ihrem Untergang mit derselben Bestimmtheit vorausgesagt hatte wie die Sternwarte der Harvard-Universität.

Die alte Frau da mit der alten Seidenmantille, die wohl auch einstens bessere Nächte gesehen hat, spielt den Gästen in der Weinstube auf der oberen Neustadt bis früh zum Tanz auf; sie hat eine Familie zu ernähren und weiß nicht, ob der Erlös der Nacht ausreichen wird, aber sie darf sich ihre Besorgnis nicht anmerken lassen und muß das belebende Lied von den »Honey boys« immer wieder mit Verve spielen, muß immer wieder ihre Zündhölzchenkunststücke zum besten geben und muß immer wieder den Pommery trinken, den ihr splendide Gäste widmen. Dort kommt im Laufschritt ein Einjährig-Freiwilliger. Vor drei Stunden konnte man ihn noch bei »Gogo« tanzen sehen. Aber welch eine Metamorphose hat er durchgemacht! Mitten in all dem Glanz und Flitter da hatte er blitzende Lackschuhe, elegante, hellblaue Kammgarnhosen mit Strümpfen, einen tiefdunklen Waffenrock mit hohem Kragen und strahlenden Silbersternen und eine Mütze – die Vorschriftswidrigkeit selber. Jetzt aber ist der Glanz der Sterne verblichen, der der Schuhe verblaßt, der Kragen zusammengeschrumpft, die Mütze hat ihre Buntheit eingebüßt und ist grau und fad wie der Morgennebel und wie der

Staub, der in dichten Schwaden aus dem Besen der Straßenkehrer emporwächst. Und der Blick des Marsjüngers, der um zwei Uhr nachts so stolz und sieghaft war, ist jetzt müde und neidisch, wie eben der Blick eines Soldaten sein kann, der nach durchjubelter Nacht zum Exerzieren auf den Sandberg eilt und einen Zechkumpan trifft, der jetzt ruhig schlafen geht. Dort kommt der alte Lederer, seit langem Detektivinspektor im Ruhestande. Aber er kann nicht schlafen. An vierzig Jahre hat er gelauert wie eine Spinne, hat er gefahndet und inspiziert – nun kann er das Nachtwachen nicht mehr lassen und geht die ganze Nacht spazieren. Ein Gummiradler kommt vorüber. Valeska, die »Direktrice« des Moulin Rouge, fährt nach Hause. Gleich hinter dem Gummikutscher rollt ein schweres Gefährt durch die Gasse: Die Kanalräumer haben ihr nächtliches Tagewerk beendet.

Es ist die Stunde des Schichtwechsels. Ein Teil der Stadt geht schlafen, ein Teil der Stadt erwacht. Noch ist nicht Frühstückszeit, und schon leiht die Sorge um den Mittagstisch den Gassen das Gepräge. Eine lange Kette von Landwagen, Geflügel als Passagiere. Hundegespanne mit Gurkenladung, riesige Streifwagen mit Kohlköpfen und Salat, die weißen Wagen der Dampfmolkereien, Bauersleute mit gemüsebeladenen Schubkarren, alte Weiber mit Schwämmen, Erdbeeren und anderen Waldfrüchten eilen der Altstadt zu. Sie bringen dem »Bauche von Prag« ihre Opfergaben. Die Weiber, die seit dem Abend unter den Lauben des Kohlmarktes auf dem Straßenpflaster zusammengekauert oder lang ausgestreckt geschlafen haben, stellen sich längs des Trottoirs hinter ihren Körben auf, in denen Obst und Pilze sind. Sie suchen die Ware in der Zeit von vier Uhr bis sieben Uhr früh loszuwerden, da sie innerhalb dieses Zeitraumes noch keine Marktgebühr zu entrichten haben. Deshalb ist in diesen drei Stunden die Ware billiger, die armen Proletarierfrauen, die reichen Gemüsegroßhändler und die noch reicheren Zwischenhändler decken schon jetzt ihren Bedarf.

Auf dem Altstädter Ring ist um diese Zeit Markt. Haben Hussiten ihre Wagenburg rings um die Statue der Mutter Gottes aufgerichtet? An hundert Gemüsewagen stehen hier mit vorgespannten Pferden und lassen drei Straßen frei, in denen sich das Kaufgetriebe abspielt. Es sind fast durchweg Gemüsehändler, die einkaufen. Nur an der letzten Wagenreihe, die der Teinkirche am nächsten ist, drängen sich auch Frauen. Hier werden Kartoffeln feilgeboten, und die Arbeiterfrauen müssen einkaufen, bevor in den Preis die Marktgebühr einbezogen wird. Punkt sieben Uhr rollen die letzten Wagen davon, der Platz wird gefegt, und die Prager, die erst jetzt erwachen und über den Ring gehen, haben jahraus, jahrein keine Ahnung, daß hier vor kurzem Jahrmarktstreiben herrschte.

Um diese Zeit neigt sich auch das wogende Leben, das von drei Uhr morgens ab in den Kaffeehäusern und Suppenstuben der Galligasse und der Rittergasse herrschte, seinem Ende zu. Hier sitzen die Damen der Halle im Lokale, in dessen Mitte, ganz wie im Orient, der Herd steht, und besprechen bei einer Tasse Kaffee, die 20 Heller kostet, und bei einer Wuchtel um 6 Heller die österreichische Agrarpolitik und ihre Einwirkung auf die Fleischteuerung. Vergleichsziffern aus alten, besseren Zeiten illustrieren diese politischen und wirtschaftlichen Enunziationen. Manchmal ißt man vielleicht auch eine »drštková polévka« dazu, was laut Ranks Wörterbuch deutsch »Kuttelflecksuppe« heißt. Na ja, Ranks Wörterbuch ist eben kein Kochbuch, und so kann darin nicht verzeichnet sein, welche Fülle geheimnisvoller Ingredienzien eine gewöhnliche Kuttelflecksuppe zu einer landesüblichen »drštková« stempelt. Die Schnapsbutiken sind voll von Leuten, die sich aus den zahllosen Fäßchen den bunten Lethe irdischer Unterwelt reichen lassen. Die Gassen beleben sich immer mehr. Bäckerjungen, Fleischereigehilfen, die auf dem Rade aus der Holleschowitzer Zentralschlachtbank in den Laden fahren, Nachtwächter, Plakatankleber und Zeitungsausträgerinnen sind die Passanten.

Schon wird der Posten eingezogen, der während der Nacht im »Alten Gericht« die Kasse des Steueramtes bewacht hatte. Der Hausmeister öffnet das Haustor, der Bedienstete der »Wach- und Schließgesellschaft« geht nach Hause.

Ausschank von Kalorien

Und nun, da ich in flatternden Fetzen zur Wärmestube ging und nun mich des Schutzes gegen den Winter entledigt hatte, spürte ich, kaum daß ich auf der Straße war, was es heißt, der Gewalt des Frostes wehrlos ausgeliefert zu sein.

Von der Čertovka her, dem Moldauarm, der die Kampa umfließt, mischte sich schwere Feuchtigkeit in die eiskalte Atmosphäre, die dicken Schwaden, welche rings um die brennenden Gaslaternen sichtbar waren, erweckten den Anschein, als ob die frierende Luft sich an die Lichter herandränge, um sich zu wärmen ...

Nach kurzem, aber eisigem Wege war ich in der Wärmestube. Sie ist in einem niedrigen Gebäude in der Belvederegasse untergebracht, das an den Landschulrat anschließt. Rechts ist der Eingang in die Abteilung für Frauen, links in die für Männer. Durch diesen ging ich, durchschritt einen kurzen Korridor und war dann vor einer Glastüre. Ich öffne sie und bin in der Wärmestube. An dreißig Menschen wenden sich ruckartig gegen den

Ankömmling, ich fühle mich von ebenso vielen Augenpaaren scharf, durchdringend und verdächtigend gemustert. Sich ein Plätzchen zu suchen, ist nicht so einfach. Das Zimmer ist klein, und die dreißig Menschen sitzen dicht aneinandergeschmiegt auf den Bänken, welche an beiden Längswänden und parallel zu diesen in der Saalmitte sowie an einer Breitseite aufgestellt stehen. Die der Tür gegenüberliegende Breitwand des Raumes ist frei; hier ist der Eingang in die Küche und der Schalter, an dem man zu Mittag eine Suppe und Brot bekommt. Zwischen zwei Schlafenden ist doch eine Handbreit der Bank frei geblieben; indem ich den einen Schläfer beiseite schiebe – er rückt mechanisch weiter –, kann ich mich niedersetzen. Die Blicke der Leute rutschen wieder von mir ab, und die Gespräche, die während meiner Installation verstummt waren, werden wieder fortgesetzt.

Da sitzen sie, die wehrlosen Feinde des Frostes, da sitzen sie in ihrer einzigen Zufluchtsstätte. Aber auch hier, wo sie der Gegner nicht fassen kann, legen sie ihre schwache Wehr nicht ab. Alle haben ihre zerschlissenen Winterrökke und ihre Hüte anbehalten, alle haben ihre Rockkragen aufgeschlagen, fast alle haben Tücher um ihre Ohren geschlagen. Der eine hat Pulswärmer an – zwei Tuchmuster oder Strumpfteile, die mit Spagat am Handgelenk festgebunden sind. Alle sitzen zusammengekauert und aneinandergeschmiegt da. Besonders dicht ist die Reihe in der Ecke, an den Eiszonen. Die Zunächstsitzenden halten ihre Hände an den graphitartig glänzenden Ofen, als wollten sie in der kurzen Spanne Zeit ein möglichst großes Quantum Wärme in sich aufnehmen.

Armselige Gestalten! Es ist ein grau in grau gemaltes Bild, das man hier im Lichte einer Gasflamme sieht. Einer hat sich seinen Stiefel ausgezogen und bindet mit schmerzverzerrter Miene einen schmutzigen Fußlappen um seinen über und über blutigen Fuß. Ein Jüngling, der ein rotes Tuch nicht ohne Koketterie um den Hals gebunden trägt, legt einen Taschenspiegel auf sein Knie und freut sich seiner Locken; man würde schwören, sie seien mit einer Brennschere gekräuselt, aber wo hätte er die erwärmen können? Oder dreht er sich, bevor er sich nachts in einem Kanal zum Schlafe bettet, Papilloten ins Haar? Ein alter Mann, Modell für Skarbina, blättert verzweiflungsvoll in seinem Arbeitsbuch – er sucht wahrscheinlich, ob er bei seiner Stellungssuche in Prag nicht einen Dienstgeber vergessen hat.

Alle fluchen dem Winter. Daß es heuer keinen Schnee in den Straßen zu schaufeln, kein Eis auf der Moldau zu hacken gibt. Die anderen fluchen den Polizeibezirksleitern und Bezirksrichtern, die so streng sind, gerade im Winter milde zu sein.

»Voriges Jahr hab' ich im Sommer in Deutschbrod drei Wochen wegen Bettelei bekommen, und vorige Woche hat mir der Schuft nur vierundzwanzig Stunden gegeben«, schimpft einer. Ein anderer erzählt mit verschmitztem Gesicht:

»Mich hat vorgestern in Smichow der Kommissär gefragt, ob ich mir nicht Arbeit suchen wolle. Da hab' ich gesagt, ich werde jetzt Hopfen pflücken gehen.« Alle lachen. Dann wendet sich der Spaßvogel zu dem Burschen mit dem roten Schlips:

»Wer wird denn jetzt Fahnenträger bei den Ausflügen der Sträflinge sein, wenn du ihnen untreu geworden bist?« Neuerliches Hallo. Aber der Verspottete frisiert sich ruhig weiter:

»Ich hab's erledigt. Aber du wirst erst anfangen.«

Dann wird der Strafvollzug in den einzelnen Gerichten Böhmens und Mährens einer vergleichenden Erörterung unterzogen. Der eine lobt sich seine Salonzelle in Mährisch-Budwitz, der andere schimpft auf sein Gerichtsquartier in einer südböhmischen Stadt. Auch das Schubwesen und die Behandlung in den einzelnen Schubstationen werden fachlich besprochen, und es gibt keinen Mißstand, der nicht auf Grund reicher Erfahrungen vollkommen aufgedeckt würde. Man sollte die Stammgäste der Wärmestuben bei Enqueten in Justizangelegenheiten heranziehen. Sie sind ja die Hauptbeteiligten und wären zweifelsohne die bestinformierten Experten.

Einer, der das große Wort führt und viel von Weibern und Pferden erzählt – allerdings von solchen, die nicht edler Rasse sind – hat mich ins Auge gefaßt:

»Gehst du heut ins Asyl?«

Ich verneine. Erst am nächsten Donnerstag sei der Monat um, seit dem ich dort war, also könne ich erst nächste Woche wieder hingehen. Aber der Kerl läßt nicht locker.

»Du bist ein Schneider, nicht wahr?« fragt er mich.

»Ich bin Handlungsgehilfe«, ist meine Antwort.

»Du handelst wohl mit alten Hadern«, sagt er und weist auf meinen derangierten Anzug. Ein lautes Lachen geht los.

»Nun ja, jeder kann nicht so elegant herumlaufen wie du«, gebe ich ihm zurück. »Der hat dir einen Flek (Trumpf) gegeben«, ruft ein junger Bursch meinem Widersacher zu.

Einige holen aus ihrer Tasche ein Stück des Brotes hervor, das ihnen zu Mittag verabreicht worden ist, und beginnen zu kauen. Von Zeit zu Zeit erhebt sich einer, langt nach der Wasserkanne, die auf einer Konsole steht. Dann gießt er sich Wasser in einen Blechtopf, der mit einer Kette an der Wand befestigt ist. Mein Nachbar, der inzwischen erwacht ist, trinkt den Topf viermal leer. Dann wischt er sich den Mund ab und sagt: »Brr, wenn ich nur heute vier Kreuzer auftreiben könnte. So ein Gläschen Kornschnaps konnte nichts schaden.«

Der Bursch mit dem roten Scarf und dem auf rätselhafte Weise ondulierten Haar hat andere Gelüste. Er steckt sich einen schmierigen Tschick in den Mund und entfernt sich mit einem Schnalzen aus der Wärmestube: »Jetzt wird fein geraucht.« Nach fünf Minuten ist er wieder da.

Um halb sechs Uhr vergattern sich die Leute, die in das Nachtasyl schlafen gehen, und verlassen das Lokal. Für die Zurückbleibenden gibt es nur einen Gesprächsstoff: das Nachtquartier. Der eine rühmt sich, daß ihm seine Geliebte heute Obdach gewähren werde, der andere weiß sich eine feine Scheuer in der Nähe des Baumgartens, ein Dritter erzählt von einem angenehm warmen Ziegelofen in Koschiř.

»Du meinst die Ziegelei Kudela?« wird er gefragt.

»Das weiß ich nicht. Ich schlafe schon seit vier Jahren im Winter dort, aber ich weiß gar nicht, wie die Ziegelei heißt.«

Um sechs Uhr rasselt der kleine, blonde Mann, der durch eine blaue Schürze, einen sauberen Anzug und ein Käppi als der Aufsichtsmann der Wärmestube kenntlich ist und der bislang ruhig an einer Ecke der Bank gesessen ist, ostentativ mit seinem Schlüsselbund. Das ist die Mahnung zum Aufbruch. Alles steht auf, jeder geht noch zum Ofen, als ob er etwas Wärme als Wegzehrung mitnehmen wolle, einige Kalorien als Taschengeld. Dann geht es hinaus. Hinter uns wird die Türe gesperrt. Der Schlafbursche der Ziegelei wendet sich auf dem Korridor an mich.

»Komm mit mir nach Koschiř schlafen.«

»Warum denn? Bist du dort allein?«

»Allein! Es sind gewöhnlich vierzig dort. Größtenteils Drahtbinder.«

»Also, weshalb willst du, daß ich mitgehe?«

»Na, der Weg ist weit, und zu zweit geht sich's besser. Komm mit!«

»Ein andermal. Heute werde ich noch bei einem Freunde schlafen.«

Dann treten wir auf die Straße hinaus.

Es ist schon dunkel.

Jauchzend umpfeift der kalte Wind die zusammengeduckten Jammergestalten, die sich für eine knappe Zeitspanne vor ihm versteckt gehalten hatten, ihm aber nun wieder willenlos preisgegeben sind, für eine lange Winternacht.

Stille Nacht, Heilige Nacht

Ein neuer Besen, fegte ich gut durch alle Straßen, um einen Kriminalfall zu erhaschen. Keinen Taschendiebstahl meldete der Polizeibericht, den ich nicht durch ein Interview mit dem Beschädigten, durch Beschnüffelung des Tatortes und Recherchen auf eigene Hand zu einer cause célèbre auszugestalten versuchte. Nachts schlich ich in die Polizeikommissariate, hoffend, Zeuge einer aufregenden Szene zu werden oder wenigstens einen Blick in ein sensationelles Protokoll tun zu können. Selbstverständlich drang ich nicht als Berichterstatter in die Wachstube ein, da man mir dort keine Auskunft geben durfte – im Gegenteil, man hätte vor dem Reporter besondere Vorsicht walten lassen. Ich kam also unter Vorwänden: zum Beispiel zeigte ich in einer Nacht an sechs verschiedenen Stellen den Verlust meiner goldenen Uhr an, die ich niemals besessen. Ins Sicherheitsbüro, wo man natürlich wußte, wer ich war, kam ich täglich offiziell, um etwas privat zu erfahren, und es gelang mir auch, an jedem Sonntag mit einem Fall, von dem die anderen Reporter keine Ahnung hatten, eine Spalte zu füllen. Für die Weihnachtsnummer wollte ich etwas Sensationelles, etwas Ausführlicheres berichten, aber weder in der Aufnahmskanzlei noch im daktyloskopischen Laboratorium, wo ich unter allerhand Ausreden gierig umherstrich, ließ sich eine Nachricht erlangen.

Als ich ins Zimmer des Beamten trat, der für das Fahndungsblatt Laufzettel über gestohlene Kleinigkeiten, Steckbriefe entwichener Landstreicher, Verzeichnisse verlorener Legitimationen oder Wertpapiere zusammenstellte, wurde ihm ein Telegramm übergeben. Das ist meine Weihnachtssensation, durchzuckte es mich, und ich bat den Beamten, mir die Depesche zu zeigen. Der tat es mit überlegenem Lächeln, denn solche Zirkulartelegramme, die an alle Polizeibehörden europäischer Hauptstädte gesandt werden, kommen täglich an und können selbst vom eifrigsten Polizeiberichterstatter nicht registriert werden. Diesmal lautete es: »nachtrag zu sechzehn körpergröße wolodarski nicht hundertfünfzig sondern hundertsechzig polizeidirektion przemýsl.« Das war höchst uninteressant für die Zeitungsleser und erst recht für den Reporter.

Trotzdem verlangte ich das Telegramm sechzehn zu sehen, zu dem das heutige der Nachtrag war. Im Index des Fahndungsblattes fand sich der Name Wolodarski viermal vor. Er war ein Mitglied der Einbrecherbande Wasinski, die im Sommer ins Steueramt von Przemýsl eingedrungen war und fast zwanzigtausend Kronen erbeutet hatte. Im Oktober gewann sie in der Stadtkasse von Kaschau vierzehntausend Kronen durch Einbruch, einige Wochen später fielen den Geldschrankknackern die Barbestände des Olmützer Finanzamtes in die Hände. Anfang Dezember wurden sie in Teschen im Kassenraum der Statthalterei überrascht, konnten aber – durch Revolverschüsse die Verfolger einschüchternd – mit stattlichem Raub entkommen. Der Bande gehörten außer dem Chef, dem fünfundzwanzig Jahre alten ehemaligen Eisendreher Wassili Wasinski (besondere Kennzeichen: Daumen und Zeigefinger der linken Hand fehlen), folgende Mitglieder an: der ehemalige Schmied und Wanderathlet Franz Adamski, dreißig Jahre alt, ein Meter zweiundneunzig groß, Pockennarben im Gesicht (Tätowierung auf dem rechten Oberarm, darstellend zwei Hanteln und ein Herz mit dem Namen »Wanda«), der etwa zweiundzwanzigjährige Handelsangestellte Bernhard Brünner, schwarzes oder dunkelbraunes Schnurrbärtchen, abstehende Ohren, der sechzehnjährige Gelegenheitsarbeiter Paul Szafranski (hellrotes Haar, linkes Ohr verstümmelt), drei oder vier unbekannte Männer und jener Wladimir Wolodarski, dem die Nachtragsdepesche galt. Seltsamerweise hatte keiner dieser erfolgreichen Verbrecher eine Vorstrafe, Wasinski war aus dem Untersuchungsgefängnis in der Ulica Batorego geflüchtet, eine vom Bezirksgericht Strij gegen Adamski wegen Raufhandels verhängte achttägige Arreststrafe lag schon elf Jahre zurück, und von den anderen wußte man nicht einmal die genauen Personalien.

Über ihre Einbrüche war in Wiener und Berliner Zeitungen bestenfalls in kurzen Meldungen berichtet worden, es waren Ereignisse aus Polen und von der polnischen Grenze – ich aber mußte einen Prager Lokalfall haben und entschloß mich daher, die polnische Verbrecherkolonne in Prag eintreffen zu lassen, wenigstens gerüchtweise.

Die Zeitungen von Przemýsl, Kaschau, Olmütz und Teschen, in denen die Notizen über die Amtseinbrüche standen, waren mit einiger Mühe und drei- bis viertägigem Zeitverlust beschafft, und mein Weihnachtsartikel konnte geschrieben werden.

»Einbruchsdiebstähle in öffentliche Ämter. – Die Wasinski-Bande in Prag eingetroffen.« Die Delikte, die Schauplätze, die Beute, die Technik und die Personalien der Täter schilderte ich ausführlich und wies nach: Der

Trupp, von Przemýsl über Kaschau nach Olmütz und Teschen kommend, könnte als nächste Station nur Prag gewählt haben. Ich behauptete, es seien bereits Anzeichen ihrer Ankunft vorhanden. »Da Wasinski und seine Leute«, so schloß mein Artikel, »gewiß die Stille des Weihnachtsabends zur Ausführung eines großen Coups benützen und gegebenenfalls vor einer Bluttat nicht zurückschrecken, werden die Prager Detektive heute keine Weihnachtsruhe halten können.«

Durch diese mehr als kühne Voraussage war örtlich und räumlich die Begründung für Größe und Aufmachung des Sensationsartikels gegeben, auf solche Weise war er die ersehnte Lokalaktualität. Die Weihnachtsnummer der Zeitung mit meinem Artikel war fertig. Setzer und Drucker verließen um sechs Uhr das Zeitungsgebäude, um den Heiligen Abend im Kreise der Ihren zu verbringen. Am nächsten Morgen wurde das Blatt den Lesern zugestellt, in dem die Prophezeiung für gestern abend stand ...

Inzwischen ereignete sich folgendes: Eine Familie, in der Nähe des Hauptpostamtes wohnend, hatte gegen acht Uhr abends das Dienstmädchen um Wein in den Keller geschickt; die Magd vernahm unten Axtschläge, die ihr am Weihnachtsabend besonders verdächtig vorkommen mußten, und sie alarmierte die Hausbewohner. Als diese in den Keller einzudringen versuchten, knallten ihnen Schüsse entgegen, man eilte auf die Straße, Polizei zu holen, und sah aus dem Nachbarhause einige Männer herausstürzen; die Flüchtenden wandten sich um, schossen gegen ihre Verfolger und verletzten vier Passanten. Der zufällig des Weges kommende dienstfreie Gefängnisaufseher Kautsky ergriff einen der Fliehenden, dieser streckte ihn im gleichen Augenblick mit einer Revolverkugel nieder und verschwand im Neubau eines Eckhauses. Einer seiner Komplizen, ein Hüne, stolperte, stürzte zu Boden – bevor er sich aufzurichten vermochte, hatten sechs Männer seine Arme und Beine umklammert, und es gelang ihnen, ihn festzuhalten, bis Polizei eintraf, ihm Handschellen anlegte. Alle anderen waren entflohen.

Als ich am Tatort ankam, lag Gefängnisaufseher Kautsky auf einer Bahre, er atmete noch, jedoch der herbeigerufene Arzt erkannte, daß keine Hilfe mehr möglich sei. Die vier Verletzten wurden verbunden. Aus den Fenstern der Wohnungen, in denen Christbäume brannten, schauten erschreckte Menschen. Der Neubau war von Hunderten Neugieriger umstellt – Kommissäre, Schutzleute und Polizeihunde suchten alle Gerüste ab, alle Aufzüge, alle Ziegel und Bretterhaufen. Das Haus, in dessen Keller die Verbrecher gearbeitet hatten, wurde gleichfalls vergeblich durchforscht; man konstatierte nur, daß sie die Kellerwände der Nachbarhäuser durchbrochen hatten, um im Falle einer Entdeckung nach zwei Seiten flüchten zu können, auch die Seitenmauer des Postgebäudes war durchlöchert und der Weg zum Kassenraum bereits frei. Dort, wo viermalhunderttausend Kronen in bar und Postwertzeichen für etwa eine halbe Million Kronen lagen, hatten die Einbrecher während der drei Weihnachtsfeiertage ihr Werk tun wollen.

Der gestolperte und festgenommene Mann war auf die Wachstube gebracht worden. Neben dem Weihnachtsbaum, dessen Lichter man verlöscht hatte, hockte er wie ein überlisteter Riese aus dem Märchen hilflos da, als ich unbeachtet eintrat. In allen Sprachen redete man auf ihn ein, denn man wußte aus den unverständlichen Worten, die sich die Verbrecher auf der Flucht zugerufen hatten, daß es sich um Ausländer handelte. Die Beamten wandten ihre Kenntnis spanischer, italienischer und französischer Brocken auf, um Fragen zu stellen, aber der pockennarbige, flachstirnige Hüne schaute teilnahmslos ins Leere, mit gefesselten Füßen saß er in der Mitte des Zimmers, den Rücken an die Stuhllehne gepreßt, den Kopf steif emporgerichtet, die Hände mit einer Spange vor dem Bauch aneinandergeschlossen. Ein Dorfathlet!

Sofort war mir klar, daß es einer der Bande war, mit deren Personalien und Tätigkeit ich mich in den letzten Tagen so intensiv beschäftigt hatte, und ich wußte auch, welcher. Hinter ihm und dem Christbaum stehend, verhielt ich mich vorerst ruhig. Da die Polizei jedoch nicht ahnte, mit wem sie es zu tun hatte, rief ich halblaut: »Adamski.«

Im selben Augenblick vernahm man das laute Klirren aneinanderschlagenden Metalls.

Die Beamten sprangen teils erschreckt zurück, teils auf den Giganten zu, um ihn am Arm zu fassen, denn sie dachten nichts anderes, als daß er seine Fesseln gesprengt habe. Aber er hatte sich nur jäh umgewandt.

Was also hatte so unheimlich geklungen? Die Polizisten tasteten ihn nun gründlich ab und entdeckten nicht weniger als sechs je einen Meter lange Eisenstäbe, die er auf den Rücken geschnallt trug; an dem einen war eine ungeheure Stahlschere befestigt, die Stöcke ließen sich ineinanderschrauben, so daß die Hebellänge dieser Schere sechs Meter betragen hätte. Eine Maulstange von solcher Länge, deren Handhabung eine ganze Reihe von Männern erforderte, war noch niemals bei Einbrechern gefunden worden, selbst Papacosta, der König der modernen Einbruchstechnik, arbeitete mit einer Maulstange von nur zweieinhalb Metern.

Mitten in der Besichtigung fiel dem Polizeichef ein: Warum war eigentlich der Mann so erschrocken? Warum hatte er diese verräterische Bewegung gemacht? Ein Wort war hinter seinem Rücken gesprochen worden.

»Was haben Sie gerufen?« wandte man sich an mich.

»Ich habe seinen Namen genannt.«

»Seinen Namen? Welchen Namen? Wieso wissen Sie seinen Namen?«

»Der Mann heißt Franz Adamski, ist ein Meter zweiundneunzig groß, dreißig Jahre alt, gewesener Schmied und Wanderathlet aus Zloczew und gehört der Einbrecherbande Wassili Wasinskis an.«

Ein Kommissär fragte den Gefesselten: »Franz Adamski?« Der engstirnige Riese schaute ins Leere. »Tlupa Wasinski?« Er blieb stumm.

Ich trat an ihn heran und wies auf seinen Oberarm: »Wanda?« Er zuckte bei Nennung dieses Namens und riß die Augen fassungslos-drohend gegen mich auf. Man löste die Handschellen (an deren Stelle traten mindestens zwölf Polizeihände) und entblößte seinen Arm: zwei gekreuzte Hanteln und ein flammendes Herz mit dem Worte »Wanda«.

Ich eilte in die Redaktion, um für den nächsten Vormittag ein Extrablatt vorzubereiten: »Der angekündigte Amtseinbruch in der Weihnachtsnacht – die Bluttat Wasinskis wirklich verübt«, setzte ich selbstbewußt als Überschrift. »›Da Wasinski und seine Leute gewiß die Stille des Weihnachtsabends zur Ausführung eines großen Coups benützen und gegebenenfalls vor einer Bluttat nicht zurückschrecken, werden die Prager Detektive heute keine Weihnachtsruhe halten können.‹ Das haben wir gestern geschrieben. Unsere Voraussage hat sich wörtlich erfüllt. Die Prager Detektive konnten keine Weihnachtsruhe halten. Sie forschen nach der Bande Wasinskis, von der nur einer in Haft ist …«

Das Meldeamt der Polizei wurde noch in der Nacht nach den Namen durchsucht, die ich den polnischen und mährischen Zeitungen entnommen und heute zu Protokoll gegeben hatte. Vergeblich. Der Einbrecherführer war diesmal überhaupt nicht gemeldet, und erst am nächsten Tage kam der Besitzer eines Zinshauses auf die Polizei, um anzugeben, in seinem Hause habe ein Ingenieur Stanislaus Elsnerowicz (auf diesen Namen lautete, wie ich veröffentlicht hatte, eines der Legitimationspapiere von Wasinski) vor einer Woche Wohnräume gemietet, die Beschreibung des Totschlägers passe auf ihn. In der Wohnung fand sich keine Spur der Mieter mehr vor. Sie waren abgereist, und nur durch Zufall erfuhr man, wohin. Ein Hausbewohner hatte ihnen nämlich vier Tage vorher, um halb zwölf Uhr vormittags, den Weg zum nächsten Telegrafenamt gewiesen. Dort konnte man feststellen, ein zu dieser Stunde in schlechtem Deutsch aufgegebenes Telegramm sei an einen Czernowitzer Kaufmann gerichtet gewesen und kündigte dem Adressaten an, daß der Absender, der sich »Fritz« nannte, ihn gleich nach den Feiertagen »mit Frau und Tochter« besuchen werde. Die Polizei in Czernowitz wurde nun davon benachrichtigt, sie umzingelte das Haus, und zwanzig Mann nahmen den Einbrecherkönig und fünf seiner Leute fest.

Zu diesem Resultat hatte ich durch Zufall und freche Kombination beigetragen. Aber im Sicherheitsbüro glaubte man mir weder den Zufall noch die Kombination und war von diesem Tage an doppelt mißtrauisch. Selbst eines der gewöhnlichen Telegramme, enthaltend die Ergänzung zu einer Nummer des Fahndungsblattes, hätte man mir nie mehr gezeigt.

Die Fahrt der Flößer

Schon hinter der Palackýbrücke, unter welcher der Mauteinnehmer zu uns gerudert kam, um die Zahl der aus je zwölf Balken zusammengesetzten dreizehn Tafeln zu kontrollieren, nahmen wir eine schmälere Formation an. Es hieß »einzeln abfallen«, denn das Schittkauer Wehr war in der Nähe, sein Durchlaß ist eng. Während wir bisher mit zwei nebeneinander befestigten Holztafeln gefahren waren, mußte jetzt die linke Floßhälfte losgelöst und hinten angebracht werden.

Führer und Gehilfen hatten hart zu arbeiten. Durch einen mächtigen Überlegbaum wurde das Vorderteil des Floßes mit der nächstfolgenden Tafel verbunden, damit der Bug von der Gewalt der Schleuse nicht zu tief gerissen werde. Die Durchschlagstämme, die das Balkendutzend zusammenhalten, wurden sehr genau angesehen, ob sie nicht schadhaft geworden seien. Hierauf kamen die Weidenbänder daran – sie knüpfen die dreizehn Tafeln zu einer Einheit: dem Floß. Man besprengte sie, um ihnen ihre Sprödigkeit zu nehmen, die Wucht des Schleusenwassers würde sie sonst zerfetzen.

Mit Energie und Schwung stachen wir die harpunenartigen Staken in den Moldaugrund und schritten, uns mit dem ganzen Körper gegen die eingebohrte Stange stemmend, rüstig vorwärts, wobei wir immer an derselben Stelle blieben, da sich das Floß mit gleicher Schnelligkeit in entgegengesetzter Richtung bewegte.

An den Rudern waren wir beschäftigt, genau in die Verlängerung der Schleuse zu kommen, was nicht leicht war, denn das Wehr liegt schief im Stromstrich, teilt sich gegen das linke Ufer zu in zwei Arme, und das Floß, das mit Mühe richtig in die erste Schleuse eingefahren ist, muß wenige Meter hinterher, noch ganz in der Gewalt des Gefälles, schon in die zweite dirigiert werden.

Krachend schlugen die Stämme an den Schleusenrand, aber unversehrt sauste unser Gebälk durch Strömung und Gischt. Den Schweiß von der Stirne trocknend, aufatmend, lenkten wir zum Altstädter Wehr ein.

Beim Frantischek erhielten wir Vorspann. Der Remorqueur schleppte uns bis zum Neumühl-Wehr unterhalb der Karlsbrücke. Bislang waren die einzelnen Tafeln nun lose aneinandergeknüpft, und man konnte daher unmittelbar nach Passieren einer Schleuse die Vorderseite schon gegen die Flußmitte steuern, ohne daß die vor oder innerhalb des Durchlasses befindlichen Teile aus ihrer Richtung geraten. Nachdem das Neumühl-Wehr durchfahren war, wurde dem Floß durch Anspannen der Bindwieden eine steife Formation gegeben, denn das neue Nadelwehr bei der Hetzinsel ist lang, und der Schwanz des Floßes muß die gleiche Richtung haben wie die ersten Tafeln.

In Holleschowitz stellen wir die Schregge, den um eine horizontale Achse drehbaren Riesenbalken am Bug, senkrecht ins Wasser, die Spitze bohrt sich tief in den Moldaugrund. Ächzend bleibt unser Fahrzeug stehen.

Nun springen, balancieren wir über die in breiter Front hier verankerten anderen Flöße ans Land, in das Wirtshaus »Baštecký«. Das ist mit Flößern dicht gefüllt. Gesprächsthema: In der Hetzinselschleuse seien zwei Prahmen auseinandergegangen, und die Bemannung, die selbst in Gefahr schwebte, müsse nun den ganzen Tag arbeiten, die Stämme wiederzufinden und zu binden. Die Schleuse ist schlecht, darüber sind sich alle einig. Auch gegen die Ansicht, daß die deshalb an die Statthalterei gerichtete Eingabe ohne Erfolg bleiben würde, erhebt sich kein Widerspruch. Aber über die Art der Abwehrmaßregeln entspinnt sich eine Debatte.

»Wir sollten einfach erklären, daß wir nicht durchfahren!«

Ein etwa vierzigjähriger Mann, der einzige von den Älteren, der keinen Schnurrbart trägt, der einzige, der das Haar nicht gescheitelt hat, sondern aufwärts gekämmt, ruft es laut durch die Stube.

»Dann fahren eben andere durch!« erwidert ihm ein Dicker vom Steuermanntisch und wendet sich beifallheischend zu seinen Nachbarn. Sie nicken, und mit sich zufrieden, tut der Dicke einen Schluck aus seinem Bierglas.

»Da müssen wir's anders machen: passive Resistenz, solange die Schleuse nicht ausgebessert wird«, wirft da ein junger Bursch ein, den eine über die linke Gesichtshälfte, Kinn, Mundwinkel und Ohr verlaufende Schramme entstellt, »wir sollten die Flöße ausmessen. Und wenn eines länger ist als hundertdreißig Meter, sollten wir nicht darauf fahren – so wie es das Gesetz vorschreibt.«

»Das ist unmöglich«, behauptet einer vom Rat der Alten. »Man kann doch die Stämme nicht abschneiden, wenn sie um einen Meter länger sind!«

»So müßte eben eine Tafel weniger angekoppelt werden«, meint der Floßführer mit der Schramme.

»Na, dann legt man sie als Fracht auf die Prahmen, und du bist gerade dort, wo du warst. Im übrigen würde sich das Ausmessen der Flöße nur gegen die Holzhändler richten, und die haben mit der Schleuse nichts zu tun.«

»Die Holzhändler haben nichts damit zu tun«, der Glattrasierte mit dem aufwärts gekämmten Haar lacht ironisch, »die Holzhändler haben nur so lange nichts damit zu tun, solange wir solche Scheißkerle sind wie bisher.«

Auch der mit der Schramme läßt nicht locker. »Wenn sich die Herren der Sache annehmen, würde schnell Abhilfe geschaffen!«

»Dreck!« sucht ihn der Dicke zu belehren. »Die Holzhändler haben sich gegen die ganze Kanalisierung eingesetzt, weil sie die Flößerei fast ruiniert hat. Und was hat's ihnen genützt?«

»Na, sie haben sich doch schadlos gehalten!«

»Wieso hat die Kanalisierung den Floßtransport fast ruiniert?«

»Weil sie die Moldau verschandelt hat. Ist denn das noch ein Fluß? Gibt's denn noch eine Strömung? Nur gestautes Wasser, nur Tümpel. Jede Weile muß man sich von Remorqueuren ans Gängelband nehmen lassen. Von Holleschowitz bis Troja, von der Selzer Dynamitfabrik bis Kletzan, von Žalow bis Libschitz, von Libschitz nach Miřowitz, von da nach Wranian, von hier nach Hořin, dann nach Beřkowitz, bis nach Wegstädtl hängt man im Schlepptau. Nichts als Vorspann und blöde Schleusen. Gott sei Dank, daß der Staat kein Geld hat. Sonst hätten sie uns auch schon in Leitmeritz und Raudnitz solche Hürden errichtet. Lauter Wehrmeister, lauter Kontrolle ...«

»Nicht einmal ein Mädel kann man mitnehmen«, brummt einer, der den Podskaler Lebemann spielt, seine Schmachtlocke ist scharf übers rechte Auge gekämmt.

»Na, du schmuggelst ja doch immer ein Mädel mit! Und wenn du es unter dem Floß vor dem Wehrmeister verstecken müßtest.« Selbstgefällig streicht der Don Juan von der Wasserkante seine Stirnlocke mit der Handfläche zurecht.

Ein zerrunzelt-brauner Veteran packt seine Erinnerungen aus: »Ja, ja, früher – da war's eine Kunst, zu flößen. Wenn man sich nicht auskannte, schwups, saß man auf dem Trockenen. Im zweiundachtziger Jahr, wie ich noch jung war, im Juni zweiundachtzig, bin ich mit zwei anderen Burschen am alten Buchta vorübergefahren. Der Buchta, das war ein guter Steuermann. Jetzt ist er schon lang tot. Also, damals, wie ich an ihm vorbeigefahren bin, war er gerade auf einer Sandbank steckengeblieben und musste Wasser stauen, um die Prahme flottzukriegen. Als wir vorbeischwammen, hat er geschimpft, der alte Buchta: ›Verfluchte Lausbuben! Wir alten Esel bleiben stecken, und die fahren glatt vorbei! Der Teufel soll euch holen!‹ hat er gebrüllt, der alte Buchta.«

Hätte der Nestor der Steuerleute hinzugefügt, ein solches Auffahren auf Sand könne heute nicht mehr vorkommen, so ließe sich glauben, diese wenig sensationelle Geschichte vom alten Buchta sei zur Illustration der Tatsache erzählt worden, daß einstmals selbst der erfahrenste Steuermann böse Fahrtunterbrechungen erleiden konnte. Aber der Erzähler hat darauf verzichtet. Offen und stolz rühmt er sich des Buchtaschen Zitats – Wortlaut und Datum hat er sich gemerkt, jahrzehntelang, in denen er etwa zwölfhundert Floßfahrten unternommen. Der Fluch des alten Buchta ist ihm ein kostbares Vermächtnis.

Ein Angestellter der Schiffahrtsgesellschaft tritt in die Gaststube und meldet, der Remorqueur, der andere Flöße bis Troja gezogen, sei eben zurückgekehrt. Aufbruch. Bald schwimmen wir wieder talwärts.

Im Karolinentaler Hafen werden je vier Flöße zu einem Schleppzug, dem »Transport«, rangiert, die beiden vorderen mit zwei Seilen an den Schleppdampfer gebunden, alle vier miteinander verknüpft. Jetzt ist Zeit zur Rast. Nur ab und zu müssen wir an den Vorderrudern arbeiten, um bei scharfen Biegungen des Flusses nicht an das Ufer anzurennen.

Steuermann und Flößer setzen sich auf einen umgestülpten Eimer, stecken die Pfeifen in Brand. Den Feuerherd baut ein Gehilfe, Rasenstücke schlichtet er auf einen Holzstoß, begießt sie mit Wasser und klatscht mit einer Schaufel das Erdreich glatt, wobei Kotpatzen auf uns fliegen; wir quittieren mit Schimpfworten. Von einem Rundbalken wird ein Stück abgesägt, kleingehackt und angezündet. Herdfeuer flackert über den Wassern.

Den großen irdenen Kochtopf haben wir »gekauft« – wir gaben einem der überall heranrudernden Marketender ein ansehnliches Stück Buchenholz dafür. Jetzt brodelt Kaffee darin, dem ein hoher Prozentsatz Rum beigemengt wird. Rücken an Rücken trinken wir den »Schwarzgespritzten«. Um die Fahrt braucht man sich nicht zu kümmern. Unbewegt und lautlos fährt das Vierfloß durch gestautes Wasser, nur sein Bug wird von den leichten Wellen des vorandampfenden Remorqueurs umspült. Dadurch, daß dem Fluß die Strömung genommen ward, hat auch die Uferlandschaft ihr Leben verloren. Den Bäumen, deren Zweige wie geknickt vornüberhängen, den Sträuchern, welche die Ränder des zum Teich gewordenen Flusses garnieren, fehlt das eilende, plätschernde Wasser. Eintönige Gegend. Die Balken des Floßes schaukeln nicht, man spaziert auf ihnen wie auf Parkettboden.

Um so mächtiger der Kontrast, wenn's durch die Schleusen geht. Etwa zweihundert Schritte vor dem Wehr wendet sich der Dampfer mit einem schrillen Pfiff, die vier Komponenten des Transports knüpfen sich voneinander und vom Remorqueur los und schnellen einzeln – Distanzen von je vierhundert Metern einhaltend – durch die Schleusen.

Aufjauchzen möchte man! Wellen überschwemmen die Balken, peitschen das lodernde Herdfeuer, in das helle Klatschen der Wogen mischt sich dumpfes Krachen der Randbalken, die gegen die Steinwände des flüssigen Hohlweges Sturm laufen und jeden Augenblick zu zerschellen drohen. Manche Tafeln sind durch das darüberschlagende Wasser verdeckt – es sieht aus, als seien die Binden entzweigegangen, das Floß in seine Bestandteile zerrissen.

Die Plattform der Prahme, die erste Tafel, ist vollständig unter den schäumenden Wassermassen vergraben, trotzdem der am zweiten Floßglied befestigte Mastbaum sie krampfhaft hochzerrt. In der Mitte der zweiten Floßtafel steht der Steuermann, an ihrem rechten und linken Rand wir Gehilfen.

Und wenn das Ende der Schleuse nahe ist, der Bug aus der Flut emportaucht, rennen wir, der Wogen nicht achtend, die hoch über unsere Wasserstiefel schlagen, zu den Rudern. Es gilt nach innen zu steuern, sonst würde das künstliche Gefälle unsere schwanke Prahme auf die Uferböschung schleudern.

Kaum sind wir durch, so glätten sich die Wasser, die Hölzer ordnen sich parallel, und an den Exzeß, dessen Spielball man eben war, erinnert nichts mehr. Wirf einen Blick zurück: Ein Floß saust kämpfend hinab ...

Hinter jeder Schleuse sammelt sich der Transport von neuem, ein anderer Schleppdampfer wird vorgespannt bis zum nächsten Wehr.

In Jedibab, einem von Gott und Menschen verlassenen Nest: Nachtquartier. Die Flöße kommen hier in der Dunkelheit an, und da sie die Kammerschleuse nicht mehr passieren können, wandert die Bemannung in das Dorf, zwanzig Minuten auf jämmerlichem Weg – besser geht es sich auf runden, schwimmenden Stämmen. In der Schenke essen wir hartes Brot und ein weiches Ei und trinken warmes Bier. Dann wird Stroh ins Wirtslokal geschafft, und man legt sich hin.

Scharfer Regen peitscht die Fensterscheiben. Das nimmt man schadenfroh zur Kenntnis, denn einer von uns hat erklärt, es falle ihm nicht ein, das teure Hotellogis zu bezahlen (in Jedibab beträgt der Preis für das Nachtlager acht Heller, in einigen anderen Stationen wird nichts berechnet), und ist auf dem Floß geblieben. Wir anderen malen uns aus, wie wir ihn am Morgen uzen wollen. Aber dazu kommt es nicht.

Als um Viertel zwei Uhr nachts aufgestanden und die Weiterreise angetreten wird, gießt der Himmel noch immer Wassermassen auf das Floß, das oben ebenso naß ist wie unten. Die Balken sind glatt, bei jedem Schritt rutscht man aus und fällt in das tote Wasser zwischen den Balken. Finstere Berge liegen wenige Schritte vor uns und verstellen den ganzen Strom – Wolken sind es.

Weiter geht die Fahrt, ununterbrochen, ununterbrochen, aber da sich die Distanz zwischen uns und dem schwarzen Gebirge durch Stunden nicht verringert und im Nebel die Ufer nicht erkennbar sind, scheint es, als ob die Prahme, von einer unsichtbaren Schregge festgehalten, sich nicht von der Stelle rühre.

Uns knurrt der Magen. Im Jedibaber »Restaurant« hatten wir morgens weder Kaffee noch Brot bekommen, und an ein Feuermachen ist in dem Gußregen keineswegs zu denken. Proviant besitzen wir nicht, und kein schwimmender Marketenderwagen läßt sich blicken. Wenn ein Gasthaus von ferne auftaucht, brüllt der alte Flößer Kolenský mit heiserer Stimme, der die Verzweiflung furchtbare Kraft verleiht, sein »Pivo« (Bier) über Wasser und Land. Immer heiserer, immer verzweifelter tönt es; hinter der Sprachgrenze, von Liboch und von Wegstädtl an, ruft er »Bier«, und es ist wie eines verwundeten Hirsches Todesschrei.

Leute an den Ufern hören ihn, mitleidsvoll eilen sie in das Gasthaus, der Wirt schenkt ein paar Gläser ein, steigt in den Kahn und rudert zu uns. Sosehr er sich aber auch beeilt – die Strömung ist schneller und unser Floß schon vorbei, ehe er herankommt. In der Mitte des Stromes wartet nun der Wirt, um seine Biere der Bemannung der nächsten Flöße – unseres schwimmt als erstes – anzubieten. Die Kollegen hinter uns können nicht in jedem Ort Bier trinken, und am Abend erzählen sie, wie die Wirte auf den Booten geflucht, als ihnen das mit soviel Eindringlichkeit bestellte und so mühselig servierte Bier am Hals blieb.

Was aber bedeuten alle Flüche aller Wirte gegen jeden einzelnen Fluch, den der durstige Kolenský jedesmal ausstößt, da sein Bier den Nachfahrern angeboten wird!

Ein Anlegen des Floßes während der Fahrt – sei es wegen Sturmes, Regengusses oder Hagelschlages, sei es infolge Hungers oder selbst Durstes – gibt es nicht. Nur wenn der Flößer Feierabend machen muß, weil es ihm die Vorschrift befiehlt und weil er die Ufer nicht mehr erkennt, hält er an. Er weiß, daß ihm die Reise als solche gut bezahlt wird (so bekommt zum Beispiel der Steuermann für die zweieinhalb Tage währende Fahrt nach Mittelgrund neunundfünfzig Kronen), er weiß aber auch, daß er an den Tagen, an denen er sich nicht auf dem Holztransport befindet, daß er auch in den vier Wintermonaten von seinen Reisehonoraren zehren muß, die sich nun als elend genug erweisen. Also trachtet er, von seiner Fahrt so bald als möglich zurück zu sein – Akkordarbeit ist Mordarbeit –, um einen neuen Holztransport zu erhalten. Trotz verzweifelten Durstes fällt es dem alten Kolenský nicht ein, ein Anlegen des Floßes zu verlangen.

Erst um sieben Uhr abends nehmen wir, die wir um Viertel zwei Uhr nachts aufgebrochen waren, in Birnai, einem Dorf oberhalb Aussigs, unser Frühstück ein, einige Bierkäse.

Sechs Stunden später schwimmen wir wieder durch die Nacht. Sie ist dunkel, die Zacken der Uferberge sind dennoch sichtbar. Drohend und schwarz hebt sich der Workotsch aus dem nächtlichen Tal, rechts schaut der Schrekkenstein unwillig über Land. Vom Niveau des Wassers, im fahlen Mond oder im Dämmer, büßt das Elbpanorama alle Idyllik ein, unheimlich ist es, durch eine Silhouettenlandschaft zu gleiten. Nach und nach tauchen friedlichere Hänge auf, allerdings nur im bizarren Rahmen von Nebelrissen. Da wir hinter Tetschen das Elbsandsteingebirge erblicken, ist die Morgensonne mit penetrantem Leuchten aufgegangen, bestrahlt die Fluten der Elbe und die lotrechten, zerklüfteten Felsgebilde an ihren Ufern.

Im Zeitgeschehen: Memoiren und Tagebücher

Ein Reporter wird Soldat

Der Journalismus, so sagt man, führt zu allem, wenn man ihn verläßt. Ich verließ den Journalismus 1914, um Soldat zu werden, und wohin führte er mich?

Zu Beginn des Weltkriegs, gleich mit den ersten Truppen, ging ich als Korporal der österreichisch-ungarischen Armee in die Schwarmlinie. Das wurde mir schwerer gemacht als jenen, die sich nicht dazu drängten, weil die mir vorgesetzten Kommandostellen in Heimat und Etappe mich als Historiographen (wie der Euphemismus für Reklamechef lautet) bei sich behalten wollten.

Mich jedoch verlangte es nach dem großen Abenteuer, und so lag und schoß und rannte ich vor dem Feind. Der Feind war zunächst das Königreich Serbien.

Ich hatte also einen neuen Beruf, wenn auch nur den zeitweiligen eines Soldaten. Zum erstenmal sah ich Begebenheiten von innen, die wichtiger waren als alle, die in der Presse erschienen. Daß nicht die wichtigen, sondern die belanglosen Begebenheiten in der Presse erschienen, war für mich selbst inmitten des unfaßbaren Grauens ein Stoff zum Nachdenken.

Meine Kompanie hatte Sturmangriff auf die Dammstraße von Kolubara gemacht. Die hundertfünfzig Schritte hatten mehr als die Hälfte unserer Leute gekostet, Burschen, mit denen ich Tag und Nacht beisammen gewesen war, von denen ich jeden Gedanken und jede Regung kannte. Mit manch einem hatte ich Freundschaft bis zum Tod geschlossen. Heute war der Termin abgelaufen.

Eine Landwehrkompanie hat uns abgelöst. Wir liegen wieder, reduziert, in unserer alten Stellung, die jetzt nicht mehr vorderste Linie, sondern Regimentsreserve ist. Noch immer bombardiert die feindliche Artillerie das hundertfünfzig Schritte breite Maisfeld, dessen Erwerbung uns so teuer zu stehen kam.

Mit dem Essen kommt auch Post zu uns, für mich eine Zeitung. Da ich sie aufschlage, wird Fähnrich Frank auf einer Bahre vorbeigetragen, Bauchschuß. Ich trete auf ihn zu. »Grüß mir Prag.« – »Ich komm nicht mehr bis Prag«, stöhnt er. Ich schaue in die Zeitung. »Heeresbericht nördlicher Kriegsschauplatz« ... »südlicher Kriegsschauplatz« ... Leitartikel: »Gegen die Flucht in die Sachwerte«.

Ich führe eine Patrouille zur linken Nachbarkompanie und frage dort einen Gefreiten, der abseits seine Notdurft verrichtet, nach dem Kompaniekommando. Er weist mit der Hand die Richtung.

Fast gleichzeitig bäumt sich die Erde auf, Schollen sausen mir in den Mund, in die Augen. Da ich wieder sehen kann, sehe ich den Rumpf des Gefreiten auf dem Boden, aus dem Hals spritzt Blut hoch. Die Granate fuhr durch seinen Kopf hindurch ins Erdreich, ein Blindgänger.

Ich bin wieder in meinem Unterstand, mir zittern noch die Glieder, ich bemerke, daß meine Hose mit Blut bespritzt ist. Schnell die Zeitung, nur vergessen, auf andere Gedanken kommen.

»Im Nachlaß des Barons Wladimir Schlichtner fand sich eine von Fragonard mit einem gewagten Bild geschmückte Tabatiere, die begreiflicherweise bei der gestrigen Auktion ...« – »Dem sonntäglichen Wettspiel zwischen ›Sportbrüder‹ und ›Deutscher Fußballklub‹, die einander bei ihrem letzten Zusammentreffen nach erbittertem Kampf ein unentschiedenes Spiel lieferten, wird mit um so größerer Spannung entgegengesehen, als ...«

Sanitäter tragen in einem Zeltblatt einen Verwundeten, vor unserem Unterstand legen sie ihn hin, um auszuruhen.

Ich schaue in sein Gesicht: es ist fahl. Ich berühre seine Hand: sie ist kalt. Die Legitimationskapsel wird ihm abgenommen, seine Taschen geleert, und er wird hinter den Pflaumenbaum getragen, wo die Toten liegen.

Im Feuilleton: »Um die Firste der Dächer wob das Mondlicht einen silbern-bläulichen, zittrigen Schimmer und verwandelte die Landschaft in eine Fata Morgana, wie sie in den heißen Träumen des Wachens dem Sehnsüchtigen vor der Seele gaukelt.«

Ein Meldegänger der 12. Kompanie fordert von uns Blessiertenträger und Soldaten zum Fortschaffen von fünfzehn Toten und fünfundachtzig Verwundeten; die Schwarmlinie sei zu sehr geschwächt, als daß ihr Mannschaft entzogen werden könnte.

»Sechster Ziehungstag der 2. Österreichischen Klassenlotterie. Je 200 Kronen gewannen folgende Lose ...«

Ein Soldat, aus dem Mund blutend, bittet um Wasser. Zum Glück ist noch ein wenig kalter Kaffee in der Feldflasche. Er trinkt, wankt weiter, wir wischen sein Blut vom Flaschenhals.

»Javazucker fest, 23,6 bezahlt; Silber: 24,62; Rotterdam (Öle und Fette) Umsatz 6 500.« – Aus dem Gerichtssaal: »Das Muster einer braven Tochter scheint die vierundzwanzig Jahre alte Martha Planer aus Komotau ...«

Der Leichengeruch wird unerträglich. Gott weiß, wann die Pioniere kommen werden, um sie zu begraben.

»Eine Nachricht, die die Verehrerschar von Pauline Ulrich, der auch bei uns rühmlich bekannten Heroine des Dresdner Schauspielhauses, sicherlich hoch erfreuen wird, ist die Verleihung ...« – »Morgen wird zum 75. Male, fürwahr ein seltenes Jubiläum, die Operette ›Das Musikantenmädel‹ aufgeführt ...« – »In Fräulein Helene Winterfeld, bisher Breslau, scheinen wir nun endlich die Altistin gefunden zu haben, die die schmerzliche Lücke ausfüllen ...«

Ssss-wum – eine Granate schlägt beim Hilfsplatz ein, ssss-wum – eine zweite schon näher bei uns, ssss-wum – die dritte beseitigt unsere Latrine. Wir warten auf die vierte.

»Kreuzherrenplatz. Die blonde Dame im grauen Tailormade wird von sie verfolgendem, nicht unbemerkt gebliebenem Herrn dringendst ...«

Dort links kriecht jemand aus den Strünken des Kukuruzfelds, ich nehme das Gewehr in Anschlag. Ich erkenne, daß es der Hornist vom 3. Bataillon ist. Seine Uniform ist naß von Blut. Am frühen Morgen bekam er einen Schuß in den Rücken, blieb bewußtlos liegen, erwachte gegen Mittag, kroch stundenlang vorwärts, teils weil er nicht die Kraft hatte aufzustehen, teils weil ihm Kugeln um die Ohren pfiffen. Seine Wunde hat er sich mit einer Wickelgamasche verbunden. Er beginnt zu schluchzen. »So allein war ich, so allein ...« Die Blessiertenträger erneuern seinen Verband, legen ihn auf ihre Trage. »So allein.«

Wir frieren, und einer sagt: »Schade, daß ich keinen Mantel erwischt hab.« Wir alle fühlen uns ertappt bei dem gleichen Gedanken: Gäbe es doch mehr Tote, damit wir uns mit ihren Mänteln zudecken könnten.

»Eine Liebestragödie in der Weinberger Handelsschule« füllt die Lokalrubrik, hundert Zeilen, an Ort und Stelle recherchiert, sehr sentimental. Es handelt sich um den Selbstmordversuch zweier Schülerinnen aus Liebe zu einem Lehrer. »Eine Liebestragödie!« Wenn das Tragödie heißt, wie heißt dann das, was wir hier ununterbrochen erleben?

Das, was wir hier ununterbrochen erleben, heißt Krieg. Auch über den Krieg erscheinen Berichte in den Zeitungen, wahrlich genug. Aber alles ist falsch und entstellt. Mich beschäftigt die Frage: Hätte ich als Kriegsberichterstatter auch solche Geschichten geliefert?

Zwischen mich und meinen alten Beruf hat sich eine Distanz geschoben. Ich sehe jetzt anders. Mein journalistisches mit meinem soldatischen Auge vereint, ergeben ein plastisches Bild der Dinge.

Etwas Ähnliches wie die »Zeitung«, die ich als Kind für mich allein verfaßt und gedruckt hatte, ist jetzt mein Tagebuch. Jeden Tag stenographiere ich meine Lebensweise und meine Gedanken, die Lebensweise und Gedanken von Hunderttausenden. Stundenlang schreibe ich in mein Notizbuch. Die Kameraden spotten: »Schreib das auf, Kisch!« Der Satz wird zur ständigen Redensart. Auch wenn ich nicht dabei bin, unterstreichen die Soldaten ihre Witze, Flüche, Drohungen, Klagen mit einem »Schreib das auf, Kisch!«. Kisch schreibt auf, wenn der letzte Hosenknopf abreißt, wenn das einzige Stück Seife in den Brunnen fällt, wenn Blut in den Eßnapf spritzt. Manches schreibe ich auf, was ich als Journalist nicht gewußt hätte. Manches hätte ich als Journalist auch dann nicht geschrieben, wenn ich es gewußt hätte, denn es wäre mir zu belanglos erschienen. Manches schreibe ich auf, was ich als Journalist nicht hätte schreiben dürfen, die Zeitung nicht gedruckt hätte. Mein Tagebuch weiß und darf. Welch ein Unterschied zwischen einem Spezialkorrespondenten und einem Soldaten, zwischen Zeitung und Notizbuch, zwischen einem Tag, den die Zeitung spiegelt, und einem Tag, im Schützengraben überlebt.

Der Heeresbericht meldet kurz und befriedigt: »Unsere Südarmee hat ihre Uferstellungen an der Drinamündung verstärkt.« Für uns sah das so aus: Am Morgen waren wir über die Drina in Serbien eingedrungen, und nachts wurden wir wieder zurückgezwungen in die »Uferstellungen«. Es war zwei Uhr nachts, als der Rückzug begann. Vom linken Flügel aus ging in Intervallen eine Kompanie nach der andern zurück. Das Zentrum und der rechte Flügel verstärkten inzwischen ihr Gewehrfeuer, damit die Serben das Manöver nicht merken, nicht unmittelbar die Verfolgung aufnehmen sollten.

Um drei Uhr bildete unsere Kompanie den linken Flügel. Wir zogen uns gegen die Drina zurück. Immerfort durch Gestrüpp, immerfort mußten wir uns zu Boden werfen, Artilleriegeschosse streiften unsere Kappen. Wir verloren die Richtung oder glaubten es wenigstens. »Hierher!« rief einer. »Nach rechts!« rief ein anderer. Bald war alles zerflattert, Gruppen rannten hierhin, Gruppen dorthin.

Wir kamen an einen Fluß, der durch Spiegelung des Mondlichts etwas Helle gab. Ist das die Save? Wenn es die Save ist, sind wir oberhalb oder unterhalb der Drinamündung? Einer will eine Streichholzschachtel ins Wasser werfen, um die Stromrichtung festzustellen. »Die Schachtel ist zu schade«, wehren die Freunde. – »Sie ist ja leer.« – Aber auch eine leere Streichholzschachtel ist ein Wertobjekt. So werfen wir eine Feldpostkarte in den Fluß. Sie schwimmt nach rechts, wir gehen nach links. Soldaten kriechen aus dem Uferschilf und schließen sich uns an, andere überholen uns, wieder andere kommen uns entgegen und beteuern, daß wir in falscher Richtung gehen. Allerdings, wenn der Fluß, in den wir die Postkarte warfen, nicht die Save, sondern die Drina war, entfernen wir uns von der Überschiffungsstelle. Aber bald hören wir, hören entsetzt, daß wir richtig gehen.

Ein ungeheuerliches Gedränge saugt uns auf. Soldaten werfen Gewehre und Tornister von sich, ziehen ihre Stiefel aus. Hunderte stehen im Wasser, um sich in dem herüberkommenden Ponton einen Platz zu sichern, bevor er anlegt. Durch Gebrüll und durch Schwenken der Arme wollen sie den Ponton veranlassen, bei ihnen anzulegen.

Andere haben die Absicht, den Strom bis ans österreichische Ufer zu durchwaten. Mit den Armen das Gleichgewicht herstellend, stapfen sie vorwärts, eine geschlossene Gruppe. Ihr schließe ich mich an. Weil das Gewehr an meiner Schulter mich am Balancieren hindert, stecke ich den Kopf in den Gewehrriemen. Wir stolpern über Tornister, Brotsäcke und Gewehre, die im Flußbett liegen. Kaum ein Viertel der Strombreite haben wir zurückgelegt, als ein verstörter Haufe uns entgegenkommt: es geht nicht weiter, der Fluß ist zu tief, die Strömung wirft einen um.

Mit einemmal erhält das Schreien einen gemeinsamen Text: »Die Serben sind schon am Ufer!« Tatsächlich verdichtet sich das Pfeifen der Projektile, ein horizontaler Regen prasselt los, nicht über unsere Köpfe sausen jetzt die Schüsse, sondern ins Wasser. Ins Wasser, in dem wir sind.

Wir hasten nach rechts und zurück, denn nur links, so scheint es, sind die Serben. Wer kann, beginnt zu schwimmen. Fünf Schritte schräg vor mir schwimmt Oberleutnant Batek. Ich rufe seinen Namen, aber er hört mich nicht. Ich will ihn einholen, da taucht sein Kopf unter und kommt nicht mehr zum Vorschein.

Rings um mich Ertrinkende, gegen den Ertrinkungstod sich Wehrende, Jappende, Röchelnde. Der oder jener versucht, sich den Krallen des Wassers zu entreißen, springt hoch, um sich an dem Nichts emporzuziehen. Im gleichen Augenblick sinkt er zurück. Manchmal verliert einer den Boden, während sein Nachbar noch aufrecht steht; der reicht ihm die Hand und rettet ihn. Wenn sich Nichtschwimmer an Schwimmer klammern, werden sie verzweifelt abzuschütteln versucht. Gemeinsam schlagen sie um sich, gemeinsam sinken sie in die Tiefe.

Plötzlich geht eine Bewegung nach links durch die Massen, obwohl man links die serbischen Schützen vermutet. Aber von dort scheint auch Rettung zu winken.

links fahren drei unserer Pontons dem serbischen Ufer zu, um Soldaten aufzunehmen. Mitgerissen eile auch ich hin (soweit man eilen kann, wenn das Wasser fast bis zum Hals reicht). Einer der Pontons wird von den im Fluß Stehenden aufgehalten, bevor er ans Ufer kann. Der Ponton liegt quer. Während alle auf der ihnen zugekehrten Seite in den Kahn springen, stapfe ich zu der entfernteren, zu der dem österreichischen Ufer zugekehrten, und fasse den Bordrand. Noch ein zweiter ist so schlau gewesen und hängt schon dort.

Ich bitte einen im Kahn, mich hineinzuziehen. Er packt mich, vermag mich aber nicht über den Rand zu heben, so hoch ich mich auch emporziehe. Ein anderer Bootsinsasse bemüht sich, meinen Nachbarn ins Innere zu zerren, gleichfalls vergeblich. »Hilf zuerst dem da und dann mir«, sage ich zu dem, der mit mir beschäftigt ist.

Er tut es, und mein Nachbar ist drinnen.

Der Ponton hat sich gefüllt, die Insassen verlangen: »Abstoßen, keinen mehr hereinlassen!« Ich rufe meinem Helfer zu, jetzt wieder mir zu helfen, aber der denkt nicht mehr daran, ebensowenig mein früherer Nachbar, der mir seinen Platz im Boot verdankt.

Unterdessen ist das ganze Fahrzeug einschließlich meiner privilegiert geglaubten Pontonseite von etwa sechzig verzweifelten Händen umsäumt. »So können wir nicht rudern«, schreien die Pioniere, und das ist das Signal zu einem Angriff gegen die Hängenden. Mit Gewehrkolben schlägt man auf sie ein, bis sie loslassen. Sie fallen ins Wasser, tauchen auf und sinken wieder unter.

Der Aufgabe, mich vom Bootsrand abzuschütteln, unterzieht sich ein Bursch, dessen Gesicht ich niemals vergessen werde. Auf seiner Bluse trägt er die papageigrünen Aufschläge der Einundneunziger, eine golden glänzende Locke schwingt sich zum Auge hin; zu diesem Blond passen die Augen, hellblaue große Kugeln, gutmütige Augen, möchte man sagen. Diese Augen würdigen die meinen keines Blickes, sind nur auf meine Finger gerichtet, die sich verzweifelt an die Brüstung klammern.

Im Boot kniend, beginnt er meine Hände vom Bootsrand zu lösen, so gleichmütig, als schäle er Nüsse. Es gelingt ihm, meine rechte Hand zu öffnen, und er macht sich an meine linke. Im gleichen Moment aber habe ich mich von neuem mit der rechten Hand festgekrallt.

So geht es also nicht. Einen Augenblick denkt er nach, wobei er seine Mütze in den Nacken schiebt, dann faßt er mit einer Hand meinen linken kleinen Finger, mit der anderen den rechten und versucht, sie zu brechen.

Während dieser Prozeduren bin ich keineswegs stumm. Zuerst flehe ich ihn an, verspreche ihm, ewig dankbar zu sein, appelliere an seine Kameradschaft, erkläre ihm, daß durch mich das Boot ja nicht umkippen werde.

Das alles berührt ihn kaum. Schon hat er meinen linken kleinen Finger in seiner Macht. »Du feiger Hund«, brülle ich, »ich kenne dich genau. Wenn ich hinüberkomme, zeige ich dich als Mörder an.«

Verfehlt ebenfalls jede Wirkung. Ich habe ihm den Finger wieder entwunden, er hebt seinen Fuß, um auf meine Hand zu treten, aber der Bootsrand ist zu hoch. Nur ein Fußstoß in die Fingerspitzen trifft mich.

Die im Boot sind wütend, daß ich mich geradezu dagegen auflehne, ertränkt zu werden. »Helft mir diesen da ins Wasser schmeißen«, ruft der Goldblonde.

Nun will ich nicht weiter lästig fallen, lasse mich los und plumpse hinab. Stehen kann ich nicht mehr, das Wasser ist zu tief. Ebensowenig vermag ich zu schwimmen. Bei jedem Tempo schiebt sich mein Gewehr hoch und gibt mir einen Nackenstoß. Den Gewehrriemen über den Kopf zu zerren, um mich des Gewehres zu entledigen, gelingt nicht. Ich muß Wasser treten, aber die schweren Kommißstiefel zerren mich grundwärts.

Inzwischen hat sich der Ponton gedreht und Fahrt gewonnen. Er ist an einer so tiefen Stelle, daß er keinen weiteren Angriff von Fußgängern zu gewärtigen hat. Fast fährt er über mich hinweg. Mit letzter Kraft schnelle ich mich hoch und packe ihn am Heck. Mein Gesicht presse ich an die Bordwand, ich möchte nicht gesehen werden, am allerwenigsten von den blauen Kulleraugen.

In die Pfiffe der Projektile, in das Aufwimmern der Getroffenen, in die Schreie, Schreie, Schreie vom Ufer her mischen sich jetzt neue Töne, das tiefe Surren von Schrapnells. Ihre Füllkugeln dringen ins Wasser und ins Blut.

Ein Sprengstück – oder sind es mehrere? – saust in den Ponton. »Der Boden ist durch!« – »Zeltblätter, Mäntel hin einstopfen! Schnell, schnell! Rascher!!« Ich höre diese Rufe, ohne etwas zu sehen. Nebenan gleitet ein anderer Ponton, ein Artilleriegeschoß schlägt direkt hinein; der Ponton kippt um, ich schaue weg.

Der unsrige bewegt sich rasch, die Strömung treibt ihn ab, einige hundert Schritte nördlich von der Überschiffungsstelle kommt er nahe ans österreichische Ufer. Er landet nicht am Ufer, sondern einige Meter davon entfernt. Die Insassen springen heraus, helfen einander mit Stoßen und Ziehen über den lehmigen Flußgrund und die glatte Böschung. Bevor ich mich von der Hinterwand nach vorn gegriffen habe, ist der Ponton leer.

Ich versuche, an Land zu gehn, das Wasser reicht mir bis ans Kinn, die Strömung tut, was sie kann, mich umzuwerfen, ich rufe um Hilfe. Einer oder der andere wendet den Kopf, aber jeder ist froh, die Böschung erklommen zu haben; keiner kehrt zurück. Ich glaube einen Kompaniekameraden zu erkennen. »Neumaier!« schreie ich, »Neumaier!«, aus Leibeskräften. Neumaier fragt zurück: »Wer ruft mich?« – »Ich, der Kisch.« Er kommt herunter, streckt mir sein Gewehr entgegen, ich fasse es, er zieht mich an Land. Der Uferrand ist abschüssig und glitschig, an meinen Sohlen klebt der Lehm des Flußgrunds. Ich bin am Ende meiner Energie, meine Finger schmerzen vom Fußstoß des Kulleräugigen und meine Arme vom Festhalten am Boot. Ich verliere das Gleichgewicht, falle rücküber ins Wasser. Neumaier springt mir nach, richtet mich auf. Er stellt sich hinter mich, packt mich bei den Hüften, stößt mich vorwärts und aufwärts über den Damm.

Boden, Boden unter den Füßen!

Eine jämmerliche Kolonne trabt längs der Böschung, noch jämmerlicher, noch zerlumpter als Falstaffs Lumpenpack; nackte Soldaten, Soldaten mit einem Zeltblatt über nacktem Körper; Soldaten im Hemd; Soldaten in Unterhosen und Soldaten in Uniformresten trotten apathisch und ziellos einher, naß und triefend, zähneklappernd vor überstandener Angst und vor nicht überstandener Kälte.

Am Straßenrand leere ich meinen Brotbeutel. Als flüssiger Brei liegt der Zwieback darin, dazwischen der Tabak meiner Zigaretten. Klaffend ist die Blechkapsel in meiner Hosentasche geöffnet, mein Name auf dem Legitimationsblättchen ist ein unleserlicher Fleck geworden. Egal, mag man mich als X oder Y begraben.

Mein Tagebuch war mit Tintenstift geschrieben, nun sind die Eintragungen verwischt, davongeschwemmt. Der Tintenstift selbst – er steckt zwischen den Seiten – ist unbrauchbar geworden, seine Mine hat sich in ein Liquid liquidiert.

Ich starre auf die violette Sauce, die gleichmäßig die Seiten des Tagebuchs bedeckt. Kein Wort zu lesen. »Schreib das auf, Kisch«, hatte mein gesellschaftlicher

Auftrag gelautet. Ich hatte das aufgeschrieben, was kein Kriegsberichterstatter aufschrieb. Nun aber ist der Zensor gekommen, unbarmherzig hat er alles verlöscht, sogar den Tintenstift unschädlich gemacht für künftige Zensurwidrigkeiten.

Beim Gendarmeriehaus treffe ich Neumaier, der sich in Ertrinkungsgefahr begeben und alles aufgeboten hat, um mich zu retten. Rauchend sitzt er da. »Neumaier«, sage ich, »laß mich einen Zug aus der Zigarette machen.« Unwillig lehnt er ab.

Von unserer Division sind kaum tausend Mann übriggeblieben. Dreitausend sind vermißt – erschossen oder ertrunken binnen weniger Stunden auf einer winzigen Fläche. Das Erdbeben von Messina oder der Tribüneneinsturz bei der Krönung des Zaren waren harmlose Lokalfälle im Vergleich mit dem, was sich heute nacht ereignete. Es ist vielleicht die größte Katastrophe des Jahrhunderts.

Ich denke nach, wie ich das Zeitungstelegramm formulieren würde, wenn ich eins absenden dürfte. Auf die Idee komme ich nicht, auf die zur gleichen Stunde der Verfasser des Heeresberichts kommt: »Unsere Südarmee hat ihre Uferstellungen an der Drinamündung verstärkt.«

Ein halbes Jahr später wurde ich an der russischen Front verwundet, lag im Hospital und kam eines Tages wieder ins Bärenhaus. Hier sang mir der kahlköpfige Gatte von Hannchen, genannt »Hanka Falschheit«, der blinde Methodius, die Elegie vom Übergang über die Drina. Sitzend, meinen Rücken auf Kissen gestützt, hörte ich die zwanzig Strophen des Liedes, zwanzig Strophen, die das Echo von Todesschreien ertrinkender Soldaten waren.

»Pure Erfindung«, bemerkte mein Bruder. »Kein Wort von so etwas stand in den Zeitungen.«

Vom 15. September

Die Schlacht zu schildern? Das schreckliche Gefühl eines Intellektuellen, der sich durch bleierne Todesdrähte durchschlängeln möchte und doch weiß, daß er sich nicht durchschlängeln kann und daß alles Hüpfen von Baumstamm zu Baumstamm, von Deckung zu Deckung nicht einen Pfifferling Schutz gewährt? Werde ich die Ziele erreichen, die ich mir erträumt habe, werde ich das noch schreiben können, was ich zu sagen habe, wird es sich als richtig erweisen oder nicht, oder werde ich als verachtetes Zeilenschänderlein mein Dasein beschließen, mir selbst zum Spott, werde ich alt oder jung sterben, geliebt von einer Frau, oder verhöhnt – der nächste Moment kann es erweisen, dazwischen schießt man in die Richtung, aus der in einer Reihe die feindseligen Geschosse aufplatzen, schaufelt mit der Hand einen unwesentlichen Brustwall, um sich dann für ein paar Augenblicke müde in dieser Would-be-Deckung auszustrecken oder ein paar Erlebnisse zu notieren und beim Schreiben daran zu denken, daß auch diese Notizen hier im serbischen Walde liegenbleiben, wenn eine Kugel ihren Weg in die Eingeweide, ins Hirn, in die Brust oder in das Herz nimmt. Schließlich ersehnt man nichts heißer als die Kugel.

Vom 17. September

Ich aber muß über die Wiese, über die Schüsse wie eine Sense hinfahren, zum Feldherrnhügel, der aber kein Hügel ist, sondern eine schöne Deckung, für das Landwehr-Brigadekommando in die Erde gegraben. Auch unser Regimentskommando hat notgedrungen darin noch Platz, wo die anderen Ordonnanzen sind, kann ich in der Dunkelheit nicht konstatieren. Da liege ich nun mutterseelenallein auf einer Wiese, durch deren Gräser die Kugeln pfeifen, neben mir und über mich fliegen sie und fallen nahe von mir zu Boden. Ich aber kann nichts anderes tun, als meinen alten treuen Brotsack aufpflanzen, daß er wenigstens von einer Richtung meinen Kopf schütze. Das Feuer ist mörderisch, mörderisch? Dann sind auch wir Mörder, die ebenso stark schießen. Wir sind vielleicht ausgezogen, um zu töten. Aber jetzt ist keiner von uns, den das blutige Handwerk nicht reut. Was nützt das? Wir sind jetzt wie die Verbrecher, die sich vom Galgen nicht anders loskaufen könnten, als daß sie selbst das Schergenamt übernehmen, und drüben ist es ebenso.

Das Mützschild habe ich wieder umgedreht, um den Kopf an die Erde pressen zu können. In meine Nase bohren sich Grashalme, am Rücken beißt mich Ungeziefer, meine Füße sind eingeschlafen. Aber wenn ich mich bewegen würde, träfe mich einer von den Schüssen, die längs meiner Konturen hinfahren, todsicher, und ich müßte wimmern, wie dort in den Nachbarbüschen jedeweile ein anderer wimmert, aufschreit und verzweifelte Rufe nach der Sanität ertönen läßt.

Ach was! Soll dieser Zustand des Gelähmtseins ewig währen? Lieber früher als später! Ich stehe auf, ich will eine ganze Figur sein, damit mich mein unsichtbarer Henker nicht verfehle. Schlag zu mit deinem Beil aus Blei, ich bin nicht zu verfehlen, sieh her, ich recke mich noch.

An mir vorbei fliegen die Schüsse. Manche brummen wie Bienen, manche tönen, als ob eine Zithersaite reißen würde, manche klingen wie Flöten, manche wie Geigentöne, manche pfeifen wie Okarinen, manche zischen, als ob man glühendes Eisen ins Wasser hielte, manche klatschen wie Peitschenhiebe, manche quaken, manche schnattern. Ich beginne mit Behagen dem Freiluftkonzert zu lauschen und ziehe den Mantel an. Ah, der wärmt. Willst du mich in einem glücklichen Moment ereilen, du Scharfrichter da drüben – jetzt ist er da. Mach's kurz, Schelm vom Berge!

Vom 7. Oktober

Mittwoch, 7. Oktober 1914

Ich habe gestern und heute 100 Seiten des Rousseauschen Werkes verschlungen. Da kam eine Botschaft, die mich tödlich erschreckte. Korporal Sander gratuliert mir dazu, daß ich zur Beförderung eingegeben sei. Ich hatte schon wiederholt davon gehört, daß ich wegen meines angeblich furchtlosen Eifers beim Drinaübergang avancieren solle, aber ich hatte dies alles für müßiges Geschwätz erachtet. Ich hatte nun schon längere Zeit nichts mehr davon gehört, und die Mitteilung traf mich wie ein Blitz aus heiterem Himmel.

Korporal Sander hatte die Nachricht von einem Kompaniekollegen erfahren, der den Beförderungsvorschlag zum Bataillonskommando getragen hatte, und beeilte sich, mir als erster die Mitteilung und Gratulation zu überbringen. Er war baß erstaunt, mich nicht bloß nicht erfreut, sondern geradezu bestürzt zu sehen. Auch die anderen nebenstehenden Ordonnanzen waren verblüfft und erklärten sich das Rätsel endlich so, daß ich mich bloß verstellte, um meine Freude nicht anmerken zu lassen (vielleicht um nicht anläßlich des freudigen Ereignisses eine Flasche Cognac springen lassen zu müssen, bis sie möglicherweise einmal zu erhalten wäre). In Wirklichkeit war meine Bestürzung keineswegs eine Pose. Erstens sind mir die

Obliegenheiten des Zugkommandanten nicht sympathisch: visitieren, mit der Pistole in der Hand die Säumigen vortreiben und immer in jeder Situation und bei jedem Gespräch das sogenannte gute Beispiel geben zu müssen. Besonders das Befehlen ist mir aus tiefster Seele verhaßt. Viel lieber liege ich als einfacher Korporal in der Feuerlinie, ohne besondere Verantwortung und ohne genötigt zu sein, einen Würdenträger in der Kompanie darstellen zu müssen. Die Leute, die mich jetzt gern haben und sich durchwegs mit mir duzen, ob sie nun Kanalarbeiter, Milchwagenkutscher, Dorfmusikanten oder aber Lehrer und Kontoristen sind, würden mich nur per »Sie« ansprechen, mich mit Mißtrauen betrachten, jeden Befehl glossieren und in der Bitte, mir ein bißchen Wasser einzuschenken, eine befohlene Dienstleistung sehen. Schon im Zivil hat mich meine Unfähigkeit, jemanden zu befehlen, meine oft innere Neigung, mit jedem Diener intim befreundet zu sein, in der Karriere gehindert, und nun sollte ich beim Militär, wo ich nie eine Karriere machen wollte, plötzlich dazu gezwungen sein. Mit Leuten aus der gesellschaftlichen Schicht, der die Offiziere angehören, bin ich seit jeher bis zum Überdruß in Verkehr gestanden, und es ist noch eines der angenehmsten Gefühle meiner Jetztzeit, daß ich endlich einmal monatelang mit Menschen aus anderen Klassen Tag und Nacht als Gleicher unter Gleichen leben, ihre ganze Weltanschauung und Lebensauffassung kennenlernen kann. Da wie dort gibt es Kluge und Dumme, aber in der Oberschicht ist die Dummheit durch unverdaute Lektüre und Scheinbildung kaschiert, und mir ist ein Dummer, der nicht weiß, ob Serbien an Rußland grenzt, tausendmal lieber als ein gebildeter Esel, der seinen Untergebenen des langen und breiten auseinandersetzt, welche Fehler Hindenburg und Dankl seiner unumstößlichen Ansicht nach begangen haben.

Mein Leben ist jammervoll, mein Essen ungenießbar, das Schleppen mit dem Tornister, das ewige Sichselbstbedienen und ewige Kommandiertwerden hat gewiß keine Annehmlichkeit. Aber ich nehme das alles gern in Kauf und will mit allen Mitteln danach trachten, daß aus meiner Vorrückung nichts wird.

Ein Polizeiwagen unterwegs

Am 1. März gegen Abend – wie spät es war, wie spät es ungefähr war, wußte keiner von uns – öffneten sich unsere Einzelzellen. »Marsch heraus!« Jeder mußte vor seiner Tür stehenbleiben, auf dem eisernen Steg, an dem die Käfige hängen. Da sahen wir einander wieder, wir, die wir uns zuletzt verabschiedet hatten, als wir unten einzeln aus der Gemeinschaftshaft gerufen worden waren. Kaum ein Tag war vergangen, aber wie hatten sich die Genossen verändert. In ihren Gesichtern spiegelte sich die schlaflose Nacht in der stinkenden Zelle, in die von allen Korridoren ununterbrochen der Lärm neuer Transporte, Namensaufrufe, Alarmsignale gedrungen war, während von der Straße das Gegröle der mutig gewordenen Braunhemden erklang und sich jeden Augenblick ein Bastillensturm mit umgekehrtem Vorzeichen, ein Überfall auf wehrlose Gefangene erwarten ließ. Wir waren ohne Essen, ohne Zigaretten, ohne Nachrichten geblieben, um drei Uhr nachts hatte sich jäh die Zellentür geöffnet, und in dem Schein der grell aufflammenden Glühbirne stand ein Polizeibeamter, der uns (gegen Unterschrift, Ordnung muß sein) einen vervielfältigten Bescheid überreichte, den Haftbefehl:

Der Polizeipräsident Berlin, den 28. Februar 1933
Abteilung I.
I2a61 03II/43
An Herrn Egon Erwin Kisch

hier

Sie stehen in dem dringenden Verdacht einer nach den §§ 81 bis 86 StGB strafbaren Handlung.

Auf Grund des § 22 der Verordnung des Reichspräsidenten zum Schutz des deutschen Volkes vom 4.2.1933 – RGBI S.35 – ordne ich hiermit an, daß Sie bis auf weiteres im Interesse der öffentlichen Sicherheit in polizeiliche Haft zu nehmen sind.

In Auftrage
Gez. Schneppel

Beglaubigt:
Dommitzsch
Kanzleiangestellte

Ja, das wußten wir schon, daß wir in Haft zu nehmen sind, sonst wären wir nicht da. Was wir nicht wußten, steht auf einem Zeitungsblatt, das uns ein später eingelieferter Genosse im Vorbeigehn zusteckt. Dreispaltig an der Spitze: »Sofortige Todesstrafe gegen Hochverräter nach §§ 81 bis 86 … Notverordnung …« Wohin bringt man uns jetzt?

»Wohin bringt man uns jetzt?« fragen wir einen Wachtmeister, der da kontrolliert, ob wir vollzählig vorhanden sind.

»Das werden Sie sehr bald sehen«, schnauzt er.

Wir werden in Zweierreihen formiert, begrüßen uns stumm. Da ist Otto Lehmann-Rußbüldt, der friedliche Friedensfreund, der gestern auf persönlichen Befehl des neuen Polizeipräsidenten in Eisen gelegt wurde, weil er nicht stramm genug stand, als Herr von Levetzow vorbeiging, da ist der Abgeordnete Torgler, der sich sofort ins Polizeipräsidium begab, als ihn die offiziellen Berichte mit dem Reichstagsbrand in Zusammenhang brachten, und sofort ins Loch geschmissen wurde, da ist Felix Halle, Mitglied des Staatsgerichtshofs, da sind die Schriftsteller Ludwig Renn, Kurt Kläber, Erich Baron und Carl von Ossietzky, da ist der alte Berliner Stadtarzt Schminke, sozialistische Rechtsanwälte wie Apfel, Barbasch, Litten, Abgeordnete, für die morgen im Reich noch immer fünf Millionen Deutscher stimmen werden ... Jeder von uns kriegt seinen Hut, die anderen Sachen, die uns bei der Einlieferung abgenommen worden sind, nicht.

Unser Zug stolpert über die Eisentreppe hinab, das Spalier von nationalsozialistischer Hilfspolizei hat wohl nur die Aufgabe, unseren Weg zu flankieren, damit niemand entweicht, aber die nunmehr beamteten Braunhemden wollen ihren besonderen Schneid zeigen, und so traktieren sie uns mit Fußtritten und höhnischem Zuruf: »Jetzt werdet ihr ja sehen, was mit euch geschieht, ihr rote Saubande. Jetzt kriegt ihr alle vor'n Dez geknallt ..."

Na schön, jetzt wissen wir es also. Im Hof harrt unser ein Gefangenenauto.

Das Abteil hat knapp für zehn Menschen Raum, nur fünf auf jeder Seite. Aber es müssen unser zweiundzwanzig hinein, so daß wir aufeinandergepfercht, ineinandergepfercht sitzen und stehen, endlich hat man uns zu einem Konglomerat zusammengepreßt, da heißt es: noch sechs hinein. Sie winden sich in uns hinein wie ein Bohrer ins Gestein.

Ich sehe nicht, wer neben mir steht, ich weiß nicht, ob ich quer oder längs der Fahrtrichtung stehe, ob sich das Auto in der Richtung bewegt, in der ich stehe, oder in der entgegengesetzten, nach rechts oder links. Es ist stockdunkel, durch eine Ritze ist ein rotes Licht zu sehen – eine Lichtreklame, denke ich. Aber das rote Licht taucht wiederholt auf, woraus ich schließe, daß es der Winker unseres Autos ist. Also dort ist vorne.

Wohin fahren wir? Wir wissen nicht einmal, welchen Weg wir nehmen, welche Straßen wir passieren, wir wissen nur, zusammengequetschtes, pendelndes, hin und her geschleudertes, wehrloses Menschenknäuel, daß die Fahrt lange dauert, mehr als eine halbe Stunde, eine ganze vielleicht, Berlin muß schon hinter uns liegen.

Plötzlich ein jäher Stoß, das Menschenknäuel saust an die stählerne Wagenwand, der Wagen steht, er steht schief. Eine Sekunde, oder ist's eine Minute, oder ist's eine Viertelstunde, vergeht. Der Chauffeur läßt den Motor an, der Motor greift nicht ein. Nochmals. Wieder nichts.

Draußen beginnt man zu hämmern, zu schrauben und zu heben. Wir aber, die Fracht, wir müssen inzwischen im Wageninnern bleiben. Vielleicht, wahrscheinlich sogar, kann das Abschrauben des Rades oder des Gummireifens, oder was sonst da draußen gemacht wird, bei solcher Belastung nicht gelingen. Was dann? Auch dann wird man uns nicht aussteigen lassen. So viel Bewachungsmannschaft ist ja nicht da, um uns beisammenzuhalten, wenn wir in der Nacht aussteigen müßten. Sie werden das Maschinengewehr neben dem Führersitz um hundertachtzig Grad drehen, gegen das Wageninnere. Ist auch schon egal.

Vorläufig hören wir, wie draußen noch immer versucht wird, die Karre flottzukriegen. Eine Viertelstunde vergeht oder eine halbe Stunde, oder sind es zwei Stunden?

Der Motor wird wieder angelassen ... er greift ein ... die Fahrt geht weiter.

Nach einigen Kilometern biegt der Wagen rechtwinklig ein, wieder im rechten Winkel. Langsam das Tempo. Fahren wir durch ein Häuserkarree? Das Auto stoppt. Rufe. Es scheint, daß ein Tor geöffnet wird. Vorsichtig rollt der Wagen weiter. Halt.

Alles aussteigen. Uns blendet das trübe Deckenlicht einer Hauseinfahrt, rechts und links stehen große Eisentore. Beamte in Uniform, den Revolver in der Hand, umgeben uns.

Wir erfahren, daß wir in Spandau sind.

Sprung auf den fünften Kontinent

Schon gestern abend hätte die »Strathaird« in See stechen müssen, wenn sie ihrem Fahrplan gefolgt wäre. Aber sie ist festgehalten und wird festgehalten bleiben, so lange, bis das Gericht entscheidet, ob einer ihrer Passagiere mit Recht festgehalten wird.

Unseres Mannes Besucher reden selbstverständlich nicht nur mit ihm, sondern auch miteinander; ihre Gespräche, die sich überschneiden, sind Gespräche des Alltags, allerdings des Alltags von Melbourne.

»Sind Sie nicht mehr in der Radwerkstätte ...?« – »Ihre Kleine geht mit unserer Nell zur Schule, ich hab das erst vor ein paar Tagen gehört ...« – »Trinken wir nachher einen Cocktail bei Menzies ...« – »Nein, ich arbeite schon über ein Jahr bei Ruskin Limousines ...« – »Ist unser John Fisher wirklich der Sohn vom Prime Minister Andrew Fisher ...?« – »Am besten fahren Sie von Flinders Street mit der Deepdene bis Kew ...« – »Wir wohnen jetzt in Heidelberg ...« – »Sie müssen am Montag auf unserem Meeting in der Unity Hall sprechen, wenigstens ein paar Worte.« – »Kommen Sie um sechs zum Geigenmacher Bill Dolphin, ein Glas Bier trinken.« – »Bourke Street ... Collins Street ..." – »Rufen Sie mich vorher an, Ivanhoe 4646; das ist leicht zu merken ...«

Jaja, sagt sich unser Mann, das ist leicht zu merken, aber schwer zu verstehen. Alles ist so schwer zu verstehen.

Wieso geben sich meine Freunde bei meinem Feind Menzies, dem Staatsanwalt, ein Rendezvous zum Cocktail? Wieso wohnen Melbourner Familien in Heidelberg und sind doch hier? Seit wann kehrt man bei einem Geigenbauer ein, wenn man ein Bier trinken will? Was mag Deepdene sein?

Da unten, ein paar Schritte von hier, liegt eine Riesenstadt. Ist dieses Melbourne so wie Berlin, dieses Australien so wie Europa? Wie gerne möchte er alles sehen und beschreiben, seinen Auftrag ausführen, zu sprechen und zu warnen vor der Barbarei, deren Zeuge er war, und er darf nicht hinunter von dem vermaledeiten Dreckschiff da. Nie werde ich in Bill Dolphins Violinwerkstätte Bier trinken, nie erfahren, was Heidelberg auf australisch bedeutet, nie Bourke Street betreten noch sonst eine Straße, so denkt unser Mann inmitten des Rummels, der vom Land in ihn einmündet und von ihm ins Land.

Am nächsten Tag erscheint ein Vertreter der Bundesregierung vor Gericht und verliest eine Erklärung des Innenministers Paterson:

»Am 18. Oktober 1934 hat in Verfolgung von Abschnitt 3, § GH des Einwanderungsgesetzes, der für besagtes Gesetz zuständige Minister auf Grund einer von einem anderen Teil des britischen Imperiums durch offizielle Kanäle erhaltenen Information den Egon Erwin Kisch als einen unerwünschten Besucher oder Bewohner des Commonwealth erklärt.«

Die Vertreterin unseres Mannes bezeichnet die Angaben dieses Dokuments als falsch; am 18. Oktober war dem Minister unbekannt, daß der Delegierte kommen werde. Der Befehl an die Hafenbehörde in Fremantle besagte, »Kisch, der laut Melbourner Zeitungsnachrichten zu Vorlesungszwecken eintreffen werde, ist an der Landung zu hindern.« Aber die ersten Zeitungsnachrichten über die bevorstehende Ankunft erschienen erst vierzehn Tage nach jenem 18. Oktober. Das Verbot erfolgte auf Wunsch der deutschen Nationalsozialisten in Australien, und die Behauptung des Ministers, es liege eine durch offizielle Kanäle eingelangte Information von Seiten eines anderen Teiles des Empire vor, trage den Stempel der Unwahrheit. Wo ist diese Information? Wie ist ihr Wortlaut?

Die Fragen werden nicht beantwortet. Um ein Uhr mittags erhebt sich der Oberrichter und verkündet, er werde, entgegen der Gepflogenheit, das Urteil der Urteilsbegründung folgen zu lassen, diesmal das Urteil voranstellen, damit die »Strathaird« nicht länger als notwendig im Hafen bleibe. Und also laute das Urteil: Die Klage wird abgewiesen, die Festhaltung des Klägers an Bord ist rechtsgültig; die Kosten des Verfahrens gehen zu seinen Lasten.

Telefonisch meldet man die Nachricht an Bord, die Signalpfeife schrillt, alle Besucher müssen das Schiff verlassen. Unser Mann verabschiedet sich und verspricht, auf dem Vorderdeck zwecks Winke-Winke zu erscheinen. Einem jungen Reporter, mit dem er über dessen politische Zweifel diskutiert hat, gibt er zum Abschied den Rat, nach Abstoßen des Schiffes noch ein paar Minuten am Ufer zu bleiben. »Das kann ich nicht, ich komme ohnehin schon zu spät in die Redaktion.« – »Riskieren Sie fünf Minuten.«

Einige Tage später bekommt unser Mann einen überschwenglichen Dankbrief des jungen Reporters, er habe gewartet, »hätte ich Ihren Rat nicht befolgt, wäre ich mit Schimpf und Schande entlassen worden, denn ich hätte alles versäumt, was sich ereignet hat«.

Was hat sich denn ereignet?

Die »Strathaird« stieß ab, ein Meter Wasser war schon zwischen dem Schiffsrumpf und dem Uferrand, da sah die Menschenmenge auf dem Kai mit Entsetzen, wie sich fünfeinhalb Meter hoch über ihr ein Mann auf die Reling schwang; um Gottes willen, er wird sich doch nicht herunterstürzen?

Man wird verstehen, daß wir nicht selbst sagen, was sich ereignet hat, sondern es weniger Beteiligten, unberufen Berufeneren zu sagen überlassen. Im Berliner »Angriff« zum Beispiel wird es folgendermaßen gesagt: »Jüdische Frechheit des Rasenden Reporters. – Gerechte Strafe: Kisch bricht sich die Beine.« Ohne Zweifel ist dieser »Angriff« übertrieben; so groß war die jüdische Frechheit denn doch nicht, sie begnügte sich damit, ihm ein Bein zu brechen, allerdings doppelt.

Wer dem Tatort näher ist, kommt dem Tatbestand näher. Kleben wir einfach die Titelseite irgendeiner australischen Zeitung hierher:

»Erfahrend, daß das Gericht den Antrag auf seine Freilassung abgelehnt hat, sprang Egon Erwin Kisch, der verbannte tschechoslowakische Schriftsteller und Vortragende, vom achtzehn Fuß hohen Achterdeck der ›Strathaird‹, als diese eben im Begriff war, nach Sydney abzusegeln. Auf eine Stahlschiene des Piers fallend, verletzte er sein Bein und brach, nachdem er einen Schritt gemacht hatte, zusammen. Freunde wollten ihm helfen, aber von allen Seiten herbeieilende Konstabler ergriffen ihn und trugen ihn unter Führung zweier Detektivinspektoren trotz aller seiner Proteste in der Richtung zum Schiff.

›Wenn Sie mich an Land verhaftet haben‹, schrie er unterwegs mit gellender Stimme, ›dürfen Sie mich nicht auf ein Schiff bringen!‹ Diesem Protest wurde jedoch nicht stattgegeben und Kisch auf das Schiff gebracht, das Gegendampf gegeben hatte, zum Kai zurückkehrte und eine Landungsbrücke auswarf. Jenes Teils des Publikums, der in der Nähe des Achterdecks stand, bemächtigte sich ungeheure Erregung, die sich in verschiedenartiger Weise

Luft machte und auch nach Wiederabfahrt der ›Strathaird‹ nicht verstummte. Zur Stunde ist die Polizei dabei, den Station Pier zu räumen.

Der Sprung war die Folge der an Bord gelangten Mitteilung, daß Oberrichter Irvin die Klage abgewiesen habe. Kisch, obzwar er vorher Freunden und Besuchern versichert hatte, daß er nicht erwarte, in Melbourne befreit zu werden, war sehr betroffen über die gerichtliche Entscheidung. Seine Besucher begaben sich ans Ufer und warteten auf ein Abschiedswort. Als er an der Reling erschien, riefen einige: ›Warum kommen Sie nicht ans Ufer?‹ Er deutete auf einen Mann, der sich mehr oder minder an seiner Seite hielt und ihn zu bewachen schien. Dann entfernte sich Kisch, worauf die meisten seiner Freunde den Pier verließen, da sich das Schiff zu bewegen begann.

Kaum drei Minuten später erschien er auf dem Achterdeck, schwang sich auf das Geländer und sprang hinab. Er stürzte auf den Pier, erhob sich, machte einen Schritt vorwärts und brach mit schmerzverzerrtem Gesicht zusammen. Im selben Augenblick hatte ihn schon der Konstabler I. B. Weller erreicht und fragte ihn in freundlicher Weise, ob er sich verletzt habe. Er antwortete, er habe sein rechtes Bein gebrochen. Man trug ihn fort, und zwar auf Weisung der Detektive, trotz seines lauten Protestes, auf das wieder anlegende Schiff zurück.

Vom Hauptquartier der Polizei werden wir informiert, daß der Kommandant der ›Strathaird‹, Capt. Carter, für den sicheren Gewahrsam Kischs haftbar ist und im Augenblick der Rückkehr des Schiffes von der Polizei verlangte, daß man den Flüchtigen zurückschaffe.

Ehe die ›Strathaird‹ von neuem abstieß, beklebten Demonstranten den Bug mit Zetteln, auf denen die Worte gedruckt waren: ›Kisch, deportiert von Hitler 1933 – von

Lyons 1934. Kisch muß landen!‹ Zwei Frauen wurden beim Zettelkleben festgenommen.

Weitere Nachrichten über die Szenen an der Landungsbrücke S. 2 und 4. – Der Fall Kisch vor Gericht S. 5. – Die Fälle Kisch und Griffin vor dem Bundesparlament S. 5. – Ein tschechoslowakischer Beethoven (Smetana) S. 8.«

Sich in Schmerzen windend, ist unser Mann vor den Schiffsarzt gebracht worden, der seine Achselklappen zuckt: Ohne Röntgenstrahlen könne er nichts machen, und es gäbe keine Röntgenstrahlen auf dem Schiff. Damit etwas als geschehen erscheine, gibt er den Auftrag, das Bein zu verbinden. Der Patient wird durch eine Gasse gebückter Spießruten in seine Kabine getragen.

Freund O'Hara, der Steward, hilft unserem Mann aus den Kleidern. Unser Mann kann sich nicht bewegen. Aus Leinentüchern macht O'Hara eine Schlinge und zieht sie durch die Bettstatt, die über der unseres Mannes liegt und seit Melbourne leer ist. An dieser Schlinge kann er sich ein wenig hochziehen, aber auch das schmerzt unbeschreiblich. Er hat hohes Fieber.

O'Hara sagt: »Was haben Sie da getan! Das hätten Sie nicht machen sollen, alle Passagiere sind jetzt gegen Sie.«

Unser Mann denkt an die Proklamation, er werde seinen Fuß nicht auf den Boden des australischen Gemeinwesens setzen. Nun hat er seinen Fuß auf Australien gesetzt und ihn dabei gebrochen. Mister Menzies kann lachen. Und auch der Nazidiplomat, der durch seine Intervention das Landungsverbot veranlaßt hat, und die Gestapo in Berlin lachen sich ins blutige Fäustchen.

Keine Röntgenstrahlen an Bord, ohne das Bein einzurenken oder zu gipsen, wird man ihn auf der »Strathaird« lassen, die keineswegs bereits umkehrt. Im nächsten Jahr, wenn sie wieder in Europa landet, wird er längst zum Krüppel geworden sein, ohne Zweifel.

Am besten ist's, an gar nichts zu denken. Lesen aber kann er auch nicht, zu sehr peinigt ihn das gebrochene Bein. Dort auf dem Koffer flimmert, mit roter Tinte kalligraphiert, auf einem pergamentenen Einband der Name Hölderlin. Das Gedichtbändchen ist das handgeschriebene Geschenk einer deutschen Genossin aus Melbourne.

Ein Bote bringt Depeschen aus Sydney und Melbourne, »warum sind sie gesprungen fragezeichen drahtet zweihundert worte stop redaktion ..." Weg damit! Vielleicht wäre es gut, dem tschechoslowakischen Generalkonsulat in Sydney zu telegrafieren, daß das Bein einer Röntgenaufnahme bedarf; Telegramme an Konsularbehörden dürfen nicht zurückgehalten werden. »Zamini« heißt die Telegrammadresse aller tschechoslowakischen Konsulate, und für weitere sechs Worte reicht die Barschaft noch.

Wieder kommt ein Depeschenbote. Wollen Sie ein Telegramm für mich aufschreiben? Danke bestens. Reichen Sie mir, bitte, das Büchlein vom Koffer. Danke bestens.

»Doch uns ist gegeben,
Auf keiner Stätte zu ruhn,
Es schwinden, es fallen
Die leidenden Menschen
Blindlings von einer
Stunde zur andern,
Wie Wasser von Klippe
Zu Klippe geworfen,
Jahrlang ins Ungewisse hinab.«

Nein, er kann nicht lesen, seine Lippen und das Schiff skandieren in einem falschen Rhythmus mit. Die Schiffswände klopfen Schreibmaschinen, immerwährend ein

Wort aus zehn Buchstaben, dann eine Pause, dann wieder zehn Buchstaben. Unser Mann denkt über Worte mit zehn Buchstaben nach, er fühlt, wie das Fieber steigt; wenn er wenigstens schlafen könnte; der Steward tritt ein und fragt, ob er das Licht ausknipsen soll. Allright, switch off the light, O'Hara, und bitten Sie den Doktor um ein Schlafmittel. Ein alberner Schüttelreim frißt sich in unseres Mannes Hirn.

Leise kehrt O'Hara nach zeitloser Zeit in die Kabine zurück, leise, um unseren Mann nicht zu wecken, falls er eingeschlafen sein sollte. Keine Rede von Eingeschlafensein; im Bein steckt ein zerbrochener Knochen, im Kopf der Schüttelreim von einer Maus, die nicht zum Speck dringt und deshalb von Deck springt, blödes Vieh.

Zwei Pulver für heute, zwei für morgen, hat der Arzt sagen lassen; unser Mann nimmt alle vier, und auch das nützt nichts. Es klopft an die Tür, nein, es ist nur das in eine Schreibmaschine verwandelte Schiff.

Herr Strauß ist da, der Spitzel aus der französischen Konzession von Schanghai, der auch damals am Bett stand, als unser Mann einen Anfall von Malaria hatte. Ich soll Sie im Namen von Herrn Ussakowski einladen, mit ihm und Herrn Trebitsch-Lincoln heute im Cathai-Hotel zu dinieren; er wird Ihnen sein Auto schicken. Unser Mann herrscht ihn an, nun habe er ihm doch wirklich oft genug gesagt, daß er ihn nicht mehr sehen wolle. Wenn andere Leute hier sind, antwortet Strauß, kann ich auch dasein, ich habe noch niemanden an den Galgen geliefert.

Die kleine dicke Frau neben ihm ist Madame Denise vom Hotel in Versailles, wo unser Mann wohnt. Sie sagt mit piepsender Stimme, sie brauche das Zimmer im dritten Stock für einen Flieger. Es klopft, und Herr Strauß fragt, was er Herrn Ussakowski bestellen soll, und sagt eindringlich: Machen Sie sich ihn nicht zum Feind, der weiß ganz genau, mit welchen Chinesen Sie sich gestern in Tschapei getroffen haben.

Wieder klopft es, und unser Mann ruft »entrez«, weil Madame Denise eben auf französisch erklärt hat, ein Flieger müsse doch im dritten Stock wohnen wegen der Luft und der Höhe; aber die Frauenstimme, die eintritt, fragt auf englisch, ob sie das Licht anknipsen darf. Allright, sagt unser Mann, switch on the light, und da steht ein wunderwunderschönes Mädchen, wie man es leider nur sieht, wenn man hohe Temperatur hat.

Kamerad, sagt sie, die Kongreßleitung hat mich beauftragt, mich auf der »Strathaird« einzuschiffen, damit wir mit Ihnen in Kontakt bleiben.

Sehr schön, sagt unser Mann, sehr schön vom Kongreß und von Ihnen, meine Dame. Schade, daß die Ozeandampfer nur in Fieberträumen Küstenpassagiere aufnehmen, sonst wären Sie wirklich vorhanden, meine Dame. Sie heißen natürlich Diotima, nicht wahr?

Ich heiße Gwendolyn. Ich mußte eine Schiffskarte nach Neuseeland lösen, weil die Ozeandampfer keine Küstenpassagiere aufnehmen.

Ist es nicht schön, Fieber zu haben? Wenn sich die Logik gegen irreale Erscheinungen wehrt, so antworten die Fieberphantasien mit logischen Begründungen. Man muß seinen Zweifel gar nicht aussprechen, man denkt ihn bloß, und schon ist die Phantasiefigur dabei, ihn zu widerlegen.

Hier ist mein Ticket von Melbourne nach Wellington, damit Sie mir glauben, Kamerad. Und hier meine Parteilegitimation; ich bin Org.-Leiterin des Unterbezirks in X. Die Freunde haben mich an Bord geschickt, bevor noch der Prozeß zu Ende war, ich habe Sie aber auf dem Verdeck nicht angesprochen, um nicht mit Ihnen gesehen zu werden. Deshalb bin ich auch nicht bei Tag gekommen. Ich bleibe an Bord, solange Sie an Bord bleiben.

Ja, Kameradin Gwendolyn, bleiben Sie ewig mit mir auf dem Schiff, aber Sie sollten mir das nicht gerade vor Herrn Strauß sagen, der ist nämlich ein Polizeispitzel.

Ich habe noch keinen an den Galgen geliefert, sagt Strauß.

Wer? Ich kenne keinen Herrn Strauß, sagt Gwendolyn.

Entschuldigen Sie, ich habe nämlich ein wenig Fieber, sagt unser Mann, ich weiß natürlich, daß niemand hier ist, auch Sie nicht, du schönster aller Fieberwunschträume.

Ich will Sie nicht stören, Kamerad, wenn Sie zu große Schmerzen haben.

Verweile doch ...

Ich soll Ihnen dreierlei bestellen. Erstens ist gestern beschlossen worden, den Prozeß, falls Sie ihn in Melbourne verlieren, in Sydney noch einmal anhängig zu machen.

Und dann kann ich sofort nach Melbourne zurückfahren und beim Geigenbauer Bill Dolphin ein Glas Bier trinken ... Nur schade, daß das nicht möglich ist. Es war ja das Oberste Gericht, das gegen mich entschied, und eine höhere Instanz gibt es nicht.

Es war das Oberste Gericht von Victoria. In Sydney aber ist das Oberste Gericht von Neusüdwales, und außerdem ist dort das Oberste Gericht für das ganze Commonwealth ...

... Und das wird mich gleich an Land lassen und sich feierlich bei mir entschuldigen, nicht wahr?

Jedenfalls sind die Aussichten in Sydney viel günstiger; dort gibt es keine Jahrhundertfeier und keinen königlichen Besuch, die von Ihnen gestört werden können, man tut in Sydney in der Regel das Gegenteil von dem, was in Melbourne getan wird, und das Oberste Gericht ist ziemlich demokratisch. Vielleicht läßt man Sie wirklich an Land.

Dann kann ich mein Zimmer hier abgeben, c'est entendu, Madame Denise.

Wie bitte? Also das war das erste, was ich Ihnen zu bestellen habe.

Und das zweite, du Herold der Freude namens Gwendolyn? Was geschieht dann, wenn die Maus *nicht* an den Speck dringt?

Zweitens erscheint Ihr Referat als Broschüre. Es wird heute nacht in Melbourne gedruckt, das andere Exemplar des Manuskripts nimmt das Rote-Hilfe-Auto nach Sydney mit, damit die Broschüre dort noch vor dem Eintreffen der »Strathaird« erscheinen kann.

Ich habe ja nur einen Entwurf abgegeben, und an Stelle der Namen habe ich immer X geschrieben.

Seien Sie ganz ohne Sorge. Ich habe es abgetippt. Wir wußten schon, wo statt X der Name »Hindenburg« und wo der Name »Hitler« einzusetzen war.

Sie haben es abgetippt? Sind viele Worte mit zehn Buchstaben darin, verzeihen Sie ...

Es ist eine ganz gute Analyse des Nazifaschismus und viel Konkretes darin, das wir bisher nicht wußten.

Und was ist das dritte, das Sie mir zu verkünden haben, Genossin Gwendolyn?

Das dritte! Das dritte ist so konspirativ, daß ich es selbst Ihnen nicht vor elf Uhr nachts sagen durfte. Sie wissen doch, wer Gerald Griffin ist?

Natürlich, der Kongreßdelegierte, den man nach Neuseeland abgeschoben hat.

Ja. Er ist zurückgekehrt. Unter falschem Namen. Heute abend spricht er bei den Kohlenkumpels in Newcastle.

Wird man ihn nicht verhaften?

Wir haben Vorsichtsmaßnahmen getroffen ... außerdem wird die Polizei in einem Bergarbeitermeeting nicht so leicht eine Verhaftung wagen. Griffins Landung ist ein

Schlag gegen die Reaktionäre. Weite Kreise sind empört über die beiden Landungsverbote, die Bewegung gegen Krieg und Faschismus wächst – wenn jetzt auch noch Sie landen würden ...

Das mit Griffin ist wirklich herrlich, jetzt fühl' ich mich viel besser.

Wirklich? Das ist schön, Kamerad. Ich soll auf Sie aufpassen, ob man Sie nicht heimlich auf ein anderes Boot bringen will oder sonstwohin, um Sie von der Öffentlichkeit abzuschneiden. Wenn Sie Telegramme aufgeben wollen, kann ich das selbstverständlich für Sie tun, ich habe auch Geld für diesen Zweck bekommen. Oder wenn Sie sonst etwas brauchen?

Und so verging die Nacht trotz aller Schlafmittel als eine Nacht ohne Schlaf, und so verging die Nacht trotz aller Schmerzen als eine Nacht ohne Schmerzen.

Da die Wellen in goldbesticktem Hellgrau am Glas des Bullauges vorübereilen, ist der Morgen gekommen und kein Gast mehr in der Kabine, und der Tag meldet sich von überallher, auch von Europa: drahtet, ob schwerverletzt.

Mittags, während alle im Speisesaal sind, schlüpft Gwendolyn herein und bringt eine an sie eingelangte Depesche: konzert großartig ausgefallen, liebe an die familie. Mit »Konzert« ist das gestrige Auftreten Griffins gemeint, die »Familie« ist unser Mann, die Liebe tut ihm wohl.

Aus dem blau und rot angelaufenen, geschwollenen Bein dringt der Schmerz in den ganzen Körper, aber nicht weiter, nicht ins Bewußtsein; ein Paradox: Der Schmerz ist vorhanden, aber er wird nicht gespürt.

Am nächsten Morgen erscheint der Obersteward und eröffnet unserem Mann, er müsse ihn einschließen. »Was?« ruft unser Mann. »Sind Sie wahnsinnig geworden? Ich bin doch nicht verhaftet.« – »Befehl vom Capt'n.« –

»Bestellen Sie dem Capt'n, daß ihn das teuer zu stehen kommen wird und die Schiffsfahrtskompanie auch. Auf Freiheitsberaubung steht Zuchthaus. Ich habe mein Billett bezahlt wie jeder andere Passagier und habe das Recht auf die gleiche Behandlung, solange ich kein Verbrechen begehe. Bestellen Sie das dem Capt'n.«.

Der Obersteward geht, hinter ihm dreht sich der Schlüssel in der Tür.

Schiffshaft ist eine scheußliche Art von Haft; selbst wenn du aufstehen und an die Tür trommeln könntest, niemand würde dich in dem Geknatter nahe dem Maschinenraum hören, niemand hält sich tagsüber hier unten auf. Warum diese Maßregel? Zur Vereitelung eines Fluchtversuchs würde eine Wache vor der Kabine genügen. Jedenfalls befürchtet man, daß die Arbeiter unseren Mann gewaltsam vom Schiff holen könnten. Jedenfalls hat die Rückkehr Gerald Griffins solches Aufsehen hervorgerufen, daß die Regierung eine zweite Schlappe vermeiden will. Jedenfalls soll verhindert werden, daß sich in Sydney der Besucheransturm von Melbourne wiederholt, abermals eine Versammlung auf Deck organisiert wird.

Plötzlich heult die Alarmsirene auf. Unser Mann hört, wie sich die Schotten schließen. Höchstwahrscheinlich ist es nur ein Probealarm; unterwegs wurden mindestens sechsmal Feuerproben abgehalten, das ist jetzt strenge Vorschrift, Mannschaft und Passagiere werden für künftige Torpedoangriffe geschult. Aber kann es nicht diesmal ein wirklicher Schiffbruch oder eine wirkliche Feuersbrunst sein? Unser Mann denkt an Albert Londres auf der »Georges Philippar«.

Im Fall einer Katastrophe hat ein Schiffshäftling nur die Wahl, zu verbrennen oder in verschlossener Zelle langsam zum Meeresgrund zu sinken, hu. Schiffshaft ist eine scheußliche Art von Haft, sagt unser Mann zu sich, einem anderen kann er es ja nicht sagen. Gwendolyn wird nun auch nicht mehr kommen, denn sie ist keine Fieberphantasie.

Die Maschinen der »Strathaird« stoppen. Ob sie schon am Sydneyer Ufer vertäut wird oder ob ein Tender an sie anlegt, weiß unser Mann nicht, eines von beiden muß der Fall sein. Eine Ärztin aus Sydney, von der Roten Hilfe gesandt, wird in die Kabine gelassen, der Schiffsarzt begleitet sie. Der Konsul erscheint – nein, nur ein Beamter des Konsulats, nicht der Herr Generalkonsul persönlich, den wird unser Mann auch in Zukunft nicht zu Gesicht bekommen, der Herr Generalkonsul kompromittiert sich keineswegs; er wird selbst auf die ihm von der Öffentlichkeit gestellte Frage keine Antwort geben, ob unser Mann wirklich ein Schriftsteller ist oder das nur behauptet.

Die Ärztin stellt Knöchelbruch und Schienbeinbruch fest und sagt kopfschüttelnd zum Schiffearzt: »Wie konnten Sie es unterlassen, den Mann in Melbourne sofort ins Hospital zu schaffen?!« Kleinlaut stammelt der Schiffsarzt, er habe den Patienten erst untersuchen können, als das Schiff schon fuhr. Der Herr vom tschechischen Konsulat fragt, was er für unseren Mann tun könne, und der erwidert: Danke schön, es ist schon gut.

An der Kabinentür warten der Obersteward und zwei Unterstewards auf das Ende der Ordination, um durch eine Schlüsseldrehung die Kabine in ein Gefängnis zurückzuverwandeln. Aber die ärztliche Untersuchung hat sich zu lange ausgedehnt, die »Strathaird« ist schon in Sydney, sie liegt am Pyrmont Quay, Leute sind an Bord gekommen. Bevor die Ärztin und der Konsulatsbeamte das Krankenbett verlassen haben, drängen in stürmischem Wellengang Freunde vor und Neugierige, überrennen den Dreierposten der Stewards, Woge auf Woge strandet in dem Kabinchen. Nicht mehr als zehn, zwölf finden gleichzeitig Platz, obwohl sie hoch oben auf der leeren Bettstatt, auf dem Koffer, auf dem Waschtisch sitzen. Ungeduldig murren die Draußenstehenden, die einen müssen hinaus, die anderen dürfen herein.

Unser Mann erfährt: Gerald Griffin hat bereits in drei Massenversammlungen gesprochen, nach seiner Rede verdunkelte sich der Saal, und Griffin verschwand spurlos, von Freunden geschützt; das Land lacht, die Regierung wütet, die Polizei sucht. Die antifaschistische Bewegung gewinnt immer mehr und mehr Anhänger in allen Schichten. Reverend Rivett, ein achtzigjähriger Priester und Menschenfreund, verehrt auf dem ganzen Kontinent, predigt in der Kirche und spricht in Versammlungen zu dem Thema »Kisch muß landen«, als wäre das eine Bibelstelle.

Heute beginnt vor dem Obergericht von Neusüdwales unseres Mannes neuer Prozeß. Im Einvernehmen mit der Regierung hatte die Schiffskompanie beabsichtigt, unseren Mann auf die »Narkunda« zu transportieren, die heute aus Sydney nach Europa segeln sollte. Weil aber inzwischen der Prozeß anhängig gemacht wurde, kann das nicht durchgeführt werden. Bevor die Verhandlung abgeschlossen ist, dürfen weder der Kapitän der »Strathaird«, der der Beklagte ist, noch die »Narkunda«, die eventuell den Kläger abschleppen wird, den Gerichtsbereich verlassen.

Eine Anwältin und ein Anwalt treten ans Krankenbett. Frau Jollie-Smith ist Solicitor, vorbereitender Anwalt, juristische Beraterin der Gewerkschaften, sie hat schon manchen Sozialistenprozeß geführt und weiß, um was es geht. Unser Mann verständigt sich rasch mit ihr. Etwas schwieriger ist das mit dem Barrister, dem plädierenden Anwalt. Mister Piddington, K. C., das heißt Königlicher Rat, könnte von Dickens entworfen sein, ein greiser, spindeldürrer Gentleman, in seinem Innern aber brodelt ein Vulkan, bald wird er losbrechen und vier Monate lang Feuer speien. Er wird den Richtern zu schaffen machen, obwohl er vor nicht allzu langer Zeit selbst einer war. Er hat sein Amt als Rat des Obersten Gerichts, das hohe Gehalt und die hohen Ehren zum Protest gegen eine antidemokratische Maßnahme des Gouverneurs niedergelegt, er ist geachtet wegen seiner Überzeugungstreue und als Soziologe, als Kunsthistoriker, als Shakespeare-Forscher und als Linguist, der viele Sprachen spricht; im Laufe des Prozesses für unseren Mann wird er noch eine neue Sprache, das heißt eine sehr alte, dazulernen, seinen dreiundsiebzig Jahren zum Trotz.

Freilich faßt er den Fall unseres Mannes nicht so auf, wie ihn unser Mann aufgefaßt wissen will; Old Piddington möchte eine scharfe Abgrenzung unseres Mannes von Griffin herbeiführen, der sich durch seine illegale Rückkehr nach Australien nicht gentlemanlike benommen habe; Old Piddington möchte, daß unser Mann den unpolitischen Charakter seiner Reise betone; Old Piddington schaudert's bei dem Gedanken, das lilienweiße Schild unseres Mannes könnte durch ein australisches Gerichtsurteil auf ewig befleckt werden; Old Piddington ist bereit, bis zum letzten dafür zu kämpfen, daß solche Schmach vermieden werde.

Uff, nun müssen doch endlich alle für Photoaufnahmen erdenklichen Einstellungen beendet sein, unmöglich kann von dem Bewegungslosen noch eine neue Ansicht gemacht werden. Kaum aber hat unser Mann diese Überzeugung gewonnen, als er erfährt, nunmehr werde er von innen photographiert. Ein ganzes Röntgenatelier mitsamt elektrischen Batterien ist an Bord geschafft worden, Kostenaufwand 100 Pfund Sterling – in Sydney würde eine Aufnahme höchstens ein halbes Pfund kosten. Aber die Kronjuristen haben das weise Gutachten abgegeben, wenn man den Passagierpatienten zum Röntgen an Land ließe, wäre damit das Landungsverbot durchbrochen …

Man trägt den schweren Patienten in das neu installierte Röntgenlaboratorium, um sein Bein en face und en profil zu durchleuchten. Was sich weiß auf schwarz ergibt, ist ein Beinbruch, schwarz auf weiß dagegen ein schriftlicher Befund, »supramalleolare Schrägfraktur der rechten Tibia in der Länge von 6 Zoll (15 Zentimeter), vom Malleolus in der Diaphyse der Tibia aufwärts verlaufend. Querlaufende Fraktur des Malleolus externus, Abrißfraktur des Processus posterior tali.« (Autorisierte Übersetzung von uns.)

Die Frage, ob auch das Recht gebrochen ist, läßt sich nicht so exakt feststellen. Drüben im Obergerichtsgebäude bejaht Mister Piddington mit Entschiedenheit diese Frage. Es gäbe kein Landungsverbot gegen einen Mann, der bereits gelandet sei; sein Klient sei in Melbourne, also auf australischem Boden, gepackt und gegen seinen Willen mit Gewalt auf die »Strathaird« gebracht worden. Was nennen Sie Menschenraub, wenn nicht dieses? Darf man in Australien jedermann überfallen und einfach auf ein Schiff verschleppen? Ich frage, Euer Ehren, darf man das?

Die Gegenseite ist nicht verlegen, sie produziert (o doppeldeutiges Wort!) die aus England erhaltene Information über die aufrührerische Tätigkeit unseres Mannes. Mit dem Wortlaut dieser vom Innenminister vorgelegten, angeblich überseeischen Beschuldigung rast der alte Piddington in der Mittagspause auf die »Strathaird« zu unserem Mann. »Was haben Sie dazu zu bemerken?« – »Ich habe dazu zu bemerken, daß diese Information nicht der Intelligence Service, sondern ein Unintelligence Service verfaßt hat.« – »Bravo, bravo, das sollen die Herren zu hören kriegen. Was ist falsch an der Beschuldigung?« – »Alles. Am Charkower Schriftstellerkongreß haben nicht nur Kommunisten, sondern Schriftsteller der verschiedensten Parteien und Parteilose aus allen Ländern teilgenommen. Ich bin kein Spezialist für ostasiatische Wirtschaftsfragen – der Spitzel, der den Bericht schrieb, hat das daraus geschlossen, weil eines meiner Bücher China behandelt. Ich habe niemals zur Bande des Räuberhauptmanns Max Hölz gehört, denn Max Hölz war kein Räuberhauptmann und hatte keine Bande, er war ein Führer der mitteldeutschen Arbeiter, und ich habe ihn erst nach dem mitteldeutschen Aufstand kennengelernt – und so weiter und so weiter; es lohnt nicht, auf dieses Geschwätz einzugehen.«

Chor der Ärzte: »Sind Sie bald fertig, Mister Piddington? Wir wollen dem Patienten ein Pariser Pflaster geben.« – »Ja, ich bin fertig. Auf Wiedersehen.«

Ein Pariser Pflaster? So heißt wohl Englischpflaster auf englisch, denkt unser Mann, erfährt aber bald am eigenen Leib, daß es ein Gipsverband (plaster) ist. Solche Mißverständnisse können vorkommen; so hat unser Mann durch wiederholte falsche Anwendung des Wortes »cry« eine sentimentale Note in die Berichte hineingetragen. »Cry« heißt nicht »schreien«, obwohl er es in der Schule so gelernt hat, sondern »weinen«; »schreien« übersetzt man mit »shout«.

Wie viele Australierinnen mögen Tränen des Mitleids vergossen haben, als sie lasen, wie unser Mann die Polizei anweinte, ihn nicht aufs Schiff zurückzubringen, und wie er den Steward anweinte, der ihn an Bord einsperrte. Richtigstellung: Es war kein Weinen, es war ein Übersetzungsfehler.

Der Gips ist angemacht, unseres Mannes Bein wird mit der ersten Portion des Breis beklatscht, da hört man schwere Tritte. Auf einer Bahre wird ein indischer Schiffsarbeiter hereingebracht, bewußtlos, aus seiner linken Schläfe sickert Blut. »In die Ladeluke gestürzt, zwanzig Fuß tief«, sagen die Männer, die ihn tragen, und legen ihn auf den anderen Operationstisch. Am Kopfende steht ein alter Inder, mit dem Transport eingetreten, seine Augen haften an dem Leblosen, seinem Sohn.

Die Ärzte blicken einander fragend an, antworten einander durch Blicke: Gut, beenden wir zuerst die Vergipsung. Dieser Ausgang des stummen Gesprächs ist unserem Mann nicht recht, und er sagt: »Bitte, nehmen Sie ihn zuerst vor.«

»Sie haben hier gar nichts zu bestimmen«, zischt ihn einer der Doktoren an, dessen mädchenhaftes Gesicht nicht so viel Energie vermuten ließ. Statt einer Antwort richtet unser Mann sich auf, zieht das angegipste Bein vom Tisch weg und läßt es seitwärts baumeln, der Gipsbrei tropft aufs Linoleum, die Doktoren wenden sich dem andern Operationstisch zu. Sie betasten den Kopf des Verletzten. Der stöhnt aus der Tiefe der Bewußtlosigkeit ein gräßliches Stöhnen. Sein Vater macht einen Schritt auf ihn zu.

Unser Mann liegt da in tiefer Scham, er möchte vom Operationstisch springen. Wozu bin ich hier? Wozu all der Rummel? Damit ich an Land komme und ein paar Reden halte? Neben mir stirbt ein Mensch, einem Vater stirbt vor seinen Augen der Sohn, dem Alten wird der Rest der Heuer ausgezahlt werden, und dann kräht kein Hahn mehr nach dem Toten.

Wann habe ich doch das letztemal, denkt unser Mann, ein solches Gefühl verzweifelter Ohnmacht gefühlt? Er erinnert sich. Es war 1933 in der Massenzelle am Alexanderplatz, unter vierzig zerschlagenen, verstümmelten Arbeitern. Zerbrochene Kinnladen, zerbrochene Finger, zerbrochene Nasenbeine, zertretene Nieren, Rippen und Geschlechtsteile, die Rümpfe blutig und geschwollen. So waren die Menschen in der Nazikaserne Papestraße zuschanden geprügelt worden, weil sie sich zum Sozialismus bekannten.

Davon will ich sprechen, nimmt sich unser Mann vor, wenn ich an Land kommen sollte, davor will ich warnen. Warnen vor den Herrenmenschen, die nicht genug daran haben, daß der »Untermensch« für ihren Profit in die Ladeluke fällt und in die Grube fährt, sondern ihn noch mit Reitpeitschen und Stahlruten zum Krüppel schlagen, wenn er über seine Lage zu denken beginnt.

Tagebuchaufzeichnungen Weihnachten 1939

Samstag, den 23. Dezember 1939. – Bin wieder Gefangener auf dem Schiff. Meine Kabine ist abgesperrt. Durchs festgeschraubte Bullauge sehe ich die Neue Welt, der ich vierzehn Tage, Kriegstage lang auf der »Pennland«, Holland-Am.-Line, entgegenfuhr, langsam durch Minenfelder, rasch einem gesunkenen torpedierten Griechenkargo »Germaine« zu Hilfe, und schaukelnd in einer besonders stürmischen See. Das ärgste war die Kontrolle durch die englischen Behörden in Southampton, die freilich nur mich betraf. Sie verpatzten mir den Paß durch ein ostentatives Landungsverbot, obwohl ich weder landen wollte noch konnte, und erhöhten die Wahrscheinlichkeit dessen, was bisher nur leichte Möglichkeit war: Landungsverbot in Amerika. Dennoch ließ ich mir's gutgehn, »verlobte« mich mit der Bochumerin Hilde Markus und spielte mit Kindern. Daß mein Koffer aus unerfindlichen Gründen nicht an Bord gekommen war, focht mich wenig an. Erst heute, als die Freiheitsstatue und die Felsenlandschaft der Wolkenkratzer an uns vorüberschwamm, meldete sich die Krankheit wieder, die ich vor jeder Grenze zu überstehen habe: die Grenzenkrankheit. Mit dem Pilotenschiff kamen die Reporter und Leonard Mins namens der Guild of American Writers. Der Immigration Officer sagte, mein Paß sei nicht in Ordnung, denn ein chilenisches Visum aus Paris genüge nicht für ein Durchreisevisum nach Amerika, obwohl es dem Amer. Generalkons. in Paris genügt hatte. Ich müsse eines vom chilenischen Konsulat in N. York haben. Während er mit mir sprach, zeigte ihm ein Beamter einen Zettel, ohne Zweifel etwas über mich. »Ich weiß«, sagte er. Ich muß also aufs »Island« – Euphemismus für Ellis Island, die Insel der Tränen. Aber die Ellis Island ist komplett, die Mannschaft des deutschen Passagierdampfers »Columbus«, der sich vor drei Tagen in die Luft sprengte, ist dort untergebracht, 1 000 Mann. Deshalb müssen wir auf der »Pennland« bleiben, aber das ist die »Pennland« nicht mehr. Bis jetzt waren Sie unsere Gäste, jetzt sind Sie unsere Gefangenen – sagte ein Steward, und sie ließen es uns fühlen. Außer mir sind ihrer acht Personen da, und sie haben gebeten, morgen soll kein Fleisch serviert werden. Die Mehrheit deshalb, weil morgen Assarah Betewet ist, ein jüdischer Festtag, die verschwindende Minderheit, weil morgen Weihnachtstag ist. Aus der versperrten Kabine sehen wir die Hoboken Docks der Holland-America und der Gdynia-Am.-Line, 6 street, ferner rechts die Skyscrapers. Zeitungen haben wir bekommen, Weihnachtsnummer optimistischen Inhalts, auch daß ich gestern gelandet bin, steht darin. Brief von Weiskopf, Paket von Joris Ivens, Grete und F. F. C., Telegramme von Klaus und Erika Mann aus Princeton.

Weihnachten und Sonntag, 24.12.1939. Nachts in der versperrten Koje, tags in der Lounge, Langeweile und Sorge. Draußen denken Freunde an mich, aber dürfen mich nicht besuchen. Hanns Eisler und Reni telegrafieren, sie erwarteten mich mit Ungeduld. Was ist das aber gegen die meine, [die hoffnungslos ist.] – Abends gibt der Purser eine Runde Bier aus für uns, my turn ist Trude Klare.

Montag, der 25. Dezember, verläuft ebenso bewegungslos und aufgeregt wartend wie der Tag vorher. Kein Mensch darf an Bord, kein Bote kommt an Bord. Endloser Tag. Und der morgige?

Dienstag, 26. Dezember. Herunter von der »Pennland«, auf der wir mehr als 14 Tage waren, herunter mit dem Gepäck (meines blieb in Belgien) in die eiskalten Docks, wo Zollrevision vorgenommen wird, dann auf einem Tender zu der von der Freiheitsstatue (ich versteh immer Freiheitsstatue) gehüteten Gefängnisinsel. Hier war ich vor 10 Jahren als Reporter bei den Stowaways. Jetzt warte ich mit den paar Hunderten. Ein Zettel, uns eingehändigt, besagt, wir mögen, bitte, mit Geduld auf unser Verhör durch die Spezialverhörkommission warten. Einverstanden. – Ich rufe Irma Otte an: »She passed away«, sagt mir eine Stimme, die zu meiner Enttäuschung nicht die von Irmchen ist. Ich frage, wann Irma wiederkommt: »Don't you understand, she passed away?« Ich frage nach der Telefonnummer, und der vorige Satz wird so entsetzt wiedergefragt, daß ich stottre: »Ist sie gestorben?« – »Ja.« – Schrecklich, schrecklich, das ist es, was mich, bisher den einzigen Gutgelaunten, niederwirft. – Telefongespräch mit Grete Weiskopf, Telegramm von Louis Fischer. Begegnungen mit Landsleuten, Lesern, sogar mit einem Verwandten Kraus aus Jilovi. – Vor dem Essen ruft das Personal »Für jüdische Leut« zu den Koscher-Tischen, an den anderen essen Malayen, ganz ferne die Mannschaft der »Columbus«. – Diese wohnt auf den Galerien des großen Saales und schaut auf die Juden hinab, die allerdings einen elektrisch strahlenden Weihnachtsbaum haben. Gelobt sei Moses Christus.

Mittwoch, 27.12. Ich kann nicht schlafen, wenn Licht brennt. Der Schlafsaal, in dem ich mit 22 andern lag, ist besser, als er vor 10 Jahren war. Aber einen Platz, wohin man die Kleider und Tageswäsche legen oder hängen könnte, gibt's nicht. Mittags vergaß ich meine Brille im Speisesaal und ging hin zurück. Dort aber war schon die nächste Schicht – 600 Nazis. Viele sahen mich groß an, ich hörte meinen Namen. Nichts geschah. »Aber treff ich dich draußen im Freien ..." Die Brille war übrigens abgegeben worden. Bibliothek ... Von den 9 Schiffbrüchigen der »Pennland« sind 5 bereits geheilt entlassen. Vom Generalkonsulat kam 1 Flasche Kognak und 1 Hemd, gekauft von Laurin. Von der Writers Ligue ein Telegramm, daß der chilenische Konsul das Pariser Visum affirmiere, von Oskar Maria Graf namens der deutschen Schriftsteller ein netter Brief. – Abends Bekanntschaft und langes Gespräch mit dem chinesischen Kollegen H. T. Tsiang, der schon monatelang hier ist. Er zeigt mir Gedichte, die er über Ellis Island schreibt: Gespräche über Pässe, Transitvisa, Visitors-Visa, Immigrationsvisa; er erzählt von Selbstmorden.

Donnerstag, 28.12. Seit drei Tagen gehen wir hier auf den Fliesen auf und ab, und die Nazi-Offiziere schauen auf uns hinunter. – Wir kennen einander schon so, daß wir jede Bewegung voraussehen. »Show-up« heißt diese Art von Vorführung im Chicagoer Polizeigebäude. Das, was unser Gefängnis von jedem andern unterscheidet, ist die Telefonzelle. Eine Kerkerzelle mit Telefonzelle gibt's sonst nirgends. Man kann sich, sofern man einen Nickel gab, in die übrige Welt einschalten und kann es doch nicht. Angerufen kann man nicht werden – Verhandlung – Folksome und Paul Kisch als Zeugen, 500 Dollar Bond, Frei! Frei! Frei! – Spaziergang im Hof, der statt 4 nur 2 Wände hat, die fehlenden sind Wasser. – Hier wie oben in der Halle fühlt man die Schritte, spricht über Transit- und Visitors-Visa und Affidavits, über Einwanderungsquoten. Das Telefon, die

Wäscheleine in der Damentoilette, Garn und Stricknadeln vom Komitee, viele Herren haben ihre Arbeitsgeräte zum Glück mit: Spielkarten. Der Chinese H. T. Tsiang, Schriftsteller. – Re-Enter-Permit – Garn und Stricknadeln für Arbeit. Alle sind unschuldig, unkriminell und ungewiß. – Schnelles Essen. – Die beiden amerik. Fahnen. Ja, Neger sind hier, einst mit Gewalt eingewandert worden. Hinter mir verschwimmen 4 malachitgrüne Zwiebelkuppeln, 7 graphitgrüne Wasserbanks.

Städte und Landschaften

Streifzug durch das dunkle London

London ist anders. Nicht nur anders, als es in den landläufigen Vorstellungen lebt, auch ganz anders als alle andern Städte der Welt. In Paris kann sich niemand mehr verirren, der einen Stadtplan mit den beiden konzentrischen Boulevardkreisen gesehen; mit den Körut in Budapest, der Ringstraße und dem Gürtel in Wien, mit den Boulevards in Brüssel ist es ziemlich ähnlich; in Berlin orientiert man sich, da die Gattung der Straßennamen in jedem Viertel einer bestimmten Begriffsgruppe entnommen ist. Ja selbst in Städten, deren Sprache man nicht versteht, findet man sich schneller zurecht als in London. In Griechenland, wo die Aufschriften neugriechisch sind, in den Dörfern Südungarns und des slawonischen Istrien, im Konstantinopel des alten Regimes und drüben im wildesten Kleinasien, wo keine Menschenseele eine Kultursprache versteht, ist man rasch heimisch. Aber hier in London – nirgends gehen Straßen und Plätze so wirr durcheinander, nirgends sind Sitten und Lebensweise so verschieden von denen des übrigen Europa wie in London. In den ersten Wochen muß man Angst haben, irgendwo in Hendon oder in Black Heath oder in Walham Green aufzutauchen, von wo kein Bus und keine Tube nach der City Proper führt, wo die Fragen nach den Straßen des Westends mit verständnislosem Achselzucken beantwortet werden. Es ist schwer für jemanden, der es nicht von Kindheit an gewohnt ist, sich um sechs Pence von dem mitten in der Straße auf dem Wagen hockenden Weibe ein Dutzend Austern zu kaufen und diese auf dem Trottoirrand sitzend zu verspeisen, es ist nicht jedes Kontinentbewohners Sache, in den Topf mit »snacks and shrimps«, der am Bareingang hängt, zu greifen und eine Handvoll von Krabben und Schnecken zum Munde zu führen. Auch die »Kidneys Pies«, die Nierenpasteten zu zwei Pence, verträgt nur der zehnte. Und in einer Bar des Black Lion Yard, wo wir Weißfisch bestellten, mißverstand der Barkeeper und brachte Whistkarten. Fast alles wird stehend gegessen, und wenn man sich einmal nach einem ruhigen Abendbrot sehnt und in ein Hotel am Piccadilly einkehren will, so macht der Portier darauf aufmerksam, daß man einen Frack haben müsse.

Bereits bei der Ankunft merkt man, daß es in London ganz anders ist als anderswo. Der Bahnhof ist eigentlich eine Straße, der Stand der Droschken ist an der Plattform der Züge, man reicht, den Träger ersparend, das Gepäck aus dem Waggon direkt in die Kutsche. Keine Bahn ist staatlich, keine ist privilegiert. Das Bahnhofsgebäude ist ein vierstöckiges Hotel. Im Hansom, der zweirädrigen Sänfte, fährt man ins Boardinghouse; der Kutscher sitzt hinter den Passagieren und führt über deren Kopf die Zügel. Von den Türmen schlägt es acht Uhr morgens; jeder Glockenschlag ist ein vierfacher Akkord. Das Frühstück wird serviert: Tee mit Toast und einem unförmigen Brot (oder ist's die Mißgeburt einer Riesensemmel?), mit Marmelade und Butter und mit drei Gängen, Fische, ein Fleischgericht und »bacon and eggs«.

In den Straßen tobt der Verkehr. Knaben lenken Fuhrwerke, Frauen Automobile, die Kondukteure der Omnibusse preisen ihre Linie an, haarscharf fahren Autotaxi und Motoromnibusse aneinander vorüber, die trabenden Pferde berühren den Kopf der Fußgänger. Überall steht »Bobby« wie ein Fels im Meer, nicht Federbusch noch Waffe leihen ihm Respekt; er stellt sich mit dem Rücken unmittelbar vor den sausenden Motorwagen, hebt die Hand, und hinter ihm stauen sich fünfzig Wagen. Da er den Arm sinken läßt, geht sie weiter, die wilde, verwegene

Jagd. Mitten im Trubel, ganz nahe vom Hyde Park Corner, zwischen dem königlichen Buckinghampalast und der feudalen Piccadillystraße, weiden Schafe in idyllischer Ruhe, als ob sie nicht im Green Park, sondern in biblischer Landschaft lebten. Vor dem Kino stehen Menschen in etwa zweihundert Meter langer Reihe; niemand drängt sich, man steht in bequemen Intervallen und liest die Zeitung oder läßt sich von dem Burschen belustigen, der – er sieht aus wie ein heruntergekommener Oscar Wilde – auf dem Asphalt der Fahrbahn einen Niggertanz aufführt; die Wagen weichen dem Tänzer aus, und Schutzleute schauen ihm zu, bis der Tanz zu Ende ist und der Künstler einsammeln geht. Draußen in östlicheren Bezirken nehmen ein Dudelsackpfeifer oder ein bemaltes Kurbelklavier die Stelle des Tänzers ein. Am Viktoria-Embankment malt ein fußloser Mann Porträts europäischer Staatsmänner mit Buntstiften aufs Pflaster, damit ihm der Passant einen Halfpenny hinwerfe. Von neun Uhr früh an verschleißen Kolporteure die Abendblätter, die von da ab fast jede Stunde erscheinen, immer um Meldungen und an Umfang vermehrt, bis das Blatt um sieben Uhr abends dreimal so stark ist. In offenen Läden der City wird von morgens bis abends alles in privater Auktion versteigert. Kaffeehäuser, wo man in Ruhe Zeitungen lesen könnte, gibt es nicht. Die Rechnungen erhält man in dreierlei Münzsorten, Pfund, Shilling und Pence, präsentiert. Auch Meter – und Litermaß bestehen für den Engländer nicht, er rechnet nach Feet und Bushels. Zigaretten werden nach Gewicht verkauft, es gibt keine Nachttischchen in Hotelzimmern, die Stubenmädchen sind unnahbar. Um halb ein Uhr nachts schließen die Restaurants, fahren die letzten Untergrundzüge, und es wird fast leer in der bevölkertsten aller Städte.

Nur draußen, am Ostende der Stadt, lebt auch die Nacht. Der Jago Court, dessen Greuel Morrisons Feder schildert, ist gefallen, seine Greuel leben fort. Schon hinter Houndsditch, dem Partiewarenhändlerviertel, das in den Schilderungen der großen Anarchistenschlacht von Sydney Street ärger dargestellt wurde, als es ist, und hinter den Minories, deren Trödlerläden bis zum Tower führen, beginnt sich's zu zeigen, daß hier die Not wohnt – ganz, ganz nahe der Bank von England, der Londoner Börse, den Lloyds, dem Cornhill, dem Lombard und der Fenchurch Street, den Straßen des Waren-, des Wechsel- und des Geldverkehrs und denen des Kolonialgroßhandels. Vor den Buden der Fleischer überschreien sich die Ausrufer, an den Wagen der Gemüsehändler feilschen Frauen mit schmutzigen Haaren, und bis auf die Fahrbahn hinaus drängen sich Greise, Männer, Mädchen und Kinder in dem Laden, dessen Auslageschild besagt: »Hier werden Kartoffeln gebraten.« Aber noch brennt in Aldgate High Street und in Whitechapel Road scheuchendes Licht elektrischer Lampen, noch stehen Polizeimänner mit Laternen am Gurt und eingerolltem Mackintosh in der Hand an Straßenekken. Erst rechts und links von der Hauptstraße herrscht das Dunkel. An der Sprache kann man den Fremden nicht erkennen, denn hier wird überall Kauderwelsch gesprochen. Der Jargon »Jiddisch«, ein russisch-deutscher Dialekt, der mit hebräischen Lettern geschrieben wird, dominiert. Wer ihn nicht beherrscht, wird als Engländer angesehen, doch in den Nachbarbezirken hält man den, der nicht den »Slang«, das Volksenglisch, zu sprechen weiß, für einen russisch-jüdischen Emigranten. »Four Pence Diningrooms« laden zum Eintritt.

Jedes dritte Geschäft ist eine Kneipe. Gin, Whisky, Rum, Brandy, Port, Oatmeal stouts und Pale ale aller Sorten werden in Aufschriften angepriesen. Hinter einem Hufeisenschalter regiert der Barkeeper, umgeben von seinen Gesellen männlichen und weiblichen Geschlechts. Der

Wirtshausraum ist durch drei von der Wand bis zur Bar führende Verschalungen in drei Teile geteilt, damit sich das Gedränge nicht auf einen Punkt konzentriere. An jedem der drei Eingänge hängt ein Topf mit tüchtig gesalzenen Krabben und Schnecken, unentgeltlich zu genießen, denn es bringt Durst. Schmutzige Hände greifen tief in die Gefäße. »Noch einen Brandy!« Der Wirt schiebt das leere Glas hinter das Pult auf eine Metallrinne, zieht an einem schwarzen Kolben, der oberhalb des Glases auf dem Tisch steht, und durch einen Hahn fließt Brandy in das Glas. Etwa dreißig solcher Kolben sind auf dem Tisch angeschraubt: für jedes Tränklein einer. Auch Bier wird ausgeschenkt, in Holzgefäßen und in Zinnkrügen. Man kann sie auf Konsolen stellen, wenn man die Hände frei haben will, um in den Schneckentopf zu langen. Weiber zechen hier (sie tragen Männermützen, mit Hutnadeln festgesteckt), Neger, Söldner in roten Röcken, Inder, Chinesen und Knaben. Auf der Straße vor dem Eingang bläst ein Trompeter eindringlich ein Lied in das Wirtshaus hinein, um das Spielhonorar einzuheben, wenn die Gäste herauskommen.

Weiter gegen Südosten: Whitechapel ist zu Ende, die dunklen Gassen, deren Bezeichnungen nicht mehr zu entziffern sind, gehören zu Stepney und sind südliche Parallelstraßen zur Mile End Road. Niedrige Häuser, vor denen noch spät in der Nacht Kinder spielen und die armen Passanten anbetteln. Durch den Flur blickend, sieht man mitten in die matt erleuchteten Wohnstuben, wo Leute bei Tisch sitzen oder im Bett liegen. In kleinen Verbindungsstraßen brennt überhaupt kein Licht, und man ist froh, daß man niemandem begegnet.

Aus einer schlecht beleuchteten Schankstube, die auch der lockenden Aufschriften enträt und demnach wohl nur auf ihre Stammgäste reflektiert, wird ein Zerlumpter mit Fußtritten aufs Pflaster geworfen. Sein Weib drängt sich mit seinem Hute aus der Wirtsstube zu ihm, sie stößt schrille Schimpfworte, Flüche und Drohungen aus, paritätisch gegen die Insassen der Bar und gegen ihren Mann. Der wälzt sich auf dem Pflaster und speit.

Immer lebhafter wird es, je mehr man sich der Themse nähert. Wie Sperrbäume stehen schlampige Frauenzimmer inmitten der schmalen Gäßchen, an der Ecke lauern ihre Ritter. Die Tavernen tragen einladende Namen: »Zum guten Freund des Schiffers«, »Zum durstigen Bootsmann«, im Innern rasseln Orchestrions. Vor einer Laterne ist eine Menschenansammlung: Zwei wütende Burschen von kaum sechzehn Jahren tragen einen Boxkampf aus, die Fäuste prasseln auf Nase und Bauch, die Knöchel auf Kinn und Schläfe, oft so heftig, daß der Angreifer angeknockt zurücktaumelt und zu Boden stürzt, die Kämpfer begleiten ihre Schwinger mit Todesdrohungen und wüstem Geschimpf, das Publikum schürt durch anfeuernde Zurufe das Match, Blut fließt, ein Polizist kommt vorüber und schaut dem Kampfe höchst interessiert zu.

Auf Drehbrücken geht es über die Docks, an den endlosen Mauern der Lagerplätze, der Packhöfe und der Warenschuppen vorbei, bis zu den Werften, die die Themse umsäumen. Einstmals waren die Rundtürme des Towers Weltwunder der Höhe; jetzt werden sie überragt von Kranen, Schloten und Masten, die sich in rauchig-dunkler Luft kreuzen. An den Rampen fünfstöckiger Wharves flüstern Stimmen beiderlei Geschlechts, liegende Körper bewegen sich ungeniert. Auch Malaien sitzen da mit baumelnden Beinen; sie lassen die nächtlichen Fußgänger Revue passieren, und ihr Sinn steht gleichermaßen nach Liebe wie nach Geld. Ihre Augen funkeln unheimlich aus gelbem Gesicht. Ach was, hier gibt's auch wieder mehr Schutzleute. England schützt seinen Handel, und Millionenwerte sind in diesem Bezirke aufgespeichert. Freilich, die Zahl der

Hafendiebstähle ist trotzdem ungeheuer groß, und die Polizisten sind sehr gefährdet. Jährlich werden hier dreihundert »Blaue« im Dienst verletzt.

Überall ist Gesang in den Schenken, Gegröle an den Mauern der Häuser, überall verrichten Männer und Frauen ihre Notdurft, überall torkeln bezechte Matrosen, breitschultrige Auslader, Nigger und Kulis, die die Schiffe waschen, Gehilfen der Schiffsbauer, Vaganten und Hafenhuren durch verwahrloste Häuserreihen. Ein ungeheurer Hafenbezirk ist es, der von Wapping über Shadwell, Limehouse und Poplar zu durchschreiten ist, bevor wir durch Bromley wieder auf die Höhe Whitechapels kommen.

Die Gestalten hier haben schwermütigere Gesichtszüge als die im Hafenviertel, wo im Reiche der Millionenware schließlich doch auch Geld unters Volk kommt, wo doch Löhnungen vom Schiff und Laderaum verpraßt werden können. Hier aber, in Spitalsfield, in Shoreditch, in Bethnal Green und in Hoxton, trinkt man nicht, um den Aufenthalt am Festland genießend auszunützen, hier trinkt man, um Schmerz und Not nicht zu fühlen. Durch Fensterläden sieht man in Wohnstuben – Werkstätten, wo beim Schein von Öllämpchen die bärtigen Schneider und Schuster arbeiten, die russischen Schirmmützen auf dem Kopfe. Frauen helfen, und Kinder nähen Knöpfe an. Es sind sehr viele Kinder in jedem der Stübchen; quittengelb und rachitisch, mit dem Stempel des Hungers gezeichnet. An manchen Häusern kauern Arbeiter und rauchen; es sind Bedienstete der Möbelfabriken. Vor den vereinzelten »Hannoveran Houses« für Arbeiterwohnungen, deren Stiegenhäuser gegen die Straße zu offen sind, sitzen Menschen wie Schwalben auf dem Telegrafendraht. Fast in jeder Gasse wird das Einerlei der Armseligkeit von einem Gebäude unterbrochen, dessen Fensterläden freundliche Blumentöpfe zieren und dessen Plakate in hebräischen Lettern zur

Taufe laden und dafür Seelenheil, lohnende Arbeit, Gesundheit, Bildung, Zukunft und Geld für Männer, Frauen und auch für Kinder versprechen. Aber die Armen rackern sich in Krankheit, Schmutz und Sorge und schauen gar nicht hinüber.

Die Lokomobile des Kartoffelbraters umlagern Kinder und Frauen. In einer Ecke unterhandeln zwei Männer, die nicht hierher passen, wo die weltberüchtigten »madgod ruffians« die Hochschule ihrer Räuber– und Messerstechkünste haben; die beiden sehen wie vollendete Gentlemen aus. Ihre Unterredung ist erregt, aber so leise, daß man keine Silbe aufschnappen kann.

Das achtundachtzigste Haus der Hantrury Street ist geweiht für alle Zeiten: Jeder weiß es im Londoner Osten, daß hier Jack der Aufschlitzer ruhmreich gelebt hat.

In einigen Gassen werden Abendmärkte abgehalten: Die Gasolinflammen der Stände flackern unruhig und fahl nach allen Seiten. Von einem Wagen, der die Transparentaufschrift »Syndicalists« trägt, redet ein Mann laut zu ein paar Versammelten: »Abschaffung des Privateigentums an Erwerbsmitteln, direkte Aktion, the mistakes of Charles Marx, individuelle Selbsthilfe« und dergleichen.

Mit ungeheuren Wohltätigkeitsbauten haben einige Millionäre Englands ihr Gewissen beruhigt, von der Melodramatik der Dickensschen Romane und den Predigten der Reverends bewegt, sind hier philanthropische Institutionen erstanden, der Volkspalast, das Hospital, Dr. Bernados Homes, Toynbee Hall, Volksbibliotheken, Museen, Parks und Schulen – aber überall wächst neues Elend und neues Verbrechen aus dem Dünger der Gosse und der Wohnungen empor!

Tschinellenklänge, Trompetenstöße, Trommelwirbel in der Winkelgasse, mitten in der doppelten Nacht? Es ist die Musikkapelle der Heilsarmee, von einer Kompanie uniformierter Knaben begleitet und von einem ihrer Offiziere, der an einer nahen Straßenecke die Menge in einer Predigt zur Einkehr, zur Mäßigkeit und Buße mahnen wird. Die Großen und die Kleinen aus der Armengasse lassen die Jazzband Jesu Christi vorbeimarschieren. Sie haben keine Zeit, dem Marsch zu folgen, sie haben keine Hoffnung.

Hier über dem Osten liegt der Schatten der Stadt, über der nur im Westen die Sonne leuchtet.

Elliptische Tretmühle

Zum zehnten Male, Jubiläum also, wütet im Sportpalast in der Potsdamer Straße das Sechstagerennen. Dreizehn Radrennfahrer, jeder zu einem Paar gehörend, begannen am Freitag um neun Uhr abends die Pedale zu treten, siebentausend Menschen nahmen ihre teuer bezahlten Plätze ein, und seither tobt Tag und Nacht, Nacht und Tag das wahnwitzige Karussell. An siebenhundert Kilometer legen die Fahrer binnen vierundzwanzig Stunden zurück, man hofft, sie werden den Weltrekord drücken, jenen historischen Weltrekord, als in sechs nächtelosen Tagen von 1914 zu Berlin die Kleinigkeit von 4 260,960 Kilometern zurückgelegt wurde, worauf der Weltkrieg ausbrach.

Sechs Tage und sechs Nächte lang schauen die dreizehn Fahrer nicht nach rechts und nicht nach links, sondern nur nach vorn, sie streben vorwärts, aber sie sind immer auf dem gleichen Fleck, immer in dem Oval der Rennbahn, auf den Längsseiten oder auf den fast senkrecht aufsteigenden Kurven, unheimlich übereinander, manchmal an der Spitze des Schwarmes, manchmal an der Queue und manchmal – und dann brüllt das Publikum: »Hipp, hipp!« – um einige Meter weiter; wenn aber einer eine Runde oder zwei voraushat, ist er wieder dort, wo er war, er klebt wieder in dem

Schwarm der dreizehn. So bleiben alle auf demselben Platz, während sie vorwärts hasten, während sie in rasanter Geschwindigkeit Strecken zurücklegen, die ebensolang sind wie die Diagonalen Europas, wie von Konstantinopel nach London und von Madrid nach Moskau. Aber sie kriegen keinen Bosporus zu sehen und keinen Lloyd George, keinen Escorial und keinen Lenin, nichts von einem Harem und nichts von einer Lady, die auf der Rotten Row im Hyde Park reitet, und keine Carmen, die einen Don José verführt, und keine Sozialistin mit kurzem schwarzem Haar und Marxens »Lehre vom Mehrwert« im Paletot. Sie bleiben auf derselben Stelle, im selben Rund, bei denselben Menschen – ein todernstes, mörderisches Ringelspiel. Und wenn es zu Ende, die hundertvierundvierzigste Stunde abgeläutet ist, dann hat der erste, der, dem Delirium tremens nahe, lallend vom Rade sinkt, den Sieg erfochten, ein Beispiel der Ertüchtigung. Sechs Tage und sechs Nächte drücken dreizehn Paar Beine auf die Pedale, das rechte Bein auf das rechte Pedal, das linke Bein auf das linke Pedal, sind dreizehn Rücken abwärts gebogen, während der Kopf ununterbrochen nickt, einmal nach rechts, einmal nach links, je nachdem, welcher Fuß gerade tritt, und dreizehn Paar Hände tun nichts als die Lenkstange halten; manchmal holt ein Fahrer unter dem Sitz eine Flasche Limonade hervor und führt sie an den Mund, ohne mit dem Treten aufzuhören, rechts, links, rechts, links. Ihre dreizehn Partner liegen inzwischen erschöpft in unterirdischen Boxen und werden massiert. Sechs Tage und sechs Nächte. Draußen schleppen Austrägerinnen die Morgenblätter aus der Expedition, fahren die ersten Waggons der Straßenbahnen aus der Remise, Arbeiter gehen in die Fabriken, ein Ehemann gibt der jungen Frau den Morgenkuß, ein Polizist löst den anderen an der Straßenecke ab, ins Café kommen Gäste, jemand überlegt, ob er heute die grau-schwarz gestreifte Krawatte umbinden soll oder die braun gestrickte, der Dollar steigt, ein Verbrecher entschließt sich endlich zum Geständnis, eine Mutter prügelt ihren Knaben, Schreibmaschinen klappern, Fabriksirenen tuten die Mittagspause, im Deutschen Theater wird ein Stück von Georg Kaiser gegeben, das beim Sechstagerennen spielt, der Kellner bringt das Beefsteak nicht, ein Chef entläßt einen Angestellten, der vier Kinder hat, vor der Kinokasse drängen sich hundert Menschen, ein Lebegreis verführt ein Mädchen, eine Dame läßt sich das Haar färben, ein Schuljunge macht seine Rechenaufgaben, im Reichstag gibt es Sturmszenen, in den Sälen der Philharmonie ein indisches Fest, in den Häusern sitzen Leute auf dem Klosett und lesen die Zeitung, jemand träumt, bloß mit Hemd und Unterhose bekleidet in einen Ballsaal geraten zu sein, ein Gymnasiast kann nicht schlafen, denn er wird morgen den pythagoreischen Lehrsatz nicht beweisen können, ein Arzt amputiert ein Bein, Menschen werden geboren und Menschen sterben, eine Knospe erblüht und eine Blüte verwelkt, ein Stern fällt und ein Fassadenkletterer steigt eine Häuserwand hinauf, die Sonne leuchtet und Rekruten lernen schießen, es donnert und Bankdirektoren amtieren, im Zoologischen Garten werden Raubtiere gefüttert und eine Hochzeit findet statt, der Mond strahlt und die Botschafterkonferenz faßt Beschlüsse, ein Mühlenrad klappert und Unschuldige sitzen im Kerker, der Mensch ist gut und der Mensch ist schlecht – während die dreizehn, ihren Hintern auf ein sphärisches Dreieck aus Leder gepreßt, unausgesetzt rundherum fahren, unaufhörlich rundherum, immerfort mit kahlgeschorenem Kopf und behaarten Beinen nicken, rechts, links, rechts, links.

Gleichmäßig dreht sich die Erde, um von der Sonne Licht zu empfangen, gleichmäßig dreht sich der Mond, um der Erde Nachtlicht zu sein, gleichmäßig drehen sich die

Räder, um Werte zu schaffen – nur der Mensch dreht sich sinnlos und unregelmäßig beschleunigt in seiner willkürlichen, vollkommen willkürlichen Ekliptik, um nichts, sechs Tage und sechs Nächte lang. Der Autor von Sonne, Erde, Mond und Mensch schaut aus seinem himmlischen Atelier herab auf das Glanzstück seines Œuvres, auf sein beabsichtigtes Selbstporträt, und stellt fest, daß der Mensch – so lange, wie die Herstellung des Weltalls dauerte – einhertritt auf der eignen Spur, rechts, links, rechts, links – Gott denkt, aber der Mensch lenkt, lenkt unaufhörlich im gleichen Rund, wurmwärts geneigt das Rückgrat und den Kopf, um so wütender angestrengt, je schwächer seine Kräfte werden, und am wütendsten am Geburtstage, dem sechsten der Schöpfung, da des Amokfahrers Organismus zu Ende ist und, hipp, hipp, der Endspurt beginnt. Das hat Poe nicht auszudenken vermocht: daß am Rand seines fürchterlichen Mahlstroms eine angenehm erregte Zuschauermenge steht, die die vernichtende Rotation mit Rufen anfeuert, mit hipp-hipp! Hier geschieht es, und hier erzeugen sich zweimal dreizehn Opfer den Mahlstrom selbst, auf dem sie in den Orkus fahren.

Ein Inquisitor, der solche Tortur, etwa »elliptische Tretmühle« benamst, ausgeheckt hätte, wäre im finstersten Mittelalter selbst aufs Rad geflochten worden – ach, auf welch ein altfränkisches, idyllisches Einrad! Aber im zwanzigsten Jahrhundert muß es Sechstagerennen geben. *Muß!* Denn das Volk verlangt es. Die Rennbahn mit den dreizehn strampelnden Trikots ist Manometerskala einer Menschheit, die mit Wünschen nach äußerlichen Sensationen geheizt ist, mit dem ekstatischen Willen zum Protest gegen Zweckhaftigkeit und Mechanisierung. Und dieser Protest erhebt sich mit der gleichen fanatischen Sinnlosigkeit wie der Erwerbsbetrieb, gegen den er gerichtet ist. Preise werden gestiftet, zum Beispiel zehn Dollar für die ersten in den nächsten zehn Runden. Ein heiserer Mann mit dem Megaphon ruft es aus, sich mit unfreiwillig komischen, steifen Bewegungen nach allen Seiten drehend, und nennt den Namen des Mäzens, der fast immer ein Operettenkomponist, ein Likörstubenbesitzer oder ein Filmfabrikant ist, oder jemand, auf dessen Ergreifung eine Prämie ausgesetzt werden sollte. Ein Pistolenschuß knallt, es beginnt der Kampf im Kampfe, hipp, hipp, die dreizehn sichtbar pochenden Herzen pochen noch sichtbarer, Beine treten noch schneller, rechts, links, rechts, links, Gebrüll des Publikums wird hypertrophisch, hipp, hipp, man glaubt in einem Pavillon für Tobsüchtige zu sein, ja beinahe in einem Parlament, der geschlossene Schwarm der Fahrer zerreißt. Ist es ein Unfall, wenn der Holländer Vermeer in der zweiten Nacht in steiler Parabel vom Rad saust, mitten ins Publikum? Nein: out. Ändert es etwas, daß Tietz liegenbleibt? Nein, es ändert nichts, wenn die Roulettkugel aus dem Spiel schnellt. Man nimmt eine andere. Wenn einer den Rekord bricht, so wirst du Beifall brüllen, wenn einer den Hals bricht – was geht's dich an? Hm, ein Zwischenfall. Oskar Tietz war Outsider vom Start an. Das Rennen dauert fort. Die lebenden Roulettbälle rollen. »Hipp, Huschke! Los, Adolf!« – »Gib ihm Saures!« – »Schiebung!!«

Von morgens bis mitternachts ist das Haus voll, und von mitternachts bis morgens ist der Betrieb noch toller. Eine Brücke überwölbt hoch die Rennbahn und führt in den Innenraum; die Brückenmaut beträgt zweihundert Mark pro Person. Im Innenraum sind zwei Bars mit Jazzbands, ein Glas Champagner kostet dreitausend Papiermark, eine Flasche zwanzigtausend Papiermark. Nackte Damen in Abendtoilette sitzen da, Verbrecher im Berufsanzug (Frack und Ballschuhe), Chauffeure, Neger, Ausländer, Offiziere und Juden. Man stiftet Preise. Wenn der Spurt vorbei ist, verwendet man die Aufmerksamkeit nicht mehr auf die Kurve, sondern auf die Nachbarin, die auch eine bildet. Sie lehnt sich in schöner Pose an die Barriere, die Kavaliere schauen ins Dekolleté, rechts, links, rechts, links. Das Sechstagerennen des Nachtlebens ist es. Im Parkett und auf den Tribünen drängt sich das werktätige Volk von Berlin, Deutschvölkische, Sozialdemokraten, rechts, links, rechts, links, alle Plätze des Sportpalastes sind seit vierzehn Tagen ausverkauft, Logen und Galerien lückenlos besetzt, rechts, links, rechts, links, Bezirke im Norden und Süden müssen entvölkert sein, Häuser leer stehen, oben und unten, rechts und links.

Und mehr als die Hälfte der Plätze sind von Besessenen besessen, die – die Statistik stellt es triumphierend fest – vom Start bis zum Finish der Fahrer in der hundertvierundvierzigsten Stunde ausharren. In Berliner Sportkreisen ist es bekannt, daß sogar die unglücklichen Ehen durch die Institution der Six Days gemildert sind. Der Pantoffelheld kann sechs Tage und sechs Nächte von daheim fortbleiben, unkontrolliert und ohne eine Gardinenpredigt fürchten zu müssen. Selbst der eifersüchtigste Gatte läßt seine Frau ein halbes Dutzend Tage und Nächte unbeargwöhnt und unbewacht; sie kann gehen, wohin sie will, rechts, links, rechts, links, ruhig bei ihrem Freunde essen, trinken und schlafen, denn der Gatte ist mit Leib und Seele beim Sechstagerennen. Von dort rühren sich die Zuschauer nicht weg, ob sie nun Urlaub vom Chef erhalten oder sich im Geschäft krank gemeldet, ob sie ihren Laden zugesperrt oder die Abwicklung der Geschäfte den Angestellten überlassen haben, ob sie es versäumen, die Kunden zu besuchen, ob sie streiken oder ohnedies arbeitslos sind. Es gehört zur Ausnahme, daß ihr Vergnügen vorzeitig unterbrochen wird, wie zum Beispiel das des sportfreudigen Herrn Wilhelm Hahnke, aus dem Hause Nr. 139 der Schönhauser

Straße. Am dritten Renntage verkündete nämlich der Sprecher durch das Megaphon, rechts, links, rechts, links, den siebentausend Zuschauern: »Herr Wilhelm Hahnke, Schönhauser Straße 139, soll nach Hause kommen, seine Frau ist gestorben!«

Der Newskij-Prospekt

Hier also war's, wo Anna Karenina, noch bewegt vom Unfall auf der Eisenbahn, in dem sie ihr zukünftiges Schicksal fühlt, nach Hause fuhr,

hier also war's, wo Casanova die russische Bauerntochter, die er um hundert Rubel gekauft, auf den Namen »Zaire« getauft und modisch eingekleidet hatte, spazierenführte,

hier also war's, wo die Beamtenwitwe Raskolnikowa in der Straßenbahn stolz den Zeitungsartikel ihres Sohnes Rodion Romanowitsch dem Nachbarn zeigte,

hier also war's, wo im dritten (nach russischem Kalender: im vierten) Stockwerk einer der in »Krieg und Frieden« besoffenen Gardeoffiziere mit einem englischen Marineur wettete, sich auf die Fensterbrüstung zu setzen und die Beine gegen die Straße baumeln zu lassen, nachdem Fürst Pierre Besuchow das Fensterkreuz herausgebrochen hatte,

hier also war's, wo Mischkin, der »Idiot«, mit ungeschicktem Tritt zu seinem Onkel tappte,

hier also war's, wo beim Kartenspiel die »Pique Dame« Puschkins höhnisch blinzelte,

hier also war's, wo ein echt Gogolscher Friseur die »Nase« loszuwerden trachtet, die er morgens im Brot fand, während ein Tschinownik seine Nase sucht, die er seit dem Morgen vermißt, hier also war's, wo alle russischen Romane begannen und endeten, die erfundenen und die wirklichen, »Zar und Zimmermann« und seiner Nachfahren Verhaftung 1917.

Der Newskij-Prospekt heißt nicht mehr Newskij-Prospekt. Sondern: Prospekt des 25. Oktober.

Man denke sich ihn nicht als eine enorm breite, spiegelglatte Avenue, zwischen eisgetürmtem Newastrom und goldenen Palästen, er ist nur eine Binnenstraße und führt vom Moskauer Bahnhof zum Admiralitätspalast. Wir kommen an und sind etwas enttäuscht: hier also war's, wo Pierre Besuchow, wo Rodion Romanowitsch Raskolnikow, wo Anna Karenina, wo Peter Mischkin ... Eine Straße, kaum breiter als der Kurfürstendamm und lange nicht so gut gepflastert, Geschäfte, Wohnhäuser ...

Auf dem Platz vor dem Bahnhof: das Denkmal Alexanders III., alle Kaiser- und Generalsmonumente in Leningrad hat man stehenlassen und alle Marmorplatten, auf denen verewigt ist, daß jenes Gebäude, jene Brücke, jene Parkanlage unter der glorreichen Regierung des Zaren Soundso Soundsowitsch I., II., III. (nicht Gewünschtes bitte zu durchstreichen) errichtet wurde. Auf dem Sockel Alexanders III. ist bloß eine neue Inschrift eingemeißelt worden, Verse des Volksdichters Demjan Bednyj:

Mein Vater fand so wie mein Sohn,
Den reichverdienten Henkerslohn,
Doch ich, ich muß hier weiterreiten,
Ruhmlos durch alle Ewigkeiten.
Dick hockend auf dem dicken Hengst,
Ein lächerliches Schreckgespenst
Den Menschen, den von uns befreiten.

Alexander III.
vorletzter russischer Selbstherrscher.

Übrigens stimmt das mit dem Hocken auf dem dicken Hengst und das mit der Lächerlichkeit: Der Bildhauer hat, ob freiwillig oder nicht, dem Dargestellten Gesicht und Körper eines vierschrötigen Wachtmeisters gegeben, dessen Eskadrongaul sich anschickt zu bocken, und man hat schon im Frieden ästhetisch-patriotische Diskussionen über diese Skulptur abgeführt. Ein bockendes Denkmalspferd ist etwas Auffälliges für St. Petersburg gewesen, wo die Bronzerosse die Gewohnheit des Gegenteils haben: sich kühn aufzubäumen. Es gibt hier keines, das seine vier Hufe am Boden hätte, Peters des Großen Gaul vor dem Winterpalais macht Männchen und stützt sich dabei auf den Schwanz – weshalb der Stallgenosse, den Nikolaus I. hinter der Isaakskathedrale reitet, dasselbe Kunststück probieren muß –, den Durchgang vom Generalstabsgebäude zum Newskij krönt eine »Quadriga von sechs feurigen Rennern« (Holzbock), und deren Vorderfüße greifen ebenso in die Luft wie die der antiken Doppeltroika auf dem Narwabogen und die der vier Pferde, die über die Brüstung der Anitschkowbrücke von bronzenen Stallknechten zur Tränke geführt werden.

Wir aber wollen mit allen vier Beinen auf dem Boden der Tatsachen und des Newskij-Prospekts bleiben, auf dem die adligen Gestalten Dostojewskis, Puschkins, Tolstois und Lermontows verschwunden sind und keine schnauzbärtigen Generale, keine reichen Kaufleute und überhaupt keine Equipagen mit galonierten Lakaien mehr spazierenfahren. An die Stelle der Kaleschen sind die Galoschen getreten, die Läden gehören den Kooperativen, und die Inhaber der berühmten Zuckerbäckereien Ballett, Berrin, Borman, Conradi und Abrikossow existieren nicht mehr, jedoch ein süßer Trust ist dir geblieben, der diese Geschäfte verwaltet; sie haben neue Namen, die sich schon eingebürgert haben, und man darf keinem Mädchen in

Kiew, Rostow, Moskau oder Charkow erzählen, daß man nach Leningrad fährt, sonst muß man versprechen, eine Bonbonniere von Degurme (sprich: »Des Gourmets«) mitzubringen. Die Paläste stehen noch am Prospekt des 25. Oktober, genauso wie sie vor dem 25. Oktober standen, nur die Besitzer fehlen, Fürst Stroganow, Graf Scheremetjew, Graf Anitschkow, Graf Schuwalow, Großfürstin Elisabeth Feodorowna, der Präsident des Heiligen Synod Pobedonoszew, Fürst Beloselskij-Beloserskij und so fort (nach Paris).

Ihre Schlösser sind Museen geworden, meist verblieben Einrichtung und Anordnung, und der Palast wird als solcher besichtigt (Museum der aristokratischen Lebensweise), aber auch wissenschaftliche und künstlerische Kollektionen fanden in den Schlössern Unterkunft, Leningrad hat jetzt über zweihundert öffentliche Sammlungen – es ist vom Rom des Nordens zum Athen des Nordens geworden, und nirgends verfügen die Akademien, die Universitäten, die Kliniken, die Schulen, die Sammlungen, die Bibliotheken und die Professoren über derart splendide Räumlichkeiten. Dabei ist die Einwohnerzahl, die im Kriege zwei Millionen betrug und während Revolution, Bürgerkrieg und Hungersnot und weil Leningrad aufhörte, Rußlands Hauptstadt zu sein, auf sechsmalhunderttausend sank, wieder auf eine Million einhunderttausend angewachsen, obwohl einige Superkluge schon das Gras in den Straßen wachsen hörten und prophezeiten, an Stelle der Ermitage werde bald der Urwald wuchern. Statt des Grases wächst die Bevölkerungsziffer konstant, statt des Urwaldes wuchern ein paar NEP-Männer, und von den elfhundert jahrelang verödeten Häusern sind tausend von neuem bewohnt. Die restlichen hundert Gebäude, so die Kasernen am Marsfeld, verfielen allerdings beträchtlich, und ihre Renovierung würde mehr Geld kosten als ein Neubau. Derzeit die Stadt ohne Wohnungsnot (jeder obdachlose Junge hat hier ein Palais!), wird sie's bald nicht mehr sein, da sie der einzige baltische Hafen Rußlands ist und da die zentralen Unterrichtsbehörden über kurz oder lang hierher verlegt werden sollen.

Jedoch wir hatten uns vorgenommen, auf dem Newskij-Prospekt zu bleiben. Daß keine Gestalten Dostojewskis, Tolstois und Lermontows, keine Kaleschen mit galonierten Dienern und keine schnauzbärtigen Generale und keine reichen Kaufleute mehr in Erscheinung treten, haben wir wohl genügend oft wiederholt, und es wird allmählich Zeit, zu sagen, was in Erscheinung tritt. Vor allem tritt in Erscheinung, daß Leningrad auch im neuen Rußland eine elegante Stadt ist. Trotz der Textilnot ziehen sich die Frauen sehr gut an, nicht nur die jungen, auch die alten. Durchaus großstädtisch sehen die Männer aus, den Muschik im Schaffell und Ziegenfell, der in Moskau jenseits der Boulevards das Stadtbild beherrscht, findet man in Leningrad nicht; die Matrosen tragen sich außenbords wie aus dem Ei gepellt, sonst gibt es wenig Uniformen, nur die blauen Schildmützen der Studenten und der in technischen Berufen Tätigen; in sauberem Hemd und guten Anzügen gehen die Arbeiter auf den Straßen der inneren Stadt, stark unterschieden von ihren Genossen im Donezbecken, deren Mehrheit noch Lumpenproletariern gleicht.

Die Moral sitzt hier lockerer in den Gelenken, mag das nun Erbe der Hof- und Residenzstadt, mag das nun unveränderliche Eigenheit jeder Hafenstadt sein. Wirtshäuser blühen an allen Ecken und Enden, meist mit grün-gelbem Firmenschild und der Aufschrift »Wijn«, »Bawarja« oder »Lewnbrai« (laut lesen!), drei Kabaretts, eine Bar, und im Hotel d'Europe tanzt man sogar Foxtrott, dreimal in der Woche, sechs Paare aus dem Publikum, die sich, wenn Stimmungsbeleuchtung gemacht wird, auf neun erhöhen.

Foxtrott und »Hotel d'Europe« – Sehnsuchtsziel aller Gents und Modedämchen Moskaus! (Unter »Foxtrott« versteht man in Sowjetrußland moderne Tänze; beim Foxtrott brach der Weltkrieg aus, und von Shimmy, Java, Blues, Charleston ahnen die Ärmsten nichts!) Außerdem gibt es zwei Spielklubs, einen mit Lotto auf dem Newskij- und einen auf dem Wladimirskij-Prospekt, wo man Bakkarat und Makao spielen und die Aufmerksamkeit der Geheimpolizei auf sich lenken kann, und drei oder vier Juwelenläden, davon einen – den im Handelshof – mit Halbedelsteinen des Ural, insbesondere Lapislazuli.

Die Geschäfte strahlen Lichtreklamen aus, normale Litfaßsäulen und dreikantige transparente Glassäulen auf sechskantigem Postament sind plakathaft bemalt; auf weiße Leinwand werden gleichfalls Reklamen projiziert, zwischen Nachrichten der Abendblätter. Lautsprecher des Radios dröhnen an den Straßenkreuzungen, und die Gläubigen, die vor der Filiale der Troize-Sergijewa-Lawra knien, hören gleichzeitig das Gebet des Popen und das Orchester des Akademischen Operntheaters und wissen nicht, wo Gott wohnt. An der einen Ecke ist also die Leningrader Zahlstelle der Moskauer Kirche, an der zweiten Ecke der Funksprecher, an der dritten Ecke der Kaufhof, und an der vierten steht Ferdinand Lassalle. Nur als Herme, und da er nun einmal keinen Unterleib hat, ließ er sich auch den Schnurrbart abnehmen und ward zu einem Antinous, der die Handelsakademie absolviert hat; querkants und unregelmäßig ragt die Büste über das Postament hinaus. Lassalle teilt mit Plechanow, Jaurès, Bebel und einigen Sozialrevolutionären und Anarchisten das Schicksal, rechtzeitig gestorben zu sein, um Standbild, Straßen und Städte in Sowjetrußland gewidmet zu bekommen, denn hätten sie's erlebt, so hätte mancher, ein so ehrlicher Führer der Arbeiterschaft er auch sonst gewesen, für die Kriegs kredite gestimmt und gegen die kommunistische Revolution agitiert. Jedenfalls steht jetzt Ferdinand Lassalle monumental da, nicht weit von der Katharina, die hat ihren Unterleib behalten und ist von den Statuen ihrer Günstlinge Potemkin, Rumjanzew, Bezkoi und Suworow umgeben. In dieser katharinischen Gegend öffnet der Newskij-Prospekt bereits ganz andere Prospekte als im Bahnhofsumkreis, hier buchtet er sich aus zu Plätzen mit Blumenbeeten, frei und prächtig schauen die Fronten von Theater und Bibliothek nach allen Seiten.

Die Kasan-Kathedrale breitet ihre Arme aus, mächtige Kolonaden, um ganz Rußland aufzunehmen; aber diese Umarmungsbereitschaft war nicht so gemeint, daß sich in ihnen Demonstranten zu Meetings gegen den Zarismus vereinigten, und da sie dies seit 1876 beständig taten, erfüllte man den Raum mit Rasen und Bosketts und sperrte ihn mit zierlichen Gittern – aus ist es mit den Demonstrationen, dachten die Regierenden und lachten sich ins Fäustchen, wie der Ehemann, der das Kanapee verkauft, damit seine Frau ihn nicht darauf betrüge. Die silberne Balustrade am Altar, sechshundert Kilo schwer, nach den napoleonischen Kriegen von den Donkosaken gestiftet, ist 1920, zur Zeit der Hungersnot, versilbert worden; sie soll keinerlei künstlerische Bedeutung gehabt haben. Von öffentlichen Kunstwerken ist erstaunlicherweise während des Bürgerkriegs nichts zerstört und nichts verschleppt worden, und nachher wurden die Sammlungen der Ermitage und der andern Museen durch Stücke aus den Schlössern verdreifacht und vervierfacht; am Tage und in den Abendstunden sind die Galerien von Besuchern durchflutet, meist von Exkursionen, bei denen Damen der ehemaligen Bourgeoisie und Hörer der kunsthistorischen Akademie die Führer machen; ungeheure Schätze aus den entlegensten und unbewohntesten

Sommerresidenzen sind der Öffentlichkeit zugänglich gemacht, also »geraubt« worden.

Manchmal ist der Newskij-Prospekt eine Straße, manchmal ein Platz, manchmal aber auch eine Brücke; denn senkrecht auf diese Koordinate der Stadt verlaufen Vertikalprojektionen, und die sind flüssig. Schiffahrtskanäle. Man muß schon ein arger Schmeichler sein, um auf Grund dieser Kanäle Petersburg so malen zu können, daß man es erkennt und doch von Venedig nicht unterscheiden kann. Was aber brächten höfische Maler nicht zustande! – an den Wänden der russischen Museen und der Paläste von Zarskoje Selo ist zu bestaunen, wie die geschmeidigen Schüler Canalettos eine Perspektive zu wählen wußten, die dem Palais Stroganow die Züge des Dogenpalastes gibt, die (allerdings schmalen) Kaistraßen verschweigt, der Brücke zwischen Ermitage und Winterpalast den Schwung des Ponte dei Sospiri verleiht und auf der Moika, dem Jekaterininskij-Kanal und der Fontanka Gondeln schwimmen läßt.

Ganz großartig, schöner als der Markusplatz, wird der Newskij dort, wo er zu Ende ist, wo er in einem grandiosen Delta von Skulptur, Natur und Architektur sein Ziel erreicht, Mündung des ganzen russischen Landes in die Newa zu sein. Da leuchtet eine lange Spitze aus dunklem Gold über dem Figuren- und Säulenreichtum des Admiralitätsturmes, da rieselt der Springbrunnen und strecken sich die Bäume des Alexandergartens, da schickt sich Peter der Große an, mit seinem Pferd über den Fluß zu springen, da spreizen sich Senat und Synode und Garde-Manege, und da strotzt in altem Rot der Winterpalast, sichernd umschlossen von einem massiven Kreis der Ministerialgebäude.

Dahinter: die Newa. Vorige Woche war sie noch Eis, und nächste Woche wird sie ein Strom sein, aber sie vollzieht diesen Toilettenwechsel hinter braunwolkigem Vorhang. Der Himmel sandte ihn dem Flusse, und die vielgeprüfte Stadt wird er entschädigen, indem er ihr weiße Nächte gibt. Dann kann man nachts am Kai stehen und die Newa sehen und ihre geschmückten Inseln und die Peter-Pauls-Festung. Auf die blickten die Zaren und ihre Gäste, wenn sie sich vom Bankett erhoben, um ans Fenster zu treten: Sie brauchten sich nicht zu beunruhigen, fest ragten die Wälle aus dem Wasser, jedem Ausbruchsversuch der gefangenen Empörer hohnsprechend. Die Zaren und ihre Gäste konnten lächelnd diesen Blick genießen, fest stand der Tower, weiß waren die Nächte, und keinem Gedanken öffnete sich der Prospekt des 25. Oktober 1917.

Borinage, vierfach klassisches Land

Der Fremde verläßt die von der Kleinbahn durchbimmelte Hauptstraße, geht längs hoher Mauern und niederer Arbeiterhäuser, Kinder spielen im Schlamm, ein Schankwirt steht vor seinem geschwärzten Estaminet, eine Frau trägt Gemüse heim.

Dann hört der Ort auf, ein anderer beginnt, der genauso aussieht, Mauern um die Zechenplätze, hagere Häuser aus berußtem Rohziegelwerk, ungepflasterte Straßen, armselige Kaufläden. Der Fremde begegnet niemandem mehr. Förderwagen rattern auf Drahtseilen knapp über seinen Kopf hinweg, heben sich in spitzem Winkel und rollen zum Gebirgskamm empor.

Auf jedem dieser Berge, die den grünen ebenen Hennegau in einen steilen, finsteren Karst verwandeln, kauert ein Basilisk. Die Vorderfüße auf die Bergesspitze gestemmt, den Hinterleib an den Hang gepreßt, reckt er den Hals vor und den Rachen. Vom frühen Morgen bis zwei Uhr nachmittags speit er alle zwei Minuten Schutt und Erde.

Berge und Basilisken hat nicht die Natur gesetzt, sondern der Mensch. Es ist der Abraum aus dem Schacht, der hinauffährt auf Schienen oder hinaufschwebt auf dem Seil und in der Kippe mündet – dem Ungetüm auf dem Gipfel. Was hätte die Natur hier zu suchen? Hier ist Industrie.

Dreizehnhundert Meter unter dem Fremden sind Menschen, welche Kohle hacken und Erde und Gestein aufwärts schicken, zweihundert Meter über diese Erde, auf der der Fremde geht.

Wo die große Eisenbahn das Gebiet durchfährt, sind fast immer die Schranken herabgelassen. Auf Überbrükkungen geht der Fremde ans andere Ufer des Schienenstroms, und unter ihm rollen die breitspurigen Waggons wie vorher die kleinen Förderwagen über ihm, ohne menschliche Begleitung. Aber in den Eisenbahnwagen fährt kein Abraum und keine Schlacke, hier fährt Kohle, und sie trägt Spuren schlaumenschlicher Voraussicht: Die oberste Schicht ist mit Kalk besprenkelt, so daß man feststellen kann, wenn unterwegs ein Unbefugter sich auf den Zug geschwungen und einige Stücke für seinen Herd abgeworfen hat.

Das wäre Diebstahl an der Société Anonyme, der das Kohlenwerk gehört und die ihrerseits von einer Société Anonyme kontrolliert wird, einer Bank. Die anonymen Verwaltungsräte und anonymen Direktoren der Société générale de Belgique und der Banque de Bruxelles regieren von fernher die Zechen des Borinage: Établissement du Grand Hornu, Charbonnages du Nord de Geuly, Société du Levant du Flénu, Compagnie des Charbonnages beiges und Charbonnages Réunis, all das, was hier eine Realität mit Förderturm, Maschinenhaus, Kohlenwäsche, Schacht, Stollen und 30 000 unterirdischen Arbeitern ist, aber im

Kurszettel der Brüsseler Börse nur eine täglich schwankende Ziffer.

Fünfzehn Millionen Tonnen Steinkohle fördert das Borinage jedes Jahr aus einer Tiefe von dreizehnhundert Metern, aus launischen, unregelmäßigen Flözen, die nur eine Mächtigkeit von vierzig Zentimetern (also kaum die halbe Mächtigkeit der Flöze im Ruhrrevier) haben, in einer stickigen, atembeklemmenden Stollenluft, bei einer Hitze bis zu 48 Grad. Oben, wo des Kumpels Familie wohnt, wo er nach Feierabend sein Dach hat, ist es nicht viel angenehmer als unten. Ja, nicht einmal viel sicherer. Immerfort gärt es in den Eingeweiden der zerhackten Erde, ihre Haut platzt, ganze Dörfer sacken ab, verschwinden spurlos, und durch die klaffenden Risse des Bodens dringt jauchzend das Wasser der Kanäle, überschwemmt das Land.

Mit den abgebauten Steinen gelangen unvermeidlich auch kleine Kohlenstücke auf die Abraumhalden und verlocken die Ärmsten des kohlenreichen Reviers, dort Heizmaterial zu suchen. Es stört sie nicht, daß auf allen künstlichen Bergkegeln und Kuppen die Drohung eingerammt ist:

> Défense de circuler sur le terril
> sous peine de poursuite judiciaire.

Die Kohlenklauber, meist Greise und Kinder, klimmen allvormittäglich den gefährlich lockeren Hang des Terrils hinauf. Sie tragen alte Säcke wie Kapuzen über Kopf und Rücken, als Schutz vor Staub und Splittern, wenn sie sich auf den eben kippenden Hängewagen stürzen, um seinen Inhalt eilig zu durchwühlen. Die Verbotstafel sichert die Grubenverwaltung gegen Schadenersatz bei einem durch Bergsturz oder Abgleiten des Karrens verursachten Unfall.

Kosten doch schon die Unfälle im Bergwerk viel zuviel Geld, *das Borinage ist das klassische Land der schlagenden Wetter.*

In früheren Zeiten stieg vor jeder Schicht ein Mann, der »Büßer« genannt (ursprünglich ein Sträfling), mit nassen Kleidern und nasser Tonmaske in die Grube hinab und durchschritt, eine meterlange Fackel vor sich herstreckend, alle Fördergänge. Erst wenn er aus der Tiefe wiederkam, fuhr die Belegschaft ein, kehrte der » Pénitent« nicht zurück, so wußte man, daß sich die Methangase an seiner Flamme entzündet und ihn getötet hatten. Oben warteten die Bergleute, bis das Gas zu Ende gebrannt, die Luft rein war.

Diese täglich angebotene Opferung eines Menschen, durch Jahrhunderte geübt, sie schützte nicht viel mehr vor Katastrophen als die Mittel des Glaubens und Aberglaubens. Jede Bergmannsfamilie war von der Kirche dazu angehalten, jährlich eine Novaine zu beten, das helfe bei Gott und allen Heiligen. Um sich aber auch bei den Grubengeistern gutes Wetter zu verschaffen, trug man immer einen bei Mondschein gepflückten Tannenzapfen in der Tasche.

Der Fremde hat im Provinzialarchiv von Mons Dokumente zur Bergwerksgeschichte des Borinage gesucht, er fand fast nur Berichte über Katastrophen, die Schwarze Chronik des Schwarzen Reviers – die Ausweise über Förderung und Jahresprofite liegen bei den Zechenbaronen, die, anonym oder nicht, ihren Sitz fern vom kohligen Erdreich aufgeschlagen haben.

In der Vorzeit, als im Hennegau die Nibelungen auf Rache und Treubruch sannen, bohrten ihre Leibeigenen auf eigene Rechnung und Gefahr nach dem steinernen Heizmaterial, weil ihnen das Holzklauben in den Forsten verboten war. Bald aber ließen die Grafen vom Hennegau und die Äbte von Saint-Waudru diese Arbeit für ihre Tasche besorgen und verkauften die Kohle an alle Erzhütten. Je mehr die Industrie wuchs, je kapitalistischer das

Gewerke wurde, desto tiefer mußte der Förderschacht getrieben werden und desto höher stieg die Zahl der Grubenunfälle. Jetzt notieren die Kuxe niedrig – die deutsche Reparationskohle und der englische Anthrazit sind in Belgien billiger als die Kohlen des Borinage – aber die Katastrophen verschwinden nicht. Die Statistik sagt aus:

Von 1821 bis 1850: 217 Katastrophen
Von 1851 bis 1880: 202 Katastrophen
Von 1900 bis 1929: 110 Katastrophen

Und was für welche! Der Fremde durchblättert die Urkunden der Martyrologie. Es sind meist kirchliche Dokumente, denn von eh und je war der Klerus hier um eine besondere Legendenbildung bemüht, und nur zwischen den Zeilen der berichteten wundertätigen Rettungen läßt sich lesen, wie vielen Kumpels keine wundertätige Rettung gewährt ward. Am Himmelfahrtstage 1818 meldet der Abt von St-Ghislain der Obrigkeit, einer seiner Priester habe während der Rettungsarbeit im eingestürzten Stollen der Zeche »Monseigneur à la Bouverie« das Evangelium Johannis gebetet, wobei unversehens der Schlüssel der Sakristei zu Boden fiel; solches als Zeichen des Himmels ansehend, befahl er, an dieser Stelle zu graben, und man entdeckte Verschüttete, die noch lebten.

Nicht immer bewährt sich der Sakristeischlüssel dergestalt als Wünschelrute, oft findet man nicht einmal die Leichen. 1837, beim Wassereinbruch auf Grube Ste-Victoire, wurde keines der Opfer geborgen, erst ein Menschenalter später stieß man auf sie, siebenundzwanzig Mumien in einer Reihe. Im Jahre dieses grausigen Fundes verschwanden achtzehn Bergleute bei einer Schlagwetterexplosion auf »Sainte-Catherine« und 1865 auf der gleichen Grube siebenundfünfzig, deren Gebein bis heute nicht geborgen ist.

Eine Unglückszeche ist »L'Agrappe«. An einem Herbsttag 1875 wurden in einer Tiefe von 560 Metern hundertzwölf Kumpels getötet. »Deckeneinsturz infolge Selbstentzündung durch schlagende Wetter«, mit dieser Feststellung mußte sich die amtliche Untersuchung begnügen. Sie war besonders minutiös geführt worden, weil am Tag vor der Katastrophe auf die Hängebank mit Kreide hingeschrieben war: »Demain tout sautera – morgen fliegt alles in die Luft.« Diese Inschrift hatte die Belegschaft mit Entsetzen erfüllt, aber einfahren mußte sie, und bald lagen hundertzwölf neben der wahrgemachten Drohung.*

Nächste Katastrophe auf der gleichen Zeche: 17. April 1879. Im Fördergang »Evêque«, 610 Meter tief, explodiert um halb acht Uhr morgens Gas mit solcher Gewalt, daß auf der Erdoberfläche der Boden platzt und die Arbeiter auf dem Zechenhof und der Mann im Förderturm erschlagen werden. Stollen und Querschläge sind im Nu von Lohe durchtobt, auch im Förderschacht steigt das Feuer hoch, als wollte es hinausklettern, das ganze Land

---

* Während die ersten Bogen dieses Buches die Druckmaschine verlassen, ereignet sich im Borinage Furchtbares: In der Grube Fief de Lambrechies explodieren am 15. Mai 1934 schlagende Wetter. Von einer Schicht von vierundvierzig Bergleuten vermögen sich nur zwei zu retten. Die Bergungsarbeiten sind im Gange, da wird, kaum anderthalb Tage später, die Rettungsmannschaft von einer Explosion überrascht, neuerdings fünfzehn Tote, sechs Schwerverletzte. Zweiunddreißig Leichen sind geborgen worden, fünfundzwanzig Menschen sind noch unten – tot oder lebendig? Die Direktion läßt die Grube unter Wasser setzen, um die Feuer zu ersticken. Am 20. Mai sollte eine Lohnkürzung von fünf Prozent in Kraft treten, auf Grund der Erregung erklärt das Konsortium, der Lohnabbau gelte erst ab 3. Juni. König Leopold III. spricht an der Unglücksstätte einen Retter an: »Schwer ist eure Arbeit, mein Freund.« – »Ja, schwer«, antwortet der Kumpel, »und dafür verachtet man uns und schneidet uns den Lohn.« Journalisten fragen nach seinem Namen. »Inconnu«, sagt er.

ergreifen. Sechs Detonationen, unter denen weithin der Erdboden erbebt, reißen sich aus der Tiefe empor.

Von Entsetzen gelähmt, starrt die den Unglücksschacht umlagernde Menge auf einen Gespensterreigen, der unmittelbar nach einer der Detonationen auf dem Firmament sichtbar ist: Da droben, inmitten einer Wolke, geistern Gestalten, ihre Arme flattern, ihre Beine schlenkern, sie neigen sich und heben sich und drehen sich ineinander und durcheinander, als hätten sie keine Körper ...!

Endlich zerstiebt der wolkige Tanzplatz, und die Schemen schweben langsam zur Erde hinab. Nun sieht man, daß es Kleider sind. Eine im zusammengestürzten Stollen eingeschlossene Schicht hatte sich wegen der sengenden Hitze an einen engen Luftschacht gedrängt und nackt ausgezogen, eine neue Explosion trieb die Anzüge durch den Schacht hinauf zur Erde und höher hinauf, zum Himmel.

Bis drei Uhr nachmittags sucht die Feuersbrunst, 4 200 Hektoliter Kohlenstaub vor sich hertreibend, nach Menschenopfern, wirft ihre Flammen in alle Winkel der Labyrinthe, packt jeden, den sie erreicht.

Hilfe naht. Aus den Kohlendörfern und Gruben, aus Cuesmes, aus Quaregnon, aus Frameries, aus Pâturages, aus Wasmes, aus La Bouverie, aus Hornu, aus Montrul, aus Noirchain, aus Quiévrain, aus Wihéris, aus Thulin und aus Quarquignies stürmen die Borains heran, Soldaten der Solidarität. Sie drängen durch die Masse angstverzerrter Frauen und Kinder hin zum brennenden, krachenden Bergwerk. Während unten Wut und Glut der Elemente noch rasen, lassen sich die Arbeiter an Stricken die sechshundert Meter hinab (Förderseil und Schale sind verbrannt) und bergen am gleichen Abend neunundachtzig lebende Kameraden. Am nächsten Tage fördert man nur Leichen ans Licht, am übernächsten wieder Leichen, hunderteinundzwanzig Todesopfer, am 20. April jedoch stößt man auf fünf noch lebende Hauer; nach oben geschafft und gelabt, berichten sie von Schreckensszenen, Selbstmorden und Wahnsinnsausbrüchen bei der Flucht vor dem überallhin nachsetzenden Element.

Um die Geretteten bemüht, ist unter anderen ein junger Prediger aus Holland. Er war vor wenigen Monaten nach dem Borinage gekommen, um in diesem katholischen Sprengel Seelen für den Protestantismus zu werben. Der ernste, seiner Sache leidenschaftlich hingegebene Mann war ergriffen, erschüttert vom Grau der Umwelt, er wollte Evangelist im biblischen Sinne sein, nicht besser leben als die Borains, er verschenkte seine Kleider und sein letztes Hemd an diese Armen, fror in seinem Stübchen, verbrachte seine Tage bei den Opfern einer Flecktyphusepidemie, trug während eines Streiks den Familien Essen zu, und jetzt hilft er bei der Katastrophe auf der »Cour de L'Agrappe« den Verunglückten.

Aber es ist nicht Zugehörigkeitswille, nur Mitleid mit den Borains treibt ihn zur Hilfeleistung, fesselt ihn an die Borains. Er glaubt betonen zu müssen, daß ihre Armut kein Beweis von Schlechtigkeit sei. »Nun lebe ich schon beinahe zwei Jahre bei ihnen«, schreibt er an seinen Bruder, »und habe ihren originellen Charakter ein wenig kennengelernt, wenigstens den der Kohlenbergleute. Und mehr und mehr finde ich etwas Rührendes, ja sogar Erschütterndes in diesen armen und niedrigen Arbeitern, in diesen sozusagen Letzten und Verachtetesten von allen, die man sich für gewöhnlich, vielleicht infolge einer lebhaften Phantasie, aber sehr zu Unrecht, als eine Rasse von Übeltätern und Räubern vorstellt. Bösewichte, Trunkenbolde und Räuber gibt es hier wie überall, doch ist das nicht der wahre Typus ...«

Der junge Missionar liebt die Landschaft des Borinage, er schildert in seinen Briefen, sie sei voller Charakter, die dunklen Tage vor Weihnachten erinnern ihn an die mittelalterlichen Dorfbilder, insbesondere an die von Breughel.

Was nützt das, was nützt es, daß die Bewohner nicht durchwegs Bösewichte sind und das Revier an Breughel gemahnt – nach zwei Jahren bricht der Evangelist unter dem Jammer zusammen, der sich auf diesem Fleckchen ein Stelldichein gibt, sein Vater holt ihn weg, und was sich hernach mit dem jungen Mann begibt, haben die mit ihm befaßten, aber mit dem Borinage kaum vertrauten Kunsthistoriker nicht begriffen.

Sein weiteres Leben und Schaffen ist nichts anderes als eine irrsinnige, gehetzte Flucht aus dem Schrecken in die Kunst. Flucht aus der schwärzesten Finsternis ins grellste Licht. Flucht aus der Düsterkeit in die Farbe. Flucht aus der Tiefe in die Höhe. Flucht vom Kohlenstaub zum Blütenstaub. Flucht aus den engen Bergmannswohnungen in die weiten Ährenfelder. Flucht vor den Gebirgen aus Schlacke zu den Ebenen aus Gold.

Nichts mehr vom Evangelium, nichts mehr vom Bergwerksmenschen. Frenetisch malt er jetzt, wie er seine Missionstätigkeit frenetisch ausgeübt hatte, er wird das Genie der Flora, er trinkt von der Sonne und von den Blumen und von der Buntheit, von all dem, wonach er im Borinage gedurstet hat, und nach wenigen Jahren stirbt Vincent van Gogh an diesem Exzeß des Malens.

Bei der nächsten großen Grubenkatastrophe (Schacht Bouledu-Cœr, hundertdreizehn Tote) ist ein anderer Maler da, den das Borinage gleichfalls aus der Bahn wirft und der gleichfalls seinen Beruf wechselt, in welchem er alt geworden war. Er aber flüchtet nicht. Im Gegenteil, dieser Constantin Meunier, der wie van Gogh in den revolutionären Malern Courbet und De Groux seine Vorbilder sah, wächst im Borinage vom mittelmäßigen Maler und Lehrer der Kunstakademie in Löwen zum gigantischen Plastiker.

Er weiht seine ganze neue Kunst den Borains und ihren Genossen, durch ihn vor allem wird *das Borinage zum klassischen Land der sozialen Kunst.*

Meunier hat den Kumpel des Borinage gemeißelt, sein eingefallenes Gesicht mit dem halbgeöffneten Mund, der Schweiß preßt an den ausgemergelten Körper die Leinenbluse, daß ihre Falten wie Rippen aussehen, muskulös sind die Arme, die ein Leben lang die Haue gegen die schwarze Steinwand schwingen. Meunier sah einen jungen Kumpel, die Hand unschlüssig ausgestreckt, vor Ort mit dem Hauer streiten. Meunier kam vorbei, als ein Mädchen in prall anliegenden Kniehosen eben die Kippkarre an die Kohlenzille geschoben hatte und nun die Arme in die Hüften stützte, um den Anzüglichkeiten der Schifferburschen die Antwort nicht schuldig zu bleiben. Meunier kannte die Verdammten dieser Erde, er kannte auch die Mutter des Borinage.

Nach jener Katastrophe auf der Grube Boule-du-Cœr, am 4. März 1887, stand die Mutter im Schuppen, wohin man die hundertdreizehn Toten trug, und hatte keinen Schrei in der Kehle und keine Träne im Auge, nur ihre Hände preßten sich gegeneinander, weil sie nicht wußten, gegen wen sie sich ballen sollten. So hat Meunier sie gestaltet, und zu ihren Füßen den Sohn, den geopferten. Ist es ihr einziger, ist es ihr letzter Sohn? Wohl mußte sie erwarten, daß er einmal verunglücken werde, nun ist die Befürchtung eingetroffen, da steht nun eine Mutter, die keinen Sohn hat.

Mit der gleichen Gewalt, mit der das Borinage van Gogh davonschnellte, riß es Meunier an sich. Wie Vincent zur Verdrängung seiner schwarzen Eindrücke, zur Betäubung des erlebten Schreckens seine Werke schuf, schuf Constantin mit voller, bewußter Hingabe. Er erschloß der Welt der Kunst die Welt der Arbeit, wurde der Vorkämpfer der naturalistischen Literatur, der Graphik einer Käthe Kollwitz, eines Steinlen.

In einer Umwelt, die man der Natur beraubte, ohne ihr dafür auch nur Zivilisation zu geben, fand Meunier die Modelle, die Originale des Ehrenmals, das er der Arbeit aufgerichtet hat. Dieses Denkmal des Kumpels steht nicht in des Kumpels Land. Selbst der militärische Heroenkult macht vor dieser unwirtlichen Gegend halt – man bringt ja auch sonst auf Armenhäusern und Spitälern, in denen große Männer starben, keine Gedenktafeln an.

Nichts oder wenig erinnert daran, daß hier zu allen Zeitläuften Soldaten einander ruhmreich erschlugen. *Das Borinage ist der klassische Kriegsschauplatz.*

In den Flurnamen bei Saint Denis, »Schlucht der blutigen Helme«, »Hag der gespaltenen Krieger«, lebt noch das Grauen eines Treffens vor fast tausend Jahren; Rochilde vom Hennegau und Robert von Friesland stritten um den Besitz von Flandern, und dafür ließen sie die Mannen kämpfen, bis deren gespaltene Leiber einen Hag, ihre blutigen Helme eine Schlucht füllten.

Rings um den gleichen Hag, tief in der gleichen Schlucht fielen die Truppen Ludwigs XIV., einmal 1678, einmal 1709. Lieder verherrlichen die Feldherren, »Prinz Eugenius der edle Ritter«, »Marlborough s'en va-t-en guerre« – wer aber kennt auch nur einen ihrer 23 000 Soldaten, die als Sieger auf dem Feld von Malplaquet blieben, und ihre 11 000 toten Feinde?

An der Wende des Jahrhunderts, das an seinem Beginn den Spanischen Erbfolgekrieg auf dem Boden des Borinage austrug, entrollt sich auf dem Borinage ein Krieg, bei dem es nicht mehr bloß um Erbfolge und Hausmacht geht. Nicht mehr kämpfen Leibeigene oder Söldner eines Fürsten gegen die eines anderen. Die Revolution ist auf den Plan getreten, und die erbebenden

Monarchien Europas schicken ihre Armeen aus, um den Pariser »Pöbel« zu züchtigen, der sich unterfing, sich selbst zu regieren.

Schlacht von Jemappes. Es lächelt der österreichische Marschall, Herzog von Sachsen-Teschen, ein geringschätziges Lächeln, als er am Morgen des 6. November 1792 vom dominierenden Mont Heribus herab das feindliche Kriegsvolk besieht, und sein General Clerfait lächelt von Herzen mit. Uniformlose, kaum bewaffnete Burschen, da rennen sie naiv und ahnungslos durch das Sumpfgebiet gegen das von den kriegserprobten Feldherren Habsburgs geführte Heer, gegen die fachmännisch ausgebaute dreifache Redoutenlinie an, geradewegs in den Feuerbereich der neuen Kanonen hinein.

Am Nachmittag lächeln der kaiserliche Marschall, Herzog von Sachsen-Teschen, und General Clerfait nicht mehr. Man lächelt nicht auf der Flucht mit einer aufgelösten Armee. Ob ihnen auf dieser Flucht ähnliche Gedanken kamen wie dem weimarischen Staatsminister Wolfgang von Goethe, der beim gleichfalls geschlagenen linken Flügel eingeteilt war? Der hatte in Valmy ausgerufen: »Von hier und nun beginnt eine neue Epoche der Geschichte, und ihr könnt sagen, ihr seid dabeigewesen.«

Noch aber tritt die alte Epoche nicht ab, noch sind die kriegerischen Imperatoren und die imperialistischen Kriege keineswegs vorbei, und im August 1914 erlebt das Borinage das blutigste Schlachten. 250 000 Deutsche und Engländer stehen einander zwischen Mons und Maubeuge gegenüber. Geschütze fegen Häuser und Kirchen und Fördertürme und Schlote und Schlackenhügel hinweg, Soldat und Zivilist sterben den gleichen Tod, Zehntausende fallen. Schlagende Wetter, Grubenbrand, Pest, alle bösen Kräfte der Natur zusammengenommen haben nicht soviel vernichtende Macht wie der Mensch. Der hätte sogar die

Macht, den bösen Kräften der Natur zu begegnen, aber die Dividenden erlauben es nicht.

Das Gelände trägt kein Denkmal an diese Schlacht und an die Okkupation, nur an der Seitenwand einer Scheuer zwischen Flénu und Jemappes sieht der Fremde das ungelenk getünchte Votiv:

C'est ici
que le 24 août 1914
furent lâchement
fusillés par les boches
Condron Thimoté, Dupont Alphonse,
Dupont Jean-Baptiste, Dupont Jules,
Finet Emanuel, Finet Florent père,
Finet Florent fils, Haimeux Aimalle (Emile).

In St-Ghislain, das ein rußig-roter Kohlenort ist, aber immerhin durch das Vorhandensein einer Werft für Kohlenkähne, einer Glasfabrik, einiger Agenturen von Kohlengesellschaften und von Transportversicherungen ausgezeichnet, kann der Fremde fast an jedem Hauseingang den Vermerk der deutschen Quartiermacher lesen: »Zimmer für … Offiziere, Raum für … Mannschaften, Keller für … Personen, Stall für … Pferde.« Auf dem Giebel des Hauses an der Brücke ist erst später hingemalt worden: »Détruit par les Allemands 1918, reconstruit 1923.« Der Heldenfriedhof, mit dessen Ausstaffierung die Etappe ihre Unentbehrlichkeit bewies, liegt einige Kilometer entfernt, bei Spiennes; im Borinage selbst wurden die Gefallenen des Weltkriegs, Freund und Feind, auf den Ortsfriedhöfen begraben.

Erstaunt blickt die Frau des Kirchhofwärters auf, die im offenen Kapellenvorbau Wäsche wringt: jemand tritt – an einem Wochentag! während der Arbeitszeit! – durchs Gittertor. Der Fremde watet durch hohes Unkraut. An der

Mauer dreizehn morsche Holzkreuze für einen Captain, einen Leutnant und elf Mann von »Royal Scotch Fusiliers«. Ihr Nachbar, der deutsche Vizefeldwebel Erich Romberg, Inf.-Regt. 24, nennt wenigstens ein eisernes Täfelchen und ein umgittertes Blumenbeetchen sein eigen. Über den anderen Hügeln hängen Perlenkränze unter Glas, Vitrinen mit Gipsvasen und Papierblumen, auf den Grabsteinen prangen porzellanene Photo-Medaillons, die toten Frauen auf den Bildern tragen Riesenhüte und lächeln kokett.

Der Fremde konstatiert auf einer Reihe von Kreuzen das gleiche Sterbedatum, die acht Begrabenen sind von neunzehn bis dreißig Jahre alt, ihre Todesursache ist nicht angegeben, sie ist selbstverständlich. Die acht Opfer einer Katastrophe sind dort, wo sie bei Lebzeiten waren, wo ihre lebenden Kollegen zur Stunde sind: unter der Erde. Der Fremde verläßt den Totenanger – zur Erleichterung der am Waschtrog stehenden Frau, er überschreitet von neuem Schienenstränge und geht an rauchenden, ewig brennenden Halden vorbei, ohne jemandem zu begegnen.

Der Fremde steigt eine der Abraumpyramiden hinauf, Brocken rutschen unter seinen Füßen zu Tal. Vom Gipfel, auf dem sich die Kippe der Schwebebahn wie ein lauernder Basilisk reckt, sieht der Fremde weithin über das Revier und über das Revier hinaus bis nach Frankreich hinüber. Um das qualmgraue Kleid der Landschaft spannt sich ein Gürtel aus mattem Silber, der Kanal zwischen Sambre und Scheide; träg schwimmen die Zillen nach Condé, ihre Fracht ist die gleiche wie die der Eisenbahnen, die ihren Rauch in den Rauch der Halden puffen.

Drüben in Charleroi hat die Montanindustrie ihren Sitz, in Ciply gewinnt man Phosphor, in Caillon-qui-Bique steht das Haus, aus dem der Krieg Emile Verhaeren vertrieb. Der Fremde sieht die Strafanstalt von Mons, dort saß Paul Verlaine, verhaftet wegen eines belanglosen, irrsinnig-kindisch-betrunkenen Schusses und zum höchsten Strafmaß verurteilt, weil man ihn für einen geflüchteten Teilnehmer der Pariser Kommune hielt. Das war er wahrlich nicht, nichts weniger als ein Kommunard. Dennoch fühlte er den Jammer des Zuchthaushofes außerhalb seiner Zuchthausmauern:

Plutôt des bouges
Que des maisons.
Quels horizons
De forges rouges!

On sent donc quoi?
Des gares tonnent,
Les yeux s'étonnent
Où Charleroi?

Parfums sinistres!
Qu'est-ce que c'est?
Quoi bruissait
Comme des sistres?

Sites brutaux,
Oh! votre haleine
Sueur humaine,
Cri des métaux!

Dans l'herbe noire,
Les Kobolds vont
Le vent profond
Pleure, on veut croire.

Zu Füßen des Schlackenhügels, von dessen Höhe der Fremde das Terrain beschaut, liegt das Dorf Pâturages.

Von dort aus verschickt das belgische Bergwerksinstitut an alle montanistischen Laboratorien einen Exportartikel, für den es geradezu das Monopol und von dem es unerschöpfliche Bestände besitzt: Bomben mit Grisou, dem schlagenden Wetter.

Die Dörfer gleichen einander, sie sind Vorstädte einer nicht vorhandenen Großstadt, Dörfer ohne Felder und Triften. Niemals bestand für die Zecheninhaber die Notwendigkeit, im Borinage Arbeitersiedlungen zu errichten, Volksparks oder Werkheime, mit denen man in anderen Kohlenbecken Arbeiter anlockt und sie an der Abwanderung hindert. Die Bergleute hier sind hier geboren und sterben hier. In einem Dialekt-Couplet verspotten die Borains selbst ihre Seßhaftigkeit, ihren Lokalpatriotismus. »Enn' c'est ni co Frameries« (»Doch es ist nichts wie Frameries«) singt der Borain, dem man die Brüsseler Paläste und die Kathedrale und die Grande Place und das Manneken Pis zeigt; sogar im Himmel, wo ihm Petrus die Sehenswürdigkeiten vorführt, bleibt er dabei, »enn' c'est ni co Frameries«.

Niedrige Häuser für die Arbeiter, hohe für die Kohle. Außer den Fördertürmen, den Eingängen zu weitläufigen, weitverzweigten, unsichtbaren Räumen, heben sich nur die Abraumgebirge, die Schlote der Kohlenwäsche, die breiten Konusse der Kokerei und die Kirchen aus der kahlen Horizontale hoch. Im Dorf Quaregnon wird eine neue Kirche gebaut, in der man Demut vor Gott, Ergebenheit in das Schicksal und Gehorsam gegenüber den Kohlenbaronen predigen wird; acht Millionen Francs soll sie kosten. Die Backsteine für den Bau lagern in Arbeiterwohnungen, die man durch Exmittierung der bisherigen Mieter frei gemacht hat.

Nach St-Ghislain kommen von fernher Bauern und Bäuerinnen, um ihren Unterkörper am Sockel einer steinernen Bärin zu reiben, das soll vom Fluch der Kinderlosigkeit befreien; niemals frottieren sich Bergarbeiter am Wunderstein, Kinder sind ja das einzige, was sie im Überfluß haben.

Ein anderes Denkmal haben die Bergarbeiter in Frameries aufgestellt, es hält die Erinnerung an Alfred de Fuisseaux wach. De Fuisseaux hat in den achtziger Jahren die große Bewegung für das allgemeine Wahlrecht gerührt und die ersten sozialistischen Organisationen geschaffen im *Borinage, dem klassischen Land der Lohnkämpfe* auf dem Kontinent.

Als Karl Marx im »Kapital« den langwierigen, mehr oder minder versteckten Bürgerkrieg zwischen der Kapitalistenklasse und der Arbeiterklasse erläuterte, dessen Produkt die Schöpfung eines Normalarbeitsvertrages darstellt, nahm er ein Land aus:

»Belgien, das Paradies des kontinentalen Liberalismus, zeigt auch keine Spur dieser Bewegung. Selbst in seinen Kohlengruben und Metallminen werden Arbeiter beider Geschlechter und von jeder Altersstufe mit vollkommner ›Freiheit‹ für jede Zeitdauer und Zeitperiode konsumiert. Auf je 1 000 darin beschäftigte Personen kommen 733 Männer, 88 Weiber, 135 Jungen und 44 Mädchen unter sechzehn Jahren; in den Hochöfen usw. kommen auf je 1 000: 668 Männer, 149 Weiber, 98 Jungen und 85 Mädchen unter sechzehn Jahren. Kommt nun noch hinzu niedriger Arbeitslohn für enorme Ausbeutung reifer und unreifer Arbeitskräfte, im Tagesdurchschnitt 2 Shilling 8 Pence für Männer, 1 Shilling 8 Pence für Weiber, 1 Shilling 2½ Pence für Jungen. Dafür hat Belgien aber auch 1863, verglichen mit 1850, Quantum und Wert seiner Ausfuhr von Kohlen, Eisen usw. ziemlich verdoppelt.«

Wie der große Verfechter der Arbeiterinteressen auf die Mineure im Borinage und die Metallarbeiter von Charleroi hinwies, um deren furchtbare Ausbeutung und Rechtlosigkeit darzutun, so wiesen die Verfechter des englischen Minenkapitals auf den glücklichen Zustand der belgischen Minenarbeiter hin, »die nicht mehr verlangten und nicht mehr erhielten, als gerade nötig, um für ihre masters (Unternehmer) zu leben«, und »auf deren Lohnniveau man den englischen Arbeitslohn herabdrücken müsse, um konkurrenzfähig bleiben zu können«.

Dieses »Lob«, mit dem der englische Kapitalismus die Genügsamkeit und Duldsamkeit der Borains bedachte, ihre frommen Eigenschaften als Resultat niedriger Löhne hinstellte und sie zur Nachahmung für England anpries, wurde bald und gründlich Lügen gestraft. Noch während der Drucklegung des »Kapital« konnte Marx den Hinweis der lohndrückerischen Waliser Kohlenbarone mit einer Tatsache, in einem Satz widerlegen: »Anfang Februar 1867 antwortete der mit Pulver und Blei unterdrückte Streik der belgischen Minenarbeiter bei Marchienne.«

Das war die erste Auflehnung des »nur durch Klerisei, Grundaristokratie, liberale Bourgeoisie und Bürokratie, aber beileibe nicht durch Trade-Unions und Fabrikgesetze gehänselten ›freien belgischen Arbeiters‹, dessen Familienbudget, wenn seine Frau und zwei von vier Kindern mitverdienten, tief unter den Unterhaltungskosten eines belgischen Sträflings lag«. (Marx, »Das Kapital«, Bd. I, 23).

Viele Streiks folgten, oft blieb wochenlang das seit Hunderten von Jahren rollende Förderseil unbewegt, blieb das seit Hunderten von Jahren hallende Echo der Beilschläge in den schwarzen Abgründen verstummt, blieben die seit Hunderten von Jahren täglich benützten Geleuchte unberührt in den Lampenkojen hängen, während draußen das seit Hunderten von Jahren dumpf und frumb daliegende Land von Kämpfen bewegt war.

1930 hatten neunzig Aktiengesellschaften, die trotz der Krise 102 Millionen Francs Dividende ausschütteten, den Jahreslohn der Bergleute um 650 Millionen gekürzt; als sie diesen Lohnabbau geglückt sahen, kündigten sie am 6. Juni 1932 das Abkommen und forderten eine weitere Herabsetzung der Löhne um fünf bis sieben Francs pro Schicht. Daraufhin trat das Borinage in den Ausstand.

Streikmärsche von Grube zu Grube, um die Kameraden zur Niederlegung der Arbeit zu mobilisieren und Streikbrechern deren Verrat klarzulegen, Umzüge, bei denen in Ermangelung von Fahnen Wandbilder von Marx und Lenin getragen wurden, Versammlungen und Deputationen brachten den Erfolg, daß sich der Streik auf das benachbarte Kohlenbecken »Le Centre« ausdehnte, wo die Unternehmer die Kündigung des Tarifs erst nach Bändigung des Borinage vornehmen wollten. Auch die Metallarbeiter schlossen sich an. Zeitweise streikten bis zu 240 000 Mann. Dreizehn Wochen lang hielt das Borinage stand.

Die von den Gewerkschaften gezahlte Unterstützung betrug nur sieben belgische Francs pro Tag und Familie. Vier Regimenter und ein Massenaufgebot von Gendarmen unterdrückten blutig die Agitation. Aus dem Pütt von Courrières in Frankreich, aus Wales und aus dem Ruhrgebiet rollte inzwischen Steinkohle zollfrei nach Belgien. Auch in Flandern, wo die Flamen durch geschickt geschürte Nationalitätenhetze gegen ihre wallonischen Klassengenossen des gleichen Staates mißleitet waren, wurde weiter gefördert. So brach der Streik schließlich zusammen, und die Borains, verhungerter als vorher, aber fester und revolutionärer zusammengeschlossen, fuhren wieder ein.

Langsam steigt der Fremde den Weg der rutschenden Schlackenstücke hinab, und nun ziehen die an ihm vorüber, die die Erde für heute freigegeben hat. Längs des Kanals gehen sie mit großen Schritten in Holzschuhen nach Hause oder zur Bahn, ein wollenes Halstuch schützt sie vor dem pfeifenden Wind, an ihrer Seite baumelt die Kaffeeflasche wie ein Bajonett.

Da gehen sie, die lebendigen Statuen der Arbeit, wie ein Relief als Hintergrund steht der Förderturm, in dem sich die Aufzugsräder gegeneinander drehen, und ihr Sockel ist ein meilenweiter schwarzer Stein mit unheimlich verzweigten Mäandern. Im Wartesaal der Lokalbahn hockt ein Greis, Ahnherr der Kumpels, er stützt den Hintern auf die Fersen, obwohl auf den Bänken Platz genug zum Sitzen ist; seine Augen, gewöhnt, Finsternis zu schauen, sehen auch in der Helle obertags nur Finsternis.

Nach allen Richtungen fahren die Züge, aus allen Richtungen kommen Gruppen zu Fuß, sie gehen in ihr Dorf, Kinder laufen ihnen entgegen, zukünftige Kumpels, auf manchen wartet ein Mädchen, andere trinken ein Bier im Estaminet. Männer, deren Leben am Förderseil hängt, deren Lunge Kohlenstaub saugt, deren Augen schwach werden von der Arbeit beim trüben Geleucht, deren Knochen rheumatisch werden durch Hitze und Zugluft und Grubensumpf, Männer, die oft tagelang von der Außenwelt abgeschlossen sind, die immer in Front liegen vor den Feinden Gas, Steinschlag, Wassereinbruch, sind für eine Nacht auf Urlaub.

Heute abend bei der Diskussion im »Haus des Achtstundentages« – so heißen in Belgien die sozialistischen Versammlungslokale – wird der Fremde die jetzt müde an ihm vorbeiziehenden Heimkehrer wiedersehen als bewegte Rufer, Redner und Reisige für ein besseres Sein.

Friedhof reicher Hunde

Nicht gelang es dem Doktor Becker, nach Pottersfield zu kommen, zum Armenfriedhof auf Hart's Island.

Er war schon ganz nah, auf der Halbinsel City Island, von wo ein Motorboot hinüberfährt. Das hatte einige Kisten mit Leichen geladen, als der Doktor an Bord gehen wollte.

Kalt war der Tag, und es goß.

Die beiden Wächter, sozusagen als Brückenkopf vorgeschoben, prüften des Doktor Beckers Legitimation. Sie war von der Justizverwaltung des Staates New York für alle diesem untergeordneten Institutionen ausgestellt, und da zwei davon auf der Toteninsel sind, hätte gegen eine Überfahrt des Doktor Becker rechtens kaum etwas eingewendet werden können. Leider aber war der Erlaubnisschein vor einer Woche abgelaufen.

Vergeblich bemühte sich der Doktor Becker, den Vorposten begreiflich zu machen, daß er kein verdächtiger Eindringling sei. Und zu einem Friedhofsbesuch könne es unmöglich einer Spezialerlaubnis bedürfen, wer wird denn einem tot Begrabenen einen Kassiber zustecken, wer wird den Inwohnern eines Friedhofs zur Flucht behilflich sein wollen? Was, führte der Doktor Becker ferner aus, was, wenn ich der Hinterbliebene eines der drüben Bestatteten bin? – »Dann bekommen Sie eine amtliche Erlaubnis, sobald Sie den Verwandtschaftsgrad beweisen.« – Und wenn ich das Grab eines der vielen Unbekannten besuchen will? – »Dann müssen Sie in der City Hall triftig erklären, welches Massengrab Sie aufsuchen wollen.«

Gewiß nicht aus Unfreundlichkeit verhinderten die beiden Wächter die Überfahrt. Im Gegenteil: Sie ließen das Motorboot mit den eingesargten Leichen warten, bis der Doktor Becker sein Plädoyer beendet und ihre Antwort entgegengenommen, und sie stellten ihm sogar das Telefon zur Verfügung, damit er über das Wasser mit dem Verwalter der so wohlgeschützten Insel verhandle.

Diesem las der Doktor Becker mit feuriger Betonung den vom Department of Correction in Albany, der Hauptstadt des Bundesstaates New York, ergangenen Erlaß vor, dem zufolge dem Doktor Becker der Permiß ausgefertigt worden war, insbesondere die Stellen, in denen er (wenn auch nicht unter dem Namen »Doktor Becker«, dessen er sich auf dem amerikanischen Festland nicht mehr ausschließlich bediente) geradezu als die einzige publizistisch-soziologisch-kriminalistische Persönlichkeit der Alten Welt bezeichnet wurde (jede auch nur um einen Grad gemäßigtere Charakterisierung gilt in Amerika bereits als Beschimpfung). Und hier sollte doch begründet werden, warum man das allgemeine Besuchsverbot ausnahmsweise aufhebe:

»The visitation problem at this institution became so serious, that it was necessary to issue a general order prohibiting all visitations. You can readily appreciate, that we have had hundreds of requests, but naturally the order had to be rigidly enforced. I could not conscientiously grant one the privilege and deny others. I, however, have established the precedent of granting a special courtesy permit to those actively engaged in criminological and allied sociological activities, and I believe, that Mr. Kisch could be properly classified under this group, and with that interpretation I would be pleased to grant him the special permit of visiting ...«

Das nutzte alles nichts. Der Doktor Becker gewann nicht das andere Ufer, wohl aber den Eindruck, daß man ihm zwecks Besichtigung der Gefängnisanlagen die Überfahrt sicherlich bewilligt hätte. Nur den Besuch eines Friedhofs, »wo wirklich nicht das geringste zu sehen ist«, wollte man gerade einem als so prominent Gebrandmarkten verwehren.

Kurzum, der Doktor Becker entfernte sich vom Brükkenkopf des Armenkirchhofs unverrichteterdinge und hätte die mißglückte Reportage überhaupt nicht oder bestenfalls erst niedergeschrieben, wenn er, an seinem Lebensabend mit der Abfassung seiner Memoiren beschäftigt, zu dem Kapitel »Mißglückte Reportagen« gekommen wäre.

Eines Tages, in der Villenvorstadt Hartsdale, verlockte ein offenes Portal, über dem »Canine Cemetery« stand, den Doktor Becker zum Eintritt in die Nekropole, die sich marmorn, bronzen und blumig einen sanften Hügel emporschwang.

Wieder goß es, und während ihn dieses Wetter an obgemeldete mißglückte Reportage erinnerte, bedauerte er, daß es regnete, denn ein freundlicherer Tag mit Trauergästen an den zauberhaften Gräbern hätte den Gegensatz zwischen armen Hunden und reichen Hunden sinnfälliger hervortreten lassen. Bald hatte er dieses Bedauern vergessen – wahrhaftig, der Kontrast zu jedem Totenanger der Welt war groß genug.

Hartsdale ist der feudalste Hundefriedhof von Amerika, die Preise für Grabstellen sollen für gewöhnliche Sterbliche unerschwinglich sein. So ist er nicht überfüllt, obwohl ihn der smarte Tierfreund Dr. Samuel Johns schon 1896 errichtet hat. Man muß zugestehen, daß alle hier so liegen, wie sie gelebt haben: bequem.

Von den bekanntesten Bildhauern Amerikas wurden die Grabdenkmäler geschaffen, und ein Friedhofsbeamter zeigt dem Doktor Becker diejenigen Skulpturen, die über 80 000 Dollar gekostet haben. Das einzige ästhetische Kriterium ist – nicht nur für den Hundetotengräber – der Dollar.

Der Doktor Becker sieht sich die gemeißelten Dollars an. Büsten, lebensgroße Statuen, Hochreliefe und Basreliefe aus Marmor, Basalt und Bronze, alabasterne Rosenkränze und Arabesken, bemalte Medaillons, monumentale, mit Prunkketten eingesäumte Platten, ein steinerner Baum, gefällt vom unerbittlichen Schicksal. Überflüssig zu sagen, daß fast alle Porträts Hunde darstellen, seltener Katzen.

Aus den Inschriften möchte der Doktor Becker die Verdienste und Eigenschaften erfahren, durch die man sich das Recht auf einen letzten Ruheplatz in diesem schönen Gebiet und auf ein ewiges Denkmal erwirbt.

Über Dolly steht nichts dergleichen auf ihrem Marmorobelisk. Nur zwei Daten: geboren 24. Oktober 1914, gestorben 6. Oktober 1918. Dennoch blickt der Doktor Becker lange auf diese Buchstaben und Ziffern. Nicht jeder, der um diese Zeit geboren wurde, nicht jeder, der um diese Zeit starb, hat ein Grab, geschweige denn ein solches wie das vierjährige Hündchen.

Cornelius Vanderbilt, der über unzählige Kreaturen gebietet, gibt auf der in den Erdboden eingelassenen Platte die Namen dreier an, deren Andenken er ehren will, der drei Hunde Lassy, Sportie und Happy Boy. Frau Astor wiederum nennt keine Namen, ist aber dafür weniger karg mit Worten. Auf dem ihr gehörigen mächtigen Komplex steht: »In liebender Erinnerung an alle meine Hunde und Pferde – meine treuen und ständigen Gesellschafter.«

»Du warst unser Liebling.« – »Wir beklagen unseren zarten Kameraden.« – »Hier ruht Bella, unsere sonnige Freundin.« – »Beloved Pico, 1916–1924, beautiful, intelligent, heroic.« – »Süß warst du, unser kleiner Bill.« – »Proud, sunny, loving.« – »Schneeball! Nimmermehr wird dein Andenken aus unseren Herzen schwinden.« – »Hier schlummert Ami, geliebtes Mitglied unserer Familie.« – »Bébé, ewig beweint.« – »Schlafe süß, Ben.« – »Grumpy, 4. August 1913–20. September 1916. Deine Liebe, Anhänglichkeit und Verständnis bereicherten unser Leben. Warte auf uns!«

Beim Lesen des Epitaphs für »Nigger, den alten Gentleman« kann sich der Doktor Becker des Gedankens nicht erwehren, daß die Hinterbliebenen dieses schwarzen Pudels seinen Paten niemals »alter Gentleman« genannt hatten, weil er für sie das polare Gegenteil davon ist: ein Nigger. Zwar hört man manchmal das Wort: »ein farbiger Gentleman«, das ist jedoch kontradiktorisch gemeint, etwa so wie »Gentleman-Einbrecher«.

Auf einem einzigen Stein steht ein Satz, der dem Doktor Becker gefällt, denn es liegt ein Gedanke darin: »Jack as ever preceeds his master a few steps – Jack, wie immer seinem Herrn um ein paar Schritte voraus.«

Inschriftlich protzt ein Hinterbliebener, genau Namen und Stand nennend, mit seinen Weltreisen, indem er dem toten Hund bescheinigt: »Ah-Sum-Pupp hat 6 600 Meilen mit seinem Herrn zurückgelegt.«

Einem anderen Hündchen hat die Anti-Vivisektionsliga um seiner erlittenen Qualen willen ein demonstratives Denkmal gesetzt.

Wo über einem Hügel das Sternenbanner weht, dort ist ein Kriegergrab, das heißt: das Grab eines Kriegshundes. Immerhin, denkt der Doktor Becker, immerhin haben auch die Kriegshunde an der Front das geführt, was Hunde unter sich wohl als »ein Menschenleben« bezeichnen mögen. Ob es aber gerade die waren, die hier bestattet sind, läßt sich füglich bezweifeln. Kein fühlender Hund konnte aus einer Welt, in der ungenießbares Fleisch und unbeknabberbare Knochen zum Himmel stanken, freudig bellend über den Ozean heimkehren, manche fühlenden Hunde starben dort, wo sich keine Fahne über den Toten bläht.

Das haben vielleicht auch die maßgebenden Kreise empfunden, als sie, um den Ehrgeiz einer künftigen Hundegeneration aufzustacheln, auf dem höchsten Punkt des Canine Cemetery of Hartsdale ein kolossales Monument errichteten zu Ehren des unbekannten Kriegshundes. Feldmäßig ausgerüstet blickt er kühn dem Feinde des Vaterlands entgegen. Um was es geht, weiß er so, wie es seine zweibeinigen Kriegskameraden wissen …

Hinabsteigend den Hügel, vorbeigehend an grünen Ranken, weißen Plastiken und blumigen Rabatten, unter denen Schoßhündchen in den Schoß der Erde gebettet sind, kann der Doktor Becker nicht finden, daß diese prunkvolle öffentliche Stätte einen Widersinn zu dem Armenfriedhof bildet, den zu betreten ihm verwehrt wurde. Der reiche Hund ist hier so begraben, wie er gelebt hat, und drüben auf Pottersfield geht es dem armen Menschen ebenso.

Straße, wie wunderlich

Wien in Peking. Ein Wort von Karl Marx, das Wort, daß Österreich das deutsche China sei, will uns nicht aus dem Sinn, sooft wir uns im Gewirr der chinesischen Gassen verlieren. Da fühlen wir uns wahrhaftig, als wären wir im asiatischen Österreich, in einem chinesischen Wien. Gaudium und Elend, ewiges Teehaus und Geschäftsgeist, Servilität und Strenge, Fremdenhaß und Fremdenindustrie wohnen hart an hart. Volk der Phäaken. Immer ist Sonntag, auch wochentags. Immer ist Tag, auch bei Nacht. Nur dreht sich am Herd der Spieß nicht. Man sieht mehr Hungernde als Satte. Die Chinesen sind wienerischer als die Wiener, in ihren besten Zeiten konnte sich der Wurstelprater keineswegs etwa mit Tjen-Men-Da-Dje messen, einer Pekinger Straße, die man mit einem phosphoreszierenden Strich auf dem Globus verzeichnen mußte. Im Wiener Prater steht (oder stand) im Mittelpunkt des Ringelspiels von Calafatti ein fünf Meter hoher Chinese mit Zopf und Hängeschnurrbart und hebt die Hand, dieweil die Pferdchen kreisen. In China gibt es kein Karussell mit einem fünf Meter langen Europäer in der Mitte, der den Kreislauf segnet. Wien ist also in diesem Punkt stark voraus. Auch wenn Mei Lan-fang oder Lo Sa-jung (diese Schauspielerin Rosa Jung ist die Tochter eines Deutschen) des Weges kommt, so erregt das bei weitem nicht solches Aufsehen wie ein Bühnenliebling auf der Praterstraße. Ebenso wird bei einer Konkurrenz zwischen den Gruppen von Präuschers Panoptikum und denen des Tempels »Schö-Ba-Jü« Präuscher die Palme davontragen. Und der Heurige? Der Heurige fehlt in Peking ganz. Aber sonst! Was man in Wien eine »schöne Leich« nennt, ist geradezu der letzte Dreck gegen einen Leichenzug in China. (Man stößt während eines nächtlichen Spaziergangs auf zwei bis drei Leichen, Verhungerte, die haben keinen Leichenzug.) Was wir meinen, ist ein richtiger Kondukt mit Sarg aus Buchenholz, in dem sich's fein wohnen läßt, mit Trägern in grünrotem Kostüm, die Musikbanda spielt, und Figuren von schönen Maderln werden hinterhergetragen, schönen Dienern und allem, was dazugehört. Verkauft's mei G'wand, i fahr' in Himmel. Gelegenheit, das Gewand zu Geld zu machen, ist vorhanden, das Dorotheum, das Pfandhaus, ist immer just vis-à-vis. Doch das kommt später.

Indessen feiern wir auf jeden Fall
Nur lustiger das wilde Karneval.

Faust II

Halbversperrter Zugang zur Chinesenstadt. Durch Gittertore ist die Ausländersiedlung Schanghais vom fremdenlosen China getrennt. Jetzt haben die Weißen noch spanische Reiter und lebende Posten mit Gewehren hingestellt; lediglich ein schmaler Gang ist zwischen Sandsäcken und Stacheldrähten frei gelassen, denn ganz kann der Westen den Osten nicht entbehren. Freilich, die Compradores, die großen einheimischen Mittelsmänner des europäischen Kaufmanns, wohnen nicht in der Chinesenstadt. Aber schon die Chroffs wohnen in der Chinesenstadt, des weißen Händlers gelbe Makler, Stadtreisende und Inkassanten. Und vor allem leben dort seine Kunden und Kulis. Er braucht sie, und deshalb müssen sie sich in die ausländische Siedlung drängen, selbst wenn der Eingang durch Stacheldraht und Sandsack, durch Bajonett und Gitter, durch spanische Reiter und französische Polizisten erschwert ist.

Jenseits der Grenze. Den Straßennamen »Boulevard des Deux Républiques« gebrauchen die Franzosen überlegen lächelnd: Wie kann man die junge Republik China mit der alten Republik Frankreich in einem Atem nennen? Hat man den Boulevard des Deux Républiques, die Grenze, überschritten, dann wird man vom fünftausend Jahre alten Leben dieser jungen Republik, vom Wirbel fremdartiger Menschen, unverständlicher Stimmen und unbekannter Dinge dahingetragen bis Nantao, den Marktbezirk.

Werkstätte und Laden und Wohnung sind eines nur. Elfenbeinschnitzer arbeiten und verkaufen: Sie meißeln aus Elfenbein und Schweineknochen Mahjongsteine, Griffe für Sonnenschirme, Mundstücke für Pfeifen, Zigarettenspitzen, Spielwürfel, kleine Hände für die Stäbchen zum Rückenkratzen und kreisrund geschlossene Kämme zum Kopfkratzen. Unter den Messern der Holzschnitzer entstehen skulptierte Leuchter, Kugeln für Rechenmaschinen. Unter ihren Pinseln bekommen Gestelle mit Fischornamenten grellen Glanz, Drachen fürchterlich aufgerissene Rachen und Kriegsgötter fürchterlich aufgerissene Augen. Schirmmacher polieren Bambusrippen, schneiden und säumen Seide zurecht, Korbflechter, Fächermaler und Stempelschneider sind Erzeuger und Händler zugleich, Zwischenhandel ausgeschaltet. Briefschreiber beteuern mit Tusche und Pinsel soviel Liebesgefühl auf das Papier, wie der Auftraggeber für seine paar Kupfer verlangen kann. Chiromanten haben alle Hände voll zu tun, um aus den Linien der Hände das Schicksal weiszusagen. Raseure putzen ihren auf dem Bürgersteig sitzenden Klienten die Ohren mit einer flaumigen, an einem Stiel befestigten Kugel. Seltsame Krippen aus buntem Papier sind Hausaltäre für die Ahnen, silberpapierne Tüten Symbole der Taels, die man am Grab der Toten verbrennt. Konditoren kneten gebrannten Zucker zu Phantasiegebilden und färben ihn. Das Schaufenster des Geflügelhändlers hängt voller Geigen, welche sich aber als Enten erweisen, in Betel rotgekocht. Im Fleischerladen liegen flache und in farbiges Ölpapier eingewickelte Schinken, sie stammen von Schweinen, die sich in der Provinz Yünnan ihre Nahrung selber suchen und deshalb so schwache Lenden haben. Hohe Teestühle und mächtige Kohlenöfen, Hibatschi, aus Porzellan stehen vor dem Laden des Porzellanhändlers, drinnen winzige Nippes, Tassen, Kannen, Tuschschalen, Spucknäpfe und viele, viele Futternäpfchen für Vogelkäfige.

Den Vogelladen umstehen die Chinesen stundenlang, wie gebannt schauen und hören sie den Zwergzeisigen und den grellgefiederten japanischen Nachtigallen zu. Der Chinese ist ein fanatischer Vogelfreund; wenn er spazierengeht, trägt er seinen Vogel behutsam im Käfig vor sich her und stellt ihn im Teehaus neben sich. Wir sahen Flüchtlinge aus Tschapei, die hatten nichts gerettet als ein Kopfkissen und den Vogelkäfig. – Ganz ausgezeichnet vertragen sich in den Gitterkästen der Tierhändler Kröte und Maus, wie in jenem Lied von einer Wassermaus und einer Kröte, die zum Genuß der Abendröte einen steilen Berg hinangingen, was angeblich ein Gedicht von Goethe ist, das er eines Abends spät auf dem Sofa noch ersann. Schildkröten und Goldfische kauft man, um ihnen die Freiheit zu geben, indem man sie in den Teich beim Teehaus wirft. Das gilt in China als gute Tat. Die in einem hölzernen Futteral steckende Mauserpistole der Polizisten ist europäisches Fabrikat.

Verkehr lebhaft. Wo Handel ist, ist Wandel nicht fern. Überfüllung überall. Wie auf den Kanälen die Boote mit Reis, die in die Stadt fahren, und die Boote mit menschlichen Exkrementen, die auf das Land fahren, keinen Fußbreit Wasser frei lassen, so lassen die Menschen in den Elendsbezirken keinen Fußbreit Boden frei. Männer tragen Kittel bis hinab zu den Knöcheln, die Frauen blaue Leinenhosen. Auf ihren durch Abschnürung verkrüppelten Füßen stelzen ältere Frauen eilig dahin, es scheint, als würden sie jeden Augenblick umkippen. Viele Frauen haben Glatzen, vielleicht kommt es davon, daß sie Krüge und Körbe auf dem Kopf tragen. Kleine Kinder mit rasiertem Kopf, auf dem Schädel ein keimendes Zöpfchen, mit langen, molettonierten, vorne und hinten offenen Hosen spielen auf der Straße, Fünfjährige müssen Papierdrachen kleben oder die kegelförmigen Stanniolpäckchen, das Totengeld. Sechsjährige, Achtjährige schnitzen und bemalen Mahjongsteine, drehen die Handmühlen mit Sojabohnen, kehren Werkstätten aus und tragen Waren aus. An den Seitenwänden der Häuser stehen Männer und verrichten ihre Notdurft; die linken Beine der ganzen Reihe sind nackt, da die Hose keinen Schlitz hat, zieht man das Hosenbein hoch. – Die Häuser sind niedrig, nicht mehrstöckig wie im Internationalen Viertel, wo die Reklamefahnen vor den Verkaufsladen groß und aus Brokat sind, die Aufschriften der Firmen golden und wo man ungestört Opium rauchen kann. In der Chinesenstadt ist das Opiumrauchen verboten, damit den fremden Nutznießern des Opiumschmuggels und der Opiumkneipen keine Konkurrenz gemacht werde. Den Schaukästen der Metallwarenhändler von Nantao fehlen jene Stücke, die das Um und Auf ihrer Kollegen in der Rue du Consulat sind: die Opiumpfeifen, die Pinzetten, die Ständer und die anderen zum »Großen Rauch« gehörigen Utensilien. Nur die Wasserpfeife hört man prallen.

Überhandnehmendes Bettlerunwesen. Bettler hocken dicht aneinander. Auf der vor ihnen liegenden karierten Leinwand sind ihre Schicksale geschildert; manche, pauperisierte Intellektuelle, schreiben ihre Selbstbiographie mit Kreide auf den Bürgersteig, und der Passant legt sein Almosen auf jenes Quadrat, dessen Inhalt ihn besonders ergreift. Von der Tatsache, daß die Gilde der Bettler keine Frauen aufnimmt, merkt man auf der Straße nichts, die Zahl der Bettlerinnen könnte nicht größer sein.

Große Entrüstung unter den Europäern Schanghais. Unter Schanghais Bettlern findet man jetzt auch Weiße. Weiße in physischem und politischem Sinn, russische Emigranten. Zumeist in betrunkenem Zustand betteln sie die Chinesen an. Früher gab es für einen verarmten Europäer ein unfehlbares Mittel, Geld zur Heimreise zu bekommen. Er spannte sich einfach einer Riksha vor. Die Weißen konnten eine solche Schädigung ihres Ansehens nicht zulassen und kauften ihm schleunigst ein Schiffsbillett. Gerne täte man mit den russischen Hooligans und vor allem mit den von Chinesen frequentierten Emigrantinnen ein Gleiches, wären ihrer nicht so viele! Was hätte der alte Herder gesagt, der vor hundertfünfzig Jahren erklärte: »Daß übrigens China sich unsern europäischen Nationen verschließt und sowohl Holländer als Russen und Jesuiten äußerst einschränkt, ist nicht nur mit ihrer ganzen Denkart harmonisch, sondern gewiß auch politisch zu billigen, solange sie das Betragen der Europäer in ihrem eigenen Lande um und neben sich sehen.« Und damals war es doch nur das Geschäftsgebaren des europäischen Kaufmanns, das den »tatarischen Stolz« des Chinesen wachrief, nicht aber betrunkene Bettler und Huren.

Sollten Heiden wohltätig sein? Nimmermehr! Fast jeder vierte Passant gibt dem Bettler einen Kupfer. Das ist den Missionaren der christlichen Kirchen, die das Almosengeben als gottgefällige Tat und soziales Hilfsmittel lehren, nicht entgangen. Da jedoch der rohe Heide kein christlich-wohltätiges Herz haben kann, erklären sie seine Gebelust mit der Angst vor der Rache der Bettlergilde oder mit der Angst vor den mit Bresthaften im Bunde stehenden Dämonen. Wenn jeder säumige Spender solcherart verfolgt werden sollte, so hätten die Bettler keine Zeit zu betteln und die Dämonen keine Zeit, dämonisch zu sein.

Vermischte Nachrichten über Apotheken. Aberglaube herrscht vor allem in der Medizin, aber der chinesische scheint weniger dumm zu sein. Über dem Eingang jeder Apotheke buckelt ein buntbemalter Tiger, denn der erfreut sich des Rufes, ein heilsames Tier zu sein. Seine Hoden taten in China, schon lange bevor Europa die Hormone und die innere Sekretion kannte, Wunder am schlapp gewordenen Mann. Ähnlich wirkt der Ginseng, die Alraune, eine menschenähnlich geformte Wurzel. Ach, wie abergläubisch doch dieses Volk ist! Nur stellte sich bei der von europäischen Chemikern vorgenommenen Analyse heraus, daß Ginseng (Panax ginseng) reichliche

Quanten von Spermin und Kolanin enthält. Bis 1911 kauften chinesische Firmen in Wladiwostok die im Gebiet von Ussurijsk und in Primorje gesammelten Wurzeln und verschifften sie nach China, durchschnittlich 45 000 Rubel brachte der Export jährlich. Als die Wladiwostoker Kaufleute sahen, daß ihr sperminhaltiger Handelsartikel unter dem Einfluß amerikanischer und mandschurischer Züchtungsversuche an Einträglichkeit verlor, propagierten sie »Panti«, das zu Pulver zermahlene Geweih der Elentiere von Ussurijsk, als Aphrodisiakum. Und dann soll China nicht übervölkert sein! – Selten erscheint der Kunde einer Apotheke mit einem Rezept, er wendet sich mit seinem Beschwer an den hinter einer braunpolierten Barre thronenden Arzt. Oft ist der Apotheker selbst Arzt, untersucht, verordnet, mixt und verkauft in einer Person. Hauptsache: die Farbe des Medikaments: Gelb ist für den Magen, rot für Blut und Herz, grün für die Leber, blau für die Augen, braun für den Darm. Wenn eine Schwangere pulverisiertes Schildkrötenfleisch einnimmt, so rutscht das Baby wie geölt von selbst ans Licht der Welt. Und dann soll China nicht übervölkert sein!

Ärzte machen Reklame. An hölzernen Votivtafeln auf der Fassade ist das Haus des Arztes erkennbar, dankbare Patienten bestätigen auf diese Weise, von welchen Leiden er sie geheilt. Das Ausmaß dieser Tafeln ist, zügellose Bande, diese Chinesen, von keiner Ärztekammer beschränkt. In seinem Ordinationszimmer stehen in gläsernen Schreinen geschmacklose silberne Schilder, den Wanderpreisen unserer Sportveranstaltungen ähnlich, gleichfalls Prämien für erfolgreiche Behandlung. Solcher Tafeln und Schilder kann sich der Zahnarzt nicht rühmen, sein Haus hat keine Fassade, er hat kein Ordinationszimmer. Der Zahnarzt – wenigstens der Volkszahnarzt – ordiniert in freier Luft;

seine Trophäen sind Hunderte von Zähnen auf Schnüre gereiht, seine Reklame ein Äffchen an der Kette, aber er braucht es eigentlich nicht, alle Welt schaut zu, wie Zähne gezogen werden, und bekommt Lust, sich ein Gleiches tun zu lassen.

Die Pfandleihe. So viele von diesen fensterlosen, halbrunden Gebäuden es gibt – fast an jeder Straßenecke steht eine Pfandleihe –, alle sind voll, vornehmlich in den Nachtstunden. In den Händen der Kunden bronzene Rauchgeräte, Buddhastatuen, seidene Kostüme, Steppdecken und Kissen; mit Flehen und Schwüren wird versucht, höhere Leihbeträge herauszuholen, nirgends gibt es so lärmende Versatzstellen. Welche Rolle das Geldverleihen gegen Pfand bei der Auswucherung des Volkes spielt, ist aus K. A. Wittfogels Werk »Wirtschaft und Gesellschaft Chinas« bekannt. Der Zins wird monatlich berechnet, ein Teil der Leihsumme schon bei ihrer Auszahlung abgezogen, das verpfändete Objekt niedrig bewertet und die Verfallsfrist kurz bemessen. Die Tatsache, daß sich der Pfandwucher im Umkreis lauten nächtlichen Lebens entfaltet, erinnert an New Yorks Negerbezirk Harlem, wo Lichtreklamen strahlen und die Neger sich in die Lombardgeschäfte drängen, um ihre Smokings und Saxophone zu versetzen. Dort wie hier, und hier stärker als dort, bilden die Pfandhäuser das Gegenspiel zu einer vom Wesentlichen abgelenkten Lebensweise der vermeintlichen Fröhlichkeit und des kleinen Luxus.

Lunapark. In der Nachbarschaft der »Großen Welt« und der »Neuen Welt« drängt sich Pfandleihe an Pfandleihe. Die »Große Welt« und die »Neue Welt« sind die Schanghaier Lunaparks, weitläufige, sechsstöckige Vergnügungspalaste mit Gärten, etwa zwanzig Theatern, Akrobatenvorstellungen, Spieltischen, Tanzvorführungen von Kindern, Wurfbuden, Lotterien, Schießstätten, Bilderautomaten, Zerrspiegeln und anderem Ramsch aus europäischen Rummelplätzen. Huren mit ihrer Kupplerin stehen im Hof, auf dem Dachgarten spielen Studenten oder solche, die es scheinen wollen, Miniaturgolf. In Peking besorgt die obenerwähnte Straße des Vorderen Tores die Funktion der sozialen Ablenkung. Wir notieren dort folgendes Branchenverzeichnis:

Jadeschnitzereien,
Teppichwebereien,
Halbedelsteinschleifereien,
Curio-Shops,
Cloisonnéwerkstätten,
Feuerwerkläden,
Lampionwerkstätten,
Sonnenschirmlackierereien,
Vasengeschäfte,
Papierblumenmacher,
Sargmagazine,
Begleitpuppen für Verstorbene,
Instrumentenmachereien,
Eisensilhouettenerzeugungen,
Bronzegießereien,
Silberschmieden,
Teegeschäfte,
Fächerreparaturen,
Schildkrötenverkauf,
Melonenkernstände,
Hausaltarhandlungen,
Kamelsattlereien,
Maskenmachereien,
Verkauf von Opiumlämpchen

und hundert andere Betriebe, alle dekoriert mit goldbeschrifteten Samtstandarten, planetengroßen Lampions, hysterisch-farbigen Papierblumen und kunstgeschnitzten Portalen, Goldfischbottiche davor.

Und an allen Straßenkreuzungen die gerundeten, massiven, keines Schaufensters, keiner Reklame bedürftigen Bauten der Pfandhäuser; Transformatoren, die die frohen Käuferinnen der Kinkerlitzchen, die ständigen Besucher der Opiumkneipen, die lachenden Zuschauer der Theater, die freigebigen Stammgäste der Badestuben umformen in Gestalten, wie sie zwischen all dem lockenden, winkenden, rufenden Glanz von Tjen-Men-Da-Dje umherirren: in schlotternde Bettler, in abgehärmte, zerlumpte Mädchengestalten mit dem trüben Säugling auf dem Rücken und in hagere, schwankende Männer mit dem olivgrünen Gesicht der Opiumraucher.

Im ausgeräumten Prado

Du hast den Prado gekannt, du hast ihn dankbar geliebt – wie nirgends sonst in Spanien sahst du dort Spanien beisammen. Nicht etwa, daß der Prado eine national beschränkte Galerie gewesen wäre; im Gegenteil, gerade durch die Nachbarschaft, die spanische Kunst mit der flämischen, frühvenezianischen und deutschen verband, erfaßtest du den Unterschied zwischen Spanien und dem Abendland. Du sahst sinnfällig vor dir, was allen Spaniern gemeinsam ist, den Malern und ihren Modellen, den Beherrschern und ihren Untertanen, den Landschaften und ihren Szenen.

Du hast den Prado geliebt wie jeder, der ihn kannte. Die spanischen Generale ante portas kannten entweder den

Prado nicht, oder sie kannten ihn und lieben ihn noch heute so sehr, daß sie ihn eher in Flammen aufgehen als im Besitz des »plebs« lassen wollen. Kein Zufallstreffer der blindwütigen Kanonen, die ganz Madrid bestreuen und also leicht auch den Prado treffen konnten, hat ihn getroffen. Planmäßig und systematisch wurde der Prado, der als freier Block auf einer breiten Avenue neben dem Botanischen Garten sich erhebt, mit Fliegerbomben belegt.

Planmäßig und systematisch? wird der Kulturmensch zweifeln: Kann nicht auch ein Flieger irgendwohin treffen, wohin er gar nicht treffen will? Fallen nicht in Madrid Bomben auf menschenlose, also sinnlose Ziele, in den nächtlichen Park Retiro, in die leere Stierkampfarena, in Friedhöfe, in längst vorher zertrümmerte Häuser?

Gewiß. Aber die Attentate auf den Prado waren Attentate, planmäßig und systematisch wie die Fliegerangriffe auf die Bahnhöfe oder auf das Kriegsministerium oder auf den Palacio Lirio, der mit seinen Kunstschätzen ebenfalls auf freiem Platz steht.

Der konzentrierteste der Angriffe auf den Prado ging am 16. November 1936 von sechs bis sieben Uhr abends vor sich. Da es zu dieser Stunde schon winterlich dunkel war, warf das vorzügliche Geschwader zunächst sechzehn Leuchtbomben aus, um das Ziel genau abzustecken, fünf vor, fünf hinter das Gebäude und sechs an die Querseiten. So. Nunmehr stand die Schatzkammer der Künste im rechten Licht, und man konnte damit beginnen, sie mit ernsthafterem Material zu besäen. Vier Fliegerbomben sausten trotz der bengalischen Beleuchtung des Zieles rechts und links vom großen Gebäude auf die Straße nieder, sie zerschmetterten einen Brunnen zwischen dem Botanischen Garten und dem Prado, sie bespickten die Fassade mit Granat- und Steinsplittern, und die beiden Meister Tiepolo sahen sich erstaunt in ihrem Saal gesteinigt.

Eine Bombe fiel auf die Hauptgalerie, in der sich die Entwicklung der spanischen Kunst vor deinem Auge einst entfaltet hat. Eine Bombe ging über Velázquez nieder, zwei über Goya und zwei über Tizian. Zwei andere trafen die Eingangsrotunde, wo ein bronzener Carolus Quintus nackt unter einem abnehmbaren Harnisch reitet: Carolus Quintus trug diesen Harnisch an jenem kriegerischen Wintertag und erlitt keine Wunde.

Vier Explosionsbomben blieben ungeplatzt; auf dem Steindach fanden die Brandbomben nichts als sich selbst, was brennbar gewesen wäre. Außerdem waren die meisten Gemälde bereits weggeschafft – nicht weil man einen solchen zielbewußten Angriff vermutet hätte, nein, den hätte kein Teufel der Hölle vermuten können, sondern weil man Zufallstreffer der bombardierenden Kanonen befürchtete.

Jetzt steht der Prado ganz und gar bilderleer da. Wenn du Einlaß begehrst, so setzt es Staunen. »Es gibt ja nichts zu sehen.«

Nichts. Nie und nirgends gab es ein kostbareres Nichts zu sehen, und damit es auch deutlich zu sehen sei, ist es in breiten Hallen ausgestellt, große Fenster und gläserne Plafonds lassen um so mehr Licht herein, als sie durchaus zersplittert und zertrümmert sind. Tritt in dieses oder jenes Zimmer, über dessen Tür goldene Blockbuchstaben besagen, welcher Genius hier in seinem Werk bewahrt war, tritt ein und schreite das Nichts ab. Unter deinem Schritt klirren gläserne Scherben, zerbröckeln abgefallene Stücke Mauerwerks. Zu wiederholten Malen mußt du ausweichen, weil ein Golem auf der Erde liegt – klassische Statuen, jetzt nach allen Regeln der Kunst zur Formlosigkeit verbandagiert. Florentische Renaissancetische, in die die ganze Mythologie geprägt ist und die wohl niemals einem Gebrauch dienten, tragen nun, wie ein Maultier, gefüllte Säcke, Sandsäcke zu ihrem Schutz, welch unwürdiger Panzer!

An den Wänden aber ist das Nichts. Manchmal bildet es ein dunkleres Viereck auf der sonnengebleichten Tapete, manchmal sogar umschließt ein Rahmen das Nichts, manchmal gibt ein metallenes Täfelchen den Namen von Maler und Werk an, des nicht vorhandenen. Zumeist aber siehst du ein gänzlich unsichtbares Nichts, und dann erscheint es, erscheint es am deutlichsten. Zuerst brauen sich neblige Hecken, hernach straffen sich Konturen, Farben leuchten auf, und schließlich tritt es, als ob es alles und nichts wäre, körperlich werdend aus der Wand hervor.

Ein mit Portieren verhängtes Kabinett verlockt dich, du glaubst in einer Jahrmarktsbude, in einem Zaubertheater zu sein, und du bist es fürwahr. Auf der Bühne ist nichts, aber warte nur, alsbald belebt es sich und beginnt zu agieren. »Las Meninas – die Hofdamen« heißt das Spiel, und das Dämmerlicht oben ist genau das gleiche wie im Parkett, die Rundung der Bühne schließt sich mit der des Zuschauerraums zusammen. Links hantiert ein Maler vor seiner Staffelei (du weißt, daß er Velázquez heißt), er porträtiert einen König und eine Königin. Die aber sind nicht auf der Szene, sie müssen im Zuschauerraum Platz genommen haben; nicht dir also schaut Señor Velázquez in die Augen, vielmehr den beiden königlichen Modellen. In einem Spiegel nur bewegen sich leicht die Köpfe der Majestäten, in einem auf der Bühne hängenden Spiegel, der vielleicht gar kein Spiegel sein soll, sondern ein Doppelporträt. Dir gegenüber steht ein Prinzeßchen, ein Kind mit offenem flachsblondem Haar. Es mühen sich die Edelfräulein, das kleine Mädchen zu erheitern, alles ist aufgeboten, was zum Hofstaat gehört, eine Zwergin mit Riesenkopf, eine Nonne, ein Mönch, ein fauler Hund und ein Grande. Vergeblich, die Königstochter blickt gelangweilt, ihr Kinderblick gleicht keinem der Kinderblicke, die du draußen sehen kannst, nicht den lachend-lebenden, den weinend-sterbenden oder den stummtoten Augen der Kinder von Madrid ...

Laß diese Parallelen, reiße dich los von dem Gedanken an die Kinderaugen in den Straßen, geh weiter, überhöre das splitternde Klirren unter deinen Sohlen, tauche unter in dem Nichts zu deiner rechten, zu deiner linken Hand. Die müden Schultern, die ausgemergelten Arme, die verhärmten Büßerwangen, all die Greise Riberas, du kanntest sie; an den Straßenecken Madrids hatten sie sich dir einst almosenheischend entgegengestreckt. Die schwarzäugigen Lockenköpfe Murillos spielten damals vor den Haustüren, jetzt sind sie Soldaten an der Front oder Verwundete in den Hospitälern.

Lang sind die Gesichter der Hidalgos vor lauter Hochmut, auch jene, die nicht von Greco ins Groteske gedehnt sind, so stolz haben nicht einmal die Hofmaler den Spanier geliebt, in ihrer Palette steckte ein Näpfchen Bosheit. Die Könige blieben nicht verschont von der Majestätsbeleidigung der Porträtähnlichkeit. Ihre bigotte, starre Dekadenz, mit hängender Unterlippe und harlekinhaftem Kinn, wurde so wenig beschönigt, daß die Königs- und Prinzenbilder zu prophetischen Karikaturen wurden.

Bleich und böse starren tote Gewalthaber von der leeren Wand. Dieser da ist der Pater Domingo und jener der Herzog Alba, dort wieder ein königlicher Beichtvater und ein königlicher Marschall; genauso hast du dir sie vorgestellt, sie können auch nicht anders ausgesehen haben, als du dir sie vorgestellt hast, sie sind ja gar nicht vorhanden, vorhanden ist nur das Nichts.

Drei Kanonenschüsse wecken dich aus deiner Vergegenwärtigung der Vergangenheit, drei schnell aufeinanderfolgende Kanonenschüsse, die Detonationen fallen mit dem fürchterlichen Krachen von Mauerwerk zusammen. Die Luft zittert, dein Herz und dein Trommelfell beben, du stehst im Artilleriefeuer auf dem Schlachtfeld, auf dem du gestern standest, es lodern die Hügel am Horizont, Rauchsäulen steigen aus Häusern radial zum Himmel auf.

Schon schrillt die Sirene eines Autos, die »alerta« jagt zum Tatort, um zu retten, was zu retten ist; Friedensarbeit bis zum nächsten Schuß.

Die kriegerische Landschaft, die dich ins Gestern, ins Heute versetzte, entpuppt sich als Hintergrund eines versöhnlichen Gemäldes; im Vergleich mit dem Bild der heutigen Schlachten ist dieses Schlachtenbild ein Idyll, es ist nichts. Vorbei die Kanonade, die mörderische Horizontale der Lanzen hat sich zur Vertikalen der Wachbereitschaft geordnet. Sich verneigend, übergibt der ritterliche Kommandant von Stadt und Festung Breda dem nicht minder ritterlichen Belagerer die Schlüssel. Der Sieger ist vom Pferd gestiegen, er beglückwünscht den Besiegten, das nenn' ich mir ein wahrhaft historisches Gemälde, hauchlos ins Nichts verweht sind solche Kriege ohne Fliegerbomben gegen Mensch und Kunst.

Wenn du aber weiterschlenderst, das Nichts entlang, so kommst du dem heutigen Krieg schon näher. Los desastres de la guerra. Täglich bekennt sich General Queipo de Llano vor dem Radio zu dem, was du von Goyas unerschrockener Hand gestaltet vor dir siehst. Gehängte, Gemetzelte, Geschändete, Gefolterte.

Ein Peloton ausländischer Soldaten füsiliert Bauern und Arbeiter, die Kämpfer für Spaniens Unabhängigkeit. Die uniformierten Henker haben das linke Bein vorgestellt, die Gewehre an die Wange gedrückt, eine würfelförmige Laterne beleuchtet das Ziel. Ein junger Bauer in weißem Hemd und in weißem Licht streckt beide Arme flatternd empor, als wollte er die Welt zur Abwehr aufrufen, der

Mann an seiner Seite hebt die rechte Faust wie zum antifaschistischen Gruß.

»Der 3. Mai 1808« steht neben diesem Bild, das nicht vorhanden ist. Was mit solcher leidenschaftlichen Eindringlichkeit Genosse Goya gemalt hat, der Sozialist und Emigrant, mußte weggehängt, mußte wie dic anderen Werke des Prado an sicherer Stelle versteckt werden, damit es nicht getötet werde, und vor dir ist das Nichts.

Arbeit

Bei den Heizern des Riesendampfers

An Bord der »Vaterland«, 2. Juni 1914

Wir fallen in die Unterwelt, den regulierten Fall des Fahrstuhls. Haßerfüllt und fürchterlich hören wir es aus der Tiefe dringen, in die wir sinken, immer unheimlicher und unerträglicher wird die Glut.

Die zehnte Station ist die Endstation des Lifts, aber wir sind noch lange nicht unten, erst im Vorraum sind wir der Teufelsküche. Höllenhunde in glattschwarzem Fell scharren und stampfen und knurren und belfern in grausam gleichförmigem Takt, und bläulicher Schweiß tropft aus ihren Poren, ihren Nüstern. Festgeschmiedet sind die stählernen Ungetüme da, die ihre Wut verdampfen, die sich in kosmischen Geschwindigkeiten um ihre Achse drehen, ewig um ihre Achse, einhundertachtzigmal in der Minute. Sie müssen sich bewegen, denn sie bewachen das Reich der Verdammnis, das unter ihnen ist. Und sie sind selbst gut bewacht und genau kontrolliert: Die zitternden Zeiger hinter halbkreisförmigen Scheiben würden es denunzieren, die starren roten Ochsenaugen an den Wänden würden es verlöschend verraten, und die Ventile würden Hilfe herbeipfeifen, wenn in diesen seelenlosen Lebewesen ein Gedanke an Auflehnung keimte. Der Mensch weiß sich zu schützen gegen die Kolosse, die für ihn arbeiten – er schützt sich durch ihresgleichen.

Und als wir die Maschinensäle durchwandert haben, vorbei an Vorwärtsturbinen und Rückwärtsturbinen, an beschaufelten Rädern und beschaufelten Trommeln, an einundsechzigtausend Wellen Pferdestärken, geht es noch tiefer hinab. Steil und eng ist der eiserne Stufenweg, wir tun besser, rückwärts zu gehen, um nicht kopfüber hinunterzustürzen. Die Geländerstange der Treppe können wir nicht mit bloßen Händen berühren, denn sie glüht. Je weiter wir tappen, desto heißer schlägt es uns um Stirn, Wangen und Hals, desto schwerer ringt sich der Atem aus dem Munde.

Die Leiter endet, wir betreten Boden. Unsere gemarterten Augen sehen schwarze Dämonen, die schattenhaft aus Wänden treten und in Wänden verschwinden, von Zeit zu Zeit peitscht uns ein gelbroter Lichtstrahl, und aus grauem Höllenrachen springt eine Feuerwelle hervor, uns zum Bewußtsein bringend, daß wir Gerösteten noch immer nicht unempfindlich gegen Hitze sind. Wehe der Seele, die hier brät!

Fünfundfünfzig Meter unterhalb der Oberkante des Schornsteins stehen wir; an der Heckseite, im Kesselraum Nr. 4. Dieser »Raum« hat zwei breite Hauptstraßen von je dreißig Meter Länge und vier enge Seitengassen, je fünfundzwanzig Meter lang, kein Raum also, sondern ein Stadtviertel. Zwölf Wolkenkratzer: die Kessel. Den beiden breiten Avenuen sind die Fronten zugekehrt, und von hier aus führen in jedes Gebäude drei mächtige Tore, in der schlichten Sprache des Technikers »Feuerlöcher« genannt. Es gibt vier Kesselräume; nur der dem Bug zugekehrte hat nicht zwölf, sondern bloß zehn dieser Hochöfen. Sechsundvierzig haushohe Kessel mit dreimal sechsundvierzig hungrigen Mäulern. Zweihundert Meter hat man geradeswegs vom Anfang bis zum Ende dieses Massenquartiers von Kohle, Stahl, Staub, Ruß und Feuer zu durchmessen.

Keine Nachtruhe gibt es. Schon im Hafen wurden die unermeßlich großen Bunker außenbords gefüllt, ein ganzes Bergwerk versenkte sich donnernd hierher, achttausenddreihundertvierundsechzig Tonnen und noch eine Notreserve von vierhundertdreiundneunzig Tonnen – zwanzig Stunden brauchten die Kohlenelevatoren dazu. Dann begann für zweihundert Heizer und für zweihundert Trimmer das Kesseltreiben, die Arbeit, ihre eigene Werkstätte in eine Höllenlandschaft zu verwandeln. Hinab stürzt aus den Bunkern das schwarze Gestein in stählerne Schubkarren, die nun beladen zwischen den Kesseln schwanken. Es geht zu den Feuern. Die Glocke schrillt. Fünfmal in der Stunde schrillt sie. Das ist das Knurren des Magens, das ist das Zeichen zur Fütterung, das ist hier die Musik. Kohorten nackter Heizer greifen mit ihren Schaufeln in die Kohle und stoßen sie dem gierigen Tier zwischen die Lefzen. In beiden Unterkesseln, in den Röhren und bald auch im Oberkessel siedet das Wasser, Dampf wallt auf, und man hört, wie er oben im Maschinenraum die Speichen der Räder bewegt, wie die Turbinen, die vier Wellen und die vier Schrauben mit den Kräften von sechzigtausend Pferden zu atmen, zu leben und zu toben beginnen.

Die Gestalten am Ofen sind schwarz, schwarz wie alles ringsumher. Nur wenn sich das eiserne Gebiß des Kessels klaffend zu neuer Mahlzeit öffnet, wenn der Heizer mit der vier Meter langen Durchstoßbrücke das Feuer glatt über den Rost streicht oder wenn er mit der Schleuse alle vier Stunden die Schlacke aufbricht und Asche forträumt, dann fällt rotes Licht auf seine Stirn, nur dann sieht man weiße Streifen um seine Augen und an seinen Mundwinkeln, und man erkennt, daß diese Kohlenformation ein Mensch ist.

Sein Oberkörper ist waagrecht vorgeneigt, sein Unterkörper ist zum Sprung nach hinten bereit. So zurückweichend-vorwärtsstrebend kämpfen Gladiatoren. Der Speer fährt in den Schlund des Molochs, aus dem giftiger Odem faucht. Schon wirft sich das Ungeheuer empor – da klappt die Tür des Zwingers zu, und hinter ihr hört man ohnmächtiges Stöhnen. Es wird wieder dunkel in den Straßen der Dampffabrik.

Pause. Silhouetten huschen vorbei. Wenn unmittelbar vor uns ein Arbeiter stehenbleibt oder sich zu Boden kauert, gleicht er einem schwarzen Stalagmiten. Die Trimmer schippen wieder in ihre Karren, die Feuer toben in ihren Kottern, sie zermalmen die Kohle, da ihnen der Mensch entging. Funken taumeln schräg durch das Düster, doch die Verzweiflung erstickt sie sofort.

Der Heizer darf jetzt eine Luftdusche nehmen. Er tritt im Stollen einige Schritte zur Seite, unter die Öffnung des Ventilators, und ein wirbelnder Windzug lockert die an die Stirn geklebten Haare und läßt sie flattern. Sechs solcher Lüftungsmaschinen sind da, jede hat zweihundertfünfzig Pferdestärken: Ihnen ist es zu danken, daß man nicht versengt wird, aber sie können die Luft nicht kühlen, nicht verhindern, daß Stufen und Karren und Geländer glühend und die Arbeiter schweißdurchtränkt sind. Was will selbst diese Menge frischer Meeresluft gegen den Samum ausrichten, der sich aus den täglichen dreizehnhundert Tonnen brennender Kohle erhebt! Die Kessel sind besser daran: Vier Gebläse von zweitausendzweihundert Pferdekräften führen ihnen Verbrennungsluft zu. Während der Asche-Ejektor Schutt und Schlacke schluckt, um sie in den Ozean zu kotzen, packen unsichtbare Schläuche die Rauchmassen, schleppen sie durch Kasematten und Kanäle rings um die Schiffswand, bis hinauf in die drei ockergelben Riesenschornsteine, die das Wahrzeichen des Schiffes sind. Die Schlote aber, die hohen Herrschaften, ziehen den Rauch behaglich ein und paffen ihn in die Luft.

Oberhalb des Kesselraums bewegen sich die Kolben der beiden Zentrifugalpumpen auf und nieder, daß der Dampf nicht verlorengehe, wenn er seine Pflicht getan – er muß wieder in neue Arbeit. Kaum ist er aus den Druckturbinen ausgetreten, braust er in die Kondensatoren, wo er niedergeschlagen wird. Dieses wiedergewonnene Kondensat wird in den Druckvorwärmern auf eine Temperatur von hundertzwanzig Grad gebracht und durch Speisepumpen zurück zu den Kesseln gedrängt, wo es neuerdings verdampft. Und der bereits einmal ausgeatmete Dampf strömt abermals in die Turbinen, sorgt dafür, daß deren Leben nicht erlöscht.

Freilich, nicht alles vom kostbaren Dampf kann ewig erhalten bleiben; durch Leckage und Undichtigkeit geht Qualität verloren. Da wird denn in den Evaporatoren destilliertes Ersatzwasser aus Seewasser erzeugt und dem Kondensat zugeführt.

Ewig jedoch steht der Heizer an der Feuerung und schiebt dem nimmersatten Raubtier neues und neues Futter zu. Nach je vier Stunden dürfen die Feuermänner aus der Arena treten, von der andern Schicht abgelöst. Vier Stunden später geht es wieder los. Wie beim Sechstagerennen. Auch die Überfahrt dauert sechs Tage.

In der Arbeitspause duschen oben in den Badesälen die Abgelösten und legen Wäsche an. Dann trinken sie ein Glas Bier und klettern auf ihr Lager. Es sind deutsche Arbeiter, keine Neger oder Chinesen, die unten im Kohlenbereich zu Kohle werden. Erfüllt die Glut der Kessel sie mit Glut? Erregt sie der Takt der Bewegung zur Bewegung? Ruft sie der Kampf zum Kampf? Hat der Pfiff ein Echo in ihnen, der Pfiff, der keine Unterbrechung zuläßt bei ihrer Arbeit im Fieberreich?

Sie spülen den Kohlenstaub mit einem Glase Bier hinunter und schlafen.

Stahlwerk in Bochum, vom Hochofen aus gesehen

Auf dem Gipfel des Hochofens führt um das Maschinenhaus des Schrägaufzuges eine beängstigend enge Balustrade. Hier oben, wo's höher als auf Kirchturmspitzen ist, muß man nicht zwischen glühenden Stahlstücken, offenen Versenkungen und rollenden Radreifen balancieren, von fallenden Lasten und zischend emporlodernden Flammen erschreckt und vom Klirren und Hämmern entnervt. Und doch überblickt man die ganze Landschaft, die uns bewußte Laien tagsüber bewegt und begeistert hat, wir umfassen von höherer Warte die Plätze, auf denen uns heiße Eindrücke eingepreßt wurden; wir können auf diesem Prospekt den Weg voll verwirrender Schönheit und bitterer Reflexion rekapitulieren, den wir heute gingen und den alltäglich und allnächtlich das Erz geht und die Arbeit in allen Stadien.

Allerdings: selbst hier oben ist kein Gottesfrieden, selbst da, auf dem höchsten Standpunkt der Stahlstadt, fahren uns Lasten über den Kopf. Ununterbrochen schweben auf ihrem Seil die Waggons der Hängebahn heran, öffnen sich genau über der Gichtschüssel des Hochofens, und in den sich im selben Momente klaffenden Ofen stürzt der Passagier, der Koks, der aus der fernen Kokerei der Kohlenzeche ankommt. Kaum ist der leere Waggon abgetänzelt, rasselt über uns ein Eimer von achttausend Kilogramm Gewicht. Er schleppt das Erz aus den Bunkern, in die es die Eisenbahnzüge aus den Erzbergwerken brachten, und erbricht sich gleichfalls in das Ofentürl.

Neben den fünf Hochöfen stehen fünfzehn geschlossene Röhren, die Winderhitzer, etwa in der Form gefüllter Kalodonttuben. Aber sie sind größer. Bedeutend größer sogar: Jede ist fünfunddreißig Meter hoch, doppelt so hoch als ein dreistöckiges Haus, und hat einen Durchmesser von sieben Metern. Das Blech der Hülle dürfte ebenfalls stärker sein als das einer Tube mit Zahnpasta. Denn darin wird Wind auf siebenhundert bis achthundert Grad erhitzt, das heißt, bis er eine grell leuchtende Flamme ist. Dieser brennende Wind strömt in den Ofen, wo Erz und Kohle gemeinsam zerschmelzen. Alle zwei Stunden wird jeder Hochofen geöffnet, und das Roheisen fließt (während die leichtere Schlacke oben anderswohin führt) wie ein flammender Bach in eine Riesenpfanne, auf dem Weg kaskadenfröhlich in Tausende silberner Tröpfchen zerstäubend und den Winterrock des allzu nahe herantretenden Beschauers mit Silberflitter besäend. Wird nicht auch die Lunge der Arbeiter hier mit diesem eisernen Konfetti überschüttet? Ist er unempfindlich gegen den Schwefeldampf, den uns eben ein Windstoß in die Nase geblasen hat, daß wir tränen und husten müssen?! Ist das Gichtgas für ihn kein Gift? Stört es ihn nicht, wenn er aus dieser tödlichen Hitze unmittelbar ins Freie muß, um für das überschüssige Roheisen im Gießbett Rinnen zu graben? In drei Schichten arbeiten die Leute am Hochofen, der jahraus, jahrein, Tag und Nacht nicht erlöschen darf, und an jedem dritten Sonntag haben sie sechzehn Stunden Dienst. Vom vierzehnten Lebensjahre an bis zum Tode, der vielleicht schon kommt, während sich andere noch mit dem Studium »abplagen«. – Was hier ein Arbeiter Lohn habe, fragen wir den blutjungen Ingenieur, der Stulpenstiefel und Schmisse hat und die Arbeit beaufsichtigt. – »Na, zweiundfünfzig bis fünfundfünfzig Pfennig pro Stunde – der beste kommt schon auf hundertzwanzig Mark im Monat«, antwortet er, »eine Zeitlang standen sich die Kerls besser als wir. Aber jetzt geht's schon einigermaßen in Ordnung.« Dann lenkt er ab und zeigt auf den lichterlohen Bach von Roheisen, der noch immer aus dem Loch strömt. »Das sind fünfzig bis sechzig Tonnen; genau zwölf Millionen Mark ist dieses Wässerchen wert, und neun solcher Abstiche werden täglich an unseren fünf Hochöfen vorgenommen.«

Endlich ist die Pfanne voll, die Aufzugmaschine ergreift sie und führt sie in die Stahlgießerei, wo aus dem Eisen in achtzehn riesigen Martinöfen Stahl gemacht wird. Überdimensionale Krane chargieren das Rohmaterial in diese Schmelzen, Roheisen, Ferromangan und vor allem »Schrott«, altes Stahlmaterial – darunter noch immer viele stählerne Kanonenrohre, Granaten, Torpedos – und ausrangiertes eisernes Hausgerät, das einst in der Küche oder in der Rumpelkammer wie eine Pfütze war, dann im Magazin des Hausierers zum Tümpel ward, in Bächen zum Alteisenhändler floß, in Strömen in die Schrottzerkleinerungswerke und hierher, wo es ein Meer ist, der Verdunstung harrend. Nicht lange währt diese Rast der unvergänglichen Materie an dieser Kurve, an die sie wahrscheinlich alle hundert Jahre kommt. Schon geht die Rundfahrt weiter durch die Ewigkeit, schon entleert sich der Greifer mit Schrott über dem Ofen. Ihm nach fallen allerhand Chemikalien.

Mit einer blauen Brille kann man in den Ofen hineinschauen. Was man sieht, ist nichts als ein ungeheures Brodeln flüssigen Feuers, das alles ergreift und alles verzehrt. Und öffnet sich der Herd, um den Stahl abzulassen, dann speit und raucht in seinem Gefäß der neugeborene Stahl und scheint emporschlagen und die Welt verschütten zu wollen, unheimlich lodernder Vesuv! Habt ihr nicht Angst, ihr Herren der Fabrik, daß diese aufgeregte, kochende Masse doch einmal ihren Kerker sprengt? Ihr lächelt: »Divide et impera« und zeigt dem Warner mit überlegener Miene das Ventil, das sich bereits öffnet. Und aus dem großen einheitlichen Höllenkessel beginnt die Masse herauszuströmen nach allen Richtungen, in hundert Formen von verschiedener Größe und verschiedener Gestalt. In den »Kokillen« strahlt der Stahl noch immer wie ein Symbol, noch immer ist er im Flusse der Bewegung, und noch immer ist er von vernichtender Hitze. Aber bald muß er zu Blökken erstarren, die irisierend blau und matt sind.

Eisenbahnzüge rollen heran und schleppen sie von dannen, man kann aus ihnen Kanonen und Geschosse machen, wie es im Kriege war, man kann sie zu nützlichem Werk verwerten. Die Züge fahren davon, in andere Städte und andere Länder, Bochumer Stahl; als Kirchenglocken enden die Stahlmassen oder als Fahrräder, Rasiermesser, Schreibfedern, Taschenuhren, Dolche. Andere Blöcke aber bleiben noch hier. Auf kleineren Waggons rollen sie in die Bezirke des Betriebes, ins Schmiedewerk zu den unheimlichen Hämmern, wo man sie zu Kurbelwellen für Maschinen und zu Schiffssteven, zu Lokomotiv- und Waggonradsätzen schmiedet, oder ins Walzwerk, wo zumeist Schienen und Stahlschwellen und Räder und deren »Bandagenringe« (Radreifen) daraus werden für fast alle Eisenbahnen Europas und Asiens, in den verschiedensten Durchmessern, Lokomotivräder bis zu zweieinhalb Meter. Langwierige Prozeduren vollenden dieses Werk, und so angeregt der Geist von der Fülle dieses Raffinements und von der aufgewandten Geschicklichkeit ist, so müde wird man, wenn man das Erz auf seinem Entwicklungsgang begleitet bis zu den Leidensstationen des Stahls in den mechanischen Werkstätten, wo er gedreht wird, gehobelt, durchstoßen. Armer, gequälter Stahl – man wünscht sich nicht einmal, was man gerade hier stärker als anderswo oft gewünscht hatte: Nerven aus Stahl zu haben.

Eben kamen wir an zwei Arbeitern vorbei, die eine Schiffswelle an die Hebekette legten. Wir sind ein paar Schritte weitergegangen, als uns ein sogar in diesem steten Lärm hörbares ungeheures Krachen innehalten läßt: Die Kette ist gerissen, die Welle herabgestürzt und eine Kurbel abgebrochen. Zum Glück hing sie noch nicht hoch, und niemand stand darunter. Einige Arbeiter sammeln sich aufgeregt, untersuchen den Kran und murren, daß noch immer keine Taue statt der Ketten eingeführt worden sind. »Tausend Mark Schaden«, brummt der Betriebsleiter.

Aber selbst die Erschütterungen solcher Zwischenfälle sind in ihrer Intensität nichts gegen den Eindruck zauberischer Vorgänge, deren staunender Zeuge man ist. Ins Schienenhaus kommt ein kurzer Stahlblock, und schon huscht er, windet er sich, in eine Schlange verwandelt, aus der Maschine. Aber welch eine Schlange ist das! Fünfundsechzig Meter mißt ihr Leib und ist rotglühend, und so schiebt sie sich durch das Zwielicht der endlosen Halle, dreht sich auf die andere Seite, hebt sich an einem Ende in die Höhe und rutscht in die Maschine zurück, die sie auch auf der andern Seite platt walzt und wieder preisgibt, um sie nochmals aufzunehmen und nochmals – bis sie viereckig geworden ist. Und schon wird sie von einer Säge zerschnitten, in Stücke von zehn Meter Länge. Das Schlangenblut ist heißes Gold und spritzt empor in Garben und Funken, ein unbeschreibliches Feuerwerk.

Im Hof liegen die zerschnittenen Teile der Schlange, fertige Schienen. Der Laufkran fährt über sie hin, die beiden Magnete an seinen Enden senken sich ein wenig, und waagrecht schweben sieben Schienen ihnen entgegen in die Höhe, frei in der Luft. Sie saugen sich fest an den Magneten, kein Tau, keine Kette hält sie, und doch stürzen sie nicht herab, der Hebezug bewegt sich weiter mit seiner Last von zwanzigtausend Kilogramm, er hält über einem Eisenbahnzug, der Strom wird ausgeschaltet, und die Schienen legen sich behutsam in den Waggon.

Jeder neue Eindruck läßt den vorhergehenden verblassen. Verstört ist man von den vielen Wundern und tut gut daran, nicht gleich in den Alltag hinauszugehen, der alles verwischt. Man muß alle Müdigkeit überwinden und nochmals hinauf auf den Aussichtspunkt des Hochofens, wo man sich einigermaßen sammeln kann, und beim Leuchten des fließenden Roheisens stehend all das niederschreiben, was man gesehen.

Universität für Fabrikarbeit

I. Der Aufmarsch der Studenten

Das Signal schrillt, die Schüler marschieren wie Turner ein, in Zweierreihen, Sibirier sind auch darunter und Malaien, Jünglinge und Männer, sie stellen sich auf sechzehn Postamente, die nach der Größe des einzelnen gehoben oder gesenkt werden können, für Kopf und Füße sind Schablonen da, ihren Körper schnallen sie fest, so daß er sich weder vorneigen noch zurücklehnen kann, der Stuhl steht einen halben Meter hinter jedem, der Arbeitsplan liegt linker Hand, das Handwerkszeug rechts an markierten Stellen des Tisches, für die zehn Finger sind Einbuchtungen auf dem Werkzeug und dem zu behandelnden Eisenstück, Apparatur der Drehbank, Räder und Treibriemen bleiben vorerst verdeckt, damit der Schüler von seiner Aufgabe nicht abgelenkt werde.

Wieder schrillt das Zeichen, Beginn. Eine Minute dauert die Arbeit, dann müssen sich alle setzen, nach einer weiteren Minute wieder anfangen. Später ist für zwei Minuten Tätigkeit, noch später für fünf Minuten Arbeit eine Einminutenpause vorgeschrieben, am Schluß kann jeder die vier Stunden nach Belieben in Akt und Zwischenakt einteilen. Die den Fingern reservierten Einbuchtungen werden nach einigen Lehrstunden abgeschnallt, die Masken der Räder entfernt, und der Schüler arbeitet frei, wobei eine Nadel jeden Fehler denunziert, die Rüge erfolgt durch Aufleuchten eines roten oder weißen Lämpchens.

Auch die Kommandos werden maschinell gegeben, ein sich abrollender Zelluloidstreifen, durchlöchert, löst die Kontakte der Signale aus – der automatische Professor; für jede Lektion ein Filmband, die Instruktion des Instruktors.

In hundertvierzig Stunden lernt ein Student die exakte Bedienung der Drehbank, was in der Praxis des Betriebes bei häufigen Fehlleistungen drei bis vier Jahre dauert. Vierhundertsechzig Schüler werden jeweils im Institut ausgebildet, in verschiedenen Kursen, jeder bleibt so lang, bis er mindestens den fünften Grad der Qualifikation erworben hat (die Metallarbeiter Rußlands sind in neun Wertklassen eingeteilt). Der Kurs für Instruktionen, die im ganzen Lande verteilt werden, dauert etwa fünf Monate.

Hauptsächlich werden Arbeiter im Lehrlingsalter aufgenommen, jedoch auch Intellektuelle, die zum geachtetsten Beruf des Arbeiterstaates übergehen wollen. Besonders qualifizierte Kräfte der Betriebe werden gleichfalls in die Anstalt entsandt, aber man macht mit ihnen schlechte Erfahrungen, weil sie schon an Griffe gewöhnt sind, die der wissenschaftlich rationalisierten Art nicht entsprechen.

II. Der Zweck der Anstalt

Der junge Fabrikarbeiter träumt davon, hier, im roten Eckhaus der Petrowka, sein Examen zu bestehen, das Unterrichtskommissariat möchte die Methoden des ZIT, des Zentralnyj Institut Truda, in allen Schulen der Union eingeführt sehn, die Gewerkschaften wollen die Systeme der metallurgischen und holztechnischen Arbeiten auch auf Textilwaren, Baugewerbe, Bergbau und Transportwesen und sogar auf Kanzleiarbeit ausdehnen, aus den Fabriken kommen dringliche Zuschriften um Überlassung von Absolventen, und aus dem kapitalistischen Ausland gibt sich Interesse an dieser Lehrweise kund. Nachdem der Bürgerkrieg Hunderttausende von Arbeitern unter die Fahnen gerufen und dahingerafft hatte, nachdem die Banden der weißgardistischen Generale und die Interventionsarmeen bei ihren Rückzügen vor allem Fabrikunternehmungen zerstört hatten, um sich an dem Industrieproletariat zu rächen, und während der Blockade, die keinerlei Waren einließ, hieß es vor allem, den Produktionsprozeß grundlegend zu bessern. Der Massenverband NOT (Narodnaja Organisazija Truda) führte in allen Betrieben Reorganisationen durch und wirkte propagandistisch auf die Hebung der Arbeitsfreude ein, die Zeitliga kämpfte erfolgreich in Gewerbeunternehmungen, Verwaltungskanzleien, Schulen, Vereinen und Eisenbahnen gegen die (in Rußland mehr als anderswo eingerissene) Zeitvergeudung an.

Der Aufgabe, die Arbeit zu rationalisieren, unterzog sich Alexej Gastew, ein Lyriker, der um diese Zeit der Poesie entsagte; gewesener Pädagoge, war er unter dem Ancien régime wegen revolutionärer Umtriebe nach Sibirien verbannt worden und von dort geflüchtet, hatte in Deutschland und Frankreich als Metallarbeiter seinen Lebensunterhalt verdient und hierbei die Unterschiede der Betriebsführung kennengelernt. Um die Methodik amerikanischer Werkstätten bereichert, brachte er es fertig, einige Handgriffe des Taylorismus, die drüben in ihrer lebenslänglichen alleinigen Anwendung den Menschen im Arbeiter vernichten, zugunsten des Arbeiters seinem System einzufügen.

III. Wie lernt man manuelle Arbeit?

Die Rationalisierung der russischen Industrie beginnt damit, daß der Schüler des Institutes eine Stange in die Hand zu nehmen und sie aus dem Handgelenk nach verschiedenen Richtungen zu drehen hat; dann schwingt er mit eingepreßtem Oberarm eine Keule. Die erste der Übungen mit dem Handwerkszeug ist die: eine halbe

Stunde lang einen mit elektrischer Kraft auf den Amboß fallenden Hammer zu halten. Bei der nächsten ist der Unterarm des Lehrlings festgeschnallt, und nur das Handgelenk begleitet die Bewegung. Hierauf wird ohne Strom mit dem Hammer hantiert, dessen Griff allerdings mit Moulagen für die fünf Finger versehen ist; auf kaltes Blei oder auf glühendes Eisen wird der Hammerschlag geführt. Dann auf einen eisernen Meißel. Dieser hat zunächst einen etwa zwanzig Zentimeter langen waagerechten Stiel, den der Arbeiter festhält, um sich nicht die Hand zu treffen. Nach kurzem Training nimmt er einen Meißel, dessen seitlicher Griff nur mehr zehn Zentimeter beträgt, dann einen dritten, dessen Stiel derart verkürzt ist, daß die geballte Faust das Eisenstück berührt. Hernach erst darf er den Meißel direkt umfassen. Während ein Lehrling in der Fabrik mindestens vier Monate braucht, ehe er den Schlag auf einen festgehaltenen Keil führen kann ohne die Besorgnis, seine Linke zu treffen, läßt der Student der Arbeitsuniversität bereits nach acht bis zwölf Stunden den Hammer furchtlos und sicher niedersausen. Ursache dieses Erfolges: Der Meißelschlag, der sich dem Laien als eine einzige Bewegung darstellt, ist durch zeitlupenartige Beobachtung als Summe von Teilbewegungen erkannt worden, und diese sind es, die einzeln in vollkommener Weise gelehrt werden.

Die Befeilung ist die zweite typische Operation für die Werkzeug-Muskelarbeiten. Seitliche oder höhenmäßige Abweichungen der elektrisch bewegten, jedoch vom Schüler gelenkten Feile werden durch Aufflammen eines Signals verraten. Die Sägen und die Hobel, an denen gelernt wird, sind anfangs in den erfahrungsgemäß rationellsten Winkel eingespannt, sie haben, ebenso wie die Stemmeisen und die Bohrer, Kontakte zur Anzeigung der Fehler. Mit der drei Millimeter breiten Spitze der Bohrmaschine hat man zuerst einen Kreis von zehn Millimetern, später von sechs und schließlich von drei Millimetern zu treffen. Das anzubohrende Holz ist in verschiedenen Breiten mit metallenen Widerständen versehen, auf die der Arbeitende zu achten oder sie zu erfüllen hat, um das Abbrechen der Spitze zu verhindern.

IV. Das Examen ohne Examinator

Kurz nach dem Eintritt legt der Schüler eine Eignungsprüfung ab und vor dem Verlassen des Instituts eine Geschicklichkeitsprüfung, die wohl einzigartig ist: In einer Kammer wird er an eine gewöhnliche Drehbank gestellt und bekommt die Aufgabe, ein Stück Eisen zu einem Würfel abzuhobeln. Er bleibt allein, die Tür ist geschlossen, und er muß gar nicht ahnen, daß selbst die geringste seiner Bewegungen in einem andern Raum elektrisch registriert wird. Setzt er sich nieder, wird ein Kontakt ausgelöst, der die Dauer des Sitzens mit roter Tinte verzeichnet. Mißt er einen Winkel, wird der Strom unterbrochen (durch das Liegen des Winkelmaßes auf dem Pult war er hergestellt), und mit blauer Tinte vermerkt sich, wie oft und wie lange er kontrolliert. Nimmt er das Eisen aus dem Schraubstock, legt er die Feile hin, berührt er eine Schraube oder ein Rad – alles wird in jenem entfernten Raum selbsttätig notiert. Mit großem Staunen kann er dann sein automatisch ausgestelltes Zeugnis studieren, das über jede seiner Regungen im stillen Kämmerlein mit verschiedenfarbigen Tinten Auskunft gibt.

Außer dieser »Bioingenieur-Klinik« ist ein Laboratorium für Arbeitskontrolle da, den Wert des bearbeiteten Materials und der vollendeten Produkte zu konstatieren. Im Büro der Instruktoren werden die Erfahrungen verwertet, Programm und Arbeitspläne entworfen. Die Abteilung der Sozialingenieure prüft den Einfluß der Instruktoren auf die Arbeit, führt die physiologischen Untersuchungen des Blutkreislaufes, der Atmung und dergleichen durch und überwacht auch das vorgeschriebene tägliche Training im Turnsaal, die Aktivation, wie man die Arbeit des menschlichen Körpers zum Unterschied von der Statik und der Dynamik der Werkzeugarbeit nennt. Der theoretische Unterricht am Abend gilt der Revolutionsgeschichte und dem Gewerkschaftswesen, und wer auch darin begabt ist, kann sich hier im Hause außer dem Adel der Arbeit noch den zweiten Adel erwerben, der in Rußland Bedeutung hat: den der Menschen, die den Sozialismus erfaßt haben.

Bei Ford in Detroit

Beim ersten Besuch der Fordwerke fällt zuerst auf, daß fast alle Arbeiter geschwollene Wangen haben. Man fragt, woher das kommt. Erhält zur Antwort: »Ja, Mister Ford ist Nichtraucher.«

Das heißt, er duldet keine Raucher. Oh, nicht etwa bloß bei der Arbeit – der am Fließband Beschäftigte hat keine Zeit, einen Zug aus der Zigarette zu tun. Aber auch vor und nach Arbeitsantritt ist das Rauchen verboten; in den Werkstätten, die keinen feuergefährlichen Bestandteil enthalten und ohnehin voll von Staub oder Ofenglut sind, außerhalb der Hallen, in den Straßen, auf den Plätzen und an den Sümpfen zwischen den Fabrikgebäuden, an denen rauchende Eisenbahnwagen entlangfahren, im Autobus, der die Fremden durch die besichtigungsreifen Teile der Betriebe führt, in der Cafeteria, wo Ingenieure und Beamte zu Mittag essen, darf nicht geraucht werden.

Um nun über das Fehlen der Zigarette hinwegzukommen, kaut die Belegschaft tagsüber Tabak, so daß man glaubt, alle hätten geschwollene Wangen. Von Zeit zu Zeit spucken sie den Priem aus, gleichgültig, wohin. In der Eisengießerei zielen sie in das sodahaltige Wasser, das über glühendes Eisen läuft und den Kameraden ins Gesicht spritzt …

Denn Mister Ford ist Nichtraucher.

Karren mit Nahrungsmitteln sind in den Werkstättenhallen aufgefahren. Fünfzehn Cent kostet ein Päckchen mit drei belegten Broten (zwei mit Fleisch, eins mit Marmelade). Aus dem Suppenkessel daneben wird für fünf Cent ein Papierbecher gefüllt. Für eine Flasche warmen Kaffees sind zehn Cent zu erlegen, doch erhält man fünf für die leere Flasche zurück. Vor den Karren und vor dem Suppenkessel stehen die Arbeiter in langer Reihe an.

Etwa acht Minuten dauert es, ehe man drankommt. Die Mittagspause in den Betrieben mit drei Schichten ist fünfzehn Minuten, in den anderen zwanzig Minuten. Demnach müssen die heiße Suppe im Papierbecher, die Brötchen, der Kaffee (der wird aus der Flasche getrunken) und allenfalls ein Apfel binnen sieben Minuten verzehrt werden. Stehend oder auf der Erde kauernd. Bänke oder Stühle gibt's nicht. Die Kantinen sind an drei Gesellschaften verpachtet, die ihre Rayons abgegrenzt, keine Konkurrenz zu fürchten haben und sich um die Bequemlichkeit ihrer Gäste nicht kümmern.

Denn Mister Ford ist nicht nur Nichtraucher, sondern er ist auch Nichtstammgast der Nahrungsmittelkarren.

In der Mitte jeder Halle ist eine Estrade, auf der die Arbeiter ihre Straßenkleider auf einen Bügel hängen können, wenn sie einen Kittel anziehen. Das tun nur die wenigsten. Sie gehen lieber im verschwitzten Hemd und im verschwitzten Anzug nach Hause, ohne Mantel, auch im Winter, weil bessere Kleidungsstücke gestohlen werden, falls man sie unversperrt aufbewahrt. Bei Ford vollzieht sich der dreimalige Schichtwechsel nicht so, daß Trupps einander ablösen, jeder Mann hat zu einer andern Stunde und Minute an seinem Platz zu sein. Wer also die Werkstatt verläßt, wo einige tausend Menschen fieberhaft mit ihren Griffen beschäftigt sind, kann unbeobachtet etwas mitgehen lassen.

Es gibt wenig Aborte, und man muß Schlange stehen.

Denn Mister Ford ist nicht nur Nichtraucher und Nichtstammgast der Karren, sondern auch Nichtkleiderableger und Nichtbenutzer der Aborte in seinen Werkstätten.

Die neue Anlage Rouge Plant, Rote Fabrik, heißt so, weil sie am River Rouge liegt, aber Mr. Henry will für den ganzen Bezirk den Namen »City of Fordson« einführen, wogegen die Vorstadtgemeinde Dearborn protestiert, deren Gebiet das ist.

Die ursprüngliche Fabrik, Highland Park, wird eben aufgelöst, das Gelände einer anderen Industrieunternehmung überlassen.

Tausende von Angestellten und Arbeitern hatten sich in der Nachbarschaft der Fabrik angesiedelt – nun erwachen sie eines Morgens zehn Meilen weit von ihr entfernt.

Zehntausende können die Wohnungsmiete in Detroit nicht erschwingen und fahren mehr als zwei Stunden nach Rouge Plant, meist stehend, da Autobusse, Straßenbahnen und Fähren überfüllt sind. Die außerhalb des Verkehrsnetzes wohnenden Arbeiter pflegen sich ein altes Kleinauto zu kaufen und holen täglich Kollegen gegen eine monatliche Vergütung ab – das sind die Arbeiterautos, die man vor den amerikanischen Fabriken in Massen parken sieht und als Beweis für den Wohlstand anführen hört.

Henry Ford aber, Nichtraucher, wohnt in Dearborn.

Durch Gespräche mit Arbeitern das zu ergänzen, was einem gezeigt wird, gelingt innerhalb der Ford-Werke nicht; erstens hat keiner Zeit, zweitens hat keiner Lust, sich den Mund zu verbrennen. Unmöglich ist es aber, irgendwo in oder um Detroit jemanden kennenzulernen, ohne daß die Rede auf Ford kommt. Jedermann hat dort begonnen oder arbeitet dort, aller Herren Länder sind in des einen Herrn Land vertreten – eine Fremdenlegion der Industrie. Die Leute sprechen wenig von Politik und wissen auch nicht, welcher Art der Landsmann ist, der sich für ihre Erzählungen vom Betrieb so sehr interessiert. Dennoch äußern sie nichts als Klagen.

Das Schlimmste sei das lay off.

Und es ist das Schlimmste.

Für einen Fehler bei der Arbeit, für ein geringfügiges Vergehen (wäre es nicht geringfügig, so würde ja der Arbeiter ohne weiteres entlassen) wird man »abgelegt«. Auf einen Tag oder länger, bis zu vierzehn Tagen. Über diese strafweise Einzelaussperrung findet man kein Wort in den Büchern, die Ford betreffen.

Auch in strafrechtlichen Werken steht nichts davon. In strafrechtlichen Werken steht, niemand dürfe seinem Richter entzogen werden, der nach den Paragraphen entscheiden soll und nach Anhörung von Zeugen und Sachverständigen und Plädoyers. Strafrecht, Strafgesetz und Strafvollzug sind bei Ford Motor Company einfacher geregelt. Wer in einen Streit gerät, während der Arbeitszeit einen Schluck Milch trinkt oder sonstwie dem General-Foreman, dem Werkmeister, Anlaß gibt, wird laid off. Bekäme – beispielsweise gesprochen – John D. Rockefeller wegen eines Fehlers an der Werkbank die gleiche Strafe, das heißt in der

Höhe seines halben Monatseinkommens, so wäre das keineswegs die gleiche Geldstrafe, denn John D. Rockefeller könnte die eine Million Dollar von Ersparnissen bezahlen, der Fordarbeiter die sechzig Dollar nicht. Für diesen bedeuten vierzehn Tage lay off: Hunger samt Frau und Kind, Vorwürfe, unfreiwilliges Herumlungern daheim.

Zwar könnte er anderswo Arbeit suchen, es gibt in Detroit Automobilfabriken genug, Chrysler-Dodge, General Motors, Pakkard, Studebaker, aber bevor er eine neue Stellung findet, läuft die Karenz ab, und er kann zurückkehren zu Ford.

Bei der Wiedereinstellung wird sein Wochenlohn auf fünfundzwanzig Dollar gekürzt, wodurch der Strafende Nutzen hat. Oft, wie zum Beispiel im Frühjahr 1927, werden Zehntausende »aus betriebstechnischen Gründen« abgelegt, alsbald jedoch wieder aufgenommen, allerdings nicht zu dem längst erworbenen Lohn, sondern für fünf Dollar pro Tag. (Die Fordwoche hat nur fünf Arbeitstage.)

Zuzugeben ist, daß Mr. Henry Ford infolge der Konkurrenz, insbesondere jener der General Motors, das Geld nicht mehr so scheffeln kann. Seine Hartnäckigkeit ist schuld. Wie viele Unternehmer, die an die Verwertung einer neuen Erfindung gerieten und durch deren Konjunktur hochgekommen sind, betrachtete er sich als unfehlbar. In einem Prozeß, den Henry Ford gegen die »Chicago Tribune« anstrengte, weil sie ihm Unintelligenz vorgeworfen, bestand er die einfachste Bildungsprobe nicht, und die verklagte Zeitung veranstaltete nachher ein Preisausschreiben: achtjährige Schulkinder sollten die von Ford nicht gelösten Fragen beantworten. »Seine Bücher« hat er nicht geschrieben und später zum Teil desavouiert.

Eigensinnig hielt er an dem Automodell T fest, als es längst überholt und sogar lächerlich geworden war. Statt mit seinem titanischen Apparat die gesamte Erzeugung von Kleinautos in die Hand zu bekommen, blamierte er sich mit der Propagierung der Kleinflugzeuge (Fliver-Planes), die in Massen abstürzten, und mit anderen Projekten, bevor er sich zum A-Modell und zum achtzylindrigen Lincoln-Wagen entschloß. Inzwischen hat die Konkurrenz ihn vielfach überflügelt.

Nun spart er an Löhnen.

Wird ein Arbeiter verletzt, erhält er ärztliche Hilfe und – muß an seinen Arbeitsplatz zurückkehren. Hat er den rechten Arm gebrochen, so wird ihm eine Tätigkeit zugewiesen, zu der er nur den linken Arm braucht; er ist einer der vielen Substandardmen geworden. 3 595 Arten von Verrichtungen (insgesamt gibt es 7 882 in den Fordwerken) können durch Erwerbsbeschränkte ausgeführt werden, davon 670 durch Beinlose, 2 637 durch Einbeinige, 2 durch Armlose, 715 durch Einarmige und 10 durch Blinde. Sogar im Hospital sind Metallarbeiter tätig; ein schwarzes Wachstuch, über das Krankenbett gespannt, ist ihre Werkbank, auf der die Patienten Schrauben an Bolzen befestigen. Das klingt so unwahrscheinlich, daß man zitieren muß, was in dem Buch »Mein Leben und Werk« von Henry Ford über die Einführung der Krankenarbeit gesagt ist: »Die Insassen des Krankenhauses waren dazu genausogut imstande wie die Leute in der Fabrik und verdienten auf diese Weise ihren regelmäßigen Lohn. Ja, ihre Produktion war zwanzig Prozent höher als die gewöhnliche Fabrikproduktion. Keiner wurde natürlich zu der Arbeit gezwungen, aber alle waren arbeitswillig. Die Arbeit half ihnen, die Zeit zu vertreiben, Schlaf und Appetit waren besser als zuvor, und die Erholung machte raschere Fortschritte.«

Wer nicht imstande ist, weiterzuarbeiten, bekommt keinen Lohn und auch keine Krankenunterstützung. Nur im

Fall einer dauernden, im Betrieb erworbenen Invalidität wird man nach der Compensation Bill entschädigt.

Im ersten Stockwerk des B-Buildings zahlt man die Löhne aus. Es dauert durchschnittlich eine halbe Stunde, bevor der einzelne seine Tüte erhält. Addiert das zu der mehrstündigen Fahrt von und zum Betrieb und zu der achtstündigen, fast pausenlosen Arbeitszeit!

Die Maschinenanlagen, an denen Besucher vorbeigeführt werden, strotzen vor Reinheit. Es gibt wohl nirgends in der Welt eine blitzblankere Metallwarenfabrik. Daß Fords Kraftwerk, die Glasöfen, die Papiermühle und die Lederfabrik so kristallklar sind, erscheint weniger verwunderlich, denn die Zahl der dort beschäftigten Menschen ist relativ gering. Aber auch die gefegten oder makadamisierten Straßen und die Plätze zwischen den achtschlotigen Werkstätten bilden einen angenehmen Kontrast zum übrigen Detroit, selbst die Sümpfe innerhalb des Werkbezirks haben gepflegte Ufer, und die Lokomotiven der Fordschen Eisenbahn Detroit – Toledo – Ironton sind spiegelglattes Nickel.

Unter den Drehbanken der Motorenwerkstätte liegt kaum ein Häufchen Eisenfeile, und das laufende Band funkelt wie ein Alpenbach.

Hart an hart stehen die Arbeiter, so daß sie unter dem Arm des Nachbars nach dem heranrollenden Bestandteil greifen, knapp vor dem Gesicht des linken Nachbars die Behandlung des Stückes in Angriff nehmen, unmittelbar vor dem Gesicht des rechten Nachbars vollenden müssen.

Buchstäblich haarscharf über den Köpfen, denn ihr Haar wird gestreift, rollt der Conveyor, an dem auf glitzernden Ketten verschiedene Dinge hängen, wie auf einem Christbaum die Gaben.

Jeder hat nach der für ihn bestimmten Gabe zu haschen, sonst fährt sie unweigerlich von dannen, und das gäbe eine schöne Bescherung.

Warum aber ist kein Platz? Sahen wir nicht ungeheure Flächen innerhalb der Anlage, sind die Hallen nicht hoch genug, um das Gleitband mit seinem stählernen Behang in weniger gefährlicher Kopfnähe laufen zu lassen?

Oh! Entfernung ist Zeitverlust.

Und Zeit ist Arbeitslohn. Dies ist der Grund für das Gedränge, der Grund dafür, daß keine Bänke oder Tische fürs Mittagessen da sind, keine Kammern, wo man Kleider wechseln könnte, wenig Aborte und Waschräume, der Grund fürs Rauchverbot.

Nicht eine Sekunde vom Arbeitslohn geht verloren, Tag und Nacht rollt das Band, an das Menschen geflochten sind.

Ein Griff nach der Kette, Auflegen der Schraubenmutter, ein Griff nach der Kette, Einstecken der Schraube, ein Griff nach der Kette, zwei Hammerschläge, ein Griff nach der Kette, Ansetzen des autogenen Bohrers, Funken stieben, ein Griff nach der Kette, Befestigung der Bleilamelle, Paraffinpappe, eine Hülse, ein Bündel Kerzen, eine Kurbelwelle, und immer dazwischen ein Griff nach der Kette, ein Griff nach der Kette, Handbewegung und Ergebnis, Körperhaltung und Einsatz, Mensch und Maschine, immerfort gleich. Die Motoren, fertig, rattern an Probeständen.

»Final Assembly Line«, das letzte der laufenden Bänder, ist kein Bach mehr, sondern ein Strom, 268 Meter lang, mit vielen Nebenflüssen. Aus dem Bottich mit Emaillack taucht die Hinterachse empor und rollt heran, die Räder, schon bereift, münden, Kotfügel schwingen sich über sie, das Chassis kommt, dem Rahmen aufmontiert wird der Motor,

Kühler spannen sich vor, die Lackierer spritzen Farbe auf, die Karosserie mit Ledersitzen und Fensterscheiben und Laternen stülpt sich als Ganzes übers Ganze, nur festzuschrauben ist sie noch.

Jetzt zeigt sich, daß das Fließband das Tempo der Arbeit bestimmt, nicht aber die Arbeit das Tempo des Bandes. Nur wenige Arbeiter bleiben an seinem Ufer stehen, viele fahren mit dem Stück weiter, sitzend auf Wägelchen von kaum dreißig Zentimeter Höhe, wie fußlose Bettler sie verwenden; hier auf dem Boden schleifen die Beine des Arbeiters, der seinem Stück nachjagen muß, um es abzudichten und es abzufeilen, es fahrend behandeln.

Mehr und mehr nähert sich die Summe der Bestandteile dem Begriff Automobil. Und plötzlich schwingt sich ein Mann auf den Chauffeursitz, drückt auf die Hupe, Schrei eines Neugeborenen, und auf dem stark geneigten Band, das läuft, läuft schneller ein lebendes Wesen, reißt sich los von der rollenden Nabelschnur, läuft in eine Halle, die A-A heißt.

Acht Inspektoren befühlen und begucken das Auto. Türklinken werden geprüft, Fensterscheiben, Kühler, Räderwerk. 550 Autos kommen hier täglich zur Welt. Händler und ihre Angestellten, die Autonummer in der Hand, warten, lassen Benzin einpumpen und fahren auf neugeborenen Wagen heimwärts.

In Dearborn, dort, wo es auch Ford »Dearborn« nennen muß, ist ein Flugfeld und seine Flugzeugfabrik. Ein Hangar und zwei andere, die aber Werkstätten sind. Nichts von Conveyor, nichts von Taylorismus, nichts von Fordismus ist hier zu beobachten, der metallene Ford-Tri-Motor, Stout Type, Fassungsraum für vierzehn Passagiere, Preis 65 000 Dollar, wird nach den Methoden jeder Flugzeugfabrik erzeugt.

Trotzdem dient das als Ziel einer Sightseeing, und so sind auch einige Museumsobjekte da, der Aeroplan »Pride of Detroit«, der in 193 Stunden um die Welt flog, der Aeroplan der arktischen Expedition von Captain Byrd, eine Kopie des Doppeldeckers, mit dem Blériot 1909 den Ärmelkanal überquerte ...

Weshalb aber Sightseeing? Die Besucher werden von den Führern eindringlich bewogen, einen Aufstieg über Detroit zu unternehmen, Preis acht Dollar.

Rechts und links vom Eingang zum Fordschen Riesenkomplex ist je eine eiserne Hügelwelle aufgeschichtet, Reste von vierhundert Kriegsschiffen, »Eagle Boats«, vom USA Shipping Board dem Mr. Ford zur Abwrackung übergeben; ein Teil wird zur Erzeugung von Vanadiumstahl für Autos verwendet, der Rest als Autotransportschiffe auf dem River Rouge und dem Detroit River.

Hat man diesen rostroten Damm passiert, ist Fords engerer Hoheitsbezirk zu Ende. Man darf sich im Auto, oder während man auf die Straßenbahn wartet, eine Zigarette anzünden und nach Hause fahren durch den Osten Detroits, der Stadt, die mehr Verbrechen aufweist als Chicago, mehr Morde, Totschläge und Raubüberfälle aufweist als irgendeine andere Stadt des Erdballs. Mister Ford aber ist Nichtraucher.

Menschen im Quecksilber, Quecksilber im Menschen

I.

Hinab rasselt der Förderkorb. Ein Brett oben, ein Brett unten. Dazwischen die Passagiere und ein leerer Hunt. Die

Felsen, die wir durchfahren, werden zu Seitenwänden des Förderkorbes. Plötzlich klafft eine Wölbung im Schacht, rechts und links ahnen wir Korridore.

In diesem Stockwerk hat der Förderkorb (der gleiche wohl) hundert Jahre lang hundertmal am Tag gehalten, alle Passagiere, alle Lasten wurden ein- oder ausgeladen, hundert Jahre lang war hier Endstation. Ein Heer von Sklaven schürfte von morgens bis nachts, von nachts bis morgens, aber eines Tages war die Strecke abgebaut, und der Fahrstuhlschacht wurde tiefer hinabgeführt.

Nach fünfzig Metern springt wieder ein Bogen Schwarz in den Lichtschein unserer Karbidlampe. Der Eingang zu diesem Korridor ist so niedrig, daß ein Mensch ihn nicht aufrecht passieren kann. Hier stieg kein Mensch ein und keiner aus. Wer in diesem Stollen gearbeitet hatte, hob nach getaner Arbeit nicht sich im Fahrstuhl zum Lichte empor, nur das von ihm geförderte Erz. Die Bergleute dieser Region kamen zu Fuß durch einen Tunnel, den sie sich von ihrer Wohnstätte auf der Erdoberfläche schräg in den Felsen hacken mußten, und kehrten nach Feierabend wieder zu Fuß durch ihren Tun nel heim. Mitten in ihr Haus, das das königlich spanische Strafhaus war.

In das königlich spanische Strafhaus von Almaden wurden nur die zu lebenslänglicher Zwangsarbeit Verurteilten eingeliefert. Ihre Lebenslänglichkeit dauerte nicht lange; viele, viele Generationen haben innerhalb des vorigen Jahrhunderts einander abgelöst, die quecksilberne Luft im Bergwerk verkürzte die Haft.

Das alte Zuchthausgebäude steht noch ganz rüstig und massiv inmitten der kleinen Wohnwürfel von Almaden. Man renoviert es jetzt, um Arbeiterwohnungen zu schaffen. Der schräge Felsengang vom Zuchthaus ins Bergwerk wird nicht mehr benutzt.

Vorbei fahren wir am Stockwerk der Sträflinge und an anderen Stollen. Sooft der Förderkorb einen toten Gang passiert, knarrt er, als wolle er sich der Weiterfahrt widersetzen, wieder dort Station machen, wo er Tausende und Abertausende Male gehalten hat, und noch einmal Fühlung nehmen mit der Rampe, deren bewegliche Fortsetzung er so lange gewesen. Jedoch das Förderseil stoppt nicht. Nimmermehr wird jemand hier oben die kilometerlang sich windenden Labyrinthe betreten, ihr Abbau ist längst vollbracht.

Fast fünf Minuten lang tauchen wir hinab zwischen Stein und Stein, zwischen Schiefer und Quarzit. Im zwölften Stockwerk der Grube San Aquino steigen wir aus, hier endet der Förderschacht, wenn auch die Schichten noch weiter nach unten abgeteuft sind.

Wir klimmen eine ungefüge, schwankende Leiter bergab, und wieder eine ungefüge, schwankende Leiter bergab, und wieder eine – beschwerlich solches Klettern mit dem offenen Licht in der Hand, insbesondere für einen, der es nicht gewohnt ist. Dann sind wir in Sohle dreizehn, dreihundertsiebzig Meter unter dem irdischen Licht.

II.

Gekrümmten Rückens tappen wir den Weg. Es heißt aufpassen aufs Hangende, damit der mit einer Art Stahlhelm bedeckte Kopf nicht gegen die Holzstempel stoße.

Aus allen Adern blutet der Berg, Blutgerinnsel bedeckt ihn. Das Blut ist Zinnober, die Tränen aber, die auf den rotwunden Felsen glitzern, sind schieres Quecksilber. An manchen Stellen haben sich Bäche gestaut, eine Lache, silbern, sperrt uns den Pfad, der Tränensee aus dem Märchen.

In der Nähe sind Hauer vor Ort, wir hören Metall auf Stein schlagen, hören dröhnendes Rattern des Bohrhammers. Von der Hauptstrecke aus sind alle vierzig Meter lang Querschläge zu den Erzkörpern getrieben. Am Ende des Querschlages hängen Lichter, schwingen Schatten umher.

Wo das Gestein gebräch ist, genügt die Haue, um es abzuhauen. Andernorts wird geschrämt. Der Mann, der den Bohrhammer bedient, kehrt uns den Rücken zu und schießt in die steinerne Front, daß die Funken stieben; rechts der Auspuff für den Dampf vervollständigt unsere Illusion, in der Schwarmlinie neben einem nach vorne gut gedeckten MG-Stand zu stehen.

Das breite Eisenrohr mit der luftigen Munition – wir sind unterwegs darüber gestolpert – mündet nicht in den Preßluftbohrer, sonst würde es bei der Sprengung zerrissen werden. Fünfzig Schritt vor Ort geht sein Inhalt in einen Schlauch über, den man leicht wegräumen kann, bevor gesprengt wird. In der Pause beim Schichtwechsel nimmt man die Sprengung vor. Ekrasit wird ins Bohrloch geschoben, die Kapsel mit Fulminat hinterher. Fulminat ist $(CNO)_2Hg$, eine Quecksilberverbindung. Quecksilber schießt auf Quecksilber, wie der Mensch auf den Menschen schießt.

III.

Die Menschen hier unten sind fast alle jung. Blasse, hagere Kumpels, wie anderswo auch. Es hieße lügen, verschwiege man, daß in ihrem Mund unversehrt die Zähne blitzen. Es hieße lügen, spräche man nicht aus, daß ihre Hand fest die Haue schwingt, sicher den Bohrhammer bewegt.

Aber es hieße noch mehr lügen, wenn man nicht hinzufügte, was man obertags in den Straßen von Almaden zu sehen bekommt, es hieße noch mehr lügen, wenn man nicht erwähnte, was Geschichte und Statistik aussagen

Almaden, das war mehr als die Goldgrube Iberiens, weit mehr: Es war seine Quecksilbergrube, Lieferantin der Welt.

Roms galante Damen brauchten Vermillon, das Quecksilbersulfid, zur Schminke. Abdurrahman III., Kalif von Cordova, ließ für seine Geliebte im Lustschlößchen Medinat-az-Zahra die berühmte Fontäne aus Mondlicht errichten, das Quecksilber war. Mit Quecksilber vertrieben die Landsknechte ihre Filzläuse, die Offiziere ihre Franzosenkränke. Der Goldmacher primäres Elixier war Quecksilber, das Metall ist und Flüssigkeit zugleich und überhaupt zur Zauberei reizt.

Nicht nur die Quacksalber verordneten Quecksilber gegen alle inneren Störungen, die studiertesten Medici taten desgleichen. Es schien logisch, daß ein Kügelchen Arznei, vorne-oben eingenommen und ohne Formveränderung, ohne Quantitätsverlust hinten-unten von sich gegeben, alle Stoffe wegstoße, die sich unbefugt auf diesem Weg befinden.

Zum Messen von Temperaturen ist jede Flüssigkeit geeignet, aber von der mit dem größten spezifischen Gewicht reicht das kleinste Quantum aus. Deshalb trug jahrhundertelang jede Thermometerröhre Quecksilber im Leibe, ebenso Barometer und Manometer und Rektifikator.

Hasenfelle beizt man von alters her mit Quecksilbernitraten, ehe sie zu Filzhüten geformt werden. Viele Farben, vornehmlich der submarine Schiffsanstrich, taugen nichts, wenn sie nicht Quecksilber enthalten.

Und alles kam aus jener iberischen Grube, die keinen Namen hatte, einfach die Grube (arabisch: »al maden«) war. Nur im österreichischen Idria und im italienischen Montamietta gab es eine Konkurrenz; die Vorkommen dort konnten sich jedoch an Ergiebigkeit mit dem spanischen niemals messen. Der Erzzug von Almaden erreicht eine Mächtigkeit von acht bis vierzehn Metern bei einem durchschnittlichen Erzgehalt von dreizehn Prozent, wogegen in jenen Auslandsgruben der Erzgehalt kaum 0,8 Prozent ausmacht.

In Montamietta und Idria werden die Arbeiter, die obertags beim Destillationsprozeß die Quecksilberdämpfe einatmen, nach einiger Zeit zur Grubenarbeit kommandiert, damit sie sich unten erholen. Das Umgekehrte geschieht in Almaden, denn der Gifthauch der unterirdischen Felsen ist hier stärker als der des kondensierten Quecksilbers. Almaden: reichste Quecksilbergrube in der Erde der Erde.

Die christlichen Könige aus den Häusern Aragonien, Kastilien, Habsburg und Bourbon, mit Galeerensklaven, also unentgeltlichen Bergleuten, weniger gesegnet als ihre phönizischen, griechischen, römischen, westgotischen und arabischen Vorgänger und verschuldet bis dorthinaus, konnten ihre Gläubiger nur mit Quecksilber bezahlen, mit dem noch nicht geförderten Quecksilber. Zunächst ward Almaden als Lehen den Tempelrittern gegeben, die dem Hof bei seinen Kriegen halfen. Später, gerade als Quecksilber für die spanischen Kolonien zur Ausbeutung der neuentdeckten Silbergruben unentbehrlich geworden war, erhielt die Familie Fugger zu Augsburg für eine Karl V. gewährte Anleihe die Grube zum Pfand.

Was Spanien für Südamerika brauchte, kaufte Spanien anderthalb Jahrhunderte lang von den Fuggers, die es dem spanischen Boden durch spanische Leibeigene entreißen ließen. Endlich war der Vertrag abgelaufen, und Spanien versuchte, die Grube in eigener Regie zu führen, wobei Mörder und Staatsverbrecher als unentgeltliche Arbeitskräfte helfen sollten. Jedoch 1870 mußte dem englischen Haus Rothschild für die dem Staat geborgte Summe von 42 Millionen Pesetas eine Hypothek auf Almaden und eine jährliche Abzahlung von 32 000 Haschen Quecksilber gewährt werden.

Um eine solche Produktion herauszuholen, reiste Direktor José de Monasterio nach Mitteleuropa, studierte die modernsten Bergwerkseinrichtungen, kaufte eine Wattsche Dampfmaschine und andere Apparate. Das Pensum wurde erfüllt, mit dem Nebenergebnis, daß die Belegschaft von den Giftgasen geradezu niedergemäht wurde.

Vor der Ofenanlage rotteten sich die Arbeiter zusammen und protestierten gegen den Massenmord. Direktor Monasterio stellte sich ihnen mit seinem Ingenieur Sebastian Buceta entgegen, und beide wurden getötet. Das war um 1870, während der ersten spanischen Republik. Das absolute Königtum hätte nicht härter Rache nehmen können: an zehn Galgen ließ die Republik zehn Arbeiter von Almaden baumeln.

Nicht bekannt sind die Namen der Gehängten, nicht bekannt das genaue Datum. Über die Revolte von Almaden steht kein Wort in der Geschichte von Almaden, kein Bild und kein Andenken im Betriebsmuseum. Weder in der spanischen Enzyklopädie noch in den Monographien über soziale Bewegungen findet sich etwas über diesen Aufstand. Und doch war er ein einzigartiger Maschinensturm. Er richtete sich nicht gegen die Maschine als Verdrängerin vom Arbeitsplatz, er richtete sich gegen ihre Massenfabrikation von Giftmord. Diesem Maschinensturm fielen nicht die Maschinen zum Opfer, sondern zwei Männer, die sie eingeführt hatten, und zehn von denen, die sich dagegen gewehrt.

Die Arbeiter Almadens wissen von dieser Begebenheit ebensowenig wie die Bücher. Es lebt kein Zeitgenosse mehr des Tumults und der Hinrichtungen, vielleicht auch keiner mehr von den Söhnen der Zeitgenossen.

Man erreicht kein hohes Alter in Almaden.

IV.

Auf einen Greis deutend, der abends auf der Calle de Canalejas bettelte, sagte mein Begleiter: »Das ist der Bruder eines Jugendgenossen.«

Ich verstand nicht gleich. »Du meinst wohl, der Großvater?«

»Aber nein. Er ist erst dreißig Jahre alt.«

Ich sah ihn an, den Greis, der dreißig Jahre alt ist. Ohne Zähne, ohne Farbe im Gesicht stand er da und streckte seine Hände dem abendlichen Korso auf der Calle de Canalejas entgegen. Wahrlich mitleidheischende und mitleiderregende Hände! Sie schwangen in rasendem Tempo hin und her, als gehörten sie nicht zu dem Körper, der müde, wie tot, an einer Wand lehnte.

Solchen Schüttlern und Zitterern – nicht Opfer des Krieges, sondern Opfer des Quecksilbers – begegnet man in der Zeile zwischen den ebenerdigen kahlen Häuschen von Almaden auf Schritt und Tritt. Zahnlose, anämische Greise, auch sie vielleicht nur dreißig Jahre alt.

In Bretterkisten, die mit Rädchen versehen sind, werden einjährige oder fünfjährige Kinder – wer vermag hier das Alter abzuschätzen – von älteren Geschwistern spazierengeschoben. Welch eingefallene, unkindliche, hoffnungslose Gesichterchen!

Ich würde mich nicht wundern, wenn mein Begleiter mir sagte, diese Kleinen hätten schon Jahre der Grube hinter sich. Aber sie haben sie erst vor sich.

V.

Vor den Kumpels, die wir im matten Flämmchen unserer Grubenlampe den Zinnoberstein behauen oder bebohren sehen, haben in anderen Epochen die Schicht gemacht:

Galeerensträflinge der Phönizier; Sklaven der Griechen; von den Arabern gefangene Giaurs, Ketten und Kugeln klirrten an ihren Füßen; Leibeigene, mit Peitschen angetrieben. Die nachfolgende Schicht hatte nur einen Ausgang aus dem Schacht: den Eingang ins Zuchthaus, nur einen Ausgang aus dem Zuchthaus: den Eingang in den Schacht.

Sklavenarbeit und Sträflingsarbeit wurden schließlich aufgehoben, und Lohnarbeit trat an ihre Stelle; Spanier einer spanischen Republik fuhren ein, von denen man eines Tages zehn an den Galgen knüpfte, um die anderen einzuschüchtern. Noch vor einigen Jahren war die Belegschaft von Almaden vom Militärdienst entbunden. Ohne dieses Privileg hätten hier nur wenige Arbeit gesucht, hätte man den Betrieb unmöglich vor Abwanderung schützen können. Heute ist das Gesetz aufgehoben. »Die allgemeine Wehrpflicht der Republik Spanien duldet keine Ausnahme.« Vor allem, wenn Arbeitslosigkeit herrscht. Dann nimmt jeder jede Arbeit an. Auch die im Quecksilberbergwerk.

Almaden ist von der Krise nicht verschont geblieben. Langsam schlich sie durch die Jahrhunderte heran. Wo sind sie hin, die Kurtisanen Roms, die nur des Mercuriums und der Purpurschnecken bedurften, um Lippen und Wangen verführerisch zu röten? Wo sind sie hin, die verliebten Kalifen, die das Herz ihrer Favoritin mit sprudelndem Mondschein erfreuten? Wo sind sie hin, die schlichten Scharlatane, die mit Quecksilberkügelchen gleichermaßen der Hartleibigkeit wie dem Zipperlein und den fraulichen Störungen zu Leibe rückten? Wo sind sie hin, die Hofalchimisten, die mit trockenem Wasser, dem »Diana-Regen«, und anderen Quecksilbergaukeleien den gläubigerbedrängten Monarchen Hoffnungen einflößten?

Verschwunden, verschwunden all das und anderes auch. Das Salvarsan verdrängte die Schmierkur. Es gibt Barometer und Thermometer ohne Quecksilber, Spiegel mit Zinnbelag. Die Republiken Mittel- und Südamerikas, die bis in die letzte Zeit das Quecksilber zur Ausbeutung ihrer Gold- und Silberminen aus dem einstigen Mutterland bezogen, sind zur Autarkie übergegangen und schroten ihre geringprozentigen Zinnobervorkommen selbständig aus.

Was als Antiseptika und für Zahnplomben, was in der Mechanik für Rotationspumpen und für automatische Stromausschaltungen an Quecksilber gebraucht wird, fällt im Weltkonsum nicht ins Gewicht. Der Plan, in den Superzentralen, insbesondere auf Schiffen, statt Wassers Quecksilber verdampfen zu lassen und wieder zu kondensieren, weil Quecksilber weniger Raum einnimmt, hat sich bisher nicht durchgesetzt.

Dennoch ist Almaden keineswegs pleite. Es besteht Bedarf an Quecksilber bei einer Industrie, die keine Pleite kennt, bei einer Industrie, die als Bezieher alle anderen Industrien reichlich aufwiegt. Erraten, die Kriegsindustrie! Jener Quecksilberverbindung, mit der wir den Quecksilberfelsen hier sprengen sehen, des Fulminats, bedürfen die Kapseln der Gewehrpatronen, der Artilleriegeschosse, der Dynamitpatronen, und das ist viel.

Die Almadener Statistik reicht bis zum Jahr 1419 zurück. Wieviel von diesem mittelalterlichen Jahr an bis 1925 jährlich gefördert wurde, ist auf einer graphischen Tabelle im Direktionsgebäude klar ersichtlich. In diesem halben Jahrtausend wurden 5 527 899 Flaschen (nur eine Flasche fehlt seltsamerweise zur runden Zahl) zu vierunddreißigeinhalb Kilogramm produziert, was einer Förderung von 2 847 163 Tonnen Zinnober entspricht. Jene 32 000 Flaschen, die in den siebziger Jahren an Rothschild als Jahrestribut abgeliefert werden mußten und zur Aufstellung von neuen Maschinen und zehn Galgen Anlaß gaben, bildeten den Rekord, niemals war bisher mehr erzielt worden. Erst im Jahre 1928 wurde dieser Rekord gebrochen, mehr als die doppelte Leistung vollbracht: 70 000 Flaschen.

Das ist auch wieder vorbei, soviel beträgt heute der Weltbedarf, von dem Almaden die Hälfte deckt. Produktionsrückgang um fünfzig Prozent nach erfolgter Modernisierung der Maschinen und Rationalisierung des Betriebes bedeutet Massenentlassungen.

Natürlich wird nicht nur die Anzahl der Arbeiter davongejagt, um die man die Belegschaft verringern will, sondern man entläßt alle jene, die nicht mehr die Jüngsten und Gesündesten sind, und nimmt an deren Stelle Junge und Gesunde auf, neue Kräfte.

Auswahl ist da, weit mehr als die 2 500 Mann, die das Werk braucht, hundertmal 2 500, tausendmal 2 500, fast zehntausendmal 2 500 Mann. Es gibt Millionen von Arbeitslosen in der Welt, und sie sind allesamt einschränkungslos bereit, sich zu jedem Lohn und unter jeder Bedingung an jeden Arbeitsplatz zu stellen. Verzweiflung bemächtigt sich der Entlassenen und der vergeblich Arbeitssuchenden.

War man ursprünglich mit Fesseln an die verderbenspeienden Höhlen geschmiedet, war man später dadurch hier festgehalten, daß zwischen Kerkerwand und Giftwand nur ein Weg, aber kein Ausweg blieb, hatte man sich hernach nur deshalb ins Quecksilber verdingt, um sein Leben nicht auf Kriegszügen in Südamerika oder Nordafrika zu beenden, entschloß man sich schließlich zur Arbeit in Almaden, weil es keine andere Erwerbsmöglichkeit gab (Tod durch Hunger ereilt die ganze Familie, während das Gift der Mine nur einen umbringt) – im zwanzigsten Jahrhundert hat der Wahnsinn der Wirtschaft den Gipfel erklommen, man wird gewaltsam von den Plätzen der Kettensträflinge verjagt, sehnsüchtig streben Massen in die Korridore des Todeshauchs, und vergeblich.

Wer hätte je eine solche Vision auszudenken vermocht: eine Inquisitionskammer, in der die Gefolterten vor Angst zittern, man könnte ihre Daumenschrauben lösen, sie von der eisernen Jungfrau trennen, vom Streckbett vertreiben. Eine unabsehbare Menschenmenge drängt heran, schaut neidisch auf die, die gerädert und gestochen und gepfählt werden, und fleht, auch vorgenommen zu werden.

»Da könnte jeder kommen«, schreien die Folterknechte den Bewerbern zu, »schert euch zur Hölle!«

Zur Hölle? Dort ist sicherlich längst die alte Aufforderung beseitigt worden, beim Eintritt alle Hoffnung fahrenzulassen. Dort steht heute sicherlich nur die Aufschrift:

WEGEN ÜBERFÜLLUNG GESCHLOSSEN.

VI.

Die Kumpels im Stollen sind zumeist Neueingestellte. Sie sehen nicht aus, als wären sie einst als Kinder in den Bretterkisten durch die Gassen von Almaden gefahren worden. Wohl aber werden sie bald so aussehen wie die vermeintlichen Greise, die dem abendlichen Korso auf der Calle de Canalejas die flatternden Hände entgegenstrecken.

Von der jeweiligen Belegschaft leiden 36,2 Prozent an chronischen Krankheiten, darunter 29,9 Prozent an Merkurialismus (Hydrargyrasis). Festgestellt ist, daß Dämpfe durch die Schleimhäute und den Atmungsapparat sowie durch Wunden in den Körper eindringen; möglicherweise erfolgt die Infektion auch durch die Verdauungsorgane.

Die Folgen sind: Ausfall der Zähne, Blutarmut, Herzschwäche, vorzeitiges Altern, Zerstörung des Nervensystems (die Gliedmaßen beginnen konvulsivisch zu zucken, wenn sie zu einer Bewegung eingesetzt werden), Entzündungen im Mund mit Speichelfluß, Diphtherie des Dickdarms.

Statistiken liegen vor. 535 aktive Arbeiter, über dreißig Jahre alt, mehrere Jahre in der Grube tätig, wurden ärztlich untersucht. Von ihnen wurden nur 251 als gesund befunden, und zwar sieht ihre Gesundheit so aus: 75 vollkommen gesund, 69 von Hydrargyrasis geheilt, ohne daß Spuren zurückgeblieben sind, 107 mit zurückgebliebenen Spuren.

Nicht weniger als 284 der Untersuchten zeigten Vergiftungserscheinungen, davon 16 solche leichterer Art (auffallende Blässe, Zahnausfall, Körperschwäche, Herzfehler und verfrühtes Altern), die übrigen 268 schwere Hydrargyrasis mit Zittern, Entzündungen und inneren Krankheiten.

Eine Statistik, entsetzlich genug. Aber im Laufe der Jahre, da die Untersuchten im Quecksilber arbeiteten, haben viele andere an ihrer Seite gehackt, mancher eine kurze, mancher eine lange Zeit. Die konnten nicht mit untersucht werden. Sie fahren nicht mehr in die Grube.

VII.

Die Erzblöcke, die losgehauenen, werden emporgehoben zum Sonnenlicht. Dort oben die Förderrampe, auf der der Bergmann nach Feierabend aussteigt, ist für das Erz nur eine Umsteigestation, es fährt weiter auf einer Schwebebahn in den metallurgischen Distrikt des Werkes, den Cerco de Buitrones.

Will man das Material begleiten, um keine seiner Etappen aus dem Auge zu verlieren, so muß man diese Marotte mit Unbequemlichkeiten bezahlen. Schlecht sitzt es sich in einem hängenden Hunt.

Eben noch hat man rotwunde, tränenglitzernde, dunkle und lärmende Labyrinthe des Erdinnern durchirrt, jetzt schwebt man dahin zwischen Himmel und Wiesen. Graugrüne Berge mit zinnenartig gezacktem Kamm (die Sierra Morena) spannen sich als Rahmen um die Ebene. Ein karges, aber friedliches Land, Schafe grasen.

Tief darunter kauert das Quecksilber, älter als das Menschengeschlecht, und wehrt sich wie ein Drache mit gifttragendem Fauchen gegen den Eindringling. Beide siegen, beide unterliegen. Mit mir fahren Stücke des erzenen Drachenleibes, blutende, weinende Stücke, unter mir siechen Menschen an seinem Gift dahin.

Die Luftbahn führt über ein Renaissancetor hinweg, den Eingang zum Destillationswerk, über den Mittelbogen ist das spanische Wappen gemeißelt, umhängt von der Kette des Goldenen Vlieses.

Halt! Taumelnd bleiben die Wägelchen stehen, das meine knapp über dem Gipfel eines Abraumhügels. Die Waggonets kippen, das Erzgestein fällt in den Hof, der Passagier klimmt zu Fuß den Hang der Halde hinab.

Arbeiter ordnen die Zinnoberblöcke nach der Ergiebigkeit und laden sie dem Kran auf, der sie zu Haufen schlichtet. Als arm gelten Stücke mit etwa zwei Prozent, die reichen sind oft fünfunddreißig Prozent reich. Einer der Hügel besteht aus zerstückeltem Häuserrest, Ziegeln, alten Bausteinen, Mörtel – Trümmer demolierter Kondensationskammern, sie haben im Laufe ihrer Arbeit viele Atome von Quecksilber in ihre Mauerwände gesogen und müssen jetzt wieder alles hergeben. Quecksilber ist ein kostbarer Stoff, vielleicht wird es auch einmal zur Ausbeutung des Menschenfriedhofs kommen, wenn's der Konsum verlangt ...

Einen Schachtofen aus Spaniens Araberzeit, einen »Bustamento«, hat man hier belassen, und »Xabecas«, bauchige Destillationsgefäße aus Ton, zu langen Strängen verbunden und in Rinnen nebeneinanderliegend. Diese antiken Produktionsmittel verstärken die monumentale Wirkung der modernen.

Acht Schütttröstöfen stehen wie eine Serie von Ozeanriesen da. Alle vom gleichen Typ (System Czermak-Spierck), doch trägt jeder einen anderen Namen am Bug, den Namen eines verstorbenen Verwaltungsrates oder Direktors. Jeder Ofen nimmt andersprozentige Blöcke auf, und seine Endprodukte gehen in ein nur ihm zugehöriges Becken des Quecksilbermagazins über.

Auf einem achtzig Meter langen Laufband nahen Gestein und Kohle, in der fünfhundertfünfziggrädigen Glut des Kessels schmilzt der Zinnober, vergast das Quecksilber und entweicht – glaubt zu entweichen.

Felsengrau und Felsenhoch stehen die Wellen der Röhrenanlage in der Landschaft. Senkrecht steigt in ihnen das Quecksilber hoch, das so lange gebunden war und sich nun freut, ein luftiges Aggregat zu sein; dann läßt es sich längs der nächsten Felsenwand hinab, steigt wieder hinauf, wieder hinab. Kälter wird es ringsumher, immer schwerer wird dem flüchtigen Element zumut, es verliert sein Schweben und Schwingen, um schließlich – just zweihundert Meter hat es innerhalb der Kondensationsröhre durchmessen – müde in ein Becken zu rinnen.

Jawohl, zu rinnen. Es ist das geworden, was es ist: eine Flüssigkeit. Die schwerste aller Flüssigkeiten. Der Aufseher am Ufer des perlmuttnen Sees will das dem Besucher beweisen. Er legt ein eisernes Gewicht auf die Oberfläche des Quecksilbers, ein Stück von fünf Kilogramm. Dann schaut er dich stolz an; siehe, das Gewicht schwimmt wie Papier.

Er schöpft von dem Naß in ein weißes trockenes Tuch, er schwenkt das rundgefüllte Tuch über dem Bassin, glitzernde Strahlen wachsen augenblicklich im Kreis, eine Monstranz entsteht und vergeht, denn allzubald hat der

Diana-Regen zu Ende geregnet, das trockene Tuch ist trokken geblieben.

Um meine Hand ins Becken zu tauchen, muß ich stark drücken, es ist, als wäre ein Wasserspiegel auf eine Sprungfeder montiert, ich schiebe auch den Arm hinein mitsamt dem Rockärmel, alles bleibt trocken. Ob meine Manschettenknöpfe aus Gold seien, fragt der Arbeiter besorgt. Wären sie aus Gold oder auch nur vergoldet, so hätten sie sich aufgelöst.

»Sie können auch das Gesicht eintauchen«, fordert er mich auf.

Ist das nicht schädlich?

Er lächelt, wie man im Schützengraben über die Fragen und das Verhalten von Neulingen zu lächeln pflegte.

»Ach nein, einmal eintauchen ist nicht gefährlich.«

VIII.

Casa Grande, das große Haus, nennt man in Almaden das Direktionsgebäude, denn im Vergleich zu den Arbeiterhäusern, die es umgeben, ist es ja wirklich ein Wolkenkratzer. In der Casa Grande amtiert der Direktor. Señor Madariaga ist von Amts wegen auch Leiter der zum Werk gehörenden Bergwerksschule, privaterweise Präsident der Internationalen Psychotechnischen Vereinigung.

Wir sprechen über das Bergwerk. Mir ist da unten einiges aufgefallen, die primitiven Grubenlampen mit offenem Licht, keine Schutzvorrichtungen, kein Ausbau im Förderschacht.

»Oh, das reicht alles aus«, sagt der Direktor, »wir hatten seit hundert Jahren keine Katastrophe, schlagende Wetter gibt es nicht im Zinnobererz, ernsthafte Unfälle sind sehr selten. Wenn nur die Quecksilberdämpfe nicht wären!«

Der Ventilator im Stollen war auf 600 Kubikmeter eingestellt, ist das nicht zuwenig Wetterzufuhr?

»Der Ventilator kann per Minute 1 250 Kubikmeter leisten, aber es ist nicht gut, ihn auf voll einzustellen, das entwickelt noch mehr Quecksilbergas.«

Was also läßt sich gegen das Gift tun?

»Es gibt kein Mittel. Die Einwirkung auf den Arbeiter kann man nur dadurch herabmindern, daß man die Arbeitszeit des einzelnen beschränkt. Die Bergarbeiter machen alle drei Tage eine sechsstündige Schicht, sind nur achtmal im Monat unter Tag. Zwei Monate im Jahr sind sie mit Feldarbeit beschäftigt, ein Gut von 10 000 Hektar gehört zum Werk. Die Belegschaft der Destillation ist in sieben Schichten geteilt, wer heute in der ersten Schicht steht, arbeitet morgen in der vorletzten. Es wird Tag und Nacht gearbeitet, viermal zu sechs Stunden.«

Bekommt die Belegschaft Milch während der Arbeitszeit?

Der Direktor schaut mich von der Seite an. »Sie meinen, wie in Rußland?«

Ja. Ich war im vorigen Jahr in der Sowjetunion, dort bekommen die Arbeiter der chemischen Betriebe alle zwei Stunden ein Glas Milch. Das soll das beste Gegengift sein.

»Der spanische Arbeiter ließe sich das nicht vorschreiben.«

Und Gasmasken?

»Ein Spanier würde nicht mit der Gasmaske arbeiten. Außerdem dringt ja, wie Sie wissen, der Giftdampf nicht nur durch die Atmungsorgane in den Körper ein. Da müßten die Arbeiter auch noch Handschuhe haben und hermetische Kleider. Das mag vielleicht in Rußland durchführbar sein, in Spanien sind die Leute zu individualistisch.«

Nun, so gehen wir denn in Freundschaft auseinander.

Im Patio, dem schönen Hof der Casa Grande, hängen Arbeitsschutzplakate, wie überall in Fabriken. Abschrekkende Bilder mit den Texten: »Es ist ungesund, während der Arbeit zu rauchen.« – »Hütet euch vor dem Alkohol.« – Und so.

Der Bergmann von Almaden muß in der Höhle jener unsichtbaren, unterirdischen, verschlungenen Viper arbeiten, die mit unbemerktem Biß seine Knochen und Adern und Muskeln vergiftet. Überall lauert sie, doch Plakate, wohlmeinend, fürsorglich, warnen den Bedrohten vor anderen Gefahren. Wie, du rauchst? Wie, du trinkst?

Kinder als Textilarbeiter

I.

»Eine genügt«, sagt der Arzt.

Wir haben um die Erlaubnis gebeten, einige Krankheitsgeschichten abschreiben zu dürfen.

»Wozu einige? Die Fälle sind im Grunde alle gleich.« Er deutet ringsumher auf die Betten in der Schanghaier Tuberkuloseklinik. Aus unentwickelten Kinderkörpern dringt roter Husten.

»Alle sind Fabrikarbeiterinnen, sie haben die gleiche Anamnese und den gleichen Befund. Wozu brauchen Sie einige Krankheitsgeschichten? Eine genügt.«

Sie genügt wirklich:

Tsai-Bi, Mädchen, achtzehn Jahre alt, aus der Provinz Tschekiang stammend, kam vor sieben Jahren mit ihren Eltern nach Schanghai. Arbeitet in Textilfabriken seit ihrem elften Lebensjahr. Erste Menses vor zehn Monaten (im Alter von siebzehn Jahren), die nächste drei Monate später, beide Male geringe Mengen hellen, dünnen Blutes. Später hat sich die Periode nicht wiederholt. In der Fabrik arbeitet die Patientin dreizehn Stunden täglich, abwechselnd einmal

Nachtschicht, einmal Tagschicht, außer einer Urlaubswoche im Winter. Vater starb vor fünf Jahren an schleimig-blutigem Durchfall (wahrscheinlich Dysenterie). Mutter lebt und war bisher gesund, leidet in letzter Zeit aber an Husten mit Auswurf. Auch eine Schwester leidet an Husten. Keine sicher festgestellte Tuberkulose in der Familie.

Patientin klagt derzeit über starken Husten mit grünlichem Auswurf seit mehr als einem Monat. Die Erkrankung begann mit Schüttelfrost, Fieber und Schwindelanfällen. Hatte schon etwa zwei Monate vorher leichten Husten, seit Beginn der Erkrankung starke Vermehrung des Auswurfs, der in der letzten Zeit übelriechend ist. Patientin klagt weiter über allgemeines Schwächegefühl und starke Nachtschweiße. Patientin hat bis zu ihrer Einlieferung trotz der obigen Beschwerden gearbeitet, obwohl der Husten sie wesentlich behinderte.

An früheren Erkrankungen gibt Patientin eine Attacke von Dysenterie vor drei Jahren an, ferner vor einem Jahr Schwellung der Halsdrüsen.

Aus dem Status praesens.: Unterernährte und unterentwickelte Patientin. Scham- und Achselhaare fehlen. Die Brüste entsprechen in ihrer Entwicklung denen eines dreizehnjährigen Mädchens. Uhrglasnägel. Leichte Cyanose des Gesichts und der abhängigen Teile.

Diagnose (auf Grund der physikalischen und der Röntgenuntersuchung): Pubertätsphthisis der rechten Lunge mit mittelgroßem Cavum des Oberlappens.

»Gibt es Hilfe?« fragen wir den Arzt.

»In China? Nein.«

II.

Chinas Industrie ist eigentlich den Kinderschuhen bereits entwachsen, ihre Arbeiterschaft noch nicht. Physisch nicht: sie besteht zu vierzig Prozent aus Kindern, die, wie wir aus dem Krankenbefund ersehen, aus dem Kindesalter auch dann nicht herauskommen, wenn sie aus dem Kindesalter bereits heraus sind.

Schreiten wir die Spinnereisäle einer großen Fabrik ab. Kleine Mädchen hantieren an den Spinnmaschinen, an den Verzwirnungsmaschinen, an den Vorspinnspindeln. Keines der Kinder sieht älter aus als sechs Jahre. Aber wir wissen von der Klinik her, daß der Schein täuscht. Dort sahen die Zwanzigjährigen wie Dreizehnjährige aus, also sind die, die hier in Gestalt von kaum Sechsjährigen an den Maschinen arbeiten, allenfalls schon elf oder dreizehn Jahre alt.

Sie können mit ihren Händchen jeden Faden manipulieren, der es nötig hat, sie können leere Spindeln aufstecken und volle Spindeln abnehmen, ohne sich auf die Fußspitzen oder gar auf einen Schemel stellen zu müssen – die Apparatur ist ihrer Größe angemessen.

Es sind Maschinen aus England. Dieses Triumphes der Technik rühmt man sich wenig, wir haben über Kinder-Spinnmaschinen noch nie etwas gelesen, auf den kleinen Maschinen prangt auch nicht die Plakette der Herstellungsfirma, während auf jeder großen eindringlich der Name »Asa Lees, Oldham« oder der einer andern englischen Fabrik steht.

»Wurden diese Miniaturmaschinen eigens für China erfunden?« forschen wir bei nächster Gelegenheit einen englischen Fabrikvertreter aus.

Er beeilt sich, uns zu versichern, daß das nicht der Fall sei. »Im Gegenteil, die Child-Size-Machinery war jahrzehntelang im ganzen Textilgebiet von Lancashire in Gebrauch. Als man die Kinderarbeit in Großbritannien verbot, wurden die Maschinen nach Amerika geliefert, nach New England und in die Negerstaaten des Südens. Erst jetzt gehen sie in die Kolonien und nach China.«

Wir bitten höflich um Entschuldigung, England ungerechterweise verdächtigt zu haben.

III.

Zweihundert Meter lang sind die Spinnereisäle. Die vielen Maschinen werden durchweg von Mädchen bedient.

Knaben sind nur für die Reinigungsarbeiten da. In Schwaden wirbeln Faserflug und Staub ununterbrochen empor, und ununterbrochen muß gefegt werden. Jeder Junge schiebt zwei Besen auf dem Boden gegeneinander, was solcherart zusammengekehrt ist, lädt ein anderer Junge auf seinen Bauchladen und trägt es davon. Dreimal so lang wie die Auskehrknaben ist die Besenstange, mit der sie ins Vertikale wirken: hoch oben auf dem Deckel des Transmissionsrades und auf den Treibriemen setzt sich Faserwerk an, das heruntergefegt wird, um neuem Anflug Platz machen zu können.

Männer arbeiten in den Verpackungsräumen und in der Elektrizitätswerkstätte. Auch im Fabrikkontor kriegt man keine Frau zu sehen, nicht einmal in den englischen Fabriken Schanghais; die Korrespondenz mit dem Stammland wird im Stadtbüro, in der City besorgt, fern von den Chinesen.

Zu dem männlichen Personal gehört die uniformierte und bis an die Zähne bewaffnete Wache am Fabrikeingang; ihre Alarmvorrichtung in den Schilderhäuschen ist wohl die modernste Apparatur der Fabrikanlage.

Die Belegschaft der Websäle: Frauen. Alte, jüngere, schwangere. Zwar gibt es auch in der Weberei Kinder, die aber arbeiten nicht. Sie sind nur Säuglinge und liegen in Körben unter der Zettelmaschine oder dem Webstuhl; wenn sie der Mutterbrust bedürfen, werden sie hervorgeholt.

Entschieden ist der Aufenthalt in Fabrikräumen den Säuglingen nicht zuträglich. Aus diesem Grunde ward ein Verbot erlassen, sie mitzunehmen. Vielleicht aber waren für das Verbot die Vermutungen maßgebend, daß Säuglinge erstens nicht arbeiten und zweitens die Mütter bei der Arbeit stören.

Vermutung Nummer zwei hat sich als unbegründet erwiesen, Fabriksäuglinge stellen keine Betriebsstörung dar. Im Gegenteil, die junge Mutter bedient den Scherbaum und das Weberschiffchen mit doppelter Achtsamkeit, weil eine Maßregelung oder gar Entlassung nicht nur sie, sondern auch ihr Kind dem Hungertod preisgeben würde.

So braucht kein Fabrikherr auf die Einhaltung des Aufenthaltsverbotes für Säuglinge zu achten. Mit dieser Benevolenz kommt er sich nun besonders human vor, ebenso wie er die Einstellung von Kinderarbeitern als Wohltat an den Proletarierfamilien auffaßt, die sonst nicht genug zum Leben hätten.

IV.

Vierzig Prozent der Textilarbeiter von Schanghai und Wuhan sind kleine Mädchen, vierzig Prozent Frauen und nur zwanzig Prozent Männer. Geschäftstüchtig, wie sie ist, hat sich die Industrie eines religiösen Vorurteils zu bemächtigen gewußt. Einen Sohn zu haben ist in China der Sinn des Lebens und auch der des Todes, denn was hätte das Sterben für einen Sinn, verbliebe nicht ein männlicher Leibeserbe auf Erden, auf daß er das Ahnenopfer darbringe?

Die Tochter dagegen, sie ist nichts. In Hungergebieten wirft man die Neugeborene den Hunden zum Fraß vor. Kann man ein Mädchen als Sklavin verkaufen, so war es doch zu etwas wert. Der Sklavenhandel blüht. Am lebhaftesten in Hongkong, der britischen Kronkolonie, und wann immer der Kolonialminister wegen des Handels mit »Mui-Tsai« interpelliert wird, so antwortet er dem Unterhaus, die kleinen Sklavinnen würden ausschließlich gekauft, um in den Haushalten zu dienen.

Offener Kinderkauf zu Prostitutionszwecken ist überall im Schwange. Auf den Strichstraßen der großen Städte tauchen mit dem abendlichen Lampenlicht seltsame Gruppen auf: eine Matrone mit blauen Hosen und neben ihr, der Größe nach aufgestellt, in hellblauen Atlaskitteln ihre Sklavinnen, große und kleine. Dieweil die Besitzerin jeden Passanten anspricht und lobpreisend auf ihre Ware hinweist, steht diese teilnahmslos da. Am linken Flügel sind die Kinder postiert; auch sie lassen sich, ohne eine Miene zu verziehen, von den Mietwilligen prüfen, und wird eines von ihnen ausgewählt, dann trippelt die Kleine ernst ihrem Gast voran über Hinterhöfe und Hintertreppen in die Liebeslaube.

Eine Kategorie von Mädchenkäufern arbeitet für die Industrie. Sie erstehen eine Partie Kinder, geben ihnen einen Raum zum Schlafen und eine Schale Reis auf den Weg in die Fabrik. Vor Beginn der Arbeitszeit fährt ein Kuli vor und bringt zwölf Kinder, sechs rechts und sechs links, auf seinem Wheel-Barrow, dem einrädrigen Karren, in eine Spinnerei von Jangtsepoo. Der Lohn der Kinder gehört ihren Besitzern.

Fast niemals verkaufen die Großstadtkulis ihre kleinen Töchter, weil diese mitverdienen müssen. Bei voller Beschäftigung in der Fabrik, am Hafen oder vor der Rikscha erzielt der Kuli 10 bis 16 Silberdollar monatlich, während nach kommissionellen Erhebungen (Shangh. Labour Comm.) das Existenzminimum eines Ehepaars 18, das einer Familie mit drei Kindern 21,30 Silberdollar beträgt. Also muß nicht nur die Frau, sondern müssen auch die Kinder mitarbeiten, daß wenigstens dieser Elendsstandard erreicht werde.

Der niedrige Lohn der Erwachsenen ist Ursache und Wirkung der Kinderarbeit zugleich.

V.

1919 besaßen in China die chinesischen Fabrikanten 889 000 und die japanischen 333 000 Spindeln, heute drehen sich in Schanghai und Wuhan 2 499 000 chinesische, 1 821 000 japanische und 178 000 englische Spindeln.

Der antijapanische Boykott richtet sich vielfach gegen Waren, die aus chinesischer Baumwolle auf chinesischem Boden von chinesischen Arbeitskräften gesponnen und gewebt worden sind. Nur die Aktionäre und die Dividenden sind japanisch.

VI.

Viereinhalb Millionen Spindeln. Kinder schleppen die leeren herbei und die vollen davon und passen unausgesetzt auf, daß der Faden sich nicht verheddere oder gar breche, in welchem Fall sie ihn mit ihren Fingerchen zurechtzwirnen. Die englische Kinderspinnmaschine, brav, brav, erleichtert ihnen die Arbeit.

Stolz tragen einige Mädchen gelbe Schärpen, das Abzeichen der Diensthabenden. Kinder lassen es als Aufsichtspersonen an Strenge nicht fehlen, sie freuen sich ihrer Macht und zeigen unnachsichtlich ihre Altersgenossinnen an, teils um sich wichtig zu machen, teils um sich an einer kleinen Kameradin zu rachen, die gestern als Diensthabende die heute Diensthabende verpetzt hat.

Wohl auszunützen wissen die Erwachsenen dieses kindische Spiel. Nicht nur in den Fabriken. Vor Schanghais Bars und Matrosenkneipen stehen die ganze Nacht hindurch bunt livrierte Chinesenknaben. Ihrem Ehrgeiz genügt es nicht, eine Reklamefigur oder ein Türaufreißer zu sein, und so helfen sie den Polizisten bei der Mißhandlung der Rikschakulis. Verläßt ein Gast die Bar, dann stößt die längst auf diesen Augenblick harrende Herde der Mensch-Pferde mit ihren Karren schreiend, einladend, flehend auf ihn zu, gilt es doch, eine Arbeit zu finden, zehn Pfennig zu verdienen. Was schert den armen Kuli das Verbot, den Bürgersteig zu befahren, was schert es ihn, daß der Polizist mit dem Knüppel auf ihn losdrischt? Jubelnd nützen die kleinen Portierjungen die Gelegenheit, dem Büttel Hilfsdienste zu leisten, sie schlagen die Rikschakulis mit Stöcken auf den Kopf, treten sie in den Bauch, werfen den Karren um und zerren am Rad, um es abzubrechen, bis – entwürdigende Szene – der chinesische Erwachsene im Arbeitskittel vor dem chinesischen Kind in der Affenjacke die Knie beugt und mit flatternden Händen um »holesche«, Barmherzigkeit, zu betteln beginnt.

Aber wir sind doch in der Textilfabrik, bei den Lebenslänglichen. Der Begriff der Lebenslänglichkeit ist hier wörtlicher gefaßt als in Strafgesetzbüchern: das Neugeborene liegt unter dem Webstuhl, Schwesterchen steht an der Spinnmaschine, Mutter arbeitet am Scherbaum, Großmutter näht die Ballen zusammen. So soll dein Leben ablaufen, Baby, nach dem Gesetz, nach dem du angetreten.

Hier sollen deine Wangen bleichen, deine Augen trüb und deine Beine schwach werden, in diesem Saal, in dem die Spindeln schnurren, die Webstühle klappern und die Luft geschwängert ist von Flocken und Zupfen und Werg. Der Handgriff, dir am ersten Tag beigebracht, soll dein Handgriff sein am letzten Tag, sonst sollst du nichts erlernen und erleben. Schule und Spielplatz leben weder dir,

Kind, das du kein Kind sein darfst, noch deinen Mitschülern, die keine Mitschüler sein dürfen, noch deinen Spielkameraden, die keine Spielkameraden sein dürfen.

VII.

Zwölf bis vierzehn Stunden täglich arbeiten die Kinder ohne Mittagspause. Keinen Augenblick lang stoppt die Rotation der Spindeln, auch wenn eine Partie der Kinder eilig zum Heizraum trippelt, um für sich und ihre Kameradinnen die Körbchen mit dem mitgebrachten Reis zu holen. Gegessen wird, während man darauf achten muß, wie sich die Kurbel weiterdreht und die Ringbank weiterhebt und der Faden weiterstreckt. Faserflug und Staub schwingen sich auf die Eßstäbchen und setzen sich zwischen den Reiskörnern fest.

Vormittags und mittags haben die Kinder noch nicht die resignierten Mienen der Erwachsenen, sie schneiden lustige Grimassen, und die Arbeit geht ihnen spielerisch vonstatten. Seht sie aber am Abend: da fallen ihnen die geschlitzten Äuglein zu, die Beinchen wanken. Nicht etwa spielen möchten die Kinder, nur ein wenig ausruhen. Ausruhen? Die Fabrik zahlt den Lohn nicht, damit der große oder kleine »Belohnte« innerhalb der Arbeitszeit ausruhe.

Dieser Lohn beträgt für Kinder bis zum Alter von fünfzehn Jahren in den großen Schanghaier Textilfabriken 22 (in Worten: zweiundzwanzig) Pfennig; in den Seidenspinnereien 6 (in Worten: sechs) Pfennig täglich.

VIII.

In den Seidenspinnereien Schanghais gehen Aufseher mit Stöcken in der Hand durch den Saal, um auf der Stelle jeden Fehler durch Züchtigung zu bestrafen.

Entlang der Wände sitzen die Frauen auf eisernen Bänken, ihnen gegenüber stehen die Kinder, oft kaum fünfjährige.

Die Kleinen weichen die Kokons in Becken mit siedendem Wasser; ihre Händchen sind verbrüht, denn sie haben weder Gummihandschuhe noch Löffel zum Baden der Kokons. Im heißen Dampf, der ihnen in Augen und Lunge dringt, suchen sie das Fadenende und reichen die Kokons den Frauen hinüber, die je sechs Fäden zusammenzwirnen und über eine der von ihren Füßen bewegten Haspeln leiten. Ein Kind bedient je zwei Frauen, eine Frau spult gleichzeitig dreißig Kokons ab, fünf Haspeln à sechs Fäden.

Dampf und Hitze und Schweißgeruch. Keine Ventilatoren. Der Mann mit dem Stock durchwandert den Saal, damit keine Stockung eintrete.

IX.

Unbegrenzt und unentgeltlich arbeiten Kinder in den Heimwerkstätten ihrer Eltern, doch schreibt ihnen hier keine Maschine und kein fremder Mann mit dem Stock das Tempo vor. Aus diesen patriarchalischen Arbeitsverhältnissen ist die Verwendung von Kinderarbeit für die Großindustrie hervorgegangen.

Nun, da die Periode der ursprünglichen Kapitalakkumulation vorbei ist, könnte die Einstellung ihrer Mordmethoden erzielt werden, wenn – wenn nicht seit dem Tode Sun Yat-sens die revolutionären Gewerkschaften mit Henkerbeil und Revolver in Leichenhaufen verwandelt worden wären.

Initiative von oben? Hören wir! Die Shanghai Child Labour Commission empfahl in ihrem Bericht vom 9. Juli 1924 dem Municipal Council, dem Stadtrat des

Internationalen Settlements, ein Verbot der Fabrikarbeit für Kinder unter zehn Jahren zu erlassen. Weiter beantragte sie, die Verwendung von Kindern unter vierzehn Jahren auf zwölf Stunden innerhalb eines vierundzwanzigstündigen Arbeitstages einzuschränken, ihnen alle vierzehn Tage einen Ruhetag zu gewähren und sie nicht an gefährlichen, gesundheitsschädlichen, ungeschützten Maschinen zu beschäftigen.

Weiß Gott, eine recht bescheidene Anregung. Aber selbst die wurde von der sauberen Schanghaier Fremdenherrschaft zu Fall gebracht. Zu der außerordentlichen Bürgerschaftsversammlung, die darüber beschließen sollte, ob die Reform zum Gesetz zu erheben sei, erschienen um 302 Gemeindemitglieder weniger, als zur Beschlußfähigkeit erforderlich waren. Die englischen Zeitungen vom nächsten Tage fügten der Nachricht von dem nicht zustande gekommenen Meeting of rate-payers ganz offen den Kommentar hinzu, die meisten Steuerzahler hätten ihr Fernbleiben für das einfachste Mittel gehalten, um eine Beschlußfassung über den Bericht der Kommission für Kinderarbeit zu vereiteln.

So endet ein Bericht über soziale Verhältnisse in Schanghai.

Geschichten mit dem Mais

Der mexikanischen Erde verdankt die Welt den Mais, ihren großen Ernährer. (Nur der Reis ist ein noch größerer.)

Der Mais ist eines der Kroninsignien von Mexiko; Krone ist die Agave, Zepter ist der Orgelkaktus, und der golden erstrahlende Reichsapfel ist der Maiskolben.

Nirgends tritt eine Ackerfrucht in Städten so sichtbarlich in Erscheinung wie der Mais in Mexiko. Das erste, was auffällt, sind die Tortillerias, Bäckereien und Bäckerläden zugleich und doch auch keines von beiden. Schaufenster und Türen fehlen, so zwar, daß das Lokal zu einer offenen Nische der Straße wird. Ein Teil der Arbeit vollzieht sich sogar auf dem Bürgersteig: das Scheuern der steinernen Reibe »Metate«, die Reinigung des eisernen Herds und am Abend das Kneten der ausgebrannten Holzkohle zu einer Art Brikett.

Das Innere aber, wenn man bei einem so weit geöffneten Raum von einem Innern sprechen kann, ist keine Bäckerwerkstatt mit Backofenglut und schwitzenden Gesellen und schürenden Lehrlingen, mit langen Feuerzangen, sargähnlichen Trögen und vielstöckigen Brotregalen.

In den Tortillerias sind nur Frauen am Werk. Vorerst kneten sie den aus Kalk und gemahlenem Mais bestehenden Teig, die Masa. Es ist der Kalk, der die Schmackhaftigkeit und die beliebte Helle der Tortilla ausmacht und den Esser vor Rachitis schützt; auf Schritt und Tritt sieht man, daß die Tortilla den Zähnen guttut – selbst die ältesten Mexikaner fletschen ein lückenloses weißes Gebiß mitsamt rosarotem Zahnfleisch, wie es bei Brotfressern nur dann erstrahlt, wenn es vom Dentisten stammt.

Ist der Teig durchgeknetet und geschmeidig, dann nimmt die Tortillera ... Ehe wir weiterschreiben, müssen wir den Leser warnen, das Wort Tortillera etwa in Spanien so ohne weiteres anzuwenden. In Spanien macht und ißt man keine Tortillas, aber es gibt Tortilleras. So heißen nämlich dort die lesbischen Frauen. (Als ein Schiff mit spanischen Flüchtlingen in Veracruz landete und mexikanische Zeitungen an Bord kamen, starrten die Passagiere verblüfft auf die Überschrift »Streik der Tortilleras«. Welch seltsames Land, sagten die Neuankömmlinge, wo solche Frauen streiken. Verlangen sie kürzere Arbeitszeit, höhere Löhne, Kollektivvertrag?)

Aber wir sind bei den normalen mexikanischen Tortilleras, während sie von der Teigmasse einen kleinen Klumpen zwischen die Handflächen nehmen. Nun beginnt ein weithin hörbarer Arbeitsgang. Der Klumpen wird zu einer runden und dünnen Platte gepatscht, die, um noch kreisrunder und noch dünner zu werden, unzählige Male und in hohem Bogen blitzschnell aus der einen Handfläche in die andere fliegt. Die Tschinellenschläger der seligen Wiener Burgmusik werden von den Tortilleras geradezu an die Wand geklatscht – was Wunder, jonglieren doch die Mexikanerinnen schon seit Urzeiten ihr tägliches Brot auf diese Art und Weise, wie sollten sie's da nicht besser können als ein Soldat mit beschränkter Dienstzeit!

Kundinnen füllen den Laden, begleiten das Klatschen mit ihrem Klatsch, dieweil die Disken die Luft durchfliegen. Von Zeit zu Zeit taucht die Tortillera ihre Hände in warmes Wasser, um haftengebliebene Teigstückchen abzuspülen. Schließlich hat der Fladen eine fast arithmetische Kreisrundheit erreicht. Auf den Comal, die heiße Herdplatte, kommt nun ein wenig Fett, damit die Tortilla nicht klebenbleibe, wenn sie darauf gelegt wird, und sie wird darauf gelegt. Leicht angebacken, mit einem schwarzen Fleck auf gelbem Fond, frisch und warm, ist sie ein Eierkuchen ohne Ei, ohne Salz und ohne Zucker. Die Tortilla ist das Brot von Millionen und dient auch als Gabel, Löffel und Teller für jene, die zu diesem Brot noch etwas anderes zu essen haben.

Der tägliche Marktbesuch wird mit dem Einkauf der Tortillas beschlossen, und aus der Tortilleria lauft die Käuferin geradenwegs nach Hause, um die Tortillas noch warm auf den Tisch zu bringen. Dort, wo das Backen im Haus geschieht, geschieht es während der Tischzeit, und ununterbrochen werden aus der Küche neue Tortillas herangetragen, auf daß sie so heiß gegessen werden, wie sie gekocht sind.

In den Dörfern regiert nicht die Tortilleria das Straßenbild, sondern der Molino de Nixtamal, die Maismühle. Kein Dorf, das nicht mindestens einen Laden mit dieser Aufschrift und einer kleinen Mühle mit Gasolinmotor hat. »Nixtamal« ist ein indianisches Wort, das sich in die heutige Zeit Mexikos hinübergerettet hat. (Auch das Wort »Tlapaleria« stammt von einem aztekischen Substantiv, aber da es in der Aztekenzeit kaum Farbwarengeschäfte gab, muß es erst später in Geschäftsgebrauch gekommen sein. Nixtamal wurde jedoch schon in der prähispanischen Zeit zermahlen.)

Die Frauen der Provinz bringen ihren eigenen Mais in den Molino de Nixtamal. Etwas Mais hat auf dem Lande jedermann, zumindest ein paar Stauden, die rings um die Hütte aufschießen. In den Höfen steht – Wahrzeichen des mexikanischen Dorfes – ein viereckiges, schlankes Türmchen, aus Maisstroh geflochten: der Cincolote, Speicher für Maiskolben. Ein Dach schützt ihn gegen Regen, und er steht hoch auf hölzernen Füßen, damit die Ratten nicht hinaufkriechen können.

Dem Cincolote entstammen die Körner, welche die Hausfrau im Molino de Nixtamal mit Kalk zur Masa vermählen läßt. Zu Hause – jeder Küchenherd eine Tortilleria – bäckt sie die Tortillas für ihre Familie. Oder auch für den Verkauf. Die Tortillas auf den Markt zu tragen, ist Altenteil der Urahne. Barfüßig, auf den Zehenspitzen, mit gebeugten Knien und schnellen kurzen Schritten, den Korb auf dem Kopf balancierend, trabt sie seit tausend Jahren ihren Marktweg, oft meilenweit. Ein mitleidiges Auto will sie mitnehmen. Antwortlos, verständnislos trabt sie weiter, dem Markte zu. Dort hockt sie seit dem ersten jener tausend Jahre unbeweglich mitten im stoßenden Gewühl vor dem gleichen Korb mit den gleichen Tortillas an der gleichen Stelle. Wenn das letzte Stück seinen Käufer gefunden hat, trabt sie nach Hause, wie sie gekommen.

Die Molinos de Nixtamal in den großen Städten sind Fabriken, elektrisch betrieben, Aktien- oder Kommanditgesellschaften gehörig. Gegen sie und gegen ihre Maislieferanten richten sich die Vorwürfe der Bevölkerung, wenn der Preis der Tortilla steigt. Denn der Preis der Tortilla bestimmt das Leben der Massen.

Bei der Demonstration am Ersten Mai in Mexiko-Stadt fällt einem, der die vorige Maifeier in New York erlebt hat, zweierlei auf: die agrarische Grundhaltung der mexikanischen Industriearbeiter und die geringe Betonung des Interesses am Geldwert. Auf dem Weg zum Union Square hatten die New Yorker Kolonnen gegen die Erhöhung des Untergrundbahntarifs protestiert. »Five cents is fair enough«, sie zeigten Tabellen mit unzulänglichen Löhnen, und den gemalten Lohntüten standen gemalte Säcke mit den Millionenprofiten der Verwaltungsräte gegenüber. Der mexikanische Arbeiter, weit schlechter bezahlt, erwähnt an seinem Feiertag dergleichen nicht. Er lebt in einem Lande, wo die Revolution noch nichts Verjährtes, nichts mythisch Verfälschtes ist, sondern eine Gegenwart, der alles Ersprießliche oder halbwegs Ersprießliche entstammt. In Mexiko rühmen sich selbst Reaktionäre in rasselnden Reden mit rollendem R der riesigen Rolle, die sie in der ruhmreichen Revolution gespielt haben wollen.

An der Seite der Landarbeiter haben die Stadtarbeiter fur Landaufteilung und gegen Leibeigenschaft gekämpft, und sie tragen noch immer diese agrarischen Ideale vor sich her. Das Porträt des Bauernführers Emiliano Zapata reitet über den Beamten der Pfandleihanstalt, »Land und Freiheit«, verlangen die Metallarbeiter. Und alle, ob sie Belegschaften der Petroleumzentrale oder des Elektrizitätswerks, ob sie Autobusschaffner, Lehrer, Eisenbahner, Buchdrucker, Rohrleger, Textilarbeiter, Angestellte der Stierkampfarena oder Kinooperateure sind, alle vereinigen sich in Banner und Ruf zum Protest gegen den gemeinsamen Feind: »Contra los acaparadores del maiz«, gegen die Maisspekulanten.

Übrigens bewegt sich die Maidemonstration mitten in einem ambulanten Markt von Nahrungsmitteln, und auch auf dem dominiert der Mais. In allen Formen bieten ihn die Straßenhändler an.

»Elote« heißt in Mexiko der pure Maiskolben. Gesotten oder geröstet wird er von des Straßenkochs glimmenden Holzkohlen weggekauft und auf dem Marsch geknabbert. Auch die vier Nationalspeisen, Tamales, Enchiladas, Tacos oder Quesadillas, kauft und ißt man unterwegs. Die Unterschiede zwischen diesen vier Gerichten muß man lernen, wenn man Mexiko durchwandert und unter dem wählen will, was Garküche und Markt feilhalten.

1. Tamales: außen Mais, innen Mais. Eingeschlagen in ein Maisblatt liegt die mitsamt der Schale geschrotete Maismasse; sie ist in Dampf gekocht, oft mit etwas Fleisch, und wenn man will – und man will immer –, mit Chilepfeffer darin.

2. Enchiladas: eine gerollte Tortilla, gefüllt mit etwas Truthahn oder sonstigem Fleisch, Gemüse oder weißem Käse, gedünstet in Tomatensoße, gespickt mit Zwiebeln. Und wenn man will – und man will immer –, mit Chilepfeffer.

3. Tacos: sie sind die mexikanischen Sandwiches, knusprige Tortillas mit Frijoles (Bohnen) darin, Gemüse oder Fleisch, und wenn man will – und man will immer –, mit Chilepfeffer.

4. Quesadillas: eine Tortilla, mit Fleisch, Wurst, Käse oder Flor de Calabaza (Kürbisblüte) gefüllt, in heißem

Fett gesotten. Und, ob man will oder nicht, immer mit Chilepfeffer.

Jedoch nicht nur gegessen wird der Mais, sondern auch getrunken. Der Atole ist ein Getränk, wiewohl er mehr an verdünnten Brei oder Grießsuppe erinnert; erzeugt wird er aus gequirltem Maismehl und manchmal mit Fruchtsaft vermischt. Oder Pozole, eine Suppe aus getrocknetem Mais, über einem Schweinskopf gekocht, mit rohen Zwiebeln und jenen Garbanzos reich versehen, gegen die Heines Atta Troll so heftig loszieht.

Auch zur Alkoholisierung des Volkes trägt der Mais das Seine bei, in Mexiko durch den Pulque de maíz, der dem gewöhnlichen Pulque in nichts nachsteht, und in Bolivien durch die Chicha, deren absonderliche Technologie ihrer Beliebtheit keinen Abbruch tut. Den ganzen Tag lang, während aller ihrer Beschäftigungen, kauen die bolivianischen Frauen frische Maiskörner und spucken sie von Zeit zu Zeit in einen Bottich. Kraft des Speichels löst sich der Zuckergehalt und geht in Gärung über, und am Abend können sich die Ehemänner das hinter die Binde gießen, was die Ehefrauen im Laufe des Tages fursorglich zubereitet haben. So viel und noch mehr läßt sich aus dem Mais machen, so mannigfaltig läßt er sich genießen.

Der toltekischen Religion zufolge war Mais der Stoff, aus dem der Mensch besteht. Aus der Höhle Cincalli, dem Haus des Maises, wurden die ungeborenen Kinder auf die Mutterleiber verteilt und konnten bloß durch Genuß von Mais leben und wachsen. Aber nur Zufall oder eine Gnade der Götter war es, wenn die Indios in ihrer Nomadenzeit einer Staude von wildem Mais begegneten. Meist mußten sie hungern, und auf ihre bange Frage: Wo liegt die Höhle Cincalli? gab es nur die Antwort: Das wissen die Götter.

Jedoch nicht einmal die Götter wußten das, und gerade die hätten es besonders gern gewußt. Denn auf Erden wurde der Mais »Gras der Götter« genannt, und wenn die Menschen erfahren würden, daß die Allwissenden nicht wissen, wo ihr eigenes Gras wachse, so wäre es mit religiösem Respekt und Opferwilligkeit vorbei.

Deshalb betrauten die Götter einen der Ihren mit der Investigation. Dieser brachte verhältnismäßig rasch heraus, daß die scharlachrote Ameise im Haus des Maises verkehre, und zwar nur in der sogenannten Zwinkernden Nacht. Die Adresse dieses Hauses konnte der Götterdetektiv lange nicht eruieren. Erst nach zweiundfünfzig Jahren der Beobachtung gelang es ihm, in der Zwinkernden Nacht die scharlachrote Ameise zu ertappen, als sie aus einem Bergspalt kam mit einem ganzen Maiskorn auf der Schulter. Genauso wie es die irdischen Detektive in solchen Fällen tun, verkleidete sich der göttliche, er verkleidete sich als scharlachrote Ameise und schlüpfte durch die Spalte in die Höhle Cincalli, die von unten bis oben gefüllt war mit goldenen Körnern. So brachten die Götter den Mais zu den Menschen und bewiesen, daß sie wußten, wo er zu holen sei.

Der Mensch wurde nun ein ganzer Mensch. Er brauchte nicht mehr umherzuirren, um sein Essen zu finden, er vergrub die Körner in die Erde und wartete, bis sie auferstanden und ihm eine Mahlzeit auftischten. Solcherart seßhaft geworden, baute er sein Dach, und aus Hütte und Hütte wurde die Gemeinschaft.

Allerdings, allzu üppig ließen die Götter den Menschen nicht werden, er sollte abhängig bleiben von den Göttern. Deshalb verknappten sie den Mais, es gab Mißernten und Hunger. Die Menschen, nicht gewillt, Hungersnöte gottergeben hinzunehmen, wehrten sich. Sie legten in den fetten Jahren Kornkammern an für allfällige magere Jahre.

Nachdem die Spanier ins Land gedrungen waren, drangen sie auch in diese Speicher ein und bekamen Erektionen von Habgier angesichts des bis zum Dachboden aufgeschichteten Goldes. Um so heftiger war die Enttäuschung, als sie erkannten, daß es nur Körner einer Ackerfrucht waren. Wohl sandten sie einige Proben davon nach Spanien, aber der Hof kannte das Korn bereits, denn Columbus hatte es mitgebracht, ohne Interesse dafür zu wecken. Einige spanische Granden, die es als ein kurioses Kraut in ihren Garten pflanzten, ernteten nur das Naserümpfen ihrer Damen.

Zwanzig Jahre nach der Cortezschen Sendung schenkten die Gründer der Stadt Valladolid in Yucatán ihrer Patenstadt in Spanien einen Sack mit Mais. Die Stadtväter des spanischen Valladolid wußten die Gabe besser einzuschätzen. Sie bauten den Mais an, verbreiteten ihn über ganz Europa und gründeten eine Produktenbörse, die jahrhundertelang dem Maishandel der Welt die Kurse diktierte.

In manchen Ländern nannte man den Mais »Kukuruz«, in manchen »Corn«. Zumeist aber hieß er »türkischer Weizen«, und zwar aus dem gleichen Grunde, aus dem man in England den Truthahn »Turkey« nennt. Jene Turkey, der wir beides verdanken, liegt in Mexiko. Europa vermochte damals nicht über den Kontinent hinauszudenken und identifizierte sich selbst mit dem Weltall. Ferne, exotische Landschaften konnten nicht anderswo gelegen sein als in dem Grenzwinkel Europas: der Türkei.

Auch nach der Vertreibung der Maisgötter und der Einsetzung von Kalenderheiligen kam es in Mexiko zu Maisverknappung und Teuerung, ja es kam zu Aufständen gegen die »Acaparadores del maíz«. Von einer Maisrevolte im Juni 1692 erfährt man, wenn man sich für einen Reporter jener Zeit interessiert, für Carlos de Sigüenza y Góngora, der sich und seine Zeitschrift »Mercurio Volante« nannte.

Günstlinge des Vizekönigs hatten zu Spekulationszwekken Mais gehamstert. Vergeblich stand die Bevölkerung Schlange vor den Molinos de Nixtamal und vor den Tortillerias. Es setzte Zusammenstöße mit der Stadtwache, und dabei wurde eine Frau von Hellebarden durchbohrt. Erbittert wälzte sich die Menge zum Schloß, steckte es in Brand, und Kollege Carlos de Sigüenza y Góngora, der rasende Merkur, läßt durchblicken, daß viele Tote und sonstiges Unheil zu beklagen waren.

Spekulierende Günstlinge des Vizekönigs gibt es nicht mehr, seit es das Amt des Vizekönigs nicht mehr gibt, aber der Mais hat nicht aufgehört, Objekt der Spekulation zu sein. Keine Regierung, die nicht versucht hätte, diesem Kardinalproblem der Innenpolitik beizukommen. Maximalpreise für Mais und Tortillas wurden festgesetzt, Anbaugesetze erlassen, Zoll- und Transporttarife reguliert, Vorschüsse auf Ernten gewährt und ein Notstandsspeicher für den Distrito Federal, das hauptstädtische Gebiet, eingerichtet, worin mindestens 12 000 und höchstens 25 000 Tonnen lagern für eine dreißigtägige Versorgung.

Außerdem wird nach Mexiko, das früher Mais exportierte, Mais eingeführt. Wegen der frachtgünstigen Nähe der nordamerikanischen Maishäfen am Golf von Mexiko (Corpus Christi, Houston-Galveston und New Orleans) verschwand schon vor Kriegsausbruch der gelbe, an Vitamin B reiche Plata-Mais Argentiniens fast ganz vom mexikanischen Markt. Statt seiner wird Whitecorn 2, ein weißer, flachkörniger Mais aus den Vereinigten Staaten, gehandelt, und das Wort »Whitecorn number two« kehrt in Erlässen und Protokollen immer wieder, ohne daß die Tortillera oder gar der Tortilla-Esser eine Ahnung hat, was das bedeutet.

Um so besser weiß man in der Calle Mesones, was Whitecorn number two bedeutet. Calle Mesones ist die

Straße der Pfeffersäcke, bildlich und konkret. Säcke mit Chilepfeffer kommen hierher, liegen hier und gehen von hier ab, und Säcke mit anderen Gewürzen, mit Nahrungs- und Futtermitteln, vor allem mit Mais. Hinter Schaltern und an Telefonen spekulieren die Pfeffersäcke in Menschengestalt.

Unbefahrbar ist tagsüber die Fahrbahn der Straße, weil Frachtautos und Personenautos sie verstopfen; über kein Auto, ja nicht einmal über Schuhwerk verfügen die vom Lande herangewanderten Lastträger, die hier löschen und laden.

Was in dieser Straße nicht direkt dem Großhandel mit Nahrungsmitteln dient, dient ihm indirekt. Geschäfte mit Säcken und Seilen aus Henequén, der Faser von Yucatán, Reparaturwerkstätten mit riesigen Reifen für riesige Lastautos, Tischlereien für Kisten und – eine Spezialität, die der sonst ähnliche Straßenzug an den Pariser Markthallen nicht kennt – Waffenhandlungen mit Revolvern für Einkäufer von Mais.

Die Calle Mesones ist eine Börse, aber ihre Mitglieder sind immerhin der Ware nah. Anders als auf dem Chicagoer Board of Trade. Dort hört man zwar die Pfeife der Börsianer, sieht jedoch keinen Maiskolben. Noch weniger sieht man, wie die Maiskolben nach dieser Pfeife tanzen. (Filmoperateur, überblenden Sie von den Bewegungen der Chicagoer Kurstafel auf die von Hand zu Hand springenden Tortillas in der Tortilleria!)

Zu viele Regisseure und Choreographen sind am Arrangement dieses Balletts beteiligt, und der, für den der Mais kein Divertissement, sondern Nahrung bedeutet, kommt um den Genuß. Aber die Börsenspekulation trägt nicht die Alleinschuld daran, daß der Vater unser das Gebet um das tägliche Maisbrot nicht erhören kann. Zu den vielen Schwierigkeiten ist eine neue getreten. Die Vereinigten

Staaten von Nordamerika kaufen die mexikanischen Arbeitskräfte auf. Sie bieten Tageslöhne bis zu acht Dollars und Verträge bis zu neun Monaten, also Verdienstmöglichkeiten, wie sie keinem Landarbeiter in Mexiko lächeln. Eine Massenübersiedlung über die Grenze hat eingesetzt, eine wahre Völkerwanderung. Ganze Distrikte Mexikos stehen entvölkert da, weil ihre Bewohner auf den Tomaten-, Spinat-, Broccoli- und Obstplantagen und bei Reparaturen von Eisenbahngleisen in Kalifornien und Texas beschäftigt sind.

Dem Bauern bleiben keine Arbeitskräfte. So geht er entweder als »Bracero« nach USA, oder er baut statt Mais, der ihm nur 325 Pesos per Tonne brächte, zum Beispiel Sesam an mit einem Ertragspreis von 1100 Pesos. Alle Nutzpflanzen stehen weit höher im Kurs als der Mais, ohne den das Volk verhungern müßte.

Dritte Welt in der ersten

Chinesenstadt

Zwischen Fässern, Kisten, Ballen – Handwagen, Waggons, Lastautos – Masten, Kränen, Stricken – Körben, Säcken und Verschlägen – verhandeln Clerks, Notizbuch in der Hand, mit Kapitänen, verhandeln Kaufleute mit Steuermännern, während Arbeiter, schwere Last auf dem Nacken, schwere Last auf dem Karren, schwere Last in den Armen, die Kaistufen bergauf klimmen, die Landungsbrücken bergab.

Die West India Docks liegen noch östlicher als das schon hinreichend östliche Whitechapel, sind riesenhafte Binnenseen, quadratisch ummauert. Eine Armada von Warendampfern verstopft die Becken – wo hört das Deck auf, und wo beginnt der Laufsteg?, wo hört die Schrotleiter auf, und wo beginnt die Rampe?, was ist Laderaum und was bereits Schuppen?, wer ist Seemann und wer Hafenarbeiter? Der Kontakt Themse – London ist hier tausendfältig.

Lange nach Sonnenuntergang – Dunkelheit erschwert Zählung, Buchung und Beaufsichtigung der Waren – machen die verkrümmten, schweißdurchtränkten Dockers Feierabend.

Haben sie das Tor verlassen, vor dem die Zollbeamten in Polizeiuniform Wache halten, dann dürfen die Arbeiter ihre kurze Pfeife anstecken, hinaufeilen zur Herberge, zu Whisky und Gin, zu Tee und – Opium.

Seltsame Welt: West India Dock Road. Wenn man die Pferde der Straßenbahn zwischen den Schienen trotten sieht, so steigen Schatten längst vergangener Tage auf, man glaubt sich in eine Kleinstadt, eine idyllische Kleinstadt versetzt. Kann man angesichts des beinahe vorsintflutlichen

Vehikels vermuten, in der größten Verkehrsstadt zu sein? Auch die Straße, die Boroughs »Poplar« und »Limehouse« scheidend, ist nicht London, sie ist eine Hafenstraße wie alle Hafenstraßen der Welt, ein Zwischendeck von Meer und Land, mit aller Nationen Flaggen bunt bewimpelt in Gestalt von polyglotten Wirtshausschildern.

Über Haustoren, in denen steile Holztreppen direkt aufwärts führen, ist gesagt: »Chinese and japanese seamen censed boardinghouse.« Daneben wohl derselbe Text in Schriftzeichen, als hätte ein in Tusche getauchter Krummsäbel sie hingefochten und ein in Tusche getauchter Dolch gegen das gleiche Ziel gewütet. Man begegnet Chinesen, doch fast ebenso vielen Negern, Malaien und Indern.

Erst wenn wir nach Causeway einbiegen oder nach Pennyfields, ist die Internationalität vorbei: Hier ist das Reich der Mitte. Vor allen Türen lungern Chinesen, sie hocken in der für den Europäer ermüdenden tiefen Kniebeuge auf dem Fußsteig, sie schauen aus den Fenstern, sich mit ihren Landsleuten vor den Häusern unterhaltend. Alles ist voll von wachsgebosselten Gesichtern, deren Backenknochen aus der Haut springen und die Augen winkelig verschieben. Zöpfe gibt es nicht auf diesen Köpfen. Die Chinesen hier haben sich assimiliert, ihr Haar im Nacken nach amerikanischer Art kurzgeschoren, sie sind glattrasiert oder mit englisch gestutztem Schnurrbart.

Auf den Firmentafeln der mit Tee, gebackenen Fischen und anderen Nahrungsmitteln handelnden Geschäfte stehen nur die spinnenbeinigen Runen, die kein Weißer entziffert, und hinter dem Pult manipulieren Chinesen.

Selbst die Zigarrenläden mit englischer Aufschrift blieben von der Umgebung nicht unbeeinflußt. In den Schaufenstern sind zwischen die unterschiedlichen Sorten von Kautabak, Pfeifentabak, Zigarettentabak und Fertigware allerhand exotische Sonderbarkeiten gebreitet, als Pfand oder als Tauschobjekt hinterlassen: Bernsteingötzen, bronzegegossene Statuetten, Schirme aus Bambus und rosa Seide, lackierte Dosen, zart gemalte Blumen und Vögel auf wahrhaft echtem Japan-Bütten, Papierfächer, Schwerter mit einem aus Speckstein geschnitzten Griff, porzellanene Pagoden und jadene Buddhas, kopfnickend, Augen herausstreckend.

Das Gros der Chinesen hält sich nur vorübergehend in London auf. Fast ausschließlich Heizer, bleiben sie so lange hier, als ihr Dampfer in den Docks liegt; auf britischen Schiffen werden nicht weniger als achtundfünfzigtausend Chinesen, Javaner und Malaien als Kesselheizer und Hilfsarbeiter verwendet, und die Zahl steigt – den zur Abwehragitation angelegten Statistiken der britischen Schiffsarbeiterorganisationen zufolge – jährlich um siebentausend Mann.

Überdeutlich sieht man den Burschen, Männern und Greisen ihre verdorrende Tätigkeit und ihren erbärmlichen Lohn an. Ist ihre gelbe Gesichtsfarbe von der ewig glühenden, kohlenstaubdurchsetzten Luft der Kesselräume nicht noch fahler gefärbt, scheinen ihre mongolisch eckigen Wangen durch die Kärglichkeit der Nahrung nicht noch tiefer gehöhlt, sind ihre vom Hocken gekrümmten Beine nicht dünn wie die von Kindern, die an Rachitis leiden, der englischen Krankheit!

Auch sie, diese zu Skeletten gewordenen Lohnsklaven, diese sagenhaft genügsamen Kulis, wollen sich auf dem Festland, in der Weltstadt amüsieren – nur knapp ist das Intervall zwischen der mehrmonatigen, mühevollen, eintönigen Fahrt und der neuerlichen Einschiffung.

Frech frisierte Mädchen, von der Mode nicht ergriffen (vielleicht wagen sie es nicht, dem alterprobten Geschmack ihrer Käufer zu trotzen), große Reifen aus schierem Gold in den Ohren, nachgedunkelte Ringe unter den

Augen, wie von Steinlen gezeichnet, pirschen sich an die Chinamen heran, kennen viele mit Namen, wechseln chinesische Worte mit ihnen und erlangen ab und zu das, was diese armen Geschöpfe Glück nennen müssen.

Wieso haben sie Glück bei den Chinesen, die doch eine zärtlichere, reinlichere Prostitution kennen? Oder blühen auch die Kirschblüten des Yoshiwara nur dem, der mehr Geld hat als ein Kuli des Kessels?

Es scheint so, denn echte Geishas, von Zeit zu Zeit hierher importiert, verkuppelt der schlaue Assimilant Tschang Tu-tao in seinem von Europäern frequentierten Haus an reiche Lebemänner, die sensationslüsterne Sexualität mit der Eigenschaft vereinigen, ihn der Polizei nicht zu verraten.

Obwohl einige hundert Chinesen als Dockarbeiter, Kaufleute, Straßenhändler, Teehausbesitzer und Pensionswirte in London ständigen Wohnsitz genommen und Mädchen ihrer Heimat geheiratet haben, bekommt man Chinesinnen nie zu Gesicht.

Dieses Haus dürfte ein Teehaus sein, unaufhörlich gehen Männer ein und aus. Auf der Holztreppe begegnet uns ein Chinese, starrt entgeistert. »That's a tea-house?« fragen wir. Er kann nur nicken. Dann kehrt er um und folgt uns.

Die Tür öffnend, sind wir inmitten von Nebelwolken; Zigarettenrauch erfüllt das Zimmer, und aus der durch eine Matte halbabgetrennten Liegekammer dringt beizend und süßlich der Geruch der weichen Masse, die drei auf Strohsäcken hingestreckte Gäste zu Kügelchen kneten, über die Lampe halten und dann in den breiten Kopf der Pfeife drücken. Auf dem Fußboden, teils an der Wand, teils in der Mitte des Raumes, hocken Menschen, viele spielen eine Art Domino, ku-pe-ai, auf dem niedrigen Sofa drängen sich, dem Kamin zugekehrt, mindestens zehn Männer sitzend aneinander.

Als wären sie Figuren eines Krippenspiels, alle Köpfe an einem Scharnier beweglich, wenden sie sich dem weißen Eindringling mit einem Ruck entgegen, schauen uns mit hemmungsloser Intensität an, berühren fast unser Gesicht mit dem ihren, aber ihre Mienen sind keineswegs drohend, eher ängstlich, und selbst in unseren Nacken bohren sich forschende Blicke.

Ein junger Chinaman, vielleicht der Wirt, vielleicht der Sohn des Wirtes, bringt Stuhl und Tischchen, fragt, tief sich neigend, nach unserem Begehr. Durch die Bestellung einer Tasse Tee glauben wir den Besuch eines Teehauses genügend zu legitimieren. Dem Wirt, der den Tee an unserem Tisch bereitet, strecken sich Hände entgegen, empfangen Teeblätter, stopfen sie in ihre Pfeife, als hätte es niemals Tabak gegeben.

Einer springt auf, wie vom Geist des Konfuzius erleuchtet, eilt auf uns zu und sprudelt den Satz hervor, den er schon hundertmal gesprochen, den einzigen Satz, den er in englischer Sprache kennen muß: »You want firemen?«

Das ist ein Signal. Alle Gäste drängen auf uns ein: »You want firemen?«

Uns wird angesichts dieses Pandamoniums gelber Gestalten, dieses gemeinsamen Hoffnungsschreies von Stellungslosen, schwül zumute. Wir wehren ab, nein, wir suchen keine Heizer.

Enttäuscht schleichen sie wieder zu ihren Sitzen.

Niemand außer uns trinkt Tee. Warum steht der Diwan so nah am Kamin? Sind die darauf sitzenden Gäste dem offenen Feuer aus Gewohnheit zugekehrt? Haben sie die Plätze schon für die Stunde belegt, da im europäischen London die Lichter verlöschen, das Tor des Teehauses versperrt, die Holzkohle im Kamin und die Opiumpfeifen entfacht werden, die Räume diesseits und jenseits der Matte sich vereinigen und man in die knisternde Glut starren kann? Der Rost wird dann zur Bühne aller Träume, auf ihr wird aller Phantasien und aller Wünsche Erfüllung gespielt, in zarten Farben steigt das Glück auf, aus Rauch geschaffen, verwandelt sich immer wieder, um zu verschwinden, wenn der Rausch zu Ende ist, der Genuß dieser genußlos lebenden Menschen, die goldene Freiheit dieser gelben Sklaven.

Wonach schmecken die dünnen Täfelchen, die uns als Gebäck vorgesetzt werden? Der Wirt, der uns unausgesetzt beobachtet, merkt unser nachdenkliches Verkosten. »Kokosnuß«, erklärt er.

Nach Bezahlung von drei Pence verlassen wir das Teehaus durch Spießruten der Blicke. Ein Chinese folgt, aus dem Haustor lugt er uns nach. Sie wittern überall Spione, denn sie haben viele Feinde.

An den Ecken ihrer Straßen kleben Plakate, die den Chinesen drohen, sie einschüchtern sollen. »Get ready!« ruft es in großen Lettern den englischen Matrosen, Heizern, Trägern, Dockbediensteten und Transportarbeitern zu. »Seid bereit zum Kampfe gegen das Eindringen der mongolischen Lohndrücker auf britischen Schiffen! Wappnet euch gegen die gelbe Gefahr! Bekämpft sie, oder ihr werdet bald alle brotlos sein! Die Agitation muß so lange andauern, bis ihr die Invasion der Kulis nach Großbritannien niedergeworfen habt. Haben wir die Chinesen in China bezwungen, warum soll es uns zu Hause nicht gelingen?«

Darunter eine Zeichnung: Über die Landungsbrücke verlassen Europäer, traurig und gebückt, ein Schiff und wandern direkt in das Armenhaus. An ihrer Stelle bewegen sich in langem Gänsemarsch Chinesen mit fröhlichen, höhnischen, ja sieghaften Mienen an Bord.

Nein, so sehen sie nicht aus, die Burschen, die uns auf der Straße begegnen und die uns dort oben im Teehaus so stürmisch um Arbeitsgelegenheit baten, nein, triumphieren wollen sie nicht über den weißen Arbeiter. Sie wollen es bloß, wenn sie überhaupt etwas wollen, nicht schlimmer haben als er, vielleicht sind sie Anhänger Sun Yat-sens und hoffen auf die soziale Befreiung – aber höhnisch und sieghaft, wie das Plakat sie malt, sind sie keineswegs, die quittengelben, armen, ausgemergelten Kerle, nicht ohne Not haben sie die Heimat mit der Fremde vertauscht, ganz gewiß nicht ohne Not zogen sie aus dem Osten Asiens in den Osten Londons.

Harlem – Fegefeuer der Neger

Der weiße Mann hat die Neger zur Annahme des Christentums veranlaßt, indem er sie lehrte, alle Menschen seien Brüder und sollten einander lieben, der weiße Mann hat den Negern den Schnaps beigebracht, auf daß sie den lichten Söhnen der Kultur gleichen. Und als es soweit war, verwendete er die Neger als unbezahlte oder bezahlte Sklaven, wie er es vorher getan, stieß sie aus seinen Wohnbezirken und nahm ihnen sogar den mühsam beigebrachten Schnaps.

Selbst in den Ostbezirken New Yorks, wo Hunger und Schmutz ihre Residenzen haben, wo die Enttäuschten aller Erdenwinkel von neuem stranden, selbst dort würde es eine Revolution entfachen, wenn ein Neger eine Kammer mieten wollte.

Im mittleren Manhattan gibt es nur einen kleinen Block, in dem es einst den Negern gelang, sich einzunisten – im weiten Bogen huscht der rassenstolze Weiße an diesem Höllentor vorbei.

Die Masse der Schwarzen wohnt im Norden New Yorks, in Harlem. Keine volkreichere Stadt haben sie in ihrer afrikanischen Urheimat. Der Negerkral als Großstadt. Aber wirklich!

Flammen die Lichtreklamen auf, bricht der Abendlärm aus in der 125., in der 135. Straße und auf Lenox Avenue, dann lebt hier alles, Betrieb, Verkehr, Geschäft, Brunst, genauso wie es achtzig, neunzig Straßen weiter südlich ist, auf dem Broadway.

Wer viel reist, gewinnt eine sehr geringschätzige Meinung von der Phantasie der Schöpfung. Nur ihr Verteilungsapparat ist grandios: bei Belieferung einer Provinz wurde dafür gesorgt, daß sich die Landschaften nicht wiederholen, daß sich ein Berg oder ein Fluß nicht zweimal in der gleichen Ausführung präsentiere. Auch kommt der Mensch in einer Stadt nicht in zwei oder gar drei Exemplaren vor; wenn manche Typen einander ähneln, so hat die sich selbst plagiierende Schöpfung wenigstens kleine Abweichungen angebracht, den Namen der Figur, den Geschäftszweig oder die Zahl der Kinder geändert. In andere Länder aber wird ungeniert die genaue Kopie geliefert. Der Reisemensch lernt alsbald, daß alles auf Erden nur Fabrikware ist.

Selbst für die Herstellung von Negern gibt es keine eigene Werkstätte, die üblichen Modelle werden einfach schwarz imprägniert. In Afrika fällt einem das nicht so auf, weil die Eingeborenen im Schurz oder in zerrissenen Lappen umherlaufen und man ihre europäischen Doppelgänger nackt oder in Wäsche gewöhnlich nicht kennt. Aber in Harlem stolziert alles in europäischer Kleidung, und man trifft auf Schritt und Tritt Bekannte.

Ein Abgeordneter des Deutschen Reichstags kreuzt den Fahrdamm, Hildchen G. aus der Landsberger Allee prägt sich den angeschlagenen Theaterzettel ein, Erich Ludendorff stößt hochmütig in die Passanten, der Prager Journalist Anton U. soll an einer Straßenkreuzung irgendwelchen Zimt als heilkräftig anpreisen, vergißt aber den Zimt und berauscht sich und einen dicken Portier an seinen Worten, der Stuttgarter Maier S. will ein vollbusiges Mädchen überreden, ihm Modell zu stehen, Margot J. aus dem Romanischen Café schlürft Eiscremesoda durch einen Strohhalm, der deutsche Schachmeister L. erzählt einen Witz, und der Schauspieler Alexander G. lacht dazu in dröhnendem Baß, daß die Lichter flackern und die Häuserwände beben. Alle natürlich in Schwarz!

Die Geschäfte sind bis Mitternacht geöffnet, die Sprichleise-Kaschemmen, die Nachtklubs und die Revuen beginnen erst um Mitternacht. Stehende Neger rasieren liegende, und da man den Scheitel nicht mit dem Kamm ziehen kann, so rasiert man ihn aus dem Kraushaar. Die Frau in Mount Vernon, die der Josephine Baker und einigen tausend anderen Negerdamen das Haar glättete, hat eine Million verdient – wer ein Mittel erfinden würde, das Pigment weiß zu färben, müßte eine Milliarde verdienen. Jeder gäbe seinen letzten Cent her, um über Nacht statt eines verachteten coon einer von den weißen Herren zu werden!

Nicht nur wegen der Karriere. Von der Ideologie der Machthaber angesteckt, verachten die Neger sich selbst um ihrer Hautfarbe willen. Ein Spielwarenladen stellt Puppen aus, Negerpuppen selbstverständlich, aber nicht etwa mit pechschwarzen Gesichtern, wie man sie in der Weißenstadt bekommt, sondern mit einem zartdunklen Teint.

Alle farbigen Ladies verwenden weißen Puder. In den Varietétheatern von Harlem erscheint die Diva oder die Solotänzerin ganz hell geschminkt, hingegen hat der Groteskkomiker sein Gesicht berußt oder gar eine Negerlarve angelegt.

Ein brauner Neger mißachtet den schwarzen – nicht aus alter Stammesfeindschaft. Aus dem Grunde, aus dem die Weißen ihn verdammen, verdammt er den noch dunkleren. Im Verlauf eines solchen Farbenstreites wurde in einem Speak-easy in der 135. Straße der große Boxer Battling Sicky erschlagen.

Nach dem Untergang des Dampfers »Vestris«, bei dem die Bemannung einige hundert Menschen gerettet hatte, ließen sich auf den Varietébühnen New Yorks die Retter sehen. Im »Lafayette«, wo kein Weißer im Zuschauerraum ist, traten drei der schwarzen Helden auf, um in einigen Sätzen zu sagen, was sie Schreckliches erlebt. Vor ihrem Erscheinen bat der Conferencier das Publikum, den Vortrag nicht durch Lachen zu stören. Nicht durch Lachen ...? Was könnte bei der Schilderung einer eben geschehenen furchtbaren Katastrophe zum Lachen reizen? Nun, die drei Seeleute waren rabenschwarze, besonders schief gezahnte Neger von den Philippinen. Nur mit Mühe konnten die etwas helleren angesichts solchen Angesichts ihr Kichern unterdrücken.

Zwölf Kinos, vier Vaudevillebühnen, zwei Burlesk Shows und ein richtiges Theater, zusammen mit 39 332 Sitzplätzen, drängen sich in Harlem aneinander – außer am Kreuzungspunkt des Broadways mit der 42. Straße wird es wohl nirgends derart viele große Vergnügungsstätten in einem so kleinen Winkel geben. Allnächtlich werden in jedem Nachtklub von Harlem zweimal Revuen mit großem Personal von Steptänzern, Komikern, Sängern und exzentrischen Balletten heruntergepeitscht. Es gibt Eiscremebars, Restaurants, Billardsäle, Teehäuser, Spielhöllen und zahllose geheime Kellerkneipen.

Von den Inhabern der neunzehn Theater sind achtzehn Weiße. So wie die davon profitieren, daß der ausgebeutete und ausgestoßene Sklave wenigstens am Abend in seinem Lager ein fröhlicher Gentleman sein will, genauso ziehen die Hausbesitzer – durchweg Weiße – ihre Profitrate aus dem Zwangsghetto. Die Mieten sind hier bis zu hundert

Prozent höher als an der Bowery und in den Oststraßen, wo die ostjüdischen, slowakischen und chinesischen Paupers in immerhin freiwilligem Ghetto leben.

Der Kaufmann der Negerstadt – auch er ist ein Weißer. Aber seine schwarzen Kunden bedient schwarzes Personal, das dem Chef die Losung abliefert. Er wohnt nicht hier. Der einzige Europäer, der die schwarze Nachbarschaft wagt, ist der Italiener; er steht selbst in seinem Fruchtladen oder in seinem Salon zur Reinigung von Hüten und zum Besohlen von Stiefeln und schläft im anstoßenden Kämmerchen.

Hinter seiner Wäscherolle schläft der Chinese. Ihm mag es nicht schmählicher erscheinen, im Bezirk der Schwarzen Teufel zu leben als in jenem der Weißen Teufel. Weiß er, daß ihn beide als Gelben Teufel ablehnen und daß sie allesamt Arme Teufel sind?

Unten in der Weißenstadt schuftet die Armee der zweimalhunderttausend Neger. Nach Arbeitsschluß müssen sie hinauf in ihre Zellen. Nicht einmal die Hausgehilfin nächtigt dort; wo sie dient. Die Wartung der Kinder obliegt ihr allein, und sie kocht für die Herrschaft. Wenn sie auch oft nur deshalb engagiert ist, weil in ganz Amerika Not an weißem Hauspersonal herrscht und weil sie der Herr des Hauses nicht einmal in den Popo zwickt (kein weißer Gentleman läßt sich mit einer Farbigen ein), so muß doch ihre Vertrauenswürdigkeit und ihre Reinlichkeit hoch eingeschätzt sein, da man ihr die Fürsorge für die beiden wichtigsten Dinge überläßt: das Kind und den Magen. Trotzdem darf sie nicht mit ihrer Herrschaft unter dem gleichen Dach schlafen.

New Yorker Neger sind erst die Urenkel jener Schiffsladungen, die, als »Schwarzes Elfenbein« deklariert, aus Afrika in die Plantagen der Südstaaten gingen, erst die vierte Generation jener übereinander und untereinander im

Verdeck verfrachteten Sklaven, von denen die Hälfte während des Transports starb und die andere Hälfte über und unter den Leichen liegenblieb. Das Meer war fünf Meilen im Umkreis der Sklavenschiffe verstunken und verpestet ... Seither sind sie Sklaven.

Bis vor kurzem waren sie nicht einmal von den Arbeitern als Arbeiter anerkannt; erst als die Kommunisten sie in ihre Organisationen aufnahmen, mußten die Gewerkschaften ihre Negersperre aufheben, um der kommunistischen Konkurrenz zu begegnen.

An den Kiosken Harlems kann man allerhand Blätter kaufen, die ihren Interessen dienen. »Opportunity« ist eine politisch-kulturelle Zeitschrift, »Harlem« ein literarisches Magazin, »The Afro-American« (aus Baltimore) eine Riesenzeitung mit Negernachrichten und Photos; das Wochenblatt »The Negro World« tritt für ein schwarzes Zion ein, ruft die Farbenbrüder in der Diaspora auf, das heilige Reich in Afrika wieder aufzurichten. Das wird wohl ein »Ugandaprojekt« bleiben.

Die Lautsprecher auf den Hauptstraßen Harlems locken hörbarer und deutlicher zu näheren Zielen. Zu den Geschäften mit Radioapparaten, Grammophonen, Musikinstrumenten und Noten. Und die armseligen Lastträger vom Hafen, die livrierten Gepäckträger der Bahnhöfe, die Elevator-men (zu deutsch: Liftboys) aus den Wohntürmen und Geschäftspyramiden der City, die Tellerwäscher und Botenjungen und Kindermädchen stauen sich davor.

Denn durch diese Pforte sehen sie, schwarze Schüler des Yankees, den Weg in das Reich von Erfolg und Geld, wo die Chocolate Kiddies und die Blackbirds Aufnahme fanden, wo Roland Hayes singt, wo das Plantation Orchestra spielt, wo Aida Ward und Josephine Baker tanzen und andere Schwarze in den Dancings von Paris und London jazzen und auf den großen Theatern steppen.

Aber: so viele Musikläden es gibt, so viele Pfandleihen. Die drei Goldkugeln, die in anderen Bezirken das Zeichen dieses Gewerbes sind, fehlen hier. Unverhüllt sagt das Firmenschild: »Pawnbroker«. Auch nachts geöffnet. Noch jetzt könnt ihr verkaufen, versetzen, einlösen, kaufen oder mieten. Ein Frackanzug mit Lackschuhen kostet für einen Abend einen Dollar Leihgebühr, um vier Dollar könnt ihr einen glänzenden Tuxedo (Smoking) kaufen.

Für wie wenige Cents mag er versetzt worden sein! Und selbst die konnte der Arme nicht aufbringen, um seinen alten Arbeitsanzug wieder einzulösen. Welche Not müssen die gehabt haben, die hier ihre Saxophone, Ukulelen und Banjos veräußerten, mit denen sie auszuziehen hofften aus der Hölle der Farbigen und spielend einzuziehen in das Himmelreich der Weißen.

Mit Auswanderern durch Frankreich

Auf den Stufen des Bahnhofes Saint-Lazare oder oben im Wartesaal sitzen Gruppen von Europamüden aus der Slowakei. Sie passen so gar nicht nach Paris, die bunten Bauernfiguren nehmen sich unter den Wölbungen der Bahnhofshalle mehr als deplaciert aus. Wird dem Huhn man nichts tun? Ein Auto fährt gerade vor und bläst aus dem Auspuff den Auswanderern das Benzingas ins Gesicht, eine Dame steigt aus, mit Hutkoffern und Schrankkoffern und Kassetten, vom Bahnhof Saint-Lazare fährt man nach Deauville, nach Honfleur, nach Trouville, im Bahnhof Saint-Lazare sitzen die Slowaken, die aus der Slowakei fort wollen und aus Europa. Um sieben Uhr früh sind sie in Paris angekommen, von Prag über Nürnberg – Kehl – Straßburg, eine lange Reise im vollgestopften Waggon. Nach der Ankunft hat man sie im Auto vom Ostbahnhof zum Bahnhof des heiligen Lazarus gebracht (wofür ihnen vier Franken berechnet werden), und nun hocken sie hier auf Fliesen und warten, bis ihnen am Abend von der Schiffsgesellschaft die umgeschriebenen, ins Französische übersetzten Reisepapiere gebracht werden, mit denen sie nach Cherbourg oder Le Havre weiterfahren können. Wagt sich einer ein paar Schritte vom Bahnhof fort, so geht er in eine Bäckerei oder in einen Obstladen, zeigt auf irgend etwas und reicht einen Zehnfrankenschein hin, damit man ihm darauf zurückgebe. Aber die Händler in der Nähe des Bahnhofes kennen die Emigranten schon und geben nicht übermäßig viel Geld auf eine Banknote heraus. Um so mißtrauischer sind die Slowaken gegen den, der sie da in Paris – unvermutet genug – in ihrer Sprache anredet und wissen möchte, wie es ihnen ergangen ist. Schließlich jedoch, wenn sie hören, daß man ihre Heimat kennt, in manchem der slowakischen Dörfer war, lassen sie sich in ein Gespräch ein. Besonders, wenn man mit ihnen im Abteil sitzt, eine Nacht lang. Um dreiundzwanzig Uhr fährt der Zug gegen Le Havre.

Zehn Leute sind wir im Kupee und neun rotgeblümte Ranzen und einige Laibe Schwarzbrot und etliche Federbetten. Ein alter Slowak, eine alte Slowakin, ein Sohn, eine Tochter, ein anderer Bursch und vier andere Mädel. Überhaupt fahren viele Mädchen hinüber. Wenn man in der Slowakei zweiundzwanzig Jahre alt geworden ist und keinen Mann gefunden hat, geht man übers Meer. Dort sind immer slowakische Jünglinge, die heiraten wollen. Vielleicht wartet schon einer auf Ellis Island; und wenn nicht – bis sie nach Wisconsin kommt, kann sie sicherlich gleich heiraten. »Věte cítat po englicky?« Und schon holt der Alte aus einem verknüpften roten Taschentuch den Brief heraus, den jeder slowakische Onkel aus Amerika schreiben läßt, wenn er sich ein paar Dollar erspart hat. Auch er sehnt sich in der Fremde nach Heimat, Familie und Muttersprache. In diesem Falle pflegen andere nach Hause zu fahren, der Slowak läßt aber Heimat, Familie und Muttersprache zu sich kommen. Das ist vielleicht nicht mehr slowakisch, das ist bereits amerikanisch. In dem Brief, den er den Neffen und Nichten in das Dorf schickt, steht, daß er schon alles besorgt hat. Der Brief ist englisch. Ein Slowak schickt ihn ab. In die Tschechoslowakei. Einem andern Slowaken, der bloß in die magyarische Schule gegangen ist. Hier in Frankreich liest ihn jetzt einer, der in deutscher Sprache darüber einen Bericht schreiben wird. Was steht in dem Brief? Der Onkel war in Massachusetts (USA) bei einem Schiffahrtsagenten und hat für die Verwandten im Trencsiner Komitat (USCz) eine schöne himmelblaue Schiffskarte für fünf Personen gekauft und ihnen schicken lassen. Dann ist er zum Notar geführt worden, beschworen hat er, unterschrieben hat er – was er wahrscheinlich der Einfachheit und Frömmigkeit halber mit drei Kreuzen getan – ein ellenlanges Protokoll, das den spaßigen Namen »Affidavit« führt, und hat seine tiefsten Geheimnisse bloßgelegt.

Das ist der amerikanische Brief des Slowaken. Der Herr nimmt die Seinen zu sich ins bessere Jenseits. Der Herr ist der Onkel drüben, die Seinen sind die Slowaken zu Hause, und das bessere Jenseits ist Amerika. Unser Zug aber, bisher über flaches Feld fahrend, rattert nun plötzlich über Eisen, die Konstruktionen einer Brükkenbrüstung schlagen Rad vor dem Waggonfenster, und im Strome zittern Lichter eines großen Umschlagplatzes und vieler Seineschiffe. Man kann – wenn man schon einmal am Tage in Rouen war – die Stelle konstatieren, wo das Haus des großen Dichters eines großen Romanes stand. Darin kommt auch eine Frau vor, die europamüde und fluchtbereit war, Gatten und Kind verlassen wollte;

aber der Geliebte kam nicht, ihm graute vor der Reise, und Emma Bovary tötete sich.

Der alte Slowak packt den Brief wieder in sein rotes Taschentuch, macht den ersten Knoten und will den zweiten knüpfen. Aber dann reicht er dem Wißbegierigen noch ein »pismo« hin, noch einen Brief.

Das ist ein Brief, der nicht von einem Slowaken ist, sondern von einer englischen Schiffahrtsgesellschaft. Und siehe da, gerade der ist in slowakischer Sprache geschrieben: »Wir haben für Sie und vier erwachsene Personen eine Schiffskarte dritter Klasse (Nr. 40126 M) von Prag über Le Havre und New York bis Bingtown im Staate Massachusetts von ihrem Verwandten Frank (František, Ferencz) Csonka bekommen. Außerdem haben wir für Sie fünf Schecks von je fünfundzwanzig Dollar erhalten, mit denen Sie sich bei Betreten des amerikanischen Bodens laut dem dortigen Einwanderungsgesetz ausweisen müssen (Landingmoney). Sie brauchen zu Ihrer Reise einen von Ihrem Zupan ausgestellten, nach Amerika lautenden, noch gültigen Paß; die Reise nach Prag, das amerikanische, deutsche und französische Visum und die Verpflegung auf der Eisenbahnfahrt nach Le Havre müssen Sie selbst bezahlen, wozu Sie im ganzen für jeden Erwachsenen fünfzehnhundert Kronen, also zusammen siebentausendfünfhundert Kronen tschech. W. brauchen, die Sie sich von Ihrem Gelde mitnehmen müssen. In Prag werden Sie zumindest vier bis fünf Tage bleiben müssen; steigen Sie nicht in Prag selbst aus, sondern in der Station Lieben, wo Sie in der Nähe die Auswandererbaracken finden werden. Kommen Sie dann sofort in unser Büro. Auf beiliegender Karte haben Sie auszufüllen, daß Sie alle Papiere in Ordnung haben und das erforderliche Geld besitzen und ob Sie den übrigen Bedingungen entsprechen, ob Sie lesen und schreiben können, ob Sie nicht krank sind, nicht vorbestraft und um welche Zeit Sie abzureisen imstande sind. Schicken Sie uns die Karte ausgefüllt zurück, und wir werden Ihnen dann mitteilen, wann Sie nach Prag zu kommen haben.«

Es wird einem schwindlig, wenn man den (hier gekürzt wiedergegebenen) Brief liest und sich vergegenwärtigt, wie viel diese unbeholfenen Menschen aufbieten mußten, um aus ihrem Dorfe fortziehen zu können, und was noch ihrer harrt. Es ist schon halb zwei Uhr nachts, unsere Eisenbahn fährt durch die schlafende Normandie. Die Slowakinmutter ist sitzend eingenickt, die beiden Burschen haben die Arme auf die Knie aufgestützt und schlafen auch, und die fünf Slowakenmädel, aneinandergelehnt, schnarchen ebenfalls. Nur der alte Slowak wartet, bis er den Brief zurückbekommen wird. In Yvetot wollen Leute in unser Abteil; als sie es aber mit Emigranten vollgestopft sehen, suchen sie ihr Glück anderswo. Es sollen so zufriedene Menschen sein, die Leute von Yvetot, ein altfranzösisches Chanson erzählt wenigstens davon und von ihrem König. Die Yvette Guilbert singt das Lied:

Il était un roi d'Yvetot
Peu connu dans l'histoire,
Se levant tard, se couchant tôt,
Dormant fort bien sans gloire,
Et couronné par Jeanetton
D'un simple bonnet de coton ...

Durch Alvimare geht die Fahrt weiter, durch Beuzeville-Bréauté. Der alte Slowak hat seinen Brief wieder, und da er eine Zigarre bekommen hat und rauchen muß, also nicht schlafen kann, erzählt er weiter von seinem Leidensweg.

No ja, wie er den Brief dahatte, hat er seine Hütte verkauft. Zweitausendzweihundert Kronen hat er für sie bekommen, ist die Ämter abgelaufen um die Papiere, aber es hat nichts genützt: Für den zweiten Sohn, den Miklos, hat er keinen Paß bekommen und mußte den Burschen daheim lassen, weil er noch militärpflichtig ist. »No ja, und dann haben wir das Schwein geschlachtet und Würste gemacht, und meine Alte hat zwölf Laib Brot gebacken, und wir haben unsere Pinkel geschnürt und sind nach Prag gefahren. Mein Nachbar, der Skalik, hat wollen, wir sollen auf seine Familie warten, bis sie aus Amerika die Schiffskarte bekommen werden, aber ich habe gesagt, das kann noch bis zum Winter dauern, und im Winter fahre ich nicht.« Ihr glaubt, daß im Winter die Seereise böse ist? Oder daß ihr dann drüben keine Feldarbeit finden würdet? »Ba né, das ist ganz gleich. Aber man erzählt bei uns, daß man in Prag auch im ärgsten Frost die ganze Nacht auf der Straße angestellt ist, damit man das Visum bekommt. Das soll ja schrecklich sein.«

Und er erzählt, von den inzwischen erwachten Familienmitgliedern unterstützt, die Abenteuer aus Prager Gassen und Nächten. Den ersten Schmerz haben er und die Seinen schon bei der Ankunft in Lieben durch den Herrn Diener der Kompanie erfahren müssen, der sie dort mit seiner mit Goldbuchstaben geschmückten Mütze erwartet hat. Von ihm erfuhren sie auf ihre erste Frage, daß sie nicht auf einem »ctyrdamfy«, nicht auf einem ersehnten Schiffe mit vier Schornsteinen, übers Meer fahren würden, sondern mit einem Schiffe von drei »damfy« vorliebnehmen müßten. Dann hat die Schreibweise des Namens und eine Altersangabe im Reisepaß nicht mit den Angaben in der eingesandten Schiffskarte übereingestimmt. Man mußte nach Massachusetts kabeln und in Prag die Antwort abwarten.

Nun erst hatte er die berühmt komische Deklaration auszufüllen mit ihren vielen, vielen Fragen: Wieviel Geld er im Vermögen habe, ob er in der Tschechoslowakei

Verwandte zurücklasse und wie sie hießen, ob er Kommunist, Anarchist oder Nihilist sei, ob er schon einmal im Gefängnis oder im Irrenhaus war, ob er die Ermordung von Regierungsbeamten gutheiße oder unterstütze, ob er die Absicht habe, die Regierung der Vereinigten Staaten gewaltsam anzugreifen, ob er sonst gesund sei, ob er lesen und schreiben könne, ob er ein Mann oder eine Frau, welches seine Körpergröße (in Zoll und Fuß anzugeben) und ob er Polygamist sei, und warum das alles? Ein Exemplar dieser Deklaration war für die Schiffahrtskompanie, ein zweites mußte er in einem Schreibmaschinenbüro fürs Konsulat herstellen lassen.

Alle wurden vom Arzt untersucht, und die Ercsebét war trachomverdächtig und sollte auf die Klinik. In der Niklasstraße, vor dem amerikanischen Konsulat, stellte man sich abends mit der ganzen Familie auf dem Trottoir an, um am nächsten Tag an die Reihe zu kommen. Zehn Dollar hat man für das Visum bezahlt und war noch froh, daß man's bekam – vielen Leuten wird es ohne Angabe von Gründen verweigert. Die haben dann die Reise nach Prag vergeblich gemacht und müssen in ihren Heimatort zurück, wo sie obdachlos sind. Freilich, wenn ein Abgewiesener nach ein paar Tagen wiederkommt und nicht erkannt wird, erzählt der Slowak, kann man das Visum doch erhalten. »Die Pavek Maria war viermal oben, und erst beim fünftenmal hat sie das Visum gekriegt!« Das französische und das deutsche Visum besorgt die Kompanie. »Auf der Straße hat uns ein Mann angeboten, auch für den Miklos einen Paß zu verschaffen, und wollte dreihundert Kronen im voraus und dreihundert Kronen nachher. Meine Alte hat wollen, ich soll ihm das Geld geben, aber ich hab gesagt, das ist sicher ein Schwindler, und hab's nicht gemacht. Ich weiß schon von diesen Gaunern: Vielen von uns haben sie alles Geld abgenommen und die Papiere dazu! No, und so lange haben wir mit all diesen Geschichten zu tun gehabt, daß wir keine Nummer bekommen haben.« Was heißt das? »No, es dürfen jeden Monat nur dreitausend Leute aus der Slowakei wegfahren, und die dreitausend Nummern waren schon ausgegeben. Da haben wir bis zum nächsten Monat in Prag warten müssen.« Das war bös, nicht? Die ganze Familie schmunzelt. »No ja, es hat auch sein Gutes gehabt: Jetzt fahren wir doch auf einem Ctyrdamfy!«

Der Regen peitscht den Sonntagmorgen, als wir in Le Havre ankommen. Es ist fünf Uhr früh. Aus allen Waggons kriechen Slowaken mit verklebten, blinzelnden Augen. Sie sammeln sich um die Diener der Schiffahrtskompanie. Ein Autobus nimmt Sack und Pack auf.

Der Autobus mit den Slowaken fährt nicht nach dem Osten, wo der Hafen ist, sondern zunächst westwärts, in die Vorstadt Graville. Das sind Straßen, die oft ganz fensterlos sind: Ummauerungen von Lagerhäusern, Kohlenmagazine, Fabrikwände. Hie und da bettelarme Arbeiterhäuser. Auf der Straße sind Eisenbahngleise gelegt, und Lastzüge fahren zum Hafen. Die Fahrbahn ist ungepflastert. Eine Straße heißt Rue de Blanqui, nach dem Theoretiker des Putschismus. An den Wänden kleben Plakate, die Société Générale des Travailleurs du Bâtiment erklärt den Streik, die Union des Syndicats beruft für zwanzig Uhr dreißig Minuten eine Réunion ein; Programm: die Lohnbedingungen der Verlader. Andere Plakate: Helft dem hungernden Rußland! Vive la IIIième Internationale! Oberhalb eines kleinen Hoftores auf dem Boulevard Sadi Carnot hängt die Fahne der Schiffahrtskompanie. Dort hält der Autobus, und die Slowaken klettern hinunter, ängstlich um ihre Ranzen besorgt, die sie einander vom Wagen reichen. Zwei betrunkene Neger, nicht solche, wie man sie in den Großstädten sieht, sondern magere, zerlumpte Burschen mit schlenkernden O-Beinen, Orang-Utans fast ähnlicher als Menschen, bleiben stehen und lachen zähnefletschend über das ungeschickte Aussteigen der Auswanderer und über die gestärkten, abstehenden Röcke der Frauen; unendlich exotisch kommen ihnen die Slowaken vor. Die Nigger rufen ihnen verschiedenes zu, und die Auswanderer verschwinden erschrocken in der Tür.

Ein Hof. Der ist von einer ebenerdigen Baracke, einem einstöckigen Haus, einer Planke und – links vom Eingang – von Holzkabinen umschlossen, darin der Verwalter sein Büro hat und seine Wohnung. Das Ganze erinnert an das Gebäude eines Hundefängers; es ist aber eine Entlausungsanstalt, nobler gesagt: L'établissement de la Désinfection à Graville. Es regnet in Strömen, dieweil wir auf dem Hofe stehen und warten, bis die Dokumente eingesammelt sind. Die Regensträhnen geben den Wänden graue Lasur. Davor die müden, fröstelnden Slowaken. Wer je in der Slowakei war, dort eine Prozession sah von leuchtenden Farben, die kein Uprka auf der Palette hat, Kronen aus gläsernem Silber auf Mädchenköpfen, jubelnde Blumen auf Kopftüchern, spiegelnden Lack hoher Stiefel und goldglänzende Kugelknöpfe, all das vor einer Kulisse reifen Kornes und guten Waldes – wer dort die Slowakei sah und sie hier wiedersieht, wird wahrhaftig trüb gestimmt wie Regenwetter.

Ein Riesensaal nimmt den Emigrantenstrom auf, ein Raum mit hundertfünfundsiebzig Bettgestellen von je zwei übereinander angeordneten Schlafgelegenheiten. Der obere Schlafgast muß, den Fuß auf das »Bett« des untern stellend, in sein eigenes klettern. Man liegt keineswegs auf Matratzen, sondern auf Segeltuch, das zwischen vier Horizontalstangen des Gerüstes gespannt ist, sozusagen in breiteren Hängematten. Am Fußende sind Gepäckhaken für die Ranzen befestigt. Unfreundlich und verdächtig ist dieser Saal, in dem die Neuangekommenen heute den Sonntag verbringen und nächtigen werden. Männer, Frauen, Mädchen, Burschen und Kinder gemeinsam. Es sind schon hundert polnische Emigranten da, gestern abend eingetroffen, und sie lagern im selben Gemach, mustern die slowakischen Ankömmlinge mit Mißfallen.

Amerika hat in der Restrictions Bill die Emigration seit dem 3. Juni 1921 derart eingeschränkt, daß von jeder in Nordamerika vor dem Jahre 1924 angesiedelt gewesenen Nation jährlich bloß weitere drei Prozent einwandern dürfen. Aus der Tschechoslowakei dürfen demnach jährlich »nur« vierunddreißigtausend Menschen ins Gelobte Land. Oder genauer: Für zweitausendachthundertvierundfünfzig Menschen gibt der Registration Officer in Prag monatlich je eine »Registration Number« aus. (Mit dieser Zahl von Auswanderern marschiert die Tschechoslowakei an dritter Stelle aller Staaten – Großbritannien und Deutschland haben die Führung.) Wer später kommt – wie zum Beispiel unser Slowak –, muß in der Baracke in Lieben oder auf dem Hradschin bis zum nächsten Monat warten. Die genannte Zahl darf um zwanzig Prozent nur von Angehörigen nachstehender Berufe überschritten werden, die in der Reihenfolge des Gesetzes mitgeteilt seien: berufsmäßige Schauspieler, Künstler, Sänger, Pflegerinnen, Priester irgendeiner Religion, Universitäts- oder Mittelschullehrer und Leute, die einem Berufe von höherem Studiengang angehören. Dienstboten können jederzeit und in jeder beliebigen Zahl nach Amerika einwandern.

Im großen Schlafsaal der Graviller Desinfektionsanstalt möchten sich die neuangekommenen Slowaken scheu in jene Ecke drücken, die von den polnischen Leidensgenossen am entferntesten ist. Die Instruktion sagt jedoch nichts von einer Feindschaft zwischen Tschechoslowaken und Polen, sie ist vielleicht lange vor der Teilung Teschens verfaßt worden, und die Slowaken müssen »aufrücken und anschließen«. Man kann sich Sonntage vorstellen, die amüsanter und erfrischender sind als ein Sonntag in der Entlausungsanstalt. Schnell sind die Mahlzeiten vorüber, und endlos ist der Tag. Die Polen spielen Karten, streiten, machen Lärm, singen. Beieinander hocken die Slowaken, schauen sich das fremde Geld an und erzählen, was zu dieser Stunde jeder der zurückgebliebenen Dorfbewohner von Bycská Nová Ves machen mag.

An den Wänden hängen Tafeln: Was hat die Schiffahrtsgesellschaft zu zahlen, wenn bei den Eingewanderten eine Krankheit konstatiert wird? Für jeden Tuberkulösen 200 Dollar, für jeden Fall von Trachom 200 Dollar, für jeden venerisch Kranken 100 Dollar, Tabes 150 Dollar, Senilität 25 Dollar, Verkrüppelung 25 Dollar, Bruch 25 Dollar – sogar für Krankheiten gibt es also in Amerika fixe Preise.

»E Schnupfen kann kosten höchstens drei Cent«, kalkuliert ein jüdischer Bub, der zur Gruppe der Polen gehört und sich vor dieser Anschlagstafel die Nase putzt.

Die Affichen in allen Sprachen: Hommes, Uomini, Men, Männer, Hombres, Mužsky, Férfiaknak, Merczyzn, Alymny, griechische Buchstaben, türkische Buchstaben, kyrillische.

Am nächsten Tag: Vergatterung im Vorsaal der Desinfektionsabteilung. Von dort wird man in Gruppen, die Frauen extra, die Männer extra und die Kinder extra, in die Entkleidungssäle geführt. Hier muß sich jeder, jede und jedes nackt ausziehen, die Kleider werden mit der übrigen Habe in einen Sack gepackt, und der wandert in einen der beiden Desinfektoren. Bei hundertfünfundzwanzig Grad sterben darin die Flöhe, Wanzen, Kleider- und andere Läuse an Hitzschlag. Der glückliche Besitzer besagter Wertsachen aber zieht nackt in den Duschraum und muß sich waschen und duschen, ob er will oder nicht. Eingehüllt in weißes Linnen, werden nacheinander den Männern die Haare kahlgeschoren und die Bärte rasiert, den Frauen und den polnischen Juden die Haare strähnenweise minuziös nach Schätzen durchforscht. Hierauf untersucht der Arzt jeden einzelnen auf Herz, Nieren und so weiter. Hat man diese Prüfung bestanden, kriegt man seinen Sack wieder, darf seine Kleider anziehen, die jetzt allerdings noch etwas zerknitterter geworden sind, und bekommt eine gestempelte »health card«. Wer nicht so guter Zensur für würdig erachtet wird, muß repetieren und in Graville bleiben; es ist nicht so schön hier, als daß sich nicht jeder dieser Repetenten bemühen würde, seine Krätze oder dergleichen zu kurieren, um so schleunig, wie es geht, wegzukommen. Die übrigen aber, die mit der »Gesundheitsbescheinigung«, die sind – noch immer nicht amerikareif? Oh, noch lange nicht!

Die kommen jetzt nach Le Havre. Dort ist, gleich hinter dem Justizpalast, die Quarantänestation, offiziell »Hôtel des Emigrants« genannt. Für achthundert Menschen sind Schlafstellen in diesem Hause, und wir finden alle belegt. Welch ein Gewirr im Stiegenhaus, auf dem Hofe, im Speisesaal, in den Dortoirs! Und wieviel Sprachen – die Arbeitergemeinschaft beim Turmbau von Babel muß im Vergleich zu diesem Gewirr ein einheitlicher Nationalstaat gewesen sein! Kinder rutschen die Treppengeländer hinab, Weiber spülen in den eingebauten Waschtrögen im Hofe Windeln, Kinderhemden, Kleidchen, Strümpfe. Kreuz und quer sind Wäscheleinen gespannt und lückenlos behängt, Jünglinge kneifen vorbeieilende Mädchen in den Popo, im Speisesaal rasselt ein automatisches Klavier, draußen spielt ein Bursche Ziehharmonika, unentwegt denselben Csárdás, von verzückten Frauen umringt. Im Speisesaal ißt man an langen, ungedeckten Tischen, die Waschräume ähneln denen einer Kaserne.

Die Schlafsäle sind nach Geschlechtern geschieden, aber diese Anordnung läßt sich nicht strikt einhalten. Die Frauen wollen nun einmal nicht von ihren Männern getrennt sein. Wir sind in Le Havre, in Frankreich, in einer Hafenstadt, wo nachts mancherlei Unheil geschehen kann. Zwar ist das Meer auf der anderen Seite der Stadt, aber auch in sturmfreier Gegend kann man Schiffbruch erleiden, und es ist daher hier begreiflicher als anderwärts, wenn die Gattin den Gatten nächtlicherweile bei sich haben will. Solchen Gründen kann sich das Aufsichtspersonal schwer verschließen.

Übrigens ist hier, zum Unterschiede von der Desinfektionsanstalt in Graville, eine Scheidung zwischen Passagieren zweiter und dritter Klasse durchgeführt. Die Zweite-Klasse-Passagiere haben Räume zu neun bis zwölf Schlafstellen mit Wollmatratzen. Die Mahlzeiten aber sind für alle Bewohner der Quarantänestation gleich. Dreizehn Franken täglich werden für das Essen berechnet. Das ist auch für französische Verhältnisse ein äußerst hoher Preis, wenn man bedenkt, daß man in vielen Restaurants in Paris für drei Franken fünfzig schon ein gutes Menü bekommt und daß es sich doch hier um die Massenverabfolgung einer einheitlich hergestellten Mahlzeit handelt. Für den Bagagetransport wird eine Gebühr von zwanzig Franken eingehoben. Allerdings: wenn die Emigranten in einem Hotel von Le Havre Kost und Quartier nehmen würden, kämen sie kaum billiger weg. Man betrachtet sie in den Auswandererhäfen als besonders wehrlose Objekte der Ausbeutung. Der Quarantänestation gegenüber sind zum Beispiel Verkaufsstände, wo man Kämme, Handtücher, Ansichtskarten, Obst, Schokolade und Eis zu unverschämten Preisen verkauft – von den Benachteiligungen beim Geldwechsel abgesehen. Die Quarantäne dauert zwölf Tage, in welche die Dauer der Schiffsüberfahrt eingeschlossen ist. Nach etwa acht Tagen fahren die Emigranten zum Molo, auf einem Brettersteg balancieren sie in den unteren Teil des Schiffsrumpfes, ohne das Oberdeck zu betreten. Die Matrosen bugsieren sie in Kabinen oder zu den Matratzen auf dem Zwischendeck. Dann wartet man, bis der Extrazug aus Paris ankommt, der auf dem Kai hält, hart an der Landungsbrücke, und die Passagiere erster Klasse bringt. Die steigen aus, elegante Lederkoffer werden ihnen nachgetragen, und der Dampfer sticht in See.

Vom Zwischendeck sieht der Slowak zu. Die Herren und Damen starrt er an, die vorgestern, vielleicht sogar gestern von zu Hause abgefahren sind und so bequem Anschluß haben, während seine Reise mit den Vorbereitungen so viele Monate, so viel Geld, so viel Mühe, so viele Gefahren und so viele Leiden gekostet hat, von denen man sich in der Heimat keinen Begriff machen kann. Die alte Heimat hat er verloren, und die neue hat er noch lange nicht gefunden. Aber der Slowak vergleicht nicht, und keinerlei soziale Erwägungen beschweren ihn auf seiner Fahrt auf dem lang ersehnten »ctyrdamfy«.

Künste

Übungsplatz zukünftiger Clowns

Wen ein anmutiges Schicksal nach dem Mittagessen in den Bois de Vincennes hinausführt, der kann sich auf der Insel Dumesnil mannigfach belustigen: Er kann sich in einen der Büsche am Seeufer legen, auf den weichen Rasen, und sich einfach seines Schicksals freuen. Oder er kann den Knaben zusehen, die aus dem Gymnasium direkt ins Gymnase hierhergeeilt sind, um unbeaufsichtigt und unkommandiert und unbekleidet (bis auf Schwimmhose) zu turnen. Oder kann sich der obbemeldete Glückliche an den unterschiedlichen Vergnügungsautomaten ergötzen, zum Beispiel am Elektrisierapparat, dessen Strom allerdings sein eingangs erwähntes anmutiges Schicksal aufkreischen läßt, damit die Aufmerksamkeit der vorübergehenden Herren erregt werde.

Auf einem Rasenplatz treiben dreizehn Burschen in Hemdsärmeln allerhand unvernünftiges Zeug. Der eine versucht, auf einen werten Freund hinaufzuklettern, ein anscheinend noch werterer Freund zieht ihn am Hosenboden und fällt selbst auf den Allerwertesten. Einer läuft auf den Händen, überschlägt sich aber plötzlich und bleibt nach einigen verzweifelten Zuckungen leblos liegen. Anlauf zum Sprung nimmt ein dritter, stolpert dabei und stürzt hin. Anfangs glaubt der Passant, einige besonders ungeschickte Parterregymnasten vor sich zu haben. Es stellt sich jedoch bald heraus, daß die jungen Männer den Ehrgeiz, Akrobaten zu werden, einmal besessen haben mögen, aber nun von einem anderen beseelt sind. Ihre gekrümmte Haltung ist Absicht, ihr Gang mit durchgedrückten Knien ist Absicht, und Absicht ist ihr Stolpern und Liegenbleiben. Man erkennt es, wenn sie bei einem Sturze mit Fistelstimme »o la la« rufen oder sich hinten an den eigenen Beinkleidern wieder in die Höhe zu ziehen versuchen: die dreizehn ahmen Zirkusclowns nach.

Wenn sie müde sind vom Handstand und vom Hinfallen, dann holt jeder seinen Hut von dem Kleiderhaufen, neben dem sehr viele große Geschäftsschlüssel liegen, und sie werfen den Chapeau mélon in die Höhe, um ihn mit dem Kopfe aufzufangen, o la la!, oder lassen ihn den Arm hinabgleiten und fangen ihn mit der Fußspitze auf, o la la! Zwei proben die Parodie des Boxkampfes zwischen Clown und dummem August: wie der Clown nach jedem gelandeten Hieb »stop« ruft und der gerade zum Stoß ausholende August daraufhin die Arme hochheben muß, bis der Kampf in eine Prügelei ausartet und schließlich damit endet, daß die beiden Champions weit voneinander entfernt auf der Erde liegen, beide halbtot, nur noch unsäglich matt mit den Händen in die Luft schlagend. Zwei andere spielen die Duoszene, in der sich der dumme August mit dem Clown »telefonisch« unterhält, bis ihn der Clown um hundert Franken anpumpt; da hört er plötzlich zu hören auf, der Apparat funktioniert nicht mehr, o la la! Und was der infantilen Scherze mehr sind, die uns im Zirkus so gefallen, weil sie eben infantil sind, derart überraschend blödsinnig, daß man lachen muß.

Die dreizehn jungen Leute sind samt und sonders Handlungsdiener. Sie sind Pariser und lernen diese alten Manegewitze im Tonfall der englischen Sprache und mit großem Ernst. Aus der inneren Stadt sind sie in der Mittagspause mit der Untergrundbahn hierher nach Vincennes gefahren, drei Viertelstunden nimmt die Reise hin und zurück in Anspruch. Eine Stunde lang können sie üben. Sie sagen, daß sie das nur zum Sport tun. Aber aus Sport kann man wohl einen Sport betreiben, aber nicht die Parodie eines Sports. Und sicherlich wird jeder von ihnen eines Abends dem Buchhalter die

Ladenschlüssel hinwerfen und in einem Vorstadtzirkus als Diener Beschäftigung suchen, dort wird ihn der Clown als Zielscheibe seiner Witze bald herausgefunden haben, und einst wird kommen der Tag, an dem der heutige Geschäftsdiener in grellseidenem Narrengewand, die Kegelkappe über weißgepudertem Gesicht und kugelglattem Schädel, in die Manege tappt. Er wird kein so berühmter Clown werden wie Little Pitch oder Chaplin oder Mr. Chocolade oder die Frattelini oder ein anderer der Großen, die in Paris populär sind: Die können das alles wirklich, was sie parodieren, die sind gewiß schon als zweijährige Kinder von Papa den Zirkusgästen vorgeführt worden und kennen ihr Publikum und bringen ihm, was es will. Doch die dreizehn Handlungsdiener sind gelernte und geborene Handlungsdiener, und was sie hier allmittäglich am Ufer des Dumesnilsees im Bois de Vincennes tun, ist nichts als eine mehr oder minder gute Kopie abgebrauchter Zirkusscherze, von denen dreizehn auf ein Dutzend gehen.

In allen Schichten gibt es Sehnsucht nach Kunst. Der Arbeitersohn hat oft den Ehrgeiz, ein berühmter Koch zu werden. Der junge Geschäftsdiener will es zum meisterhaftesten Akrobaten bringen. Und der Gymnasiast träumt davon, unsterbliche Dramen zu dichten. Nichtdestoweniger wird zumeist jener Arbeitersohn nicht mehr als ein Kellner in einem kleinen Gasthaus, jener Geschäftsdiener nur ein Clown im kleinen Zirkus und jener Gymnasiast bloß ein Reporter, der über die kleinen Clowns einen Artikel von fünfundachtzig Zeilen schreibt.

Wildwest

Hier waren wir schon einmal. Lang, lang ist's her. Mit Karl May zogen wir durch Kalifornien. Wir hatten Allan Marshall, den Goldgräber, zu retten, gegen den die beiden Schurken Morgan, Vater und Sohn, einen Raubmord planten. Mit uns waren außer Old Shatterhand und seinem roten Bruder Winnetou noch Bernard Marshall, der Bruder des bedrohten Allan, dann der Trapper Sam, genannt Sans-Ear, der immer »zum Beispiel« sagte und »hihihi« hinzufügte, und der Neger Bob.

Hier, in der Nähe des Cahunga-Passes, warfen wir das Lasso über einen Büffel, schlachteten ihn. Bernard Marshall wurde dafür von einem Gaucho der nahen Hazienda mit dem Lasso gefangen, auf dem Boden geschleift und wäre sicherlich dabei zu Tode gekommen, wenn Old Shatterhand nicht zum Beispiel mit seiner Silberbüchse den Mustang des Cowboys getötet und Bruder Marshall befreit hätte, hihihi. Auch Rothäute trafen wir, Shishis, Schlangenindianer auf dem Kriegspfad, aber es waren keine stinkenden Coyoten, keine Comanchen, sondern wackere rote Männer, Freunde der Apachen, wie uns Winnetou erklärte, und daher auch unsere Freunde.

Das alles kann uns heute noch passieren, wenn wir den Cahunga-Paß hinauffahren, mit der Straßenbahn zum Beispiel, hihihi, zum Filmatelier der Universal. Dort finden wir Prärie und eine Gruppe von Blockhäusern mit dem Store, in dem wir für eine Handvoll Nuggets Mokassins kaufen können, einen Sattel und Gewehrmunition.

Hollywood dreht hundertfünfzig bis zweihundert Western Pictures, das heißt Wildwestfilme, im Jahr und braucht daher die Straße, die einmal in dieser Gegend keine Kulisse, sondern Wirklichkeit war. Freilich, wenn man den Raum dringend zu anderen Zwecken benötigt, so kalkuliert man, daß sich das nächste Western Picture in einem fremden Atelier gegen hundert Dollar Miete aufnehmen ließe und die eigene Western Street beseitigt werden kann.

Wie wird eine Western Street am billigsten beseitigt? Indem man sie niederbrennt. Und wie rentiert sich der Brand einer Western Street am besten? Indem man bei dieser Gelegenheit ein Western Picture aufnimmt.

In jeder mittleren Stadt Amerikas wird vor dem Hauptfilm entweder ein Collegian Picture oder ein Western Picture gezeigt, die nicht nach Europa kommen, außer in der Karikatur eines großen Filmkomikers. Das Collegian Picture hat immer die gleiche Handlung: Der ungeschickte Student, von den Kollegen verspottet, von der Angebeteten verschmäht, springt im letzten Augenblick in ein Wettspiel ein, verschafft seiner Mannschaft den Sieg und sich selbst Ruhm und Girl.

Da sind die Western Pictures reichhaltiger, die haben nicht alle ein und dieselbe Handlung, sondern es gibt zum Beispiel nicht weniger als zwei ganz verschiedene Handlungen, hihihi!

Entweder der edle Cowboy liebt die schöne Farmerstochter, die von dem schurkischen Cowboy, dem heavy, geraubt wird.

Oder: der edle Cowboy liebt die schöne Farmerstochter, aber ihr Vater will sie unbedingt einem heavy aus der Stadt geben, der ihn sonst auf Grund der Hypotheken von Haus und Hof vertreiben oder den Menschen und dem Vieh des Ranchos das Wasser entziehen würde.

In beiden Fällen siegt, das ist eben im Leben schon nicht anders, der edle Cowboy, so wie ja auch der ungeschickte College boy schließlich den Preis erringt, und das allabendlich höchlichst überraschte Publikum Amerikas jubelt begeistert.

Neu ist in fast jedem dieser Filme der Darsteller des Helden. Alljährlich findet in einer Stadt Arizonas ein öffentlicher Wettkampf der amerikanischen Cowboys statt, das Rodeo: Zureiten wilder Mustangs – Einfangen von Büffeln – Lassowurf – Reiterkünste; der Sieger wird als Cowboy-Star von einer Filmgesellschaft engagiert, und so zieht der Kuhtreiber in eine Villa von Beverly Hills oder in einen Bungalow von Maliboo Beach und gibt zum Beispiel Autogramme, hihihi. Tom Mix kam solchenwegs von der Hazienda ins Atelier und bezog dreitausend Dollar Wochenlohn, aber jetzt ist er ohne Engagement – Hoot Gibson und Ken Maynard haben seinen Ruhm verdunkelt, und Fred Thompson. Der war ein wirklicher Cowboy, denn er starb, kaum daß er aus dem freien Licht in das der Jupiterlampen kam; und sein Hengst, der »Silver King«, steht unbeschäftigt im Atelier der »Famous Players«, alle Cowboys, alle Sieger des Rodeos abwerfend, allen Lockungen von Zucker und Krippe hartnäckig trotzend – der einzige Charakter von Hollywood.

Die Rosse der anderen Reiterstars haben auch nicht viel zu tun. Während der Liebesszene mit der Farmerstochter grasen sie vor dem Blockhaus, im dritten reel (Western Pictures haben nur drei Akte) lassen sie sich's gefallen, daß auf ihren Pferderücken sich der heavy mit der geraubten Maid schwingt, beziehungsweise der edle Cowboy zwecks Verfolgung. Das sind Großaufnahmen.

Aber bei dieser Jagd sitzt der Verfolger nicht mehr auf dem Pferd, obwohl zum Beispiel ganz Amerika das glaubt, hihihi. Er sitzt bequem auf einem an das Aufnahmeauto montierten Sattel, der auf Sprungfedern schaukelt. Der Cowboy hält Zügel in der Hand, obwohl ja kein Pferd neben dem Auto angebracht ist, sondern nur ein Stück Pferdemähne – die Perücke eines Pferdes! So jagt er auf asphaltierter Straße kühn durch die Wildnis. Die Kamera ist derart auf ihn gerichtet, daß im fernen Hintergrund der verfolgte Reiter mitsamt seiner Sägespänepuppe im Bilde bleiben. Immer kleiner wird die Distanz, die Puppe ist keine Puppe mehr, sondern das

Double, eine Ersatzperson der Hauptdarstellerin, und schließlich die Hauptdarstellerin selbst. Der Edle reißt sie vom Pferd des Schändlichen auf seinen neben dem Auto federnden Sattel, unter dem sich zum Beispiel ein Sofa befindet, damit alles bequem ist und nichts passieren kann, hihihi.

Die Aufnahmen der drei Akte leitet ein Anfängerregisseur, und sie dauern kaum drei Tage. Denn alles, was nicht Großaufnahme ist, die Verfolgung mit dem Sheriff zum Beispiel, das Dahinjagen der Mustangs, das Gefecht am Ufer, hihihi – das alles, viele tausend Meter, wird aus früheren Western Pictures übernommen. Greift nur hinein in die stock shots, und wo ihr's packt, da ist es interessant.

Das Publikum merkt nicht, daß es die gleiche Handlung mit den gleichen Bildern wiedersieht, wenn nur der Cowboy der neueste Cowboy ist, Held aller alten und jungen Jungen. So wie's mit der Politik, dem Sport und dem Wagemut ist, ist's mit dem Cowboy in Amerika: Eine vergessene Generation hat selbst noch aus Tollkühnheit oder Romantik diese Reiterkunststücke getrieben, die nächste begeisterte sich nur, indem sie von Buffalo Bill in den Büchern las, die dritte aber nimmt sich nicht einmal die Mühe des Lesens, sondern sitzt gummikauend im Lehnstuhl und schaut zum Beispiel den immer von neuem verwässerten Kitsch immer von neuem an, hihihi.

Arbeit mit Charlie Chaplin

»Chaplin? Ja, wir können uns inzwischen bei ihm aufhalten, wollen Sie?«

Selbstverständlich wollte ich, denn er ist einer von den Gerechten, um derentwillen Amerika verschont werden muß vor dem Schicksal Sodoms und Gomorrhas.

Ein anderer dieser Gerechten ist der, der mir die Frage stellt, ob wir uns inzwischen bei Chaplin aufhalten wollen. Er heißt Upton Sinclair.

Wir waren eben in einer großen Filmentwicklungsanstalt von Hollywood, wohin Upton Sinclair seinen »Nash« gelenkt hatte, um einen Film abzuholen. Für seine Frau. Sinclair sprach von ihrem Leiden. Sie war von der ununterbrochenen verzweifelten Furcht erfüllt, krebskrank zu werden, obwohl sie vernunftgemäß die Grundlosigkeit dieser Angst einsah. Durch Suggestion und Wachhypnose Heilung suchend, wurde sie auf einen Magnetiseur aufmerksam, der sich bei seinen öffentlichen Experimenten »Nostradamus«, privat »Roman Astoja« nennt, aber ein Pole ist und okkulte Fähigkeiten zu entwickeln vermag. Aufnahmen der Trancezustände, in denen sich Roman Astoja Nägel durch Zunge und Arme sticht, enthielt der Filmstreifen, den Upton Sinclair abholen wollte. Er erzählte mir, der Film zeige auch, wie sich Astoja in Long Beach lebendig begraben und auf seinem Grab Fußball spielen läßt.

... Ein Fußballspiel auf dem Grab des Fakirs, fiel mir ganz unvermittelt ein, welch eine Filmgroteske! Für Chaplin! Der Fußballspieler Chaplin fühlt transzendentale Fähigkeiten, wird auf seinen Wunsch lebendig beerdigt, kratzt sich während des Wettspiels bis zur Erdoberfläche empor und wehrt einen gefährlichen Ball ab.

Diesen Einfall sprach ich nicht aus, er paßte nicht zum Ernst unseres Themas. Kein Wort sagte ich.

Aber Sinclair antwortete. Es war jetzt, da er das okkulte Gespräch mit dem Vorschlag unterbrach: »Chaplin? Ja, wir können uns inzwischen bei ihm aufhalten, wollen Sie?«

Ich erwiderte, daß ich längst den Wunsch ausgesprochen hätte, bei ihm eingeführt zu werden, aber noch gestern hätte ich von Filmgewaltigen erfahren, alle ihre

Versuche, ihn kennenzulernen, seien gescheitert, und jeder, der sich in Hollywood brüste, Charlies bester Freund zu sein, habe ihn bestenfalls in Henris Restaurant einmal Abendbrot essen sehen.

»Ja, er wird furchtbar überlaufen«, sagt Sinclair, »mehr als hundert Menschen kommen täglich mit irgendwelchen Anliegen, um ihn zu sehen, ihm ihre Bewunderung auszudrücken, mit einem Projekt oder einem Pumpversuch.«

Sinclair stoppt seinen Wagen Ecke Longpré Avenue und La Brea Avenue vor einer Gruppe rotgedeckter Häuschen. Es ist nichts dahinter zu vermuten, am allerwenigsten ein Filmatelier, denn Filmateliers sind in Hollywood gigantisch ummauerte Komplexe mit Gittertoren und Pförtnern, jede Giebelwand für Kinoreklame ausgenützt. Hier ist auf winzigem Metalltäfelchen »Chaplin's Studio« graviert, und wir treten ins Büro ein, das heißt zu einem Fräulein, das abwechselnd mit Telefonstiften hantiert und Korrespondenz erledigt. Wir gehen vorbei in den Hof, der wirklich ein Hof ist und auf dem Filmbauten stehen. Anderswo wär er kein Hof, und wär er einer, hieße er »Stage Nr. 35«, Eintritt wäre verboten und ein Wächter majestätisch davor postiert.

Zwei Männer begrüßen Sinclair, es war gerade Aufnahme, erzählen sie, und einer sagt: »Dort kommt ja der Boß!«

Der Boß! Der Alte! Der Chef! Wir wenden uns um nach dem Boß. Nach Charlie Chaplin. Wenn er wenigstens in einem anständigen Anzug daherkäme, wie sich's für einen Boß, einen Chef, den Alten geziemt, so könnte er allenfalls außerhalb dieser Zeit – wenn er kein Boß, kein Chef, nicht der Alte ist – jener tieftraurige Vagabund mit den komischen Einfällen sein, den wir so sehr lieben. Aber er naht auch jetzt in den herabhängenden geflickten Hosen, in den geflickten großen Schuhen, mit der verschobenen Krawatte und mit dem zerschlissenen Röckchen. Er kommt eben von der Arbeit, er ist ein Boß, der arbeitet.

»Hallo, Upton«, ruft er von weitem, »daß Sie sich wieder mal anschaun lassen!« Sinclair äußert etwas über den Gast, den er mitgebracht. »Das ist fein«, erwidert der leibhaftige, eigenhändige, höchstpersönliche Charlie Chaplin, und wir schütteln einander die Hände. Er flucht, seine Arbeit geht nicht vorwärts, er dreht einen neuen Film »City Lights – Die Lichter einer Stadt«, aber »jetzt ist wieder ein toter Punkt da, der Teufel soll es holen, wir können nicht weiter – wollt ihr mir helfen, Burschen?«.

Ja, wir Burschen wollen Charlie Chaplin helfen.

Es ist nicht ganz der Charlie Chaplin aus dem Film. Er kommt zwar aus der Arbeit, aber er ist nicht während der Arbeit oder, besser gesagt, er spielt gerade nicht. Sein Hut fehlt, das eingedrückte Melonenhütchen, und das Bambusstöckchen fehlt, und das schwarze Zahnbürstchen unter der Nase fehlt. Außerdem sind seine Stiefel gar nicht so überwältigend groß und gar nicht so überwältigend lächerlich, wie sie im Film erscheinen, es sind ausgelatschte, geflickte, zerrissene, vielleicht etwas zu große, aber immerhin gewöhnliche Schuhe, und erst die Kunst ihres Boß hat ihnen kosmisches Ausmaß verschafft. Jetzt, da er mit uns, die wir ihm »helfen« sollen, dem Vorführungsraum zueilt, sind die Stiefel unauffällig und der Boß alles andere als plattfüßig. Er trägt eine Hornbrille. Ohne sie kann er nicht einmal seinen Namen unterschreiben, so weitsichtig ist er.

Von seinem Haar fallen zwei Strahlen einer Fontäne silbern über die Mitte seiner Stirn. Auch am Nacken ist das Haar grau – dort, wo es nachwächst. (»Sie sollten es dort schneiden lassen, Charlie«, sagte ich einige Tage später vorsichtig zu ihm. Aber er macht kein Hehl aus seinem gefärbten Haar. »Sie sehen, daß ich mich nicht mehr darum kümmere. Was weiß wird, wird nicht mehr nachgefärbt. Schluß damit. Mit vierzig Jahren werde ich wieder ganz weiß sein, wie ich's mit fünfunddreißig gewesen bin.« – »Und was macht Ihre Frau jetzt?« – »Ich weiß es nicht«, bemerkt er mit einer Gebärde der Gleichgültigkeit, »aber ich habe zwei Kinder, und die sind bei ihr.«)

Jetzt sind wir im Vorführungsraum; während der Streifen eingelegt wird, spielt Charlie Chaplin auf dem Harmonium das Lied »Violetera« und singt spanische Worte dazu, die es nicht gibt, und lädt mich ein, in sein Haus zu kommen, dort werde er mir Orgel vorspielen, bis mir Hören und Sehen vergeht. »Was, Jungens?«

Die Jungens bestätigen dem Boß wunschgemäß, daß er zu Hause eine großmächtige Orgel hat, auf der er sehr laut und brausend zu spielen versteht, ob's nun dem Besucher recht ist oder nicht.

»Ich spiele schrecklich schön«, lacht Chaplin. »Ihr versteht aber einen Dreck von meiner Musik.«

Der Jungens, die übrigens den Boß mit »Charlie« ansprechen, sind es zwei, und sie heißen Harry Crocker und Henry Clive. Harry Crocker ist ein junger Amerikaner mit Sweater und Humor, hat im »Zirkus« den Seiltänzer im Frack und glücklichen Nebenbuhler Chaplins gespielt und außerdem den Clown, den Charlie einseift, und noch einige Rollen. Henry Clive ist schon älter, achtundvierzig Jahre, und hat eine seriöse Laufbahn als Zauberkünstler an amerikanischen Provinzvarietés hinter sich. Der dritte der Jungens heißt auch Heinrich, wie die beiden anderen, und ist heute nicht da, aber das ist eine Ausnahme, wir werden keinen weiteren Besuch in Chaplins Studio erleben, ohne daß Mister Henry Bergmann, breitbäuchig und breitspurig, in einem dementsprechenden Stuhl sitzt. Nachts aber ist Bergmann-ur (so wollen wir ihn lieber statt »Mister« nennen, denn er ist ein ur-Magyare) selbst ein Boß, Besitzer eines Hollywood-Boulevard-Restaurants für Prominente und solche, die sie sehen wollen. Den Restaurateur Henry hat Chaplin erzeugt und ihm als Mitgift seinen allabendlichen Besuch gegeben, für den sich Bergmann-ur durch alltäglichen Besuch bei Chaplin revanchiert.

Ein schwarzlederner Lehnstuhl und vier hölzerne Sessel sind außer dem Harmonium das Inventar des Vorführungsraumes. Chaplin will mich in den Ledersessel nötigen, aber da ich ablehne, scheint er sehr zufrieden, denn er hockt sich mit untergeschlagenen Beinen darauf, es dürfte sein gewohnter Platz sein.

Und nun wollen wir den Film abrollen lassen. Vorläufig ist nur ein Viertel fertig, vierhundert Fuß, von denen noch mancher eingerenkt und mancher amputiert werden wird. Der Film rollt.

Bei der Stelle mit der Uhrkette (siehe unten) lache ich laut auf. Aber jemand legt mir die Hand auf das Knie und bedeutet mir, still zu sein. Wer ist es, der mir das Naturrecht, bei einem tollen Einfall Charlie Chaplins toll zu lachen, streitig machen will? Er heißt Charlie Chaplin und sitzt neben mir. Der Film ist noch nicht fertig, wir sollen ja »helfen«, mein Lachen ist fehl am Ort, wie wenn der arme Chaplin lacht, da er im »Zirkus« die Späße des Clowns erlernen soll.

»Großartig«, flüstern wir, nachdem das Filmfragment abgerollt, der Vorführungsraum erhellt ist.

Der Boß wehrt ab. »Möchten Sie mir erzählen, was Sie gesehen haben?«

Gewiß. Gern. Also ein Mädchen verkauft Blumen an der Straßenecke. Da kommt Chaplin …

»Oh, noch nicht.«

Vorher kommt ein Mann mit seiner Frau und kauft eine Blume.

»Ein Mann? Was für ein Mann?«

Ein Mann, der ein wenig wie Adolphe Menjou aussieht.

»Ja, ein eleganter Herr mit einer Dame. Das ist wichtig. Nun, und?«

Dann biegt Chaplin um die Straßenecke. Er sieht einen Brunnen an der Mauer und zieht die Handschuhe aus, um zu trinken. Das heißt: nicht die Handschuhe als Ganzes, sondern jeden Finger einzeln. Einer fehlt, und Charlie sucht ihn, ohne ihn zu finden.

»Sehen Sie, Charlie!« ruft Harry Crocker siegreich.

»Nein, es ist nicht klar. Wir werden die Stelle noch einmal drehen.« (Er erklärt mir, daß es ein Fehler ist, als ersten Handschuhfinger den abziehen zu wollen, der nicht da ist, ihn auf dem Boden zu suchen und dann erst die vorhandenen Handschuhfinger abzunehmen.)

Nun nimmt Charlie den Trinkbecher von der Mauer ...

»Haben Sie erkannt, was ich vorstelle?«

??

»Bin ich diesmal nicht etwas anders als sonst?«

Ja. Sie haben eine kleine Schmetterlingskrawatte und die Handschuhe. Sie wollen diesmal ein etwas geckenhafterer Landstreicher sein, nicht? Darauf deutet ja auch der Einfall mit dem Trinkbecher hin.

»Bitte, erzählen Sie auch den.«

Chaplin nimmt den Becher, der an einer Kette hängt. Sie legt sich um seinen Bauch, und Chaplin bemerkt, daß das eine herrliche Uhrkette wäre, und versucht, sie von der Mauer loszulösen (siehe oben), während er trinkt. Es mißlingt, resigniert watschelt er weiter zu dem Blumenmädchen. Die Kleine bietet ...

»Halt, halt. Da ist etwas dazwischen.«

Chaplin sieht mich ganz scharf an, angstvoll, fast flehend. »Etwas ist dazwischen.«

Nein, ich kann mich absolut nicht erinnern, daß etwas dazwischen war.

»Es kommt doch ein Auto!«

Ja, ein Auto kommt, ein Herr steigt aus und geht an Chaplin vorüber. Chaplin grüßt wie immer.

»Und was tut das Auto?«

»Ich weiß nicht«, sage ich.

Und Upton Sinclair meint: »Ich glaube, es fährt weg.«

»Teufel, Teufel«, murmelt Chaplin, »alles verdorben.« Auch seine Mitarbeiter sind niedergedrückt.

Ich erzähle nun weiter, was geschieht. Das Mädchen reicht Chaplin eine Blume, sie fällt zur Erde, beide bücken sich, Chaplin hebt die Blume auf, aber die Verkäuferin sucht weiter, sie sucht weiter, obwohl er ihr die Blume hinhält. Da erkennt er, daß das Mädchen blind ist. Er kauft die Blume und entfernt sich.

Um sich zu überzeugen, ob er sich nicht getäuscht hat, schleicht er nochmals hin ...

»Nein, nein, er schleicht nicht.«

Er kommt das zweitemal sehr rasch, als ob er vorbeieile, bleibt aber stehen, indem er, auf der Stelle gehend, den Schall seiner Schritte allmählich abdämpft. Dann kehrt er, leise, auf den Zehenspitzen zurück und setzt sich neben das Mädel. Das hat eben die Blumen besprengt und schüttet den Eimer aus – Chaplin ins Gesicht. Er schleicht sich weg und kommt ein drittes Mal. Kauft wieder eine Blume. Die Kleine will sie ihm anstecken und fühlt dabei in seinem Knopfloch die ihm vorher verkaufte Blume. Sie erfährt so, daß der Mann ihretwegen zurückkam. Chaplin bedeutet ihr, das andere Knopfloch sei noch frei, aber sie erwidert, man könne nicht in beiden Knopflöchern Blumen tragen. Da bittet er sie, die Blume zu behalten. Sie befestigt die Blume an ihrem Busen ...

»... und ...«

... sie ist verliebt!

»In wen?«

In Chaplin!

»Teufel, Teufel!«

??

»Geht nicht jemand vorbei?«

Nicht, daß ich wüßte.

»Teufel, Teufel! Haben Sie nicht wieder ein Auto bemerkt und wieder einen Herrn?«

Nein.

»Und Sie, Upton?«

Nichts bemerkt.

Verzweifelt vergräbt Chaplin sein Gesicht in den Händen, ein Bild des Jammers auf schwarzledernem Hintergrund. Auch die Mitarbeiter sind traurig. Was aber ist geschehen? Wo steckt das Unglück, wenn ich, ein hergelaufener Fremder, einen Gag, einen Einfall, nicht verstehe?!

Oh, es ist mehr als ein Gag, es ist die Grundidee des Films, die, absolut unklar, unter den Tisch gefallen ist, nichts Geringeres als das geht aus meiner Nacherzählung hervor. Die Straße ist eine elegante Straße, versinnbildlicht durch den ersten Käufer und seine Dame. Den aus dem Auto steigenden Herrn hält die Blumenverkäuferin für den, der die Blume kauft und ihretwegen zurückkehrt. Das Auto – wir haben das gar nicht beachtet – hat während der ganzen Szene an der Straßenecke gehalten.

Gerade als die Blinde auf Wunsch Chaplins die zweite Blume selbst ansteckt, kommt der Herr zurück und steigt ins Auto. *Ihm*, dem reichen Mann mit dem Wagen, gilt die erwachende Liebe. Und Chaplin soll diesen Irrtum jetzt merken und den ganzen Film hindurch die Rolle des reichen Verehrers durchführen, das Geld stehlen, das sie zur operativen Heilung ihrer Blindheit braucht, es beim Arzt erlegen, arretiert werden und das Mädchen nach abgebüßter Haft wiedersehen. Und das Mädchen wird ihn zum erstenmal *sehen* und – auslachen, da es nicht ahnt, wer er ist, und da er so komisch aussieht, wie Chaplin eben aussieht …

Aber wenn das Publikum das tragische Quiproquo nicht blitzartig begreift, die Erschütterung Chaplins, das Fühlbarwerden seiner Bettelarmut und den Augenblicksentschluß zu Hochstapelei und Diebstahl um dieser Verwechslung willen, um seiner Liebe willen, um ihrer Liebe willen – wenn das Publikum all das nicht elementar erfaßt, so ist alles verloren.

»Wir müssen das Ganze von neuem drehen«, sagt Chaplin.

Und nun beginnt die ernste, schwere, qualvolle Arbeit der Dramaturgie und der Regie zu diesem Detail, die fast acht Tage dauert, und selbst im Übermut der Nächte unterbrach Charlie plötzlich die Stimmung: »Wie wär's, wenn wir das mit dem Blumenmädchen so machen würden …«

Bücher sind über Schauspieler, über Mimiker, über Regisseure, über dramatische Volkskunst geschrieben worden; warum hat noch niemand den Versuch unternommen, Charlie Chaplin, dessen Wirkung in der Bühnengeschichte nicht ihresgleichen hat, der eine Legendenfigur – eben Charlie Chaplin – dichtete, inszenierte und darstellte, bei seiner Arbeit festzuhalten, sei es durch Stenogramm oder durch Diktaphon?

Acht Tage lang wurde die Szene probiert, jeder von uns war unzähligemal das Blumenmädchen (am seltensten Virginia Cherril, die sie spielen wird), jeder von uns war der Herr aus dem Auto, jeder von uns der Chauffeur, der den Wagenschlag öffnet, aber Charlie Chaplin war immer Charlie Chaplin, zu jedem Versuch eines Versuchs gab er sich her, hoffnungsvoll-hoffnungslos.

»Wie wär's, wenn …« So beginnt es immer. Einer springt auf, seines Einfalls voll, und postiert die anderen

Die dramaturgische Unmöglichkeit der Anfangssituation ist bald festgestellt: Die Tatsache, daß die Kleine Chaplin für den aus dem Auto steigenden Herrn hält, kann der Zuschauer keineswegs erfassen, weiß er ja noch nicht, daß sie blind ist. Also sollte man ihre Blindheit vorher zeigen. Das lehnt Chaplin ab, die tragische Entdeckung muß er mit dem Publikum gleichzeitig machen.

Könnte man die Autoszene so eindringlich gestalten, daß die Zuschauer sich wenigstens später daran erinnern? Wie wär's ... Der Herr steigt aus dem Auto und sagt (Titel): »Chauffeur, warten Sie hier.« Chaplin schließt höflich die Wagentür des Fremden, das Mädchen macht ein paar Schritte zum Auto ...

Oder so: Der Herr geht hinter Chaplin in gleichem Schritt, bleibt stehen und zündet sich eine Zigarette an, so daß Chaplin die dem Fremden entgegengestreckte Blume auf sich bezieht.

Sollte der Mann mit dem Auto nicht etwas weniger indifferent sein, etwa ein auffallend hübscher junger Mensch, der übermütig aus dem Wagen springt? Zwar sieht ihn die Kleine nicht, aber das Publikum sieht ihn doch und merkt: Der da ist sicherlich wichtig für das Mädchen! Die Leute hätten so vor Augen, was die Illusion der Blinden ist.

Wie wär's, wenn das schon als blind erkannte Mädchen zu Chaplin mit Bezug auf die zweite Blume sagen würde (Titel): »Geben Sie sie ihrem Chauffeur.«

Wir wär's, wenn Chaplin dem Herrn in den Wagen helfen würde und die Verkäuferin versuchte, ihm die zweite Blume durchs Fenster zu reichen, aber sie stößt an die Glasscheibe, und es ist gar nicht das Fenster, sondern die geöffnete Autotür, hinter der Chaplin steht.

»Wunderbar, wunderbar«, ruft Chaplin und probt das. Es ist wirklich wunderbar, wie er das spielt, aber plötzlich springt er auf seinen Lehnstuhl und sinkt da zusammen. »Es geht nicht. Ich kann doch nicht einen Lakaien abgeben, wenn mich eine Minute vorher die Blindheit der Kleinen erschüttert hat und ich mich in sie verliebt habe.«

Wie wär's, wenn der Mann sagt: »Chauffeur, nach Hause« oder »Ins Ritz-Carlton«, und das Mädchen sieht sich an seiner Seite in einem prunkvollen Palast oder in der Halle des Hotels ... »Um Gottes willen, nur keine Vision!«

Wir wär's, wenn die Blinde, gleichsam durch Chaplin hindurch, gleichsam durch die Luft dem Auto nachsehen würde ... Und Chaplin bemerkt plötzlich, daß sie ihn für den Reichen hält. Man müßte auch das Auto zeigen, wie es um die nächste Ecke biegt und dann noch um eine Ecke und wieder um eine Ecke. Und dazwischen das nachstarrende Blumenmädchen. Zwar kann kein Mensch ein Auto mehrfach einbiegen sehen, aber die Kleine ist doch blind, *sie* kann es ...

So geht es, wie gesagt, tagelang. An dem Aufbau der Straßenecke, wo man mit dem Auto laborieren kann, oder oben im Bungalow, wo der Kriegsrat abgehalten wird, oder in der Garderobe oder vor dem großmächtigen Denkmal dreier allegorischer Figuren, dessen Zweck uns Chaplin so lange als Geheimnis zu bewahren bittet, bis dieses Denkmal und dieses Geheimnis vor allen Bewohnern aller Weltteile enthüllt werden wird.

Von jeder dieser Lokalitäten ließe sich eine Episode erzählen. Zum Beispiel aus der Garderobe, die eigentlich gar keine Garderobe ist, sondern der gesellschaftsfähigste Raum des ganzen Studios. Links ist ein mit Spiegel und Schminktisch ausgestattetes Kämmerchen, auf der anderen Seite das Badezimmer. Eines Nachmittags tranken wir Tee, als eine sehr berühmte Dame, die beste Freundin Chaplins, gemeldet wurde. Er ging ihr entgegen, und ich trat in den Seitenraum, um mich zu kämmen.

Vor dem Spiegel lag ein Kamm, weiß, aber nicht sehr rein: Es stak ein Büschel ausgekämmter, dunkler Haare darin. Ich schob sie heraus, warf sie auf die Erde und brachte meine Frisur in Ordnung. Dabei fiel mir ein, man könnte auf dem blitzsauberen Parkett das kleine Haarbüschel sehen und erkennen, daß jemand unbefugt die Garderobe des Boß benutzt habe. Vielleicht waren die Härchen sogar zu einem bestimmten Zweck da? So hob ich sie auf und legte sie wieder auf den Kamm.

Harry Crocker kam herein, um sich auch ein bißchen schön zu machen. »Sehen Sie«, sagte er und zeigte auf das schwarze Etwas, das wieder auf dem weißen Kamm war, »das ist der Schnurrbart. Er hat ihn schon fünfzehn Jahre, immer denselben, ein New Yorker Theaterfriseur hat ihn dem Boß angepickt. Kein anderer Bart taugt etwas für monatelange Aufnahmen bei jeder Witterung. Und den New Yorker Friseur können wir nicht mehr ausfindig machen. Wenn der Bart kaputt ist, sagt Charlie, wird er glattrasiert weiterspielen.« Ich muß wohl bleich geworden sein. Kinder, denkt einmal an: Chaplin ohne sein Bärtchen – und ich wäre schuld.

Die Gespräche mit Chaplin drehten sich immer und immer wieder um die Einheit von ästhetischem und sozialem Zweck. Er, in dessen Werk diese Einheit sich verkörpert, er, der als ein »radical« und »bolshevik« gesellschaftlich fast geächtet ist, spricht immerfort Zweifel aus, vielleicht aus Gründen der Diskussion, vielleicht um von den Besuchern neue Argumente zu erhalten, vielleicht infiziert von der Atmosphäre Hollywoods. »Wenn alles so einfach wäre, wie wir es uns wünschen! Wie ist es mit Poe, meinem Lieblingsautor? Ich kann nirgends eine Spur von Liebe zu den Entrechteten in ihm entdecken – so leidenschaftlich ich auch suche. Und Shakespeare! Dieser unerträgliche Spott über den gemeinen Mann ...«

Hier wird das Gespräch stürmisch. Wir schreien auf ihn ein, die Könige habe Shakespeare noch mit ganz etwas anderem beschüttet als mit Spott, und Shakespeare sei Rebell gewesen gegen das absolute Königtum und für die nächste Gesellschaftsklasse, den Adel, er wollte also zeigen, daß Adel nicht Plebs sei …

»Nein, nein«, überschreit Chaplin uns, »Shakespeare ist homosexuell, die Homosexuellen sind, vielleicht wider Willen, eine Kaste, und jede Kaste denkt aristokratisch. Alle Männer bei Shakespeare sind verkleidete Frauen und alle Frauen verkleidete Männer. Julia liegt oben und Romeo unten, sie ist über die Balkonbrüstung gelehnt und doziert, er ist im Garten und girrt. Selbst die königlichen Greise sind Weiber, Lady Macbeth aber ist ein Mann, und Porzia zieht sogar die adäquate Kleidung an und erscheint als Anwalt vor Gericht. So wie Hamlet zu Ophelia spricht, so spricht kein Mann zu einer Frau, das ist keine Entladung, keine sexuelle Sublimation, das ist Verachtung, das ist obszön …«

Und Chaplin spielt den Hamlet, spricht Shakespearesche Blankverse, die wie Peitschenhiebe auf eine Sklavin sausen. »Nein, nein, da ist kein soziales Fühlen, und es ist dennoch Genie.«

(Es sei ihm hier das letzte Wort gegeben, obwohl er es keineswegs behielt.)

Wir sprachen oft über Filme, Charlie kennt keinen der russischen. (Hollywood!) Gestern war er im Kino und regt sich nun endlos darüber auf, daß die als Vorspiel gegebene Tanzvorführung einen wallenden silbernen Hintergrund hatte, der die Wirkung ruinierte.

Auch von seinen Filmen erzählt er Episoden. Die Affen im »Zirkus« hatten ihn fürchterlich zerkratzt, und sechs Wochen lang mußte er in ärztlicher Behandlung bleiben. Noch jetzt sind zwei Wunden zu sehen.

Und das Gebrüll der Affenbesitzer. Die Affen haben nämlich vier verschiedenen Extras gehört, und jeder hielt den seinen für die Hauptperson. »Dreh den Apparat nach unten«, schrie einer dem Kino-Operateur zu, »du siehst doch, daß Jonny auf der Erde ist.« Der andere: »Jetzt, jetzt! Mungo wendet das Gesicht herüber.« Charlie spielt die Szene: vier Affen, vier Bändiger, sich selbst und den Kameramann.

»Nächte einer schönen Frau« war kein Erfolg. Was ich, Mr. Kisch, von »Shoulder the Arms« halte? Ich kenne den Film nicht, er durfte in Deutschland nicht gespielt werden.

»Und in Amerika darf er jetzt nicht gespielt werden, weil Hindenburg darin vorkommt, der Präsident eines befreundeten Staates. Dabei ist er gar nicht verspottet, nicht einmal der Kaiser und der Kronprinz! Ich habe die Hetzerei nicht eine Sekunde lang mitgemacht, niemanden habe ich karikiert, nur einen preußischen Offizier, der mit den preußischen Soldaten schlecht umspringt. Und da ich ihn verprügle, kommen die deutschen Soldaten und schütteln mir dankbar die Hände. Das war den Militaristen nicht recht: ein amerikanischer Soldat, der mit den ›Hunnen‹ Händedrücke tauscht! Ich bin sehr stolz auf diesen Film, inmitten der wahnsinnigsten Kriegspsychose ist er entstanden und zeigt den ganzen Unfug und die Schrecken des Krieges. Es ist ein revolutionärer Film – nein, nicht pazifistisch, revolutionär angesichts der Zeit. Sie müssen ihn sehen, Sie müssen ihn sofort sehen.«

Er wirft das Bambusstäbchen und das Hütchen hin, läuft in den Vorführungsraum. Nun sitze ich dort, wo ich vor einigen Tagen bei dem Fragment von »City Lights« neben einem saß, der mir Beifallsäußerungen verbot. Heute sitzt einer neben mir, der mich immerfort am Knie packt und mich in die Schulter stößt. »Passen Sie jetzt gut auf – jetzt kommt eine feine Szene.« Du Pferd an meiner Linken, stoß mich nicht, wer braucht mir bei einem Chaplin-Film den Rat zu geben, gut aufzupassen!

»Sehen Sie, das hat man mir auch verübelt, daß ich einen stinkenden Käse als amerikanische Liebesgabe ankommen lasse. Und daß der Unterstand überschwemmt ist ..." (Der Soldat Chaplin legt sich ins Wasser, nimmt aber einen Schalltrichter vor den Mund, um nicht zu ertrinken. Frühmorgens zieht er die eingeschlafenen Füße aus dem Wasser und reibt sie, bis er bemerkt, daß es die seiner beiden Nachbarn sind.)

»Die Szene da« (Chaplin ist als Baum verkleidet hinter den deutschen Linien) »haben wir im Freien gemacht. Kein Double konnte mich vertreten, in einer mörderischen Hitze mußten wir herumjagen, bis ich zusammenbrach. Sehen Sie den Dicken? Kennen Sie ihn?« Ja, ich erkenne ihn, es ist Bergmann-ur, er sitzt friedlich vor mir und gedenkt der Hetzjagd hinter einem fliehenden Baum in mörderischer Hitze.

»Sehen Sie ...? Sehen Sie ...?«

Um des Teufels willen: *ja*, ich sehe. Sehe alles, stören Sie mich nicht!

Aber dann kommt eine Stelle, schöner als Gorkis Novelle von der alten Dirne, die sich von einem Schreiber Briefe an einen erfundenen Geliebten verfassen läßt.

Die Feldpost hat dem Soldaten Chaplin zu seiner Enttäuschung nichts gebracht, nicht einmal eine Karte. So begnügt er sich damit, einem Kameraden über die Schulter zu schauen, der einen Brief aus der Heimat liest. Chaplin nickt befriedigt, denn er erfährt, daß es zu Hause allen gutgeht. Chaplin lacht über die Bemerkungen, die die beiden Kinder gemacht haben. Die braune scheckige Kuh aber ist vor acht Tagen krank geworden und gestorben. Chaplin weint über die braune scheckige Kuh, und seine Tränen fallen auf den Nacken dessen, den der Brief angeht.

Der dreht sich wütend um, und Chaplin zuckt chaplinisch die Achseln, er watschelt schuldbeladen davon, denn er hatte kein Recht auf diese Freude und dieses Leid ...

Da lege ich meinem Nachbarn die Hand aufs Knie.

Petruschka und Wanka-Wstanka

Petruschka, Petruschka, wenn ich zur Gruppe der linksrevolutionären Literaten gehörte, die mit der Laterne bei schneehellem Tage nach Kleinbürgern suchen, Petruschka, Petruschka, dann ginge es dir schlecht! Dann schleuderte ich zweiundzwanzig Thesen gegen dich und eröffnete eine jener Debatten, die so lange währen, bis alle Diskussionsredner tot sind, und manchmal auch der, über den man diskutiert. Dann wärest du also mausetot, Petruschka, Petruschka, und könntest nicht einmal sagen, daß du unverdient gestorben seiest. Denn du bist ein Gegenrevolutionär, Petruschka, nichts mehr und nichts minder.

Nicht etwa, weil du dich, gleich da der Vorhang hochgeht, als ein Parasit entpuppst, der, faul wie der selige Oblomow imperialistischer Ära, sich im Bett wälzt, ja, von einem Neger in Livree bedient wird (obwohl schon das in einem Staatswesen der Werktätigen unzulässig ist). Auch nicht, weil du einen ausgesprochen individualistischen Schriftsteller, den Fabeldichter I. A. Krylow, einen großen dicken Herrn mit hellblauem Biedermeierrock und Ratsherrenstock, als Patron des Hauses vorstellst und das Publikum veranlassest, ihn aus vielen hundert Stimmchen mit »Sdrawstwuite, Iwan Andrejewitsch« zu begrüßen. Nein, nicht deshalb, sondern ...

Was ist das überhaupt für eine monarchistische Angelegenheit, die Fabel von der Erbsenprinzessin, he, Petruschka? Es war einmal ein König, der hatte einen Sohn, und selbiger Sohn verliebte sich in ein fremdes Mädchen, das aus einem fernen, fernen Reich namens Deutschland gekommen war und angab, des dortigen Königs Tochter zu sein. Des verliebten Königssohnes Mutter aber hat noch nie etwas von einem Reich namens Deutschland gehört, glaubt auch nicht an die Geschichte von der hohen Herkunft, und um die präsumtive Schwiegertochter der Lüge zu überführen, der unverwöhnten Jugend und rauhen, empfindungslosen Haut, legt sie eine Erbse auf das Bettgestell, darüber eine himmelblaue Matratze, darüber eine damastweiße Matratze, darüber eine rosenrote Matratze, darüber eine smaragdgrüne Matratze, darüber eine dunkelviolette Matratze und hoch hinauf eine goldene Matratze. Und nun wird es dunkel, mit einer brennenden Kerze kommt die junge Dame in ihr Schlafzimmer, entzündet die sechs Lichter des Kronleuchters und löst ihre blonden Zöpfe, dabei in deutscher Sprache das Lied von der »Loreley« anstimmend, woraus die Königinmutter die deutsche Abstammung des Mädchens erkennen könnte, wenn sie bei diesem Coucher anwesend wäre. Solches aber ist nicht der Fall, ganz schwiegermutterseelenallein verlöscht die Königsbraut alle Kerzen und legt sich auf die sechs Matratzen – um entsetzt aufzuschreien, denn etwas drückte ihr süßes Popotscherl: eine Erbse am Grunde der Matratzengruft! Da erkennen alle, daß sie eine Fürstentochter ist von reinstem Geblüte, die mißtrauische Schwiegermama gibt ihren Segen, Prinz und Prinzessin heiraten, und wenn sie nicht gestorben sind, so gehören sie alle auf den Galgen, bevor sie um die Fürstenabfindung einkommen. Petruschka, Petruschka, willst du dich um deinen Hals spielen?!

Oder soll ich gar den Inhalt des Gesprächs wiedergeben, das der Schoßhund mit dem Wächterhund führte? Wie sich der rauhe Köter mit dem Riesenschwanz darüber beklagt, daß er in Frost und Nacht das Haus beschützen muß, während der Pinscher im silbernen Fell behaglich auf dem Diwan ruht? Und die Antwort des Pinschers (geradezu eine Apologie des arbeitslosen Einkommens): Auch Schönheit habe ihren Wert und müsse belohnt werden. Nein, nein, darüber wollen wir erst gar nicht sprechen, sonst geht's dir schlimm, Petruschka, Petruschka.

Was könntest du zu deiner Verteidigung sagen? Daß dein Publikum Kinder sind, die nicht verstehen, was ein Prinz und ein Schoßhündchen und ein Lakai sind? Nein, nein, Petruschka, du hast auch eine Gemeinde von Erwachsenen, Zuhörer aus der Zeit der Prinzen, Schoßhündchen und Lakaien. Ich sah dich einmal im Haus der Vegetarier spielen, vor alten Herren mit abendfüllenden Umhängebärten und mit apostolisch gescheitelter Mähne, bereit zur Aufnahme des Glorienscheines, Heilige und Narren, die da glauben, durch Grasfressen und Gottergebenheit könne man Tyrannei, Ausbeutung, Massenmord und Not aus der Welt schaffen, und dir begeistert Beifall klatschten, Petruschka, Petruschka!

Die Ausrede, daß du in einem dreiaktigen Spiel auch zwei Zarengenerale verspottest, die sich auf einer Insel nicht zu helfen wissen und schließlich durch einen Bauer vom Hungertode errettet werden, diese Ausrede würde dir nichts nützen, denn die harmlose Satire stammt aus der kaiserlichen, der schrecklichen Zeit, von dem bürgerlichen Dichter Saltykow-Schtschedrin.

Aber ich weiß, was dir helfen würde, und ich glaube, du weißt es selbst, Petruschka, Petruschka: Es würde dir helfen und hat dir geholfen, daß dein Theaterchen das entzückendste und reizendste von ganz Moskau ist, trotz Stanislawskij, trotz Meyerhold und trotz Habima! Der Bildhauer Jefimow hat dich und dein Ensemble so wunderbar aus Holz geschnitzt und die Malerin Simowa dich und dein

Ensemble so herzig und witzig bekleidet und bemalt, und beide wissen mit euch so prachtvoll zu agieren, daß man dir nicht böse sein kann, Petruschka, Petruschka. Voll von Einfällen ist die Regie! Zum erstenmal erblickt man zum Beispiel einen lebenden Menschen auf der Puppenbühne, eigentlich steht er nicht auf der Bühne, sondern dahinter, und nur der Oberkörper ist sichtbar: es ist Gulliver im Lande der Zwerge. Männlein kribbeln auf ihm herum. Nicht sie sind klein, sondern er ist übermenschlich groß; so ungeheuer wirkt er auf das Publikum, wie er auf die Zwerge wirkt, und die Relativitätstheorie des Puppentheaters, die Heinrich von Kleist aufstellte, bekommt eine neue erstaunliche Bestätigung. Am Schlusse fängt das ganze Ensemble närrisch zu tanzen an – du, Petruschka, mit der alten Königin – der Königssohn mit dem Seidenpinscher – der Fuchs mit dem Kranich – der Gewerkschaftsführer aus dem Zwergenreich mit dem Riesenschwanz des Wächterhundes – die Königstochter allein, Pirouetten machend, daß die Pawlowa, die Karsawina und die Gelzer vor Neid erblassen müssen – und der schwarze Lakai, der keine Partnerin bekommt, aus Verzweiflung mit dem Vorhangtuch, immerfort stolpernd.

Du hast die vielhundertjährigen Traditionen des russischen Puppentheaters stark modernisiert. Du hast statt des Pferdes und des Teufels, die auf den Bauernbühnen mit dir gemeinsam spielten, Menschen hingestellt, das ist gut, Petruschka! Aber du stelltest Menschen aus einer alten Welt hin, und den Teufel mit Beelzebub auszutreiben, das ist nicht gut, Petruschka! Du mußt noch weitergehen, obwohl dir keine Gefahr droht von der GPU, denn der Bürgerkrieg ist schon vorbei, und man läßt dich aufführen, was du willst, man weiß, daß deine Bewegung nicht weiter reicht als eine Spanne, die Spanne zwischen den beiden menschlichen Fingern, die in den Ärmeln deines Kostümes stecken, und daß du kein gefährlicher Gegenrevolutionär bist, sondern nur Petruschka, Petruschka, das russische Kasperl.

Auch in dem ständigen staatlichen Puppentheater auf der Uliza Kropotkina werden ziemlich unziemliche Dinge vorgeführt, Boxkämpfe zum Beispiel, die in Rußland verboten sind, Akrobaten, die sich eine Zeitlang nur im Rahmen des ernsten Schauspiels betätigen durften, treiben dort Schabernack, Schlangenmenschen wickeln sich auf der Bühne zusammen, ein mondänes Tänzerpaar zeigt seine Künste, Athleten werfen Gewichte in die Höhe, und eine mutige Dompteuse legt einem Löwen ihr Köpfchen in den Rachen. Das Spiel ist stumm, die Figuren bewegen sich auf Drähten, aber sie sind mit derart kunstvoller Mechanik ausgestattet, daß die Symmetrie ihrer Gliederverrenkungen helles Entzücken erregt.

»Kinder, besucht euer Theater«, so steht es mit großen Buchstaben an allen Straßenecken für jene, die noch nicht lesen können. Und am Sonntag mittag besuchen die Kinder »ihr Theater«, Eintrittspreis wird nicht erhoben, der obdachlose Betteljunge kann einen Platz in der ersten Reihe bekommen, und das sorgsam verpackte Zärtelkind muß oft hinten vorliebnehmen, wo man gar nichts sieht, denn auch in den vorderen Reihen hält das Publikum nicht still, alles steht auf, gestikuliert und feuert die stummen und tauben Schauspielerchen durch begeisterte Zurufe an. In ihrer Gemischtheit haben diese Zuschauer doch etwas Gemeinsames: Sie sind die Oktobrinen Moskaus, die Kinder, die seit jenem Oktober geboren sind, in dem man das Kapital verjagte und die Beamtenschaft und die Offiziere und die Gesetze und die Nonnen und die Gendarmen und den Herrgott und tausend andere Dinge, von denen diese Kleinen nunmehr keine Ahnung haben. Sie haben merkwürdige Namen, heißen Ninel, was die Umkehrung des Wortes Lenin ist, unzählige Mädchen führen den Doppelnamen Rosa-Luxemburg, ebenso, wie Knaben mit dem Vornamen Karl-Liebknecht benannt sind; Oktobrina (nach dem Oktober 1917) und Maia (nach dem 1. Mai überhaupt), Remira (Abkürzung für Rewoljuzionnyj mir – Revolutionäre Welt) oder Rima (Abkürzung für Rewoljuzionnaja internazionalnaja molodjosh – Revolutionäre internationale Jugend), Ana (Abkürzung für Anarchie) und Uta (Abkürzung für Utopie) sind häufige Mädchennamen, sehr viele Knaben heißen Kim nach den Anfangsbuchstaben der Kommunistischen Internationalen Jugend (Molodjosh) oder Revo, der ersten Hälfte von »Revolution«. Nach der Riesenpropaganda für die Traktorenwirtschaft und die Elektrifizierung Rußlands nannten einige Bauern ihre Töchter Traktora oder Elektrifikazija. Knaben führen den Vatersnamen Lenins »Iljitsch«, also z. B. Iljitsch Petrowitsch, was soviel wie Sohn des Ilja und Sohn des Peter bedeutet. Viele Mädchen wurden »Prawda« genannt, was zwar »Wahrheit« heißt, aber auch der Titel einer Moskauer Zeitung ist und einige Eltern veranlaßte, ihr nächstes Töchterchen nach der andern Zeitung zu rufen: »Iswestija« – Nachrichtenblatt. (Wenn nur nicht die dritte Tochter konsequenterweise den Namen »Wetschernjaja Moskwa« – »Moskau am Abend« – bekommt.) Ähnlich wie es in der Französischen Revolution war, haben antike Helden wie Spartakus, Gracchus oder Junius Patenstelle vertreten (auch Anarchasis fehlt nicht), und geistige Heroen wie Giordano, Galileo oder Leonardo.

Diese Jugend mit den historischen Namen und mit der Ahnungslosigkeit von den historischen Dingen, die sich rings um ihre Geburt abgespielt haben, jauchzt und jubelt und klatscht einem europäischen Varieté zu, das auf ihrem Theater vorgeführt wird. Sie wissen nicht, daß dieses ihr

Theater einmal Besitz und Vorrecht reicher Kinder war, daß viele der Marionetten aus dem Kreml stammen und aus den Adelsschlössern in der Krim und daß ein vierjähriger Herr Graf kaum ein paar Wochen lang damit tändelte, worauf das Theaterchen mitsamt dem Ensemble in die Bodenkammer geworfen wurde.

Ungeheure Mengen alten Spielzeugs sind der Masse zugänglich gemacht worden. Aus dem Zarenschloß Livadia in der Krim trafen nicht weniger als vierzig Pud, also fast 650 Kilogramm kostbarer Spielwaren beim Kindertheater in der Uliza Kropotkina ein, wo manches in die Künstlertruppe eingereiht, das meiste an Kinderheime und Familien verteilt und das kultur- oder kunsthistorisch Wichtige in den Vitrinen angeordnet wurde, die das Theaterchen umgeben und ein Puppenmuseum bilden, das mehr ist als ein Puppenmuseum: eine miniature Darstellung des Unterschieds zwischen dem Spiel des reichen und des armen Kindes.

Für die Prinzen, nicht für die des Märchens, sondern für die leibhaftigen, für die kleinen Romanows, Dolgorukows, Bolkonskijs, Trubezkois gab es Spielsachen, die kein Märchenerzähler erfinden kann. Im Puppenmuseum staunen jetzt Proletarierkinder diese Herrlichkeiten an, aber auch der Erwachsene wundert sich. Eine Puppenwohnung zum Beispiel mit einem Klavier, das, aufgezogen, Melodien aus »Eugen Onegin« spielt, mit einer Standuhr unter Glassturz auf dem Kamin, die kaum drei Zentimeter groß ist und regelrecht die Zeit ansagt, mit einem Spind, in dem Wäsche für die Puppen geordnet liegt, mit himmelblauen oder blaßroten Schleifen, ganz zu schweigen von den Schränken, in denen Morgenkleid, Reitgewand, Straßenkostüm und Abendtoilette für Fräulein Puppe hängen, und von den geschnitzten Möbelstükken. Oder ein Panzerfort mit drehbaren Geschütztürmen, gebrauchsfähigen Kanonen, weithin blitzenden Scheinwerfern und einer Besatzung von einigen hundert Mann, die auch nicht von Pappe sind, sondern aus Zinn. Oder ein Gartenhaus im Empirestil, einen Meter hoch, worin das dreijährige Prinzchen seine Freundin empfangen konnte, früh krümmt sich, was ein Fürstchen werden will. Oder ein Theater mit Kulissen und Soffitten und Sufleurkasten und mit gelenkigen Akteuren, wie sie eben beim Spektakel mitwirkten. Oder das Puppenporzellan, ein Service, das drei Regale eines breiten Glasschrankes füllt, so winzig die einzelnen Stücke auch sind: eine lange, gedeckte Tafel, auf der nichts fehlt, nicht die Servietten und Gläser, nicht die Karaffen und Teller, nicht die Champagnerflasche mit dem Sektkübel, die Weinflaschen und die Römer, nicht der Samowar und die Teetassen (mit goldenem Überfang), nicht die Suppenterrine und die Löffel, nicht ein gebratener Schweinskopf, nicht Hühner, Fische, Gurken, Puddings, Käse, Obst, Konfekt.

Von den armen Kindern, die das jetzt mit aufgerissenen Augen umdrängen, bekam wohl keines früher solche Herrlichkeit zu schauen, und hätte es sie zu schauen bekommen, hätte es nur eine Frage gestellt, auf die es keine Antwort gab: »Warum kriege *ich* so etwas nicht?« So ist das Museum ein Stück politischer Geschichte.

Und überdies ein Stück Kulturhistorie:

Man kann die Moden und Aktualitäten von gestern an diesem ausrangierten Inventar der Kinderstuben studieren, Puppendämchen tragen einen Cul, Puppendämchen tragen Puffärmel, Puppenherrchen spreizen sich im grauen Zylinder und grünen Frack des Biedermeier, zwei aufziehbare Blechfiguren verspotten die Anfänge der Entente cordiale, indem sich Präsident Fallières und King Edward VII. vorne umarmen und hinten zu erstechen versuchen, ein Geduldsspiel trägt die Aufschrift: »Home Rule or How to solve the

Irish question«, ein altes Brettspiel geht um den Besitz von Fort Arthur, edle Gesichter haben die russischen Soldaten, quittengelbe Affen sind die Japaner.

Den Gegensatz von hoch und nieder, der wohl nirgends so kraß war wie im Zarenreich, bekunden die liebevoll mit Lumpen umhüllten Puppen aus Stroh, die unweit des filigranen Porzellans ihren Stand haben, und die »Schauspieler« des Kartoffeltheaters. Die Babys der Samojeden vergnügen sich mit gesichtslosen Puppen – ein Walroßzahn mit Kleidern umwickelt, fürsorglich mit warmen Kleidern, die dem arktischen Klima Trotz bieten können. Kinder der Mandschurei lassen Drachen aus giftgrünem Papier in die Lüfte steigen, spielen mit Schlangen, aus Holzringen beweglich zusammengesetzt, und mit grotesken Fratzen, Schattenbildern. Zentralrussische Heimarbeit sind grelle Ostereier und Würfel, jedes nur Hülle für ein kleineres, andersfarbiges Exemplar, das seinerseits wieder ein Futteral bildet – zehnmal verkleinert sich die Schachtel. Geschnitzte Figuren, zwei Holzfäller mit Äxten, die sich gegeneinander bewegen; ein Arbeiter mit dem Hammer und ein Bauer mit der Sichel schlagen auf einen Amboß, was soll das für eine Arbeit werden! Ganze Gruppen, bewegliche und unbewegliche. Eine hölzerne Bauernhochzeit zeigt den Popen mit breitkrempigem Hut über dem glatten, lang herabreichenden Haar und dem Christusbart, den Bräutigam in der bunten Rubaschka, in Pluderhosen und Lederstiefeln, die Braut im Sarafan und mit dem riesigen glasperlenübersäten Kokoschnik auf dem Kopf. Es gibt keine Auffassung, die zur Herstellung des Wanka-Wstanka, des russischen Stehaufmännchens, nicht schon zutage getreten wäre, bald ist er ein Muschik mit fadenscheinigem Schafpelz, bald ein schnauzbartiger Hauptmann, bald ein Kosak, bald eine runde Bäuerin, bald ein Pope und schließlich ein Rotarmist mit dem spitzen

Kalmückenhelm aus Tuch. Ein Motiv, in Marzipanbäckerei und Holzschnitzerei auf dem Lande viel verwendet, ist das Begräbnis der Katze, das die Mäuse jubelnd und tanzend begleiten. Neueste Krippenidee ist ein Arbeitertrupp mit Standarten, der sich, dreht man die Kurbel, über den Roten Platz bewegt, längs der Kremlmauer, am Lenin-Mausoleum, an der Schädelstätte Iwans des Schrecklichen und an dem bizarren Kuppelgewirr der Wassilij-Kathedrale vorbei, während das Spielwerk die »Internationale« hören läßt. Auch den »Zentrorynok«, den Moskauer Markt, hat ein emsiger Heimgewerbler mit vielen Buden, Hunderten von Verkäufertypen, Polizisten und Passanten aus weichem Holz und hartem Papier zu gestalten versucht.

Sie wird plumper und billiger, die Kunst des Spielzeugs, das ist nicht zu leugnen, und kein Proletarierkind besitzt wohl ein Empireschloß für Puppen, aber es wird auch kein anderes Kind beneiden müssen, das um nichts artiger ist und doch ein solches Zauberwerk sein eigen nannte, bloß weil seine Wiege im Palaste stand.

Ein neuer Pitaval

Du armer Junge im Ketzerland!

Ist es wahr? Ist es unwahr?

War es vor elf Jahren, oder sind seither vierhundertdreißig Jahre verstrichen?

Dem jungen Novizenmeister, der die eigenen Erlebnisse niederschreibt, scheinen sie so mythisch wie uns, die wir sie lesen.

Es fährt die Kielfeder des Bruders Johannes aus Miltenberg über das Pergament, und so erstehen die Abenteuer und Abwechslungen der Knabenzeit wieder, die in ach so krassem Gegensatz zur jetzigen Umwelt im eintönigen Benediktinerkloster von Laach stehen.

Er schämt sich seiner Erlebnis- und Erzählerfreude an weltlichen Dingen, und allzuoft betont er, nur deshalb die Niederschrift vorzunehmen, weil er den Zweck warnender Belehrung verfolge und weil sein kleiner Stiefbruder Philippus Drunck den Wunsch nach einer schriftlichen Darstellung dieser Fahrten geäußert. Am Schluß der Vorrede aber gesteht Johannes Piemontanus, den man nach dem Herkunftsort seines Vaters auch »Butzbach« nennt, an der Abfassung des »Hodoeporicon« Vergnügen zu finden.

Um 1488 ward der elfjährige Johannes – bis dahin hatte er weidlich die Schule geschwänzt und sich am Ufer des Mains herumgetrieben – einem Nachbarsohn mitgegeben, der von fremden Schulen kommt und wieder auf fremde Schulen zieht. Der große »Beane« hat durch Versprechungen erreicht, daß man ihm das Knäblein anvertraute, und er erhielt auch von dessen Eltern reichlich Wegzehrung. Schon nach kurzem Marsche aber offenbart sich seine Natur: er ist Renommist und Bacchant, verpraßt seines

Schützlings Geld, denkt gar nicht daran, zu studieren, und noch weit weniger daran, daß Hänschen etwas lerne.

Über Mittelfranken und Ansbach, durch Nürnberg und Bamberg ziehen sie nach Eger und in Wladislaus' II. Königreich, wo der Beane seinen kleinen Leibfuchs mit Drohungen und Prügeln dazu anhält, in den Dörfern zu betteln. Ja, er nötigt ihn nach jeder Rückkehr von solchem Bettelgang, den Mund mit warmem Wasser zu spülen und es dann auszuspeien, um festzustellen, ob das Bübchen von der Beute etwas gegessen habe. Den Winter verbringen sie in der Burse zu Kaaden, dort müssen sie zwar öffentliche Lektionen anhören, finden jedoch noch Zeit zum Fechten; nur kriegt man wenig Almosen, und so stiftet der Jüngling den Knaben zum Stehlen von Geflügel an, eine Beschäftigung, deren Gefährlichkeit dem Johannes erst schaudernd bewußt wird, als er erfährt, daß zwei ihm aus Kaaden bekannte Schüler wegen solchen Deliktes durch den Strang hingerichtet wurden.

Es wird Frühling, das Miltenberger Scholarenpaar wandert zwei Meilen weiter, nach Komotau, darinnen Ketzer mit Christen zusammenleben und eben die Pest wütet, weshalb noch drei bis vier Meilen weit marschiert werden muß, ins Oppidum Machssau (Maschau). Hier herrscht Graf Johann von Kolowrat, ein unbarmherziger Ketzer, mit der Schwarzkunst vertraut. Seinen Diener, der sich zu einer unbedeutenden Unterschlagung verleiten ließ, hat Kolowrat (Butzbach verschweigt diesen Namen) zum Tod verurteilt, und ungeachtet der Fürbitte seiner Buhle, »der einzigen Person, zu der er Liebe trug«, ungeachtet des Flehens aller Landbewohner und des Kniefalles, den die Mutter des armen Sünders vor dem sie mit Fußtritten traktierenden Despoten tat, wurde das Urteil vollstreckt.

Ein andermal ertappte der Schloßherr seinen Koch bei einem Küchendiebstahl, ließ ihn auspeitschen und in das unterirdische Verlies des Turmes werfen, damit er dort Hungers sterbe. Um die Rettung des Eingekerkerten waren nicht bloß viele Menschen bemüht, sondern auch ein Bär, der, vom Koch dressiert, sich seit dessen Verschwinden verzweifelt benahm. Dadurch erweicht, begnadigte der Graf den Verurteilten, mit dem Beding jedoch, daß er ohne menschliche Beihilfe, allein durch den Bären aus dem tiefen Burgverlies befreit werde. Das Tier wurde in den Turm geführt, packte gleich das am Rande des Kerkerloches eingerollt liegende Tau, mit dem die Gefangenen (oder ihre Leichen) emporgezogen wurden, und ließ das Seil mit Brummen zu ihm hinab; nachdem der Koch es ergriffen hatte, zerrte Freund Petz ihn herauf, liebkoste ihn und geleitete ihn tanzend in seine Küche. Sotaner Vorfall hatte zwar dem Maschauer Tyrannen einiges Vergnügen gemacht, aber damit sein Beschluß, einen dem Tode zu überliefern, nicht ganz unvollstreckt bleibe, gab er den Befehl, den Bären in den Wald zu führen und mit der Meute zu verfolgen. Die Hunde, dem Tier befreundet, spielten mit ihm, anstatt es zu hetzen, weshalb die Jäger gar sehr wider ihren Willen den braven Bären erlegen mußten, der sich an einem Baum aufsetzte und, um Gnade flehend, die Tatzen hob.

Da schließlich auch in Maschau die Pest ausbricht, ziehen Beanus und Scuto zur Winterszeit nach Eger zurück, sie werden auf der dortigen Burse in Quartier genommen und erhalten überdies Stellungen bei Egerer Familien, deren Kindern Nachhilfestunden zu geben. Der große Schüler verkauft aber den kleinen an zwei Studenten: für die soll Hans den ganzen Winter hindurch betteln gehen. Dessen weigert er sich, worauf ihn die Sklavenhändler nackt ausziehen, verprugeln und gebunden in der kalten Kammer liegenlassen, bis er am Morgen sein Einverständnis zu dem Dienst erklärt. Der Herr, bei dessen Kindern

Hans Korrepetitor ist, erkennt die Sachlage, nimmt ihn auf und muß ihn, mit Waffen in der Hand, gegen einen Ansturm von Schülern und Schützen verteidigen, die, um ihr Opfer zurückzuholen, bis zum oberen Estrich des fremden Hauses dringen. Der arme Junge wagt nun nicht mehr, einen Schritt auf die Straße zu setzen, denn die Scholaren lassen ihm sagen, sie würden ihn in Stücke reißen.

Aus Furcht vor ihnen entflieht er nachts aus der Stadt und eilt nach Karlsbad, wo er in einer Herberge die Badegäste bedient. Die Herrlichkeit als Hotelpikkolo dauert bloß bis zum Frühjahr, dann entführt ihn ein vornehmer Böhme auf die Herrschaft Sigulow, macht ihn zu seinem Schildknappen und lehrt ihn die Landessprache und das Reiten. Nach einiger Zeit wird Hans einem der Gäste seines Herrn, einem Luditzer, der »adelig, aber ein gar schlimmer Ketzer« war, auf dessen Wunsch zum Präsent gemacht. Besagter Aristokrat (jedenfalls Johannes Vřesovic d. J.) hatte eine reiche, ältliche Frau geheiratet und will, zuerst durch einschmeichelnde Worte und hierauf durch Drohungen und Schläge, den Pagen veranlassen, junge Mädchen von seines früheren Herrn Landgut dazu zu bewegen, sich den gräflichen Lüsten gefügig zu zeigen. Als sich der Chef lange vergeblich bemüht hat, den Knaben zum Kupplerhandwerk zu bringen, nimmt er ihm das Sonntagsgewand weg und schließt es ein; erst dann soll Hans es wiederbekommen, wenn er die Mägde, die regelmäßig aus Sigulow den Luditzer Wochenmarkt besuchen, zu jener Liebesaushilfe bewogen.

Hans flieht nun im alten Anzug zu seinem ersten Herrn zurück, von dem er zwar nicht so Schlimmes zu erleiden hat, wohl aber von den Dienern. Während der Herr auf einer längeren Reise ist und Hans mit zwei Mägden und einem Knecht zurückbleibt, zwingt dieser ihn, die Kühe zu hüten, um sich ungestört mit den beiden Frauenspersonen vergnügen zu können, von denen doch die eine zum Weiden des Viehs bestellt ist. Ein andermal erbricht ein Bedienter die Vorratskammer, raubt sie aus und entweicht, nicht ohne vorher dem ahnungslosen Hänschen eine Tüte voll Mandeln und Feigen geschenkt zu haben, damit der Verdacht auf diesen falle. Das geschieht auch, Hans muß sich splitternackt entkleiden und über einen Tisch legen und wird nun von vier Bauern so lange mit Ruten gepeitscht, bis das Blut aus der Haut hervorspritzt.

Abermals wird der Knappe verschenkt, einem mit Namen »Pan Schefforsyt«, dessen Eltern, sehr eifrige Anhänger der ketzerischen Verkehrtheiten, die Burg Zoschek in der gräflich Guttensteinschen Herrschaft Tachau besitzen, nicht weit von der Peterburg nach der Stadt Rakonitz zu gelegen. Pan Schefforsyt pflegt mit zwei, drei Pferden an den Hof des Königs oder eines anderen Herrn zu reiten, um dort seine Dienste als Ritter anzutragen, und begibt sich denn auch bald mit seinem neuen Pagen zu solchem Dienst nach Schloß Chlum. Sie gelangen zu dem waldigen Gebirge, welches sich, wie Johannes niederschreibt, »in einer Breite von drei bis vier Meilen ringsum das ganze Böheimb zieht; diese Gebirge umschließen das Böhmerland wie einen Kern in einer Ausdehnung von dreißig Geviertmeilen und sind voll von Räubern«. In Wirklichkeit ist es nicht der waldig-bergige Rhombus, dessen Kontur sie reitend überschreiten, sondern es sind die Pürglitzer Forste, die allerdings den berüchtigten böhmischen Wäldern der Grenze nichts an Unsicherheit nachgeben.

Die beiden Reiter haben ihre Gewehre geladen, und Schefforsyt schärft dem Jungen ein: »Halte dich dicht hinter meinem Rücken! Solltest du etwa einen Hinterhalt der Räuber zur Seite der Straße entdecken, so gib mir eilends einen Wink, und mag ich fliehen oder haltmachen, bleibe nur immer bei mir.«

Kaum sind sie im Walde, tauchen auch schon die Wegelagerer hinter ihnen auf, aus Höhlen und Gebüschen, wo sie gleich Wilden gehockt hatten; im Galopp jagen die beiden Reiter eine Meile weit durch dieses unheimliche Spalier. Als sie wieder zu traben beginnen, um die Pferde verschnaufen zu lassen, siehe, da kommt einer der Raubgesellen ihnen gerade entgegen, an der rechten Seite trägt er ein langes Schwert, an der linken ein kurzes, breites, auf dem Rücken im Gurt eine Doppelaxt und auf den Schultern ein mächtiges Helmbecken. Pan Schefforsyt und sein Knappe schießen auf ihn, der Räuber weicht aus und versucht durch rasch aufeinanderfolgende Signalpfiffe seine Spießgesellen herbeizurufen, worauf sich die beiden Reiter neuerdings in schnellsten Galopp setzen, ihren Rossen unablässig die Sporen in die Flanken schlagend.

Auf diese Weise werden sie etlichemal angefallen, gelangen aber unversehrt zur Hauptstadt des Königreiches, welche »Praa«, das ist: Türschwelle, genannt wird, und von dort in den neuen Dienst nach Chlum im Leitmeritzer Kreis. Den Namen des Schloßherrn hat Johannes vergessen, oder er verschweigt ihn, aber wir wissen aus den Urkunden, daß damals Herr Slawata von Chlum die Herrschaft innehatte und daß seine Gattin Dorothea von Nemoschitz hieß. Hingegen kennen wir den Namen der gräflichen Konkubine nicht, von der uns Johannes erzählt und die sein Schicksal im neuen Dienst besiegelt. Da Hans das Kebsweib nicht anerkennen will, schmiedet es Ränke gegen ihn; er muß neuerdings entweichen, via Saaz, Schlan, Leitmeritz, Kralowitz und Brüx geht die Wanderschaft, er wird Lehrling bei Webern, Gerbern, Metzgern und tschechischer Dolmetsch in einem deutschen Marktflecken und kann schließlich in der Kutsche eines Karlsbader Badegastes bis Nürnberg mitfahren, von wo er nach sechsjährigen Fährnissen glücklich nach Hause kommt, noch immer ein Kind und hat doch schon das ganze Verbrecherleben von Studenten, Wegelagerern und Rittern des Mittelalters an seinem Leibe verspürt. »Es ist mir« , schreibt er, der schnell auf der hierarchischen Stufenleiter bis zum Novizenmeister aufgestiegen ist, im Kloster von Laach elf Jahre nach seiner Heimkehr von den böhmischen Irrfahrten nieder, »wegen der von mir erzählten und anderer daselbst gemachten Erfahrungen über die Maßen leid, Böhmen jemals gesehen und gar kennengelernt zu haben, ja, gleich Israel ohne Zweifel von Engeln geleitet, zog ich wie im Siegestanze aus dem Ägypten der Ketzer und von dem barbarischen Volke«.

Du ahnst nicht, Bruder Johannes, daß jene »Ketzerei«, die du abschreckend schilderst, bald auch Deutschland lodernd ergreifen wird, wobei die Fürsten ihre lutheranischen Gegner genauso »barbarisches Volk« nennen werden, wie du die Böhmen nennst.

Der wiederbelebte Spielberg

Während sich Frankreich im Jahre 1939 anschickte, den hundertfünfzigsten Jahrestag des Bastillensturms jubelnd zu begehen, kam aus der Tschechoslowakei die Nachricht, daß das Gegenstück der Bastille, der Brünner Spielberg, seit dem Einmarsch der Nationalsozialisten zu neuem, tödlichem Leben erweckt worden war: » ... in das Gefängnis auf dem Brünner Spielberg eingeliefert wurden gestern achtzig ...« – » ... auf dem Spielberg starb, wie nunmehr bekannt wird ...«

Grausige Meldungen. Der Name des Kerkers stand in ihnen, wie in anderen, ähnlichen Meldungen von Oranienburg die Rede war oder von Papenburg, vom Boergermoor, von Brandenburg oder von Dachau, den Orten, die rasch zu einem Alptraum geworden waren.

Auch das Wort »Spielberg« hat einen ähnlichen Klang, jedoch tönt dieser aus der Vorzeit her; lange sprach man vom Spielberg nur mehr bildlich, so wie man von »Zwinguri« spricht oder von der »Bastille«: es war einmal.

Es war einmal ein Spielberg, der erhob sich als fürchterliche Drohung gegen die Feinde der Willkür, und wahrlich, er machte Ernst mit seinem Drohen.

Die seit den Zeiten des Großmährischen Reiches immer wieder aufgestockte Burg war eine Wabe aus Stein, und in jeder ihrer Zellen sollte ein Mensch vergessen, Mensch zu sein. Ganz unten, auf den Grundsteinen, wo vor einem Jahrtausend eine Waffenhalle gewesen sein mag, schuf sich der österreichische Absolutismus das, was man später »Bunker« nannte. Von den Mauern eines stockdunklen Kellers weht feuchter Moder hernieder, klatschen von den Wölbungen unaufhörlich Wassertropfen in Pfützen, zu denen sich ihre Vorgänger bereits vereinigt haben.

Ein schmaler, nasser, finsterer Gang. Hier waren sie nicht untergebracht, die Feinde des Staates, hier hätten sie gehen können, sich bewegen und miteinander sprechen, und das mußte die autoritäre Energie verhindern mit jenem Mut gegen Wehrlose, der die verächtlichste Art von Feigheit ist!

Rechts und links des üblen Korridors hatte man aus Balken und Blöcken vierunddreißig Käfige gezimmert, für je einen Häftling; dort, in einem Raum von zwei Kubikmetern, wurde er angeschmiedet, man stopfte ihm die durchlöcherte Eisenbirne in den Mund, aus deren Öffnung Pfeffer auf die Zunge des Durstigen sickerte, preßte seine Finger in Daumenschrauben, seine Arme in stachlige Stahlmanschetten, spannte ihn auf die Geige oder zwickte ihn mit glühenden Zangen, und von der Decke fiel Wassertropfen auf Wassertropfen, immer auf die gleiche Stelle des Festgeschmiedeten, der oft nicht einmal vergebliche Schreie des Schmerzes ausstoßen konnte, da er geknebelt war.

Wer waren die grausamen Verbrecher, die man in so grausamer Haft halten mußte? Sylvio Pellico aus Saluzzo, der mädchenhaft zarte und fromme Dichter der »Francesca di Rimini«, büßte hier acht Jahre lang seinen Freiheitstraum. Hier entzündete sich unter der Eisenfessel das Knie seines elegischen Freundes Pietro Marioncelli; man mußte das Bein amputieren, ohne daß Leinen, Binden oder Eis die Operation gelindert hätten. Ein zweiter Freund und Carbonaro, der junge Graf Fortunato Oroboni, starb hier gräßlich an Blutsturz, vor den Fenstern Pellicos, dessen Zelle der seinen so nahe gewesen, bestattete man ihn. Der französische Anhänger der Carbonari Alexandre Andryane erlebte hier die tragischste Tragödie des Schriftstellers: Tag und Nacht, Jahr um Jahr hatte er sein Werk über das Wesen der Menschheit geschrieben, zum Teil mit abgezapftem Blut, doch als die Zelle durchsucht wurde, fand man das Manuskript und verbrannte es, sein Leben, seine Lehre, seinen Ruhm und seine Hoffnung.

Spielbergbewohner war auch Drouet, der kleine Postmeister der kleinen Stadt Ste-Menehould, der so große Kapitel der großen Geschichte mitbestimmte. Als Goethe seine Fahrt unternahm, um diesen Mann zu sehen, hatte Drouet noch nicht mit dem edlen Gracchus Babeuf die Verschwörung der Gleichen organisiert, noch nicht in Teneriffa dem zukünftigen General Nelson den Arm abgehauen und noch nicht der gesamten Polizei des restaurierten Königtums ein Schnippchen geschlagen.

Vorläufig hatte Drouet nur in Varennes den König Ludwig XVI. angehalten und damit verhindert, daß dieser, vom Ausland her, Frankreich mit Krieg überziehe. Zwei Jahre später wagte Drouet als Abgeordneter und Kommissar des

Konvents einen Ausfall aus dem belagerten Maubeuge und wurde dabei von österreichischen Dragonern gefangengenommen. Aber nicht die Tatsache seiner Kriegsgefangenschaft war es, was ihn davor bewahrte, in einem der unterirdischen Mordverliese des Spielbergs zu vermodern, sondern etwas anderes verschaffte dem »Häuptling der Königsmörder« ein Quartier oberhalb des Erdbodens: Man brauchte sein Leben, um es gegen das der Tochter von Marie Antoinette einzuhandeln.

Drouet wußte keinen Deut von Plänen, seine Pläne hießen: Flucht. Unter Beifügung von Skizzen suchte er um die Bewilligung an, eine mechanische Mühle konstruieren zu dürfen. (»Bedenkliches Ansuchen desselben um Gestattung der Verfertigung neuer Mühlenmodelle« steht auf einem der unveröffentlichten Akten des Wiener Staatsarchivs.) In Wirklichkeit erfand er nichts weniger als den Fallschirm. Mit ihm schwang er sich aus dem Fenster und blieb mit zerschmetterten Beinen im Hof des Spielbergs liegen. Nachdem er geheilt und gegen die Königstochter ausgetauscht war, berichtete er vor dem Rat der Fünfhundert über seine Haft in den Ländern der Despotie.

Man tritt von Zelle zu Zelle, das Licht der mitgebrachten Karbidlampe huscht scheu über abgebröckelte, feuchte Wände, die erbarmungslos schwiegen, wenn jahrhundertelang das Wehklagen der Verzweiflung sie beschwor, die herzlos aushielten, wenn knöchern gewordene Finger sie im Wahnwitz von der Stelle zu schieben versuchten. So saßen hier in Zeiten des Dreißigjährigen Krieges jene Defensoren und Direktoren, denen habsburgische »Gnade« erspart hatte, gevierteilt, geköpft oder gehenkt zu werden, so saßen hier die frommen Mährischen Brüder und jüdischen Opfer des Jesuitentums, so saß hier, von seinem Rivalen Prinz Eugen eingekerkert, der kaiserliche Feldzeugmeister Bonneval, der nach endlicher Freilassung zum sagenhaften türkischen Feldherrn Ahmed Pascha wurde; hier schmachtete in Ketten der Kreishauptmann Karl Ritter von David, der im Erbfolgekrieg gegen Maria Theresia und für Karl VII. (den Bayern) Partei ergriffen hatte, hier endete durch Gift der tolle Pandurenobrist Franz Freiherr von Trenck, seines Vetters würdiger Vetter, so starb hier, Dank vom Haus Österreich, der Feldmarschall Georg Olivier Graf von Wallis, so siechten hier die italienischen Autonomisten dahin, die schlanke Contessa Filanghieri, der beredte Pater Don Marco Fortini, der Markgraf Giorgio Guido Pallavicini und der Conte Frederico Confalionieri. Und Feinde aus dem Ausland: der königlich-sächsische Hofkanzlist Menzel, der an Friedrich den Großen das Bündnis zwischen Österreich und Sachsen verraten und dadurch den letzten Anlaß zum Beginn des Siebenjährigen Krieges gegeben, der sächsische Marschall Schöning, der in vollem Einvernehmen mit seinem Kurfürsten ein Bündnis Sachsens mit Hannover und Frankreich gegen Österreich angestrebt hatte und deshalb von der Wiener Polizei während eines Badeaufenthaltes in Teplitz festgenommen und, ungeachtet seiner Gicht, in die feuchten Höhlen des Brünner Felsens geworfen wurde.

Innere und auswärtige Politik, die Staatsminister für Justiz und die für Heerwesen, die für Kultus und Unterricht, die Kommissionen und Kammern und Prokuratoren aller Verwaltungszweige – die Herrscher mit dem Beinamen »der Gütige« oder »der Glorreiche«, der »aufgeklärte Absolutismus« und die konstitutionelle Demokratie – ihrer aller Ultima ratio hieß: Spielberg. Keine Revolution fand sich, oh, du mein Österreich, die diese Bastille gestürmt, ihre Wälle dem Boden gleichgemacht hätte.

Gehaßt war sie genug, und selbst uninteressanten Sträflingen, Kriminellen aus Gewinnsucht, stülpte das Volk den Glorienschein auf den Verbrecherschädel, ausschließlich deshalb, weil sie hier saßen. Aus jedem armseligen Einbrecher machte die Folklore einen Rächer der Armen, man schrieb Romane über den eingekerkerten Revierinspektor Johann Anton, den Banknotenfälscher Heinrich Henkel pries die Fama als uneigennützigen Förderer der Künste, und selbst der Fleischhauer Philipp Smutny, der sein Weib und drei Kinder umgebracht, wurde der Held eines Volksliedes.

Das Volk liebte die, die auf dem Spielberg Qualen erlitten, und die Monarchen mußten wohl oder übel diesen Sympathien Rechnung tragen. Kaiser Joseph II. weilte am 3. August 1783 eine Stunde lang in einer Kerkerzelle und verkündete hernach seinem Gefolge und den Lesebüchern, er wünsche nicht, daß jemals wieder in diesem untersten Verlies ein Mensch eingekerkert werde; ein diesbezügliches schriftliches Verbot erging, aber noch fünfzig Jahre später faulten dort lebendige Leiber. Kaiser Franz ging in seiner »Menschenfreundlichkeit« noch weiter, er untersagte auch die Benützung des nächsthöheren Stockwerkes, ohne zu verhindern, daß während seiner ganzen Regierungszeit dort politische Häftlinge lagen. Im Jahre 1848 stopfte man die Löcher mit deutschen Studenten voll, die unter dem schwarzrotgoldenen Banner die Vereinigung aller Deutschen erstrebten, und mit tschechischen Studenten, die die Freiheit ihres Landes wollten. Kaiser Franz Joseph verbot bald darauf die Benützung des Spielberges als Gefängnis, machte eine Kaserne und – einen Garnisonsarrest daraus.

Aber, wie gesagt, das war einmal. In der Tschechoslowakei tat der Spielberg nur mehr als Park, als Kaserne und als Museum seinen Dienst. Auf den sanften Serpentinenwegen, unter Akazien und Kastanien, ergingen sich Liebespaare; in der Festung waren das Ersatzbataillon eines Infanterieregiments, eine Scheinwerferkolonne und eine Brieftaubenabteilung untergebracht; das Museum war Schrekkenskammer eines Panoptikums, Brünner Schulbuben trafen dort wallfahrende italienische Patrioten.

Das Instrumentarium der Folter und die in den feuchten Gewölben verhallten Seufzer brachten manchem Besuch das Gruseln bei. Das verging aber wieder, wie die Zeiten der Despoten vergangen waren, die Zeiten, die, wie wohl jeder dachte, nie und nimmer wiederkehren können. Doch hundertfünfzig Jahre nach dem Sturm auf die Pariser Bastille gellten von neuem Schreie, sausten von neuem marternde Hiebe, tönte von neuem Wehklagen innerhalb der Spielbergmauern. Der Schauplatz gewesener Schrekken war zum Schauplatz zeitgenössischer Schrecken geworden und hat den Spielberg wieder zur »Gralsburg reaktionärer Willkür« gemacht, wie Börne ihn schon vor hundert Jahren nannte.

Des Polizeiministers junge Frau

In Politik und Polizei, diesen Gewerben, in denen als Meister geehrt wird, wer am schnellsten seine Segel refft und am längsten mit allen Brisen treibt, kann niemand den von Joseph Fouché, Herzog von Otranto, aufgestellten Rekord brechen.

Er, der als Jakobiner das »Blutbad von Lyon« bereitete, er, der dem König Ludwig XVI. das Schafott gezimmert hat, er, der Robespierres Haupt dem Henker überlieferte, er, der Napoleons Politik innerhalb Frankreichs durchführte, er, der während der Elbaer Zeit Ratgeber Ludwigs XVIII. war, er, der in den Hundert Tagen von neuem das Amt des Polizeiministers übernahm, er, der hernach bis zum Wiedereinzug des Bourbonen die Herrschaft über Frankreich innehatte, um schließlich Minister des allerchristlichsten Königs zu werden – er ist von seiner Zeit als selbstverständlich hingenommen worden, und auch die Geschichte sieht in ihm so etwas wie ein unentbehrlich-uninteressantes Möbel, einen dauerhaften Funktionär jenes äußerst schicksals- und wechselvollen Menschenalters. Aber Fouché war der wahre Machthaber von Revolution, Konsulat, Empire und Restauration, er war ihr Polizist. In des Polizisten Hand sind jedermanns Akten; wer hat in solchen Zeiten kein Werg am Rocken, gerade die Mächtigsten sind die Belastetsten. Und ist der Polizist schlau, so summiert sich seine Kenntnis der Individuen zur Kenntnis des Kollektivums, und er kann Windströmungen vorauswittern, nach denen Fock und Fahne hochzuziehen sind.

Dreißig Jahre lang, unter sechs einander so widersprechenden Staatsformen hält sich Joseph Fouché an der Macht! Am Gipfel aber glaubt er zu sein, da er Fräulein Gabrielle-Ernestine de Castellane-Majestro heiratet. Fünf Jahre vorher, 1810, als er wegen eigenmächtiger Verhandlungen mit England verbannt worden war, hat er in Aix die charmante Mademoiselle de Castellane zum erstenmal gesehen. Dort war er vom Unterpräfekten d'Ardaud-Jouques in die Aristokratie eingeführt worden, die sich trotz ihrer royalistischen Gesinnung auch durch einen von Bonaparte verliehenen Herzogstitel imponieren ließ, wenn sie diese Sympathie damit bemänteln konnte, daß der Herzog ein »Opfer Napoleons« sei. Damals lebte Fouchés erste Frau noch. Die, Johanna, war die Tochter des Bürgers Cognard, des einflußreichsten Wählers in dem Departement, wo Fouché für die Nationalversammlung kandidiert hatte.

Der Minister des legitimen Bourbonen braucht für sein Eheschifflein ein anderes Segel als das, das er 1792 gehißt, und eine echte Castellane ist für ihn, was für seinen kaiserlichen Chef die Habsburgerin gewesen. Der ehemalige Bürger Fouché und Genosse des derben »Père Duchesne« heiratet am 1. August 1815 in eine Familie ein, deren Stolz es ist, daß ihre Ahnen in den Kreuzzügen gekämpft und die Täler der Rhone als souveräne Fürsten regiert haben. Im offiziösen »Independant« wird der Familiennachricht ein politischer Relativsatz beigefügt; der Minister der Restauration läßt das private Ereignis nicht vorübergehen, ohne sich mit der (seinerzeitigen, kurzen) Ungnade Bonapartes zu brüsten: »Wie verlautet, hat der König den Ehevertrag zwischen Herrn Herzog von Otranto und dem aus einem der ältesten Adelsgeschlechter der Provence stammenden Fräulein de Castellane unterzeichnet. Die Bekanntschaft der beiden Neuvermählten ist in Aix geschlossen worden, wo der Herzog während seiner von Bonaparte über ihn verhängten Verbannung gelebt hat und seither der ganzen Provence in teurem Andenken geblieben ist.«

Gabrielle bringt kein großes Heiratsgut mit, aber sie ist bezaubernd schön, »ein Gegenstand der Anbetung für ihre Umgebung«, und der alte Herzog scheint für sie eine eifersüchtige Zärtlichkeit zu empfinden. Die wird ihn bald zu Fall bringen. Ein Rubrum »Eifersüchtige Zärtlichkeit« findet sich nicht in den Polizeiakten.

Er glaubt am Gipfel der Macht zu stehen, aber er ist schon einen Schritt darüber hinaus, schon auf dem abschüssigen Hang. Die Kammer, in die er von drei Wahlbezirken gewählt worden ist (und er hat seine Popularität noch erhöht durch eine Philippika gegen die Armee der Alliierten, die in Frankreich vandalisch haust), die Kammer opfert ihn den Ultrarechten. Ludwigs XVI. Tochter, kaum in die Tuilerien eingezogen, ist wieder sehr königlich und sehr unerbittlich und erklärt, sie werde den »Königsmörder« – dem ihr Haus die reibungslose Rückkehr nach Paris verdankt! – keinesfalls empfangen, und wenn er zehnmal

Minister wäre. Der König verrät den Verräter, indem er ihn auf den Gesandtschaftsposten nach Dresden abschiebt.

Alsbald werden die reaktionären Feiglinge in der Kammer mutig, da sie die Enthüllungen des alten Polizeiministers nicht mehr zu fürchten haben, und mit dreihundertvierunddreißig gegen zweiunddreißig Stimmen beschließt die Chambre Introuvable die Verbannung des Mannes, der im Antrag noch »Duc de l'Otranto«, im Beschluß aber bereits »Monsieur Fouché« heißt ... Sein Exil wird Prag. Metternich, stolz auf seine Polizei, hat Österreich zu einem Lapidarium des Empire gemacht, den kaiserlichen Prinzen Louis und Jérôme, den Prinzessinnen Elisa und Caroline, dem zweiten Polizeiminister des Kaisers, Savary, Herzog von Rovigo, seinem Außenminister Maret, Herzog von Bassano, und vielen anderen Staatsmännern und Generälen Zuflucht geboten und lädt Fouché geradezu ein.

In Prag ist auch Thibaudeau, einst Kollege Fouchés im Convent und in Napoleons Gunst, dann kaiserlicher Präfekt der Gironde und schließlich Haupt der Verschwörung, die den Kaiser aus Elba zurückholte, der Verschwörung, an der Fouché teilgenommen und – Verrat geübt hat. Trotzdem schreibt Fouché an Thibaudeau, mitbestimmend für seine Wahl Prags zum Refugium sei die Tatsache, dort einen alten Freund zu besitzen; und der »alte Freund« wird beauftragt, die Hälfte des Hotels »Hessischer Hof« für Fouché zu mieten.

Am 4. Juli 1816 kommt der Herzog mit seiner jungen Frau und seinen aus erster Ehe stammenden Kindern nach Prag. Er beeilt sich, in einem Brief an Metternich sein Eintreffen zu melden und an die Unterredung zu erinnern, die er vor genau drei Jahren in eben dieser Stadt mit dem Kanzler geführt; damals hatte er die unhaltbare Situation Napoleons zugegeben, aber, genial, gerade dadurch Österreich auf Napoleons Seite zu ziehen versucht: es möge den gefährdeten Pariser Kaiserthron vor den Bourbonen und Republikanern dem Enkel des Kaisers Franz retten. Im übrigen tut Fouché recht horazisch, als ob er glücklich sei, procul negotiis zu weilen, als habe er auf allen irdischen Ehrgeiz verzichtet – und korrespondiert und konspiriert mit aller Welt, wobei oft die chiffrierten Briefe diejenigen sind, die er dem Hof und der Regierung zur Kenntnis bringen will. Weiß er doch besser als jeder andere, daß das »Schwarze Kabinett« sie auffangen und entziffern wird. Den Freunden von Thron und Altar, die ihn verbannt haben, bietet er seine Unterstützung zum Sturz des Ministeriums an, eine Fraktion der Ultralinken scheint schon gewillt, sich des Mannes zu bedienen, der Material gegen jeden und die Macht hat, durch Enthüllungen aus dem Privatleben die unbequemen Politiker zum Schweigen zu bringen.

Decazes, sein jugendlicher Nachfolger, wehrt sich gegen diese Umtriebe in einem recht ängstlichen Brief an Metternich: Fouché beabsichtige, »um den Preis der Wiedereinsetzung ins Polizeiministerium ein ebenso heftiger Jakobiner der Gegenrevolution zu werden, wie er einst zu Lyon und zu Nevers ein Jakobiner des Blutdurstes gewesen«. Der junge Polizeiminister will den alten beim Wiener Großkanzler diskreditieren: Erstens habe Fouché für immer abgewirtschaftet, und zweitens suche er sich der antiösterreichischen Politik Preußens anzuschließen, deren Repräsentant Justus Gruner ist. Oh, wüßte Graf Decazes, daß vor vier Jahren der Minister eines anderen Staates gegen einen in der Prager Verbannung lebenden Polizeichef und dessen Umtriebe ähnliche Klage bei Metternich geführt und daß jener Verbannte kein anderer war als eben Justus Gruner, der jetzt wieder Mächtige! Hätte Fürst Metternich die Absicht gehabt, den Pariser Polizeichef zu verhaften, wie er's damals mit dem Berliner Polizeichef getan – nach dieser Parallele ließe er sie wohl fallen!

Der Prager Oberstburggraf Graf Kolowrat, vom österreichischen Polizeiminister Sedlnitzky besonders beauftragt, bespitzelt zwar den Großmeister der Spitzelei, aber dazu bedarf es wohl keiner Denunziation aus Paris, zu diesem Behufe war ja die Einladung in den schwarzgelben Vormärz ergangen.

Die Überwachungen stören Fouché wenig. Er hofft. Er hofft auf die Wiedereinsetzung in die Macht. Ist offensiv. Von sechs Uhr morgens bis zehn Uhr abends schmiedet er Damoklesschwerter und spinnt Fäden, um sie anzubinden: Es sind die »Notizen über den Herzog von Otranto«, die er verfaßt, er publiziert seinen Briefwechsel mit dem Herzog von Wellington und schreibt eine Unzahl von Briefen nach Frankreich, in denen er die Herausgabe seiner Denkwürdigkeiten ankündigt.

Für die Prager Gesellschaft war das Erscheinen des berühmten Staatsmannes aus Paris einen Monat lang eine Sensation gewesen, der Oberstburggraf hatte ihn liebenswürdig aufgenommen und besucht, bald aber ist die Neugierde gesättigt, und der böhmische Adel lehnt den einstigen »Bundesgenossen des Pöbels« hochfahrend ab.

Mit den französischen Exulanten verkehrt er nicht viel, eigentlich verkehren sie nicht viel mit ihm, der unter die die siebenundfünfzig Hauptmitarbeiter Napoleons enthaltende Proskriptionsliste vom 24. Juli 1815 seinen Namen gesetzt hat, obwohl er an die Spitze der Aufgezählten gehört hätte.

Die Herzogin verdankt ihren Herzogstitel dem Emporkömmling Bonaparte, jedoch vor allem ist sie eine geborene de Castellane und will die Gespenster der †††-Revolution, »diese Brutusse«, nicht in ihrem Hause sehen. Wahrscheinlich kann sie auch Thibaudeau nicht leiden, der mit seiner Frau und seinem Sohn Adolf häufig zu Besuch kommt. Diese Abneigung teilt sie mit ihrem

Mann. Zwar tun die beiden einstigen Vertrauten des Kaisers freundschaftlich und höflich miteinander, aus ihren Briefen an dritte Personen geht aber hervor, daß die »alten Freunde« einander hassen, wie eben Verräter und Verratener.

Die Broschüren und die Drohung bevorstehender Memoiren haben in Frankreich große Wirkung gehabt. Chateaubriand belastet in dem Buch »De la monarchie suivant la Charte« Fouché schwer, und dieser deckt nun Chateaubriands Intimität mit Napoleon und dessen Kardinal Fesch auf; den Redakteur des »Journal des Débats«, Mr. Saint-Victor, der in einer Glosse über die Wellington-Briefe den »Königsmörder« angegriffen, bezeichnet dieser als ein ehemals von der Polizei bestochenes Subjekt und bedroht ihn mit der Entschleierung seiner privaten Geheimnisse. Im »Pamphletaire« wird Fouchés Henkerstätigkeit unter Napoleon, im »Vrai Libéral« sein Verrat an der Revolution behandelt, und das Bezirksgericht, in dessen Sprengel sein Landgut Ferneres gehört, spricht ihm, als einem im bürgerlichen Sinn toten Mann, das Recht ab, seine Kinder als Vormund zu vertreten.

Der Pensionär Fouché verzehnfacht sich, sein Sekretär Demarteau verfaßt und versendet Artikel, Fräulein Ribou, die Gouvernante der Kinder, nimmt Diktate auf und stellt Abschriften her, bis sie stirbt, anonym und pseudonym erscheinen in der französischen und österreichischen Presse strahlende Apologien, sogar ein dem Herzog günstiger Brief aus dem Nachlaß der Madame de Staël taucht auf (und entpuppt sich alsbald als Fälschung), ein klangvoller (aber nicht existenter) Chevalier de la Roche-Saint-André sendet »gegen den Willen des Herzogs« Reinwaschungszuschriften an die Presse. Die Fouchésche Wohnung auf der Prager Färberinsel (der späteren Sophieninsel) ist eine Propagandazentrale, die ganz Frankreich beliefert.

Plötzlich wird gegen den Polizeigewaltigen, der zeitlebens mit Enthüllungen aus dem Privatleben operiert hat, ein Eingriff ins Privatleben verübt.

Der junge Thibaudeau hat mit der jungen Herzogin galante Beziehungen angeknüpft; angesichts der Tatsache, daß der allmächtige Minister des allerchristlichsten Königs, den sie geheiratet, nun nicht mehr allmächtig und nicht mehr Minister ist, angesichts der Tatsache, daß er sich in politischen Arbeiten vergräbt, angesichts der Tatsache, daß sich die Herzogin in Prag maßlos langweilt, der Gatte alt und der Freund jung ist, vergißt die geborene de Castellane, in Adolf Thibaudeau einen Bürgerlichen zu sehen, dessen Vater zu »diesen Brutussen«, zu den Gespenstern der †††-Revolution gehört … An Polizeigeist ist Fouché den Österreichern überlegen, er merkt – oh, Schande für Metternich, Sedlnitzky und Kolowrat! – das Liebesspiel eher als diese, obwohl es in seinem eigenen Hause vor sich geht. Außer sich vor Wut, schreibt er einen Brief, worin er Thibaudeau fils sein Haus verbietet und – dem Thibaudeau père versichert, daß er ihm die alte Freundschaft bewahre.

Die Affäre spricht sich herum, man vermutet, der alte Thibaudeau und seine Frau hätten ihren Sohn zum Verführungsversuch aufgestachelt, um sich an dem Verräter der Bonapartisten zu rächen; Fouché sprengt das Gerücht aus, Adolf habe sich bloß um die Hand seiner Tochter beworben und einen Korb bekommen.

Da erscheinen zum Behagen des Faubourg Saint-Germain in den französischen Blättern Berichte über die Affäre, Details über eine regelrechte Entführung, der junge Thibaudeau sei mit der Frau Minister in Frankfurt gesehen worden, wo sie durch ihre Schönheit und ihren Schmuck Aufsehen hervorrief. Je mehr Briefe, Berichtigungen und Notizen Fouché versendet, desto mehr fühlt er, auf dem Gebiete der privaten Verteidigung nicht so zu Hause zu sein wie auf dem Gebiete des privaten Angriffes – durch all diese Schriften keinerlei Bewunderung für seinen politischen Arbeitseifer und keinen Wunsch nach seiner Wiederberufung zu erwecken –, dort lächerlich geworden zu sein, wo er bisher nur gefürchtet war. Aller Hoffnungen beraubt, übersiedelt er im August 1818 aus Prag zuerst nach Linz und dann nach Triest und stirbt dort, einundsechzig Jahre alt, aber längst einem mehr als achtzigjährigen Greis ähnlich.

Rettungsgürtel an einer kleinen Brücke

Über die Brüstung der Liechtensteinbrücke, einer kleinen Brücke, die vom Hintereingang des Zoologischen Gartens zum Tiergarten führt, ist ein Rettungsring gehängt. Ein Seil, das sich nicht verfitzen kann, ermöglicht es, den tragfähigen Gürtel weithin in den Landwehrkanal zu schleudern. Die Gegend ist, man kann es nicht anders sagen, idyllisch.

Der Kandelaber, der den Rettungsring darbietet, hält gleichzeitig eine Papptafel mit illustrierten Anweisungen zur Wiederbelebung Ertrinkender. Ferner verkündet ein Schild, daß sich die nächste Rettungsstelle im Hause Nr. 9 der Budapester Straße befinde.

Bedenkt man, daß die Lebensmüden sich für einen ernstgemeinten Selbstmord eine Stunde aussuchen, da niemand in der Nähe ist, und daß sie selten um Hilfe rufen, bedenkt man, daß die Aussicht, hier unversehens ins Wasser zu fallen, selbst für einen Bezechten gering ist, bedenkt man ferner, daß nächtlicherweile in Berlin, in der Tiergartengegend, die freiwilligen Samariter besonders dünn gesät sind, auch im Falle einer Hilfsbereitschaft sich kaum jemand des Rettungsgürtels erinnert, und daß der Ertrinkende während der Loslösungs- und Wurfvorbereitungen bereits entkräftet ist und einen in seine Nähe geschleuderten Gegenstand nicht mehr zu erreichen vermag ... bedenkt man also all das, so wird man annehmen können, daß der Gürtel am stillen Brücklein noch keinen vom Tode gerettet hat.

Aber der Rettungsgürtel ist hier nicht unangebracht angebracht. Da ja immerhin die Möglichkeit besteht, daß jemand im Kanal umkommt (ein Füsilier, der 1904 bei einer Rettungstat ertrank, hat hier ein Denkmal aus Bronze, Stein, Efeu und Baum), so besteht auch die Möglichkeit, daß einmal in Jahrzehnten der Korkring einen Menschen dem Wasser entreißen könnte, der Wiederbelebungsversuch laut Anweisungen auf dem Pappkarton Erfolg hätte, die Rettungsleine Budapester Straße Nr. 9 rechtzeitig benachrichtigt und ihre Abgesandten rechtzeitig an Ort und Stelle sein können.

Ein Menschenleben kann nicht hoch genug bewertet werden.

Von dem Rettungsgürtel auf Wurfweite entfernt, ist die Stelle, wo uniformierte Männer einen Frauenkörper ins Wasser warfen.

Irgendwelche Bürger von der Einwohnerwehr hatten sich Rosa Luxemburgs in dem Haus bemächtigt, in dem sie wohnte, und aus irgendwelchen Gründen gerade ins Eden-Hotel gebracht, wo der Stab der Gardekavallerie-Schützendivision hauste, forsche Herren, monokelnd und näselnd, die nun kurzerhand übereinkamen, die »Galizierin« um die Ecke zu bringen.

Um die Ecke zu bringen – sie machten die Phrase wahr, die sprachliche Wendung zu einer wirklichen Wendung.

Das Haus muß rein bleiben, das ist der Grundsatz jedes biederen Ehemannes, etwas anderes ist das, was man außerhalb des Hauses tut. Das Haus muß rein bleiben, und erst in der Sekunde, da Rosa Luxemburg, vom herbeigeholten

Mordkommando begleitet, den Fuß aus dem Hotelportal setzte, zertrümmerten die Helden mit Gewehrkolben von hinten ihr Schädeldach und legten sie ins Auto. Herr Leutnant Vogel fuhr mit, er saß verkehrt neben dem Führersitz, preßte seines Revolvers Mündung auf die Stirn der halbtoten Rosa Luxemburg und drückte ab. Der Schuß ging nicht los, denn die Waffe war nicht entsichert; nun, so entsicherte er sie eben, preßte von neuem seines Revolvers Mündung auf die Stirn der halbtoten Rosa Luxemburg und drückte von neuem ab.

Das Auto fuhr inzwischen die Straße geradeaus, die damals noch Alter Kurfürstendamm hieß und jetzt Budapester Straße heißt, während statt dessen die Budapester Straße nach Friedrich Ebert genannt wird, so daß sowohl Horthys Budapest wie Deutschlands Ebert eine ihrer würdige Ehrung haben. Aber das Auto fuhr nicht geradeaus über die Corneliusbrücke, sondern bog links ein – man hatte ja Rosa Luxemburg um die Ecke zu bringen.

Um die Ecke zu bringen – an der ersten Ecke, links vom Alten Kurfürstendamm, ist die Gegend finster. Auf der einen Seite die Wirtschaftsgebäude vom Zoo, auf der andern Seite der Landwehrkanal. Nahe der Liechtensteinbrücke wächst sogar noch Gebüsch zwischen Weg und Wasser, hier hält das Auto. Kein Mensch kommt zu so später Stunde hierher, es ist auch heute keiner da, wohl aber Gardeoffiziere mit Maschinengewehren; sie bewachen die Brücke, an der der Rettungsgürtel hängt. »Halt, wer da?« ... »Um Gottes willen, nicht schießen!«

Oberleutnant Vogel (zum herankommenden Offizier).

»Bitte, veranlassen Sie nichts! Ich habe die Leiche der Luxemburg.« Der Offizier: »Gott sei Dank!«

Dann wurde Rosa Luxemburg ins Wasser geworfen. Da der Körper, tot oder halbtot, auf der Oberfläche schwamm, soll er (gewiß weiß man es nicht; denn die des Meuchelmordes angeklagte Garde-Division stellte selbst den Gerichtshof) wieder herausgefischt worden sein, mit Draht umwickelt und mit Steinen beschwert. Woher nahm man so eilig den Draht? Wahrscheinlich vom Rettungsgürtel.

Vorsitzender: »Erinnern Sie sich nicht, daß Leutnant Röpke, die Hand an die Mütze legend, Ihnen gemeldet hat: ›Leiche Rosa Luxemburgs ist soeben ins Wasser geworfen worden, wenn Herr Hauptmann sie sehen will, dort schwimmt sie.‹« Hauptmann Weller: »Als ich auf der Brükke stand, sah ich einen dunklen Gegenstand im Wasser treiben. Da kann vielleicht jemand gesagt haben: ›Da schwimmt sie.‹«

Dieser dunkle Gegenstand ist Rosa Luxemburg.

Dort schwimmt sie, ein dunkler Gegenstand. Die lichten Helden, die sie um die Ecke gebracht haben, fahren um die Ecke zurück, rühmen (zueinander) ihre Tat, zahlen Belohnungen aus, lassen Wein auffahren, sich als Gruppe photographieren: der Jäger Runge, der den ersten Kolbenhieb drosch, darf mit den Herren Offizieren auf das Bild. Großer Sieg.

Ein Menschenleben kann nicht hoch genug bewertet werden.

Auf der einen Seite der kleinen Brücke, an der fürsorglich der Rettungsgürtel hängt, ist das Liechtensteinportal des Zoologischen Gartens. Auf der anderen Seite beginnt der Neue See; dort haben zwölf Minuten früher die Kameraden des Leutnants Vogel den Kameraden von Rosa Luxemburg um die Ecke gebracht.

Um die nächste Ecke, erst im Tiergarten, wo vor hundert Jahren die hohen Herren das Wild zu erlegen geruhten. An der ersten Stelle, die dunkel war, ein Seitenweg zweigte ab, zerrte man den beim Ausgang des Eden-Hotels gleichfalls halb erschlagenen Karl Liebknecht aus dem Auto und forderte ihn auf, zu Fuß zu gehen. Nach links, obwohl man angeblich nach Moabit wollte, also schnurstracks geradeaus. Aber man mußte ihn doch um die Ecke bringen.

Sechs Offiziere, Kapitänleutnant Horst von Pflugk-Hartung, Leutnant Stiege, Leutnant von Ritgen, Leutnant z. S. Schulze, Hauptmann Heinz von Pflugk-Hartung und der Leutnant d. R. Liepmann, cand. phil., Sohn eines Charlottenburger Justizrats, ein Jude, der sich von keinem Gardeoffizier einen Mangel an schneidiger Bestialität nachsagen lassen wollte, sowie der Jäger zu Pferd Clemens Friedrich führten oder schleppten Karl Liebknecht.

Kapitänleutnant Horst von Pflugk-Hartung feuerte von hinten den ersten Schuß ab, Signal zu dem Bombardement auf Liebknecht. Als dieser tot zusammenbrach, todsicher tot, konnte er auf die Unfallstation gebracht werden, deren Adresse neben dem Rettungsgürtel an der kleinen Brücke angegeben ist.

Es sei ein »unbekannter Spartakist«, sagten sie, wollten zunächst beide Meuchelmorde verheimlichen, gaben dann eine Erklärung heraus, Herr Dr. Liebknecht sei von der vor dem Hotel angesammelten Menschenmenge schwer verletzt worden, habe im Tiergarten flüchten wollen, auf mehrfaches Anrufen nicht haltgemacht und einem Verfolger einen Messerstich versetzt, worauf man ihm nachschoß. Wo Frau Dr. Luxemburg sei, wisse man nicht, verlautbarten ihre Mörder endlich; eine spartakistische Menge habe sie mit dem Ruf »Das ist die Rosa« an der Corneliusbrücke (also nicht um die Ecke, versteht ihr!) vom Wagen geholt und sei mit ihr in der Dunkelheit verschwunden.

All diese Behauptungen wurden selbst vor dem Kameradschaftsgerichtshof nicht aufrechterhalten; sie hatten sich längst als Lügen herausgestellt; vor dem Hotel waren weder Zivilisten, die Karl Liebknecht aus antispartakistischen Gründen tödlich verwundet hatten, noch Zivilisten, die aus spartakistischen Gründen Rosa Luxemburg bei der Corneliusbrücke in die Dunkelheit retteten. Kein Zivilist wußte von der Festnahme und gar vom Abtransport der beiden, kein Zivilist war dem Auto begegnet, als es um die Ecke bog.

Obwohl die Gardekavallerie-Schützendivision aus dem Eden-Hotel das Divisionsgericht stellte, also keinem der Herren Mörder etwas passieren konnte, muß anerkannt werden: Alle verleugneten tapfer ihre Mannespflicht, drückten sich, verlangten keinerlei öffentliche Anerkennung von ihrem Chef Noske und ihrem Oberchef Ebert dafür, daß sie, sieben Mann, Liebknecht überwältigt hatten, und verzichteten auf Orden und Ehren, damit im Interesse von Staat und Gesellschaft die Wahrheit über seinen Tod verschwiegen werde.

Ein Menschenleben kann nicht hoch genug bewertet werden.

Das alles fällt einem so ein, wenn man auf dem idyllischen Brücklein steht, an dem fürsorglich ein Rettungsgürtel hängt.

Von Ausreißern, kleinen Vagabunden und einem kleinen Dichter

I.

Die Geschütze hatte man manchmal schonen, mit der Munition oft sparsam umgehen, den Verpflegungsnachschub hier und da aussetzen müssen, strategische Pläne konnten versagen, taktische Maßnahmen scheitern – Soldaten aber hatte der Zar immer, sie gegen die Fronten der Deutschen und Österreicher vorwärtszutreiben, unerschöpflich war das Menschenreservoir. (Dachte und denkt jemand an die Kinder, wenn man von den Masuren oder von Przemysl spricht?) Nachher: die Februarrevolution, die Oktoberrevolution, die Bürgerkriege gegen Denikin, Wrangel, Koltschak, Petljura, Judenitsch, die Entente, die Tschechoslowaken, die Finnen, die Baltikumer und die Polen, mit Massenjustifikationen, Vergeltungsmaßnahmen, Attentaten und Zwangseinreihungen, bei denen jeder an den Gegner und niemand an dessen Kinder dachte. Und dann die Hungersnot. Armeen von halbwüchsigen Tramps stahlen und bettelten sich durch Dörfer und Städte, nächtigten auf Steppen und Feldern, schlichen sich in Waggons ein, setzten sich auf die Puffer, preßten sich zwischen die Achsen, um als blinde Passagiere in reichere Gegenden zu kommen, nach Taschkent, der brotreichen Stadt, in das sagenhafte Lichtmeer von Petersburg oder gar zum Mütterchen Rußlands. Neun Bahnhöfe hat Moskau, und aus jedem ankommenden Zug wissen die weitgereisten, welterfahrenen, menschenkennerischen Knaben an den Polizisten und Schaffnern vorbeizuhuschen, Kameraden zu finden, mit ihnen durch die Straßen zu streichen, in Mistkübeln, Kesseln, Plakatsäulen, Erdgruben und Neubauten zu nächtigen, zu betteln, zu stehlen und Handtäschchen zu rauben. Tausende solcher Miniaturvagabunden gab es in Moskau, und noch gibt es Hunderte, obgleich man alles versuchte, um dieser Gegenwarts- und Zukunftsgefahr zu begegnen. Dem »Spon« (Abkürzung für »Sozialno prawowaja ochrana nessowerschennoletnich« – Sozialer Rechtsschutz für Minderjährige) unterstehen die Moskauer vier Sammelstellen (Prijomnije punkty) für Straßenkinder, zwei für Knaben, eine für Mädchen und eine für ganz kleine Obdachlose im Alter von vier bis sieben Jahren; in diesen Kollektoren verbleiben sie mindestens zwei Monate, vierzehn Tage hiervon entfallen auf physische Quarantäne, die restlichen sechs Wochen gelten der psychologischen und sozialen Beobachtung, nach der sich das weitere Schicksal des Aufgenommenen richtet. Gewöhnlich wird er von dort in eines der vierhundertsieben Kinderheime Moskaus abgegeben; von denen sind einhundert für normale Kinder, die öffentliche Schulen besuchen können, fünfundsechzig für normale Kinder, für die in der Anstalt eine Schule eingerichtet ist, vierundzwanzig mit Schulwerkstätten für asoziale Kinder, fünfzehn mit Lehrstellen für Gemüse-, Garten- und Feldbebauung, gleichfalls für asoziale Kinder, vierzehn Häuser enthalten Kurse zur Berufsausbildung für Begabte und Vorbereitungszirkel für die Arbeiteruniversitäten, zehn dienen als Wohnstätten für die bereits in Betrieben arbeitenden Knaben und Mädchen, drei sind für blinde, acht für taube und stumme, zwei für geistesschwache, eins für venerisch erkrankte, eins für normal schwache, eins für die an Narkotika gewöhnten und eins für epileptische Straßenkinder, einhundertneun Häuser sind in Moskau den obdachlosen normalen Kindern der einzelnen Bezirke eingeräumt, es gibt sechsunddreißig Waldschulen mit Wohn- und Lehrgebäuden in der Umgebung und sieben »Posjolkow«, Kinderstädte mit 4 150 Bewohnern, Wohnhäusern, Werkstätten, Ställen, Scheunen, Schulen, Feldern und Gärten, von den Kindern selbst verwaltet; die größte dieser Kinderstädte ist Puschkino bei Moskau.

Außerdem besteht ein Nachtasyl für Kinder, in das sie um sechs Uhr abends kommen, baden und reine Wäsche erhalten können und sich morgens wieder entfernen, wenn sie es nicht vorziehen, in das Nachbarhaus zu gehen, das als Tagasyl eingerichtet ist, oder sich in einer Sammelstelle aufnehmen zu lassen. Fünfunddreißigtausend Minderjährige wohnen jetzt ständig in den Moskauer Heimen.

In die Kollektoren werden auch die von der Polizei festgenommenen und vom Jugendgericht verurteilten Verbrecher überstellt. Eigentlich gibt es kein Jugendgericht, sondern nur eine »Kommission in Angelegenheiten der Minderjährigen«, keine Verurteilung, sondern eine »Rechtsbehandlung« und keine jugendlichen Verbrecher, sondern bloß »minderjährige Rechtsverletzer«. Man will alles vermeiden, was an Gericht, Verbrechen und Strafe erinnert; nur in ganz schweren Fällen, deren Täter im Alter von vierzehn bis sechzehn Jahren stehen, übergibt man die Beschuldigten dem regulären Volksgericht, das sie verurteilen und in das Arbeitshaus für Minderjährige (»Trudowoi dorn dlja junoschej lischonnych swobody ot 14–16 let«) schicken kann. Die Kommission, die aus einer Pädagogin, einem Arzt und einem Volksrichter zusammengesetzt ist, hat die Aufgabe, sich weniger um das Delikt als um den Charakter und den Einfluß des Milieus auf das Kind zu kümmern, sie amtiert täglich und behandelt die Vorgeführten sofort, nachdem aus der im Haus befindlichen Registratur die eventuellen Vorakten geholt worden sind; auf Grund dieser Akten und des Vorfalls, der zur Arretierung Anlaß gab, erstattet ein angestellter Pädagoge Bericht, Akten, Anzeige und Pädagoge verschwinden, und der minderjährige Rechtsverletzer tritt ein. Ein Gespräch entspinnt sich: »Hallo, Mitja, du bist also wieder hier! Was hast du wieder ausgefressen?« – »Ich hab eine Apfelsine geklaut.« – »*Eine* Apfelsine? Ich dachte, es war ein ganzer Papiersack mit Apfelsinen, der auf der Waage lag. In der Twerskaja, nicht?« – »Na ja, bei einem Verkaufskasten« – »Wann war denn das?« – »Vor einer Stunde erst oder vielleicht vor zweien« – »Um halb zwölf also. Warst du denn nicht in der Schule?« – »Nein, ich bin heute nicht gegangen.« – »Nur heute? Es ist doch besser, in der Schule zu sitzen, als bei solch einer Kälte in den Straßen herumzulungern. Was sagen dein Vater und deine Mutter dazu, wenn du nicht in die Schule gehst?« – »Sie gehen in die

Fabrik und kümmern sich nicht darum.« – »Da sollst du dich eben selbst darum kümmern. Willst du ein Dieb werden?« – »Ich bin kein Dieb.« – »Natürlich nicht, wenn man ein paar Apfelsinen wegnimmt, so ist man noch kein Dieb. Aber das ist der Weg, ein Dieb zu werden, besonders wenn man nicht zur Schule geht. Versprich mir, daß du jetzt pünktlich in die Schule gehen wirst« – »Das geht nicht. Der Lehrer wird mich bestrafen, weil ich schon acht Tage nicht dort war.« – »Er wird dir kein Wort sagen, wir werden dir einen Zettel mitgeben, daß du nicht kommen konntest. Bist du einverstanden?« – »Ja.« – »Kannst du dein Ehrenwort geben, daß du morgen in die Schule gehst, damit wir den Zettel nicht überflüssigerweise schreiben?« – »Ich gebe Ihnen mein Ehrenwort, daß ich von morgen ab wieder in die Schule gehen werde.«

Der nächste Angeklagte, etwa dreizehn Jahre, zerlumpt, mit ungleichen Schuhen, fast stirnlos, breites Kinn, abstehende Ohren, hat am Marktplatz ein Paar Galoschen gestohlen. Ist rückfällig, bereits zweimal aus Anstalten entlaufen. »Also mit dir ist nichts zu machen, was? Du willst in keine Kommune und in keine Schule gehen, nicht wahr?« – »Kann das nicht, was die andern können.« – »So mußt du es eben lernen.« – »Kann es nicht lernen. Möchte wieder aufs Land.« – »Du kannst ja in eine Feldkolonie gehen.« – »Will als Knecht zu Kühen und Ochsen. Mein Onkel nimmt mich gleich.« – »Wo ist dein Onkel?« – »Bei Leningrad ist er Bauer, er läßt mich im Stall schlafen und gibt mir zu essen.« – »Wann würdest du denn fahren?« – »Wenn ich Geld hätte, noch heute.« – »Wir werden dir also eine Fahrkarte kaufen und dich heute abend in den Zug setzen.« – »Ist das wirklich wahr?« – »Du mußt uns nur versprechen, daß du dort zur Schule gehen wirst.« – »Kann ich schon versprechen, aber lernen werde ich nichts, das sag ich gleich, in meinen Kopf geht nichts hinein ...«

Die nächste: ein Mädchen, kaum fünfzehnjährig, räudige Astrachanmütze, kurzes Haar, in zerfetztes Zeug gehüllt, betreibt Prostitution, unterstandslos, vom Hauswirt vor zwei Jahren vergewaltigt, wird wegen Wäschediebstahls vorgeführt und bittet, nicht dem »Sud«, dem Gericht, übergeben zu werden. Sie wird dem entsprechenden Mädchenheim zugewiesen. »Soll der Milizionär Sie begleiten?« – »Nein, ich bin froh, daß ich hinkomme.« – »Hier haben Sie Geld für die Elektrische.« – »Ich brauche es nicht, ich gehe zu Fuß. Werde ich dort gleich Tee bekommen?« – »Ja, wir werden das sofort veranlassen.« Man telefoniert in das Heim, daß der Ankommenden gleich Tee und Butterbrot verabreicht werde, und sie geht ab.

Ein Dreizehnjähriger mit roter Krawatte, dem Abzeichen der Pioniere, tritt ein. Hat in einem der staatlichen Warenhäuser einen Stoß Notizbücher gestohlen. »Was, du trägst das rote Halstuch und klaust?« Der Junge (weinend): »Ich hab noch nicht das Gelöbnis abgelegt.« – »Und wenn du den Pionierschwur geleistet hast, wirst du weiter aus den Geschäften Sachen wegtragen?« – »Entweder werde ich stehlen, oder ich werde schwören. Man kann nicht ein Pionier und ein Dieb zugleich sein.« – »Und was würdest du mit dir machen, wenn du hier an meiner Stelle säßest?« Angeklagter (nachdenkend): »Ich würde mir eine Rüge geben – mehr verdiene ich nicht, weil ich es ja das erstemal gemacht habe und es wahrscheinlich nicht wieder tun werde.« – »Siehst du, und wir erteilen dir eine Belobigung. Denn wenn jemand einsieht, daß ein Dieb kein Pionier sein kann, so wird er sicherlich ein brauchbarer Mensch.« Handschlag.

In einem andern Saal amtiert die »Opeka«, Kommission für Rechtsberatung der Jugendlichen. Hier treten Kinder als Ankläger gegen ihre Eltern oder Vormünder auf. Ein Mädchen beschwert sich über ihren Stiefvater, der ihr Gewalt anzutun versucht, ein Lehrbub führt Klage gegen seinen Meister, der ihn exploitiert und mehr als acht Stunden am Tag arbeiten läßt, ein Vater vertrinkt seinen Lohn, den der Frau auch, und die Familie hungert, ein Vater erlaubt dem Sohn nicht, in den Pionierklub einzutreten, ein Vater verprügelt den zwölfjährigen Kläger grundlos. In den meisten Fällen soll die Person des Anzeigers nicht bekannt werden, der Inspektor, den die Kinderkommission in allen Straßenblocks unterhält, hat – wie zufällig – der Sache nachzugehen und womöglich in flagranti einzuschreiten. Das bedarf besonderer Geschicklichkeit, denn in vielen Fällen, wie in dem der Stieftochter zum Beispiel, sind die Tragödien für einen Dritten kaum zu erfahren. Ergibt sich die Stichhaltigkeit einer Bezichtigung, wird der Beschuldigte vorgeladen, verwarnt oder dem Volksgericht übergeben, das mit den Vätern strenger umgeht als das Jugendgericht mit den Söhnen.

II.

Verpackt und vermummt, um den Nächten in Eis und Schnee und Wind zu trotzen, verlaust und verfloht, wie es nicht anders sein kann, wenn man jeden aufgelesenen Lappen als Kleidungsstück willkommen heißt, verdreckt und verrußt, wie man eben ist, wenn man monatelang in Müllkästen, ausrangierten Kesseln, auf Ziegelhaufen und im Innern der Plakatsäulen nächtigt, einen zerschlissenen Sack und eine zerbeulte Eßschale in der Hand, so kommen die kleinen Straßenlumpen, vom Sozialinspektor, vom Polizisten, von einem Passanten hergeführt oder aus eigenem Antrieb, in den Kollektor. Man fragt sie nichts, und wenige Minuten später verwandeln sich diese Jammerbilder des Nordens in Kinder, toben im Badesaal splitternackt umher, springen in die Wannen, prusten unter der Dusche, werden vom gleichaltrigen Bademeister mit Seife und Bürste abgerieben, und sind sie trocken, schneidet ihnen der Barbier die Locken ratzekahl ab. Bettelsack und Bettelnapf sind inzwischen durch den Desinfektor gewandert und von dort ins Depot.

Jeder kriegt reine Wäsche und einen schwarzen, hochgeschlossenen Anzug, und derart eingekleidet wird er rezipiert, jetzt fragt man ihn nach Namen, Alter, Herkunft, Erlebnissen und Beschwerden, ob er lesen und schreiben könne, was er werden möchte und was er getrieben. Kranke finden im Hausspital Aufnahme, viele sind augenleidend, haben Krätze, Hautausschläge, verschmutzte Wunden, die sie sich bei einem Raufhandel oder vieleicht bei einem Einbruch zugezogen haben, zwei bis drei Prozent sind tuberkulös und nicht weniger als ein Prozent luetisch. Die Gesunden kommen in einen der großen Schlafsäle, wo je fünfzig Betten stehen. Fast sechshundert Kinder nimmt jede Moskauer Sammelstelle auf, und im Jahre 1921, als an den Ufern der Wolga die Hungerfurie tobte, flüchteten so viele Waisen in den Schutz der weißen Mauern von Moskau, daß bis zweitausend Kinder in einem Heim beherbergt werden mußten. Platz war genug da. Einer der Kollektoren ist in einem Komplex untergebracht, der das typische Schicksal zaristischer Gebäude mitgemacht hat: zuerst Kaserne, dann, baufällig geworden, Massenasyl für Witwen der Staatsbediensteten; die wurden bei Kriegsbeginn aufs Pflaster gesetzt, man brauchte die Riesenräume als Lazarett, Blessierte und Kranke besserten das Gemäuer aus und machten es bewohnbar. Nach der Revolution wurde es für Kinder bestimmt, Arbeiter des Bezirks tünchten, weißten und richteten es auch her, in den Abendstunden, freiwillig, unentgeltlich – Arbeit für die Gemeinschaft.

Im Alter von acht bis sechzehn Jahren stehen die Knaben, die hier aufgenommen werden, und acht Schulen gibt es. Manche der Kinder kennen die Geographie Rußlands von Jekaterinoslaw bis Odessa, die Mechanik der Türschlösser, die Warenkunde der Eisenbahnfrachten, die Rechnungsarten der Hehler und die Naturgeschichte aller eßbaren Tiere und Pflanzen, aber das Alphabet kennen sie nicht und nicht das Einmaleins und keinen ehrlichen Handgriff. Andere wieder haben Erziehung genossen, doch starben die Eltern in den Tagen der Intervention und des Bürgerkrieges, so daß das Kind dem Banditentum verfiel. Noch andere, kaum zwölf Jahre alt, erlernten das Handwerk des Vaters, dem sie von klein auf helfen mußten, sind Schuster, Korbmacher, Schneider oder Tischler, haben nur pausiert und können, wenn das Erziehungswerk gelingt, bald der alten Arbeit nachgehen. Mehrere verstehen mehrere Sprachen (Turkestanisch, Polnisch, Tatarisch), und eines der Kinder »spricht Deutsch«. Der Kleine sagt: »Komm rin!« – So, und was kannst du noch? Da ballt er die Faust und ruft: »Verfluchter Kerl!« Das ist keine Beschimpfung, sondern die zweite Hälfte seiner deutschen Kenntnisse, mehr hat er nicht gelernt, als er in der Wolga-Republik bettelte: ein freundliches »Komm rin!« oder ein wütendes »Verfluchter Kerl!«

Mit den andern muß man schon russisch reden, um zu erfahren, was ein Kind von Rußland weiß. Man zeigt auf ein Bild Lenins und fragt, wer das ist. »Lenin war der Führer der Arbeiter und Bauern und hat sie frei gemacht, damit sie zu essen haben und lesen und schreiben lernen.« – So, und wer ist die Frau an der Wand? – »Das ist die Rosa Luxemburg, die hat in Deutschland dasselbe machen wollen wie der Lenin, aber der Zar hat sie dort erschossen.« – Und Liebknecht? – »Das war der Mann von der Rosa Luxemburg und auch ein guter Mensch.« – Und wer ist der Mann dort mit dem großen Bart? – »Das ist der Karl Marx. Das war der Lehrer von Lenin und hat ihm gesagt, wie er alles machen soll.« – Habt ihr etwas von Christus gehört? – »Natürlich. Die Bauern glauben, daß er ein Gott ist, aber es gibt keinen Gott.«

Drei Klaviere und ein Pianino sind im Haus, auf jedem klimpert ein Autodidakt. Die meisten Jungen liegen im Klubzimmer bäuchlings über den Tischen und spielen Dame. Ein Sechzehnjähriger und ein kaum Achtjähriger machen eine Schachpartie, der Kleine wird seinen Gegner in vier bis fünf Zügen matt setzen. An den Wänden hängen bunt bemalte und kalligraphierte Riesenkartons: die Wandzeitungen. Sie erscheinen monatlich und befassen sich mit den aktuellen Fragen des Hauses, satirisch und ernst, aber sehr naiv. (Wandzeitungen findet man übrigens in jedem Betrieb, in jedem Haus und in jedem Magazin Rußlands, die verschüttet gewesene Kunst der Journaux d'affiche aus der Großen Französischen Revolution ist neu im Werden.) Im größten Saal eine Bühne, auf der die Zöglinge jede Woche ein Stück aufführen. Montag findet die Premiere von Tschaikowskys Oper »Stenka Rasin« statt – ohne Tschaikowskys Musik, der Text wird gesprochen, und das Balalaika-Orchester bringt im Zwischentakt die »Internationale«, die »Marseillaise« und einige Volkslieder zum Vortrag, die Musiker sind gerade bei der Probe, aber sie unterbrechen, da Besuch kommt, und spielen, dem deutschen Gast zu Ehren, »Mädel, rück, rück, rück an meine grüne Seite«; ihre Instrumente sind aus ungehobelten Brettern plump zusammengefügt, und der Triangel ist ein altes Hufeisen. Der Lehrer, ein Berufsmusiker, korrigiert, es wäre kaum nötig, die Burschen sind mit unglaublicher

Musikalität bei der Sache, und sogar die zwei Orchestermitglieder, die nicht mitspielen können, weil nicht genügend Instrumente da sind, sitzen todernst auf ihren Plätzen und zupfen mit der Hand nicht vorhandene Saiten einer nicht vorhandenen Balalaika.

Im Zeichensaal malen Knaben, ein Lehrer unterweist sie in der Handhabung von Pinsel, Papierpalette oder Pastellstiften und im Modellieren aus Ton. Ganz kleine Kinder sind mit Zusammenlegspielen und Bilderbüchern beschäftigt. Die Schlosserwerkstätte, ein elektrischer Betrieb, steht bereits leer, die vierstündige Arbeitszeit ist abgelaufen, aber in der Tischlerei arbeiten noch einige Kinder. Sie erwirkten sich die Erlaubnis dazu, weil sie ihre Rodelschlitten so schnell wie möglich fertigstellen wollen, sie haben Eile – morgen oder übermorgen verlassen sie den Kollektor.

Zwei Monate ist die Maximaldauer des Aufenthaltes, dann muß sich herausgestellt haben, in welches der vierhundert Institute für Minderjährige das Kind gehört: in die Arbeitskommunen, die selbständig den landwirtschaftlichen oder industriellen Betrieb aufrechterhalten, in die Anstalten für Psychopathische oder Kranke, in die Kinderstädte, in die verschiedenen Arbeitsschulen oder in ein großes Kinderheim. In jedem dieser Kinderheime herrscht Disziplin, eine Disziplin, die von den gewählten Kindersowjets ausgeübt wird und dermaßen streng ist, daß die Pädagogen manchmal zugunsten der Bestraften einschreiten müssen. Ein kleiner Arrestant sitzt seit acht Tagen während der Mahlzeiten allein im Schlafsaal, Kollegen bringen ihm das Essen, ohne mit ihm zu sprechen, und wenn man ihn fragt, was er denn Furchtbares begangen hat, so weint er, er hat die Rauferei gar nicht angefangen, und wenn er das nächste Mal Richter sein wird, wird er es ihnen schon zeigen und ihnen eine noch längere Strafe aufdonnern. Die vier Mitglieder der Menagekommission, die zusammen keine vierzig Jahre alt sind, stellen an Hand eines Verzeichnisses von achtzig Speisen den Küchenzettel für die Woche zusammen. Sehr wichtig kommt sich der Redaktionsausschuß der Wandzeitung vor, besonders eines der Mitglieder, das schon zum zweitenmal für eine Amtsdauer von drei Monaten gewählt worden ist; dieser zwölfjährige Kollege erzählt, wie schwer es war, die Festnummer für die Hundertjahrfeier des Dekabristenaufstandes zu redigieren und doch auch Witze und Karikaturen zu bringen, ohne daß der festliche Charakter der Nummer gestört werde. Den Pionierklub bildet die Elite der Anstalt, die Mitglieder lassen keinen Unwürdigen in ihren Kreis. Eben sitzen sie wie die Alten auf den Beratungsstühlchen, der Präsident hat eine Glocke vor sich, ein Komsomolze gibt nur hier und da sachliche Aufklärungen. Man diskutiert Fragen der Selbstverwaltung und hält Gericht über einen Jungen, der seinem Nachbarn ein Pennal mit Buntstiften weggenommen hat – geborgt oder gestohlen? Eine rote Fahne steht, flankiert von zwei Trommeln und zwei Trompeten, in der Ecke, sie trägt die Inschrift »Pionierklub des Kinderheims A. I. Herzen«. Daneben eine illuminierte Krippe, Kampf auf der Barrikade darstellend. Dicht beklebt mit Zeichnungen ist alles Mauerwerk, Motive aus dem Anstaltsleben, Bilder von Fabriken und Bauernhöfen, die beängstigend nahe nebeneinandergekritzelt sind, so daß eine Kuh leicht in den Schornstein fallen oder ein Treibriemen das Bauernhaus erwischen kann. Dieses Sujet – Vereinigung von Industrieproletariat und Bauernschaft, die sogenannte »Smytschka« – ist häufig verwendet, Hammer und Sichel reichen sich die gemalten Hände, das, was die Partei gerade propagiert, ist Gegenstand aller Zeichnungen. Sogar Traktoren sieht man idealisiert goldfarben, aus ihren Gliedern quellen Brot, Geld und Früchte, die Elektrifizierung und ihre segensreichen Wirkungen sind mit grellen Tinten auf das geduldige Papier geworfen. Nicht nur in der Lenin-Ecke Lenins Bild, zwanzigmal ist's an jeder Wand, und wo Genrebilder hängen, die zum Beispiel einen Polizisten zeigen oder einen dicken Mann, der mit Weib und Kind am Flußufer angelnd sitzt, haben Polizist und Angler die Züge Lenins ... Eine Wanddekoration anderer Art sind die mit noch plumperer Hand geschriebenen Briefe der Bauern, bei denen die Kinder im Sommer Erntearbeiten geleistet haben und die bestätigen, daß die kleinen Helfer von Nutzen waren.

Keine Wache steht vor dem Haus, und das Tor ist tagsüber offen. Allerdings versieht ein Knabe den Dienst des »Schweizers«, täglich ein anderer, und er darf keinen hinaus- oder hereinlassen, der nicht die Bewilligung des Kindersowjets hat. Sich eigenmächtig aus der Kommune zu entfernen gilt als Desertion, wer sie begangen hat, ist ehrlos, hat das Band zerschnitten zwischen sich und seinen verbrecherischen, obdachlosen Altersgenossen, die das Verbrechen verlassen und ein Obdach gefunden haben.

III.

Anders als sonst in Moskaus Kinderheimen öffnet sich das Anstaltstor auf dem Deneshnyj Pereulok. Kein Knabe versieht hier mit drolliger Wichtigkeit das ihm von den Kollegen anvertraute Amt des Türhüters, nein, eine alte berufsmäßige Pförtnerin. Es ist eine geschlossene Anstalt: »Haus der jugendlichen Narkomanen«.

Kinder haben sich, charakteristische Erben eines verfluchten Zeitalters, an den Genuß von Drogen gewöhnt, mit denen die Erwachsenen sich zur Flucht aus der Wirklichkeit von Kriegsnot und Hungersnot verhalfen. Die Revolution hatte Alkohol verboten, da entstand in jedem zwanzigsten Haus der russischen Dörfer eine Spritbrennerei; das Korn, das man so dringend gebraucht hätte, wurde zu Schnaps; vergeblich zerstörten Patroullien von Rotarmisten Hunderte, Tausende der Giftkessel, immer wieder wurden neue geheizt, überall auf dem Flachland gab es »Samogon«, illegalen Wodka. 1921 gestattete die Regierung den Ausschank von Bier, später auch von turkmenischen und kaukasischen Weinen, die Schwarzbrennereiindustrie ging zurück, verschwand aber nicht, der Staat erzeugte selbst Branntwein, dreißigprozentigen, die Schwarzbrennereiindustrie ging noch mehr zurück, verschwand aber immer noch nicht, denn sie erzeugte vierzigprozentigen, der Staat macht nun vierzigprozentigen, die Schwarzbrennereiindustrie geht noch mehr zurück, verschwindet aber nicht ganz, denn die legale Flasche kostet einen Rubel sechzig Kopeken, die Flasche Samogon nur einen Rubel. So vollzog und vollzieht sich der Alkoholkrieg auf dem Lande und wird mit dem Sieg der organisierten, antialkoholischen Jugend enden, die der Alten Schnapskessel vernichtet.

In den Städten gab es neue Gifte. Noch war die Blokkade um Rußland lückenlos geschlossen, noch sperrten die Fronten der Intervention von allen Seiten das Land – und doch waren bereits Schmuggler hereingelangt, aus Polen und Deutschland kamen sie mit Kokain und Morphium, und die chinesischen Hausierer, von denen es wimmelt, boten öffentlich Spielzeug und geheim Opium zum Verkauf, fast alle Chinesen Moskaus sind leidenschaftliche Opiophagen und hatten noch genügende Mengen aus der Heimat mitgebracht, um gegen Bezahlung davon abgeben zu können. Die Kokainhändler verschenkten in den Spelunken und auf den Straßen eine Dosis des weißen Pulverchens an fremde Leute – sie wußten, morgen werden die fremden Leute wiederkommen, die neue Dosis um so besser bezahlen, ständige Kunden bleiben. Die Seuche entstand, verbreitete sich rapide, da jeder Narkomane bemüht ist, den Nebenmenschen des gleichen »Glückes« teilhaftig werden zu lassen, Proselyten zu werben. Und so gelangten auch die Straßenkinder zu dem weißen Gift; in einem einzigen Heim für verwahrloste Jugendliche erwiesen sich von fünfhundert Insassen sechsundvierzig als Kokainomane oder wenigstens als Kokainisten. Da das Gramm »Koks« acht bis neun Rubel kostet (ein Rubel ist mehr als zwei Mark) und manches Kind drei Gramm am Tag schnupft, kann man ausrechnen, wieviel es zusammenbetteln und zusammenstehlen muß, um zu seinem Quantum zu gelangen. Es gibt noch jetzt zehnjährige Kinder, die täglich drei Flaschen Wodka konsumieren, was gleichfalls ein starkes Budget erfordert, vermehrt um das für »Papirossy«; hundert Prozent der Moskauer Straßenkinder sind Zigarettenraucher, Sechsjährige, die oft dreißig Stück am Tage verpaffen, also stehlen oder von gestohlenem Geld kaufen müssen. Die strengen Maßnahmen der Behörden waren nicht bloß von sanitären Gründen diktiert, sondern auch von solchen der öffentlichen Sicherheit.

Auf dem Deneshnyj Pereulok, in jenem Haus, dessen Tür sich anders als sonst in Moskaus Kinderheimen öffnet, sind die vergifteten Kinder untergebracht, hierhergeführt von der Polizei, die sie berauscht in einem Winkel fand, von den Gerichten, deren ärztlicher Experte in dem kleinen Angeschuldigten einen Narkomanen diagnostizierte, oder aus dem Kindernachtasyl, wo es das Personal war, das die Feststellung machte.

Zurückgeblieben im Wachstum sind die alkoholischen Jugendlichen, sie haben die aufgeschwemmten, geröteten Gesichter erwachsener Trunkenbolde. Der Kokainist magert ab, vermag fünf bis sechs Tage ohne Essen und Schlafen zu verbringen und verkauft seine Kleider, um eine neue Portion zu ergattern. Die Opiophagen stecken zumeist in stumpfem Rausch, der außerhalb der unmittelbaren Wirkung als Apathie anhält.

Im Narkomanenheim erhält jeder Junge täglich nach dem Mittagessen und nach dem Abendbrot zwei Zigaretten – eine Verminderung dieser Ration würde ihn das Rauchen als noch begehrenswerter und die Internierung noch schwerer empfinden lassen. (Die angestellten Pädagogen und Ärztinnen dürfen übrigens im Hause nicht rauchen, damit gezeigt werde, daß sie nicht selbst einer Gewohnheit rettungslos verfallen sind; und so besteht das Faktum einer Wohnstätte, in der Kinder rauchen dürfen und Erwachsene nicht.) Von Alkohol, Kokain, Morphium oder Opium werden die Kleinen keineswegs durch eine allmähliche, sondern durch eine radikale Entziehungskur zu heilen versucht, es gibt kein Narkotikum in der Anstalt. Das hat zur Folge, daß sie in den ersten drei bis vier Wochen ungebärdig wütend sind, stundenlang schreien, im Affekt die Fensterscheiben zerschlagen und ausbrechen wollen; wiederholt ist ihnen auch trotz aller Vorsichtsmaßnahmen die Flucht gelungen. Nach vier Wochen pflegen sie zumeist das Gift zu vergessen und können nach Verlauf eines weiteren Monats einer Arbeitskommune für Jugendliche zugewiesen werden – wenn nicht die Abgabe in die neurologisch-psychiatrische Kinderklinik notwendig erscheint. Die Halbgeheilten kommen während des Sommers nach dem Ort Talgren, der dreißig Kilometer nördlich von Moskau, nahe der Kinderstadt Puschkino gelegen ist und ein Dorf der jugendlichen Narkomanen bildet; hier, bei autonomer Werkstätten- und Landarbeit in schönem Terrain, verlieren sie auch den Rest ihrer Sehnsucht nach dem praecox erworbenen Koks und den andern Lastern typischen Großstadtcharakters.

Im Haus auf dem Deneshnyj Pereulok würde man den Bewohnern die Heilungsmöglichkeit schwerlich ansehen –

das sind nicht Insassen von Kinderheimen, mit denen der Staat Staat machen kann. Hier gibt es keinen Pionierklub (die russischen Pfadfinder sind ebenso wie die Jugendorganisationen gegen Alkohol und Nikotin verschworen), hier gibt es keine Selbstverwaltung, hier gibt es wenig Schul- und wenig Werkstättenunterricht. Die Knaben laufen oder lungern umher, den Rauch der Zigarette inhalierend, manche haben einen Verband auf beiden Händen – verletzt, als sie im Sehnsuchtsaffekt die Fensterscheibe zertrümmerten, oder sie haben sich selbst gebissen. Man kann nicht viel mit ihnen anfangen, selbst zur experimentalpsychologischen Prüfung, die einmal wöchentlich vorgenommen werden soll, bequemen sie sich nicht. Ungeniert betteln sie den Besucher um Zigaretten an oder um seine Handschuhe, und man muß darauf achten, nicht bestohlen zu werden. Dabei stellen die Narkomanenkinder in einem hohen Prozentsatz die begabteste Schicht des Moskauer Vagabundentums dar, was zum Teil eine Folge der nervenreizenden Toxine ist, zum Teil darauf zurückzuführen, daß der unbezähmbare Trieb, sich die teuren Drogen zu verschaffen, erfinderisch und geschickt und waghalsig macht. Die Begabung ergibt sich nicht bloß aus den experimentalpsychologischen Versuchen, sondern auch die Bilder beweisen es, die an der Wand hängen, meist Motive aus der Lebensweise der Obdachlosen, in eigenwilligerer Art dargestellt, als Kinderzeichnungen sonst zu sein pflegen. Etlichen Gemälden merkt man schon den Einfluß der Erziehungsarbeit an, auf einem ist das Elend im Asphaltkessel dem Glück des Kindes gegenübergestellt, das im Entgiftungsheim Aufnahme gefunden hat. Darunter steht: »Wer ein guter Bürger der UdSSR werden will, muß das Kokain wegwerfen und sich im Narko-Dispensaire heilen lassen.« Auch ein Dichter ist da, der zwölfjährige Beglow, genannt »Zigeuner«, von dem bereits Verse veröffentlicht sind,

u. a. in der vom Moskauer Kommissariat für Gesundheitswesen herausgegebenen Zeitschrift »Für neues Sein«. In der Kanzlei lese ich die Gedichte und äußere den Wunsch, eines davon mit persönlicher Autorisation des Dichters ins Deutsche zu übertragen. Die Erzieherin ist gleich bereit, den Jungen zu holen, aber sie kommt allein zurück, Beglow hat sich ins Bett gelegt und denkt gar nicht daran, aufzustehen; wolle jemand etwas übersetzen, so brauche er den Verfasser nicht dazu. Das flößt mir Respekt ein, denn es gibt kaum einen Literaten auf der Erde, der nicht herbeiliefe, wenn sich die Chance bietet, in einer Weltsprache berühmt zu werden. Ich gehe also selbst ins Schlafzimmer zu Beglow, schwarzhaarig liegt der Knirps im Bett, sein Gesicht: ein Dreieck mit zwei hellblauen Kugeln, und rät mir ab, das Poem zu übersetzen, das ich mir ausgesucht. »Nehmen Sie lieber den ›Njuchoder‹ (Der Schnupfer), der ist, unter uns gesprochen«, die hellblauen Kugeln blinzeln, »viel ehrlicher.« Als Honorar will er drei Zigaretten, die ich ihm leider nicht geben darf, und so muß das Gedicht hiermit unbefugt publiziert werden:

Der Schnupfer

Den ganzen Tag hab ich mich heut herumgetrieben,
Ich lief und stahl und stritt mit anderen Dieben,
Ich fror fast nicht, erst abends ward mir kalt,
So kroch ich denn in meinen lieben Kessel für Asphalt.
Rund rollte ich mich ein in meinem runden Haus,
Auf meinem alten Stroh schlief ich mich aus.
Doch jetzt bin ich erwacht, darf mich nicht länger freuen,

Auf Diebstahl geh ich aus von neuem;
Ich habe gut geschlafen, neue Kraft,
Fünf Rubel sind für Beglow leicht geschafft.

Ich kaufe Koks und schnupfe mit Gefühl.
Ist es vorbei, beginnt das Kartenspiel,
Und ist die letzte Kopeke verschwunden,
Kehr ich zurück zu meinem Haus, dem runden.

Gregor Beglow, genannt »Zigeuner«.

Käfige in Käfigen, die in Käfigen stecken

Zeit meines Lebens habe ich so etwas noch nicht gesehen wie die Tombs, das berühmte City-Gefängnis von New York. Der ursprüngliche Kerker stellte eine Kopie der ägyptischen Königsgräber (tombs) dar, was komisch war und dem Zweck des Gebäudes nicht entsprach, weshalb man den notwendig gewordenen Neubau im Stile der englischen Königsschlösser ausführte.

Nun ist es eine Tudor-Festung mit einem Fabrikschornstein, die Eisentore im Wall sind kunstvoll beschlagen, und obwohl das Kastell keinen Turm hat, ist jeder Ecke eine große Kegelkappe aufgestülpt, als ob. Auch Zinnen und ähnliche Zierate fehlen nicht, und nach dem Strafgerichtsgebäude führt über die Straße ein Verbindungsgang, der venezianisch gewölbt ist und demgemäß Bridge of Sighs heißt, die Seufzerbrücke. Es würde uns nicht überraschen, wenn demnächst ein Rockefeller etliche Millionen stiftete, um hier auch Bleikammern zu errichten, weil Venedig solche besaß.

Das Gefängnis sieht also von außen geradezu hui aus. Im Innern hingegen – zeit meines Lebens habe ich so etwas noch nicht gesehen!

Den ersten Eindruck vermitteln die Sheriffs, die eben vom General Court hereinkommen und gefesselt sind. Vielleicht könnte jemand einwenden, nicht *sie* seien gefesselt, sondern der Gefangene, den jeder Sheriff bringt. Aber die Nickelspangen schließen sich mit der gleichen Festigkeit um die Handgelenke beider – daß es das rechte Handgelenk des anderen und das linke Handgelenk des einen ist, macht nicht viel aus. Wichtiger ist: der Eskorteur hat den Schlüssel der Spange und einen Revolver in der Tasche, der Eskortierte aber bestenfalls nur einen Revolver.

Man trifft auch Sheriffs, die gerade abgeliefert haben und ein ganzes Warenlager von vernickelten Stahlarmbändern in der Hand tragen.

An zwei Zimmern vorbei, hinter deren Eisengestängen der Gefangene mit seinem Rechtsanwalt verhandeln kann, geht es nach innen: den Zellen zu. Keine ist durch eine Tür verschlossen, alle nur durch Gitterstäbe, so daß der Insasse nicht eine Stunde des Tages und nicht eine Stunde der Nacht allein ist; er sitzt im Käfig, jederzeit zur Schau für die vorbeigehenden Wächter, und ist doch immer verschlossen.

Und wie verschlossen! Der Korridor, man kennt diese eisernen Viadukte aus jeder Strafanstalt, ist hier kaum einen halben Meter breit und läuft nur zehn Zellen entlang, vier solcher Galerien per Stockwerk. Aber nicht nur die Zellen sind einzeln versperrt, sondern auch jede Galerie zugeklappt und jeder Eingang zu jedem Stockwerk verschlossen. Zeit meines Lebens habe ich so etwas noch nicht gesehen: ein Gefängnis, wo man oben und unten, rechts und links keinesfalls mehr als acht Schritte machen kann, ohne auf ein versperrtes Gestänge zu stoßen.

Zur Menagestunde sind manche Türen offen: die in die Küche, die, aus denen die Kalfaktoren kommen, um auszufegen oder Brot zu holen. Wenn nun irgendwo eine Unruhe ausbricht, so genügt ein Druck auf die Alarmvorrichtung, um alle Räume zu schließen und jede Kommunikation der Abteilungen zu verhindern. Ganz eng die Mitte des Stockwerks, wo die vier Zeilengänge zusammenlaufen, so eng, daß man sich nicht bewegen kann: Auf diesem Raum wird die Bewegungsstunde abgehalten, der Spaziergang.

Ein Waschbecken mit fließendem Wasser ist in der Zelle und eine Klosettschüssel, dazwischen ein kleiner Tisch mit Seife für das erstere und mit Papier für das letztere. Dieses Tischchen füllt die Querwand aus, darüber brennt eine Glühbirne ohne Schalter, rechts an der Wand sind zwei übereinander angeordnete Klappbetten für die Nacht und ein Schemel für den Tag und noch ein Tischchen. Das ist gleichermaßen die Wohnung für den, der wegen Überschreitung von Verkehrsvorschriften zu einem Tag verurteilt (vom Verkehrsgericht erhält der Chauffeur das erstemal einen Tag oder 2 Dollar Strafe, das zweitemal zwei Tage oder 25 Dollar, das drittemal 50 Dollar oder fünf Tage und Entziehung des Führerscheins), wie für den, der unter dem Verdacht mehrerer Raubmorde hierhergebracht worden ist und nun eventuell sechzehn Monate darauf warten kann, bis er über die Seufzerbrücke zur Verhandlung geführt wird.

Denn das City-Prison of Manhattan beherbergt Untersuchungshäftlinge (trial cases) und Leute, die bereits verurteilt (sentenced) sind, und zwar zu einer Haft von höchstens sechs Monaten. Die allerdings haben einen gemeinsamen Schlafsaal hinter Gitterstäben.

Gesondert untergebracht sind auch die zum erstenmal rückfälligen Jugendlichen (second offenders) im Alter von 16 bis 20 Jahren und die bisher unbescholtenen Jugendlichen. Sie wohnen im alten Teil des Tudor-Schlosses, unter der Seufzerbrücke, an der Stelle, wo bis zum Jahre 1888 der Galgen von New York stand. Der Galgen ist dann verlegt und schließlich die barbarische Strafe des Henkens abgeschafft worden und durch den »humanen« elektrischen Stuhl ersetzt.

Für Kokainschnupfer und Morphiumesser, die gewöhnlich gleichzeitig Schmuggler dieser Toxine sind, hat man eine dritte Sonderabteilung reserviert, nicht etwa zu dem Behufe, damit sie einander kennenlernen und sich zu gemeinsamen Geschäftsverbindungen zusammenschließen, sondern weil die Behandlung dieser Fälle die gleiche ist.

Zeit meines Lebens habe ich so etwas noch nicht gesehen, ein Kerkerhaus, in dem sich – zweimal täglich, um zehn Uhr morgens und um halb drei Uhr nachmittags – die stählernen Klapptüren der Galerien vor einem Zeitungsjungen öffnen, der die Zellen entlangläuft und Tagesblätter und Magazine verschleißt. Das ist gut. Und gut ist auch, daß hier, wie in jedem amerikanischen Gefängnis (sogar im Frauenzuchthaus) jedermann soviel rauchen darf, wie er lustig ist. (Wann wird endlich in den deutschen Polizeigefangenenhäusern und Strafanstalten die Quälerei des Tabakverbotes aufhören!)

Der Häftling kann täglich einmal unentgeltlich telefonieren lassen und hat für jeden weiteren Anruf, der für ihn besorgt wird, nur fünf Cents zu bezahlen. Ein Geschäft ist hier, wo man vielerlei erhält: nicht nur Pfeifen samt Tabak und Putzern, Zigarren, Zigaretten und Streichhölzer (Deutschland, höre: Streichhölzer im Gefängnis!), Kaugummi, Pralinen(!), Selterswasser, Ingwerbier, Kuchen, Marmelade, Ölsardinen, Spaghetti, Kondensmilch, Räucherhering, Äpfel und Orangen, Bleistifte, Schreibpapier, Briefmarken, Rasiercreme, Rasierburste, Rasierpulver und Zahnpasta, sondern auch Unterhemden, Unterhosen, Hemden, Socken, Taschentücher in allen Farben, Stiefelwichse und Wollhandschuhe. In den Frauengefängnissen auch Blusen, Strümpfe, Miederleibchen, Nadeln, Haarnetze, Taschenkämme und Sicherheitsnadeln.

Restaurant im Hause. Der Kellner geht von Zelle zu Zelle, nimmt Bestellungen entgegen und serviert denen, die Geld haben und mit der Anstaltskost nicht zufrieden sind. Das wirkt merkwürdig. Aber die Methode des europäischen Strafvollzugs, nur dadurch die Unterschiede zwischen reich und arm aufzuheben, indem man beide auf jämmerliche Gefangenenkost setzt, führt ebensowenig einen richtigen Zustand herbei. Ein solcher wäre: anständige, die Gasthausverpflegung überflüssig machende Kost. Oh, über das Bedenken der Spießer, daß es dem Verbrecher im Kerker »zu gut gehen« könnte! Das Gefängnis wird immer eine schreckliche, gefürchtete Örtlichkeit bleiben, auch wenn man dort anständig essen, mit seiner Frau verkehren, nach Belieben rauchen, Briefe schreiben und Briefe und Besuche empfangen dürfte.

Gezahlt werden die Gasthausspeisen mit Gefängnismünzen, die Waren aus dem Laden mit einem Scheck, der vom Häftling und einem Zeugen unterschrieben ist.

Es gibt ferner eine Patentkirche. Ein schöner Altar, tief gegliedert, ist dazu da, daß der evangelische Pastor zum Heiland bete, dessen Bildnis über dem Kreuz hängt. Aber, husch, hast du nicht gesehn, wird der Altarraum zugeklappt, nichts mehr von ihm ist übrig, nichts mehr vom Kruzifix und nichts mehr von Jesus, die Klappe ist eine Bundeslade und die Kirche eine Synagoge. Das heiß ich mir smart, ein Griff – ein Tempel; weshalb aber, um Jehovas beziehungsweise um Christi willen, genügt das nicht, warum müssen, heilige Maria, die Katholiken im unteren Stockwerk eine eigene Kapelle haben und sogar die Gesundbeter, die Christian Science, eine eigene? (Apropos: »Jewish Science« heißt in Amerika die Psychoanalyse.)

Bevor wir eintraten in die Tombs, sahen wir auf der Straße eine Gruppe von Menschen; sie warteten vor einem Türchen im Wall, auf dem »Visitors' Entrance« stand, und wir glaubten in ihren Gesichtern jene trübe Mischung von Wiedersehenserwartung und Sorge zu erkennen, die bei Kerkerbesuchen vorherrscht. Im eisigen Dezember mußten sie draußen harren, den Blicken der Passanten ausgesetzt.

Wir ahnten nicht, von welch grauenvoller Art der Besuch hier ist.

Die Leute schieben sich in einen Stollen, der in das Haus eingeschnitten und nach wenigen Schritten zu Ende ist. Links ist dieser Gang von numerierten schmalen Schränken eingesäumt, in denen je ein Stuhl steht. Eine Wand des Schranks ist ein ganz engmaschiges Drahtnetz.

Jedem Besucher ein Schrank. Jedem Schrank gegenüber, nach einem Zwischenraum von einem halben Meter, ein anderer, die gleiche Nummer tragender und ebenso dicht verdrahteter Schrank. Darin, besuchsbereit abgeschlossen, der Gefangene.

So sitzen, einander fast unsichtbar, unbeweglich und distanziert, Mutter und Sohn sich gegenüber, Vater und Tochter, Gatte und Gattin; vielleicht Mütter nebeneinander, vielleicht Gattinnen nebeneinander, vielleicht Söhne nebeneinander, eine gespenstische Reihe angesichts einer ebenso gespenstischen. Wärter stehen am Ende des Zwischenraumes und überblicken ihn.

»Damit die Besucher den Gefangenen nichts zustecken, keine Feilen, keine Kassiber, keinen Alkohol, keine Waffe und kein Narkotikum.« So wird dieses System erklärt.

In Europa ist man ja auch auf derlei Dinge bedacht, ohne daß – nein, zeit meines Lebens habe ich ein solches Gefängnis nicht gesehen.

Geschichten aus den Ghettos

Ex odio fidei ...

In der Teinkirche liegt, das ist sicher, der Knabe Simon Abeles begraben. Tritt man vom Ring aus durch den Haupteingang ein, so findet man im rechten Schiff unterhalb des Chors die braune Grabplatte irgendeines Bürgers in die Erde eingelassen; unter ihr, behauptet der Kirchendiener steif und fest, sei auch der Kupfersarg des Simon Abeles. Nach alten Chroniken aber soll dieser in der Kreuzkapelle liegen, und zwar an der Epistelseite des Kreuzaltars, nicht weit von Tycho de Brahes Grab, unter der Marmortafel, auf der vierundzwanzig lateinische Zeilen eingemeißelt sind:

»Simon Abeles, ein zwölfjähriges Jüdlein, folgte Gott und flüchtete in das Kollegium Clementinum der Gesellschaft Jesu, der heiligen Taufe zuliebe, im September des Jahres 1693; nach wenigen Tagen aus der Gastfreundschaft verräterisch verschleppt, durch Schmeichelei, Drohungen, Mißhandlungen, Hunger und abscheuliche Haft zu Hause heimgesucht, erwies er sich stärker als dies alles und starb durch die Hand seines Vaters und dessen Freundes am 21. Februar 1694. Der heimlich beigesetzt gewesene Leichnam wurde am sechsten Tage exhumiert, behördlich untersucht und war bis zur Versiegelung des Sarges ohne jeden häßlichen Geruch, von natürlicher Farbe, gänzlich unerstarrt, angenehm anzusehen, und rosenfarbenes Blut entströmte ihm. Aus dem Altstädter Rathause wurde er mit wunderbarem Leichenprunk unter einzigartigem Zusammenlauf und gerührter Teilnahme des Volkes getragen und hier beigesetzt am letzten März 1694.«

In der Sakristei der Teinkirche hängt ein Porträt, der Judenbub herzig idealisiert, rotes Wams, weiße Perücke,

Galanteriedegen, Kruzifix in der Hand und in einer Kartusche die Inschrift: »Hic gloriose sepultus est Simon Abeles Catechumenus, ex odio fidei Christianae a proprio parente Hebraeo occisus.«

Die Beisetzung des Judenkindes in der Christenkirche geschah während eines Prozesses, der Erregung und Aufsehen hervorrief. Das Jahrhundert der dreißigjährigen Religionskriege sank seinem Ende zu. Die Enkel der Rebellen, der Fenstersturzer, der Hingerichteten, der Eingekerkerten und der Vertriebenen hatten den neuen Adel, die neue Beamtenschaft, die neue Lehre und sogar die neue Staatssprache anzuerkennen gelernt. Aber tief unter ihrem Bewußtsein fraß, vererbt als Komplex, das Gefühl, unterworfen worden zu sein. Hatte das alles sein müssen? Sehet her: Die Juden, vielhundertjährig verfolgt – sie haben noch ihre Religion und ihre Gebräuche und ihre Sprache! Die Brüder vom Orden Jesu, als religiöse Besatzungstruppen des militärisch unterworfenen Landes hereingekommen, fühlten nur allzuwohl, daß sie erweisen müßten, Verkünder der alleinseligmachenden Kirche zu sein, für jeden, der anderen Glaubens sei, also nicht nur Feinde der Böhmischen Brüder und anderer Protestanten, sondern auch Feinde der Juden. Gustav Freytag hat über den Fall des Simon Abeles die kleine Schrift der Jesuitenpater Eder und Christel gelesen, welche im Jahre 1694 unter dem Titel »Mannhafte Beständigkeit des zwölfjährigen Knaben ...« erschienen ist, und auf Grund dieser charakterisiert er die große Affäre so: »Wer den Jesuitenbericht unbefangen beurteilt, wird einiges darin finden, was die Erzähler zu verschweigen wünschen. Und wer mit Abscheu auf die fanatischen Mörder sieht, der wird den fanatischen Priestern keine Teilnahme zuwenden. Sie werben durch Spione und Zuträger, durch Versprechungen, Drohungen, Aufregungen der Phantasie ihrem Gott, der dem Gott des Evangeliums sehr unähnlich ist, Scharen von Proselyten zum ›Abwaschen‹; sie benutzen einen jammervollen Mord mit der Geschicklichkeit erfahrener Regisseure, um ein wirkliches Trauerspiel in Szene zu setzen, und den toten Leib eines Judenknaben, um durch Pomp, Flitter und massenhafte Aufzüge, womöglich durch Wunder, ihren Glauben bei Christen und Juden zu empfehlen. Ihr Fanatismus, im Bunde mit der bürgerlichen Obrigkeit und willfährigem Gesetz, steht gegen den Fanatismus eines geschmähten, verfolgten, leidenschaftlichen Stammes – List und Gewalttat, Frevel und verkümmerte Sittlichkeit hier wie dort.«

Ohne Zweifel wäre das Urteil des Kulturhistorikers noch vernichtender gegen die Jesuiten ausgefallen, wenn er außer dieser privaten Broschüre der zwei Ordensbrüder, die ihm an sich schon verdächtig vorkam, die offizielle Darstellung gelesen hätte, auf Befehl Kaiser Leopolds herausgegeben unter dem Titel »Processus Inquisitorius, welcher von dem Appellationstribunal wider beide Prager Juden Lazar Abeles und Löbl Kurtzhandl wegen des Ex odio Christianae Fidei ermordeten zwölfjährigen Simon Abeles, als Sohn des ersteren, verführet, und zur mehreren Erhöhung des christlichen Glaubens, auch zur fruchtbaren Auferbauung Jedesmänniglichen samt den dienenden Haupt-Inquisitionsakten und anderwärtigen dabei unterlaufenen sehr wunderseltsamen Begebenheiten in offenen Druck gestellt worden. Prag, bei Caspar Zacharias Wussin, Buchhändlern.«

In dieser Flugschrift, sosehr sie sich bemüht, das Verfahren im Fall Simon Abeles als ein gerechtes und die Justifikation als verdiente hinzustellen, wäre Freytag nicht nur auf manches gestoßen, »was die Erzähler zu verschweigen wünschen«, sondern er hätte auch auf die Vermutung kommen müssen, daß die »fanatischen Mörder« vielleicht überhaupt keine Mörder, sondern im Gegenteil

Opfer eines grauenvollen Justizmordes waren – ex odio fidei, aus Glaubenshaß.

So viele Darstellungen dieser Angelegenheit es auch gab – nicht eine durfte sich mit der Verteidigung der Beschuldigten befassen, denen ja nicht einmal ein Rechtsbeistand bewilligt worden war. Hundert Jahre später, im Fall des Toulouser Hugenotten, wurde wie im Fall des Prager Juden weder die Absicht des Sohnes zum Religionswechsel noch der durchgeführte Mord erwiesen, und hier wie dort fielen die Väter als Opfer von Pfaff und Pöbel. Aber während Jean Calas durch das flammende Libell Voltaires postmortal seinen Freispruch fand, haben Lazar Abeles und sein Freund niemanden gefunden, der ihre Verteidigung übernommen. Nur die Anklageschrift sagt in dem, was sie verschweigt, und in dem, was sie angibt – sehr wider ihren Willen –, genug zugunsten der beiden aus.

Der »Processus Inquisitorius« beginnt mit dem Satz: »Im Jahre 1694 den 25. Februarii wurde bey einer Hochlöblichen Königl. Statthalterei zu Prag ... eine Schriftliche Denunciation eines in der Prager Juden-Statt an einem Jüdischen Kinde beschehenen Mordes ohne Namensunterschrift eingereicht, dess ausführlichen Inhalts wie folgt.«

Daß diese Anzeige von den Jesuiten herrührt, geht auf den ersten Blick hervor und wird in jeder Zeile bestätigt; es heißt zum Beispiel darin, daß der Knabe seine Bereitwilligkeit zur Taufe im September des Vorjahres »bey dem Wohl-Ehrwürdigen P. Andrea Müntzer, Sc. Jesu Collegii, allhier zu Prag bey S. Clemens Rectore derenthalben angegeben und in Gegenwart noch etlicher andern Patrum, als P. Guilielmi Dworski, P. Johannis Eder und Patris Johannes Capeta eyferigst gebeten habe ..." – durchwegs Tatsachen und Namen, die man ja nur im Kollegium wissen konnte.

Tatsächlich rühmt sich auch P. Johann Eder in seiner Broschüre, er selbst habe einen Konzipisten der Statthalterei, der von einem Juden namens Josel (das ist Josef) Mitteilung von diesem Vorfall erhielt, zur Überreichung der Anzeige veranlaßt: »Nachdem ich Nachricht davon erhalten und der jüdische Angeber mehrmals mit Ernst zu treuem Bericht ermahnt worden war, schrieb er am folgenden Tag den ganzen kläglichen Verlauf nieder, um ihn der hochadligen Statthalterei zu überreichen.« Dieser Satz ist – von dem jesuitisch angewendeten Pronomen »er« ganz abgesehen – vollkommen erlogen, denn »obwohlen man Ihme« (dem Herrn Statthaltereyconcipisten Herrn Constantin Frenkin, den man als Verfasser der schriftlichen Anzeige eruiert hat) »zugleich scharf eingebunden, diesen seinen ersten Jüdischen Anbringer namens Josel zur Stelle zu bringen, so hat er doch solchen zur selbigen Zeit nicht erfragen können«. Die Anzeige des Beamten hütet sich jedoch, eine solche nachdrückliche Befragung oder Ermahnung des angeblichen Gewährsmannes zu behaupten, weil dann erklärt werden müßte, warum er bei einer derart gründlichen Verhandlung den Informator nicht zuerst nach seinem Familiennamen befragt habe.

Am nächsten Tag werden bereits die Exhumierung, Transportierung der Leiche ins Rathaus, eine Menge von Verhaftungen (Krankenwärter Hirschl Keffelet, Friedhofsaufseher Jenuchem Kuranda, zwei Dienstmägde) und Recherchen vorgenommen. Gerüchte durchzüngeln die Stadt, die bald in hellen Flammen der Erregung steht. Die Statthalterei muß in dem Dekret, mit dem sie die Untersuchung dem Appellationsgericht überträgt, dieses gleichsam bitten, man möge ihr »von demjenigen, was etwa in hoc passu nach und nach hervorkommen und in das Publikum einfallen möchte, gleichwolen auch Nachricht geben, damit hiernach respectu erstgedachten Publici jedesmal die gehörige Notdurft zeitlich fürgekehrt werden möchte«. Unter dem Einfluß der vom Eifer der Behörden aufgepeitschten Öffentlichkeit steht nun die ganze Angelegenheit.

In der Anzeige, auf Grund deren die Untersuchung eingeleitet wurde, war nur eines apodiktisch angegeben: daß das Kind vergiftet worden sei, »... mit Gift im Wein unerbärmlich hingerichtet«. Während der Examinationen, von deren Foltern wir zwischen den Zeilen lesen können, gesteht also endlich Hennele, die auf dem Kleinseitner Rathaus in Haft gehaltene Köchin des Abeles, daß der kleine Simon durch Gift umgekommen sei. Bisher hatte sie, in Übereinstimmung mit dem Vater und der Stiefmutter des toten Kindes, erklärt, es sei an den Fraisen gestorben, nunmehr aber gibt sie die Antwort: »Ich will die Wahrheit sagen: Der Vater hat ihm etwas zu essen gegeben; so ist er darniedergefallen.« Und auf die Frage, was dies gewesen sei, fügt sie hinzu: »Er hat ihm einen Hering gegeben.«

Also ein Geständnis der Mitwisserschaft, strikte Angabe des Giftmords durch eine Augenzeugin! Nur hat sich inzwischen herausgestellt, daß in der Leiche von Gift keine Spur ist. Der Grund zur Einleitung der Untersuchung ist also ebenso falsch gewesen wie die der Köchin abgepreßte Aussage.

Dennoch wagen es die beiden obduzierenden Doctores medicinae und die beiden Chirurgen nicht, angesichts des von Amts wegen inaugurierten Verfahrens und der bereits entfesselten Empörung, einen natürlichen Tod festzustellen; In dem kurzen Exhumierungsprotokoll, das in seiner Leichtfertigkeit der Tatsache hohnspricht, daß achtzig Jahre vorher ein Anatom vom Range des Jessenius in Prag gewirkt hatte, konstatiert man »über dem linken Schlaff eine frische runde Wunde von eines Groschens Größe, von einem Schlag herkommend« (tödlich? tief? Hautabschurfung? – nichts wird darüber gesagt), »und ein Bruch der vertebra colli«. Das wären also zumindest zwei Schläge, jedoch das lakonische Protokoll schließt mit den Worten, der Junge hat »von einem gewalttätigen Schlag umkommen müssen«.

Das Appellationstribunal läßt sich dadurch, daß der angezeigte und bereits »bewiesene« Giftmord keineswegs verübt worden ist, nicht stören und entschuldigt den Irrtum folgendermaßen: »... denn es konnte wegen des Gifts und der heimlichen Begräbnus« (auch die Behauptung, der Knabe sei nächtlich verscharrt worden, hat sich nämlich als falsch herausgestellt, die Beerdigung hatte öffentlich stattgefunden) »ohnmöglich so genau und wahrhaft gleich in limine von einem Fremden, und zwar in dem Abelischen Hause nicht sonderlich bekannten Juden ausgesagt werden«.

Demnach sind die Mitteilungen des »Josel« deshalb unrichtig, weil er im Hause des geheimen Mordes nicht sonderlich bekannt war, aber diese Angaben haben nichts mit der angeblichen Angabe zu tun, die Angabe des Angebers gilt doch – der Mord muß verübt worden sein! Das Gutachten der medizinischen Fakultät, »mit nachdrücklicher Verordnung« abverlangt, entscheidet, man müsse auf gewalttätigen Tod des Knaben ermessen und schließen. Die Judenschaft richtet an die Untersuchungsbehörde die Frage, ob die Leiche nicht bei der Ausgrabung beschädigt worden sein könne; diese Anfrage, die zur Einholung des Fakultätsgutachtens Anlaß gab, bleibt unbeantwortet.

Tragikomisch, wie sich nun das Tribunal bemüht, die Widersprüche der Beweisführung (zum Beispiel Giftmord – Totschlag) zu erklären, während es die Tatsache, daß die Aussagen der Beschuldigten und der Entlastungszeugen übereinstimmen, als vorher getroffene Vereinbarung zu entwerten versucht. Alle Festgenommenen geben unabhängig voneinander an, die Schläfenwunde sei der Rest einer abgeschabten Krätze, »welches also vorzusagen sogar ein kleiner mitvorgerufener Bub von acht Jahren, der nebst ihnen noch im Hause war, angelernt und instruiert war«. Also hatte Lazar Abeles für den Fall der Exhumierung nicht nur Frau und Magd (die jetzt in Haft sind), sondern auch ein kleines Nachbarskind instruiert, obwohl er doch dessen Vorladung nie ahnen konnte!

Die Beschuldigten stellen in Abrede, daß der kleine Simele jemals entlaufen sei, um sich taufen zu lassen. Hier wären die Jesuitenpatres, von denen ja offenkundig die erste Anzeige stammte und die nachher behaupteten, sie hätten mit dem Kinde geradezu eine Disputation geführt, als Zeugen einzuvernehmen. Dies geschieht nicht. Übrigens liegt die angebliche Flucht des Kindes vier Monate zurück und kann daher nicht der Anlaß eines Totschlags sein. Wollte man schon Flucht und Mord als erwiesen und als in gegenseitiger Beziehung zueinander stehend annehmen, so wäre weit eher die Erklärung möglich, das Kind habe wegen Mißhandlungen eines entmenschten Vaters diesem damals zu entfliehen versucht und sei der späteren Fortsetzung dieser Mißhandlungen erlegen; doch ist auch hierfür kein Anhaltspunkt in den Akten des Processus inquisitorius.

Das Kind soll von den Jesuiten einem getauften Juden namens Kafka in Logis gegeben worden sein, von dem es Lazar Abeles zurückholte. Dieser Kafka ist abgängig, und die Rolle, die ihm in absentia zugeteilt wird, vollkommen unklar; einmal heißt es, daß ihm das Kind geraubt wurde, ein andermal, daß er im Einvernehmen mit Lazar Abeles gestanden.

Dagegen taucht eine andere Zeugin auf, ein getauftes jüdisches Kind: die kleine Sara Uresin, die in diesem Fall die Sendung Semaels übernommen hat, ist ein dreizehnjähriges, körperlich verkrüppeltes und – wie selbst die Anklage nicht verschleiern kann – sittlich verkommenes

Geschöpf, das die Jesuiten, wäre es entlastend aufgetreten, nicht zärtlich als »Mägdlein«, sondern als »freches Judengör« bezeichnet hätten. Sie erscheint »wie gerufen«. Man höre:

»Und da nun ein Hochlöbl. Appeliations-Collegium in reifer Erwägung alles dessen, vielmehr dahin angezielt, man möchte sich äußerst bemühen, einige, bevoraus jüdische, Zeugen noch aufzubringen, durch welche eine Confrontation in contradictorio veranlaßt werden konnte (weilen man zum öfteren in denen Jüdischen Inquisitionen wahrgenommen, daß bei ihnen weit mehrers eine Confrontation, da der eine Jud dem andern was ins Gesicht gesagt, als die Tortur selbsten zur Bekanntung der Wahrheit ausgegeben und gewürcket hat), so erscheint auf eine ganz unverhoffte Weis ein gewisses Jüdisches Mägdlein Namens Sara Uresin, gegen dreizehn Jahr alt, welches in wirklicher Christlichen Lehr bey einer Christin sich aufgehalten und von dieser Inquisition etwan von weitem gehört, von sich selbsten und von freien Stücken ...«

Und diese so prompte Wunscherfüllung namens Sara Uresin (P. Eder erklärt ihr Erscheinen auf übersinnliche Weise) sagt beim Königlichen Obergericht, zu dem sie den Weg allein gefunden haben soll, als das aus, was die Untersuchungsrichter beim gegenwärtigen Stand der Untersuchung gerade wissen wollen: daß sie im Vorjahr im selben Haus gedient (!) habe, gerade als Simon weggelaufen sei, um sich taufen zu lassen, daß dessen Vater gesagt habe, es sei besser, wenn der Bub verrecken würde, ihn dann mit einem Scheit Holz blutig geschlagen habe. Das Mädchen wird mit Lazar Abeles konfrontiert. »Gott soll mich strafen, wenn ich dieses Kind jemals gesehen habe«, ruft er aus. Trotzdem hat ihm doch eben dieses Mägdlein »ganz standhaft, herzhaft und bar aller Scheu oder Schrecken« alles ins Gesicht wiederholt.

Nach dieser ergebnislosen Konfrontation wird Lazar Abeles »in seine vorige, hart an der Uhr des Rathauses in dem Turm bestellte Custodiam, jedoch mit beiden Füßen und eine Hand wohl verwahret, geführet«.

Wenige Stunden nachher wird er erdrosselt aufgefunden.

Die Justiz kam nicht umhin, über diese Tat, die als Selbstmord bezeichnet wird, ihre Verwunderung zu äußern. Denn erstens hat ja das Judenmägdlein »doch nichts als einige Praeliminaria wegen des Christ-Catholischen Eyfers des Knabens ihme ins Gesicht zu sagen gewußt«, und zweitens ist der Selbstmord für einen dermaßen gefesselten, dermaßen bewachten Häftling etwas kompliziert: Er hat »sein harrassenes Band, mit welchem die Juden sich zu umgürten pflegen, vom Leib abgenommen, solches an ein doppeltes eisernes Gatter in der Höhe, wozu er vermittelst eines Stücklein Holzes gelanget, angebunden und sodann, seinen Hals darin steckend, sich selbsten erhenket oder vielmehr erdrosselt«.

Es scheint, sagt die Denkschrift, durch diese belanglosen Vorhaltungen des Mädchens Uresin »sein leichtfertiges, verrohtes Herz und Gewissen dergestalten gerührt worden zu sein«, daß er sich umbrachte.

Trotzdem also eine tätige Reue behauptet wird, kann dies die Leiche nicht vor Verurteilung schützen. Der Tote wird rechtskräftig schuldig gesprochen und das Urteil vollstreckt, das Herz wird ihm herausgerissen und um das Maul geschlagen, sodann der Leichnam gevierteilt und auf dem Scheiterhaufen verbrannt.

Seiner Frau und der Köchin Hennele sagt man nichts von dem Tod des Hauptbeschuldigten. Unter Drohungen und der Vorspiegelung, Lazar Abeles habe alles eingestanden, bleiben sie bei der Beteuerung seiner Unschuld. Das Mägdlein, »in privato auf Jüdisch gekleidet«, wird mit der Köchin konfrontiert, die nun zu allem, was das Kind angibt, ihr Ja sagt und schließlich hinzufügen muß, der Vater habe den Knaben umgebracht. Durch Gift. Es folgt die Konfrontation der Köchin mit Frau Lea Abeles, die in der vorhergegangenen Nacht von Herzkrämpfen heimgesucht wurde. Auch sie sieht, da schon die Köchin wider besseres Wissen zur Belastungszeugin gepreßt wurde, daß alles verloren ist. Um ihren Mann zu retten, von dessen Tod sie keine Ahnung hat, gibt sie an, ein Bekannter, der nicht mehr in Prag weilt, ein gewisser Löbl Kurtzhandl, habe das Kind – erwürgt.

Kurtzhandl wird in Manetin verhaftet, und die Untersuchung gegen ihn nimmt ihren Lauf. Der Knabe Simon aber wird als ein »in proprio sanguine« getaufter Christ mit beispiellosem Pomp öffentlich beerdigt, wie es der Erzbischof Hans Friedrich von Waldstein nach eingeholtem Rat der Theologen und Kanonici beschlossen hat. Am 25. März 1694, »in ipso festo Simonis Tridentini pueri, aeque a Judaeis martyrisati«, bestimmt eine Kommission, wo das Kind beigesetzt werden soll.

Eine Woche später findet das Begräbnis statt; die Leiche, die am 22. Februar auf dem jüdischen Friedhof begraben, fünf Tage darauf exhumiert worden und einen Monat lang im Rathaus aufgebahrt gewesen ist, wird offiziell als ohne den geringsten üblen Geruch befunden. Auch die zweite Seligkeitsprobe stimmt auffallend: »... wie nicht minder die an dem zerbrochenen Genack empfangenen Todeswunden stets und allezeit ohne Unterlaß das frischeste und schönste Blut gleich als eine Brunnenquelle ausgeworfen hatten, bei welcher Gelegenheit sich viel aus den Anwesenden um ihre Schnupftüchlein in diesem rinnenden Blut zu netzen versucht« (versucht!) »haben, welchem Exempel auch sogar ein Wundarzt der Evangelischen Religion nachgefolget!«

Löbl Kurtzhandl, gegen den sich in den Akten auch nicht der Schatten eines Verdachts finden läßt, wird am

19. April 1694 zum Tode verurteilt. Wie er behandelt wurde, geht aus einem Erlaß Kaiser Leopolds I. an das Königliche Appellationstribunal hervor: »Der Inschluß« (eine Beschwerde) »gibt euch des mehrern zu vernehmen, daß der von euch zum Tode verurteilte Löbl Süsel Kurtzhandl, Prager Jude, weder selbst noch seine Befreundte, von dem wider ihn publizierten Sentenz irgendeine Abschrift und auch keinen Rechtsfreund ex officio erhalten können.« Der Kaiser befiehlt, der rechtlichen Ordnung nach zu verfahren, die Exekution vorläufig zu sistieren und dafür zu sorgen, daß »dem Condemnierten selbsten in carceribus das Leben nicht abgekürzt werden möge, wie es dem Verlaut nach mit seinem Complicen geschehen sein solle«.

Das Appellationstribunal antwortet Sr. Majestät, der Verurteilte wolle nur verschleppen, worauf Leopoldus »in dieser sehr ärgerlichen Criminalsache« dem Kurtzhandl nur eine vierzehntägige Rekursfrist gewährt, schließlich das Halsurteil bestätigt, »weilen an schleuniger Bevollziehung dessen dem Publico so viel gelegen, ohne allen Anstand und Erstattung weiteren Rekurses an ihm exequieren lasset«.

Entkleidet, in die dreischneidigen, den Gliedern unterlegten Brecheisen gebunden, steht er auf dem Galgenberg, damit ihm durch »etlich und dreißig Stöße« von dem achtzig Pfund schweren Rad Ober- und Unterschenkel abgestoßen und der Brustkorb mit Eisenschienen eingedrückt werde. Ein Pater schreit dem Malefikanten ununterbrochen zu, er möge den christlichen Glauben annehmen, nach dem elften Stoß soll Kurtzhandl geantwortet haben, daß er hierzu bereit sei; nun wird er getauft und nimmt den Namen »Johannes« an, worauf ihm die Henker die Augen verbinden und er »den letzttödlichen Stoß auf den Hals empfängt und, durch diesen von den Sinnen verlassen, unter starkem, aus Mund und Nase entsprungenem Blut nach zweyen anderen Stößen selig in dem HERRN entschlafen ist, mit billiger Verwunderung aller Beywesenden, welche die wunderwirkende Hand Gottes und dessen unergründliche Barmherzigkeit nicht genugsam loben und preisen kunnten«.

In der St.-Pauls-Kirche wird der vormalige »verstockte Mörder« Löbl Kurtzhandl als ein »bußfertiger katholischer Christ« namens Johannes beerdigt.

Auswanderer, derzeit Amsterdam

Vom Giebel der Antoniuskerk streckt Christus die Arme dem Volk auf dem Waterloo-Plein entgegen. Meine Herrschaften, ruft er, kommen Sie doch zu mir. Ich führe die gleiche Ware, die Sie bisher von Moses & Aaron bezogen haben, nur ist mein Haus eleganter als das Ihres jetzigen Lieferanten.

Die beiden Schwurzeugen an seiner Seite sind überlebensgroße, vollbärtige, jüdisch aussehende Priestergestalten und können durchaus als Moses und Aaron gelten, wenn sie vielleicht auch Petrus und Paulus sind. Jedenfalls stehen sie da, linker Hand, rechter Hand, und protestieren durch keine Geste gegen die in goldener Antiqua behauptete Identität der beiden Religionen: »Qua fuit a saeclis sub Signo Moysis et Aaronis, stat salvatori renovata illustrior aedes.« Zu Füßen dieser Werbung marktet der Adressat, das Amsterdamer Ghetto, jedoch niemand hat Ohren zu hören, was der Mann in steinerner Geduld redet niemand Augen, zu sehen, was auf der Kirche angeschrieben ist.

Noch beschwörender als der Christ strecken die jüdischen Budenbesitzer ihre Arme aus, noch lobpreisender, noch beteuernder, und der Passant ist vollauf mit der Prüfung der feilgehaltenen Ware beschäftigt; Mißbilligung markierend, fragt er nach dem Preis des von ihm ausgewählten Stücks, feilscht, geht, kommt wieder.

Ein Händler, der Heringe ausweidet und Pfeffergurken schneidet, tut so, als wäre er von einer kauflüsternen Menge umlagert, die bewundernd auf ihn weist, scheu seinen Namen flüstert und derer er sich nun erwehren muß. »Ja«, ruft er mit Stentorstimme, »ja, ich bin der Heimann, das weiß doch jeder! Heimann ist bekennt! Ich bin ja *so* bekennt.«

Nahen wirklich Käufer, und es gilt für Heimann zu handeln, so übernimmt es die Gattin, seinen Ruhm zu verkünden. Sie trägt einen »Scheitel« – Euphemismus für Perücke –, legt die Hände an den Mund und teilt der Welt mit, daß Heimann ja so bekennt ist. »Alles om een Dubbeltje«, dröhnt ein Nachbar-Stentor; er faltet mit weit ausladenden, spitzfingrigen Bewegungen ein Paket Briefpapier und fügt einen Crayon, eine golden scheinende Uhrkette und einen Bonbon zu jenem alles, das für ein Dubbeltje zu haben ist. – »Nuttige Kadoches« hörst du anpreisen, und das soll weder berlinerisch noch jiddisch, sondern holländisch und französisch sein und bedeuten: nützliche Cadeaux.

Um Gemüse und Eier und Obst, um »Koscher Planten-Margarine«, um Fisch und Geflügel und Fleisch, alles »Onder Rabbinaal Toezicht«, kreisen Handel und Wandel auf dem rechtwinklig geknickten Waterloo-Plein; rostige Eisenbestandteile, fadenscheinige Kleider, zerbrochene Möbel, verbeultes Geschirr, Verkoop van 2e Handsch Gereedschappen en bruikbaare Materiaalen – der Abfall der Niederlande ist durchaus marktbares Gut.

So geht es von Morgendämmerung zu Abenddämmerung, wochentags auf dem Waterloo Plein, sonntags kirmesartig auf der Oude Schans und in der Uilenburgstraat. Nur der Sabbat gibt Ruhe. Am Freitag nachmittag bricht Israel seine Zelte ab, die Pfosten, Plachen, Kisten und die unverkauft gebliebene Ware werden entweder auf Handkarren fortgeschafft, wobei schwarzlockige, magere Knaben die Wagenhunde sind, oder fahren auf dem Wasserweg von dannen. Zwanenburgwal, Wall der Schwanenburg, so poetisch heißt der Kai, an dem Frachtkähne voll mit alten Kleidern und alter Wäsche vertäut liegen und Gondeln mit Fahrradteilen (Amsterdam ist die Stadt der Juden und der Radfahrer und beteiligte sich dennoch nicht am Weltkrieg). Eine schaukelnde Zille voll splitternackter, defekter Schaufensterpuppen erweckt wegen der unzüchtigen Konstellationen der Figuren das Hallo der Gaffer an den Grachten.

Wenn ein Händler nur ein kleines Warenlager hat, eines, dessen Rest schnell eingepackt und in einem Koffer wegtransportiert werden kann, harrt er noch aus auf Waterloo. Jetzt, da die Konkurrenz abrollt oder abschwimmt, hofft er sein Geschäft zu machen, Nachbörse, Schleuderpreise, Ausverkauf, Sonderangebote, Restanten, Koopjes, Mezijes. Heimann ist noch immer da, die Menge ist noch immer nicht da, deren Ansturm er schreiend zurückweist: »Ja, ja, Heimann ist bekennt.«

Die drahtumfriedete Mitte von Waterloo-Plein ist ein Jugendspielplatz, zur Marktzeit und nach Marktschluß spielen hier Kinder, während ihre ärmeren Altersgenossen Karren abschieben oder die weggeworfenen Warenreste, alles, was auf dem Pflaster blieb, durchwühlen. Die zum Finale anschwellenden Rufe Heimanns, »Ich bin ja *so* bekennt«, tönen herüber, aber es kann unmöglich sein Eigenlob allein sein, was diesen ins Marktgetriebe eingebetteten, typischen Großstadtspielplatz mit Wellen von Gestank erfüllt.

Für die kleinsten Kinder sind Sandhügel zum Buddeln da, für die größeren Schaukeln, für die noch größeren Turngeräte. Die größten kämpfen ein Wettspiel aus, in je einen Korb auf hoher Stange ist der Ball zu landen; in beiden Mannschaften spielen Burschen und Mädchen, kurzberockte Mädchen, das Tempo ist flugs, die Geschicklichkeit beträchtlich, und die Marktgänger, bepackt mit Einkäufen, bleiben am Drahtnetz stehen, vom Sportfieber ergriffen.

Selbst wenn die Turmuhr schlägt, blickt niemand auf, geschweige denn zum Christus, der unermüdlich die Arme nach solchen ausstreckt, die willens wären, anzuerkennen, daß seine Kirche nichts anderes ist als das, was jahrhundertlang unter dem Zeichen von Moses und Aaron stand und nun zu einem herrlichen Bau schöpferisch erneuert ward.

Du lieber Gott, Bekehrungsversuche hat man bei den Amsterdamer Juden schon unternommen, als sie noch keine Amsterdamer Juden waren. In Polen und Rußland kam man ihnen mit ganz anderen Missionsmethoden, mit Plünderungen, Schändungen und Pogromen, in Spanien und Portugal mit Kerkerverlies und Folterbank und Flammentod, und hat nichts, gar nichts ausgerichtet.

Die Kathedrale von Toledo, wahrlich ein gewaltiger lockendes, ein gewaltiger verwirrendes und gewaltiger einschüchterndes Bauwerk als diese Antoniuskerk, steht seither in einer judenleeren Straße; das hat sie nicht davor geschützt, heute »Calle Carlos Marx« zu heißen, und die Straßentafel mit diesem Namen ist just auf dem Palast des Torquemada und seiner erzbischöflichen Nachfolger befestigt. Die alabastergefütterten Synagogen von Toledo wurden zu katholischen Kirchen, die vertriebenen Inhaber der Stammsitze aber bauten sich auf der anderen Seite der europäischen Landkarte neue Synagogen. Nicht weit vom

Waterloo-Plein liegen einander zwei gegenüber. Die »Hochdeutsche Synagoge«, gegründet von denen, die vor den Landsknechten und Marodeuren des Dreißigjährigen Krieges und vor der Soldateska Chmelnitzkis flüchteten, und die Portugiesische. Die Portugiesische Synagoge gleicht nicht etwa der Prager Altneuschul, sie ist keineswegs ein verhutzeltes, sich verstecken wollendes Versammlungshaus von Illegalen, sie ist ein Prunkbau, eine Kathedrale auf jüdisch. Aufgerichtet ist sie mitten im Fluß, sie steht auf Pfählen oder gar, wie die Sage geht, auf Fässern mit schierem Gold. Das Kirchenschiff reckt sich auf Säulen aus rundbehauenem Granit himmelwärts, wie jenes der iberischen Kirchen, in die man die Juden zur Bekehrungspredigt oder zur Zwangstaufe schleppte.

Aus brasilianischem Palisander ist die Estrade mit dem Altar gezimmert. Sie, die »Tuba«, erhebt sich in der Mitte des Hauses, ihr und einander sind die konzentrischen Bankreihen zugewendet, nicht allesamt gegen Osten wie in den Tempeln des Abendlands, wo die Beter nur den Rücken des Vorbeters sehen. Hier kehrt man sich der Ostwand erst dann zu, wenn aus der Bundeslade eine Thorarolle gehoben wird. Eine stammt aus dem ehemaligen Heimatland, die Flüchtlinge trugen sie über die Pyrenäen wie ein Fahnentuch nach verlorener Schlacht.

Sechshundertdreizehn Kerzen leuchten dem Gottesdienst, eine teure und unmoderne Beleuchtungsart, gewiß, aber da läßt sich nichts ändern, so war es in Granada, so war es in Lissabon, so muß es bleiben. Weil es in Granada und Lissabon so war, geht der Rabbi auch hier in Escarpins, seidenen Strümpfen und Schnallenschuhen, die Gemeindefunktionäre tragen den flachen harten Jesuitenhut mit geschweifter Krempe und die Tempeldiener einen fulminanten Dreispitz wie damals in Spanien die Guardia Reale und heute die Guardia Civile. Der Chorregens, den Gesang der Waisenknaben dirigierend, hat ein Samtbarett aufgesetzt, als wäre er Scholar zu Saragossa.

In portugiesischer Sprache stehen auf einer Marmortafel die Namen der Gemeinde-Ältesten, unter deren Regierung die Synagoge erbaut wurde: »Parnassimos Senhores Yshac Levy Ximenes, Mossch Curiel, Abraham Jessurun d'Epinoza, Daniel de Pinto, Ysrael Pareira, Joseph de Azveldo, Zagachi Gabay Aboab de Fonzara, Semuel Vaz, Osorio da Veiga und Henriquez Costino se estron est esnoga construida ...« Die Beter begrüßen einander mit »boa entrada do Sabbat«, welche Formel drüben bei den Hochdeutschen »Gut Schabbes« lautet, und anstatt »boa semana« wünscht man auf der anderen Seite der Straße nur eine »Gut Woch«. Das Gebet für die Königin der Niederlande wird portugiesisch gesprochen, und streng hält man darauf, bestimmte Formeln der Gemeindedokumente in der Sprache derer abzufassen, von denen die Ahnen gemartert und davongejagt wurden, man wahrt Tracht und Gehaben und Gebräuche derer, die die Juden zunächst zu Spanien und dann in der ersten Emigration, in Portugal, steinigen ließen.

Dort im Süden waren sie, weil sie vor der Inquisition dem Glauben öffentlich abschworen und ihm insgeheim weiter anhingen, als Maranen, das heißt Schweinekerle, beschimpft worden. In der neuen Heimat wollten sie nun dartun, daß kein Caballero sie an Vornehmheit überträfe, kein Grande grandioser und mit mehr Grandezza auftrete als sie.

Die niederländischen Provinzen der spanischen Krone, die protestantischen Holländer kämpften den Kampf der Auflehnung gegen die katholischen Usurpatoren, und die Opfer von Inquisition und Unduldsamkeit konnten bei den Feinden ihrer Peiniger auf um so gastlichere Aufnahme rechnen, als sie aus dem Stiefmutterlande nicht mit leeren

Händen kamen, sondern außer der mitgebrachten Thorarolle auch den mitgebrachten Handel mit der Levante und Südamerika entfalteten. In der Kaufmannsfeste an der Amstel gab es keine »Juderia«, kein mit Mauern oder Ketten abgeschlossenes Judenviertel; jeder kreditwürdige Mann durfte das gleiche Bürgerrecht ausüben und seiner Religion obliegen – sofern es nicht die katholische war. Nur ein einziges Mal, es geschah zu Anfang ihres Aufenthalts, wurden die, denen man in Iberien vorgeworfen hatte, unter dem Anschein katholischer Gebetstunden jüdische Gottesdienste abzuhalten, in Amsterdam bei einer Glaubensübung überfallen: Man hielt sie für eine katholische.

Die jüdischen Caballeros stolzierten in Amsterdam einher, sie hatten Reichtum und Titel, auf ihren Grabsteinen und sogar auf den Etuis für ihre Gebetmäntel prangten Wappen. In den Museumsräumen der Alten Stadtwaage sieht man Beschneidungsmesser aus Achat mit Scheiden aus Robbenleder, Gewürzbüchsen aus Elfenbein, Brabanter Spitzenhauben für die Madrinis, die Mutter der Braut, und für die Padrinis, die Mutter des Bräutigams, Perlenstickereien, edelsteinbesetzte Tempelgeräte und goldenes Ostergeschirr. Als wichtige, wohlhabende und edle Geschlechter wollten die Emigranten gelten, und kein Geringerer als Goethe hat ihnen bestätigt, daß sie das seien, obgleich er die portugiesische Judengemeinde nie gesehen, vielleicht nie von ihr gehört hatte und nicht wußte, wem er das Gutachten ausstellte. In seinem Essay »Jacob van Ruysdael als Dichter« beschreibt Goethe ein Landschaftsbild; es stellt den Friedhof der Amsterdamer portugiesischen Juden zu Oudekerk dar, was Goethe unbekannt war. »Bedeutende, wundersame Gräber aller Art, durch ihre Formen teils an Särge erinnernd, teils durch große aufgerichtete Steinplatten bezeichnet, geben Beweis von der Wichtigkeit des Kirchsprengels und was für edele und wohlhabende Geschlechter an diesem Orte ruhen mögen.«

Dieser Friedhof ist noch da, und obwohl Straßenbahn Nr. 8 direkt hinführt, ist er immer noch wildromantisch, man kann wirklich sein getreues Abbild für dichterische Phantasie halten. Unter den ältesten Katafalken liegen Granden: Samuel Palache, Gesandter des Sultans Mulay Sidan von Marokko, Mozes Jehuda Beori, embaixador Mohammeds IV. am Hofe Karls IX. von Schweden, Manuel Teixera, Resident der Königin Christine von Schweden bei der Hansa, die Gründer der Diamantschleiferei und berühmte Juweliere wie Manuel Baron Belmonte, Curiel und Duarte del Piaz, Kaufleute, die zwischen Brasilien und den Niederlanden segelten, Bringer von Kaffee, Tabak, Olivenöl. Auf den Grabsteinen liest man Namen und Insignien von Ärzten, Schüler der maurischen Heilkundigen, Joseph Bueno, der ans Sterbebett des Prinzen Maurits gerufen worden war, sein Sohn, der Arzt Ephraim, genannt Bonus, Gömez de Sossa, Leibarzt des Kardinal-Infanten Ferdinand, Statthalters in den Niederlanden; Verfasser von Reisebeschreibungen, Übersetzer von Lope de Vega und Ceruantes, Theologen und Philosophen liegen hier bestattet, darunter Doctor Semuel da Silna, der mit seinem »Tratado da Immortalidade da alma«, erschienen anno criaçao do mundo 5383 (1623), die Exkommunikation Uriel da Costas ideologisch vorbereitete. Uriel da Costa ertrug nicht die Schmach des Bannfluchs, er widerrief, und sich dieser Schwäche schämend, entleibte er sich. Spuren davon, wie es die Emigranten den Mönchen Spaniens an Gottesgelehrtheit, Unduldsamkeit und Mystik gleichtun wollten, finden wir in den alten Drucken der Gemeindebibliothek, der Livraria Montezinos, eines der niedrigen Häuser, die die Synagoge wie ein Burgwall umgeben. Der Bibliothekar Don Silva Roza zeigt seine

Schätze nicht gern her, am wenigsten gern die vom Ende des siebzehnten und vom Beginn des achtzehnten Jahrhunderts, der Zeit des Sabbatai Zewi, der sich den Messias nannte. Keine Gemeinde der Judenheit schloß sich ihm mit solch bedingungsloser Inbrunst an wie die spaniolische zu Amsterdam. Sie hoffte, dieser Gott werde sie nun in das Gelobte Land zurückführen, auf dem gleichen Weg, den sie gekommen war: zunächst auf die Pyrenäenhalbinsel und dann – aber darauf legte sie ersichtlich keinen besonderen Wert – nach Jerusalem. Auf jener ersten Etappe, in Kastilien, Aragonien oder Portugal, würden die Heimkehrer vollberechtigte Granden sein mit dem Degen an der Seite und dem Orden vom Goldenen Vlies an der Brust, halleluja!

Als unstet, als unbodenständig, als ein Nomadenvolk gelten die Juden. Und dennoch zog es sie jahrhundertelang nach einer sie nicht liebenden Heimat, nach dem mächtigen Königreich, dem goldbetreßten Adel und dem prächtigen Zeremoniell, auch als dort von königlicher Macht und Adelsherren und Pracht längst nichts mehr übriggeblieben war.

Die Ostjuden auf der anderen Straßenseite haben solche Sehnsüchte freilich nie gehegt, die Rückkehr zum Zaren bot keine Lockung, sie blieben mißtrauisch gegen den hergelaufenen Messias, leugneten seine Berufung, schmähten ihn. Über solche Gotteslästerung zeterten die Sepharden, gaben sich noch fanatischer an Sabbatai Zewi hin; die Männer aus Priestergeschlechtern mußten zum Zeichen, daß das Himmelreich auf Erden gekommen sei, an jedem Sonnabend die Gemeinde segnen (geschieht heute noch), und die alten Gebetbücher, die uns Don Silva Roza unwillig vorlegt, sind mit seltsamen, kupfergestochenen Titelblättern geschmückt: Sabbatai Zewi thront über den Wolken, eine Krone trägt er auf dem Haupt, Strahlen gehen von ihm aus, und Posaunenengel verkünden: »Du bist der Ewige, unser Gott, Sabbatai Zewi.«

»Ein Schwindler ist er«, schallte es von der gegenüberliegenden Seite des Jonas-Daniel-Meijer-Platzes zurück, »ein gemeiner Betrüger«; welch Bürgerkrieg des Glaubens durchwütete das Ghetto von Amsterdam.

Beweist die Bibliothek Montezinos das Interesse der Sepharden an Literatur, Wissenschaft und Theologie, beweist der Bau der Synagoge ihren architektonischen Ehrgeiz, der Inhalt der Vitrinen in der Alten Stadtwaage ihren Sinn für Kunstgewerbe und die Grabmonumente von Oudekerk ihr Verhältnis für Skulptur, so müssen wir, um ihre Beziehung zu Malerei und Zeichenkunst kennenzulernen, eine fünfte Örtlichkeit aufsuchen, ein Ghettohaus mitten auf Jodenbreestraat. Das hat Rembrandt van Rijn bewohnt, von Anfang 1639 bis Ende 1657, beinahe als einziger germanischer Bürger unter einer Anrainerschaft von Mittelmeerjuden und Ostjuden. (Genauso wie er hat sich lange vor ihm und fern von ihm Greco im Kern der Juderiria von Toledo angesiedelt, um den bewegten Typen des Alten Testaments nahe zu sein, wenngleich sich diese hinter dem Neuen Testament zu verschanzen begannen.)

In dem Haus Rembrandts wimmelte es von Juden, und noch heute wimmelt es von ihnen, der große Hausherr ist tot, aber seine Modelle leben. Die Regeln der mosaischen Religion untersagen es ihren Anhängern, sich ein Bildnis zu machen von dem, was in dem Himmel oben und auf der Erde unten ist, und natürlich auch, sich ein solches Bildnis machen zu lassen. Aber die Seele der Emigranten war von der schmachvollen Vertreibung und von dem Wunsch erfüllt, das Beispiel ihrer hochgeborenen Peiniger nachzuahmen. Von Velázquez und Greco hatten sich die spanischen Notabeln porträtieren lassen, die Davongejagten ließen sich von Rembrandt malen, sie kamen freilich selten als Auftraggeber, sie gaben nur gern seinem Wunsche statt, ihm Modell zu stehen.

So entstanden die Bildnisse des Arztes Ephraim Bonus, des Philosophen Menasse ben Israel, die Rabbinerporträts, und viele hundert Typen aus Rembrandts Nachbarschaft füllen seine biblischen Stiche und Gemälde. Frauengestalten sind darunter, auch sie erhaschte Porträts von Jodenbreestraat und von Houtgracht, wie der Waterloo-Plein vor der Schlacht bei Waterloo hieß. Nur die »Judenbraut« ist keine Judenbraut, sondern Rembrandts reinrassisch arische Nichte, und der Bräutigam neben ihr ist kein jüdischer Bräutigam, sondern des Meisters Sohn Titus. Um so authentischer jüdisch ist auf dem berühmten Stich »Synagoge« das handelsbewegte Treiben der hochbemützten und langbebärteten Gestalten vor den Tempelstufen. Rembrandts sephardische und aschkenasische Zeitgenossen leben auf seinen Gemälden als König Saul und dessen Harfenist David, als segnender Jaakob, als Haman und Esther, als der erblindete Belisar, als Abraham, der zur Opferung seines Sohnes ansetzt.

Unter Glas und Rahmen liegen im verwaisten Atelier Rembrandts die einzigen Buchillustrationen, die er gemacht hat, Blätter zu einer Prosadichtung seines Freundes Menasse ben Israel, betitelt »Pedro Precioso«. Titelheld ist ein Stein, auf dem Nebukadnezar stand und der identisch ist mit dem Stein, den David auf Goliath schleuderte, und mit dem Stein, auf dem Daniel ruhte, als er seine Vision hatte, und auch mit dem Stein, auf den sich die Himmelsleiter Jaakobs stützte. Auf den Körper Nebukadnezars ist eine Landkarte mit vier persischen Provinzen gezeichnet, die nicht auf Rembrandts Kupferplatte entstanden war. Aus irgendwelchen närrisch-kabbalistischen Gründen hat der Autor und Drucker Menasse sie eingefügt, worauf Rembrandt wütend geworden sein und alle Beziehungen mit ihm abgebrochen haben soll.

Achtzehn Jahre wohnte Rembrandt in der Judengasse. An dem Tag, an dem seine Gläubiger das Haus zum Zweck der Zwangsversteigerung amtlich inventarisieren ließen, am 27. Juni 1657, wurde auch ein jüdischer Bewohner des Ghettos aus der Gemeinschaft vertrieben. Diesen aber vertrieben seine Glaubensgenossen selbst.

Schwarzumflorte Kerzen staken in den ziselierten Silberleuchtern, in denen sich heute noch die Sabbatlichter in vielfachen Reflexen spiegeln, und das gleiche Widderhorn, das noch immer Beginn und Ende der hohen Festtage verkündet, dröhnte die Begleitmusik zu jenem von Verbannten ausgesprochenen Urteil der Verbannung: »Verflucht sei er zu allen Stunden des Tages, und er sei verflucht zu allen Stunden der Nacht. Verflucht sei er, wenn er sich niederlegt zur Rast, und er sei verflucht, wenn er aufsteht zur Arbeit. Verflucht sei er, wenn er ausgeht, und er sei verflucht, wenn er zurückkehrt. Der Zorn und der Grimm des Herrn Zebaoth werden entbrennen gegen ihn, der Herr Zebaoth wird seinen Namen auslöschen unter dem Himmel für ewig und immerdar.«

Der solcherart Vermaledeite war Baruch Spinoza, sein Name ist nicht ausgelöscht, wenn man auch sein Konterfei im Mosaik der mosaischen Gestalten nicht zu entdecken vermag, die Rembrandt aus seiner Umwelt ausgewählt und für ewig und immerdar festgehalten hat. Rembrandt und Spinoza besaßen gemeinsame Bekannte. Spinozas Lehrer war jener Menasse ben Israel, den Rembrandt porträtiert und dessen Buch er illustriert hatte. Die Protektoren Rembrandts und Spinozas waren Vater und Sohn Huygens. Constantin Huygens entdeckte Rembrandts Genie auf dem Schüttboden einer Mühle am Rhein und verschaffte dem Müllerssohn Aufträge vom Prinzen Maurits von Oranien;

der Sohn dieses Constantin Huygens, Christian, gab Spinoza Arbeit, er ließ bei ihm Linsen für die Mikroskope schleifen, durch die die Forscher jener Zeit die Natur zu beäugen begannen, um die Übereinstimmung mit ihren Theorien festzustellen.

Nur wenige Schritte voneinander entfernt wohnten Rembrandt und Spinoza. Sind die beiden einander je begegnet? Nichts ist davon überliefert, nicht Rembrandt hat ihn verewigt, erst Goethe, Marx und Lessing künden die Glorie von Spinozas Geist.

Die aber, die ihn ausstießen, sind so stolz auf ihn, wie sie stolz sind auf die, von denen sie ausgestoßen wurden. Stolz wie die Spanier heiraten sie nur untereinander und schauen hochmütig auf die misera plebs hinab. Wohl würden sie niemals der Einladung Christi von der Antoniuskerk Folge leisten, aber noch weniger sich mit den Ostjuden auf der anderen Seite des Jonas-Daniel-Meijer-Platzes gemein machen.

Sie sind in ihrer Urväter Zeiten als Vertreter des heraufkommenden Handelskapitals vom eifersüchtigen Feudaladel Spaniens abgeschafft worden, wie andernorts die verschuldete Schlachta Polens auf ihre Gläubiger den Zorn des ausgebeuteten Volks lenkte. Ob südländische Sephardim oder nordländische Aschkenasim, sie sind gleichermaßen Opfer ihres Merkantilismus, Opfer des Konkurrenzneids. Dennoch verhehlen die Spaniolen ihre großbürgerliche Verachtung für den Kleinbürger nicht, selbst wenn der ihr Glaubensgenosse, ihr Leidensgenosse, ihr Exilgenosse ist. Flüchtlinge der spanischen Inquisition zu sein, dünkt ihnen etwas Vornehmes, wogegen sie in den Flüchtlingen der Pogrome, noch nach dreihundert Jahren, einen Armeleutegeruch spüren.

So viele von ihnen längst verarmt sind, sosehr die Gemeinde in Vermögensschichten zerfallen ist, die miteinander gar nicht verkehren, sie leben allesamt in der Einbildung weiter, »edelen und wohlhabenden Geschlechtern« anzugehören. Diamantenschleifer, auch arbeitslose, sitzen unter den Tempelleuchtern und sind darauf bedacht, es den anderen »parnassimos senhores« und den Ahnen an Würde gleichzutun; wer ihnen sagte, daß sie Arbeiter sind, würde sie beleidigen, wer ihnen von proletarischer Organisation zu sprechen wagte, gegen den würden sie ihren nicht vorhandenen Degen zücken. Sie und die stellungslos gewordenen Angestellten des Kaffee-Exports und des Tabakversands, die älteren wenigstens, warten lieber auf einen neuen Sabbatai Zewi, der sie via Kaffeebörse und Tabakbörse in die schönen Tage von Aranjuez führen wird.

Kein Sepharde von Amsterdam, und wäre er noch so bettelarm, würde auf dem Wochenmarkt von Waterloo Plein oder am Sonntagsmarkt von Gude Schans als Verkäufer schaustehen oder gar seinen Namen preisgeben, wie es der Aschkenase tut, indem er ausschreit: »Heimann ist bekennt.«

Auf der unteren Ostseite New Yorks oder Die Rolle der Gelegenheit

Früher einmal, bevor reguläre Fahrpläne allen Reiseverkehr bestritten, waren die Worte »Gelegenheit« und »Reise« fast identisch. Gelegenheit konnte der Wagen sein, der eben irgendwohin fahren mußte und gerne Passagiere mitnahm; Gelegenheit konnte das Schiffsbillett einer Person sein, die es nicht benutzen konnte und deshalb weiterverkaufte; Gelegenheit konnte sein, daß auf der Einwanderungsquote eine Nummer frei wurde ...

Bei solcher Gelegenheit und mit solchen Gelegenheiten gerieten Ostjuden nach Amerika. So vieler

Die Lower East Side in New York, und in sich selbst eine der größten jüdischen Siedlungen der Welt, beherbergt Zehntausende von Gelegenheitsbesuchern, die auch nach Generationen noch Gelegenheitsbesucher blieben.

Wo und wann sie oder ihre Voreltern die Gelegenheit beim Schopfe gepackt haben, ist durchaus verschieden. Manche kamen von Amsterdam und manche von Marokko, manche auf dem Zwischendeck, manche per Klipper, manche bettelarm, manche mit Betriebskapital.

Nicht so verschieden waren die Motive, die sie der Gelegenheit in die Arme trieben, zumeist waren es die Pogrome und Judenvertreibungen. Die Behauptungen, mit denen ein Staat die Judenvertreibungen begründete, waren nach der Entdeckung Amerikas kaum andere als vor der Entdeckung Amerikas: Einmal sollten die Juden Brunnen vergiftet, ein andermal Hostien geschändet, ein drittes Mal Ritualmord begangen haben, und schuld waren sie an Seuchen, Mißernten und allem sonstigen Ungemach. Ausnahme, wenn einer oder der andere die Flucht über den Ozean unternahm, um persönlichem Leid zu entgehen; und gar aus Abenteuerlust oder Übermut kam kaum einer.

Eigentümlicherweise blieben fast alle diese Einwanderer am äußersten Rand des Anlaufhafens stecken, als gäbe es in Amerika nicht andere, geräumigere Städte, bequemere Wohnungen, geeignetere Geschäftslokale! Als sei es ein Zehngebot, beisammenzuhocken im nächsten Winkel New Yorks, in den Brownstones, den Häusern, die in der Kolonialzeit für je eine Familie erbaut worden waren und niemals erträumt hatten, in ihrem gebrechlichen Alter als Mietskaserne zu dienen. Jedenfalls nahmen die jüdischen Emigranten buchstäblich die erste Gelegenheit wahr, sich festzusetzen.

Unterwegs waren sie beseelt gewesen vom Wunsch nach der Freiheit und nach dem Neuen. Die Freiheit, die sie meinten, die ihr Herz erfüllt', war die Freiheit, ihre vererbte Enge und ihren althergebrachten Familienkreis drüben wiederzufinden. Und das Neue, zu dem sie ihre gefahrenvolle und rückkehrlose Seefahrt antraten, war das Alte.

Ein Einkauf auf Lebensdauer

Hauptsächlich treiben sie Kleinhandel und Kleingewerbe. Auffallend viele Läden tragen keinem ständigen, keinem regelmäßigen Bedürfnis Rechnung, sondern mit dem einmaligen Einkauf der Ware ist der Bedarf des Kunden oft auf Lebenszeit gedeckt.

Beginnen wir mit dem, wessen das jüdische Menschenkind männlichen Geschlechts gleich nach seinem Eintritt in die Welt bedarf: der Zirkumzision, hebräisch Mile genannt. Wahrscheinlich würde eine Handvoll Beschneider genügen, um den Zuwachs der Nachbarschaft zu bedienen, aber es gibt viele Hunderte Männer dieses Handwerks. Sie machen einander blutige Konkurrenz, und es klappert die Mile in Inseraten und auf Plakaten. Einer brüstet sich, Anerkennungsschreiben aus aller Welt zu besitzen, sagt aber nicht, was in ihnen anerkannt wird. Ein anderer harrt der Kunden vor seinem Schaufenster, in welchem Uhren ausgestellt sind, obwohl er keine verkauft. Auf die Frage, wozu die Uhren da sind, bekommt man die Gegenfrage: »Was denn soll ich ins Schaufenster legen?«

Wer – so fragt eine Affiche im Devotionalienladen, und ihr fragt euch das ebenfalls – will einen Kurs im Schofar-Blasen nehmen, das heißt es lernen, einem widerspenstigen Widderhorn lange und kurze Töne zu entlocken. »Grooße Rabatte« werden dem Fachmann versprochen, der einen Posten von je hundert Schofars zum Weiterverkauf übernimmt. Seltsames Angebot, fürwahr. Demjenigen, der den Schofar meistert, sind diese Kunst und das

Instrument meist von alters her vererbt, und wenn er hundert Schofars verkaufen [würde], würde er sich nur hundert Konkurrenten auf den Hals, statt die schon vorhandenen vom Hals schaffen.

»Webmaschinen für Talesim (Gebetmäntel), Patent angemeldet, Herstellungskapazität hundert Stück pro Tag«, werden in Elridge Street angeboten. Wem? Hundert Gebetmäntel täglich, mehr als dreißigtausend im Jahr auf einer einzigen Maschine! Obwohl doch jedermann, falls er sich eines Gebetmantels rühmen kann, ihn zur Konfirmation geschenkt bekam, um sich bis zum Tod darein zu hüllen.

Gibt es heutzutage noch jene sittsamen Mädchen, welche ein Samttuch besticken und zu einer Tasche für Gebetbuch und Gebetmantel dem Angelobten nähen? Schenken noch viele Bräutigame der Braut ein kostbares Büchschen mit wohlriechendem Gewürz, auf daß sie am Versöhnungstag das Fasten besser überstehe?

Jüdische Knaben bedürfen eines Lehrers, der ihnen beibringt, bei der Konfirmation den Thora-Abschnitt, Mafter, ohne Stockung melodiös vorzutragen. Jedoch bereits am gleichen Tag ist der Knabe kein Knabe mehr, niemals wird er wieder konfirmiert werden, wenn auch alle Schulmeister verhungern müßten. Und doch gibt es zahllose Menschen, die den Beruf eines Mafterlehrers antreten.

Mit vielen vollen Masten sticht der europäische Talmudjünger in See, um in Amerika zu ankern. Sollte er keine Anstellung als Rabbiner finden, so hat er andere Erwerbsmöglichkeiten in der Tasche. Kann er doch jederzeit eine Gelegenheit finden, die Formeln für die Teffilim, [die] Gebetriemenwürfel, oder für die Türpfostenheiligung Mesusa oder für den Misrach, die Tafel an der östlichen Zimmerwand, zu kalligraphieren und vielleicht sogar die fünf Bücher Mosis auf Pergament.

Aber keiner dieser fünf Gelegenheiten begegnet man leicht, man muß froh sein, wenn einen der Tod am Leben erhält. »Ich bin Leichenwärter und Totengräber«, erzählt mir einer, »und habe nur arme Kundschaft … Abends setze ich mich zu meinem Toten, und er erzählt mir, wie ich es machen soll, um hierzulande unfehlbar Erfolg zu haben und als reicher Mann nach Europa zurückzukehren. Und dann begrab' ich ihn. Schade, daß keiner wiederkommt, jedermann ist nur einmal eine Kundschaft …«

Die Gelegenheit, sich aus der Klemme zu ziehen

Beileibe nicht alles, was in Synagogen gebraucht wird, wird in allen Synagogen gebraucht. Diese gerahmte Tafel zum Beispiel. Die orthodoxen Gemeinden der Ostseite würden es als Beleidigung empfinden, böte man sie ihnen an. Dagegen ist sie in den reformierten Tempeln des nördlichen Manhattan geradezu lebenswichtig. Auf der Tafel stehen drei kurze hebräische Segenssprüche in lateinischen Buchstaben, und sie ist dem Publikum unten und womöglich auch dem Himmel oben unsichtbar auf dem Altartisch angebracht. Eine Eselsbrücke für diejenigen, die so gründlich assimiliert sind, daß sie die drei vorgeschriebenen Segenssprüche weder auswendig hersagen noch hebräisch lesen können. Und manchmal ergibt sich eine unausweichliche Gelegenheit.

Ad Heiratsvermittlung

Zum Beispiel die Hochzeit der Töchter, bei der sie zur Thora aufgerufen werden und die drei vorgeschriebenen Segenssprüche hersagen sollen. Nun, sie stellen sich nicht bloß, denn sie lesen sie von der Tafel ab.

Einmalig ist auch der Abschluß mit den »Marriage Offices«, die in den Spalten der jüdischen Tageszeitung ihre

Warenlager anpreisen. Manche der Heiratsvermittler sind sehr groß und machen sich noch größer, versteigen sich sogar zur Behauptung, Lieferanten fürs Weiße Haus zu sein. Aber auch wenn man den heiratsfähigen Kindern der Präsidenten die Ehe vermittelt, die Geschäftsverbindung kann keine ewige sein, denn wer einmal einen dauerhaften Ehepartner geliefert bekommt, kehrt nimmer wieder.

Anläßlich der hohen Feiertage

Zwischen den Einmal-im-Leben-Waren und jenen des täglichen Einkaufs liegen die Einmal-im-Jahr-Waren, nämlich die Bedarfsartikel für die hohen Feiertage.

Sogar christliche oder überreligiöse Firmen wie zum Beispiel die Western Union sind auf die Feiertage eingestellt. Sie plakatieren zwanzig verschiedene Vorschläge für Glückwunschtelegramme, der Kunde braucht nur die Nummer des Musters, die Adresse des Empfängers und fünfundzwanzig Cents auf den Schalter zu legen, und prompt am Versöhnungstag erhalten Schwiegermutter, Konkurrent, Kartenpartner die Depesche: »Möge die Erhabenheit und Feierlichkeit des Yom Kippur unsere alte und ungetrübte Freundschaft so erhalten, wie sie war.«

Die Filialen der überall auch äußerlich einheitlichen Einheitspreisgeschäfte sehen hier, vornehmlich wenn der Feiertag naht, ganz anders aus als andermal und anderswo. Woolworth, der Trust der Fünf- und Zehn-Cents-Geschäfte, plakatiert, er habe im vorigen Jahr eine Million Chanukka-Kerzen verkauft, und zwar nicht nur dank der Solidität seiner Ware, sondern dank seiner Propaganda für das Chanukka-Fest und für jüdische Frömmigkeit im allgemeinen. Die von ihm verkauften Girlanden für das Laubhüttenfest würden, so sagt er, aneinandergereiht den Äquator umspannen. Das mag eine wirkungsvolle Reklame sein, obwohl im Grunde niemand besonders solide Chanukka-Kerzen braucht oder ein Interesse daran hat, den Äquator mit Girlanden zu verzieren.

Die Mazzeindustrie hat Maschinen investiert, und weil sie Maschinen investiert hat, muß sie Mazze produzieren, auch über Passah hinaus, und das Überschreitungsfest überschreiten. Sie nennt deshalb ihre Mazze »Whole Wheat Mazzes« oder »Real American Crackers« und prägt der Judenheit wie der Christenheit ein, selbiges Hartbiskuit sei fürs Frühstück unerläßlich und das ganze Jahr lang eine wahre Wollust.

Letzteres widerspricht jedoch dem Gebot, sich mit dem Verzehren ungesäuerten Brotes einmal jährlich ein Opfer aufzuerlegen zur Erinnerung an die Leiden der Wüstenwanderung. Niemals würden fromme Familien etwas als Opferspeise anerkennen, was über die vorgeschriebene Opferzeit hinaus als Leckerbissen verkauft wird. Deshalb die Aufschrift: »Mazzes – strictly chometzig«, was nicht mehr und nicht weniger bedeutet, als daß die [außerhalb der vorgeschriebenen Zeit verwendete] religiöse Speise streng religionswidrig ist.

Gegen großindustrielle Konkurrenz kann keine Backstube aufkommen, auch dann nicht, wenn sie ausschreit, die »First independent American Passah Macrons Bakery« zu sein. Wovon ist sie unabhängig? Ist sie die erste unabhängige oder gar die überhaupt erste Makronenbäckerei Amerikas?

So dicht der Bezirk auch eingepfercht sein mag, dennoch dringt die ökonomische Außenwelt ein. Alle internationalen Mißernten, Handels- und Industriekrisen machen sich im Kleinhandel des Ghettos geltend, und es ist seltsam, wie ähnlich die Schnittlinien von Außenwelt und Ghetto überall die gleichen sind, im westlichsten West wie im östlichsten Ost. Wir haben in Paris bemerkt, wie das dortige Judenviertel »Le Pletzl« religiöse Begriffe lizitiert, im Fleischergewerbe zum Beispiel. Dort wie hier kennt die Bezeichnung »koscher« gar viele Komparative und Superlative und preist sie den Kunden an, als hänge von einer Nuance des Schächtens alles Heil ab, nicht nur das des Fleisches, sondern auch das der Seele. Hier in New York, d[as] aller Konkurrenz den Todesschnitt versetzt, [lizitieren im fernen Osten des Broadways die Fleischerläden ihre Ritualität ins nicht zu Übertreffende:] »Strictly kosher unter persönlicher Control von Mister President Roosevelt.« Sein Konkurrent vom anderen Ufer der Straße läßt sich bei seinem Anschlag auf die Fleischkäufer nicht vom rituellen, sondern vom amerikanischen Standpunkt leiten. »It is smart to eat kosher!« lautet sein Schlacht-Ruf. Wie immer man darin das Wort »smart« auch übersetzen mag, ob mit »fesch« oder »schlau«, jedenfalls wünscht das Greenhorn nichts sehnlicher, als smart zu sein.

Selbst das tiefste Mittelalter kann heutzutage die Reklame der höchsten Neuzeit nicht entbehren. Da ruft dir eine großmächtige Firmatafel vier Worte zu: »Privatwohnung des Beiner Rabbiners.« Lächelt nur über den Einfall, eine Privatwohnung als solche zu propagieren, über den Einfall, durch eine Firmatafel einander in eine Privatwohnung zu locken. Oder besser: lächelt nicht! Generationen von Ostjuden haben immer wieder geplant, eine Wallfahrt nach Bein zu unternehmen, wo der erbliche Wunderrebbe alles weiß und allen zu raten vermag. Und nun, hier in New York, gehen Ostjuden durch die Gasse, und zufällig, ganz zufällig erblicken sie eine Tafel, derzufolge der Beiner Rebbe hier amtiert. Und noch dazu in seiner Privatwohnung, die schon in Bein den Audienzbewerbern als besonders günstig galt. Wenn das nicht eine Gelegenheit ist, eine der Gelegenheiten, um derentwillen es sich lohnt, über den Ozean gekommen zu sein!

Vor kaum zwei Dutzend Jahren fand ich in Henry Street eine Reihe von Geschäften, in denen Frauenperücken das Schaufenster füllten. Gegen die Vermutung, daß sie für Maskenbälle des Faschings zu Verkauf stünden, sprach die ernsthafte Gegend und der keineswegs übermütige Charakter der Perücken. Bald erfuhr ich, daß auch sie zum Ghetto gehörten. Nach alter Sitte hat sich die jüdische Braut zur Hochzeit das Haar schneiden zu lassen, um zu beteuern: Von nun an will ich niemandem mehr als meinem Ehegatten gefallen. Und als zweifle sie an der Richtigkeit dieser Behauptung, schwächte sie sie ab, indem sie eine andere falsche Behauptung darüber stülpte: die Perücke. Diese Bezeichnung für eine häßliche Sache schwächte man ab, indem man sie »Scheitel« nannte.

Es gab einen langen Krieg zwischen dem starren Brauch und der fraulichen Eitelkeit, die sich gegen die Opferung ihres natürlichen Schmucks verzweifelt wehrte. Fast überall blieb das natürliche Haar Sieger, aber in Henry Street sollten noch vor zwei Dutzend Jahren falsche Mädchenlocken die Falschen locken.

Nun finde ich keine mehr ... Die Mode stellte sich auf den Boden des alten jüdischen Brauchs, sie verfügt[e] den Bubikopf, und alle Frauen ließen das Haar, um dessen Erhaltung sie jahrhundertelang gekämpft haben, mit Begeisterung abschneiden.

Dagegen fand ich in Henry Street das männliche Gegenstück der Perückenläden noch immer vor, die »Kosher Barber shops«, wo kein Rasiermesser die Wange des talmudbefolgenden Kunden berührt, sondern nur eine Enthaarungssalbe.

Zur Verteilung der Geschäfte

Kein anderer Bezirk New Yorks, mag er auch noch so sehr von Juden bevölkert sein, besitzt Geschäfte mit ausschließlich rituellen Waren. Weder Bronxville noch die Bronx, weder Brooklyn noch Flatbush, wo die Erfolgreichen wohnen und sich mit einem amerikanisch-russischen Wort die »Allrightniky« nennen. Eine Ausnahme bilden die Nahrungsmittelgeschäfte, aber auch diese sind bei weitem nicht so rituell wie die der unteren Ostseite, wo der Heischer es verschmäht, sein Rauchfleisch »jüdischer Schinken« zu nennen, und sein Käppchen auf dem Haupt behält, als vollziehe er mit dem Verkauf eine Zeremonie.

Fragt ihr einen Kaufmann, warum er nicht in eine konkurrenzlose Gegend übersiedelt, so werdet ihr die Antwort einheimsen, mit Ratschlägen sei er versehen bis über das Osterfest hinaus. Er denke nicht daran, wieder in den Goles zu ziehen. Der »Goles«, in den er nicht »wieder« ziehen will, ist die nach der Zerstörung des jerusalemitischen Tempels erfolgte Versprengung der Judenschaft in alle Welt. Der Gefragte kann also nicht persönlich dabeigewesen sein und muß nicht einmal den Exodus nach Amerika selbst unternommen haben. Aber er will nicht »wieder« weg.

Eine Haggada von J. Offenbach

Die Gemeinde San Bartolo-Nancalpan gehört nicht zum Distrito Federal, dem hauptstädtischen Gebiet, sondern bereits zum Nachbarstaat, und gegenüber dem Bromschen Haus, in das ich zum heutigen Osterabend eingeladen bin, liegt die Hahnenkampfarena und eine Pulqueria des Namens »Ich fühle mich als Flieger«. Aus diesen beiden Plätzen dringt ein Lärm zu uns, den wohl weder kämpfende Hähne noch fühlende Flieger als angenehm empfinden können.

Vor dem Abendbrot erhielt wie üblich jeder Gast eine Haggada zugewiesen, die das Textbuch zu den fröhlich-feierlichen Riten des Sederabends und gleichzeitig die Erzählung vom Auszug Israels aus Ägypten bildet. Mein Exemplar war wohl nicht so alt wie die anderen, aber immerhin mehr als hundert Jahre.

Ich, immer auf der Suche, schlug die Titelseite auf und fand darauf zu meiner Überraschung als Herausgeber einen weltberühmten Namen angeführt. »Neu bearbeitet«, stand da, »... mit Musikbeilagen der alten, durch Tradition auf uns gekommenen und einigen neu componierten Melodien von J. Offenbach, Cantor der israelitischen Gemeinde in Köln a. Rh., Köln 1838. In Kommission bei Renard & Dubyen.« Das Frontispiz bebildert mit Miniaturen, Porträts von Moses, Aaron, Salomon und David sowie einer figurenreichen Szene der Wüstenwanderung, über weiche zwei einen Kranz haltende Engel schweben; laut Vermerk ist das Blatt von D. Levy Elkan entworfen und lithographiert. Diesen D. Levy haben die Musikhistoriker als eine Art Sozius aus der Jugendzeit des Operettenkönigs ausgegraben: der junge Maler D. Levy Elkan trat in den Schenken als Schnellzeichner auf, während Jacques Offenbach fiedelte. Das Buch selbst ist bei Clouth & Comp. in Köln gedruckt.

Als es erschien, steckte die von Moses Mendelssohn inaugurierte Anschlußbewegung des Judentums an das Deutschtum noch in den Kinderschuhen. Das erklärt die Tatsache, die der Herausgeber zur Begründung seiner Publikation anführt, es gäbe von der Haggada nur eine einzige gute deutsche Übersetzung, die von Heidenheim, und auch diese sei in jüdisch-deutscher Sprache, nicht mit deutschen Lettern, sondern mit hebräischen gedruckt.

Über seine kompositorische Arbeit sagt J. Offenbach aus: »Da ich die alten sowohl als die von mir neu componierten Melodien dem hebräischen und deutschen Texte anzupassen hatte, so konnten sämtliche Lieder nicht ohne freie Bearbeitung ins Deutsche übertragen werden. Jedoch habe ich mich dabei stets beflissen, den Sinn möglichst treu wiederzugeben ... Für Nr. 3 und Nr. 6 haben wir, soviel ich weiß, bis jetzt noch keine Melodie ... Das letztere Lied (das vom Lämmchen Chad Gadjo) habe ich, damit es seiner Bedeutung mehr entspreche und das ganze Fest würdig beschließe, ebenfalls in Musik gesetzt, und zum Überflusse eine Begleitung des Piano beigegeben, obschon es sich mehr für die Deklamation eignen dürfte, auf welchen Umstand in der Composition Rücksicht genommen wurde.«

Aus diesen Stellen des Vorworts ergibt sich der Ursprung des populären Liedes vom Lämmchen, »das kaufte sich mein Vater, zwei Susse galt der Kauf ...« – sozusagen die Antwort auf eine Frage, die niemand gestellt hat. Denn wenn wir je gefragt worden wären, von wem es herstamme, hätten wir unbedenklich geantwortet, es stamme wohl aus dunkelstem Altertum, aus biblischer oder nachbiblischer Zeit. Und so dachten unsere Eltern und vielleicht sogar die Großeltern. Nicht aber die Generation vor diesen. Die hat das Lied nie gesungen, nie singen gehört. Denn erst J. Offenbach hat es komponiert.

Jedoch welcher Offenbach? Derjenige, der als Autor unseres Büchleins zeichnet, der Kantor der Kölner Judengemeinde, war der Vater des großen Komponisten Jacques Offenbach. Als solcher und nur als solcher wird er in den musikgeschichtlichen Bänden erwähnt, wobei sein Name verschieden angegeben wird: »Jehuda Eberscht«, »Isaak Eberst«, »Israel Lewi, genannt Offenbach«, »Juda Levy«. Geboren 1779 in Offenbach, war er fast sechzig Jahre alt, als die Haggada, in der wir blättern, erschien; ein Jahr später kam von ihm ein »Allgemeines Gebetbuch für die israelitische Jugend« heraus.

Sein Sohn Jacques stand bei Erscheinen der Haggada im neunzehnten Lebensjahr, hatte bereits das Pariser Konservatorium absolviert und beherrschte die Kompositionslehre weit mehr, als nötig war, um einige fromme Liedchen seines Vaters in Noten zu setzen. Vielleicht war es bloß zu diesem Zwecke gewesen, daß der Kölner Tempelsänger seinen Sohn nach Paris aufs Konservatorium geschickt hatte – kein kleines Opfer für einen Chasan, der noch im Jahr vorher um einen Konfirmationsanzug für seinen jüngsten Sohn Michael geschnorrt hatte. Jacques hat die Aufgabe, zu seines Vaters Haggada die Noten zu schreiben, erfüllt: Aus den Notenbeilagen ertönt unverkennbar die Stimme des zukünftigen Meisterkomponisten. Schon die italienischen Angaben der Tempi (poco andante, andante amoroso, andantino und senza tempo) verraten Kenntnisse, welche dem als Autor angeführten »Cantor der israelitischen Gemeinde« kaum zuzutrauen sind. Um so weniger, als Isaak Eberst nicht etwa ein »geborener Chasan« war, das heißt keiner, der sein Amt vom Vater gelernt und geerbt hatte, sondern ursprünglich ein wandernder Buchbindergeselle gewesen ist. Später trieb er sich als Geiger in Deutz herum, am Rheinufer, wo es noch mehr Tanzereien und Kneipereien gab als im tanzlustigen und trinklustigen Köln. In Deutz hat Offenbach senior ein Singspiel »Der Schreiner in seiner Werkstatt« und zum Geburtstag seines Schwiegervaters eine andere musikalische Szene geschrieben, aber wenn er das »Kompositionen« nannte, so spricht das mehr für seinen Ehrgeiz, als Komponist zu gelten, als dafür, daß es Kompositionen waren.

Über dem Lied Nr. 6, unserem Lämmchen Chad Gadjo, sind die Worte gestochen: »Composée per J. Offenbach«. Auch das weist nicht auf den *alten* Offenbach hin – wie sollte ein Tempelsänger in Deutschland wissen, daß das Wort composée mit zwei e geschrieben wird. Wir verstehen nun, warum der Vater trotz allen Ehrgeizes sich nicht mit Jehuda oder Israel Offenbach und erst recht nicht mit Eberscht-Lewy unterfertigt hat, sondern als »J. Offenbach« unterschrieb, was gleichfalls sein Sohn war.

Das Lämmchenlied ist deshalb so populär geworden, weil es ein Couplet ist mit einem ungleichen, sich bei jeder Strophe verändernden und sich steigernden Refrain, also von jener Eigenart, welche später den Triumphzug der Offenbachschen Arten mitbedingte. Deshalb hat der Meister ein Menschenalter später diesem seinem frühen Kinde die Adoption angedeihen lassen: Er hat die Melodie in die »Großherzogin von Gerolstein« aufgenommen.

Das gläubige Haggada-Lied von der ewigen Vorsehung und der strafenden Gerechtigkeit ist Offenbachs erstes Kind, obwohl es nicht ahnen läßt, wie seine nachgeborenen, weit weniger moralischen Geschwister alsbald Frankreich und ganz Europa durchtoben würden.

Ich sitze bei einem Seder in Mexiko, das nach einem aus Deutschland mitgebrachten und von Ägypten handelnden Libretto abgespielt wird. In das Offenbachsche Detail des Büchleins vertieft, höre und sehe ich den Ablauf der Riten nur mit halbem Ohr, mit halbem Auge. Wie weit bin ich von Ägypten, von Wüste und von den Nachfahren, die es jahrtausendelang alljährlich fröhlich feierten, jene Emigration überstanden zu haben. Und das [sie] noch immer feiern, obwohl sie selbst inmitten einer noch ärgeren stecken. Von draußen [tönt, aus einer offenen Hahnenkampfarena und aus einer Pulqueria, wüstes Lärmen herüber.]

Indiodorf unter dem Davidstern

Stockdunkel war die Nacht und ziemlich kühl dazu, als ich heute aufstand, um Punkt sieben in Venta Prieta zu sein.

Von diesem Dorf und seiner jüdischen Bewohnerschaft hatte ich schon in der Stadt Mexiko etwas läuten gehört, aber ich wußte nicht, wo es liegt, und hatte auch den Namen vergessen. Da fuhr ich vorgestern zufällig nach Pachuca, der Silberstadt, und las bei Kilometer 83 (von der Hauptstadt aus gerechnet) an einem Ortseingang »Venta Prieta«. War das nicht der Name? Ich stieg aus, fragte unsicher nach den Juden. Die Befragte zeigte mit dem Finger: »Dort der Caballista ist einer von ihnen.«

Der Kabbalist? Weit und breit war niemand zu erblikken, der als Ziffern- und Zeichendeuter, als Kenner der Kabbala in Betracht kommen konnte. Nur ein Bauer stieg eben ganz unmystisch von einem Pferd. Mir ging ein Licht auf: Pferd heißt »Caballo«, also wird »Caballista« ein Reiter sein, ich ging auf ihn zu, fragte, und er antwortete, an jedem Samstag um sieben Uhr morgens sei Gottesdienst.

Sieben Uhr ist keine angenehme Stunde. Aber was half's? Ich sprang im nachtschlafenden Morgengrauen aus den warmen Federn von Pachuca, um dem kühlen Sabbat entgegenzugehen. Ich machte mich, wie ich gestehen muß, auf etwas Groteskes gefaßt, war ein wenig ironisch gestimmt. Ein altes Chanson ging mir durch den Kopf, das in den Zeiten harmloser Jargonkomik im Schwange gewesen ist: Mit indianischem Federschmuck, in ostjüdischen Schläfenlocken, in der Kriegsbemalung der Apachen und mit dem Gebetkragen, den man in der Synagoge trägt, sprang der Wiener Komiker Eisenbach auf die Brettlbühne und schmetterte:

»Mein Vater war ein klaaner
Jüdischer Indianer,
Meine Mutter, tief in Texas drin,
War eine koschere Gänslerin ...«

Als ich in Venta Prieta ankam, kam ich zu früh. Einige Indios oder Mestizen, von anderen Indios oder Mestizen durch nichts unterschieden, standen in Leinenhosen, Hemd und Sandalen im Novembernebel herum. Einer, untersetzt und in einen rotwollenen Sarape gehüllt, war Señor Enrique Téllez, der Vorsteher der Judengemeinde, an den ich mich zu wenden hatte, um authentische Auskünfte zu bekommen. Außerdem ist Señor Téllez der vermögendste Mann im Dorf, was an sich noch keinen Reichtum bedeutet.

Venta Prieta besteht aus hundertfünfzig Menschen und dementsprechend wenig Häusern. Zwei Drittel der Einwohner sind Otomí-Indios, wenn auch nicht mehr reinrassig. Sie arbeiten in den Bergwerken von Real del Monte, bebauen die Maisfelder hinter dem Dorf oder züchten »Havadas«, Perlhühner, die gleich ihren Besitzern Produkte von Rassenmischung sind.

Nur auf der einen Seite der Landstraße stehen Häuser, sie sind aus Adobe, Straßenkot und Pferdedreck zusammengeklatscht. Das einzige Steingebäude ist die Schule. Auf der anderen Seite der Landstraße dehnt sich grenzenlose Ebene: Militärlager und Flugplatz für eine Nebenstrekke nach Guajutla in der Gegend von Tampico. Ein Kasernenblock schimmert aus der Ferne herüber.

»Das dritte Drittel«, sagt mir Señor Enrique Téllez, »sind wir Juden, siebenunddreißig Erwachsene. Wir sind nur eine große Familie oder eigentlich zwei miteinander verschwägerte, die Téllez und die Gonzalez.«

»Sind Sie schon lange hier?«

»Kaum zwei Generationen. Früher lebten wir in Zamora, im Staat Michoacán. Dort brach vor vierzig Jahren ein Judenpogrom aus, die Leute bemächtigten sich meines Großvaters mütterlicherseits, Roman Gison hieß er. Sie verlangten von ihm, daß er sich taufen lasse und seinen alten Glauben verhöhne. Als er sich weigerte, nähten sie ihn in eine Kuhhaut und legten ringsherum Feuer an. Die

Kuhhaut schrumpfte zusammen und zerdrückte auf diese Weise meinen Großvater. Alle Juden flüchteten aus Zamora. Mein Vater fand diesen Rancho hier, der zu einer entfernten Hacienda gehörte. Der Boden ist ganz trocken, nur spröde Schollen. Aber mein Vater kaufte ihn, weil hier sonst keine Häuser standen – er wollte nicht mehr in einer Stadt oder auch nur in einem Dorf leben.« Don Enrique deutet hinter sich. »Da bin ich geboren.«

»Da« ist ein Haus, nicht minder verfallen und vernachlässigt als die anderen, aber größer. In regem Verkehr bewegen sich Lebewesen in und aus dem Hof, Perlhühner, Kinder, ein Pferd und viele Hunde. Während der Unterhaltung, die Don Enrique und seine Gruppe mit mir führen, steckt eine schwarze Kuh ihren Kopf aus dem Tor, blökt von Zeit zu Zeit, wie um vor mir zu warnen, und wagt sich nicht aus dem Hof, als hege sie in ihrem Euter tiefes Mißtrauen gegen mich.

Ich schaue auf meine Uhr. Don Enrique sagt: »Der Gottesdienst wird bald beginnen; sehr pünktlich sind wir nicht. Die Frauen müssen noch das Frühstück für ihre Männer zurechtmachen, die zur Arbeit gehn.«

»Arbeiten sie am Samstag?«

»Das geht nicht anders.«

»Wie können sie da am Gottesdienst teilnehmen?«

»Deshalb haben wir dreimal Betstunde, wir kommen in drei Schichten.«

»Halten Sie selbst den Gottesdienst ab, Señor Tellez?«

»Nein, ich versteh nicht viel davon. Unser Rabbi ist ein Abessinier ...«

»Ein Abessinier? Wie kommt ein Abessinier nach Mexiko?«

»Er lebt als Bäcker in Pachuca. Ein junger Mensch, der sich sehr für Religion interessiert und die Bibel kennt. Er liest sogar hebräisch. Gleich wird er dasein.«

Don Enrique zählt auf, welche religiösen Gebräuche die Gemeinde einhält. Sie fasten am Jom Kippur – »am Ayuno mayor«, übersetzt er mir, damit ich's verstehe. Ostern essen sie Mazze – »galletas de la semana santa«, übersetzt er, was ich meinerseits mit »Waffeln der heiligen Woche« übersetzen würde.

»Auch das Neujahrsfest feiern wir und fasten am Jahrestag der Tempelzerstörung. Wir essen kein Schweinefleisch. Geflügel und Vieh schlachten wir koscher.«

Ich frage, ob Zirkumzision vorgenommen wird. »Ja, aber wir haben keinen Beschneider hier. Wir bringen die neugeborenen Knaben nach der Hauptstadt zum Señor Klipper.« Bei Gott, auf diesen onomatopoetischen Namen hört der Beschneider von Mexiko.

Neben der schwarzen Kuh, die noch immer aus dem Toreingang mißtrauisch zu mir herüberschaut, steht ein blonder Norwegerjunge, etwa vier Jahre alt, und sieht ebenso mißtrauisch zu mir herüber.

»Komm her«, ruft Don Enrique dem Norwegerjungen zu. Aber statt zu gehorchen, jagt der Judenbub davon. »Das ist mein Neffe«, sagt Onkel Heinrich, »ich wollte, er soll Ihnen seinen Namen sagen.«

»Wie heißt er denn?«

»Er heißt Reubeni. Alle unsere Kinder haben Namen aus dem Alten Testament: Elias, Abraham, David, Saul die Knaben, und die Mädchen heißen Rahel, Rebekka oder Sara. Wissen Sie, daß auch die Witwe von Francisco Madero ›Sara‹ heißt?«

Ich hatte schon in Mexiko gehört, daß die Märtyrer der nationaien Freiheit, die Brüder Francisco J. und Gustavo Madero illegale Juden gewesen seien, und ebenso die in New York lebende Witwe, eine geborene Pérez, was ein typischer Name der spaniolischen Juden ist. Die Brüder Madero sind nicht die einzigen großen Männer, denen jüdische Abstammung nachgesagt wird, die Inquisition hat viele Opfer, um sie herabzusetzen, als »judaizante« bezeichnet, »zum Judentum neigend«. Selbst der Vater der Nation, der Pfarrer Miguel Hidalgo, steht als »judaizante« in den Inquisitionsakten.

»Unsere Kinder«, fährt der Gemeindevorsteher fort, »gehen in die allgemeine Schule. Haben Sie schon die Schule gesehen? Die ist schön, nicht wahr? Vor ein paar Jahren verlangten die ›Cristeros‹ (eine kleriko-faschistische Bewegung), daß Venta Prieta eine Kirche bekomme. Darauf wandten sich die Dorfbewohner – hier leben meist Bergleute, und alle sind gewerkschaftlich organisiert, also keine Antisemiten – an die Regierung, man möge ihnen lieber eine Schule geben, weil das Dorf bereits eine Kirche habe. Daß es eine jüdische Kirche war, haben sie nicht gesagt. Wir bekamen die Schule, unter dem Präsidenten Ortiz Rubio wurde sie eröffnet. Einer unserer Jungen, der Saúl Gonzalez, geht übrigens in die Schule des Militärlagers drüben. Am Flugplatz arbeitet auch einer von uns, er hat zuerst als Mechaniker ausgeholfen und dann die Pilotenprüfung gemacht.«

Don Enriques Wissen über die Geschichte der Juden in Mexiko beschränkt sich darauf, daß er den Namen Carbajal kennt, des Portugiesen, den Philipp II. nach Neu-Spanien schickte, um die aufständischen Küstengebiete am Golf zu pazifizieren. Luis Carbajal der Ältere brachte hundert Marannen-Familien mit, und von diesen leiten die mexikanischen Juden ihre Herkunft ab. Sie verehren jedoch vor allem seinen Neffen »Carbajal el Mozo«, der mit Mutter und Geschwistern in den Verliesen der Inquisition gemartert wurde, sich aber vom mosaischen Gesetz nicht abbringen ließ. Am 5. Dezember 1596 stand er mit seiner ganzen Familie auf dem Scheiterhaufen, fünfundvierzig Juden; in diese Zahl sind die Toten nicht eingerechnet, deren Gebeine aus dem Friedhof gescharrt worden waren, und nicht die Flüchtlinge, die man nur in effigie verbrennen konnte. Auch ein Deutscher stand auf dem Gerüst, als unbekehrbarer Lutheraner war er in den Kerker der Inquisition geworfen, aber dort von Carbajal – zum Judentum bekehrt worden. Luis Carbajal el Mozo und die Seinigen gingen als unbußfertige Juden in Flammen auf.

Von seiner eigenen Generation weiß Don Enrique mehr zu erzähien: »In Michoacán hatten wir einen Rabbi, der war nicht bartlos, wie die Indios sind, sondern trug einen großen, silbernen Bart, die Bauern nannten ihn ›Bischof der Juden‹. Manchmal fuhr er zu anderen Judengemeinden, um zu predigen. In unserer Umgebung gibt es keine Judengemeinde außer uns. Die nächste ist zwei Stunden Eisenbahnfahrt von hier, in San Agustin de Zapoctia, einem Dorf im Staat Mexiko. – Ah, da kommt unser Rabbi. Hola, Etiope!«

Der angerufene Äthiopier tritt auf uns zu, in der Hand trägt er ein sorgfältig mit Bindfaden umwickeltes Paket. Weil ich es weiß, stelle ich sofort fest, daß er ein typischer Falascha aus Abessinien ist. Im Judenchristentum der Falaschas scheint die jüdische Tendenz zu überwiegen, denn im Ausland werden die Falaschas meist Juden, in Haarlem, New York, sah ich ihre große Synagoge, und nun treffe ich hier einen Rabbi aus ihrem Stamm.

Er heißt Cuillermo Peña, ist kaum dreißig Jahre alt, in Mexiko geboren und versteht nur wenige Worte Kuara, der Falascha-Sprache. Guiliermo Peña lebt mit seinem Vater in Pachuca, wo er soviel Brot backt, wie er selbst austragen kann, demnach nicht viel. So hat er Zeit, im Selbstunterricht Hebräisch zu lernen und die Bibel zu lesen. An jedem Samstag morgen kommt er nach Venta Prieta, ohne Vergütung, hält den Gottesdienst ab und gibt Religionsunterricht. Dieser Rabbiner ist ein schüchterner, verlegener Mensch, der mir nicht gerne Rede steht und froh ist, als ich seiner wiederholten Aufforderung folge, in den »Jardincito« einzutreten.

Mit »Jardincito« ist das von roten Ziegeln umgebene Gärtchen gemeint und auch das Bethaus darin. Es mag höchstens vierzig Personen fassen. Von der Decke der Betstube baumelt eine Spirituslampe. Ein ärmliches Pianino in der einen Ecke, in der andern eine Schultafel, mit hebräischer Kursivschrift bekreidet, und als zweites Lehrmittel ein ramponierter Globus zur Veranschaulichung der biblischen Geographie. Drei Vasen aus Spiegelsplittern, Papierblumen darin, sollen das Pianino verschönern.

Auf der bestickten Decke des Altartisches steht eine Kerze (statt eines siebenarmigen Leuchters), ein Glas (statt eines goldenen Bechers), und statt einer pergamentenen, handgeschriebenen Thorarolle liegt ein Foliant: Altes und Neues Testament in spanischer Sprache, herausgegeben von der Bibelgesellschaft. Wahrlich, dieses Buch paßt von keinem Standpunkt aus hierher; weder anerkennt die Judengemeinde das Neue Testament, noch hat die Bibelgesellschaft das Buch deshalb gedruckt, damit es den Juden behilflich sei, in ihrem Glauben zu verharren.

Getünchte Wände. Eine ist mit einem Davidstern bemalt; ihn halten zwei Löwen mit mähnenumwallten Köpfen und nackten Körpern. Ferner sind, in Ermangelung wirklicher Armleuchter, zwei solche an die andere Wand gemalt, aber – wennschon, dennschon – ihre Postamente und die Kerzen sind mit allerhand Emblemen verziert. An der Frontwand dominiert das »Höre, Israel« auf hebräisch und spanisch: »Oye, Israel, el eterno es nuestro dios, el eterno uno es.«

Don Guillermo hat ängstlich meine Musterung der Fresken verfolgt, und da ich nach dem Maler frage, erwidert er ein zaghaftes »ich«, dem er hinzusetzt: »Ich bin Bäcker, Señor.«

»Die Bilder sind sehr schön, insbesondere die hebräischen Schriftzeichen«, nicke ich leutselig und sehe sein afrikanisch dunkelbraunes Gesicht erröten. »Ich bin Bäcker, Señor«, flüstert er wieder.

Don Guiliermo ist vielleicht kein Maler, aber er ist auch nicht bloß ein Bäcker. In erster Linie ist er ein Priester, wie man erkennt, wenn er liebevoll sein Bündel aufschnürt und dessen Inhalt ausbreitet, Gesangsnoten und Gebetbücher, mit vielen Lesezeichen versehen. Dann kommt aus einem Säckchen ein weißer Schal hervor, der den Rabbi sofort umhalst, und ein Käppi, das sich ihm auf den Hinterkopf schmiegt.

Die versammelte Gemeinde besteht aus dreizehn Menschen mosaischer Konfession, also um drei mehr als die vorgeschriebene Mindestzahl. Dennoch machen die dreizehn kein gebetberechtigtes Kollegium aus, weil Frauen und Kinder nicht zählen. Aber kann Jehovah das so genau nehmen in Mexiko, wo die Seinen jahrhundertelang furchtbaren Drohungen und milden Lockungen standhielten?

Von Hütte zu Hütte hatten sie einander die Parole zugeraunt:

»Lasset uns beten«, mit der Angabe, wo und wann. Nur im Dschungel war Raum für den Gottesdienst. Auf dem Weg dorthin konnte man von Pfeilen getroffen oder von Sbirren der Inquisition gefaßt werden, man konnte in den Krater stürzen oder zerfleischt werden von wilden Tieren. Kam nun einer nicht an, vielleicht der zehnte, sollten da die neun unverrichteter Glaubensdinge auseinandergehen? »Ach was, lasset uns beten«, sagten sie und taten es. Und weil Jehovah damals durch die Finger sah, so ist in Mexiko ein Minjen auch dann ein Minjen, wenn weniger als zehn Männer versammelt sind.

Heute sind vier Männer da. Außerdem vier Frauen oder Mädchen. Diese sind es, die das Altartuch mit Blumen und Bibelsprüchen bestickt haben, und nun unterbrechen sie mit Gesang die eintönig gemurmelten Texte der Gebete. Die Kinder singen mit, unter ihnen der vor mir davongelaufene norwegisch-jüdisch-indianische Reubeni Téllez und der neunjährige Saúl González, der in die Militärschule geht, ein zukünftiger mexikanischer General.

Der Gottesdienst war einfach, aber im Grunde ein Sabbatgottesdienst wie anderswo auch. Am Schluß stellte sich die Gemeinde vor dem Altartisch auf zum Totengebet. Dieses Gebet dürfen Kinder nicht sprechen, bevor sie durch die Konfirmation in die Religionsgemeinschaft aufgenommen sind. Hier aber traten zwei Knaben, wahrscheinlich Waisen, gleichzeitig mit den Erwachsenen vor – eine andere der Ausnahmen, die Gott für das Dorf Venta Prieta in Mexiko bewilligt hat.

Auch ich trat vor, schloß die Füße aneinander und sprach nach, was der Rabbi uns vorsprach, nur die Namen seiner Toten fügt jeder Betende selber ein.

Mein Vater und meine Mutter waren in Prag geboren, lebten dort, starben dort und sind dort begraben. Niemals konnte ihnen in den Sinn kommen, daß einer ihrer Söhne den Totenspruch für sie in einer Gruppe von Indios sprechen werde, im Schatten der silbertragenden Berge von Pachuca. Meine Eltern, die ihr Leben im Bärenhaus der Prager Altstadt verbrachten, ahnten nicht, daß ihre Söhne einmal aus dem Bärenhaus verjagt sein würden, nach Mexiko der eine, nach Indien der andere und die beiden, die dem Hitlerterror nicht entfliehen konnten, in unbekannte Stätten unvorstellbaren Grauens. Meine Gedanken schweifen weiter, Verwandte, Freunde, Bekannte und Fremde, Opfer Hitlers, alle haben Anspruch darauf, daß ihrer im Totengebet gedacht werde.

Ein Zug von Millionen. Frauen und Männer, die sich zeit ihres Lebens darum gesorgt, ihre Familien zu ernähren und ihre Kinder zu nützlichen Mitgliedern der menschlichen Gesellschaft zu machen; Angestellte und Arbeiter, die sich im Schweiße ihres Angesichts ihr Brot verdienten; Ärzte, die Tag und Nacht bereit waren, Leidenden zu helfen; Menschen, die bemüht waren, die Wahrheit zu verbreiten und die Lage ihrer Mitmenschen zu verbessern; Gelehrte, die der Wissenschaft lebten; Künstler, die dem Leben Schönheit geben wollten; Kinder, die sich ihre Zukunft so wunderbar träumten ... alle Arten von Menschen, lebensfrohe und sentimentale, gute und schlechte, starke und schwache.

Unübersehbar, unaufhörlich ist ihre Reihe. An kalten Fratzen vorbei, wanken sie dem Ziele zu. Dort steht es, ein rauchender Bau. Alle wissen, was dieser Bau bedeutet, woraus der Rauch besteht, der aus dem Schlot aufsteigt. Es ist die Todesfabrik, sie fabriziert Leichen. Mit welchen Gedanken bewegt sich diese Armee der dem Mord Geweihten diesem Ziele zu? Keine Hoffnung mehr, keine Hoffnung mehr für sich, für ihre Kinder, für ihr Angedenken, kaum Hoffnung mehr auf Rache, auf Bestrafung des Massenmords. Sie müssen sich in das Tor schieben, sie müssen sich entkleiden, sie müssen in die Kammer gehen, wo ein fürchterliches Gas sie erwürgt, verbrennt, auflöst. Aus dem Schlot steigt Rauch.

Unübersehbar ist die Kolonne, sie zieht dahin, als hätte es nie eine Menschheit gegeben, als hätte es nie einen Sinn der Menschheit gegeben, niemals das Streben, mehr Brot, mehr Recht, mehr Wahrheit, mehr Gesundheit, mehr Weisheit, mehr Schönheit, mehr Liebe und mehr Glück in die Welt zu bringen.

Als letzter trete ich weg vom Altar, zu dem ich mich vor einigen Stunden so gut gelaunt aufgemacht hatte.

Von Reportern und Reportagen

Wesen des Reporters

Der Gebrauch des Wortes »Reporter« als Synonym für Lokalreporter ist eine vollständig sinnlose Kürzung. Jeder gute Journalist ist Reporter: der Politiker wie der Volkswirt, der auswärtige Korrespondent wie der Sportredakteur, der Militärkritiker wie der Theaterreferent, der Parlamentsjournalist wie der Kriegsberichterstatter, der Leitartikler wie der Feuilletonist. Ohne zu reportieren, das heißt, ohne das meritorische und (für die Behandlung des Stoffes) wichtige Material herbeizuschaffen, gibt es keine geistige Behandlung eines Themas. Auch für den Gelehrten, für den Dichter nicht. Flaubert reiste um der »Salammbô« willen nach Algier, Zolas Studien auf der Lokomotive, in den Eisenwerken, in den Hallen und Elendenvierteln sind biographisch bekannt und aus jeder Zeile der Werke erkennbar. Jeder Schriftsteller, auch der Nichtrealist bedarf der Millieustudie, und jede Millieustudie ist Reportage.

Ganz sinnlos aber ist der geringschätzige Unterton der Bezeichnung »Reporter«, dem eine kolossale Überschätzung des Leitartikelschreibers, des Kunstrezensenten, des Verfassers nationalökonomischer Artikel und besonders des feuilletonistischen Plauderers gegenübersteht. *An sich* ist immer die Arbeit des Reporters die ehrlichste, sachlichste, wichtigste. (Daß der Theaterkritiker ein Regenerator, mancher Reporter ein Lügner und mancher Wortwitzler im Grunde eine ethische Persönlichkeit sein kann, hat damit nichts zu tun.) Ich spreche nur vom Reporter als solchem. Er mag übertreiben, unverläßliche Nachrichten bringen – dennoch ist er immer von der Tatsache abhängig, immer von der Sachlichkeit, immer ist ein Patrouillengang, ein

Weg, ein Gespräch oder ein Anruf die Grundlage selbst der kleinsten Notiz. Der Leitartikler an sich ist immer in der Lage, ohne von seinem Sessel aufzustehen, über irgendein Thema zu schreiben. Es gibt auch immer irgendein Thema. Er kann es mit glänzender Sachkenntnis behandeln und mit trefflich passenden Zitaten belegen. Zitate aber stammen aus Publikationen, also aus zweiter Hand. Die Ergebnisse der Recherche sind aus erster Hand, sind aus dem Leben.

Natürlich ist die Tatsache bloß die Bussole seiner Fahrt, er bedarf aber auch eines Fernrohres: der »logischen Phantasie«. Denn niemals bietet sich aus der Autopsie eines Tatortes oder Schauplatzes, aus den aufgeschnappten Äußerungen der Beteiligten und Zeugen und aus den ihm dargelegten Vermutungen ein *lückenloses* Bild der Sachlage. Er muß die Pragmatik des Vorfalles, die Übergänge zu den Ergebnissen der Erhebungen selbst schaffen und nur darauf achten, daß die Linie seiner Darstellung haarscharf durch die ihm bekannten Tatsachen (die gegebenen Punkte der Strecke) führt. Das Ideal ist nun, daß diese vom Reporter gezogene Wahrscheinlichkeitskurve mit der wirklichen Verbindungslinie aller Phasen des Ereignisses zusammenfällt; erreichbar und anzustreben ist ihr harmonischer Verlauf und die Bestimmung der größtmöglichen Zahl der Durchlaufspunkte. Hier differenziert sich der Reporter von jedem anderen seiner Gattung, hier zeigt sich der Grad seiner Begabung, genauso wie sich an dem Linienzug durch die gegebenen Punkte der Tatsachen und der Tendenz die Kunst des politischen Redakteurs, des Kritikers usw. zeigt.

Der Berichterstatter ist der Prosaist der Ballade. Man stelle sich zum Beispiel »Die Kraniche des Ibykus« in den Spalten einer Zeitung fortlaufend gesetzt und mit den üblichen Untertiteln versehen vor, und man hat den Bericht einer in Poseidons Fichtenhain (Bezirk Akrokorinth) begangenen Mordtat zweier Landstreicher an einem griechischen Sänger mitsamt den Personalien des Ermordeten, der genauen Schilderung des Schauplatzes, der Tat, der Entdeckung der Mörder (»Kraniche als Detektive!«) während einer Theatervorstellung, ihrer Festnahme und dem Geständnis (»Zum Kampf der Wagen und Gesänge, der auf Korynthus' Landesenge der Griechen Stamme froh vereint, zog *Ibykus*, der Götterfreund. Ihm schenkte des Gesanges Gabe, der Lieder süßen Mund Apoll. So wandert' er an leichtem Stabe nach Ilion ...«).

Wogegen des Feuilletonisten Ideal die Lyrik ist. Der Plauderer, der schlechteste Feuilletonist wird Tatsachen unterdrücken; kann er dies nicht, so gibt er sich wenigstens den Anschein, daß er sie nicht *genau* wisse, um das »rein Gedankliche und rein Gefühlsmäßige« seiner Ausführungen, seine »Unabhängigkeit von dem Meritorischen« und die »Mühelosigkeit seiner Produktion« darzutun. Derartige Unterschlagungen und absichtliche Ungenauigkeiten sind noch schimpflicher als das Protzen mit Informiertheit, das sich in der wahllosen, unorganischen Anhäufung unverarbeiteter Fakten und Zitate kundtut.

Der Leser merkt die selbständige Arbeit des Reporters um so weniger, je besser sie ist! Wie ja auch der Durchschnittsleser die von jedweder Sachlichkeit unbeschwerten Hintertreppenromane mit ihren Erwähnungen von exotischen Reisen, von vergrabenen Schätzen, von Verausgabung ungeheurer Geldsummen, von zufälligen Begegnungen, abenteuerlichen Verkleidungen, hochgestellten und geheimnisvollen Persönlichkeiten und dergleichen als Ergebnisse wunderbarer Phantasie ansieht und anstaunt und die wirklich wunderbare Phantasie nicht erkennt, die zum Beispiel in den wahrheitsgetreuen Memoiren eines Bismarck oder in den exakt deskriptiven Reisebüchern eines Humboldt steckt.

Reporter sind naturgemäß vom Sujet abhängig. Aber doch darf für ihre Wertung nicht etwa das von Schopenhauer über die Verfasser gewisser Bücher gefällte (und auch für diese nicht zutreffende) Urteil angewendet werden. Schopenhauer sagt: »Ganz gewöhnliche oder platte Menschen können vermöge des *Stoffs* sehr wichtige Bücher liefern, indem derselbe gerade nur ihnen zugänglich war: zum Beispiel Beschreibungen ferner Länder, seltener Naturerscheinungen, angestellter Versuche, Geschichte, deren Zeuge sie gewesen oder deren Quellen aufzusuchen oder speziell zu studieren sie Mühe und Zeit verwendet haben.«

Das ist nun vom ersten bis zum letzten Worte – sagen wir: übertrieben. Ein *ganz* gewöhnlicher oder *ganz* platter Mensch wird niemals ein wichtiges Buch schreiben können, und wenn er selbst Augenzeuge der Sündflut, Kammerdiener der Semiramis oder Reisebegleiter des Pizzaro gewesen wäre. Er wird entweder gar nichts zu sagen haben oder aber alles mögliche zusammenschwätzen, alles – nur das Wichtige wird er nie als solches erkennen.

Der Maler braucht keine Staffelei bei der Hand zu haben, keine Palette und keine Farben, ihm wird ein Bleistift und ein Stück Papier zu einer Skizze genügen, nötigenfalls wird er, ohne zu skizzieren, das Bild in seinem künstlerischen Erinnerungs- und Auffassungsvermögen festhalten. Aber dem Photographen nützt kein Gedächtnis für die Situation, er muß die präparierte Platte eingestellt haben, sonst ist es für ihn (als Photographen) so, als ob er nicht dabeigewesen wäre.

Der ganz hohle Mensch hat eben diese Platte für das Erleben, für das Beobachten, für das Sehen nicht, und haben wir nicht zu Hunderten Leute gesehen, die im Weltkriege in ihre Tagebücher nichts als übernommene Zeitungsphrasen einschrieben oder denen von anderen großen Ereignissen, an denen sie beteiligt waren, nur die dümmsten Äußerlichkeiten haftengeblieben sind? Und ebenso wird der gelehrte Hohlkopf nicht einmal imstande sein, wichtige Quellen zusammentragen zu können; er wird immer an den zwecklosesten Dingen arbeiten, die nie als Beitrag zur Lösung einer Frage dienen können. Lesen wir uns nur einmal die Titel unterschiedlicher Dissertationen durch!

Was nun das Wiedergeben des Erlebens anlangt, so verfügt über jene lichtempfindliche, eingestellte Platte, deren der Künstler nicht bedarf und die der Durchschnittsbürger (geschweige denn Schopenhauers »ganz gewöhnliche oder platte Menschen«) nicht besitzt, ein Dritter: der Journalist.

Wie denn dieser überhaupt zwischen Künstler und Bürger die (von beiden Teilen angefeindete) Zwischenstufe ist und ihr Mittler.

»Klassischer Journalismus«

Vorrede

Für jemand, der sich seit Jahren mit theoretischen Fragen des Pressewesens, vor allem mit der Zeitung als Verfechterin neuer Geistesrichtungen und mit Untersuchungen von Kraft und Zeitdauer des publizistischen Durchschlags, beschäftigt hatte, mußte der Auftrag des Verlages, eine Anthologie der berühmten Journalisten herauszugeben, leicht zu bewältigen scheinen. Aber schon die Beschaffung des Rohmaterials (Bücher und vor allem Zeitungsbände aus dem Auslande) stieß auf hohe Hindernisse, und noch mühevoller war die Auswahl der Namen und der Werke. Alle geistigen Kämpfe der Neuzeit von der Reformation bis zur Psychoanalyse, von der Emanzipationsbestrebung Irlands bis zum Expressionismus sind in Millionen von Zeitungsspalten ausgefochten worden, und von den Namen, die aus den Jahrhunderten übriggeblieben, fehlt keiner unter den Autoren solcher Artikel, kaum einer der Philosophen, der Ethiker, der Dichter, der Künstler, der Revolutionäre und der Reformatoren, der Politiker und der Feldherren. Hundertfünfzig dieser Großen, denen die Zeitung in besonderem Maße wichtig war und die für die Zeitung in besonderem Maße wichtig waren – nun, schließlich geht das noch. Aber welche ihrer Artikel? Es sollte doch einer sein, der für den Verfasser, für die vertretene Idee, für die Geschichte entscheidend war und doch auch das Wesentliche seiner Art zeigte, durch Stil, Form, Anlaß. Aus den dickleibigen Werken eines Autors, der seine Zeit geführt und sie erfüllt hat, aus den Folianten alter Zeitungsjahrgänge diesen irgendwie markantesten Aufsatz herauszusuchen, abzuschreiben und zu übersetzen war demnach schwierig; aber noch weitaus schwieriger und schmerzlich war es, an dem endlich wiederbelebten Organismus herumdoktern zu müssen: in ihm zu streichen, damit diese Anthologie nicht selbst zu einem vielbändigen Wälzer werde, aus dem eine Anthologie herzustellen notwendig wäre. Stand aber endlich einer der Beiträge eines der Großen fest, dann fand der Herausgeber, der ja das ganze Werk des Autors nun bei sich hatte und sich nun daran entzündete, im weiteren Verlauf seiner schon privat geglaubten Lektüre einen besseren oder kennzeichnenderen Artikel vor; und der erste Beitrag mußte fallen.

Eingeschränkt war der Bereich des Stoffgebietes nur durch den Entschluß, keinen Autor unter den Begriff des klassischen Journalismus zu subsumieren, der noch in aktueller Diskussion steht, also noch unter den physisch Lebenden weilt; die großen publizistischen Angelegenheiten des

Weltkrieges, der Revolutionen, der Staatenumformung und des Friedens sowie der philosophischen und künstlerischen Angelegenheiten des Heute sollen einer analogen Arbeit, etwa des Titels »Zeitgenössische Publizistik«, vorbehalten bleiben.

Jeder, der jemals publizistisch eintritt, auf irgendeinem Gebiet propagandistisch wirkt, hat in der allumfassenden Geschichte der geistigen Kämpfe einen Vorgänger, der ihm als Vorbild oder als Warnung dienen kann. Vermag er ihn herauszufinden? Das ist eine Arbeit, deren Beschwer nicht ohne Grund hier gekennzeichnet wurde. Wenn er aber mag, muß er in dieser Anthologie die Probe und die Anregung durch seinen unbekannten Meister erfahren.

Es bedarf dringend der Herstellung einer solchen Kontinuität. Davon ganz abgesehen, daß der Journalist, schon weil eindringlich, häufig sich wiederholend, zu Massen einer bestimmten Art sprechen muß, ist für ihn die Gefahr des Sich-Ausschreibens und der Formerstarrung größer als bei jedem anderen geistig Produzierenden, so daß er sich neues Werkzeug beschaffen oder wenigstens das alte neu schleifen muß. Diese Erneuerung ist: Besinnung und Erholung und Kraftzufuhr – und es wäre gleich, von welcher Quelle des Geistes sie sich erwirbt. Aber heißt es nicht, vorteilhaft zu lesen, wenn man die Hingabe an künstlerische Leistung damit verbinden kann, daß man lernt, wie vorher – in derselben Situation – ein Meister das Problem zu lösen versucht hat? Wie die Partie verlief, darüber gibt die Geschichte Auskunft.

Die Geschichte gibt Auskunft ... Sie ist es, die zu jedem Plädoyer ihren Urteilsspruch gefügt hat. Und das sollte eine Anthologie des klassischen Journalismus zu einem Lehrbuch der Nation machen. Zu lernen ist, daß der Geistigkeit nur durch Geistigkeit zu begegnen ist, durch kein

Gerichtsurteil, kein Attentat und keine Lüge, zu lernen ist, daß nicht die bessere Sache den irdischen Sieg erficht, sondern die besser verfochtene Sache. Und daß es nichts hilft, wenn man zu Lande unbesiegt ist und zu Wasser unbesiegt ist, sondern daß man den Krieg der Menschheit nur verlieren kann, wenn man im Geiste besiegt wird.

Prag, Juni 1923

Der Herausgeber

Friedrich Schiller

In aktueller Journalistik hat sich Schiller nicht nur zur Zeit betätigt, als er, ein junger Regimentsmedikus, von Mäntles Verlag in Stuttgart zum Redakteur der zweimal wöchentlich erscheinenden »Nachrichten zum Nutzen und Vergnügen« bestimmt worden war, sondern auch in jedem Heft seiner »Thalia«. Stoffe zu seinen Balladen entnimmt er den Zeitungen und formt sie in der definitiven Pragmatik eines Tatbestandes. Wenn der Berichterstatter der Prosaist der Ballade ist, ist Schiller der Dichter des Lokalberichts. In einem Artikel (Kisch, »Wesen des Reporters«; Literarisches Echo, XX., 8) wird diese Gemeinsamkeit so ausgesprochen: »Man stelle sich z. B. ›Die Kraniche des Ibykus‹ in den Spalten einer Zeitung fortlaufend gesetzt und mit den üblichen Untertiteln versehen vor, und man hat den Bericht einer in Poseidons Fichtenhain (Bezirk Akrokorinth) begangenen Mordtat zweier Landstreicher an einem griechischen Sänger mitsamt den Personalien des Ermordeten, der genauen Schilderung des Schauplatzes, der Tat, der Entdeckung der Mörder (›Kraniche als Detektive‹) während einer Theatervorstellung, ihrer Festnahme und dem Geständnis. (Zum Kampf der Wagen und Gesänge, der auf Korynthos Landesenge der Griechen Stämme froh vereint, zog Ibykus, der Götter Freund; ihm schenkte des Gesanges Gabe, der Lieder süßen Mund, Apoll. So wandert er am leichten Stabe nach Rhegium ...)« Die Ballade ist eben keine reine Kunstform mehr, sie ist an die Begebenheit gebunden, die Dichtung steht im Dienste einer vorgeschriebenen Schilderung. Und als Julian Schmidt die Beschreibung der Messe im »Gang nach dem Eisenhammer« ironisiert, aus antikatholischen Gründen ironisiert, so erwidert ihm Lassalle (in den »Setzer-Scholien«) mit Recht: »Wenn Schiller die Messe beschrieben hätte in *keiner anderen Absicht, als eine Messe zu schreiben*, so würden auch Sie, Herr Schmidt, katholische Sympathien herausgeschnüffelt haben. Aber Sie haben eine noch feinere Nase als jene ›Wohlmeinenden‹: In dem verdächtigen Weihrauch wittern Sie ein klein wenig Teufelsdreck von Ironie ... Ich weiß nicht, worüber ich mich mehr wundere, über Ihren Mangel an Urteil, *was die Komposition der Ballade betrifft*, oder ...« Zur Komposition der Ballade gehört eben die Sachlichkeit im Dienste der Handlung – wie zum guten Lokalbericht.

Georg Forster

Achtzehnjährig darf Georg Forster an Cooks Entdekkungsfahrt teilnehmen, die drei Jahre dauert, und als er, der erste deutsche Weltumsegler, die Beschreibung der Fahrt veröffentlicht, ist er im Nu berühmt. Die Frucht einer Reise, die er mit seinen jungen Freunden Wilhelm und Alexander von Humboldt nach England unternahm, sind die »Ansichten vom Niederrhein«, ein Buch, dem man »gar nichts in seiner Art vergleichen kann« (Gervinus) und das der strenge Lichtenberg »eines der ersten

Werke unserer Sprache« nennt. (Das Buch ist auch in Reclams Universalbibliothek erschienen.) – Ein exorbitantes Wissen, Naturwissenschaften, Philosophie, Künste, Geschichte, Geographie, Volkswirtschaft und Politik umfassend, schränkt seine lebhafte Anschauungskraft nicht ein, wirkt auf seine Empfindungsfähigkeit nur belebend, und in Naturschilderungen ist er ein Meister. Sein Leben ist vom Heißhunger nach Eindrücken und Kenntnissen und nach ihrer wirkungsvollen Mitteilung an die Menschheit bewegt. Seine führende Teilnahme an der französischen Revolution hat dem Andenken dieses Klassikers in Deutschland geschadet; während Görres einschwenkte, glaubte Forster bis zu seinem Tode, daß diese Volksbewegung »auch den Köpfen, den Fähigkeiten eine andere Entwicklung, dem Ideengang eine neue Richtung geben wird«. Er starb 1794. »Zu seinem Glück – er hätte keinem glücklichen Schicksal entgegengesehen«, so urteilt nicht nur Alexander von Humboldt, sondern auch seine deutschen Freunde in Paris sind überzeugt, daß er sehr bald auf gewaltsame Weise ums Leben gebracht worden wäre.

Der Artikel über den Kölner Dom erschien in Schillers »Thalia« (11. Heft, Leipzig 1790) als Voranzeige seiner »Ansichten vom Niederrhein«, »um im allgemeinen den Ton bekanntzumachen, der seiner demnächst erscheinenden Reisebeschreibung zugrunde liegt«. Zur Vollendung des Dombaues hat diese begeisterte Schilderung, worin er zuerst wieder auf die Bedeutung dieses Kulturmonuments hinwies, nicht am wenigsten beigetragen. In Bloemers Schrift »Zur Literatur des Kölner Doms« (Berlin 1857) wird zwar nicht sehr sprachschön, aber richtig Georg Forster der »Johannes in der Wüste für Kölns Dom« genannt, »dessen erschütterndes Wort diesem Werke die nahe Erlösung anzeigte«.

Charles Dickens

Thematisch ist niemand so oft kopiert worden wie der Journalist Boz. Der Lokalfeuilletonist jeder Stadt hat die Sujets der »London Scetches« mit mehr oder weniger Geschick zu adaptieren versucht. Die Poesie, die im Alltag, die Tragödienstoffe, die im Arbeitshaus und im Gerichtssaal, die Komödien, die sich im Marktgetriebe abspielen, sind aber nicht das, was die Größe Charles Dickens' ausmacht: Es ist seine unglaubliche Feinhörigkeit und Hellsichtigkeit, mit der er die soziale Roheit der Ehrenmänner und der von ihnen verwalteten Institutionen dokumentarisch belegt hat. Einige wenige Reformen und der Wohltätigkeitsdusel der Londoner Spießergesellschaft mußten das einzige Ergebnis seiner Anklagen sein, weil sein Humor nur allzuoft an das Grauenhafte der Tatbestände vergessen ließ.

Seine Erfahrungen hat er allerdings unfreiwillig gewonnen, zu einer Zeit, da er wie Oliver Twist bettelarm nach London kam, und noch später, als sein Vater im Schuldjoche starb. Aber den Sinn für die Allgemeingültigkeit seiner Leiden und die Gabe zu ihrer Rekonstruktion erwirbt er sich erst als Reporter bei »The True Sun«, im »Morning Chronicle« und im »Monthly Magazine«, zuerst als Parlamentsberichterstatter und, vom August 1834 an (zweiundzwanzig Jahre alt), als der schnell berühmt gewordene Sittenschilderer Boz.

Emile Zola

Emile Zola hat die unendlichen Gebiete der Wahrheit in den Roman eingeführt, er hat die Konflikte, die Situationen, die Lokalitäten, die Figuren des Alltags und des

Heute gegeben, die Reportage in den Dienst der großen Epik gestellt. Es hätte sich erwarten lassen, daß in reziproker Weise die Journalistik von ihm profitieren werde. Ein Bergwerk, die Börse, einen Bahnhof, ein Elendenviertel, ein Pferderennen, einen Hochofen, ein Theater, einen Park, ein Wirtshaus, eine Waschküche, einen Wallfahrtsort, eine Polizeistube, eine Lokomotive, die Markthallen, ein Maleratelier – allerdings wird es nie einer so hinzeichnen können wie dieser größte Reporter aller Zeiten, der Tag und Nacht an sein Objekt hingegeben war, er berichtigt, behorcht, umlauert es, das Notizbuch in der Hand, es mit den »ébauches« zu seinen Schilderungen anfüllend. Aber wer Zola gründlich kennt, wird ein unvergleichlich besserer Journalist sein als der, der nur das Übliche von ihm weiß. In Zolas rein journalistischen Artikeln (z. B. in »Mes haines«) ist er so hinreißend wie in seinen Romanen, weil er auch hier von der Tatsache ausgeht und von der Autopsie. Und nichts hat wohl eine Welt so erregt, so aufgewühlt und so gereizt wie seine Aufsätze in der Dreyfussache, und noch heute kann man diesen Band der Zolaschen Artikel kaum lesen, ohne von Fieber befallen zu werden.

E.T.A. Hoffmann

Musikkritiken schrieb E.T.A. Hoffmann von 1809 bis 1815 für die »Allgemeine Musikzeitschrift«, Artikel und Karikaturen erschienen in der »Eleganten Welt«, in der »Wiener Zeitschrift für Kunst, Literatur, Theater und Mode«, in Kühns »Der Freimütige«, in den »Taschenbüchern zum geselligen Vergnügen« und im »Berlinischen Taschenkalender«, seine antinapoleonische Vision gab er 1813 als selbständige Flugschrift heraus.

»Des Vetters Eckfenster« ist das schönste Feuilleton in deutscher Sprache. Hoffmann diktierte es, als er, an seinen Liegestuhl gefesselt, den Tod herannahen fühlte. Die Kraft zur Konstruktion einer straffen Handlung glaubte er nicht mehr zu haben, so wollte er denn Eindrücke hinstricheln, ein impressionistisches Bild jenes Weltteilchens geben, das er aus seinem Fenster an der Ecke der Tauben- und Charlottenstraße Berlins eben noch überblicken konnte. Aber aus dieser reinen Deskription wird ihm ein Dichtwerk, die kleinen Episoden des Marktes werden zu Romanen, die Bewegungen der Figuren geben Anlaß zur Erlassung ihrer Biographie, der Mikrokosmos des Gendarmenmarktes erhebt sich zu kosmischer Bedeutung, die akribistische Beobachtung und Wiedergabe des kleinlichen Treibens zu einer Vision. Anfang 1822 schreibt er »Des Vetters Eckfenster« nieder, im Frühjahr erscheint es in Symanskis »Zuschauer«, und während man es liest, den Humor des Dichters bewundernd, stirbt Hoffmann unter furchtbaren Qualen.

Jan Neruda

An Reichtum seiner Themen ist Neruda, der große Feuilletonist der Tschechen, nur mit Mercier zu vergleichen, aber die Tiefe des Gemüts stellt ihn an die Seite von Dickens. Über zweitausend Feuilletons hat er geschrieben, fast alle mit der inneren Spannung des Lyrikers, mit der Liebe zu den kleinen Typen und mit der Ironie eines noblen Menschen; zu vielen machte er Studien ad hoc, ging mit den Polizeistreifungen, saß in den Leihanstalten, in den Totenämtern. Er hat schon als Siebzehnjähriger, die Schriften des Jungen Deutschland verschlungen und selbst als deutscher Journalist begonnen, im »Tagesboten aus Böhmen« des Achtundvierzigers David Kuh, den die ganze Wiener Journalistik ihren Vater nannte, aber der auch in Berlin seine Schüler hatte (Bachmann, Klaar, Mauthner etc.). Aber nach zwei Jahren geht er zur Presse seines Volkes, und speziell in den »Národní Listy«, die im Format die englische Presse kopieren, kann er nach Herzenslust schreiben; Einfälle, Anregungen, Kritiken, Beobachtungen, Nekrologe, Referate. An zwanzig Bände seiner gesammelten Schriften bilden die Zeitungsartikel. Die besten sind wohl die »Kleinseitner Geschichten«, die außer zwei Bändchen mit »Genrebildern« in Reclams Universalbibliothek erschienen sind, allerdings scheußlich übersetzt. Im Alter kehrt Neruda zur ersten Liebe zurück: Er schreibt lyrische Gedichte von melancholischer Schönheit und volkstümlicher Einfachheit. Ein einsamer Junggeselle, stirbt er 1891.

Journalismus als Buchliteratur

Im Begriffe, das Gutachten über Fred Hildenbrandts Buch »Tageblätter« (Landsberg-Verlag Berlin) für den Druck zu präzisieren, stocke ich: schließt ein spezielles Lob – und ein solches muß ich nach der Lektüre fällen – nicht auch die allgemeine Gutheißung eines journalistischen Ehrgeizes in sich, der eine Exhumierung seiner Kinder aus dem Massengrab des Holzpapiers und ihre Bestattung in die Gruft des holzfreien Papiers erstrebt, das heißt unmetaphorisch gesprochen: die Herausgabe von Zeitungsartikeln in Buchform? Gott bewahre uns gleichermaßen vor der Tageseinstellung als Buchautor wie vor dem Ewigkeitsaspekt als Zeitungsredakteur.

Das Recht, sich vom journalistischen Subjekt zum literarkritischen Objekt zu machen, wird im Grunde nur dem zuzubilligen sein, der entweder von vornherein die Zeitung bloß als wirksame Gelegenheit zum Vorabdruck eines behandelten Komplexes betrachtet hat, oder aber dem, dessen Persönlichkeit wichtiger ist als die Materie, über die er auszusagen hat. Fred Hildenbrandt gehört, mit Einschränkungen, zur Kategorie zwei. Seine Themen sind durchweg wichtig – gewesen; sie waren es für den Tag des Erscheinens, und der Autor trat weit hinter sie zurück. Aber er hat – wahrscheinlich aus Respektgefühl vor der kritischen Neigung und der ungeheuren Masse des Publikums, vor das er sich gestellt sah – seine Reden mit solch filigraner Sorgfalt, mit solcher Hingebung und mit solcher Bekenntnisfreude ausgearbeitet, daß er sie über das Beifallsgemurmel des Augenblicks hinaus festhalten wollte. Es ist nun an uns, zu bestätigen, daß das Einbekenntnis Hildenbrandts auch objektiv stimmt. Wir können es: Alle diese öffentlichen Tageblätter wirken sensationell über den Anlaß der aktuellen Sensation hinaus, sie sind, vermöge des Tempos, das Fred Hildenbrandt vorlegt, vermöge der blendenden Darstellungskraft und hauptsächlich wegen der eng geschlossenen Form, der richtige Lesestoff für unsere Zeit, die keine Zeit hat, und sie werden diesem rasenden Feuilletonisten, wenn ich nur halbwegs Fachmann bin, einen ähnlichen Erfolg bringen, wie ihn der ähnliche rasende Reporter oder gar René Schickeles prachtvolle »Schreie auf dem Boulevard« hatten.

Damit wäre die Kritik zu Ende, wenn sie nicht erst hier beginnen müßte. Denn aus dem Plural »Tageblätter« spricht, was man im Singular kaum bemerkt hätte, überraschenderweise ein Dichter – kein Feuilletonist vermöchte zum Beispiel das Notturno zu schreiben, in dem ein Kind Brigitta geboren wird, kein noch so geschickter Prosaist wäre imstande, den Taumel des Sechstagerennens in die Vision eines Zweckes münden zu lassen, eines dichterischen Zweckes – wenn er nicht selbst ein Dichter ist. Und wo er im Streit um Ethisches unrecht hat, und das hat er oft, hat er recht als poetisches Temperament. Erstaunt fragt man sich, wo dieser Dichter bisher gewesen ist. (Ich selbst kenne ihn kaum und lehne es ab, ihn aus einer Photographie – eine Photographie im Buch eines neuen Buchautors! – kennenzulernen.) Es kann doch unmöglich sein, daß ihn der Druck zum Dichter gemacht hat; wo war der Druck, der bis dahin auf ihm lastete, daß niemand das Flüstern eines Dichters namens Fred Hildenbrandt hörte, bevor er auf dem Postament stand und eine so erstaunlich laute Stimme bewies?

Soziale Aufgaben der Reportage

Jeder Reporter, will sagen der Schriftsteller und Journalist, welcher Umstände oder Begebenheiten um ihrer selbst willen aus eigenem Augenschein wahrheitsgemäß darzustellen sich bestrebt, wird bei dieser empirischen Beschäftigung wohl oder übel zu einem Endergebnis gelangen: zu der Erkenntnis, daß weitaus die Mehrheit aller scheinbar so heterogenen Ereignisse und das von ihnen und durch sie hervorgerufene Interesse auf gemeinsamer Basis fußen. Geradezu die Probe auf das Exempel, ob ein Reporter mit Intelligenz und Instinkt sich wirklich der Wahrheitsliebe beflissen hat, ist der Grad dieser *sozialen Erkenntnis*.

Diesen Weg von der Erforschung, Registrierung einfacher Tatsachen zum Sozialismus ist die Reportage von Anbeginn gegangen. Das entscheidende Verdienst der »Encyclopédie française« sind nicht ihre historischen und philosophischen Artikel, sondern die *Erforschungen der Gegenwart*, die Denis Diderot unter Verkleidungen, Ausreden und Einschleichungen in den Gewerbebetrieben angestellt hat und die nach ihrer Veröffentlichung in der Encyclopédie zur Grundlage für die Abfassung aller sozialistischen Systeme vor der Großen Revolution dienten. So haben diese ersten Industriereportagen im Verein mit den gleichfalls rein journalistischen und vielleicht sogar rein reportierenden Veröffentlichungen dreier anderer Schriftsteller die geistigen Voraussetzungen für die Große Revolution geschaffen, Voltaire mit seiner Aufhellung der Fakten und seiner Deduktion im Justiz- und Ritualmord Jean Calas, Beaumarchais durch den tödlichen Witz seiner überall kolportierten Denkschriften in einer durchaus persönlichen und doch allgemeingültigen Rechtssache und durch die dokumentierte, aufsehenerregende Schilderung von Erlebnissen des Bastillensträflings Linguet, die der am 14. Juli 1789 aufgeflammten Volksempörung das lokale Ziel gab, das richtige Ziel.

Über dieses Ziel des Weges, den der Tatsachenentdecker – vielleicht aus unterbewußten Gründen, vielleicht sogar wider Willen – geht, wird er sich, wie gesagt, im Laufe der Tätigkeit klar. Emile Zola, der besessenste Reporter (sein experimenteller Roman war eine Umhüllung ad hoc recherchierten Materials), schauderte vor diesem revolutionären Ziel, noch bevor er sich anschickte, nunmehr über das Leben der Bergleute zu reportieren: »Der Roman (›Germinal‹) ist die Erhebung der Lohnarbeiter, ein Rippenstoß für die Gesellschaft, die einen Augenblick lang wankt: kurzum, der Kampf des Kapitals und der Arbeit. Hier soll die Bedeutung des Buches liegen, ich will die Zukunft vorwegnehmen, die Frage stellen, welche die Frage des zwanzigsten Jahrhunderts sein wird.«

In der Ébauche zu seinem Gipfelwerk, zu »La Terre« (»Mutter Erde«), zeigt er sich willens, den Agrarsozialismus anzugehen, die Teilung des kleinen Grundeigentums durch Erbschaft. Wohin führt das? Erfolgt eine Wiederherstellung des Großgrundbesitzes? Zola kann noch nicht antworten, er ist kein Bodenreformer mit System, nur ein Reporter, der nichts im voraus wissen will und nur weiß, daß hier die Rolle des Sozialismus im Roman einsetzen wird. Wie? »Das ist zu studieren, zu besichtigen.«

Nicht gern tritt der Bürger Zola an das Grundproblem der Klassengesellschaft heran. »*Ich werde gezwungen sein*«, seufzt er vor Inangriffnahme von »L'Argent«, des Börsenromans, »zur sozialen Frage zu kommen, denn im Grunde vereinigt sie sich beinahe ganz in der Frage des Reichtums. Die, die haben, und die, die nicht haben.« In diesem Buch hält er den Schlüssel in der Hand, sein schwindsüchtiger Held Adolphe Busch (in dem Zola vorahnend die vielen künftigen Idealisten des Materialismus porträtgetreu getroffen hat) liest, entrückt dem nahen Börsenschacher, ein eben erschienenes Buch: »Das Kapital« von Karl Marx.

Der Dichter aber zieht für sich keine Konsequenz aus der Lektüre seines Helden. Als die Romanserie »Rougon-Macquart« und die »Drei Städte« beendet sind, erschöpft die minutiöse Aufzählung aller Greuel des neuen Imperialismus und des Kapitalismus – Zola ruft nicht zur Revolution auf. Aus der Landschaft der Realität, deren großer Geograph er war, desertiert er in ein recht naiv erdachtes Phantasieland, wobei er sich entschuldigt, »il faut bien permettre à mes vieux jours« – vierzig Jahre pausenloser literarischer Schwerarbeit lagen hinter ihm – »de rêver un peu ... apres la longue consultation de la réalité un prolongement dans demain«.

Dieses »demain«, die soziale Zuspitzung im zwanzigsten Jahrhundert, vollzog sich anders als in dem paradiesischen Bündnis zwischen Löwe und Lamm, das Zola in dem Zyklus »Vier Evangelien« zu malen versucht, die idyllische Phalanx zwischen dem Kapitalisten und dem

Arbeiter (Entwurf von Fourier) will sich nicht zusammenschließen. Auf den Hochöfen geht's anders zu, als er sich's im zweiten Teil von »Travail« gedacht. Aber so sehr diese Flucht des Meisters in die Utopie auch manchen Schülern gefallen mag, die Erbschaft Zolas tritt doch Upton Sinclair an, der von einer sensationellen Schlachthausenthüllung, dem »Sumpf«, zur Entlarvung des Großkapitals schreitet und in »Jimmy Higgins« den kollektivistischen Roman schafft – sein Held wird der Jedermann aus der namenlosen Masse des Proletariats, der endlich im Kommunismus die Wahrheit findet und zu Tode gemartert wird. Jack London, der ein Genie ist, geht den Weg mit der Instinktsicherheit des Genies und stirbt, Maxim Gorki, im Lumpenproletariat groß geworden, sieht im Proletariat die Hoffnung, er wird trotz der ihn verhätschelnden Bourgeoisie, der Sozialrevolutionäre und der Menschewiki zum opferfrohen Parteigenossen Lenins, aber vom Erfolg und von der Freundschaft mit Literaten vom Schlage Wells wird er wehleidig, und das Blut, das die Intervention des internationalen Kapitals in seinem Rußland vergießt, läßt ihn an der Sache zweifeln. In derselben Zeit entstehen in Rußland zwei Reporter, die den großen Widerstand des Proletariats gegen die ganze Welt als das erhabenste Wunder erfassen – John Reed, der junge Amerikaner, dessen »Zehn Tage, die die Welt erschütterten« vielleicht das wichtigste Buch zur Erkenntnis der Gegenwart ist, und Larissa Reisner, die »Die Front« schrieb, dem von den tausend Kriegsberichten des gerade beendeten imperialistischen Krieges leider keines zur Seite zu stellen ist. Die beiden deutschen Reiseschriftsteller Alfons Paquet und Arthur Holitscher, der eine religiös, der andere individual-anarchistisch verankert, wehren sich, da sie in Rußland sind, lange dagegen, die Neugeburt der Gesellschaft begeistert zu sehen, sie sind immerhin Kinder des müden Westens, aber da sie, ehrliche Schreiber, die Wahrheit verzeichnen müssen, werden sie warm: Von Stunde zu Stunde wird ihre Bejahung freudiger, und Deutschland will sie nicht mehr hören, und in die Dichterakademie kommen wohl beide nicht.

Dagegen kommen die hinein, deren Gesinnung sich mit der ihrer Verleger deckt, die wackeren Kämpfer, die nicht ahnen, daß sie dafür bezahlt sind, die interessanten Dinge des Heute zu schreiben und die ewig wichtigen zu verschweigen.

Roman? Nein, Reportage

Was ich von der Reportage halte? Ich glaube, sie ist die literarische Nahrung der Zukunft. Allerdings nur die Reportage von Qualität. Der Roman hat keine Zukunft. Es wird keine Romane geben, keine Bücher mit ausgedachter Handlung. Der Roman ist die Literatur des vergangenen Jahrhunderts. Kein Roman, der heute älter als dreißig, vierzig Jahre ist, läßt sich noch lesen. Romanschriftsteller, die in der deutschen Literatur einst unsagbar beliebt waren, sind schon so vergessen, daß die heutige Jugend nicht einmal mehr ihre Namen kennt. Was blieb von der französischen Literatur der zweiten Hälfte des neunzehnten Jahrhunderts übrig? Fast nur Balzac und Zola. Warum gerade diese beiden? Nur deshalb, weil sie auf Reporterweise ihr Jahrhundert beschrieben, weil sie beim Schreiben ihrer Romane die Reportagetechnik benutzten. Ich könnte vielleicht noch sagen, daß Stendhal seine Zeit überlebt hat, doch auch er nur wegen seiner diplomatischen Reportage. Das übrige ist verschollen. Daran ändert auch nichts die Tatsache, daß etwa Mädchen oder eine bestimmte Sorte von Jungen noch Dumas lesen.

Nach dem Krieg sind alle Romankonflikte nichtig geworden, gemessen an den überwältigenden Erlebnissen des ersten Weltkriegs. In den Jahren des Weltkriegs hat jede Familie, jeder einzelne grausame Romankonflikte durchlebt, jeder mußte für sich allein schwierigere Fragen lösen als diejenigen, von denen er jemals in Büchern gelesen hatte, kurz, jeder Mensch hat seinen eigenen Roman erlebt, ja möglicherweise mehrere Romane gleichzeitig. So ist eine ganz besondere Reportageart entstanden, ich würde sie die reine Reportage nennen, die Reportage an sich.

Nach dem Krieg wurde diese Reportage sogar zur allgemeinen großen Mode. (Die Ausklänge dieser Mode können wir heute noch in der Beliebtheit der Kriegsromane hören, die ja auch eine Art Reportage sind.) Sie fand die Unterstützung der Öffentlichkeit und der Literaturkritiker, sogar der reaktionären. Als sich jedoch mit der Zeit herausstellte, daß alle weitblickenden Reporter mehr oder weniger Revolutionäre sind – ich nenne da nur John Reed, Larissa Reisner, Henri Barbusse, Arthur Holitscher, Agnes Smedley, Albert Londres, Upton Sinclair – und daß sie die Welt so darstellten, wie sie in Wirklichkeit ist, da begannen die verehrten Herren Kritiker zurückzuweichen. Es trat eine Reaktion in der Beurteilung der Reportage ein, und es wurden Versuche unternommen, die psychologische Literatur zu neuem Leben zu erwecken.

Wird dies ganz und für immer gelingen?

Ich zweifle sehr daran. Die Reportage ist ein aktuelles Problem.

Ich glaube, einmal werden die Menschen über die Welt nichts als die Wahrheit lesen wollen.

Psychologischer Roman? Nein. Reportage.

Der wahrhaftigen und mutigen, weitherzigen Reportage gehört die Zukunft.

Reportage als Kunstform und Kampfform

Auszug aus der Rede auf dem Pariser Kongreß zur Verteidigung der Kultur

Die doppelte Tätigkeit die dem sozial bewußten Schriftsteller gestellt ist, die des Kampfes und die der Kunst, wurde in ihrer Einheit aufgehoben, sie würde in beiden Teilen wirkungslos und wertlos werden, wenn er in seiner Kunst oder in seinem Kampf zurückwiche. Nicht um formaler Wirkung wegen haben wir uns auferlegt, das Erbe der bürgerlichen Kunst zu verwalten und zu entwickeln. Nicht in der Hoffnung, vor dem Tribunal der herrschenden Ästhetik Gnade zu finden, haben wir zu *verabscheuen* all das, was wirklich banal ist, was wirklich demagogisch ist, was wirklich plebejisch ist, was wirklich Phantasielosigkeit, was wirklich oder Rationalismus oder starrer Materialismus ist.

Mit allen unseren Kräften haben wir für den Ausdruck unserer Erkenntnis eine Form zu suchen, die allen idealen Gesetzen einer absoluten Ästhetik genügt. Wir sollen das, und wir tun das. Aber tun es auch die, die gegen uns die Vorwürfe erheben? Sie tun es nicht, und es wäre eine verlockende Aufgabe, in einer Literaturgeschichte aufzuzeigen, wie sich ihre hohe Literatur gegen die eignen Paragraphen versündigt, welch üble Phantasielosigkeit sich in ihr breitmacht, wie der Wille nach Karriere, Reichtum und Herrschaft über Frauen, also purer »Materialismus« in ihrem Sinne, die Helden ihrer Romane und demnach auch die Autoren bewegt, wie alles auf Tendenz, einer bewußten oder unbewußten, basiert ist.

Es gibt nicht nur die »hohe Literatur«. Es wird nicht nur in der ersten Zeit der sozialistischen Gesellschaft besondere Literaturformen geben, die sich an eilige, noch ungeschulte, noch unentwickelte Leserschichten wenden, aber diese Literaturformen müssen einen Charakter tragen, jenem just entgegengesetzt, den sie heute in fünf Sechsteln der Welt tragen. Lassen Sie mich als Beispiel die Reportage heranziehen, eine besondere Kunstform der Literatur, die von den bürgerlichen Ästhetikern diskreditiert ist und in der Tat von den Schreibern ihrer eignen Welt herabgewürdigt wurde, daß selbst sie mit Geringschätzung auf sie herabsehen.

Der Reporter war als die niedrigste Spezies der Zeitungsschreiber verachtet, bevor die Werke eines John Reed und einer Larissa Reisner (zu ihnen gesellten sich die Russen Tretjakow und Kolzow, der Deutsche Holitscher, der Amerikaner Spivak, der Franzose Londres und viele andere) darüber belehrten, daß der Tatsachenbericht auch unabhängig und künstlerisch abgestattet werden könne. Und wer nicht durch sie darüber belehrt wird, hätte aus der feindseligen gehässigen Haltung der kritischen Tempelhüter darüber belehrt werden können.

Diese Haltung der kritischen Tempelhüter wandte sich nicht nur gegen das Neue, sondern vor allem gegen das Gefährliche. Lassen Sie mich ein Beispiel anführen: Vor etwa einem Vierteljahr war ich in Ceylon; die Bücher, die ich an Bord des Schiffes über dieses Land gelesen hatte, waren teils offiziöse Reiseführer und Propagandaschriften der Reisebüros, teils literarische Reisebücher. Bei der Konfrontation dieser Literatur mit der Wirklichkeit packte mich helles Entsetzen. Ich sah eine Insel, auf der von Oktober bis Januar nicht weniger als dreißigtausend Kinder an Malaria und Unterernährung gestorben waren, eine Insel, auf der achtzig Prozent der Kinder wegen Unterernährung unfähig zum Schulbesuch sind, wo die Weißen die Prügelstrafe täglich praktizieren, eine Insel, auf der für die Einheimischen keine Arbeitsmöglichkeit besteht, weil man lieber Arbeiter vom indischen Festland importiert, die sich nicht organisieren dürfen, eine Insel, auf der Menschen Baumblätter und Gras knabbern, eine Insel, auf der jedermann auf Schritt und Tritt von Elend und Hungertod angestarrt wird.

Und was stand in den Reisebeschreibungen? Da war die Schönheit des perlenförmigen Eilands besungen, die Brandung des Meeres, das Ewigkeitsrauschen des Dschungels, die Ruinen des alten Kaiserschlosses und tausenderlei anderes von blühender Kultur, aber nichts von dem entsetzlichen, fürchterlichen Alltag.

Wenn wir nun den Autoren solches zum Vorwurf machen wollten, so würden sie nicht nur darauf hinweisen, daß sie nicht gelogen haben, daß alle diese vergangene Schönheit der Paläste und alle diese bestehende Schönheit der Natur wirklich vorhanden ist, sondern sie würden auch dagegen protestieren, daß wir ihre Freiheit zu beschränken wagen, indem wir ihnen die Themen vorschreiben. Und dann würden sie in den Angriff übergehen und sagen, daß sie eben Künstler seien und wir nur »banal«, »demagogisch«, »phantasielos« und weiß Gott was noch.

Nun liegt es allerdings für einen sozial empfindenden Menschen nahe, solche Tatsachen, wie sie in Ceylon auf uns einstürmten, einfach zu registrieren, die Greuel einfach aufzuzählen, wirklich banal zu sein. Nicht minder nahe liegt die Versuchung zu schreien angesichts dieses Jammers, also in den Verdacht der Demagogie zu geraten. Nicht minder nahe liegt die Versuchung, diese gehäuften Fakten durch sich selbst wirken zu lassen, also phantasielos zu erscheinen.

Alle diese Versuchungen muß der wahre Schriftsteller, das ist: der Schriftsteller der Wahrheit, vermeiden, er darf die Besinnung seiner Künstlerschaft nicht verlieren, er soll das grauenhafte Modell mit Wahl von Farbe und Perspektive als Kunstwerk, als anklägerisches Kunstwerk gestalten, er muß Vergangenheit und Zukunft in Beziehung zur Gegenwart stellen – das ist logische Phantasie, das ist die Vermeidung der Banalität und der Demagogie. Und bei aller Künstlerschaft muß er Wahrheit, nichts als Wahrheit geben, denn der Anspruch auf wissenschaftliche, überprüfbare Wahrheit ist es, was die Arbeit des Reporters so gefährlich macht, gefährlich nicht nur für die Nutznießer der Welt, sondern auch für ihn selbst, gefährlicher als die Arbeit des Dichters, der keine Desavouierung und kein Dementi zu fürchten braucht.

Es ist schwer, die Wahrheit präzis hinzustellen, ohne Schwung und Form zu verlieren, Reportage heißt Sichtbarmachung der Arbeit und der Lebensweise – das sind oft spröde, graue Modelle in den heutigen Zeitläufen.

Wahrheit ist das edelste Rohmaterial der Kunst, Präzision ihre beste Behandlungsweise. In den Ländern, in denen die Freiheit darniederliegt und die Tyrannei herrscht, das kann auch der Unpolitische erkennen, dominiert in der Literatur gefühlsbetonte Verschwommenheit, mystisches Schwärmen für Blut und Boden und dergleichen, weil kein Problem des Lebens angeschnitten werden darf.

Uns aber stehen der Mensch und das Leben am höchsten, ihnen, ihrem Sein und Bewußtsein soll unsere Literatur dienen.

Der ausgestrichene Klassiker: Georg Forster

Zwischen Werthers Leiden und dem Bastillensturm schien es einen Augenblick, ach, nur einen Augenblick lang, als ob die deutsche Literatur zu einer Literatur der Wahrheit werden sollte. Nach all dem Spintisieren, Sentimentalisieren, Mystizieren, Rhythmisieren und Phantasieren schien die Tatsache zur Macht zu kommen. Das geschah in der glorreichen Hälfte des achtzehnten Jahrhunderts. Aber Wahrheit und Dichtung waren nun einmal als Gegensätze dekretiert. Auch lebte gerade damals der Genius der reinen Dichtung, und sein Glanz, der Glanz Goethes war es, der die drangstürmende Wahrheit in das Dunkel zurücktrieb.

Man ließ der abgetriebenen Bewegung erst nach hundert Jahren ein wenig Gerechtigkeit widerfahren, zu einer Zeit also, da auch viel Gerechtigkeit die Toten nicht mehr zum Leben erwecken konnte. »Die Entdeckerfreude, mit welcher unsere Dichter in die Welt des Gemütes eindrangen, suchten andere Geister auf den fernen Gebieten der Erde zu genießen«, sagt der Literaturpapst Wilhelm Scherer. Unter welchem Begriff aber faßt er diese »anderen Geister« und ihre »fernen Gebiete« zusammen, welche Wissenschaft, Kunst, Naturbetrachtung und Wirtschaft zusammenfaßten? Ihr werdet es nie erraten! Er spannt sie in das Schulfach »Erdkunde«.

Wenn er jene Geistesströmung wirklich nur für Erdkunde gehalten hätte, so hätte er sie nimmermehr in seine Geschichte der Literatur aufgenommen, auch wenn er sie noch so sehr zur Einreihung von Alexander von Humboldt und zu einem nationalistischen Selbstlob gebraucht hätte.

»Deutsche Forscher erhoben sich zuerst über die einzelne geographische Tatsache zu geographischen Vergleichen und Verallgemeinerungen(!); was sich bei Gmelin und Pallas nur vereinzelnd fand, das ward in Reinhold Forster zur durchgehenden Tendenz; sein Sohn Georg eignete sich die vergleichende Richtung an und übertrug sie auf Alexander von Humboldt, der seinerseits wieder Karl Ritter entscheidend bestimmte. Die vergleichende Erdkunde, so die umfassende physikalische Generalisation wie die Erforschung des Zusammenhanges zwischen der Erde und den Menschen, zwischen der Geographie und der Geschichte, ist eine deutsche Schöpfung.«

Humboldt selbst findet für die neue Literaturrichtung wärmere Worte: »Gehen wir zu der uns näheren Zeit über«, schreibt er im »Kosmos«, »so bemerken wir, daß seit der zweiten Hälfte des achtzehnten Jahrhunderts sich vorzugsweise die darstellende Prosa in eigentümlicher Kraft entwickelt hat. Wenn auch bei dem erweiterten Naturstudium die Masse des Erkannten übermäßig angewachsen ist, so hat sie darum doch nicht bei den wenigen, die einer hohen Begeisterung fähig sind, die intellektuelle Anschauung unter dem materiellen Gewichte des Wissens erdrückt. Diese intellektuelle Anschauung (das Werk dichterischer Spontaneität) hat vielmehr selbst an Umfang und an Erhabenheit des Gegenstandes zugenommen, seitdem die Blicke tiefer in den Bau der Gebirge (der geschichteten Grabstätte untergegangener Organisationen), in die geographische Verbreitung der Tiere und Pflanzen, in die Verwandtschaft der Menschenstämme eingedrungen sind.«

Unter jenen, die die Einbildungskraft anregten und dadurch mächtig auf die Belebung des Naturgefühls, den Kontakt mit der Natur und den davon unzertrennlichen Trieb zu fernen Reisen gewirkt, also das vollbracht haben, was wir soeben Wilhelm Scherer mit lapidaren Worten »eine deutsche Schöpfung« nennen hörten, zählt Humboldt auf: Jean-Jacques Rousseau, Buffon, Bernardin de Saint-Pierre und Chateaubriand.

Von Deutschen nennt er nur einen. Er muß ihn näher erklären, denn der Name dieses einen ist ja ausgelöscht. Humboldt sagt: »In Deutschland war es Cooks Begleiter auf seiner zweiten Weltumseglung, der beredte und dabei jeder Verallgemeinerung der Naturansicht glücklich zugewandte Georg Forster.«

Briefe

An den Bruder Paul

Berlin, 11. XI. 05

Blödsinniges Halbbrüderchen,

ich hätte Dir, nachdem ich nach zweimaliger Anfrage (nach Hause) Deine Adresse erfahren hatte, auch ohne Deiner frdl. Karte (für die ich Dir danke) geschrieben. Berlin im allgemeinen ist direkt furchtbar. Trotz der Annehmlichkeit, welche das ungestörte, selbständige Leben bietet, wäre ich lieber in Prag. Der Berliner ist im allgemeinen ein Ekel, im besonderen zwei Ekel, die Berlinerin ein ganzes Konglomerat von Ekeln. Und der Byzantinismus hier – die Karikaturen der Witzblätter sind noch Lobeshymnen dagegen. Der Kaiser in allen Auslagen, in allen Gemälden, und dabei sieht man erst in der Nähe, wie er die Stadt ruiniert. Über die Siegesallee ist viel, vielleicht für manchen zu viel gespottet worden, aber vor dem Brandenburger Tor z. B. steht das Denkmal Kaiser Friedrichs und seiner Gemahlin, das mir, auf Ehrenwort, direkten Brechreiz verursacht; wenn man Dir in eine Hand einen Patzen Ton gäbe und auf den Tisch einen Doppelliter und Dir befehlen würde, »mache aus dem Ton ein Denkmal Friedrichs oder Du steigst ex«, ich bin überzeugt, Du würdest noch ein Bildwerk liefern, das Dich zum Berliner Hofbildhauer befähigte. Über die stieren studentischen Verhältnisse, über die versumpften Couleurstudenten [Stelle beschädigt] bist Du ja informiert, doch ist es interessant, daß die Couleurstudenten selbst (mit mir gehen paar Burschensch. u. Corpsiers in die journ. Kollegs) von dem Ekel, den sie vor dem Treiben der Couleurs hier haben, selbst gar kein Hehl machen. Sie bleiben aber, aus »Gesinnungsgründen«.

In der Journalistenhochschule habe ich Karriere gemacht. Es sind da zwar einige hochintelligente Leute, Doktoren, Redakteure, 1 Schauspieler*in* und 2 gewöhnliche Damen, ich habe es aber, vermittels meiner Posen [Possen?], Aufschneidereien, Zitaten- und Titelkenntnis, hauptsächlich aber durch meinen frechen Stil, zum primus omnium gebracht. Zu tun ist riesig viel: Romankritik, Theaterkritik, prakt. Journalistik (Redigieren, Depeschenabfertigungen, Artikelverwertung etc. etc.), Berichterstatten, Korrespondieren, journ. Propädeutik, Ästhetik, staatswissenschaftliche Übungen und Druckwesen. Bis *nächsten*, d. 19. d. M., Montag habe ich aus Theaterkritik – was Dich ja interessieren wird – Vorspiel und Siegfrieds Tod der Hebbelschen »Nibelungen« zu rezensieren. Gedankenspenden werden dankend entgegengenommen! Als Leitartikel mit größern Studien und 4 Wochen Zeitraum erhielt ich die »Völkerfrage in Österreich«. Hast Du eine Ahnung, wo man sich da irgendeine Quelle verschaffen könnte? Nicht zucken werde ich sonst damit.

Mit Edmund kam ich den ersten u. zweiten Tag seines Hierseins zusammen, mit Falkenau, der auf Hörweite von mir wohnt, gehe ich immer Samstag abend spazieren, ins Kabarett etc. Imponiert mir aber auch nicht. Sehr wässerige und unkünstlerische Kost (die Kabaretts). Weihnachten werde ich in Prag gegen d. Herrn Liechtenstein steigen, wenn er bis dahin gesund ist. Was macht Prag? Sind Partien Bekannter gestiegen? [...]

Von einer Beilage meiner Gedichte sehe ich in diesem Briefe aus Zeitmangel ab, obwohl ich gerne einmal die Wirkung in die Ferne proben möchte. Was treibst Du da oben auf dem Rathaus-Stiegenhaus für »Kleinseitner Geschichten«? Ich will hoffen, daß Du mit Deinen Kommilitonen aus der »Rathaus« – nicht eine Radaustiege gemacht hast, was nach den vorhergegangenen Übungsmanövern vor der Wanzenburg immerhin ziemlich begreiflich wäre. Unter den Toten der letzten Exzesse habe ich Dich mit aufrichtiger Wehmut vermißt, aber ich will doch zu Deiner burschenschaftlichen Ehre annehmen, daß die Musterkarte Deiner Schädeldecke um etliche Paradeschmisse von nationaler Gegenseite bereichert ward. Oder lautet Deine Antwort: »Bedaure (diesmal wirklich!), kann nichts konstatieren.« Auf Deiner Unterschrift fehlt mir neben dem stud. phil. et jur. noch das »et med.«. Das »et theol.« habe ich weniger vermißt, da Du doch wenigstens äußerlich den Rabbinatskandidaten repräsentierst.

[...]

Grüße alle!
Egon Erwin

An den Bruder Paul

Prag, Annahof, am 30. April 1908

Der Grund für die lakonische Form meiner letzten Mitteilung (auf dem Abreißkupon einer Postanweisung) war durchaus nicht der, daß ich vielleicht meinen würde, Briefe von zu Hause interessieren Dich nicht. Es ist selbstredend, daß ich weiß, jeder Brief von zu Hause muß Dich (vielleicht jetzt, da Deine Bande mit dem Vaterhause nahezu gelöst sind, mehr als früher) gewiß interessieren. Aber der Grund meiner Knappheit ist ein anderer: Ich schreibe öffentlich zuviel, als daß ich für Privates genug Zeit fände. Und dann: Jede Zeile, die ich schreibe, wird von Tausenden gelesen und trägt mir etwa 10 Heller ein. Da soll ich umsonst und nur für zwei Augen schreiben? Das ist viel verlangt!

Heute aber tu' ich's gern. Du hast Dich meines Geburtstags entsonnen und mir einen Glückwunschbrief gesandt. Der Anlaß ist ja ein lächerlicher, ein Geburtstag ist kein Jubiläum eigenen Schaffens, aber es hat mich gefreut, daß Du doch die Lappalie dieses Tages zum Anlaß für eine Nettigkeit nahmst. Na, mit dem Glück, dessen Grundlage ich mir nach Deiner Meinung selbst gezimmert habe, ist's freilich nicht weit her. Mir geht es zwar nicht direkt schlecht, ich verdiene sehr viel Geld (diesen Monat zwei Feuilletons kriminalfeuilletonistischer Natur), aber der Boden brennt mir furchtbar unter den Füßen: Ich möchte riesig gerne nach Wien oder Berlin, weiß aber viel zu wohl, daß man dort nicht auf mich wartet. Und werde mich daher in Prag nach der Decke zu strecken wissen.

Was Deinen Rat betrifft: »Schau weniger auf die Leute und mehr auf dich«: Der mag für *Genies* zutreffen, die sich wider den Willen der Mitmenschen durchsetzen – eventuell erst nach ihrem Tode. Für *Talentierte* gilt doch wohl die Umkehr Deines Satzes. Ich glaube, daß ich hierin schon der Alte bleibe.

Bei uns zu Hause ist nichts Neues. Mama freut sich riesig, wenn ich ihr erzähle, daß ich von Dir Brief habe. Natürlich zeigt sie's nicht, und nur in der Form »Was schreibt der Lumpenkerl?« sekkiert sie mich doch, ich möchte ihr Deine Briefe zeigen, was leider nicht geht. Insbesondere diesmal nicht. Wenn sie erführe, daß Du Dich taufen lassest, würde sie sich wahnsinnig kränken. Sobald Du eine Stelle in petto hast, die von der Taufe abhängt, so tue es ohne weiteres. Im anderen Falle rate ich Dir entschieden ab. Was unnötig ist, ist falsch. Keinesfalls aber mache die Dummheit, die Nachricht an die »Selbstwehr« zu schicken. Erzählen werde ich von Deiner Taufe niemandem und habe es bisher auch keinem gesagt.

Noch eine Frage. Diesmal nicht zu moralpaukenden Zwecken, sondern aus purer Neugierde: Machst Du bald Dein Doktorat? So viele Leute fragen mich danach, und wenn ich auch jedem mit einem »Nein« antworte, ist doch meine Neugierde rege geworden. Na, aber Du brauchst mir nicht zu antworten. Mir ist die Frage nur so herausgerutscht.

In Prag gibt es noch immer nichts Neues. Mit morgigem Tage verläßt Dr. Schubert die »Bohemia«, deren Chefredakteur er sieben Jahre lang war. Er ist gekündigt worden, weil er angeblich nichts geleistet hat. In Wirklichkeit aber ist der Grund ein anderer: Er war sehr hoch gezahlt, und für politische Redakteure sind jetzt die Zeiten nicht mehr da. Nur die Nachricht regiert. Übrigens war Dr. Schubert bekanntlich nicht viel wert. Bis jetzt hat er noch keine Stellung.

Deine Gedichte habe ich dem Robby Federer für die Frühlingsfestschrift gegeben. Beiliegend sende ich Dir das Ersuchen, das hinsichtlich Deiner Mitarbeiterschaft an Dich vorher gestellt worden ist. [...]

Beabsichtigst Du tatsächlich, von Wien fortzureisen? Abraham hat mir neulich etwas von Deinen Indices erzählt, welche Du dem Wind geschickt hast und die sich nun bei Abraham befinden. Soll ich in dieser Sache etwas veranlassen? Dein Feuilleton hat Faktor nicht genommen, weil es brutale Gedanken enthält wie z. B. »es bleibt die Frage offen, ob es nicht besser gewesen wäre« etc. etc. Aus diesem Grunde ist es auch für die »Deutsche Arbeit« gewiß unverwendbar, aber wenn Du willst, gebe ich es doch dem Sauer oder Matras.

Nochmals Dank und herzliche Erwiderung Deines Glückwunsches.

Dein alter
Egon Erwin Kisch

An die Mutter

5. Aug. [richtig: September] 1914

Teuerste Mutter,
im letzten Jahrdutzend habe ich Dir aus Nord und Süd, aus Ost und West Geburtstagswünsche gesandt, oft aus weiter Ferne, aber wenigstens konnte ich Dir den Ort nennen, wo ich Deiner in heißer Liebe mit überströmenden Wünschen gedenke und mich des Tages Deiner für uns so glücklichen Geburt freue. Heute steht kein Absendungsort oben auf meinem Brief, und auch auf der Marke wird ihn Dir kein Poststempel sagen. Und ebensowenig wie Du die Belanglosigkeit kennst, woher ich Dir schreibe, ebensowenig wissen wir beide, wann, wo und wie wir uns wiedersehen. Das ist ein trauriges Gefühl, das wir sechs heute alle empfinden, die wir diese schwere Zeit nicht vereint, aber mit vereinten Gedanken erleben! Diesmal ist es nur ein Wunsch, den wir Dir zu senden haben, und dieser Wunsch gilt eigentlich nur uns dreien in den verstreuten Winkeln Europas. Der Wunsch, daß wir glücklich zu Dir nach Hause zurückkehren. Etwas anderes kann Dir ja keine Freude bereiten, etwas anderes ist für Dich kein Glück. Wenn das der Himmel geben würde!

Du kannst Dir denken, wie sehr meine Gedanken im letzten Jahr der Fremde Dir galten, aber wie sie jetzt an Dir hängen, das läßt sich schwer ausmalen. Oft haben mich diese Gedanken gerettet, wenn ich aus Übermut, aus Leichtsinn und aus manchem Gefühl des Unwillens heraus etwas Unbedachtes tun wollte. Was liegt an meinem Leben, dachte ich. Aber da erinnerte ich mich an Dich. Und sei versichert: Ich werde mich auch weiterhin immer an Dich erinnern.

Gott verhüte, daß doch nicht alles so wird, wie wir es heiß wünschen! Für diesen Fall, liebe Mama, haben wir alle nur ein' einzigen Wunsch, den Du uns erfüllen mußt: Verzweifle nicht, und sei stark um Deinetwillen und der anderen willen.

Ich bin etwas sentimental geworden, man kommt im Krieg leicht auf solche Gedanken, besonders wenn man an den einzigen Menschen schreibt, den man auf der Welt hat. Aber Du darfst Dich dadurch, daß ich mich übermannen ließ, nicht etwa darauf schließen, daß ich schlecht gelaunt bin. Das ist nur momentan. Im allgemeinen bin ich glücklich, denn das Leben ist abwechslungsreich, romantisch, voll herrlicher Eindrücke, und wenn man die Gewißheit sicherer Heimkehr hätte, würde einem nichts fehlen. Außerdem hat man sich noch nie im Leben seiner Gesundheit gefreut, wie jetzt, da sich leider nicht alle ihrer zu erfreuen haben, wie jetzt, da man Gefährliches, beispiellos Gefährliches überstanden hat. So spiele ich den Schalksnarren des Regiments, tanze, dichte und deklamiere, koche, wasche und flicke und mache Witze. Also Du kannst beruhigt sein und brauchst betreffs meiner Person nichts anderes zu wünschen, als daß es mir weiterhin so gut gehen möge wie jetzt. Deine Karten erhalte ich prompt, z. B. heute. Gestern habe ich von Paul zwei Karten bekommen und gleich beantwortet; dem Briefe lag mein Belobungsdekret bei. Habt Ihr dieses und mein Tagebuch erhalten, ebenso meine Karte, in der ich um Zusendung von paar Schachteln Memphis bitte?

Grüße mir, liebe Mama, die l. Alice, der ich ein baldiges glückliches Wiedersehen mit Wolf herzlichst wünsche, grüße Wolfi und Arnold, Paul und Fritz und sei nochmals tausendmal geküßt, umarmt und Dir alles, alles Gute gewünscht von

Deinem Jungen
Egon

An Antonín Macek

Gyula, am 22. April 1917

Verehrter Herr Macek,
mir ist dieser Tage ein Feuilleton von Arne Novák über den »Prager Roman« (»Venkow« vom 12. April 1917) zugesandt worden, und ich suche mir nun Sie, mein geschätzter alter Freund und Übersetzer, als Adresse, um Ihnen zu sagen, was ich über das Problem denke. Denn mich bewegt und interessiert die Frage sehr, und ich brauche ein Ventil.

Dr. Novák befaßt sich mit der Tatsache, daß die deutschen Schriftsteller mit Vorliebe Prag als Schauplatz ihrer Romane wählen, und behauptet, daß sie in Prag die geheimen Schlupfwinkel von Elend, Prostitution und Verbrechen nicht bloß mit Behagen, sondern mit Tendenz hervorheben. »Ze skutečného života pražského nezná, či lépe řečeno nechce znáti pisatel ›Golema‹ praničeho. Zcela úmyslně zamlčuje etc.« Ich glaube, daß da Herr N. sehr stark unrecht hat. Von nationalen Gründen kann da keine Rede sein, denn es besteht gar kein Grund anzunehmen, daß die Prager deutschen Literaten Prag weniger lieben und erfassen als andere Dichter ihre Heimatstädte. Meyrink, dessen Buch in dem Feuilleton als Mißgeburt von semitischer Mystik und deutschem Journalistenwitz bezeichnet wird (Meyrink ist ein bayrischer Bischofssohn!), hat die Prager Deutschen, insbesondere das Casino mit dem blutigsten Hasse befehdet, und sein Artikel »Prag«, in der Zeitschrift »März« vor zehn Jahren veröffentlicht, hat in der deutschen Öffentlichkeit Prags einen Schrei der Entrüstung hervorgerufen. Rainer Maria Rilke, dessen wundervolle zwei Schlupfwinkelnovellen aus der Omladina-Zeit »Prag Geschichten« Herr Dr. Novák zum Glücke nicht zu kennen scheint, stand den Tschechen ebenso wie sein Zeitgenosse Paul Leppin, welcher auch Mitarbeiter der »Moderní revue« ist, mit Begeisterung gegenüber. Otto Pick, Franz Werfel usw. Max Brod ist Zionist, und es zeugt von keiner Gelehrtengründlichkeit, wenn Herr Dozent Novák bei Besprechung von aktuellen deutschen Romanen über Prag den erfolgreichen »Tycho de Brahes Weg zu Gott« und »Der Kampf« von Ernst Weiß (Verlag S. Fischer) nicht erwähnt – vielleicht bloß deshalb, weil ihm deren unverbrecherisches, unprostitutionelles Milieu kein Argument für seine Behauptung bietet, sondern eher ein Gegenargument darstellen würde.

Haben sich vielleicht die Pariser beleidigt, daß man aus der Lektüre von »L'Assommoir«, »Le ventre de Paris« und anderen naturalistischen Pariser Romanen Zolas, aus den »Mensonges« von Bourget oder aus den »Misérables« von Hugo nicht herausführt, daß ringsumher »hučí a proudí ruch průmyslový a obchodní, vědeckého a uměleckého snažení«. Hat sich Berlin beleidigt, daß sein Wesen noch immer in keinem Roman besser erfaßt ist als in dem Spelunkenroman »Spitzen« (Krajky) von Paul Lindau, und München in dem naturalistisch-brutalen Buche »Was die Isar rauscht« von M. G. Conrad? Ist Neruda von der Tendenz des »Tageboten aus Böhmen« beeinflußt gewesen, als er seine Skizzen über die Prager Pepíci und über den Prager Jargon schrieb und die Ärmsten zu Helden seiner Prager Skizzen machte?

Ja, aber über das tschechische Prag soll die deutsche Öffentlichkeit kein falsches Bild erhalten. Wien, keine schlechte Forderung. Aber ein Roman ist doch weder eine topographische Darstellung noch ein Prospekt zur Hebung des Fremdenverkehrs. Wird das Interesse an den geschilderten mystischen und kriminellen Stätten einen Leser dazu verleiten, nach Prag zu kommen und den Frantischek zu suchen, so wird er hier schon sehen, daß es hier auch etwas anderes gibt als den Frantischek.

Herr Dr. Novák lobt – als einzigen tschechischen Romancier der Stadt Prag – den Schriftsteller K. M. Čapek. Er lese sich den »Kašpar Lén« durch und wird finden, daß er nicht bloß konzentrierter und besser als die »Turbina« ist, sondern daß er von jenen Darstellungen wimmelt, die Herrn Dr. N. bei den deutschen Dichtern Prags Zeter und Mordio schreien lassen.

Es bleibt nur die Frage offen, wieso es wirklich kommt, daß die wenigen Prager deutschen Schriftsteller in der Schilderung Prags den tschechischen (zumindest numerisch) überlegen sind. Ich glaube, es ist deshalb, weil sie alle so denken wie der Herr Dr. Novák über Prag und ein Kleriker von der Unfehlbarkeit des Papstes. Noli me tangere ... Und dann sind kitschige Spießerbilder wie der »Tchán Kondelík und zet' Vejvara« die Quelle, aus der man im Hain der Literatur die Kenntnis des Prager Lebens trinkt.

Was den verschleierten Angriff gegen mich betrifft, dessen »Mädchenhirt« Herr Novák gewiß nicht gelesen hat, weil er mich dann nicht als unseriösen Schreiber hinter anderen einreihen würde (er frage meine Freunde Leppin und Brod nach mir), so trifft er mich ebensowenig wie Sie, von dem ich wurde »tak ochotně překládán«.

Das wollte ich Ihnen sagen. Natürlich nur rein privat, mein flüchtiger Brief ist keineswegs als Zeitungsartikel gedacht. An wen hätte ich mich denn wenden können, »um zu sagen, was ich darüber denke«. Glauben Sie, daß jetzt der richtige Moment wäre, den »Mädchenhirt« ins Tschechische zu übersetzen? Meine hiesigen Freunde (ich diene bei den Prag-Piseker Elfern) glauben, daß er ein ungeheueres Aufsehen machen würde. Sie müßten allerdings – wenn Sie Lust und Mut zur Übersetzung haben – eine Einleitung dazu schreiben und darin etwa das sagen, was Sie über die oben erörterten Fragen zu sagen haben. Ich würde Ihnen eventuell einige begeisterte tschechische Kritiken (darunter auch der »Venkov«!) über meine Bücher zur Verfügung stellen, wenn Sie sie in der Einleitung, einem Prospekt oder einem Inserat reproduzieren wollten. Wenn Sie das Buch übersetzen würden, schreiben Sie mir, und ich würde mich bei Reiss dafür einsetzen, daß Sie das Übersetzungsrecht umsonst bekämen.

Im übrigen verläuft mein Leben vorläufig in Exerzieren, Schießübungen, Salutieren und ähnlichen Dingen. In acht Tagen gehe ich wieder an die Front ab.

Ich habe ein riesiges Kriegstagebuch geschrieben, mein bestes Werk, das aber erst mit Schreibmaschine »gedruckt« ist. Heinrich Mann hat es partiell gelesen, hat mir darüber Enthusiastisches geschrieben, auch sonst gefällt es. Aber es kann erst nach dem Krieg erscheinen.

Wann wird das sein? Machen Sie Schluß, lieber Herr Macek, und schreiben Sie – wenn Sie Lust haben – Ihrem erg.

Egon Erwin Kisch,
Leutnant im k. u. k. J. R. 11. Gyula. (Ungarn.)
(Briefe werden nachgesandt!)

Abschiedsbrief an meine Genossen

29.3.1919

Vor anderthalb Jahren wurde von Dr. Benno Karpeles die Wochenschrift »Der Friede« gegründet. Meine Freunde machten dieses Blatt, das den Krieg bekämpfte und in das der Zensor weiße Flächen riß. Ich – obgleich Soldat –

arbeitete natürlich mit. Von der ersten Nummer an bis zum letzten Oktoberheft 1918. Damals schrieb ich von der Front, wie ich ein Kriegshetzedenkmal zertrümmert hatte, und forderte zu Steinwürfen gleicher Art auf. Dann kam die Revolution in Wien, ich war dabei, stand leider, leider im Vordergrund der Debatten, man fahndete von allen Seiten nach Material gegen mich. Aber darin, daß ich weiter für den »Frieden« schrieb, fand niemand ein Haar, konnte auch niemand ein Haar finden, denn diese Zeitschrift war radikal wie keine. Seit zwanzig Wochen, seit mein Name im Zusammenhang mit der »Roten Garde« zum ersten Male genannt worden war, habe ich keine Wohnung mehr. Jede Nacht schlafe ich bei einem anderen Freund. Die Genossen wissen, wo ich nächtigte: auf der Erde in der Stiftskaserne, im Eisenbahnerheim, in der Föderation, in Wohnungen der Kameraden.

Weder Gage noch Abfertigung konnte ich mir beim k. u. k. Militär holen. Ich hatte mich selbst degradiert und konnte nicht hingehen, Offizierssold zu verlangen. Bei der »Roten Garde« gab es damals – so wie ich es eingeführt hatte – nur Mannschaftslöhnung, kein Menagegeld, auch für Offiziere nicht. Es ist anders geworden, seit die Sozialdemokraten Dr. Deutsch, Dr. Frey usw. und sogar Fritz Adler in die »Rote Garde« kamen und ich sie verlassen mußte.

Ich habe in den fünf Monaten insgesamt 140,–, sage hundertvierzig Kronen, verdient. Das Geld, das ich besaß, war aufgezehrt, als die Postsperre mit Tschecho-Slowakien kam, konnte ich nicht einmal mehr meine Mutter angehen. Ich habe keinen Zivilanzug, meine Uniform ist schäbig. Alle Blätter schickten mir meine Beiträge zurück. Die politischen waren zu scharf (nur ein einziger von denen, die ich dem »Abend« auf Bestellung gesandt hatte, erschien; die K 40,– Honorar sind in den obigen

Gesamtbetrag von K 140,– eingerechnet), die literarischen Beiträge wurden – mit dem Hinweis, daß ich ja ein Bolschewik sei – überall abgelehnt, sogar von einer Münchner Literaturzeitschrift.

In all dieser Zeit habe ich meine ganze Arbeitskraft dem sozialrevolutionären Gedanken gewidmet. Die Föderation, alle ihre Sektionen, den »Freien Arbeiter«, die »Rote Garde« habe ich mitbegründet, und die Genossen können Auskunft darüber geben, ob ich der schlechteste Arbeiter am guten Werk war.

Das wußten aber auch die Gegner, die jeden von uns schon länger kannten, als wir einander kannten. Es gibt keinen Angriff, keinen Vorwurf, der mir erspart geblieben wäre. Von der Behauptung, ich sei nicht im Felde gewesen, bis zur feierlichen Verkündigung im Soldatenrat, ich sei mit Erzherzog Max photographiert, hätte Kriegsgedichte veröffentlicht und dergleichen. Ich konnte diese Lügen tausendmal richtigstellen, in jeder Versammlung warf sie mir ein Gegner wieder ins Gesicht. Etwas bleibt immer hängen. Besonders wenn es sich um den Vorwurf schlechter Charaktereigenschaften handelt. Wenn zum Beispiel von jemandem immer wieder behauptet wird, daß er ein Trottel sei, wird man es schließlich glauben. Warum sollte man also daran zweifeln, daß ich alles aus Eitelkeit tue, nur um in der Zeitung zu stehen? Mein Name stand ja wirklich fast täglich in der Zeitung. Daß ich es war, der die Veröffentlichung der Namen der Redner vom Deutschmeisterplatz (darunter natürlich meines eigenen) verhindert hatte, daß ich nie daran gedacht hatte, daß die in Kellerlokalen auf mich gefallene Wahl zum Kommandanten der »Roten Garde« jemals Gegenstand einer Zeitungsnotiz werden könnte und daß die Angriffe gegen meine Person um dem wütenden Neid der selbst gehetzten Preßmeute darüber entstammten, daß auch ein Journalist eine eigene Meinung, nicht die seines kapitalistischen Herausgebers zu vertreten wage – all das konnten nur wenige Genossen wissen.

Aber auch jene, die alle die Anfeindungen nicht glauben durften, weil sie mich kannten, wurden begreiflicherweise müde, mich immer wieder verteidigen zu müssen, gegen die Beschuldigungen der bürgerlichen Presse, gegen die Reden der sozialdemokratischen Parteimänner und gegen die Beeinflussungen einer eifersüchtigen Frau. Ich bewarb mich neuerlich um den Eintritt als Volkswehrmann in die »Rote Garde«, um die sechs Kronen zu bekommen. Es ist mir nicht geglückt, dort eintreten zu können.

Zum Glück machten meine Freunde, die den »Frieden« geschrieben hatten, ein neues Blatt. Unter ihnen Karl Otten, politischer Hauptmitarbeiter der spartakistischen »Aktion« von Berlin, die vom ersten Kriegstag an die Revolution gepredigt hatte, wofür Otten auf Jahr und Tag in den Kerker mußte. Auch die meisten anderen: Sozialisten radikaler Prägung. »Werdet ihr mir etwas abdrukken?« fragte ich sie. – »Alles, was du schreibst. Auch Politisches.« – Ich lehnte das ab. Politik will ich nur bei einem Blatt schreiben, das einer Partei oder einer Parteigruppe Gleichgesinnter gehört. Aber ich erbot mich, *Lokalreporter* zu werden, und war glücklich, als man das annahm. Auch gewährte man mir meine Forderung, daß ich immer eine Richtigstellung, mit meinem Namen unterfertigt, im Blatte veröffentlichen könne, wenn über Kommunismus oder Sozialrevolutionismus eine Unrichtigkeit ins Blatt geraten wäre. Jetzt kann ich meine Schulden bezahlen, mir ein Zimmer suchen und kann von gefestigter Lebensführung aus dem sozialrevolutionären Gedanken leben, dem ich unwiderruflich mein Leben geweiht habe. Und frei von materiellen Sorgen für ihn wirken.

Für ihn wirken? Nein! Man macht mir's zum Vorwurf, daß ich zur Zeitung ging, die das radikalste und anständigste Blatt von Wien werden soll. Die Sozialdemokraten haben es freilich leicht, sie haben ihre großen Blätter, und vom Wienzeilenhonorar läßt sich's fein leben. Trotzdem haben große Politiker außerhalb der Parteiorgane mitgearbeitet. Auch Marx war Redakteur eines einem Kapitalisten gehörigen Blattes und kam sogar mit diesem in Konflikt, Theodor Herzl schrieb sein Leben lang für ein Blatt, das die von ihm hervorgerufene politische Bewegung totschwieg und noch heute totschweigt, Kurt Eisner war die größte Zeit seines Lebens Redakteur bürgerlicher Blätter, Béla Vágó und Eugen László, die an der Spitze der ungarischen Bewegung stehen, waren beim kapitalistischen Sensationsblatt »Az Est«, Karl Schuhmeier ging vor kurzem, um einer Gehaltserhöhung von K 600,– willen, vom sozialdemokratischen Zeitungsangestelltenverbande zum Verband der Zeitungsunternehmer über, organisierte sozialdemokratische Setzer müssen täglich antisozialistische Hetznotizen setzen, sozialdemokratische Drucker, Stereotypeure, Austräger als Munitionsarbeiter und Munitionszuträger, diese gegen sie selbst und gegen ihre Klassenbrüder vergifteten Geschosse des Kapitalismus, schuften. Und ich soll charakterlos sein, weil ich Lokalnachrichten für ein Blatt schreiben will, das tausendmal weiter links stehen soll als unsere ganze sozialdemokratische Tagespresse, die doch heute Regierungsorgan ist und sein muß?

»Aber es ist ein Schöllerblatt.« Lüge! Kein Herr Schöller hat mit dem Blatt etwas zu tun. Aber wäre er es, wäre er mein Brotgeber, ich wäre glücklich, diesem Blutsauger öffentlich sagen zu dürfen, daß er mit seinem Geld noch niemals etwas so Gutes gestiftet habe wie dadurch, daß er mir Gehalt bezahlte. Denn niemand kann und wird mich hindern, von meinem Erwerb und sogar in meinen Artikeln meine einzige Leidenschaft zu befriedigen: die sozialistische Idee zu fördern.

Das ist es, was ich zu den dieswöchentlichen Vorwürfen zu sagen habe. Ich hoffe, jetzt energischer und freier als je für unsere Gesinnung arbeiten zu können. Ich hatte auch vorher mit vielen Genossen von der FRS über meinen Eintritt in den »Neuen Tag« gesprochen, und niemand hat darin etwas gesehen, was besser unterbleiben sollte. Aber jetzt besorgen einzelne Genossen nicht mit Unrecht, daß die so heftig eingesetzte gegnerische Agitation die Angriffe gegen meine Person diesmal mit besonderer Wirkung auf unsere ganze Sache ausdehnen könnte. Darin, daß die Sache nie zwecklos gefährdet werden darf, darüber sind wir uns alle einig.

So gehe ich denn. Die »Rote Garde«, Beilage zum »Freien Arbeiter«, die ich vom 1. November an geschrieben und redigiert habe, wird nicht mehr erscheinen. Sie hat ihre Pflicht getan, den Gedanken der sozialen Revolution in die Kasernen zu tragen, und ein vor kurzem entstandenes Soldatenblatt, »Der Rote Soldat«, Organ des Revolutionären Soldatenbundes, arbeitet in zielbewußter, vortrefflicher Weise für die Verbreitung und Vertiefung dieser Idee. Ich muß meinen soldatischen Genossen und meinen Lesern zum Abschied sagen, daß es die Pflicht ist, dieses Blatt zu abonnieren: Es kostet K 2,– vierteljährig, und die Adresse ist: Postamt 101, Postfach 7.

Und nun muß geschieden sein. Von einer Zeit, in der ich so glücklich war, keinen anderen Beruf als meine Gesinnung haben zu können. Und von der politischen Arbeit, die mich erfüllt hat. Und von euch, Genossen, die ich geliebt habe und die mich geliebt haben. Unsere Sache steht gut! Wenn sie aber je schlecht stünde, würdet ihr mich wieder an eurer Seite finden. Dann könnt ihr auf mich zählen.

Nein, ihr könnt *immer* auf mich zählen!

An die Mutter

Wien, 1. Aug. 1919

Liebe Mama,
ich freue mich Deiner bestimmten Absicht, nach Wien zu kommen, aufrichtig. Hoffentlich werden Dir die Strapazen Deiner Reise keine Beschwerden bereiten. Am 1. September hoffe ich bereits ein neues Quartier zu haben (aus meinem bisherigen ziehe ich heute aus, die Wanzen haben mich fast aufgefressen; wohin ich übersiedle, werde ich erst abends wissen). Also im September kommst Du zu mir.

Sorgen um mein körperliches Befinden brauchst Du Dir nicht zu machen. Gesund sind wir G[ott] s[ei] D[ank], dank Dir und der Kinderstube, immer, also diesbezüglich kann ich Dir nur die stereotype Meldung erstatten: pumperlgesund.

Allerdings ist es wahr, daß ich seelisch in einer Depression bin, wie ich's schon seit Jahren nicht mehr war. Das hat viele Gründe. Vor allem kränkt mich mein seinerzeitiger Austritt aus dem politischen Leben und die Folgen vor mir und vor den anderen. (Heute fetzt mich wieder der »Fackel«-Kraus an.) Ich stand nun einmal im Vordergrund der Ereignisse, und die Beobachtung und Bekrittelung meiner Person hat durch den Austritt sich nicht vermindert, mir die Ausübung der Journalistik erschwert, mein Leben kompliziert. Von Wien aber will ich nicht weg, bevor ich mich nicht einigermaßen rehabilitiert habe.

Auch leide ich unter den äußeren Bedingungen des Lebens, woran leider sehr viel Du die Schuld trägst, indem Du mich wie einen verlorenen Menschen betrachtest und Dich in jedem Brief in wehmütigen Wendungen über mein Schicksal ergehst. Ich habe das Höchste erreicht, was ein Journalist erreichen kann; daß jeder seinen Namen kennt, daß über ihn tausend Artikel und Notizen und Interviews mit ihm geschrieben worden sind, daß man jede Zeile seines Namens abdruckt (unter 400 Kronen schreibe ich nicht fürs »Prager Tagbl[att]«) etc. Aber ich darf eben jetzt nicht Zeitung machen, wenn ich mir den Rest meines Rufes als Charakter wahren will. Bücher werden bald erscheinen, und Du wirst Freude haben. Beim »N[euen] Tag« hatte ich 48 000 K Jahresgage und hab sie einfach hingeschmissen, und das war das Gescheiteste, was ich tun konnte. Bin glücklich darüber. Heute bot man mir ein paar tausend Kronen für die Verfilmung des »Mädchenhirt«. Habe abgelehnt und weiß, warum.

Wenn ich aber Dir um Geld schreibe – mein ganzes Vermögen beträgt soviel, daß ich's spielend in einem Monat verdienen könnte, wenn ich freie Hand hätte –, bekomme ich Wehklagen zu hören, als wenn ich ein verkommenes Subjekt wäre. »Wenn Du nur wieder am Redaktionstisch säßest ...« Hätte ich Dir damals nicht gefolgt – vielleicht säße ich am Ministertisch. *Ich brauche momentan kein Geld*, ich schränke mich schon ein. Ich schreibe es Dir nur deshalb, weil es mich ärgert, wenn Du – statt stolz auf mich zu sein – Dir Sorgen über meine Zukunft machst. Die kannst Du ruhig mir überlassen. Schreib mir ins Café Central, Herrengasse. Ich lasse dann mehr von mir hören.

1 000 Küsse von Deinem
Egon

An Gerhart Pohl

[Oktober 1929]

Eine Antwort auf Deinen Brief »Über die Rolle des Schriftstellers in dieser Zeit« hat sich in je drei Absätzen auf drei Punkte zu erstrecken:

den äußeren Anlaß unseres Konfliktes;
Deine Ansichten über Toleranz, Generation und Justizkampagne;
die prinzipiellen Zusammenhänge der Literatur mit Politik, Partei und Propaganda.

1.

Gottfried Benn wurde den Lesern der »Neuen Bücherschau« in begeisterten Worten vorgestellt. Dagegen protestierten wir. Du glaubst, wir hätten unüberlegt gehandelt, und verweist auf Benns »Kunst und Staat«. Nun, dieser Aufsatz ist die Jeremiade eines Einsiedlers darüber, daß er nicht genug geachtet werde, die Klage eines sorgfältig Weltfremden und eifrig Unverständlichen darüber, daß ihm seine Literatur so wenig – Geld einbringe. Noch schöner als diese kaufmännische Bilanz und als sein Mitleid für die verarmten Fürsten ist ein im »8-Uhr-Abendblatt« erschienener Aufsatz über den Mord an der Krankenschwester Edith Cavell, dem MUDr. Gottfried Benn als Militärarzt beigewohnt hat. Aber das Wort »Mord« steht nicht bei Benn und nicht im »8-Uhr-Abendblatt« – bei Benn und im »8-Uhr-Abendblatt« steht, daß die Erschießung der Edith Cavell eine vom militärischen Standpunkt ganz berechtigte Hinrichtung war. Gottfried Benn ist ein in seine krankhaften (schizophrenen) Hemmungen eingesponnener Snob, der keine Ahnung von der Welt hat, aber sie behandelt. Dagegen muß man sich wenden – wie auch der Doktor Benn gegen eine auf ärztlichem Gebiet verübte Pfuscherei schon Mittel und Wege finden würde. Ich habe mich dagegen gewendet, indem ich, in meinem Brief an Dich, schnell den Satz von den Fürsten im Rinnstein zitierte. Ich habe mich nicht dagegen gewendet, indem ich eine Kritik schrieb. Das wäre zeitraubend und schwer, denn es gibt für diese Art von tiefen Dichtern (zum Unterschied von uns seichten) keinen Satz, den sie nicht mit einem gegenteiligen aufheben würden, und vielleicht hat Benn seine Wehklage über die Fürsten gar nicht als Wehklage und die Fürsten gar nicht als Fürsten und den Rinnstein gar nicht als Rinnstein gemeint, und vielleicht frohlockt er sogar über die Fürsten im Rinnstein. Ich habe also erst gar nicht kritisiert, denn es ging nicht um ein Ich namens Gottfried Benn.

Es ging um *fünf Sätze* eines Mitarbeiters, wie Du milde bemerkst, um nur fünf Sätze, die in der Kritik Max Herrmann-Neißes über Gottfried Benn standen. Fünf Sätze. Du kannst bestätigen, daß ich als Mitglied des Redaktionskomitees oft genug über viel weniger als fünf Sätze viel mehr als fünf Sätze sprach und schrieb. Denn fünf Sätze können viel enthalten. Setzen wir den Fall, daß ein Mitglied irgendeines ernsthaften literarischen Kreises veröffentlichen würde, dieser Kreis produziere nur Kitsch. Wäre das nicht Grund genug für den Kreis, aufs tiefste empört zu sein?

Die Geringschätzung von literarischen Lieferanten politischen Propagandamaterials wiegt aber schwerer als der Vorwurf des Kitsches. Nimm zum Beispiel ein Ereignis wie den 1. Mai 1929 in Berlin. Alle Berliner Zeitungen strotzten von Greueltaten der Kommunisten gegen die wehrlose Polizei, die planvoll überfallen und meuchlerisch geschlachtet worden sei. Man rief nach Auflösung des Frontkämpferbundes, nach Einkerkerungen, nach Beschlagnahmen. Der winzige Kreis der Publizisten, die anzudeuten versuchten, was sich nach der Durchführung der geforderten Gewaltmaßnahmen herausstellte, daß nämlich kein einziger Polizist auch nur eine Kratzwunde erlitten, wohl aber an zehn verschiedenen Straßenecken von der Polizei in Frauen und Kinder geschossen, zweiunddreißig Menschen getötet und Hunderte verletzt wurden, der winzige Kreis dieser Publizisten fand kein Plätzchen zur Äußerung in einer »unabhängigen« Zeitung. Begründung: »Ihr seid literarische Lieferanten politischen Propagandamaterials.« Und das sind wir wirklich im Kampf gegen die Verleumdung Sowjetrußlands, gegen die Kolonialgreuel, gegen den Faschismus, gegen vieles und für vieles. Mit diesem Urteilsspruch schließt man uns aus, in entscheidenden Dingen mitzusprechen. Wenn aber aus dem Redaktionskomitee des Literaturorgans, dem wir angehören, dieser »Vorwurf« als Vorwurf erhoben oder ohne Absicht übernommen wird, dann kann es nicht anders wirken als – Verzeihung – ein Dolchstoß von hinten. So hat es auf Becher gewirkt, so hat es auf mich gewirkt, unabhängig voneinander und ohne gegenseitiges Einvernehmen haben wir auf die Rezension Max Herrmann-Neißes reagiert. Beide waren wir so kleinlich, uns gegen fünf Dolchstöße zu wehren.

2.
Einen Generationsunterschied machst Du geltend. Schlimm, schlimm. Den Nationalismus der Generationen haben die Professoren erfunden: Generation gegen Generation auszuspielen wie Franzosen gegen Deutsche. Gäbe es Unterschiede, dann müßten die Jahrgänge, die den Krieg mitgemacht haben, klüger sein als die neuen Jahrgänge. Sie sind es nicht – da hast Du recht. Jedoch auch umgekehrt stimmt es keineswegs, die Generation Bronnen und der jüngeren Hakenkreuzler wird den nächsten Krieg froher bejahen als die von Barbusse.

Literaturpapismus willst Du nicht üben, »Die Neue Bücherschau« müsse verschiedene Meinungen gelten lassen. Das ist ein demokratischer Standpunkt, allgemeingültig und darum nicht minder gefährlich. Die Zeitschrift eines sozialistischen Kreises darf nichts drucken als die Wahrheit.

Aber – »Was ist Wahrheit?« fragte Pontius Pilatus. Nun, Wahrheit ist, daß sich die Erde um die Sonne dreht, daß der Storch die Kinder nicht bringt, daß Gottfried Benn uns nichts angeht, daß es kein Vorwurf sein darf, literarischer Lieferant politischen Propagandamaterials zu sein. Uns gemeinsam von denen lösen zu dürfen, die ein weiteres Herz haben, ein demokratischeres, und für die es keine objektiven Wahrheiten gibt und die Wahrheiten für Lügen und Lügen für Wahrheiten halten, das verstehen wir unter Freiheit, Herr Redakteur Leo Hirsch, der Sie im »Berliner Tageblatt« Bechers und meine Haftung als kommunistische Freiheit, Gleichheit und Brüderlichkeit mit dem Spott Ihrer unbändigen Freiheit begießen!

Die Parallelstellung einer Kampagne für die Befreiung von Max Hoelz mit der für den hingerichteten Jakubowski kann nicht unwidersprochen bleiben. Eine Rote-Hilfe-Aktion hat nichts mit der üblichen Aufklärung eines Justizirrtums zu tun. Uns handelt es sich um die Solidarität, einen in den Kerker geratenen Klassenkämpfer zu retten; ob einer der gegen einen Faschisten abgegebenen vierzig Schüsse von Hoelz stammte oder ob Hoelz in Eisleben einen Mann wirklich am Arm verwundet hat, ist natürlich für unser Verhalten nicht im geringsten wichtig. Aber bei den üblichen Aktionen zur Aufdeckung von Justizirrtümern, selbst dort, wo sie nicht aus Geschäftsgründen oder aus journalistischem Tatendrang erfolgt, sondern aus einem ethischen Gefühl, wird der Klassencharakter der Justiz weder erkannt noch angetastet, sondern man setzt ihr nur mit väterlicher Strenge oder mütterlicher Milde einen begangenen Fehler aus. Ein anständiger Mensch wird es begrüßen, wenn dem Opfer eines Justizfehlers sein Recht wird, ebenso wie man sich freuen mag, wenn die Heilsarmee einen Betrunkenen vom Erfrierungstod rettet. Aber deshalb sind wir noch lange nicht für die Heilsarmee.

3.

Man kann nur in der Unabhängigkeit wirken, sagst Du uns und kannst gewiß sein, daß Dir der Beifall der Parteilosen dafür dankt. Welcher von ihnen verachtet nicht »die Fesseln der Partei«, sucht sich nicht »aus allen Parteiprogrammen das Beste heraus«, erklärt nicht, er könne sich »nicht binden«, singt nicht das Lied von der Burschenherrlichkeit, »so frei und ungebunden«. Wir andern haben diese Freiheit nie als Freiheit empfunden, wir wissen, daß nur der, der nichts zu sagen hat, alles sagen darf.

Die Trennung von Politik und Literatur möchtest Du vor allem vollzogen sehen. Das ist vergeblich. Alles in der Welt ist von der Politik abhängig, von den ökonomischen Verhältnissen und ihrem Überbau. Also auch die Literatur und selbst die exakten Wissenschaften. Freilich heißt das, was man an »Happy-End« oder Werther-Selbstmord, an Liebe, Detektivistik, Vergrübelung, Pornographie, Seele und individualistischer Lyrik in allen Qualitäten herstellen läßt, »tendenzlose Kunst«, und es wird meistenteils politisch unbewußt geleistet. Hingegen wird jede Befassung mit einem wichtigen Problem längst als banal, als üble Tendenzmache, als Demagogie bezeichnet; wer das tut, »ist ein Speichellecker des Proletariats« oder gar ein literarischer Lieferant politischen Propagandamaterials.

In der Mitte des vorigen Jahrhunderts wurde die Dialektik Hegels um den Materialismus Feuerbachs bereichert und der Materialismus Feuerbachs um die Kenntnis der realen Verhältnisse von Industrie, Handel und Lebensbedingungen: Durch den dialektischen Materialismus wurde die Aufgabe gestellt, die Welt zu verändern, statt sie zu interpretieren. Innerhalb einer knappen Polemik kann über das Gegenseitsverhältnis von Politik, Wirtschaft und Geist wenig ausgesagt werden, wogegen es einer Zeitschrift wohl möglich sein könnte, diese Zusammenhänge aufzuzeigen und sich zu ihnen zu bekennen. Nur müßte sie von einem Kreis redigiert sein, in welchem die Möglichkeit, die andere Seite, die Snob-Literatur, zu preisen und die politischen Tatsachenlieferanten zu beschimpfen, etwas Undenkbares wäre. Noch undenkbarer aber, daß der Herausgeber in jene philosophische Vorzeit zurückkehrt, den Veränderungszweck des Wortes negiert und wörtlich sagt, daß dem Schriftsteller nur zwei Aufgaben gestellt sind: zu gestalten und zu erklären. Mit diesem Satz wie mit Deinem ganzen offenen Brief sprichst Du deutlicher aus, als wir es taten, daß zwischen uns ein weiter Spalt klafft.

»*Braucht Ihr die Partei, braucht Euch die Partei?*« So fragst Du. Diese Fragen sind bejaht. Alles, was nach dem Krieg eine überparteiliche Geltung gewann, alles, alles kommt aus der Partei. Alles, was auch Dir wichtig ist, die Rußlandfilme, die neue Karikatur, die neue Theaterregie, die neuen Verlagsleistungen – die bürgerliche Welt gibt selbst zu, daß sie dem nichts entgegenzusetzen hat. Von der Literatur brauchen wir gar nicht zu reden in einer Zeit, da die remarquable Verwässerung des unter persönlichem Heroismus von meinem Parteigenossen Henri Barbusse im ersten Kriegsjahr veröffentlichten Antikriegsbuches dem geschickten Nachtreter Millionenerfolge und die Anwartschaft auf den Nobelpreis einträgt. Über die Parteileute in der Literatur von Gorki bis zu unseren gemeinsamen Freunden sind wir uns ja einig. »Ja«, kannst Du antworten, »aber wären diese einzigen Begabungen unserer Zeit geringere Begabungen, wenn sie außerhalb der Partei stünden?« Nun, ein Zufall ist es wohl nicht, daß sie innerhalb der Partei stehen. Von dem Postament des denkerischen Systems aus, das die Philosophie um die Kenntnis der Umwelt bereichert, das bewußt Vergangenheit und Gegenwart in den Dienst der Zukunft stellt, zur Kunst und Wissenschaft die Politik gefügt hat, kann man sozusagen dreidimensional sehen. Wogegen der unmarxistische Schriftsteller an jedes Problem aus dem Stegreif herangeht; von seiner schriftstellerischen und denkerischen Begabung, von seiner größeren oder kleineren Beeinflussung durch die höchst politische unpolitische Literatur hängt es ab, ob er es überhaupt aufstöbert. Dagegen sind dem Kenner der sozialistischen Literatur die Probleme des seit Jahrhunderten im Gang befindlichen Klassenkampfes klar, zu welchen gleichermaßen das Ding an sich wie ein kleiner Gegenstand des täglichen Bedarfs gehören; von der Fähigkeit des marxistischen Schriftstellers hängt es dann ab, ob er das ihm deutlich sichtbare Problem zu erledigen vermag. Das hat die Partei von uns, das haben wir von der Partei, die sich – siehe Lenins Briefe an Gorki – sehr um die Schriftsteller bemüht.

»Aber, Kisch« – dieser Einwand ist möglich –, »Du kannst uns doch nicht erzählen, daß jedes Parteimitglied, jeder Schriftsteller, der der Partei angehört, ein vollkommener Marxist ist.« Nein, das kann ich Euch wirklich nicht erzählen, denn es ist nicht wahr. Dagegen kann ich Euch erzählen, daß er ein vollkommener Marxist sein sollte und daß er, um so mehr er sich darum bemüht, ein um so besseres Parteimitglied darstellt. Ferner kann ich Euch erzählen, daß die Zugehörigkeit zur Partei einen unausgesetzten Verkehr mit dem Proletariat bedingt und dieser lebendige Zusammenhang mit der aufstrebenden Klasse jedem dazu verhilft, die wirkliche Welt zu sehen und sie von der Scheinwelt zu unterscheiden. Diese Scheinwelt von allen Seiten zu bedichten und zu beschreiben, haben die Machthaber in Auftrag gegeben und als »reine Kunst« proklamiert. Wir aber wollen mit dieser »reinen Kunst« nichts zu tun haben.

An Gottfried Benn

1.6.1933

An Herrn Dr. Gottfried Benn!
Sie haben einen Brief aus der »Nähe von Marseille« von einem emigrierten Literaten erhalten und antworten darauf durch Presse und Radio. Aus dem an Sie gerichteten Brief zitieren Sie vor allem und wiederholt, daß Sie, Herr Dr. Benn, für den (oder die) Absender der Inbegriff des höchsten Niveaus und einer geradezu fanatischen Reinheit gewesen sind. Nun kann es durchaus sein, daß solche dick aufgetragenen Schmeicheleien in einem Brief stehen, aber kein geschmackvoller Mensch würde sich ihrer öffentlich rühmen. Aber vielleicht bedurften Sie eines solchen Lobs, um sich damit vor einem neuen Leserkreis zu legitimieren, vor einem alten zu verteidigen. Zu diesem Zweck konnten Sie sogar ein solches Lob erfinden. Ihre wiederholte Reproduktion des Attests Ihrer fanatischen Reinheit täuscht jedoch nicht darüber hinweg, daß auch der andere Satz des Briefes falsch wiedergegeben ist, laut welchem Ihr Bewunderer Ihnen geschrieben habe, die Emigranten säßen »in den kleinen Badeorten am Golf de Lyon und in den Hotels von Zürich, Prag und Paris«.

Nein, Herr Dr. Benn, so hat Ihnen das niemand geschrieben, bestenfalls haben Sie die Tatsache, daß Sie einen Einzelbrief aus einem französischen Fischerdorf bekamen, zu Ihrer Behauptung verallgemeinert. Zu Ihrer Behauptung, die von wenig Einfühlungsgabe zeugt. Woher sollten denn die deutschen Schriftsteller, deren Manuskripte, jahrelange Arbeit, bei den Haussuchungen zerfetzt, deren Bücher verboten und verbrannt, deren Verleger zugrunde gerichtet, deren Mitarbeit an Zeitungen und Zeitschriften des heutigen Deutschland unmöglich ist, woher sollten sie Geld für Riviera-Reisen und Hotelrechnungen nehmen? Sie, Herr Dr. Benn, behaupten zu wissen, daß die Flüchtlinge ihre Tage als Badegäste oder Hotelgäste verbringen, während die Flüchtlinge keineswegs wissen, auf welcher Matratze welcher Kammer sie heute nacht liegen werden – ihr einziger Luxus ist der, ihre Überzeugung nicht mit den Anschauungen kulturloser Machthaber gleichgeschaltet zu haben.

Nach Ihrer Ansicht können die Emigrierten über die Dinge Deutschlands nicht mitreden. Nur mit denen, die »durch die Spannungen der letzten Monate hindurchgegangen – von Zeitung zu Zeitung, von Umzug zu Umzug, von Rundfunkübertragung zu Rundfunkübertragung –, mit diesen allen kann man reden, aber mit den Flüchtlingen, die ins Ausland reisten, kann man es nicht«. Da haben wir also Ihr irrationales Plus über uns. In Absatz Nummer 1 legitimierten Sie sich mit Eigenlob, in Absatz Nummer 2 mit der Tatsache, daß Sie dabei waren, indem Sie Zeitungen lasen, Umzüge sahen, Rundfunkübertragungen hörten.

Immerhin sind auch die Emigranten durch die Spannungen der letzten Monate hindurchgegangen. Durch Spannungen anderer Art: aus dem Bett gerissen, verprügelt, barfuß in die Nazikaserne, Revolverschüsse, Hiebe auf Kopf und Gesäß, Zwangsexerzieren, Hand- und Fußfesseln für greise Intellektuelle wegen Nicht-Strammstehens, Demütigungen nicht wiederzugebender Art, Einzelhaft ohne Sprecherlaubnis, ohne Nachricht von den Angehörigen. Andere: Sprung aus dem Fenster, den Atem anhaltend im Hof versteckt, Flucht aus dem Haus, Flucht über die Grenze …

Die Umzüge haben wir gleichfalls erlebt, wir hörten sie in der Zelle, die Demonstranten, die hereinwollten, um den oder jenen Gefangenen zu erschlagen, wie sie es in Kiel und anderswo getan.

Die Zeitungen lasen wir wie Sie, lasen von Massenverhaftungen unserer Kollegen und Freunde, »Selbstmord in der Zelle«, »auf der Flucht erschossen«, »Leichenfunde in der Mark«, Boykott, Judenverfolgung, Studentenhetze gegen die Literatur, Bücherverbot, Bücherverbrennung. Wir haben sogar mehr Zeitungen gelesen als Sie, Herr Dr. Benn, Zeitungen des Auslands, in Deutschland verboten, die herausgeschmuggelte »Greuelmärchen« brachten, »Greuelmärchen«, leider wahre, leider dokumentarisch belegte.

Auch Radio hören wir. Hören die Sprecher des erwachten Deutschland. Im klaren Ton eines ohne Zweifel echten Pathos, einer ohne Zweifel ehrlichen Überzeugung, werden die abgeschabtesten Phrasen des Bierbankräsoneurs, werden soziale Allheilmittelchen des Kleinbürgers verzapft, die als Unsinn schon vor hundert Jahren widerlegt waren. Wir glauben Ihnen, Herr Dr. Benn, daß Ihnen das gefiel, denn auf höherer Ebene laufen Ihre Enunziationen jenen parallel. Statt mit politischem Feuer arbeiten Sie mit dem exquisiten Ausdruck und dem entlegenen Zitat, aber der Inhalt ist bei Ihnen, der Sie denkerisch schwach und in sozialistischen Fragen ahnungslos sind, und bei Ihren Führern ungefähr der gleiche. Daß Sie sich aber der neuen Kulturpolitik zugesellen, mit deren feierlichem Potsdamer Bekenntnis zu einem Parteidichter (Sie haben doch früher die Parteidichter so sehr gehaßt, nicht?) namens Dietrich Eckardt, mit deren Romandreck »Michael« von Minister Goebbels oder zu dem Dramendreck »Totila« von Minister Kube oder dem Biographendreck »Horst Wessel« von Ewers, daß Sie sich solidarisieren mit der Verfemung der »Intelligenzbestie« und »übermäßigen Geistigkeit«, mit denen, die da sprechen, »wenn ich das Wort Kultur höre, entsichere ich gleich meinen Browning« - das ist allerdings nicht einfach mit einer Analogie zu erklären.

»Weil es mein Volk ist, das sich hier seinen Weg bahnt ...«, dies sei der Grund, daß sich Herr Dr. Benn zur Barbarei bekennt. Das also? Demnach hätte sich, wäre der Kommunismus gekommen, Herr Dr. Benn ebenso begeistert für diesen Weg zu entschließen versucht, den sich sein Volk gebahnt! Es kam aber der Faschismus, und schon wissen Sie seine Argumente und Behauptungen, schon wissen Sie, was wir nicht wissen und was Sie uns in den letzten fünfzehn Jahren nicht verraten haben, zum Beispiel, daß in Rußland der Staat, als der Marxismus siegte, zwei Millionen bürgerliche Intelligenz erschlug.

Wenn Sie behaupten, daß die Emigranten in ihren Badeorten dem deutschen Staat und dem deutschen Volk Krieg wünschen, um es zu vernichten, Zusammenbruch, Untergang, so – nur die Tatsache, daß Sie der Inbegriff einer geradezu fanatischen Reinheit sind, hindert mich, Ihnen zu antworten, daß das eine Lüge ist. Kein Emigrant wünscht einen Krieg gegen Deutschland, keiner Deutschlands Zusammenbruch, Untergang. Was jeder fanatisch wünscht, ist: Deutschlands Befreiung, Deutschlands Aufstieg, von innen heraus, im sozialistischen Sinne.

Das wünschen wir nicht aus dem Grund, den Sie uns entgegenhalten. Nicht deshalb, weil wir Deutschland unseren geistigen Besitz, Deutschland unsere Namen und unseren Ruhm verdanken, weil Deutschlands Industrie unsere Bücher druckte und seine Theater unsere Stücke spielten. Was soll ein solches Argument? Haben Shakespeare und Goethe ihren Ländern dankbar zu sein, daß sie sie druckten? Wohl ist unter den Emigranten kein Goethe und kein Shakespeare, und das ist ebensowenig Schuld ihres Landes, wie es Verdienst ihres Landes wäre, wenn es sie gäbe. Weil man Schulbildung und Kultur eines Landes aufnahm, Erfolg erntete, soll man sich jeder Regierung, jeder Staatsform dieses Landes verschreiben? Das ist ein Argument, das selbst Ihre Chefs nicht anerkennen werden. Die standen ja in Opposition, flüchteten ins Ausland, Ihr Führer höchstpersönlich stammt aus dem Ausland, dessen Schulbildung er genoß, und viele Deutsche im Ausland, die sich nach dem Anschluß ans Hakenkreuz sehnen, könnte man mit Ihrem Argument mundtot machen. Hat man jemals einem Victor Hugo, einem Rochefort vorzuwerfen versucht, daß sie aus England und Belgien gegen Napoleon den Kleinen loszogen?

Dennoch möchten wir Ihnen das Recht zur Dankbarkeit für jene Männer, die Ihre Gedichte druckten und denen Sie Ihren Ruhm zu danken haben, nicht absprechen. Gut, Herr Dr. Benn, gehen Sie zu diesen Förderern, stellen Sie sich in Treue und politischer Solidarität zu diesen, wenn Sie es nun durchaus wollen. Ich kann Ihnen die Adresse des Mannes geben, der uns allen die Bekanntschaft mit dem Namen Gottfried Benn vermittelt hat, der sich mit Fanatismus jahrelang für Sie eingesetzt hat, die Adresse Franz Pfemferts; er stirbt buchstäblich Hungers in der Emigration. Auch andere kann ich Ihnen nennen, sie sitzen im Kerker oder müssen sich versteckt halten.

Nein, Herr Doktor Benn, Sie werden jene dankbare Solidarität nicht üben, die Sie selbst postulieren – mit Ihrer Logik sieht es ja genauso aus wie mit Ihrem Charakter. Und wie mit Ihren Behauptungen: »Sie wissen, daß ich als Kassenarzt mit vielen Arbeitern in Berührung komme, auch mit früheren Kommunisten und Angehörigen der SPD, es kann gar nicht zweifelhaft sein, ich höre es von allen Seiten, daß es ihnen besser geht als zuvor.«

Das ist uns neu. Wir lasen bisher, daß »frühere Kommunisten und Angehörige der SPD« in die Nazikasernen geschleppt wurden, in die Kasematten der Festungen, in die Zellen der deutschen Zuchthäuser, in die Konzentrationslager, nicht einzelne, nicht Hunderte, nicht Tausende, sondern Zehntausende, an hunderttausend ... Wir lasen, daß Zwangsarbeit, genannt »Arbeitsdienstpflicht«, eingeführt ist, daß der Butterpreis von einer Mark fünf Pfennig auf eine Mark fünfzig Pfennig gestiegen, Fett und Margarine unerschwinglich geworden sind, der Fleischbezug zurückgeht (die »DAZ« schreibt in unmittelbarer Nachbarschaft Ihres Artikels vom Rückgang des Verkaufs der übrigen Lebensmittel), wir lasen, daß den Lehrlingen Löhne und Rechte genommen worden sind, den Arbeitern das Recht der freien Koalition und der freien Gewerkschaften.

Wir haben das alles in der gleichgeschalteten Presse Deutschlands gelesen und haben überdies von Dr. Goebbels im Rundfunk gehört, daß zehntausend Schnüffler (sein Wort) tätig sind, um die Nester der Marxisten aufzuspüren. Sind das zufriedene Arbeiter, zu deren Ausforschung eine Spitzelarmee erforderlich ist? Welch eine Armee wäre erst nötig, diese Marxisten zu überwältigen. Dreizehn Millionen marxistische Wähler! Glauben Sie, daß die so schnell und eifrig umgelernt haben wie Sie, Herr Dr. Benn, Inbegriff einer geradezu fanatischen Reinheit?

Schreiben Sie weiterhin gutbezahlte Artikel, die Sie überdies gegen noch besseres Honorar im Rundfunk verlesen können. Unterlegen Sie auch weiterhin das Gerülpse alkoholisch-morphinistischer Banausen mit subtilen Fremdworten und Analogien aus der Quartärperiode (das Wort Tertiärperiode klingt Ihnen zu abgebraucht), begleiten Sie Ermordung und Brandschatzung Ihrer schriftstellerischen und ärztlichen Kollegen mit kostbaren Zitaten, besingen Sie in schöngeschwungener Syntax die Rechtlosmachung und Einkerkerung von Arbeitern und Intellektuellen, begründen Sie mit dunkler Metaphysik die Kriegshetze, polemisieren Sie nur weiterhin gegen sich selbst, türmen Sie auch weiterhin neue Schurkereien auf Ihren Verrat am Geist – all das, was Sie aus Ihrer heutigen Gesinnung heraus tun, kann Ihnen bei Ihren heutigen Gesinnungsgenossen nur nützen, nur nützen bei den Machthabern, Sie Inbegriff einer geradezu fanatischen Reinheit!

Meine Antwort allerdings wird im heutigen Deutschland nicht gedruckt werden – nur das, als was Sie sie charakterisieren.

An den Bruder Paul

Paris, 30, rue de Vaugirard, 16. Nov. 1933

L.P.

ich gratuliere Dir zum fünfzigsten Geburtstag, das heißt: Ich wünsche Dir aus diesem Anlaß Glück für weiterhin. Dieser Anlaß ist in unserer Korrespondenz wohl einzigartig – ein Menschenalter lang haben wir einander schriftlich nur dann gesprochen, wenn es sich um Auskunft oder Auftrag handelte. Der Unterschied der Winkelgrade hat dazu geführt, daß zwischen zwei Menschen aus demselben Kinderzimmer bald eine Distanz von Weltenlänge lag. Du bist einen geraden Weg gegangen, aber ich glaube nicht – warum sollen wir bei einem festlichen Anlaß in einem anderen Tone reden als sonst? –, daß es der rechte Weg war. Deine Charakterfestigkeit oder Dein Wunsch, Charakterfestigkeit zu beweisen, haben Dich davor bewahrt, Erkenntnisse zu akzeptieren, die Deinen Jugendansichten nicht entsprechen, die Deinen Weg in irgendeiner Weise versperren oder Dich gar auf einen anderen leiten könnten. Das ist auch der Grund unserer Entfremdung: Du hast Dich nicht gegen eine Beeinflussung von meiner Seite gewehrt, weil sie eine Beeinflussung war, sondern weil Du vermeiden wolltest, daß ich etwas sagen könnte, was Du selbst Dir schon sagen wolltest, aber nicht bis zum Gedanken ausreifen ließest. Und nicht nur gegen mich hast Du Dich so gewehrt, sondern gegen viele, und das ist auch der Grund, weshalb Du Dich am wohlsten in Kreisen fühlst, die hierarchisch geordnet sind und mit einer gewissen Fremdheit den anderen bedingungslos respektieren. Dies Deine Sehnsucht nach einfachen Menschen, Deine Abneigung gegen das, was Du eine überspitzte Atmosphäre nennst.

Nun schreibe ich obige Feststellungen nicht hin, weil wir gewohnt sind, in diesem Tone miteinander zu reden, sondern auf Grund einiger Gespräche, aus denen ich entnahm, daß Du Dich als Mensch empfindest, der seinem Ablauf entgegensieht, als jemand, der abgeschlossen hat. Und deshalb habe ich mir vorgenommen, Dir schriftlich zu sagen, daß diese Resignation nur auf einer eingebildeten Basis steht, nämlich auf der der Unabänderlichkeit, der Unwiderruflichkeit. Wenn Du aber Dein Leben wenden kannst, Deine Ansichten, Deinen Beruf, Deine Umgebung revidieren willst, in einer anderen Sprachwelt leben, zu einer anderen Art der Publikation (Zeitschrift, Broschüre, Buch, Vortrag o. dgl.) übergehen möchtest, Dich mit neuen Problemen (Nationalismus und Sozialismus z. B.) befassen würdest, würdest Du nicht schon 50 Jahre alt sein, sondern erst fünfzig Jahre. Im Nu stünde ein Programm für die nächsten zwanzig Jahre vor Dir, so, als ob Du erst zwanzig Jahre alt wärest. Das ist »dieses Stirb und Werde«. Vielleicht kannst Du's.

Und damit soll die Moralpauke zu Ende sein, die Du hoffentlich nicht nur als Moralpauke auffassen wirst. Ich weiß nicht, wo Dich der Brief erreicht. Was mich anbelangt, bin ich eben aus Spanien zurück und noch ganz drin, ganz in spanischen Studien, spanischen Büchern, spanischen Menschen. Aber schon haben mich auch wieder die Emigration und die Politik in den Klauen, es gibt hier viel zu tun für andere, und materiell geht's einem dabei selbst nicht zum besten. Aber das macht nichts, das brauche ich Dir ja nicht zu sagen, da Du nicht auf die materialistische Geschichtsauffassung schwörst und ein Idealist bist.

Ich habe durch mehrere Stellen versucht, Dir für den 50. Geburtstag das Buch von Retcliff, »Biarritz«, zu verschaffen, aber es scheint nichts daraus geworden zu sein. Vielleicht auch sind meine Briefe in Deutschland aufgefangen worden. Nun, nimm den Willen für das Geschenk.

Wenn Du in Prag bist, grüße und küsse die Mutter herzlichst, wenn Du in Wien bist, laß es Dir so gutgehen, wie es in Wien möglich ist, und habe überhaupt Glück!

Dein
Egon Erwin

An die Mutter

Versailles, 23. Dez. 1935

Mein liebstes Mutterl,
da es Weihnachtsabend ist, wenig zu tun und eine sentimentale Stunde, so will ich Dir wieder einmal schreiben, damit Du wenigstens etwas von mir lesen kannst, wenn Du mich schon nicht zu sehen kriegst. Was hast Du den Kindern gekauft, und was haben sie dazu gesagt, warst Du bei ihnen in Holeschowitz? Und hast Du nachher Gäste bei Dir gesehen? Ich höre aus Prag nichts Besonderes, neulich war ein Dr. Hartmann, Sozius von Dr. Fuchs (Nekázanka), und Fritz Baum auf Hochzeitsreise hier, kein allzu sympathischer Herr, und er wußte auch nichts

von Euch und meinen Freunden, außer von John Heartfield. John ist übrigens sehr stolz auf unsern Fatschtisek. Gestern hielt ich wieder einmal eine Vorlesung in Paris, ein paar hundert Menschen, darunter auch Prager, die sich vorstellten, aber keine Bekannten. Mein Buch wird bald fertig, und dann komm' ich endlich selbst in Deine Arme. Ich hoffe, daß es Dir gutgeht, möchte es gerne von Dir selbst lesen, aber wenn Dich das Schreiben anstrengt, so genügt es, wenn mir Kaspar ein paar Zeilen schreibt, wie es Dir geht. Apropos, Kaspar: Gestern sprach mich ein Bekannter an, sein Bruder, ein Arzt, der im Konzentrationslager gräßlich gepeinigt wurde, lebt hungernd in Prag, Dr. Alfred Stern, Praha I., Dlouhá tř. 29$^{II.}$ bei Löwenkron. Ich gab ihm Kaspars Adresse, vielleicht kann er ihm durch die Loge etwas verschaffen oder 100 Kč schenken. Hier geht's natürlich den Flüchtlingen noch schlimmer, und dabei müssen sie noch froh sein, daß sie draußen sind. Ist Paul Weihnachten zu Hause? Ich schickte ihm eine gute Freundin, Frau Lene Radó, die über Weihnachten nach Wien fuhr, weiß aber nicht, ob sie ihn getroffen hat. Mein Buch »Secret China« ist in England erschienen, gestern erhielt ich einen ganzen Stoß von Kritiken, aber der materielle Erfolg ist nicht sehr groß, in Amerika, wo »Changing Asia« erschien, ist der Verkauf viel besser, das Buch sehr populär, aber auch von dort sehe ich kein Geld. Mir ist das ja nicht die Hauptsache, aber es wäre ganz gut, wenn man endlich aus dem Gröbsten heraus wäre, es sind nur die wahnsinnigen politischen Verhältnisse, die das verhindern. Die Hauptsache ist, daß Du, liebes Mutterl, recht gesund bleibst, und es ist auch der Sinn meines [Briefes], Dir zu wünschen, daß Du im nächsten Jahre viel Glück und Freuden erlebst. Wen siehst Du von Freunden? Jarmila, Grete Jung, Helen Kraus, Sinaiberger? Grüße sie sehr von mir! Neulich rief mich der miese Schlesinger an (vom Bürstengeschäft im Platteis, Du weißt doch?), kam aber nicht nach Versailles, weil er nicht Geld für die Fahrkarte ausgeben wollte; er fuhr nach Nizza weiter. Heute, abends, bin ich bei Hallgarten aus München eingeladen, und bis Silvester bin ich mit Einladungen versehen. Lieber aber wäre ich zu Hause bei Dir über den goldenen Bären. Grüße sie, grüße und küsse die Kinder und Fritzi und sei, wie immer, tausendmal inniglich umarmt von Deinem Dich liebenden

Egon
[…]

An Charlie Chaplin

Dear Charlie Chaplin,
schrecklich viel Zeit ist vergangen seit unseren Hollywooder Tagen. Damals ließen Sie mir Ihre alten Filme vorführen, soweit ich sie nicht kannte, und forschten in meinen Augen nach dem Urteil – durch den Beifall von Millionen hatten Sie den Zweifel nicht verloren, den der echte Künstler in sein eigenes Können setzt. Wann immer eine besondere Szene begann, legten Sie Ihre Hand auf mein Knie, um mich vorzubereiten, mir zu sagen, wie wichtig Ihnen das nun sich Abspielende sei. Dann zeigten Sie mir, was von »City Lights« schon fertig war, und Ihr Auge verließ das meine nicht, Ihre Hand nicht mein Knie. Seither ist schrecklich viel Zeit vergangen, schrecklich viel schreckliche Zeit. Ihr kleiner Schnurrbart, Ausdrucksmittel für Kläglichkeit und Lächerlichkeit, ist führerreif geworden, und während Sie beim stummen Film blieben, hat Ihr übler Kopist mit seinem schreienden, mißtönenden, endlosen Tonfilm Karriere gemacht …

Ja, Charlie, es ist zum Kotzen. Bei Euch zulande ist es ja bei weitem nicht so schlimm wie in Deutschland, aber auch das Paradies Amerika, über das wir damals diskutierten, hat sich seither gründlich verändert. Und Sie, der Sie damals die Prosperity-Times nicht dorthin rollen sehen wollten, wohin sie unaufhaltsam rollten, Sie, Charlie, sind ein gutes Stück vorwärtsgegangen.

Gestern habe ich Ihre »Modern Times« gesehen, und ohne daß Sie mein Knie drückten und ohne daß Ihre Augen nach Kritik forschten, will ich Ihnen mein Urteil sagen, meinen Einwand gegen Ihren Film: zu kurz ist er. Sechsmal, achtmal so lang möchte man atemlos dasitzen, die Atemlosigkeit nur durch das Lächeln und das Weinen des Entzükkens unterbrechend.

Ich sehe Sie zufrieden skeptisch nicken und höre Sie die Frage stellen, welcher »Gag« mir am besten gefiel.

Nun, es ist nicht leicht, die Wahl zu treffen. Da ist zum Beispiel die Fütterungsmaschine, die dem Arbeiter, damit er mit dem Essen nicht viel Zeit verbringt, die Bissen in den Schlund schiebt und ihm sogar nach jedem Gang den Mund abwischt. Ein paarmal klappt es nicht, der Suppenteller klatscht Ihnen ins Gesicht, oder statt eines Stücks Fleisch schiebt sich Ihnen ein Maschinenbestandteil in den Mund, aber mit maschineller Sicherheit kommt der Mundabwischhebel und tut sein Werk. Das ist ein guter »Gag«.

Es ist auch ein guter »Gag«, wie Sie im stolzen Badeanzug mit kühnem Kopfsprung in den See springen und an der Oberfläche des Wassers liegenbleiben, denn das erweist sich als nur fünf Zentimeter tief. Dennoch hängen Sie nachher den Badeanzug liebevoll zum Trocknen aus, als hätten Sie mit ihm einen weiten See durchschwommen.

Als Kellner vergessen Sie niemals, in den zu servierenden Käse die drei Löcher zu bohren, durch die er zum Emmentaler wird. Die ins Gasthaus kommenden Fußballer nehmen Ihnen eine Ente vom Serviertablett, aber Sie, Charlie, erobern die Ente in einem Wettspiel nach allen Regeln von Rugby wieder. Im fünften Stock eines nächtlichen Warenhauses fahren Sie Rollschuh und ahnen nicht, daß Sie hart am ungeschützten Rand des Lichthofes balancieren – erst da Sie's erfahren, vom Abgrund weggerissen sind, taumeln Sie aus verspätetem Entsetzen wieder an den Rand und stürzen beinahe hinab. Das sind alles Einfälle, die man nicht vergessen wird.

Dann sind Sie als Sänger engagiert und haben den Text des Liedes auf Ihre Manschette geschrieben. O weh, die Manschette fliegt davon! Nur keine Bange, Charlie, in den »Modern Times« hat der den größten Erfolg, der mit viel Lärm und viel Bewegung sinnloses Zeug redet, und so helfen Sie sich denn mit unverständlichen Worten. Sie begleiten sie mit geheimnisvollen und scheinbar bedeutsamen Gesten, und das Publikum klatscht Beifall, um nicht zu verraten, daß es keinen Deut begriff.

Und weitere »Gags«?

Nein, bei diesem Film kommt es wirklich nicht auf die »Gags« an. Bei diesem Film kommt es nicht einmal auf den Helden des Films, auf Charlie Chaplin an, sondern auf den Titelhelden: die moderne Zeit. Wie haben Sie die gestaltet und entlarvt mit deren eigenen »Gags«: Rationalisierung und Arbeitslosigkeit.

Ihr Chef ist der Allmächtige, Allgegenwärtige und Allwissende im Direktionszimmer, der durch Television jedes Winkelchen des Betriebes sehen und durch den Druck auf einen Knopf überall in Bild und Wort auftauchen kann. Als Sie, armer Chaplin, sich auf dem Klosett eine Zigarette anzünden wollen, erscheint groß und fürchterlich der Direktor an der Wand, um Sie anzuschreien.

Was man sonst von der Arbeit des Direktors sieht, ist, daß er sich von einer bildhübschen Sekretärin ein Glas

Wasser reichen, daß er sich die Erfindung des Abspeise-Apparates vorführen läßt und von Zeit zu Zeit der Kraftzentrale den Befehl gibt, das Tempo des laufenden Bandes zu beschleunigen.

Diesem Herrn der »Modern Times« stehen andere Untertanen gegenüber, die, wie ein Trupp zur Schlachtbank strömender Schafe, dem Tor der wahnsinnig rationalisierten Fabrik zueilen. Bald muß der eine ins Irrenhaus gebracht werden, andere werden arbeitslos und hungern, werden aus Hunger zu Einbrechern, werden bei Demonstrationen auseinandergeprügelt, verhaftet oder erschossen.

Über diesen Jammer der modernen Zeit lassen Sie das Fähnchen Ihres Humors flattern, als hätten Sie es zufällig auf der Straße aufgelesen. Gewiß, man lacht, aber man versteht schon ... Es ist ein prachtvoller Film, Charlie, und ein soziales Kunstwerk.

Am Ende aller Ihrer früheren Filme sah man Sie resigniert die Achsel zucken und, Ihr Stöckchen drehend, mutterseelenallein ins Ausweglose von dannen watscheln. Auch diesmal ziehen Sie davon, aber anders als sonst: Ihre Freundin ist es, die verzweifeln wollte, aber Sie haben ihr das ausgeredet, Sie haben ihr Mut zugeredet, Sie haben ihr von der Pflicht zur Zukunft geredet, und mit ihr, also *nicht allein*, gehen Sie den Weg weiter! Das ist der Unterschied. Das nächste Mal werden Sie nicht zu zweit sein, wenn wir Sie recht verstanden haben, sondern mit vielen.

Als Ihr Film zu Ende war, fiel beim ersten Schritt aus dem Theater Marigny mein Blick auf das Haus, in dem ein Mann starb, dessen Gedichte Sie mir in Hollywood rezitierten. Hier oben starb er, einer, der auch ein Ritter des Humors und der Gerechtigkeit war. Hier oben starb Heinrich Heine, er starb im Exil, und man hat ihn seither in seiner Heimat oft getötet. Aber er lebt noch immer und wird sein Happy End erleben wie Sie, Charlie Chaplin, in einem Film künftiger »Modern Times«.

Ich grüße Sie in alter Liebe.

Ihr Egon Erwin Kisch

An Hermann Kesten

Mexico-City, 14. Okt. 1942

Lieber Kesten, was werden Sie antworten am Tage des Jüngsten Gerichts auf die Frage des antifaschistischen Gottes nach Ihren Taten in der Emigration? Sie werden vieles antworten und Gutes antworten, und der Brief über Kischs Buch wird mit zustimmendem Kopfnicken verlesen werden. Aber dann wird der Herr die Frage an Sie stellen: »Hermann, hast Du Deinen Freunden und Kollegen in Mexiko geholfen durch Mitarbeit an ihrer Zeitschrift?« Und ... Armer Kesten!

Ihr Brief war herzlich und kameradschaftlich, für mich herzerquickend. Der an den Verlag wird abgedruckt werden. Ich habe ihn aber noch nicht gelesen.

Ich bitte Sie aber auch, mir zu erlauben, nach Ihrem Tode den Privatbrief zu veröffentlichen. Was Sie da über die jüngste Dichtergeneration, die Lanias, Riess und andere (den Dichterfürsten René Kraus haben Sie vergessen) aussagen, ist die ganze Literaturgeschichte der Emigration. Auch über den »teuern, verehrten, die ganze literarische Emigration väterlich beschützenden Nobelpreisträger« sagen Sie den wahren Tatbestand in wenigen Epitheta aus.

Weniger befriedigt bin ich darüber, daß Sie mir nichts von Ihrer Nichte aussagen. Ich interessiere mich für

Babies mehr als für Literatur, insbesondere solche, die einen Kollegen zum Onkel haben. Wie spricht sie, deutsch oder englisch, viel oder wenig? Was sind ihre Interessen? Auch von Ihrer Mutter möchte ich hören, wie sie sich in der Umwelt zurechtfindet. Grüßen Sie alle, einschließlich Ihre nicht erwähnte Schwester. Und vor allem Ihre sehr, sehr liebe Frau.

Das Buch von Klaus Mann haben Sie wohl nur im Manuskript gelesen, denn davon, daß es schon erschienen ist, weiß ich nichts. Er möge es mir schicken und mir auch schreiben. Seine Mitarbeit wäre uns sehr willkommen. (Um die Kestensche zu bitten, wage ich nicht mehr.) Wen sehen Sie sonst? Mehring, Marcu, Mühlen, Schwarzschild und die andren, die schon wie eh und je werktätige Freunde Stalins waren und immer ihr Vertrauen in die Widerstandskraft der Sowjetunion setzten? Und wen sonst? Wie heißt Ihr neues Buch, mit dem Sie den Kampf um die Bestsellerliste aufnehmen wollen gegen die Lorants und die Lanias und Riesse? Schicken Sie mir jedenfalls ein Kapitel – meine Liebe zu Hermann Kesten ist meine einzige Abweichung.

Dies wünscht Ihnen, Ihr Ihnen nochmals sehr dankender

Egon Erwin Kisch

Vielleicht lockt es Sie, daß der Redakteur der Zeitschrift ein Nürnberger ist, ein Mann aus der Straße Ihrer Frau: Herr Abusch, ein Veteran der seligen »Weißen Blätter«. Der arme Rolf Nürnberg ist, wie mir Freunde schrieben, ins Irrenhaus gebracht worden.

Sehr, sehr herzliche Grüße Ihrer lieben Frau, Ihnen und Ihren Lieben auch von

Ihrer Gisl Kisch

An Alfred Döblin

Alfred Döblin
1347 N. Citrus Avenue
Hollywood, Cal.

Mexico, 28. Mai 1945

Lieber Alfred Döblin:
Ihr Brief zu meinem Geburtstag hat mich, so viele gute ich auch bekam, mehr als die anderen bewegt. Noch jetzt beschäftigt er mich. Gerade von Ihnen hatte ich keine Anerkennung erwartet, am allerwenigsten eine so reichliche, und ich werte Ihre Worte als die einer ästhetischen Überzeugung, die alle prinzipiellen Differenzen überwindet. Ihr Lob bedeutet mir einen der (wenigen) Erfolge, die meine Arbeit fand, und ich danke Ihnen in voller Aufrichtigkeit unendlich. Ich danke Ihnen um so mehr, als mir selbst eine so große Haltung gegenüber jemandem, mit dem ich immer in Konflikt gelegen habe, nicht möglich wäre. Sie sind eben der große Schriftsteller, der Meister der Sprache und Phantasie, dem als solchem niemand die Anerkennung versagen kann. Darüber hinaus habe ich Sie (Sie wollen doch Ehrlichkeit?) seit den »Drei Sprüngen des Wang Lu« nie verstanden.

Unter anderem habe ich nie verstanden, warum Sie Bechers und meine Aufnahme in die von Ihnen geleitete literarische Vereinigung (»Klub« oder »Gesellschaft«) 1926 mit Ihrem Desinteressement beantworteten. Sie erwähnten diese Ihre Entscheidung noch in einer Rede im Pariser Schutzverband und standen zu Ihrer Haltung. Immer habe ich Sie fragen wollen, insbesondere in den letzten Jahren, in denen ich an einer Selbstbiographie arbeitete, was der Grund Ihrer Stellungnahme war. Selbstverständlich habe ich in Ihrem Buch »Wissen und Verändern« nach einer Antwort gesucht und manche gefunden. Ich merkte mir, daß Sie jenen heutigen Geistigen einen richtigen Instinkt zubilligen, die sich vom Marxismus abwenden, und daß Sie die Wirkungen des Marxismus bedauern. Ich merkte mir Ihre scharfen Worte gegen den, wenn auch in neuer Form entstehenden Ungeist des bloßen ökonomischen Betriebs. Ich merkte mir, daß Sie die Diktatur einer Handvoll Menschen verdammen, die sich selbst ernennt. (Hitler wurde gewählt und vom Staatsoberhaupt ernannt.) Ich merkte mir Ihre Worte über Arbeitergruppen, in denen wir nichts zu suchen haben, Ihren Wunsch, nicht der Caesaren (Marx und Lenin) Garde zu sein, merkte mir Ihr Anathema gegen den Humanismus militans, das Paradies mit Bajonetten, Ihren Vergleich mit der Inquisition und Ihre Prophezeiungen einer Zukunft, die aus den Reservoiren der Vergangenheit steigt. (Hitler schöpfte später aus Reservoiren der Vergangenheit.)

Ich war damals nicht mit Ihnen einverstanden und kann es nach Hitler noch weniger sein. Er wäre nicht so leicht zu Macht gekommen, hätte es mehr, ein paar Millionen mehr organisierter Marxisten als Hitleristen gegeben, und er hätte sich länger gehalten, hätten nicht die Marxisten in aller Welt die Wahrheit über ihn verbreitet, hätte Rußland nicht so prinzipiell unversöhnlich Krieg gegen ihn geführt. Noch in sein Verrecken hinein zeterte Hitler gegen den Marxismus, nur gegen den. Sein Rosenberg tat es auch philosophisch.

Aber wo komm ich hin? Soll das mein Dank sein? Nun, lieber Alfred Döblin, meine Vorwürfe, undiplomatisch wie sie sind, sind die Aufrichtigkeit, mit der ich Ihre Kameradschaftlichkeit vergelten kann. Eigentlich wollte ich Ihnen nur herzlich danken und sagen, daß ich in Ihrem Buch nach dem Grund Ihres Verhaltens in Berlin gesucht und nicht gefunden habe. Wenn Sie Zeit haben, schreiben Sie es mir gelegentlich.

Lieber Alfred Döblin, ich wünsche Ihnen eines: gute Nachrichten von den Ihren.

Und nochmals aufrichtigen Dank!

Ihr
Egon Erwin Kisch

An Heinrich Mann

Mexico, 5. Juni 1945

Verehrter Meister
Vor zweieinhalb Monaten schickte mir die Redaktion des F. D. mit einem speziellen Boten die Abschrift des Essays zu, den Sie über mein Mexicobuch geschrieben haben. Ich wollte mich noch am gleichen Tag hinsetzen, um Ihnen zu schreiben, obwohl ich fast niemals Briefe schreibe und am wenigsten Dankbriefe für Kritiken. Ich wollte Ihnen eigentlich gar nicht danken, sondern aus diesem Anlaß Ihnen sagen, was Sie für mich bedeuten. Seither verschob ich meine Absicht zweieinhalb Monate lang von Tag zu Tag. Es geschah aus reinem Respekt. Ich bitte Sie herzlich, mir das zu glauben.

Ihr Essay ist ein klassischer Essay, ich weiß absolut niemanden, der mit solcher Einfühlungskraft und solcher Form über ein Buch schreiben kann. Noch niemand hat bisher ausgesagt, daß das Wissen, das ich auf jeder Reise aufhäufe, zwischen zwei Büchern wieder abhanden gehen muß. Ich glaube, daß dies die erschöpfendste [?] über mich ist, denn in der Tat ist meine Arbeit wie ein Doping, dessen Wirkung auf mich erlischt, wenn ich es (durch Schreiben) kuriert habe. Ihre Formulierung des »prophetischen Sinns für die Gegenwart« ist das höchste Lob, das ich je bekam. Und wie Sie Mexico verstanden haben nach diesem einen Buch!

Verehrter Meister Heinrich Mann, diese paar Zeilen werden Ihnen sagen, was ich empfinde. Es würde mir eine hohe Ehre sein, wenn ich Ihnen einmal zu Diensten sein könnte. Ich bin, Ihnen sehr ergeben,

Ihr Egon Erwin Kisch

An Paul Wiegler

Egon Erwin
Kisch U laboratoře 22
Praha, XVIII. Č.S.R.
23. November 1946

Sehr lieber Herr Wiegler:
Ich bekomme eben Ihren Brief, und die Handschrift auf dem Umschlag freut mich so, daß der Inhalt meine Freude nicht mehr erhöhen kann. Ich habe Sie die ganzen Jahre geliebt, obwohl ich gar keine Nachricht über Sie hatte. Ich wußte, Sie können sich nicht auch nur zur kleinsten Handreichung für das braune Lumpenpack zwingen lassen, selbst wenn es um Ihr Leben gegangen wäre. Prag fand ich voll von Freunden, die nicht mehr leben; jedes Haus, jede Straßenecke drängt Tränen in die Augen. Von meinen Brüdern traf ich Paul und Arnold nicht mehr an …

Dagegen ist mein Bruder Fritz (Kaspar) gerettet und ordiniert wieder in der alten Wohnung in der Melantrichová. Er war als Arzt im spanischen Bürgerkrieg und konnte nicht mehr nach Prag zurück, da es schon nazistisch war, so mußte er nach China und Indien und ist jetzt wieder hier. Von Arnold sind zwei Kinder gerettet. Die Witwen von Paul und

Arnold leben gleichfalls im Bärenhaus, das aber nicht mehr lustig ist. Von alten Kollegen lebt kaum jemand mehr. Der alte Weiner (nicht Louis Weiner vom Theater) soll noch am Leben sein. Fragen Sie mich nach den Freunden von einst, über deren Schicksal Sie etwas wissen möchten. Vor ein paar Monaten schrieb mir Willy Haas aus Indien, aber ich habe ihm nicht geantwortet. Seine erste Frau Jarmila wohnt in meiner Nähe; ich habe ihr eben telephoniert, daß ich Ihren Brief habe, und sie läßt Sie herzlich, herzlich, herzlich (dreimal, sagte sie) grüßen. Auch Haas' zweite Frau, die Bremerin Hanna, ist hier wieder verheiratet, und zwar mit dem Maler Prof. Willy Nowak. Und Otto Katz, der zuletzt mit mir in Ihrer Wohnung war, ist hier als André Simone ein großer Journalist; wir sprachen oft von Ihnen. Was mich anbelangt, habe ich im Exil einige Bücher geschrieben, die weit über das hinausgehen, was ich früher gemacht habe und was ich heute größtenteils ablehne. Sie kamen in Amsterdam und in Mexiko auch deutsch heraus, aber ich habe keine Exemplare, um sie Ihnen zu schicken. Wenn Sie Zeit und Gelegenheit haben, schreiben Sie mir, wie es Ihnen und Ihrer Frau geht; von Frau Kellermann habe ich einiges erfahren, aber das ist mir viel zu wenig. Grüßen Sie von mir jeden, der sich meiner noch erinnert, vor allem Becher und meinen mexikanischen Kollegen Abusch und die alten Freunde. Vor allem aber schreiben Sie mir über Ihre literarische Tätigkeit

Ich bin, lieber Paul Wiegler, und bleibe Ihr Zimmernachbar aus dem Annahof. Dort sind jetzt Privatwohnungen.

Ihr Egon Erwin Kisch

Sehr herzliche Grüße und alles Gute Ihrer lieben Frau und Ihnen. Es wäre schön, Sie beide wiederzusehen.

Gisela Kisch

An Arnold Zweig

U laboratoře 22, Praha, XVIII.
5. November 1947

Lieber Arnold Zweig:
Du hast also 60. Geburtstag.
Gestern war Frau Ruth Klinger bei uns, und von ihr habe ich diese Neuigkeit. Wir sprachen viel von Dir und versuchten in unserer freundschaftlichen und bewundernden Gesinnung für Arnold Zweig einander zu übertreffen. Wer siegte, weiß ich nicht genau, aber jedenfalls will ich nach diesem Gespräch der erste sein, der Dir darüber berichtet. So gratuliere ich Dir denn von ganzem Herzen.

Ich schätzte Arnold Zweig schon von seiner »Sendung Semaels« an und begann ihn zu lieben, als er sich zu den ganz wenigen gesellte, die in der Literatur eine ethische Verpflichtung sehen und sich demgemäß mutig und sozial erweisen, ich schreibe fast niemals Briefe und am allerwenigsten solche, in denen ich dem Empfänger Sachen sage, die er schon weiß; und wenn ich Dir hier sagen wollte, was Du bedeutest, so wäre das eben etwas, was Du bei all Deiner Bescheidenheit doch selber weißt. Also sage ich nichts weiter, als daß ich Dich immer wieder bewundere. Reihe mich, wenn Du die Fülle der Geburtstagswünsche ordnest, unter jene ein, die das wärmste Gefühl für Arnold Zweig beseelt.

Schon vor einigen Monaten ließ ich Dir durch Frau Klinger sagen, wie sehr ich mich freuen würde, wenn Du nach Prag kämest und bei mir wohnen würdest. Ich wiederhole nur, daß Du kaum jemandem eine größere Freude machen könntest als mir, wenn Du diese Einladung annimmst. Aber auch Dir selbst würdest Du eine Freude machen, das Land ist freisinnig und demokratisch, die Bevölkerung von mutigem Optimismus, die Szenerie farbig.

Anhang

Quellen und Anmerkungen

Die Reportagen-Auswahl folgt im allgemeinen der Textvariante in den »Gesammelten Werken« (vgl. Literaturhinweise). Darauf verweist jeweils die Angabe in römischen Ziffern. Nicht von Kisch stammende Titel stehen in [ ] Klammern.

Lever der Stadt. Aus: Die Abenteuer in Prag. Wien / Prag / Leipzig 1920, S. 405–409. – Es sei hier darauf aufmerksam gemacht, daß nicht wenige der Arbeiten Kischs in verschiedenen Fassungen publiziert wurden. »Bohemia«-Skizzen der »Prager Streifzüge«, die zunächst in den Band »Aus Prager Gassen und Nächten« (1912) eingingen, wurden für die spätere Sammlung »Die Abenteuer in Prag« überarbeitet. Nach ihr wird die früher »Prags Erwachen« überschriebene Skizze vorgestellt.
»Hygieia« (griech.): Göttin der Gesundheit.
»Lethe« (griech): Fluß des Vergessens in der Unterwelt.
»Café Kandelaber«: Getränkewagen in Prag.

Ausschank von Kalorien. Aus: Die Abenteuer in Prag. Wien / Prag / Leipzig 1920, S. 294–298. – Die Reportage hatte im Band »Aus Prager Gassen und Nächten« den Titel »In der Wärmestube«.

Stille Nacht, Heilige Nacht. Aus: Prager Pitaval. Historische Kriminalfälle aus Böhmen. Berlin 1931 (II / 2,7–13) – Unter Kischs Namen konnten die hier beschriebenen Artikel bisher nicht aufgefunden werden. Ähnliches gilt für andere journalistische Schriften, von denen Kisch erzählt; die Berichterstattung der »Bohemia« über die Spionageaffäre um Oberst Redl ab 26. Mai 1913 erfolgte in unsignierten Artikeln.

Die Fahrt der Flößer. Aus: Wagnisse in aller Welt. Berlin 1927 (V, 499–506). – In der Sammlung »Aus Prager Gassen und Nächten« ist die Reportage »Floßfahrt« mit »Wittenberg, den 1. Juli 1910« datiert. Der Schluß – »... nichts hat die Pracht der Landschaft zu übertreffen vermocht, die sich in der Heimat von Leitmeritz bis über die Grenzen des Nachbarlandes bis zur Bastei nächst Wehlen breitet.« – wurde von Kisch in der hier gedruckten Fassung gestrichen.

Ein Reporter wird Soldat. Aus: Marktplatz der Sensationen, Mexiko 1942 (VII, 312–322). – Seine Kriegserfahrungen schildert Kisch im Fronttagebuch, die Memoirenskizze nimmt Passagen dieser Notizen zum Teil wörtlich auf, so die der Pressekritik und die Schilderung des Übergangs über die Drina (vgl. I, 247–263).– Kischs Abschied vom Journalismus verlief komplizierter: 1913 kündigte er bei der »Bohemia«, er wollte »außerhalb von Reih und Glied des Redaktionsstabes« als »Freelancer« arbeiten (vgl. X, 22). In das Pressequartier kam er auf eigenes Drängen; er hatte vorher durchaus patriotisch intonierte Artikel geliefert. Kritik am Zeitungswesen und an Journalisten äußerte Kisch am schärfsten während der Zeit der Revolution, er arbeitete dennoch auch später in festeren Bindungen an Zeitungen.

[Kriegstagebuch September / Oktober 1914] In: J. Polářek, Zur Frage der Weglassungen in E. E. Kischs Kriegstagebuch 1914 bis 1915. In: brücken. Germanistisches Jahrbuch DDR-ČSSR 1984/85 (Prag), S. 16–26. – J. P. konnte anhand der im Literaturarchiv Prag aufbewahrten Abschrift des Stenogramms nachweisen, daß Kisch für die zwei Buchfassungen des Fronttagebuchs meist nur stilistische Bearbeitungen und auch bei größeren Weglassungen (wie den hier gedruckten) keine Sinnveränderung vorgenommen hat.

Ein Polizeiwagen unterwegs. Aus: AIZ (Prag), 1.4.1933 (IX, 324–327). – Der Text ist der zweite Abschnitt der Serie »In den Kasematten von Spandau. Aus den ersten Tagen des dritten Reichs«, die damals häufig nachgedruckt wurde.

[Sprung auf den fünften Kontinent] Aus: Landung in Australien, Amsterdam 1937 (IV, 352–367). – Auszug aus dem Reisebericht »Weg zu den Antipoden« – Kisch trat die Fahrt auf dem britischen Schiff »Strathaird« an.

Der Journalist John Fisher, tatsächlich Sohn des ehemaligen australischen Labor-Premierministers, arbeitete bei »The Labor Daily«, er befreundete sich mit Kisch, begleitete ihn bei der Rückkehr nach Europa, übersetzte »Landung in Australien« ins Englische (vgl. Haupt / Wessel, Kisch war hier).

Im australischen Bundesparlament fand am 14. November 1934 eine Kisch-Debatte statt.

Die Broschüre erschien unter dem Titel »Kisch's Message from the World Committee to the Australian Workers« (Sidney 1935).

Tagebuchaufzeichnungen Weihnachten 1939 (X, 151–154). – Nach einem im Literaturarchiv Prag aufbewahrten Notizbuch. Von den letzten Tagen des Exils in Frankreich und vom Verlust des Koffers (in dem sich das seither verschollene Manuskript für das Buch über den Postmeister Drouet befand) berichtet Kisch in der Rede vor dem Exiled Writers Committee in den USA (vgl. X, 464–468).

Ein Einreiseverbot nach Großbritanien hatte Kisch schon im September 1934 betroffen, als er in London am internationalen Gegenprozeß zum Reichstagsbrandprozeß teilnehmen wollte. Auf Ellis Island war er während seiner ersten Amerika-Reise (vgl. »Mit den Schwarzfahrern der Ozeane«, IV, 242–248).

Grete, F. F. C: wahrscheinlich das Ehepaar Weiskopf; Reni: Henriette Begun, Ärztin; Louis Fischer; Journalist; Arne Laurin: 1939 in die USA emigrierter Prager Journalist (vgl. X, 515 bis 516); Paul Kisch: entfernter Verwandter, der in die USA emigriert war; Irma Otte: Freundin von Gisl Kisch.

Streifzug durch das dunkle London. Aus: Der rasende Reporter. Berlin 1924 (V, 190–196).

Elliptische Tretmühle. Aus: Der rasende Reporter (V, 234–238). – Die Reportage wurde 1928 neudatiert und aktualisiert, in der »Roten Fahne« wiederum publiziert.

Kisch spielt mit Motiven expressionistischer Literatur: mit Georg Kaisers »Von morgens bis mitternachts« und Leonhard Franks »Der Mensch ist gut«.

Der Newskij-Prospekt. Aus: Zaren, Popen, Bolschewiken. Berlin 1927 (III, 81–88).

Aufgezählt werden Motive von Romanen L. N. Tolstois (»Anna Karenina«, »Krieg und Frieden«) und F. N. Dostojewskis (»Schuld und Sühne«, »Der Idiot«).

Alfred Holzbock: Berliner Journalist der Jahrhundertwende, dessen Name für die Art der zitierten Stilblüte stand.

Borinage, vierfach klassisches Land. Aus: Eintritt verboten, Paris 1934 (VI, 234–249). – Wichtige Fassung einer von Kisch seit Ende der zwanziger Jahre mehrfach variierten Reportage. An anderer Stelle wird der Wortlaut der Verbotstafel »Défence ...« übersetzt mit »Es ist unter Androhung gerichtlicher Verfolgung verboten, die Abraumhalden zu betreten«; der Inschrift »C'est ici ...« mit: »Hier wurden im 24. August 1914 feige von den Boches füsiliert ...«; das Verlaine-Gedicht erscheint in der Übertragung: »Rings haust die Not / In brüchiger Wand. / Die Schlote sind rot. / Charleroi – ist's das, / Ein ekler Duft – / Wo immerdar / Arbeit, Gefahr / Rollt, rattert, pufft? / Ach, graues Land. / Metallschrei heiß, / Menschenschweiß, / Atemverbrannt. / Im schwarzen Feld / Die Gnomen gehn, / Ein hohes Wehn / Beweint die Welt.«

Aus der Fülle von historischen Anspielungen seien angemerkt: Kisch benutzt den französischen Ausdruck Société Anonyme (Aktiengesellschaft) für sein kritisches Sprachspiel; »novaine«: Andachts- und Fastenzeit von neun Tagen; »Nun lebe ich schon beinahe zwei Jahre bei ihm ...«: Vincent van Gogh an seinen Bruder Theo am 24.9.1880; Malpalquet: 1709 Sieg der Armeen Österreichs und Englands unter Prinz Eugen und Marlborough (»M. s'en va-t-en guerre«: M. zieht in den Krieg) über die Franzosen; der von Kisch mit kleinen Abweichungen zitierte Goethe-Ausspruch vom 19.9.1792 ist in der Schrift »Campagne in Frankreich« zu finden, die Marx-Zitate im »Kapital«, 1. Band, Kapitel 8, 7 und 22, 4.

Friedhof reicher Hunde. Aus: Paradies Amerika. Berlin 1930 (IV, 171–175).

Im Amerika-Buch wird die Reporter-Figur als »Dr. Becker« stilisiert. Kisch berichtet exakt, daß ihm mehrfach zuvor das Einreisevisum verweigert wurde und deutet vage auf eine für die Reise gewählte List. Dokumente während der Zeit des Aufenthaltes sind auf seinen eigenen Namen ausgestellt.

»The Visitation ...« wird in IV, 599 folgendermaßen übersetzt: »Das Besucher-Problem ist bei dieser Institution so schwierig geworden, daß es notwendig wurde, ein allgemeines Besuchsverbot zu erlassen. Man kann sich vorstellen, daß wir Hunderte von Anträgen erhalten haben, doch mußte natürlich das Verbot streng eingehalten werden. Ich konnte nicht gut dem einen ein Privileg einräumen und es anderen verweigern. Ich habe jedoch einen Präzedenzfall geschaffen, indem ich solchen Personen eine Sonderbesuchserlaubnis erteilt habe, die auf kriminologischem und auf verwandtem soziologischem Gebiet tätig sind, und ich bin der Ansicht, daß Herr Kisch mit Recht dieser Gruppe zugezählt werden kann, und unter diesem Gesichtspunkt gewähre ich ihm gern die Sonderbesuchserlaubnis ...«

Straße, wie wunderlich ... Aus: China geheim. Berlin 1933 (III, 602–610).

Im ausgeräumten Prado. In: Neue Weltbühne (Prag), 1937, Nr. 39 (VI, 306–310).

Kisch bezieht sich am Anfang auf seinen Spanienaufenthalt im Herbst 1933.

»Ante portas« (lat.): vor den Toren; die Front verlief seit November 1936 durch das Madrider Stadtgebiet.

»Los desastres de la guerra«: Goyas Zyklus »Die Schrecken des Krieges«.

Bei den Heizern des Riesendampfers. Aus: Der rasende Reporter (V, 142–146). – Den Stoff für die in mehreren, z. T. thematisch differenten Fassungen vorliegende Reportage gewann Kisch bei einer Fahrt, die er 1914, mit anderen Schriftstellern, auf Grund einer Einladung der Schiffahrtsgesellschaft unternehmen konnte.

Stahlwerk in Bochum, vom Hochofen aus gesehen. Aus: Der rasende Reporter (V, 175–179).

Universität für Fabrikarbeit. Aus: Zaren, Popen, Bolschewiken (III, 60–64).

»Taylorismus«: Gesamtheit der Verfahren der Rationalisierung und Systematisierung des Fabrikarbeitsvorgangs, die nach dem amerikanischen Ingenieur F. W. Taylor benannt war.

Bei Ford in Detroit. Aus: Paradies Amerika (IV, 265–272).

Menschen im Quecksilber, Quecksilber im Menschen. Aus: Eintritt verboten (VI, 139–152).

Kinder als Textilarbeiter. Aus: China geheim (III, 506–514).

Geschichten mit dem Mais. Aus: Entdeckungen in Mexiko (VII, 381 bis 390).

Chinesenstadt. Aus: Wagnisse in aller Welt (V, 531–536).

Harlem – Fegefeuer der Neger. Aus: Paradies Amerika (IV, 49–54). »Ugandaprojekt«: Kisch vergleicht hier Bestrebungen von Schwarzen mit denen von Juden; angesichts türkischen Widerstands gegen den Palästinaplan bot die britische Regierung 1903 der zionistischen Organisation Uganda (damals in Britisch Ostafrika) für eine autonome jüdische Siedlung an, der Vorschlag wurde vom 7. Zionistenkongreß 1905 abgelehnt.

Mit Auswanderern durch Frankreich. Aus: Der rasende Reporter (V, 118–128).

»Großer Dichter«: Kisch denkt an Gustave Flaubert, den Autor von »Madame Bovary«, der, in Rouen geboren, nahe der Stadt auf dem Landsitz Croisset wohnte.

»Le roi d'Yvetot«, Lied der französischen Chansonsängerin Yvette Guilbert, stammt von J.-P. de Beranger; die erste Strophe heißt (in der Übertragung von Remané): »Einst war – es klingt wie eine Mär – / In Yvetot ein König, / Der konnte schlafen wie ein Bär, / Von Ruhmsucht hielt er wenig. / Man sagt, daß ihn gekrönt einst hätt / Mit einer Zipfelmütz im Bett Jeanette ...«

Uprka: gemeint ist der mährische Maler Joža Úprka. – Teschen (jetzt Český Tesín): Grenzstadt zwischen Polen und der Tschechoslowakei, Ort wiederholten Streits zwischen beiden Staaten.

Übungsplatz zukünftiger Clowns. Aus: Der rasende Reporter (V, 135–137)

Wildwest. Aus: Paradies Amerika (IV, 110–113)

Auf Karl May war Kischs Interesse schon früh gerichtet, Lektürespuren zeigen sich wiederholt in seinen Arbeiten, mehrfach schrieb er auch über May, vorzüglich über dessen biographischen Hintergrund (vgl. II / 1, 154–157; V, 313–339).

Arbeit mit Charlie Chaplin. Aus: Paradies Amerika (IV, 229–241).

Die Frage nach Chaplins Frau (Lita Grey) hat ihren Hintergrund in einem Scheidungsprozeß, Aufhänger einer reaktionären Pressekampagne, welche den Filmemacher zeitweilig aus Hollywood vertrieben hatte. Während Kischs Besuch wurde der Film »City Lights« («Lichter der Großstadt«), 1931, gedreht. »Shoulder the arms« (1918), deutscher Filmtitel: »Gewehr über«; »The circus« (1928) hat Kisch zu einer Besprechung angeregt (IX, 107–109).

Petruschka und Wanka-Wstanka. Aus: Zaren, Popen, Bolschewiken (III, 184–192).

GPU (Gossudarstwennoje polititscheskoje upravlenije: Staatliche politische Verwaltung), 1922 in Nachfolge der Tscheka gegründete Staatspolizei.

Kisch bezieht sich auf I. A. Gontscharows Roman »Oblomow«, das 1917 gegründete Moskauer hebräische Theater »Habima«, Kleists Schrift »Über das Marionettentheater«, die Tänzerinnen T. K. Karsawina, J. W. Geizer und Anna Pawlowa.

Du armer Junge im Ketzerland! Aus: Prager Pitaval (II / 2, 80–85).

Das Reisebuch »Hodoeporicon« erschien 1505, deutsch kam es unter dem Titel »Chronika eines fahrenden Schülers oder Wanderbüchlein des Johannes Butzbach« in der Übertragung von D. J. Becker 1912 im Insel Verlag neu heraus (vgl. VIII, 123–127).

Der wiederbelebte Spielberg. Aus: Prager Pitaval (II / 2, 326–330).

Wiedergegeben wird die zuerst in der Neuausgabe des

»Prager Pitaval« 1952 gedruckte Fassung einer mehrfach überarbeiteten Skizze (»In den Kasematten des Spielbergs«), in sie gehen die Nachrichten über die KZ (u. a. Oranienburg, Börgermoor, Dachau) und Fragmente der Studien zu dem verschollenen Buch über den Postmeister Drouet ein.

»Carbonari«: Anhänger eines für die Freiheit und Einheit des Landes eintretenden Geheimbundes, der seit 1806 in Kalabrien, später in ganz Italien wirkte, nach den Revolutionen von 1821/22 scharf verfolgt wurde; Silvio Pellico beschreibt die Jahre der Kerkerhaft in »Le mie priogioni« (1832).

Des Polizeiministers junge Frau. Aus: Prager Pitaval (II / 2, 245–251).

Gehört in den Umkreis der langjährigen Beschäftigung Kischs mit der Geschichte der Französischen Revolution, zu der er auch in der Berliner Marxistischen Arbeiterschule (MASCH) vortrug.

Dem preußischen Polizeichef Gruner hat Kisch eine eigene Skizze gewidmet (II / 2, 229–234).

»Chambre Introuvable«: zitiert nach dem Ausspruch von Louis XVIII. über die so wohl nie wieder zu findende Zusammensetzung der Kammer.

Rettungsgürtel an einer kleinen Brücke. Aus: Weltbühne (Berlin), Nr. 22, 1928 (VI, 287–291).

Der sozialdemokratische Politiker Gustav Noske war Anfang 1919 Befehlshaber der Reichswehrtruppen in Berlin, später Reichswehrminister.

Von Ausreißern, kleinen Vagabunden und einem kleinen Dichter. Aus: Zaren, Popen, Bolschewiken (III, 157–171).

Käfige in Käfigen, die in Käfigen stecken. Aus: Paradies Amerika (IV, 24–28).

Ex odio fidei ... Aus: Geschichten aus sieben Ghettos. Amsterdam 1934 (VI, 39–49).

Die lateinischen Zitate bedeuten: »Ex odio fidei«: aus Glaubenshaß; »hic gloriose sepultus ...«: hier liegt in Glorie begraben der Katechumene Simon Abeles, den der eigene jüdische Vater aus Haß gegen den christlichen Glauben erschlagen hat; »in hoc passu«: in diesem Falle; »vertebra colli«: Halswirbel; »in limine«: von Anfing an; »in contradictorio«: in Spruch und Widerspruch; »custodia«: Gefängnis; »in proprio sanguine«: im eigenen Blut; »in ipso festo ...«: an jenem Tag des Knaben Simon Tridentinus, der auch von den Juden zu Tode gequält worden ist; »in carceribus«: im Kerker. – Voltaires Schrift »Sur la tolérance à cause de la mort de Jean Calas« bewirkte eine nachträgliche Revision des Urteils, das den unschuldigen Kaufmann J. Calas zum Tode verurteilt hatte.

Auswanderer, derzeit Amsterdam. Aus: Geschichten aus sieben Ghettos (VI, 7–17).

Die Skizze entstand auf Grund einer Aufforderung von Walter Landauer, leitender Lektor im Verlag Allert de Lange, Amsterdam: »Besonders erwünscht wäre natürlich eine Geschichte aus dem Amsterdamer Ghetto, die Sie doch ursprünglich auch vorhatten. Die Leute erwarten das hier, und Sie haben gerade eine Chance, mit diesem Buch sich in Holland so gut einzuführen, wie Sie es in den östlichen Ländern schon sind. (In den östlichen Ländern wird Ihr Buch mit am besten vorausbestellt.)« Brief vom 31.7.1934, Archiv Allert de Lange.

»Qua fuit a saeclis ...«: Wo seit Jahrhunderten unter dem Zeichen von Moses und Aaron ein Tempel gestanden hat, steht jetzt ein prächtigerer, für den Erlöser wiederhergestellter. Tomas de Torquemada: Großinquisitor, veranlagte 1492 die Vertreibung der Juden aus Spanien; »Parnassimos Senhores ...« (portug.): Unter den ehrenwerten Herren ... ist der Tempel errichtet worden.

»Boa entrada do Sabbat« (protug.): Einen guten Sabbatbeginn; »boa semana« (portug.): Eine gute Woche.

Auf der unteren Ostseite New Yorks. Oder: Die Rolle der Gelegenheit. Erstdruck: Tales from seven ghettos. London 1948 (VI, 377–384). – Die deutschsprachige Fassung der in mehreren Varianten vorliegenden Skizze blieb zu Lebzeiten Kischs unveröffentlicht. Sie war Teil einer von ihm geplanten Neuherausgabe der Ghettogeschichten. Das Schicksal dieser Neuausgabe ist charakteristisch: Eine erweiterte Fassung erschien im Verlag Robert Anscombe & Co. Ltd., London 1948, es scheiterten aber die Versuche im deutschsprachigen Raum: 1947 bei dem Wiener Verlag Continental Edition (V. u. C. Ponger) und 1950 beim Aufbau-Verlag. Beide Verlage befürchteten, die Sammlung fände noch nicht das rechte Verständnis.

»Wir haben in Paris bemerkt …« bezieht sich auf die »Notizen aus dem Prager Ghetto« (VI, 115–122).

Eine Haggada von J. Offenbach. (VI, 417–420). – Im Nachlaß in verschiedenen Fassungen aufbewahrte Ghettogeschichte, die in Mexiko entstand.

«Chasan«: Vorsänger.

Indiodorf unter dem Davidstern. Aus: Entdeckungen in Mexiko (VII, 560–568).

»Die Namen seiner Toten«: Die Zeittafel gibt eine Vorstellung vom Schicksal der Familie Kisch.

Zu den Carbajals schrieb Kisch eine eigene Skizze (VI, 441–445).

»Oye, Israel …« (span.): Höre, Israel, der Ewige ist unser Gott, der Ewige ist eins.

Wesen des Reporters. Aus: Das literarische Echo (Berlin), 1918, Heft 8 (VIII, 205–208).

Kisch bezieht sich auf eine Ballade Schillers.

Vorrede, Friedrich Schiller, Georg Forster, Charles Dickens, Emile Zola, E.T.A. Hoffmann, Jan Neruda. Aus: Klassischer Jornalismus. Die Meisterwerke der Zeitung. Berlin 1923 (Neuausgabe Berlin und Weimar 1982, S. 5–7, 272 f., 280 f., 284, 347, 371, 386).

Journalismus als Buchliteratur. Aus: Berliner Tageblatt, 12. Juli 1925 (VIII, 470–472).

Die Sammlung »Tageblätter« enthält Feuilletons, die 1923/24 im »Berliner Tageblatt« erschienen waren.

Soziale Aufgaben der Reportage. Aus: Die neue Bücherschau (Berlin) 1926, Schrift 4 (IX, 9–12).

Die deutschen Titel von Zolas »L'Argent« (1891) und »Travail« (1901): »Geld«, »Arbeit«.

»Il faut bien permettre ...« (franz.): Man muß meinen alten Tagen wohl erlauben, ein wenig zu träumen, nach der langen Befragung der Realität eine Verlängerung im Morgen.

Roman? Nein, Reportage. Aus: Čin (Prag) 1929, Nr. 6 (X, 436–438). (Rückübersetzung aus dem Tschechischen.)

Reportage als Kunstform und Kampfform. Auszug aus der Rede auf dem Pariser Kongreß zur Verteidigung der Kultur. In: Mitteilungen der deutschen Freiheitsbibliothek (Paris) 1935, Nr. 4. (IX, 397–400) – Die Rede wurde in verschiedenen Fragmenten veröffentlicht. Eine Rekonstruktion des ganzen Textes gibt: Paris 1935. Hrsg. Wolfgang Klein. Berlin 1982, S. 56–60.

Der ausgestrichene Klassiker. Georg Forster Aus dem Nachlaß. (X, 207–209).

An den Bruder Paul, 11.11.1905. Aus: Egon Erwin Kisch. Briefe an den Bruder Paul und an die Mutter. 1905–1936. Berlin und Weimar 1978, S. 7–9.

»Journalistenhochschule«: die von dem Zeitungswissenschaftler R. Wrede begründete und geleitete Privatschule in Berlin. »Steigen«: Kisch war, wie sein Bruder,

der schlagenden Verbindung »Saxonia« verbunden und trug Säbelpartien aus (vgl. II / 1, 185–189).

»Exzesse«: von Paul als »Bubenstück« bezeichnete Demonstrationen sozialdemokratischer Arbeiter und tschechischer Studenten für allgemeines Wahlrecht am 4. und 5. November 1905 in Prag.

An den Bruder Paul, 30.4.1908. In: Briefe, S. 25–27.

»Zwei Feuilletons«: in der »Bohemia« publizierte Arbeiten »Gäste der Polizei«, »Im Heim der Verwahrlosten«.

Paul K. nahm von dem Plan, sich taufen zu lassen, kurze Zeit später Abstand.

August Sauer, Literaturhistoriker, bei dem auch E. E. K. Vorlesungen gehört hatte, war u. a. Herausgeber der Zeitschrift »Deutsche Arbeit« (Prag), Ferdinand Matras dort Redakteur.

An die Mutter, 5.9.1914. In: Briefe, S. 91–92.

An Antonin Macek, 22.4.1917. In: Paul Reimann, Von Herder bis Kisch. Studien zur Geschichte der deutsch-österreichischtschechischen Literaturbeziehungen. Berlin 1961, S. 265–268. Brief in einer Reihe, die bezeugt, daß Kisch schon vor dem ersten Weltkrieg mit Sozialdemokraten lose verbunden war. Macek war der erste Übersetzer von Schriften Kischs ins Tschechische, eine der Ausgaben kam zu Gunsten eines »Arbeitersanatoriums« heraus (vgl. Reimann, S. 262). – Kisch selbst hatte für die deutschen Prager Romane ein anhaltendes literaturhistorisches und -kritisches Interesse.

»Ze skutečněko života pražského …« (tschech): Vom wirklichen Prager Leben weiß, oder besser gesagt, will der Autor des »Golem« nichts wissen. Ganz absichtlich verschweigt er etc.

»Casino »: Lokal deutschnationaler Begegnung.

»Tycho Brahes Weg zu Gott«: Roman von Max Brod.

»Huči a proudí ...«: Das rege industrielle, geschäftliche, wissenschaftliche und kulturelle Treiben braust und strömt.
»Frantischek«: Prager Armenviertel.
»Tchán Kodelík und zet' Vejvara«: Schwiegervater K. und Schwiegersohn V., Roman von Ignát Herrmann.
»Tak ochotné ...«: so bereitwillig übersetzt.

Abschiedsbrief an meine Genossen, 29.3.1919. Aus: Der freie Arbeiter (Wien), 1919, Nr. 13 (VIII, 288–292).
»Kriegshetzerdenkmal«: Die Zeitschrift »Der Friede« druckte »Wallfahrtsort« am 31. Oktober 1918 (vgl. »Wallfahrtsort für Kriegshetzer« in »Der rasende Reporter«, V, 220–223).
»Deutschmeisterplatz«: Ort einer der Soldatenkundgebungen, die zur Gründung der Roten Garde führten.
»Richtigstellung ...« (im »Neuen Tag« unter der Leitung von B. Karpeles, wo Kisch unter Pseudonym mitarbeitete): Kisch konnte dieses Versprechen nicht halten und erfuhr deshalb die Kritik der Linken; er trat bald wieder aus der Zeitung aus.
Theodor Herzl, Gründerfigur der zionistischen Bewegung, war Mitarbeiter der »Neuen freien Presse« (Wien), Kurt Eisner, sozialdemokratischer Schriftsteller und Politiker, war Redakteur der »Frankfurter Zeitung« und Leiter der »Fränkischen Tagespost« gewesen.
FRS: Föderation Revolutionärer Sozialisten »Internationale«, Schöller: Wiener Zeitungsverlag.

An die Mutter, 1.8.1919. In: Briefe, S. 195–196.
»Fackel-Kraus«: Die Kisch-Polemik von Karl Kraus stand in der »Fackel« (Wien), 1919, Nr. 514–518; sie gehört in die Serie der wechselseitig bissigen Auseinandersetzungen, die beide austrugen (vgl. Kischs zusammenfassende Darstellung X, 60–76).

An Gerbart Pohl, Oktober 1929. Aus: Die neue Bücherschau 1929, Nr. 10 (IX, 242–247). – Kisch repliziert auf die Antwort, die Gerhart Pohl an ihn und J. R. Becher nach beider brieflich erklärtem Austritt aus der Redaktion der »Neuen Bücherschau« veröffentlicht hatte. Grund dieses Schrittes war die zu dieser Zeit forcierte sektiererische Abgrenzungspolitik von Kommunisten gegenüber der nichtkommunistischen Linken, Anlaß eine Rezension von Max Herrmann-Neiße – »Gottfried Benns Prosa« –, aus der die zitierten Passagen stammen.

Kisch bezieht sich auf die Ende der zwanziger Jahre sichtbar werdende rechtsextreme Wandlung Arnolt Bronnens.

Josef Jakubowski, polnischer Landarbeiter, war auf Grund falscher Aussagen zum Tode verurteilt worden; die nichtbewiesene Behauptung, Hoelz habe einen Mann angeschossen, war ein entscheidendes Detail des gegen ihn geführten Prozesses gewesen.

An Gottfried Behn, 1.6.1933. Aus: Aufruf (Prag), 1933, Nr. 9 (X, 342–347).

Benns »Antwort an die literarischen Emigranten« (vom 24. Mai 1933) hatte öffentlich und diffamierend auf einen Brief von Klaus Mann (vom 9. Mai 1933) reagiert, welcher aus Enttäuschung über Benns politische Stellungnahme für den Nationalsozialismus um Aufklärung bat.

An den Bruder Paul, 16.11.1933. In: Briefe, S. 251–252.

»Jugendansichten«: Egon Erwin Kisch bezieht sich auf die Mischung von Liberalismus und deutsch-nationaler Gesinnung, an der sein Bruder festgehalten hatte.

An die Mutter, 23.12.1935. In: Briefe, S. 286–287.

»Mein Buch«: »Landung in Australien«.

Kaspar: Familienrufname des Bruders Friedrich.

An Charlie Chaplin, 1936. Aus: Das Neue Tagebuch (Paris), 1936, Heft 12 (IX, 415–417).

Nach vier Jahren des Schweigens trat Chaplin 1936 mit »Modern Times« noch einmal mit dem Versuch eines Stummfilms hervor. Kischs Vision vom Chaplinbart als Führerbart wurde 1940 umgesetzt im »Großen Diktator«.

An Hermann Kesten, 14.10.1942. Aus: H. Kesten, Deutsche Literatur im Exil. Briefe europäischer Autoren 1933–1949. Wien München Basel (1964), S. 219–220.
»Zeitschrift«: »Freies Deutschland« (Mexiko), Hrsg. u. a. Alexander Abusch, André Simone, Georg Stibi.
Die Namensliste des Briefes deutet auf eine große Vertrautheit Kischs mit der US-amerikanischen Emigration, besonders der in New York: Leo Lania, Curt Riess, René Kraus, Walter Mehring, Valeriu Marcu, Norbert Mühlen, Leopold Schwarzschild, Stefan Lorant, Rolf Nürnberger.
»Nobelpreisträger«: Thomas Mann. – »Buch von Klaus Mann«: wahrscheinlich die mit Hermann Kesten erarbeitete Anthologie »Heart of Europe« (1943).

An Alfred Döblin, 28.5.1945. Aus: Kisch-Nachlaß, Literaturarchiv Prag.
»Die drei Sprünge des Wang-lun« erschien 1915: Kisch bekundet so sein Unverständnis gegenüber dem ganzen späteren Werk Döblins; am Leben der »Gruppe 25«, in der Döblin eine leitende Figur war, nahm Kisch zeitweilig teil, Becher nennt die Gruppe 1927 einen wichtigen »Versuch, das literarische Leben Berlins zu aktivieren«.
»Wissen und Verändern. Offene Briefe an einen jungen Menschen« erschien 1931.

An Heinrich Mann, 5.6.1945. Aus: Heinrich Mann. 1871–1950. Werk und Leben in Dokumenten und Bildern. Hrsg. Deutsche Akademie der Künste zu Berlin, Berlin und Weimar 1971, S. 323–324. F. D.: die Zeitschrift »Freies Deutschland« (Mexiko). »Essay«: Aufsatz über Kischs »Entdeckungen in Mexiko« (Freies Deutschland, Nr. 5, 1945).

An Paul Wiegler, 23.11.1946. Aus: Kisch-Nachlaß, Prag.

Wiegler, wie Kisch vor dem ersten Weltkrieg Redakteur der »Bohemia« (die ihr Domizil im »Annahof« in Prag hatte). Der Schriftsteller und Literaturhistoriker, der während der Hitlerzeit in Deutschland gelebt hatte, wurde mit Becher der erste Herausgeber der Zeitschrift »Sinn und Form« (Berlin).

Der Prager Willy Haas, Begründer der Zeitschrift »Literarische Welt« (Berlin, seit 1925), verließ 1933 Deutschland, arbeitete in Indien als Filmautor.

An Arnold Zweig, 5.11.1947. Aus: Kisch-Nachlaß, Prag.

Arnold Zweig erhielt 1915 den Kleistpreis für das Schauspiel »Ritualmord in Ungarn« (von 1914; unter dem Titel »Die Sendung Semaels« 1918).

Zweigs Rückkehr aus Palästina nach Deutschland 1948 führte, mit längerem Aufenthalt in der ČSR, über Prag.

Literaturhinweise

Werkausgaben

Egon Erwin Kisch, Gesammelte Werke in Einzelausgaben. Hrsg. von Bodo Uhse und Gisela Kisch. Fortgeführt von Fritz Hofmann und Josef Poláček. Band 1–10. Berlin und Weimar 1960–1985. – Briefe an den Bruder Paul und an die Mutter. 1905–1936. Hrsg. von Josef Poláček, Mitarbeit von Fritz Hofmann. Berlin und Weimar 1978. – Klassischer Journalismus. Die Meisterwerke der Zeitung. Mit einem Nachwort von Fritz Hofmann. Berlin und Weimar 1982; dass. mit einem Nachw. von Christian Siegel, München 1974.

Literatur über Kisch

Klaus Haupt / Harald Wessel, Kisch war hier. Reportagen über den »Rasenden Reporter«. Berlin 1985.

Fritz Hofmann, Egon Erwin Kisch. Der rasende Reporter. Biographie. Berlin 1988.

Kisch-Kalender. Hrsg. von F. C. Weiskopf. Berlin 1955.

Johann Kronberger, Egon Erwin Kisch. Seine politische und publizistische Entwicklung vom bürgerlichen Journalisten zum Schöpfer der literarischen sozialistischen Reportage. Diss. Wien 1979.

Josef Poláček, Aufsätze und Dokumentationen zu Egon Erwin Kisch. In: Philologica Pragensia 1965, 1966, 1967, 1969, 1970 und an anderen Orten.

Dieter Schlenstedt, Die Reportage bei Egon Erwin Kisch. Berlin 1959.

Dieter Schlenstedt, Egon Erwin Kisch. Leben und Werk. Berlin 1985.

Erhard Schütz, Kritik der literarischen Reportage. Reportagen und Reiseberichte aus der Weimarer Republik über die USA und die Sowjetunion. München 1977.

Servus, Kisch! Erinnerungen. Rezensionen. Anekdoten. Hrsg. von Fritz Hofmann unter Mitarbeit von Josef Poláček. Berlin und Weimar 1985.

Christian Ernst Siegel, Egon Erwin Kisch. Reportage und politischer Journalismus. Bremen 1973.

Emil Utitz, Egon Erwin Kisch. Der klassische Journalist. Berlin 1956.